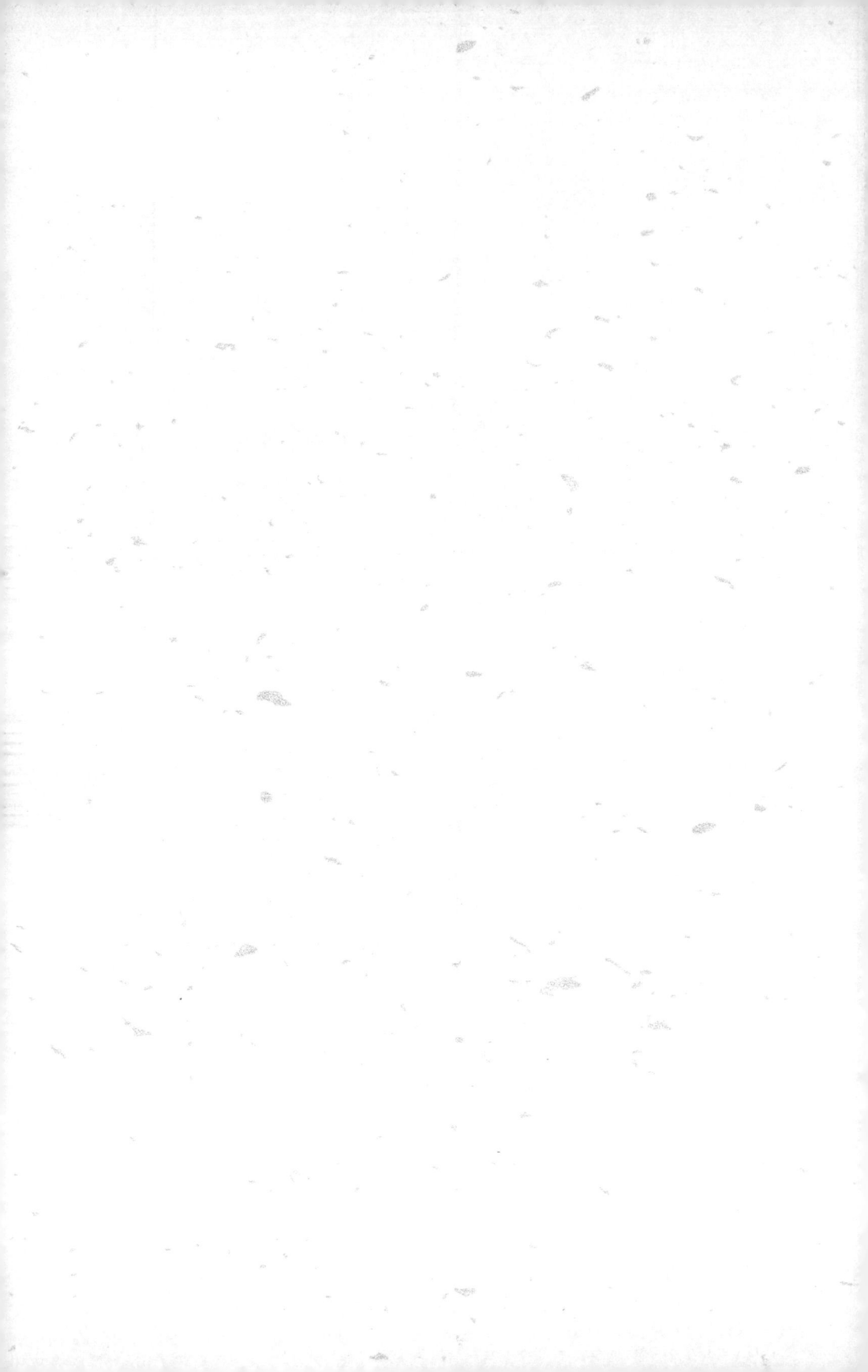

著 妖鹤

她对此感到厌烦 2

北京联合出版公司
Beijing United Publishing Co.,Ltd.

目录

Chapter 26
刺猬女孩

迷迷糊糊中，莉莉丝听见了女人的声音。

一个声音问："她还好吗？"

似乎有人把手放在她的额头："烧已经开始退了。"

莉莉丝想睁开眼看看说话的是谁，但是她的眼皮沉得像是粘了一起，大脑昏昏沉沉。困意迅速涌来，她的意识又断了线。

莉莉丝做了个梦，梦见自己在现实的世界，她坐地铁，又转了公交车回家。

然后，在家门口的时候，她忽然找不到钥匙。

她翻遍了衣服上所有的兜，又打开单肩包，急躁地从一堆零碎的东西里翻找。

钱包、口红、防晒霜、护手霜、防晒伞、发圈、墨镜、手帕纸、湿纸巾……单肩包里装着这么多东西，如此沉重，压得她的肩膀酸痛，可她翻来翻去依然找不到钥匙。越找越生气，越找越着急。

"钥匙呢？钥匙呢？我家的钥匙呢？"玩家6237486烦躁到了极点，她情绪崩溃地翻着包。

没有！没有！没有！她泄愤似的把包扔向了墙。

包掉在地上，里面的东西散落一地。就在这时，那个钥匙忽然出现了。

刚才明明怎样都找不到的东西，现在就在那些零碎的杂物中间。

玩家6237486烦躁地拿起钥匙，将它插入钥匙孔。

但在拧动钥匙那一瞬间，她又迟疑了。

她望向那个包，心想："这是我的包吗？"

一旦疑惑产生，散落在地上的东西就开始变得奇怪。虽然都是普通的东西，但那些东西似乎都不是她的。

玩家6237486抬起头，看向面前的门。"这是我家吗？"她想，"这真的是我家吗？"

原本熟悉的门越看越陌生，她捏着钥匙的手松开了。

玩家6237486迷惑地看着面前的门。

周围忽然变得一片漆黑，只剩下她和她面前那扇门。

"小姐……"身后忽然响起一个声音。

玩家6237486缓缓地转过身。无边的黑暗中站着一个穿着女仆装的少女，她满脸鲜血，声音凄厉："小姐，你为什么不和我在一起，你要去哪儿？"

玩家6237486不由自主地后退了一步，惊恐地看着那个女仆装的少女。她的心揪成了一团，被巨大的痛苦和伤心笼罩。

那个少女的名字就在她嘴边，呼之欲出。

就在这时，天空中忽然响起了一个令人憎恶的男声——

"莉莉丝，我的女儿，你为什么不回家？！"

莉莉丝猛地睁眼，坐起。

忽然，因坐起而牵扯到身上的伤口，疼痛一下把她从噩梦的氛围中拉了出来。

莉莉丝按住猛烈跳动的心脏，皱着眉观察四周。

这是一个山洞，阳光照亮了洞口，不远处有烧尽的篝火。她睡在干草堆上，身上盖着一件披风，伤口被人包扎好了，似乎还上了药。衣物就在旁边，钱袋、武器都没少，甚至多了几个面包。

莉莉丝不知道自己为什么在这里，也不知道自己昏迷了多久，更不知道是谁救了自己。她忍着痛，快速穿上了衣服，藏好匕首，把剑挂在腰间。

她站起来时，腿有点软，太阳穴也有些闷疼，但是并没有感到乏力。这说明救她的人曾经给她喂过食物。

救她的人一定不是追兵，对她也没有敌意，否则，不会把她的武器放在这里。就在莉莉丝想要继续推断的时候，洞口忽然传来声响。

莉莉丝马上翻身，贴着洞壁的缝隙，躲在阴影里。

被阳光拉长的影子出现在洞口。

一个男人鬼鬼祟祟地站在洞口，伸头往山洞里张望。

莉莉丝自然不会认为是这个男人救了她。

她在迷糊中听出救她的应该是个女人，而且至少是两个人。

那个男人打量洞内环境的动作带着对陌生环境的警戒和很强的目的性，像是在确定什么。看见洞内空无一人时，他脸上露出了失望的表情。

那个男人离开之后，莉莉丝从躲藏处出来。

她拿走了放在干草边的面包，捡起篝火旁的几块打火石，把披风折叠好放在地上，然后用石头在地上划下了几个字——"快走，危险"。

然后，她走出了山洞。

现在是清晨，雪还没有化完，洞口有些杂乱的脚印，莉莉丝走向脚印最多的那条路。走了一阵，她改变路线，踩着草丛、石头和树枝进入了森林。

她的身体还很虚弱，脚踩在地面上有种不真实的感觉，地上雪的反光也会令她眼花。

"咔。"身后传来踩碎树枝的细微声响。

莉莉丝脚步微顿，不动声色地走到树后，握住剑柄，往后看。

身后什么都没有。

莉莉丝转身，继续往前走，她走走停停，时快时慢，时不时改变方向。

中午时，她找到了一条小溪。

莉莉丝蹲在小溪前，拆下剑和钱袋，放在一边。

从溪水的倒影中，莉莉丝看到了自己的脸。

她还记得自己第一次进入游戏时从镜子里看到的自己的脸。那时她的脸颊圆润，皮肤白皙，带着一些天真稚嫩的肉感，眼神迷茫。不知道从什么时候开始，她脸部的线条变得越来越凌厉了，眉宇间还带着深深的戾气。现在她刚退烧，又带着伤，头发杂乱，面色憔悴，但眼睛炯炯有神。

这样很好，莉莉丝想。

小时候，她很喜欢电视上那些面容清纯、表情懵懂、经常做蠢事却总有人帮忙收拾烂摊子的女性角色，她觉得她们漂亮、有趣，让人有亲近感。当她看到那些眼神犀利、气场强大、雷厉风行的女人时，她的视线会完全被吸引，精神也会为之振奋。那时她还小，不知道自己为什么会有这种感觉。后来她才明白，她对前者只是观赏，而对后者是憧憬。她想成为拥有那样眼神、那种气场的人。所以她喜欢这样的眼神。

莉莉丝捧起溪水，洗了一把脸。

冬天的溪水冰得刺骨，这股冷意正好可以让脑子变得清醒。

在她洗脸的时候，一只瘦骨嶙峋的脏手偷偷摸向地上的剑。

那只手快要抓到剑的时候，剑的主人先一步行动了。

下一秒，试图拿剑的小偷被剑鞘击中胸口，跟跄着往后倒去。

小偷还未来得及爬起来，已经被出鞘的剑指向心脏。

"你一直跟着我。"莉莉丝冷冷地说。

这是个十岁左右的孩子，矮小瘦弱，穿着破烂又肮脏的衣服，头发乱得像鸟巢，右脸上有一片褐色的胎记。

孩子抿着嘴唇，没有说话，琥珀色的眸子狠狠地瞪着莉莉丝，仿佛一头落入陷阱的野兽。

"为什么要拿我的剑？"莉莉丝继续问，"你有什么目的，是谁指使你的？"

孩子扁着嘴，别过了头。

"回答我的问题！"莉莉丝威胁似的压低了剑。

当剑抵住孩子左胸，她看见孩子倔强的脸上浮现出了不安与羞耻交杂的表情。

"女孩？"莉莉丝愣了一下，抬起了剑。

下一秒，那个女孩猛地抓起地上的石子，扔向莉莉丝。

当莉莉丝侧身避开那枚石子的时候，女孩已经爬起来，跑到不远处的石头后，用充满敌意的眼神看着莉莉丝。她脸上带着与年纪不符的倔强，甚至有些愤世嫉俗，像一只刺猬。

无论如何，这样笨拙瘦弱的小家伙不会是国王和王子派来的追兵。

莉莉丝顺着溪水流动的方向往前走，利用溪水边的鹅卵石隐藏脚印。

那个小女孩如影随形地跟着她。大概知道自己已经被莉莉丝发现了，她的躲藏显得很敷衍。她总是躲在树后或者石头后面，露出脑袋盯着她。准确地说，她是盯着莉莉丝的佩剑。

女孩从树后警惕地观察着莉莉丝，莉莉丝也在心中分析这个女孩的情况。

她面黄肌瘦，穿着脏且旧的衣服，衣服上带着污渍与泥土，破掉的地方也没有缝补。

她跟了她一路，盯了她一路。

她没有在路上做标记，没有显露出等人的状态，也没有人找她。

她应该没有同伙，甚至可能没有家人。

也许，对逃亡者来说，杀掉这样一个小女孩，不会有任何人在意。

傍晚，莉莉丝开始在小溪附近的地面挖坑。她挖了两个坑，并在地下把它们贯通，然后在其中一个坑底部铺上干燥的鹅卵石，中间是易燃的柴火，上面横七竖八地架着一些不易燃的树枝。这就做成了一个无烟火坑，相连的坑和不规律分布的树枝会把燃烧带来的烟分散，确保莉莉丝不会因为浓烟暴露位置。

做完这一切，莉莉丝又用剑叉了两条鱼，把鱼去鳞、开膛破肚后，穿在树枝上，在火坑上烤。

那个女孩依旧躲在石头后面，警戒地看着她，不过来，也不走。

刚开始，女孩的目光总是追寻着她的佩剑，但不知道什么时候，她的视线被烤鱼吸引了。当烤鱼的香味开始扩散时，莉莉丝看见女孩不自觉地咽了口口水。

莉莉丝弯起了嘴角。她忽然想起自己之前也曾对着用剑指着自己的人扬沙子。

"我听见你肚子叫了。"莉莉丝翻转着烤鱼。

"你说谎！"女孩叫道，"我肚子没叫。"

这是莉莉丝第一次听见这个女孩的声音，她的声音有些哑，嗓门却很大。女孩脸上露出了不甘的表情，似乎在懊恼自己被莉莉丝出其不意的话语激得开了口。

"哦，是吗？真可惜。"莉莉丝说，"如果你饿了，我可以分给你一条鱼。"

"我不饿！"那女孩赌气似的说完又闭上了嘴，只是用凶狠的目光盯着莉莉丝，像一只警戒的小兽。

可是过了一会儿，女孩的肚子真的叫了起来。

是的，她在说谎，她很饿，她已经很久没吃东西了。

鱼烤好了，虽然没有调味料，但味道鲜美，外焦里嫩，鱼皮的焦香酥脆和鱼肉的鲜嫩在口腔里融合，反而衬托出了食物最原始的味道。莉莉丝吃得很慢，也很仔细，毕竟在冬天的野外吃有温度的食物是一种奢侈的行为。

女孩眼巴巴地看着。

当发现莉莉丝也在看着自己时，她愤愤地转过头，似乎在彰显自己的骨气。但她的肚子叫得更厉害了。于是女孩气呼呼地压着自己的肚子。

莉莉丝吃完一条烤鱼，又拿起另一条，问："你真的不要吗？"

女孩的眼神依然充满戒备，她迟疑了一下，终于开口："你的头发是黑色的，眼睛是红色的，我见过你的画像，贴得到处都是。大家都说你是凶恶的女巫、狡猾的魔女。"

"是吗？"这个怀疑完全不令人意外，莉莉丝早就想到自己会被通缉。

女孩很严谨地推断："所以，也许你会在食物上下诅咒。"

"好吧。"莉莉丝耸肩，张嘴，要吃剩下那条烤鱼。

"但……但是！"女孩急急地说道，"之前他们也说你是圣女。"

莉莉丝放过了那条烤鱼："那你觉得我是什么，魔女还是圣女？"

"我不在乎那个。"女孩高傲地说。

比起魔女、圣女，她更在乎莉莉丝手中的那条鱼和那把剑。

女孩说："如果我去举报你，我会得到很多奖金。"

这是个聪明的女孩，她会一点点试探、威胁，也会谈条件。

"你当然可以这样做。"莉莉丝说，"但是魔女杀人不眨眼，我可以马上杀了你。就算你侥幸从我手中逃脱，你去举报的时候，我也会逃跑，等你带着他们回来的时候，我已经不在这儿了。"

女孩张了张嘴，又因为无法反驳而闭上了。

"而且，即使你拿到了金币，也会被人抢走。"

听到这句话，女孩露出了凶狠的目光，视线又停在莉莉丝的佩剑上。

但是很快，她的肚子再次叫了起来。

"好吧，"女孩露出了豁出去的表情，不满地伸出手，"我不去告密了，把鱼给我。"

莉莉丝说："这世上没有白得的东西，所有东西都要付出代价，如果你想要鱼，就得先回答我几个问题。"

女孩也开出了条件："那你不能在鱼上下诅咒。"

"好，"莉莉丝好笑地点头，"我会给你没有下过诅咒的鱼。"

女孩说："你问吧。"

莉莉丝问："今天几号？"

"1月4号。"

"这儿附近有城镇吗？"

"克兰镇。"女孩伸手指向东边，"往那个方向走，下山以后就能看见，但是如果你过去，一定会被抓住的。"

"戒备很森严？"

"你无法进城，士兵们在门口观察每个人的头发和眼睛。"女孩说，"现在到处都在狩猎女巫，出门的女人很少，像你这样的黑头发女人一定会被盯上。"

"除了我，还有别的女人被通缉吗？"

"还有那个大名鼎鼎的'毒蜂'公主，据说她在跨年舞会的时候干了坏事，被全国通缉，城里她的画像比你的还多。"

"通缉画像上还写了什么？"

"哈，魔女小姐，"女孩垮下了脸，用嘲讽的语气说，"如果我生活在能够教女人认字的贵族家庭，还会是现在这副模样吗？"

莉莉丝歪了歪头："有没有人说过你像个小刺猬？"

"这算是问题吗？"

"好吧，这不算问题……"

好消息是，公主顺利逃离了费尔顿城。

坏消息是，克兰镇贴满了通缉令，她很难进城。

女孩等不及地问："还有问题吗？"

"那么，你叫什么名字？"莉莉丝问。

这个问题问完，女孩的眼神开始漂移。

莉莉丝警告她："我建议你不要说谎，你知道的，魔女会诅咒说谎的孩子。"

女孩泄气一般垮下肩膀，不情不愿地回答："我叫狄赖。"

"好的，狄赖，这个给你。"莉莉丝伸出手，递出烤鱼。

那女孩蹿过来，夺过烤鱼又躲回到石头后面。

像是在和一只充满戒心的小兽打交道。莉莉丝浇灭了火坑，并把它们填满，随口道："小心点，狄赖，不要被鱼刺卡住了。"

女孩的背僵了一下，她转过脸，表情复杂地看了一眼莉莉丝，然后背过身，继续吃那条烤鱼。

* * * *

莉莉丝站在半山腰，看向克兰镇。

那里亮着点点灯光，进城的队伍在城门口排成了一条长队，正如那个女孩所说，进城并不容易。她记得费尔顿城周围的地图，如果那边是克兰镇，那么她现在就在与之同名的克兰山上。

克兰镇是附近最大的城镇，从这里过去，是大片的山脉和森林。

莉莉丝转身，回到了森林里。

她在森林里发现了一座废屋，打算在这里过夜。这座废屋破破烂烂，壁炉旁堆着木柴和积了灰的破烂家具，西南角堆着不少干草。

莉莉丝站在门口观察了一会儿，把木柴堆后面清出来一块，又把干草堆移了一部分到木柴堆后面。这样就可以制造出一个视线盲区，确保莉莉丝躺在木柴堆后面时，开门进来的人看不见她，并且会因为木柴的堆积方式下意识地认为这一堆木柴是无缝隙靠着墙的。

天气很冷，屋子还漏风，为了不引人注意，莉莉丝没有生火，屋子的门也像进来时一样虚掩着，只不过门后放着一块木柴，确保有人推开木门时能发出声响。

莉莉丝躺在干草上，抱着胳膊，蜷起身体，尽可能地蜷缩着。身上的伤早就在运动过程中裂开了，之前包扎的地方渗出了血，可她没有时间也没有药物去处理。她在山上走了一天，现在又冷又乏。

莉莉丝最近有些排斥睡觉，一旦陷入沉睡，那扇紧闭的门和满脸是血的女仆就会又出现在眼前。

她做这种噩梦已经很久了。

寒冷、孤寂、痛苦。

可是为了恢复体力，她又不得不闭上眼睛。

不知道睡了多久，屋子似乎慢慢暖和起来，半睡半醒间，莉莉丝忽然感受到了其他人的视线，她的脑子立刻清醒起来。她睡得太沉了，连有人进来都不知道。

眼睛没完全睁开，只是微微地透出一道缝，而抱在胸前的手已经悄悄探入怀中，摸向匕首。

当看到视线的主人时，莉莉丝瞬间绷紧的肌肉放松了一些。

是那个叫作狄赖的小女孩。

这不奇怪，废屋里还有一只破了边的碗、底部凹陷下去的锅和一些不知道从哪里找来的破布，这一切都显示有人在这里生活。再结合地面上的脚印，很容易就能推断出这里是谁的住处。

现在，废屋的门已经关上，壁炉里也烧起了木头。

清晨的光透过破碎的窗户照进屋子，空气中的灰尘在杂乱无序地飘荡。

狄赖蹲在不远处，被晨光笼罩着，凝视着莉莉丝挂在腰间的剑。

莉莉丝本想继续装睡，观察一下她，可屋子外面忽然响起一阵嘈杂的声音。

狄赖马上起身，跑向房门。

莉莉丝翻身而起，以更容易行动的蹲姿躲在木柴堆后面，手握住了剑柄。

嘈杂声到了门口，有人用力地敲着门："丑丫头，开门！"

"谁？"狄赖喊道。

"你的里德叔叔。"

"我没有叫里德的叔叔。"

"喷，死丫头。"门外的人不耐烦地骂了一句，像是对什么人解释一般说道，"这丫头就是这样，长得丑，性格又古怪，不知道从哪里跑来，莫名其妙地占据了这个废屋。"

说完，他吼道："狄赖，还不快点开门，要不是我们仁慈，你哪能住在这里？"

狄赖说："这里本来就是没人要的地方。"

"少废话！没人要也轮不到你！"那人又踢了两脚门，"快开门，不要逼我把这破门踢开！"

狄赖不吭声了。

"让我们来吧。"一个声音响起，"安东尼奥，去开门。"

听到这个声音，莉莉丝的心猛地一缩，随之，急速跳动的心脏带着耳膜一起振动。

她透过木柴堆的缝隙看向屋门，握着剑柄的手不由自主地加大了力度。

剑从门缝中伸进，砍断了别在门上的柴棍，随着大门被打开，一个骑士推开了门。

是第五骑士团的团长安东尼奥。

站在门口的狄赖后退了一步，她手里抱着几根柴火，警戒地看着门口。

刚才说话的人就在门口。他骑在马上，一头浅金色的头发，一双绿色的眸子，身着得体的马服。他被骑士们簇拥着，朝阳在他身上镀了一层光芒，使他看起来尊贵无比。

是罗纳德王子。

罗纳德王子扫了一眼屋子。

"王子，那些逃犯应该不在这里。"叫里德的农夫与王子被骑士隔开一段距离，所以他只能踮着脚说话，"采药人说，他们有三个人，您看，这个房间这么小，根本无处藏人，如果有三个人藏在这里，一定会马上被发现。"

他一边说话，一边走进屋子，但是很快他就被柴火砸中了。

狄赖举着柴火，对里德骂道："出去！出去！"

"喂！喂！"里德被柴火砸得连连后退，"住手，你这个疯丫头！你知道你在干什么吗？你面前的可是科尔里奇国最尊贵的罗纳德王子，你在这里砸我，小心王子的骑士把你切成两半！"

当他退出屋子时，狄赖也停下了柴火攻击。

罗纳德王子的目光落在狄赖身上，然后他皱了皱眉。

"可怜的小姑娘。"罗纳德王子说，"你一定受了很多罪吧？听说你一个人孤苦无依地在这个地方生活，这里又脏又臭，而你又弱小又可怜，我没想到我的子民会过得这么悲惨，这让我很心痛。"

他对狄赖微笑："如果你诚实回答我的问题，我会赏给你金币，而你可以用这些金币过上更好的生活。"

狄赖捏着手里的柴火，没有说话。

罗纳德王子柔声问："你一直在山里生活，那么，你有没有看见过奇怪的人？比如，和我一样浅金色头发、绿色眸子的女人，或者是黑色头发、红色眼眸的女人？"

莉莉丝悄无声息地抽出了剑。

她想过也许有人会发现这间屋子，但是她没想过罗纳德王子和安东尼奥竟然会同时出现。也许到现在她身上还有那种该死的可以把男主吸引到附近的"女主光环"。只是，与普通的女主角不同，当她看见他们时，心中产生的不是欣喜，而是厌恶和憎恨。

狄赖抬起头，看了看王子，又看了看安东尼奥。

她面前站着两个男主角，这个世界最"优秀"的男人，他们拥有令女人意乱神迷的外貌和气质，多少女孩一看到他们就会心生爱慕。

莉莉丝用余光扫视着屋子。木柴堆、火炉里燃烧的木柴，甚至那口破烂的锅，都可以成为武器，窗户在右侧，窗闩已经坏了，玻璃也碎了一块，破窗而出不是难事。

她在脑中计划着暴起反抗的动线和时机。

就在这时，女孩哑哑的声音传入了莉莉丝的耳朵。

"我不知道。"狄赖说，"我没看见什么女人。"

"也没遇到什么奇怪的事？"

"没有。"

"哦，"王子失望地叹道，"是吗？"

在他掉转马头准备离开的时候，狄赖喊道："等一下！"

罗纳德王子欣喜地转头："你想起什么了？"

狄赖伸手："你说过，要给我金币。"

英俊的王子露出了嫌恶的表情，他对旁边示意了一下，他的心腹骑士肯特掏出几枚金币，扔向狄赖。

金币四散着掉在地上，落在混杂着雪水的泥土里。

狄赖没有动，她警惕地看着王子他们离去后才走向金币。

里德先一步扑上去，从地上捡起金币，揣进兜里。

"这位先生！"狄赖叫道，"那金币是我的！"

"如果不是我，你怎么可能见到尊贵的王子殿下？"里德露出凶恶的表情，并扬起了拳头，"臭丫头，再对着大人嚣张，小心被当成女巫烧死！"

"喂，"走在最后却依然观察屋子的安东尼奥发现了他的举动，"你在干什么？"

"这是为了她好，骑士大人。"里德笑道，"一个小孩身上有太多金币会被人惦记的，这年头，谋财害命的事可不少见。"

安东尼奥用怜悯的眼神看了一眼狄赖，摇了摇头，走了。

狄赖对着里德扔出了最后一根柴火："臭狗屎！烂狗屎！狗养的死杂种！没屁眼的东西！下次不要让我看见你！"

她气呼呼地走回屋子，狠狠地踢着地上的干草。

莉莉丝从木柴堆后走出来。

狄赖看了她一眼，抱怨道："那可是金币！金币！我从来没拿到过金币，那金币应该是我的，我还以为没人敢抢王子给的金币，原来都一样！"

她扑到干草堆里，愤怒地抓着干草："气死我了，气死我了！"

莉莉丝问："你为什么不告诉他们我就在这儿？"

"我不喜欢他们。"狄赖说，"那个假惺惺的王子嫌我脏，他没有下马，也没有靠近我，他和我之间一直隔着那个骑士。那个骑士也不喜欢我，如果我对他扔出柴火，他会毫不犹豫砍断我的脖子。"

"你不觉得他们长得很好看吗？"

"哦，魔女大人，"狄赖的语气老气横秋，"你这话可太天真了，只看脸是不行的，我见过很多人——长得好看的、长得丑的，人们的长相并不代表内心，也许你要多遇见些人才能改变这种以貌取人的想法。"

莉莉丝失笑，她没想到自己会被这样一个小姑娘教育："你总是遇到这样的事？"

"是的！是的！"狄赖在干草堆上翻过身，气愤地拍着干草，"他们都是这样，他们经常使唤我，却不给我答应好的报酬。他们差遣我去跑腿，让我去做各种各样的事，最后却不给我钱，有时即使给了我钱，别人也会把我的钱抢走，这些可恶的大人……他们不信任我，我也不信任他们！"

莉莉丝终于明白，为什么自己用钱袋、剑和自己的后背试探她时，她会选择剑了。

"所以你一直盯着我的剑？"

"我要是有一把剑，就砍掉他们的手！"狄赖一个打滚，从干草堆上坐起来，"嘿，我救了你，你把你的剑给我吧。"

"嗯……"莉莉丝说，"其实我可以打赢他们。"

"你说谎！"狄赖气呼呼地拍着干草堆，"他们人那么多，你打不过他们！"

"不，"莉莉丝认真地说，"我可以。"

她的表情很自信，这让狄赖忽然想起之前听说过的有关魔女莉莉丝的传言——她曾击爆十几头魔兽，也曾杀死三个骑士。

"好吧，好吧，"狄赖依旧说话带刺，"那是我多管闲事了，那么，魔女小姐，需要我帮您把骑士们叫回来吗？"

"这样吧，"莉莉丝笑了，她掏出剩下的面包，撕了一半给狄赖，"你帮了我，我请你吃早饭。"

狄赖抢过面包塞进嘴里，狼吞虎咽，她吃得太快，差点被噎住。

这应该是她的习惯，在食物被抢走之前，迅速地吞到肚子里去。

莉莉丝想要帮她拍拍背，但是她一靠近，狄赖就露出了警戒的神色。

狄赖拍着胸口，把面包吞了下去，缓了一会儿才说："这点面包可不够，魔女小姐，我知道刚才多么惊险，你别因为我的年纪小就糊弄我，我懂的事情非常多。而你呢，魔女小姐，你睡觉时没有点火炉，也没有锁门，恕我直言，你是个不会照顾自己的人，你这样的小姐怎么能一个人在外面生活呢，你的同伴哪儿去了？"

听到她少年老成的说辞，莉莉丝开始还觉得好笑，然而，当狄赖问出最后一个问题时，莉莉丝的笑容消失了。

"……同伴……"莉莉丝沉默了一会儿，垂下眼睛，苦笑，"她们现在不在我身边。"

"是吗？你是一个人啊……"狄赖愣了一下，忽然快乐起来，"是这样啊，你也是一个人啊。哎呀，这样啊，那就没办法了，那就只有我了，只有我能帮你了。"

和莉莉丝的沮丧相反，她的情绪开始高涨："这样吧，魔女小姐，我可以收留你，让你在这里住下去——"

"不，"莉莉丝说，"我还有要去的地方。"

狄赖的脸再次垮了下来，她郁闷地扁起了嘴，揪着手中的干草，闷闷地说："是吗？是吗？哦，好的，我知道，我当然知道，你们大人总是很忙，有很多事情……但……但你也不能这样就走了。你看，我让你在我的屋子里睡觉，你用了我找来的干草，还被我掩护，我帮了你这么多……所以，面包是不够的，半块面包怎么可能够呢……我们要……要……"

她歪着头，终于想到了合适的词，于是重新振奋精神，装模作样地摆出了商人的架势，用食指在干草上敲了敲："等价交换！对，魔女小姐，我们普通人做交易都是要等价交换的！你应该把你的剑给我！"

"我不能把我的佩剑给你，"莉莉丝摇头，"我必须有佩剑防身，而且你是孩子，我的佩剑对你来说太沉，你用起来会不顺手，一件不顺手的武器会使你的攻击力打折。"

"那我要怎么教训那些欺负我的人？"

"我给你钱，你可以去武器店买一件武器。"

"武器店不会卖给小孩武器。"狄赖说，"他们很怕我的，还叫我'小疯子'，他们肯定不愿意让我拿到武器，因为拿到武器我就会变强，反击那些欺负我的人！"

"你想要什么样的武器？"莉莉丝问。

"我想要剑，"狄赖说，"像骑士一样的剑。当别人欺负我的时候，我可以用剑保护自己；当我打不过他们时，我也可以用剑刺向自己的心脏。"

莉莉丝原本想把自己的匕首给她，可是听到狄赖最后一句话，她改变了主意。

"这样吧，"莉莉丝说，"如果你再帮我做两件事，我就会给你很多报酬，还会为你做一件适合你的武器。"

*　　*　　*　　*

"魔女小姐，我觉得你一定是疯了！"狄赖小声嘟囔。她正跟在莉莉丝身后，在森林里行走。

莉莉丝并没有在意她的抱怨，她一边走，一边观察着旁边的树，时不时用匕首削下树枝，观察一番。

"你知道你现在在干什么吗？你在跟着那个傲慢王子的痕迹前进，这太奇怪了！"狄赖说，"他们在抓你，而你竟然跟在他们身后！"

"是的，所以他们一定不会想到我就跟在他们身后。"

"哈哈，那可真棒！所以，你打算一个人包围他们、剿灭他们吗，魔女大人？"

"狄赖，"莉莉丝说，"你不了解罗纳德王子，他是一个傲慢、自信、在乎面子又惜命的人。"

狄赖抬起头，看向莉莉丝。

莉莉丝扔掉手中的树枝，继续往前走："罗纳德王子很少亲自追击，这次他特地带着'王国雄狮'安东尼奥骑士出来，说明他抱着必须抓到猎物的决心。当然，他的主要猎物不是我，而是辛西娅公主。"

带着平民组成的第五骑士团追击公主，一旦成功，既能博得平民的拥护，又会让改革派贵族们有所期待。勇猛的王子亲自率领骑士抓住了谋反的公主，这是一个多么完美的故事，简直可以变成流传千古的佳话。

罗纳德王子想用公主的尸体作为登上王位的台阶。

狄赖问："他抓公主，和你又有什么关系？"

"公主是我的同伴。"

狄赖愣了几秒，褐色的眸子渐渐浮现出混杂着怀疑与愤怒的情绪，她冷笑了一声，刻薄地说："哦，瞧啊，我们的魔女竟然是一个舍己为人的圣母大人，她自己性命难保，却要为了她所谓的同伴，跟在敌人的屁股后面！"

"这不是鲁莽的决定。"莉莉丝解释道，"既然王子抱着这样的决心抓捕我们，那么他必定不会空手而归。抓不到公主，抓到我也是一件功绩。当然，我可以换路而行，但那样我就会时时处于警惕、恐慌之中，一刻都不得安宁。所以，我必须想办法截断追捕。"

"好吧，这才是个好理由。"狄赖老成地说，"我才不信有人可以舍己救人。"

"可是之前你也没有把我的行踪告诉别人。"

"那是……那是……"女孩的脸涨红了，"那是因为，你对我有用，对，有用！你说要给我武器。"

"是的，我会给你武器，不要着急。"莉莉丝折断了旁边的树枝，仔细观察。

狄赖不说话了，她扁着嘴跟在莉莉丝身后，手里甩着捡来的树枝。

就这样静静地走了一会儿，她忽然问："你为什么和我说这么多？"

"什么？"

"王子的事。"

"这不是你的疑问吗？"

"我只是问问而已，并没有奢求别人回答。从来没有人这么认真地和我说这么多事，他们总觉得小孩子的问题无聊又烦人。"狄赖晃着手中的树枝，"说实话，你说的理由我听不太懂，可能是因为我比较笨。"

"怎么会呢？"莉莉丝停在一棵树前，观察着那棵树的枝干，"你是个伶牙俐齿又机灵的女孩。"

"他们总说我很笨。"

"我相信你会反驳他们。"

"我当然反驳他们了，但是……"狄赖的声音变小了，"他们总是那样说，他们全都那样说……"

"你不笨，你以后应该能成为很厉害的人……比如说，一个厉害的将军……"莉莉丝满意地摸着面前的树，"找到了，就是你了！"她抬起头，看见树杈上的鸟窝："真不错，还有赠品。"

"将……"狄赖愣了一下，"什么？"

莉莉丝没有回答她的问题，她已经三两下爬上树，掏了鸟蛋下来。

"哇……"狄赖惊呆了。

但更令她震惊的是，不久之后，莉莉丝又抓住了两只山鸡。

莉莉丝把山鸡清理干净之后，裹上了一层纸，纸外面又糊上了黄泥，然后把它们和裹了黄泥的鸟蛋一起，埋在无烟火坑的底层。

"多亏你买来的盐和纸。"莉莉丝对狄赖笑了笑，"这次的食物会很好吃。"

在这之前，她曾经拜托狄赖去克兰镇买一些东西。

买东西消耗的时间使得她们和王子他们保持着一定的距离。

狄赖熟悉整座山的地形，有她带路，第二天莉莉丝就能赶上罗纳德王子。

做完一切，莉莉丝坐在火坑旁边，用匕首削着从树上砍下来的枝干。

"如果我没记错的话，你是公爵家的小姐。"狄赖蹲在她旁边，满脸疑惑，"我以为公爵家的小姐都是不会爬树的，你怎么什么都会做？你的父母也无法养活你？公爵不是很厉害的贵族吗，至少……至少要比乔尔子爵家有钱吧？"

"乔尔子爵？"

"嗯，那是我家乡最有钱的贵族。"狄赖说，"当然，在克兰镇，最有钱的就不是子爵了，是个伯爵。"

"我还以为你的家就在这儿。"

狄赖又露出了她的刺："怎么可能呢？魔女小姐，我又不是石头缝里蹦出来的，我也有父母。"

"那你的父母呢？"

"不知道，也许已经死了。"

莉莉丝手上的动作顿了一下："死了？"

狄赖耸了耸肩："我猜的。因为他们总是酗酒，而我们周围总有因喝酒死去的人，不是吗？我的父母就是这样的人，他们每天都喝酒，身上又脏又臭，他们喝醉了以后就会互相辱骂，砸家里的东西，骂人，打人。他们总骂我丑，说我是'狗生的杂种''婊子养的''讨债鬼'，然后问我为什么不去死。"

莉莉丝抬起头，看着狄赖。

"我觉得大人很蠢。"女孩用鄙夷的神情说，"他们骂我'婊子养的''狗生的杂种'的时候，难道没有发现那是在骂他们自己吗？他们非常恨我，仿佛是我把他们的生活弄得一团糟。可不是我求他们把我生下来的。他们生孩子的时候，为什么不想想这个孩子愿不愿意出生、愿不愿意认他们当父母呢？后来有一天，他们消失了，我被房东赶了出来。据说那两个人欠了外面很多钱，也拖欠了很多房租。"

她脸上带着一股戾气："我找不到他们，但是也许债主们能找到他们，所以，他们也许已经死了。"

莉莉丝问："你希望这样吗？"

"是的，我不知道我为什么会有这样一对父母，我一点都不在乎他们，因为他们也不在乎我。"狄赖扒拉着地上的石头，"我曾经遇见过一个孩子，他穿着漂亮的衣服，皮肤洁白光滑，声音柔滑得像橱窗里的奶酪。他给我念神殿的教义，和我说父母都是爱孩子的，他觉得我肯定是做了什么无可救药的错事才会受苦，如果我足够好，就会过得很幸福。他总是让我宽恕父母，向神祈祷、悔过，他看起来健康、快乐又正常，他送给我饼干，可是我很讨厌他。"

莉莉丝不知道该说什么，于是她低下头，继续削着手上的木料。

"我不喜欢他看我的眼神，像是在看一个可怜虫。"女孩用她那哑哑的声音抱怨，"我不想要他的同情。他完全不理解我，他凭借他的想象责怪我。他的父母肯定不会骂他'狗杂种'，他的父母很爱他。而我不一样，我这辈子做过的最无可救药的错事就是从妈妈的肚子里出生。"

莉莉丝垂着眼眸，专注于手上的工作。

"你不说话了。"狄赖扁了扁嘴，受伤的表情一闪而过，很快被逞强取代，"魔女小姐，你是不是失望了，觉得我是个又凶又坏的小孩？看看我现在的模样吧，你应该知道，从我这样的孩子嘴里是听不到什么美好故事的。"

"不，我只是在想，你看起来很像……"

狄赖嗤笑道："刺猬吗？"

"不，"莉莉丝摇头，"是天使。"

狄赖愣住了，她提高了声调："哈？你在说什么啊？！"

"你不喜欢这个称呼？啊，抱歉，在现有的语言体系里，我好像一时想不起更恰当的词了。我该怎么说呢？你像勇者？侠客？哦……我不知道你能不能理解'侠客'的含义……"莉莉丝思索了一会儿，抬起头，看着狄赖的眼睛，认真地说，"其实我更想说，你是一个战士、一个反抗者。"

"我不能理解……"狄赖的声音有点颤抖，她因为这意料之外的回答产生了一种奇怪的感觉，"你好奇怪，你没有和我说'不要生气''不要骂人'，也没有和我说'不要报仇'，你还说我像天使、像战士，从来没人这么形容过我，他们都觉得我不够好。"

"他们怎么想与我无关，我觉得你很好。"

女孩褐色的眼眸渐渐浮上了一层水汽："你真奇怪。"

"是吗？"

"是的，你真是个奇怪的魔女，你和别人都不一样，怪不得你被通缉。"狄赖擦了擦眼睛，边擦边辩解道，"我没哭，是风吹的，我挨打时也没有哭过。"

"嗯，我知道。"

莉莉丝没有抬头，也没有去看狄赖想要遮掩起来的脸，这让狄赖放松了很多。

女孩小声说道："那两个人曾经和我说，每户人家都一样，所有人都是这样对待孩子的，有些人甚至会杀掉自己的孩子，我还活着，所以我应该感恩。我很生气，我明明看见过不一样的家庭、被人疼爱的孩子。他们为什么要骗我？他们为什么会觉得我会上当？"

她嘟囔道："我觉得他们把我当成了傻瓜。但是我又想相信他们，当我看到那些被家庭疼爱的孩子的时候，我觉得很难堪，又很气愤。也许他们说得对，我就是个邪恶的小疯子。"

莉莉丝摇头："不，你不是。"

"你说得对，我不是。"狄赖擦了擦自己脸，自言自语，"我当然不是。"

狄赖抱着手臂，蹲在一旁，看着火坑。

她不知道自己为什么会和莉莉丝说这么多。她很少和人说起这些事，因为大家总会同情她，那种高高在上的同情让她觉得自己弱小又可怜，所以她为自己竖起一身的刺，所有的逞强和戒心都是为了让别人看见，自己并不弱，不好欺负。可是，这个魔女的反应和其他人都不一样，这反应如此奇特，奇特到让狄赖感到一丝莫名的轻松。

　　女孩的心情终于平静下来，她靠近莉莉丝："你在做什么？"

　　"一把木剑，"莉莉丝削掉最后一块多余的木屑，"这是给你的武器。"

　　"你为什么不把你的匕首给我？"

　　"木剑和匕首都是可以杀生的武器，但是匕首可以轻易刺进自己的心脏，"莉莉丝回答，"而木剑很难做到。"

Chapter 27

同伴

　　傍晚休息的时候，那把木剑做好了。虽然比起武器店的木剑，这把木剑粗糙很多，但是狄赖依然很开心，她拿着那把剑，爱不释手，挥来挥去。

　　"你出剑的姿势不对。"莉莉丝抬起她的胳膊，"这样往外刺，才能利用最大的力气。"

　　她帮狄赖调整完动作才想起来，狄赖似乎不喜欢被人触碰。

　　"这样吗？"狄赖按照莉莉丝的教导又试了一遍，她兴高采烈地抬头，似乎完全没有注意有什么不对劲。

　　"对。"莉莉丝笑了，再次教导她，"下半身要稳，扎好马步……对，就是这样……"

　　狄赖很有天分，她的理解力很强，反应也很灵敏。

　　"我之前把树枝当剑用。"狄赖说，"我拿着树枝，想象着前面站着那些欺负我的人，然后狠狠地刺向他们！"

　　"你的气势很足，但是力量不够，所以你要做一些身体锻炼，吃更多——"莉莉丝说到一半忽然停下了，她想起狄赖之前吃东西的模样。

　　女孩吃面包时狼吞虎咽，吃山鸡时却很细致，不只是软骨，连焖得软烂的骨头根都啃掉了。吃到吃不下时，她才把剩下的烤鸡包起来，小心地收在身上。走路的时候，她时不时地摸一下，生怕它掉了。对这样的孩子说"你应该吃更多更有营养的食物"，是一种问"何不食肉糜"的残忍行为。

　　"什么？"狄赖眨着眼睛，疑惑地问。

　　"不，没什么。"莉莉丝扳正女孩的肩膀，"肩膀不要缩，抬头挺胸，保持这个姿势。"

　　晚上，莉莉丝找了块可避风的岩石，在火坑旁边搭了帐篷和消耗魔法石的野外取暖器。

　　"我也要睡在帐篷里，"狄赖先一步钻进了帐篷，"这些是我买来的。"

"好。"莉莉丝对她伸出手，"要靠着我睡吗？两个人会更暖和一点。"

狄赖抿了抿嘴，一副无所谓的模样："既然你这么说了，那也不是不可以。"

和别扭的话语相反，女孩的嘴角抑制不住地弯了起来，她有些不好意思地低下头，扑到了莉莉丝怀里。

虽然有火坑和取暖器，但是比起那间破烂的屋子，帐篷里更冷。

莉莉丝抱着怀中的孩子，感觉自己像抱住了一只温暖的小火炉。女孩有一头褐色的头发，发丝像她的脾气一样倔强地参着，仿佛一根根利刺。只有当莉莉丝的下巴蹭到女孩的头时，才能感觉到那些刺一样的头发蓬松又柔软。

她们就这样静静地躺着，听着彼此的呼吸声。

莉莉丝问："你想听童话吗？"

"那是什么？"

"孩子们的睡前故事。"

狄赖在莉莉丝怀里蹭了蹭："好，那你说吧。"

莉莉丝缓缓开口："很久很久以前，有一个小女孩，她的愿望是走遍大地的每个角落，成为一个探险家。于是她独自踏上了旅途，她遇到过狡猾的狼，也遇到过凶残的老虎，还曾在海里和凶猛的鲨鱼搏斗，她经历过很多危险，但是她又自由又快乐。但是有时，有那么一瞬间，她也会感到孤独。直到有一天，她听说，有一个女孩被囚禁在城堡里——"

狄赖打断了莉莉丝的话："探险家有武器吗？"

"嗯，武器店的铁匠很欣赏她的勇气，于是给她做了一把可以砍碎任何东西的利刃。"

"好吧，你继续讲吧。"

莉莉丝继续讲道："探险家走到城堡外面，呼叫女孩的名字。很快，女孩就出现在窗口。

"'你为什么待在城堡里？'探险家问。

"女孩说：'我无法出去，这扇门上了锁，我被困住了。'

"探险家用利刃切断了锁头：'你看，门锁开了。'

"女孩却没有走出来：'我在等待王子来救我，等我们结婚以后，这个城堡会变成我们的家。'

"'你不需要等待谁，门已经开了，你现在就可以出来。'探险家说，'出来看看吧，外面的世界很大，有蓝色的海、绿色的树、红色的花和连绵不绝的青山。'

"女孩很担心：'外面是不是很危险？'

"'是的，但是不用怕，'探险家说，'我会陪着你，两个人总比一个人安全，以后，如果我们有了更多同伴，就会更加安全。'

"探险家一边说着，一边打开了城堡的门。

"阳光从门口洒进房间，和煦的风吹散了城堡里污浊的空气，探险家站在门外，对着女孩伸出了手……"

童话讲到最后，狄赖的眼睛已经快要睁不开了。

"这个故事真奇怪，"狄赖迷迷糊糊地重复，"真奇怪。"

"嗯，这就是童话，喜欢吗？"

"还不错。"狄赖的声音消失在睡意中，"这是我听过的最奇怪也最好听的故事……"

"你喜欢就好，睡吧，晚安。"

听到这句话，狄赖露出了一个无意识的笑脸："晚安。"

第二天清晨，莉莉丝醒来时发现狄赖早已经醒了，她还保持着睡前的姿势，抬着头看她。

和莉莉丝对上眼神后，女孩的脸泛红，她别过头，装作不在意的模样坐起来："早上好，你好像做噩梦了。"

"早上好。"莉莉丝活动着发麻的手臂，"你睡得好吗？"

"还行吧。"女孩回答，"我还是第一次睡帐篷呢，感觉不错。"

虽然极力掩饰，但狄赖的心情显然非常好，她收起了刺，不再刻意与莉莉丝保持距离了。

但她的好心情只保持到吃完午饭。当莉莉丝收起东西，把它们背在身上，继续跟踪罗纳德王子时，女孩的表情变得不安。

路上的脚印越来越新。她们离罗纳德王子越来越近了。

狄赖跟在莉莉丝身后，甩着木剑，不停地碎碎念。

"其实我对这片森林也并没有那么熟。

"这片森林很大，我并不常来这边，也许我们应该回去思考一下对策再过来。

"你知道吗？这片森林其实很危险的，森林里不只有狼，还有熊。

"有人见过那头熊，那熊又高又大，可以一掌拍死一个人。

"你不怕熊吗？"

莉莉丝忽然停下，专心说话的狄赖撞到了她身上，鼻子撞得生疼。即使如此，女孩脸上依然露出了高兴的表情："你怕熊，对吧？那我们可以先回去，然后找到合适的武器再过来，我觉得熊比骑士们可怕多了，不是吗？"

"狄赖，"莉莉丝问，"你知道接下来该往哪里走吗？"

女孩看了看地上的草，犹豫了一会儿，指了指东南方。

那个方向的地面既没有鞋印，也没有马蹄印。

莉莉丝轻轻叹了口气，弯下腰，从口袋里掏出五枚银币，放在狄赖的左手中。

"这是干什么？"女孩脸上的笑容消失了。

"带路的报酬。"莉莉丝说，"接下来的路很危险，我不能带你去。"

狄赖看着手中的银币，抿了抿嘴唇，说："其实我还可以跟你走一段，你肯定没有我这么熟悉山里的路，没有我，你会很危险的。你要知道，危险的不只是熊、骑士，还有其他人……你是女巫，现在到处都在抓女巫，他们会把女巫抓起来烧死。"

"狄赖，我要去做一件很危险的事，"莉莉丝说，"我不能带你过去，我无法保护你。"

"我不需要你的保护，"狄赖嘟囔道，"我有木剑了，我会保护自己，我……我也会保护你。"

莉莉丝沉默了。

这次沉默的时间是如此长，长到狄赖脸上逐渐浮现出屈辱、愤怒的表情。

"啊，好的，好的，我懂了，魔女大人，"女孩气愤地说道，"你开始觉得我碍事了，是吗？你们大人都是这样，一会儿要我，一会儿不要我，一会儿喜欢我，一会儿讨厌我，像对待宠物一样对待我。你们以为小孩是这么好玩弄的吗？我不会跟着你了，我一点都不喜欢跟着你！我讨厌你们，我讨厌你们这些大人！"

她一边说，一边扬起手臂想要扔出手里的银币，但是犹豫了一会儿，那些银币终究还是没有扔出，女孩收回了停在半空中的手臂："我不会扔掉这些的，这是我应得的，这是我劳动的报酬，这是等价交换！"

她瞪着眼睛，气呼呼地和莉莉丝告别："再见了，魔女小姐。哦，或许我们再也不会再见了，反正你们都有同伴，有想要去的地方，但是我没有，我什么都没有！所以我会好好地守着我的屋子，直到死在那里！"

莉莉丝看着女孩的背影，她虽然表现得那么愤怒，但是她的肩膀垮了下去，头也低垂着——她很伤心。

莉莉丝终于出声："狄赖，你想成为我的同伴吗？"

女孩停下脚步，转头看她。

莉莉丝说："我被通缉，我的名声很差，我接下来的旅途非常艰辛，也非常危险，你不怕吗？"

"我不怕！"狄赖红着眼睛，一脸愤愤的表情，"我很厉害的！"

"那这样吧，昨天你和我说，东边有一棵很大的树，你在那里等我。"莉莉丝解下身上的行囊，取出一些需要的东西，然后走过去，将行囊递给狄赖，"明天天亮之前，我会过去找你，然后我们一起走。"

"你真的会来吗？"狄赖吸着鼻子问。

"当然。"莉莉丝弯下腰，擦去女孩脸上的泪水，"你没有骗我，所以我也不会骗你。"

狄赖抱着行李不安地说："是的，我当然没有骗你，但我有可能看错了，刚才我给你指的路是远路，如果你想要走近路，必须走另一个方向。"说完，她朝另一个方向抬了抬下巴。

莉莉丝笑了。啊，这个孤独又狡猾的小刺猬。狄赖不想和她分开，也不希望她陷入危险，所以一直笨拙而努力地阻止她。同样，她也不希望狄赖陷入危险，所以她思考了一路，要不要让狄赖一个人回去，要不要带着狄赖继续旅途。

"好……"莉莉丝直起身子，看向狄赖指着的方向。

既然狄赖的事已经解决了，那么接下来就是考虑怎么处理罗纳德王子和追兵们了。

* * * *

太阳落山之后，骑士们找到了适合露营的地方，他们在火堆边搭建营帐，并往取暖器里放置魔法石。

罗纳德王子在营帐里和安东尼奥讨论辛西娅公主可能的逃跑路线。

"无论公主和莉莉丝是分开逃跑还是已经聚在一起，毫无疑问，她们的目的地都是伊迪丝城，"安东尼奥看着地图，"也许我们应该设置几个拦截关卡。"

罗纳德王子问："如果我们直接攻打伊迪丝……"

"王子，调动军队需要国王的同意，"安东尼奥叹了口气，"而且与其他城市相比，伊迪丝是一座富饶之城，城里的人都很拥护公主，它的地理位置十分特殊，易守难攻，更何况，公主在很早之前就加固了城墙。"

"所以，她早就有这计划了。"罗纳德王子冷声道，"既然如此，那就更不能让她逃回伊迪丝。"

他们正打算进一步讨论，营帐外忽然嘈杂起来。

安东尼奥走出营帐："怎么回事？"

"团长，那里有烟！"

西南边的森林上空飘着白色的烟雾，烟并不多，显然不是森林火灾。

有烟代表有火，有火代表有人。这里是森林，现在是冬季，森林里出现其他人的可能性极低。那么，生火的人就很有可能是他们正在追击的人！

"安东尼奥，"罗纳德王子立即下了指令，"你带骑士过去看看！"

安东尼奥带走了大部分骑士，剩下的骑士在营地戒备。

罗纳德王子没有回到营帐，他在火堆旁焦躁地踱着步。

辛西娅，莉莉丝。他对这两个女人充满了恨意，前者与他争夺至高无上的权力，而后者一次又一次触碰他男性的尊严。只要抓住了她们，他不仅可以获得权力，还可以狠狠地泄愤！

罗纳德王子因为自己的想象而兴奋。但，很快，他又尝试让自己冷静下来。

不，先别兴奋，她们都是狡猾的女人，之前都隐藏得很好，怎么可能突然暴露行踪？……也许那是个圈套，是一个陷阱。

这也是罗纳德王子没有亲自带骑士去查看的原因。

那样太危险了。

即使烟是陷阱，那也能证明她们就在附近。无论如何，这烟都是一个预兆，预示着他与她们越来越近了！

就在罗纳德王子分析各种可能性的时候，忽然有喊叫声响起："着火了！"

营地边缘的两个营帐忽然起火了，火势很快扩散，烧向相连的营帐。

"放下手中的事，马上救火！"罗纳德王子立即组织骑士们救火。

营地里乱作一团，所有的骑士都加入了救火的行列。

火是怎么烧起来的？罗纳德王子心中刚浮现出这个问题，眼角的余光就看到了站在森林里的女人。她躲在一棵树后，头发与黑夜同色，眼中映着燃烧的火焰。

莉莉丝！

二人视线对上时，那个女人立刻转身朝森林深处跑去。

"你放了火，却要逃跑吗，莉莉丝？"罗纳德王子背上弓箭，翻身上马，朝她追去。

营地的嘈杂声被马蹄声抛在远处，燃烧起来的火光慢慢变成远处的烟。

照亮森林的只剩下朦胧的月光和罗纳德王子胸前的照明胸针。

罗纳德王子兴奋地追逐着他曾经的未婚妻。

"站住！莉莉丝！"

那个女人跑得很快，她在森林里快速穿梭，似乎对这里很熟。

每当罗纳德王子快要追到莉莉丝时，树根和变窄的路就会阻碍马的步伐。罗纳德王子起了戒心，他对着前方的莉莉丝拉起了弓。

银色的箭划破黑暗，射向了莉莉丝。

那个女人终于倒下了。

罗纳德王子陷入狂喜之中，他拉住缰绳，停在莉莉丝不远处，一边谨慎地观察四周有没有陷阱，一边问："莉莉丝，你还能跑到哪儿去？"

莉莉丝撑起身体，抬头看向罗纳德王子。

那支箭擦过她的右脸，扎在地上，血从她的脸颊向下流。

白马上的罗纳德王子笑了："哈，莉莉丝，你知道你现在是什么模样吗？"

她的衣服破破烂烂，还带着已经凝结的血污，身上混杂着杂草和泥污。与之前高贵整洁的公爵小姐相比，现在的她看起来像个落魄的乞丐。

"你把玛利亚带来了吗？"莉莉丝问，"她在营帐中吗？"

没有想到莉莉丝首先问的是玛利亚，罗纳德王子愣了一下。

很快，诧异变成了嘲讽。

"莉莉丝，你现在还在吃醋。到这个时候，你终于想要挽回我的心了？"罗纳德王子冷笑，"太晚了！"

"玛利亚在吗？"

"当然不在，我很爱惜她，不会让她来这么危险的地方，也不会给你伤害她的机会。"罗纳德王子说，"如果当初你乖乖待在我身边，那么我的这份宠爱都是你的，是你把这份殊荣让给了玛利亚，要不是你突然——"

地上的女人忽然爬了起来，往林子里跑去。

"莉莉丝！"罗纳德王子吼道。

这个无礼的女人！他本应该处于高位奚落这个狼狈的女人。她本应该抱着他的腿，忏悔、求饶，痛哭流涕地求他原谅。可她竟然连他的话都不听，仿佛不在乎他一般，跑了？！

罗纳德王子怒气上涌，他挥舞着马鞭，策马追了上去。

这个女人……这个女人……竟然和原来一样！

一次又一次，一次又一次地，无视他，羞辱他！

他是王子，而她只是逃犯！她有什么资格这样对待一个王子、未来的国王？她怎么敢？

"站住，莉莉丝！"罗纳德王子怒吼，"这次我要射穿你的喉咙，再砍掉你那丑陋的头！"

重新搭在弓上的箭随着那个逃跑的女人移动，可恨的是，她逃跑的经验丰富，左移右晃，令人难以瞄准。越是这样，罗纳德王子越是愤怒。他气红了眼睛，看着莉莉丝在树林里穿梭、逃窜。

这是赤裸裸的示威！她在挑衅，她在侮辱他！这个狡猾的女人，她像只滑不溜手的泥鳅。她用树木做掩护，她摇晃树枝遮掩他的视线，她甚至忽然跃起，翻滚着往前跑。

等一下，忽然跃起？

当罗纳德王子意识到这个动作过于奇怪时已经晚了。

全速前进的马忽然向前倾倒，握着弓箭的罗纳德王子毫无防备，硬生生地摔下了马！

"怎么？"罗纳德王子回头望去，发现两棵树中间连着数条不易察觉的坚韧鱼线。

错愕很快被摔下马的剧痛取代，罗纳德王子抱着腿在地上翻滚。

从疾驰的马上摔下是一件极其危险的事，很多人因此半身不遂乃至丧命。

罗纳德王子很幸运，他只是摔断了一条腿。不幸的是，刚才那个逃跑的女人回来了。她站在远处，观察着他的状况，拔出了剑，谨慎地靠近。

"站住，不要靠近我，你知道你在做什么吗？"罗纳德王子狠狠地说道，"我可是未来的国王！"

"不，"莉莉丝冷声道，"你的愿望不会实现，你无法成为国王。"

"你胡说！"

"罗纳德，你说过的，我是魔女。记住这句话，这是我对你下的诅咒——你不会当上国王，迎接你的，只有死亡！"

随着这句令罗纳德王子打战的话语，莉莉丝冲了过来！

照明胸针照亮了女人的脸——脸颊上的血、邪恶的笑容和疯狂的眼神。

那一瞬间，罗纳德王子真切地感受到了什么叫作害怕，刚才追逐猎物时的畅快和优越感消失无踪，随之而来的是令人战栗的恐惧感。

然而，下一瞬间，一支射出的箭阻拦了莉莉丝的步伐，肯特的声音响起："安东尼奥大人，王子在这里！"

紧接着，更多的箭射向了莉莉丝。莉莉丝翻滚着躲开那些箭，却并没有停止进攻，她迅速拾起一支箭，折断，把半截箭头掷了出去！

照明胸针可以为罗纳德王子照亮道路，也可以为莉莉丝的攻击指示方向。

罗纳德王子的惨叫声响彻夜空之际，骑士们终于来到他身边。

而那个攻击王子的女人已经不见了踪影。

狄赖晃着钱袋拖着行李，心情忐忑地往东方走。

她一路走，一路踢着地上的小石子："她会来，她不会来，她会来，她不会来……她不会来？"

踢到最后一颗小石子的时候，狄赖垂下眼帘，心情沮丧。但很快，她就振作起来："不行，这个不算，中间我漏了几个小石子，不准确，到下棵树再结束吧……她会来，她不会来，她会……"

在一遍又一遍的嘟囔声中，女孩走到了约定的地方。

当月光透过冬日干枯的树杈，照亮等在树下的人时，掩饰不住的笑意浮现在女孩脸上。

莉莉丝来得比她还要早，正闭着眼睛坐靠在树边。

"喀。"狄赖咳嗽了一声，调整自己的表情，装出一副满不在乎的模样，走了过去，"哎呀，你来得比我还早，其实我早就能过来的，但是你猜不到我在路上遇见了谁！"

莉莉丝睁开眼睛："谁？"

"那个叫里德的家伙！"狄赖抬起手中的钱袋，得意地说，"我跟在他身后，偷了他的钱袋！如果是平时，他早就过来打我了，可天太黑了，他误以为我手里的木剑是真剑，所以他不敢过来揍我，只能无能地朝我叫骂！"

莉莉丝笑了："你真棒。"

"是的，我很棒！"狄赖骄傲地仰起头，坐在莉莉丝身边，"我报复了里德，拿走了他的钱，骗了他，还威胁了他，我已经不能回到我的屋子了。所以，无论你愿不愿意，我都只能跟你一起走了。"

"好的，我们一起走。"

"那你呢，"狄赖歪头，"你那边顺利吗？"

"很顺利，那个王子不会再追来了。"

"你的脸怎么了？"狄赖伸出手，擦去莉莉丝脸上的血，"受伤了？"

莉莉丝愣了一下，忽然弯起腿，把头埋在臂弯里，肩膀剧烈地颤抖着。

"喂，你没事吧？你在哭吗？"狄赖担心地问，"我听说过，那个王子是你的未婚夫，你很爱他。但是他划破了你的脸，所以你才这么难受——"

"不，"莉莉丝抬起脸，她脸上没有一滴泪，反而带着止不住的笑意，"我没有哭，我只是控制不住地觉得好笑。哈哈哈哈哈，太好笑了！哈哈哈哈哈……这可太畅快了！"

也许她不是恋爱游戏里第一个被官配男主角划伤脸的女主角，但罗纳德王子肯定是第一个被女主角的计谋搞得摔断腿还被箭头伤到眼的官配男主角。完全没按照恋爱游戏的规律发展——这么一想，莉莉丝畅快至极。

"什么？"狄赖眨了眨眼睛。

"不，没什么。"莉莉丝摇头，"这不重要。"

恋爱游戏的特点之一就是女主角总是能吸引男主角，而游戏总是会为男女主角创造独处的时间。莉莉丝曾经因这种规律而陷入险境，但是反过来，她也可以利用这种规律。

恋爱游戏的特点之二是官配男主角的优先级，往往是优于其他男主角的。莉莉丝用这一点，制造了一个针对罗纳德王子的陷阱。

当然，官配男主角不会轻易被杀死。所以骑士们会在恰巧的时间赶来，莉莉丝只能在保证自己安全的情况下，对罗纳德王子实施力所能及的伤害。

玛利亚不在营地，重伤的罗纳德王子肯定会放弃追击，回到费尔顿城，找玛利亚治疗。安东尼奥和骑士们只不过离开了一会儿，罗纳德王子就遭遇了不测，在这种心理阴影下，罗纳德王子必然让所有骑士都跟在身边保护自己。一旦回到费尔顿城，罗纳德王子就很难再出来了。

莉莉丝解决了一个威胁她和辛西娅公主的大麻烦。这样一来，辛西娅公主回到伊迪丝城的路途就会顺利很多。真是太好了。

笑过之后，莉莉丝觉得头很重，眼皮很沉，多日来紧绷的神经终于舒缓下来，疲惫上涌。她的眼睛有些睁不开了。

"狄赖，我先睡一会儿，早上叫醒我……"

"咦，现在就睡吗，帐篷还没有搭呢。我们是不是应该先生火？至少你要等取暖器架起来吧。"女孩的话还没说完，莉莉丝的头已经倒在她的肩膀上。

从来没有人如此亲昵地靠着她的肩膀，原本絮絮叨叨的女孩表情变得柔软起来。她别过头，有点高兴，又有点害羞："哎呀，真拿你没办法。如果你想睡，就这样靠着我睡一会儿吧。不过，一会儿你还是要起来搭帐篷的……"

莉莉丝迷迷糊糊地回答："好……"

女孩感受着肩膀上传来的温度，一动不动，像个雕塑一样僵着。

过了一会儿，她慢慢放松下来，然后，小心地把头靠在莉莉丝头边。

"喂，魔女小姐。"

"嗯？"

"如果我成为你的同伴，你也会对我那样吗？"

"那样？"

"我是说，你会像你保护那个毒蜂公主一样保护我吗？"

"是的，我会的。"

听到这句承诺，女孩的嘴角慢慢弯了起来："那我也会保护你。"

曾几何时，她觉得"魔女"是个丑陋又令人憎恶的词。而现在，她觉得这个词温暖又悦耳，充满安全感。

"那么，我们现在就是同伴了。"狄赖伸出手，摸了摸莉莉丝的头发。

随即，狄赖脸上的笑容消失了。

莉莉丝的额头烫得惊人。

* * * *

昏沉间，莉莉丝听到了狄赖的呼唤，女孩的声音很焦急，一声一声地喊着"莉莉丝"。

"这是她第一次叫我的名字，"莉莉丝想，"之前她都叫我'魔女小姐'。"

莉莉丝想要睁开眼看一看那个刺猬一样的小女孩，但是她的眼皮太沉了，无论如何都无法睁开。她知道自己的身体状况，原本被救助者包扎好的伤口早就裂开了，激烈活动时，伤处便如同刀割一般疼。

这几天她一直憋着一口气硬撑着，现在那口气吐了出来，伤痛与疲惫便如大坝决堤一般涌来。头痛得像要裂开，任何一点轻微的晃动都会让脑浆翻腾，她简直想在太阳穴钻一个洞，让所有痛苦都从伤口流出。

莉莉丝隐隐想起之前受伤时，曾有人温柔地抱住她，帮她治疗。

那是在竞技场，无数的人注视着她，她一个人拼命杀死了所有的魔兽。

也许对普通人来说，他们只是看了一场人与魔兽的比拼；也许对玩弄人心的权贵来说，他们只是欣赏了一个女人的挣扎；也许对国王来说，他只是在看一个小丑在自己手心的表演。可是那场比赛，她拼尽全力，赌上了性命。

所以，那时，那个曾与自己为敌的金发女孩的拥抱才显得格外珍贵而温暖。

"玛利……"

狄赖的声音仿佛从远方传来："什么？"

"玛利亚……"

长久的沉默之后，狄赖的声音终于响起："你等在这里，我知道你的伙伴在哪里，我去找她们！"

随着这句话，原本依靠着的那个小小的身体离开了。

"她去找谁？我的伙伴？"莉莉丝迷迷糊糊地想，"哪个伙伴？是辛西娅公主、赫卡特，还是……"

很多人脸在脑海中滑过，莉莉丝还想再多思考一阵，可已经停滞的大脑无法继续思考。她陷入了昏迷。

黑暗中，她又回到了紧闭的门前，穿着女仆装的少女依然在不远处站着。她脸上的鲜血滴滴答答地落在地上，声音充满怨恨："小姐，我好孤独……我那么喜欢你，你为什么不和我待在一起，你为什么要走？"

每个晚上，那个女仆都会出现在她的梦里，问出同样的问题，使莉莉丝痛苦不已。

而这一次，女仆身旁出现了一个头发乱蓬蓬的小女孩。

——喂，魔女小姐。

——我已经不能回到我的房子了。所以，无论你愿不愿意，我都只能跟你一起走了。

——如果我成为你的同伴，你也会对我那样吗？

——你会像你保护那个毒蜂公主一样保护我吗？

——那么，我们现在就是同伴了。

女孩背着手，带着倔强又害羞的表情说完这些话，不好意思地笑了起来，然后转头跑掉，消失在黑暗中。

莉莉丝愣愣地看着她的背影。

"小姐……"女仆的声音再次响起，"你忘了我吗？"

以往的梦境里，每当女仆问出这个问题，莉莉丝都会被强烈的内疚折磨，她会后退、痛哭、抓狂、逃跑。

而这一次，她没有那样做。她看向女仆。

"不，我没有忘，我一直记得你，我记得我们在一起的日子，我也记得我们曾经向往过的快乐与自由。现在，我在黑暗中摸索着行走，就是为了走向那条我们所希望看到的自由而又光明的道路。"

这次，莉莉丝没有后退，她走向那个女仆，然后轻轻地抱住了她。

女仆的身体冰凉刺骨，黏腻的血液粘在她的耳侧，滴在她的肩膀上。

就像那晚一样。

"对不起，多琳。"她终于叫出了她的名字，"我还有一句话没有和你说。"

她轻声说："我很爱你。"

多琳，我真的很爱你。

我爱你的温柔、你的善良、你的苦恼和那些鲜为人知的小心思。

我爱你在阳光下微笑的样子，爱你鼓起脸颊生气的模样，也爱你把发卡甩到约克脸上时的决绝。

我理解你的一切，我认同你的痛苦，我知晓你的恼怒，也明白你的无奈与纠结。

你是如此鲜活，如此生机勃勃，所以我才会爱你。

可我不能和你待在一起，因为我还有要做的事。

你会懂的。

对吗，多琳？

恍惚间，一只温热的手抚上了莉莉丝的背。

女仆身上的血消失了，她的额头光洁、平整，衣服整洁，就像很久以前她第一次见到她时一样。

那是很久很久以前，她刚进入游戏，面对陌生的环境不知所措，慌慌张张地从床上摔了下去。

推门而入的女仆吃惊地跑过来，将她扶起，为她拍去身上的浮灰，关切地问："小姐，您还好吗？"

她并没有在意自己身上的疼痛，而是满怀疑虑地打量着面前这个陌生的女仆。

"您又做噩梦了吗？"女仆抚着她的背，轻声说，"不要怕，只是梦而已，没事的，没事的……"

那是她们第一次见面。

当时，女仆还不知道她已经不是原来的小姐。她也不知道自己会在无数次轮回中一次又一次地与女仆重逢。

她们更不知道，有一天，她们会在彼此心中变得那么重要。

黑暗中，那只温热的手抚上了莉莉丝的脸。

莉莉丝抬起头，怔怔地看着女仆的脸。

她微笑着，柔和的表情一如从前在午后的马车上低声为她吟唱摇篮曲的模样。

"去吧，小姐。"她说，"去自由地，做您想做的事吧。"

女仆的身上散发出淡淡的光芒。

黑暗逐渐退去，光亮映入眼帘。

这一觉，睡了很长时间，莉莉丝觉得自己似乎做了很多梦，又似乎什么都没梦到。当她逐渐从沉睡中抽离，慢慢苏醒的时候，感觉到脸被泪水浸过而导致的干涩，周围的声音也变得清晰起来。

木柴燃烧的火星声、水煮开的咕嘟声和……对话的声音。

"啊，塞赫美特，兔腿是我的！"

"是我的，这只兔子可是我打回来的。"

"如果不是你要我看着她，我也可以猎到兔子！给我给我！"

这两个声音有些耳熟……

莉莉丝睁开眼睛，首先映入眼帘的是一个无烟火堆。

火堆上架着一口小锅，锅边坐着两个古铜色皮肤的女人，娇小的女孩正伸着手，争夺那个高大女人手中的兔腿。

"啊，你醒了？"高大的女人马上察觉到了莉莉丝的注视，歪头看向她。

与此同时，她手中的兔腿被娇小的女孩抢走了。

"嘶……"莉莉丝动了一下身体，马上感受到剧痛，伤口已经被包扎起来，身上盖着一件熟悉的披风，自己的衣服已被叠好，放在不远处。

和上次一样。

"你的伤口裂开了，我是医生，所以为你重新包扎了。"高大的女人走到她身边，观察她的伤口，"这是第二次了，上次是被魔兽袭击，这次是箭伤……你真应该庆幸自己身上穿着野猪皮的护甲，否则有几条命都不够。"

莉莉丝第一次见到这么高的女人，她应该有一米九以上，身材魁梧，头发编成许多辫子，看起来像头强壮的母狮。她站在莉莉丝身前，几乎完全遮住了火光。

"真不知道你怎么能拖着这样的身体到处跑。"娇小女孩的声音传来，"上次我只不过去取了点水，回来时你就不见了。"

"上次也是你们救了我？"这是莉莉丝第一次见到这两个女人，"你们是谁？"

"我叫塞赫美特，她是贝斯蒂。"塞赫美特说，"如你所见，我们是异国人，确切地说，我们是赏金猎人。"

异国人？莉莉丝在脑海里回忆着之前轮次中见过的异国人的模样，他们大多是商人和卖艺者，有时也会有倒卖人口的人贩子。

面前这样的异国人，她是第一次见到。

"烧好像退了。"塞赫美特弯下腰，伸手摸了摸莉莉丝的额头，然后从火上拿下小锅，将里面的汤倒到碗里，又撕了些兔肉扔进汤里，"你昏迷了三天，应该多吃点东西。"

莉莉丝问："你们是赏金猎人，为什么要救我？"

"因为你的小朋友哭着过来找我们，说我们的同伴快要死了。"塞赫美特对着莉莉丝身后扬了扬下巴，"大概是上次我们救你时被她看见了，所以她误以为我们是同伴。"

莉莉丝转过头，看见了狄赖。她像第一次见面一样，躲在树后，防备地看着这边。

"狄赖……"莉莉丝想要叫她过来，但是那女孩迅速地缩回了头。

"没用的，你昏迷的这几天，我们试过各种方法，但是她一直不过来，就像那样露出脑袋看着我们。就算我们给她吃的，也只能放在地上，她会等我们走远了再去拿。"塞赫美特将碗递给莉莉丝，"你先吃点东西吧。"

莉莉丝看着碗，有些迟疑。

"嗷呜嗷呜呜呜咩咩咩，"啃着兔腿的贝斯蒂咽下了嘴里的兔肉，才发出清晰的声音，"吃吧吃吧别客气，我们之前可是靠你大赚了一笔呢！莉莉丝。"

"你怎么知道我的名字？"莉莉丝问，"大赚一笔又是什么意思？"

"嗯……"塞赫美特挠了挠下巴，"我们看了你在竞技场的比拼。"

"我们花大价钱赌你赢，还赌赢了。"贝斯蒂对莉莉丝眨了眨眼睛，"很棒吧，当时可没多少人赌你赢！"

莉莉丝愣了几秒，然后笑了，接过塞赫美特手中的碗。

当热乎乎的汤下肚，暖意在四肢蔓延，莉莉丝才真正感觉到自己活过来了。

这种真实的感觉令她有种想要落泪的冲动。

"喂喂喂！"贝斯蒂敏捷地跳了过来，她灵活至极，留着齐刘海儿的娃娃头，动作像猫一样轻盈，"你到底是怎么回事啊，不是已经成为圣女了吗，不是已经成为骑士了吗，怎么又落到这种地步？现在整个科尔里奇国都在通缉你呢！"

"是啊……"莉莉丝叹道，"我本来以为我成了圣女成了骑士就会安全，但事实并非如此。"

"你现在已经不是圣女了。"贝斯蒂跳起来，挂在塞赫美特的背上，"通缉令上说你是魔女呢。"

"贝斯蒂，不要趁着说话故意把油污抹在我身上！"塞赫美特拍了拍自己的肩膀。

"是的，魔女，"莉莉丝轻笑，"这个名字更适合我。"

当贝斯蒂和塞赫美特靠近莉莉丝的时候，狄赖又从树后探出了头，她愤怒地看向这边，像龇牙的小兽。

"不好意思，"莉莉丝拿起碗，问道，"可以再给我盛一碗汤吗？我想和我的同伴聊聊。"

"当然。"塞赫美特又为她盛了一碗兔肉汤，然后带着贝斯蒂走到了另一边。

"狄赖，"莉莉丝对女孩说，"过来吧，你不饿吗？"

树后的狄赖看着她，满脸委屈，眼神中充满懊恼，似乎在赌气。

"怎么了？"莉莉丝摸了摸自己的脸，"我不过睡了一觉，你就不认识我了？"

她摸到自己脸上有一道伤口，那是之前被罗纳德王子的箭划伤的："哦，是因为有这道疤，我变丑了，所以你不认我了吗？"

"不，有疤是好事。"狄赖说，"你之前太漂亮了，漂亮不是好事。那些欺负我的大人总说，要不是我长得丑，早就被人拐走卖了，所以，我就是因为长得丑，才能好好地活到现在。"

随意说出口的玩笑话却获得了意想不到的回答，莉莉丝愣了愣，然后伸出手，柔声道："那就过来吧，狄赖。"

狄赖这才带着不情不愿的表情，慢慢地走了过来。

莉莉丝问："你为什么生气？"

"谁是玛利亚？"

"什么？"

"你昏过去之前叫着这个名字。"狄赖扁着嘴，"她们两个，谁是玛利亚？"

莉莉丝摇了摇头："她们都不是，玛利亚不在这里。"

"但她们是你的同伴，"女孩的表情依然低落，"你找到了同伴，就不需要我了吧？"

"为什么你会这么想？"

"大家总是这样，就算有和我说话的人、和我玩的人，最后也会离开我，回到同伴那里去。而那些同伴都不欢迎我，因为我脸上有胎记，我又脏又臭又穷，我还很凶。"狄赖小声嘟囔道，"如果不是你快要死了，我才不会跑来向她们求救……"

她懊恼地抱怨着，纠缠在一起的双手暴露了内心的不安。

"谢谢你，狄赖。"莉莉丝的声音很温柔，"为了表示我的感谢，我能抱抱你吗？"

狄赖看向不远处的塞赫美特和贝斯蒂，贝斯蒂还挂在塞赫美特的脖子上，眨着一双猫眼，好奇地看着她。

狄赖扁着嘴靠近莉莉丝，然后伸出手抱住了她的脖子，小小的脑袋贴在她的肩膀上。

"我以为你和我一样，我以为你也是一个人。"狄赖小声说，"莉莉丝，如果你是一个人，我会照顾你的。所以，请你不要跟她们走，好吗？"

"狄赖，你还记得那天晚上我和你讲过的睡前童话吗？"莉莉丝轻声重复那天的话，"出来看看吧，外面的世界很大，有蓝色的海、绿色的树、红色的花和连绵不绝的青山。"

"我已经出来了。"

"那就再往外走一步吧。"

"会有危险吗？"

"会有，但是不用怕，我会陪着你，两个人总比一个人安全。以后，如果我们有了更多同伴，就会更加安全。"

"她们会讨厌我的。"

"不会的。"

"如果我被人欺负呢？"

"不用担心，有我在。"

狄赖沉默了很久。终于，她轻轻地点了点头。

莉莉丝笑了，她摸了摸女孩的头，把兔肉汤递给她，然后看向远处的两个人。

"既然你们是赏金猎人，那可以接受我的委托吗？"

Chapter 28

旅途

　　"委托？"贝斯蒂晃着手中的兔腿，"我们是很优秀的赏金猎人，所以我们的委托是很贵的。"

　　莉莉丝："钱不是问题。"

　　塞赫美特看向她："那要看委托的内容。"

　　"我希望你们能一路保护我和狄赖。"

　　塞赫美特："去哪儿？"

　　"我们要去很多地方……"莉莉丝思索道，"如果你们有地图的话，我会在上面标注出我想去的地方，不止一处。"

　　塞赫美特："时限是？"

　　"我不知道要经历多长时间，但我最终的目的地是伊迪丝城。"

　　"你要去伊迪丝城？"贝斯蒂叫道，"那里可是辛西娅公主的领地！"

　　莉莉丝点头："我知道。"

　　"你真知道现在是什么局势吗？"塞赫美特摇头，"辛西娅公主在新年舞会时谋反，但是失败了，罗纳德王子和骑士们保护了国王。现在辛西娅公主畏罪潜逃，王国的追兵正在追击她……在这种情况下，去辛西娅公主的领地可不是一个好选择。"

　　"是啊。"贝斯蒂说，"辛西娅公主现在和你一样，都是通缉犯，去伊迪丝城的道路肯定会被严格监视，你这样是自投罗网。"

　　莉莉丝说："如果我没猜错的话，罗纳德王子的队伍正在返回费尔顿王城的路上，所以追击的力量会减弱许多。"

　　"但是，"塞赫美特说，"辛西娅公主现在已经完全失势了，也许她自己都无法活着回到伊迪丝。"

　　"公主会回到伊迪丝城。"莉莉丝说，"而我要进行的是一趟漫长而危险的旅行，所以我才需要你们的保护。"

　　"啊……"挂在塞赫美特背上的贝斯蒂长长地叹了口气，她把下巴靠在塞赫美特的肩膀上，"莉莉丝，你大概不知道自己现在的处境。你现在受着伤，病恹恹的，而我和塞赫美特是专业的赏金猎人，比起接你那危险的任务，我们杀掉你，夺去你的钱财，用你的人头去换高额赏金，更简单也更轻松。"

因为这句话，正在喝兔肉汤的狄赖对她们露出了防备的表情。

"那你们会这样做吗？"莉莉丝问。

贝斯蒂盯着她，猫一样的眼睛和嘴角一同弯了起来："不会。"

"是的，我们不会。"塞赫美特伸出手摸了摸贝斯蒂的头发，"任何一个赏金猎人在看过你在斗兽场上的厮杀后，都不会拒绝你的委托。"

简单休整以后，莉莉丝带着狄赖和两位赏金猎人踏上了漫长的旅途。

在路途中，莉莉丝才发现这两个赏金猎人多么优秀。

塞赫美特是一个顶尖的猎人，她的箭术与辛西娅公主不相上下，而近战时，她随身的佩刀就有了用处。

贝斯蒂虽然在力量上比不上塞赫美特，但她的动作惊人地灵巧。她的武器是一支小钢叉，在战斗中，她会把这个东西刺入猎物的眼睛、心脏或者喉咙。

而且塞赫美特和贝斯蒂是古铜色皮肤的异国人，当莉莉丝把皮肤染成和她们一样的肤色，戴上假发和墨镜，混在她们中间时就不再引人注意，甚至可以混进一些戒备松懈的城镇。她们两个无疑是最好的帮手和护卫。

安全起见，她们避开了一些盘查森严的城镇，绕着路往莉莉丝在地图上标注的目的地走。

莉莉丝找来纸和笔，记录着沿途的路况和见闻。

狄赖总是跟在莉莉丝身边，和两位赏金猎人保持距离。但是在两位优秀赏金猎人的影响下，她产生了强烈的胜负欲。除了吃饭、睡觉，狄赖几乎不曾放下那把简易的木剑。一到休息时间，她就在旁边挥舞木剑。

狄赖长胖了一些，换上了新衣服，身上也洗干净了，只是头发依然乱得像竖起刺的小刺猬。经过一段时间的练习，她挥舞木剑的动作越来越娴熟。

"嘿，小家伙！"贝斯蒂托着腮坐在旁边，"你这么小小一只，为什么要选择无趣的木剑作为武器？我觉得你还算灵巧，如果你拜我为师，我可以教你使用钢叉。"

狄赖反驳道："我不小！"

"这不是重点啦，"贝斯蒂说，"重点是武器，而且你本来就比我小。"

"我不小！"

"你比我小，你应该叫我'姐姐'！"

"我以后会长高的！"

"你长高了，年纪也不会超过我。"

"那我会长得比你高。"

另一边，塞赫美特正在为莉莉丝换药。经过这位医生的治疗，莉莉丝身上的伤基本痊愈，留下的只是深深浅浅的疤痕。

"我和你打赌，"塞赫美特笑道，"狄赖对付不了贝斯蒂。"

莉莉丝笑道："但是狄赖也很倔强，她绝对不会叫出'姐姐'两个字。"

果然，无论贝斯蒂如何哄骗，狄赖死活都没有叫出"姐姐"这两个字。

"啊，气死我了！"贝斯蒂跳过去，三两下压制住狄赖，"叫我'姐姐'！"

"不！"狄赖说。

"你这个倔强的小家伙，"贝斯蒂气呼呼地说，"我警告你，你要是不叫我'姐姐'，我就……我就……"

听到这种威胁，狄赖更加生气，抿住了嘴。

贝斯蒂弯下腰，在狄赖的小脸上亲了一口。

狄赖惊呆了。

贝斯蒂大笑着蹿到塞赫美特身后，对着狄赖做鬼脸："你不叫我'姐姐'，我就亲你！"

"你……你……"狄赖气得满脸通红，用手背蹭着自己的脸。

莉莉丝对她张开手臂，狄赖马上扑进了莉莉丝怀里，气呼呼地告状："莉莉丝，她……她亲我！"

"那下次你也亲她。"莉莉丝说，"报复回来。"

"我才不呢。"狄赖闷闷地说，头埋在莉莉丝怀里，嘴角却不由自主地弯了起来。

路上大多时候是轻松愉快的。

她们单独相处时，仿佛身处一个世外桃源，惬意，自由，但总有一些事能让她们从安详的氛围中走出，看见世界的残酷。

河里经常漂浮着尸体，大片空地上也会出现带着残骸的灰烬。

那些都是被惩罚的"女巫"。

一次，莉莉丝她们在一个城镇的旅馆里过夜，险些被当成女巫围攻。幸好旅店店长的老母亲给她们报了信。

她们悄无声息地从后窗离开旅店后不久，那个旅店就被拿着火把的镇民们包围了。

火光映着镇民们的脸，他们对着她们曾经居住过的房间大喊："审判女巫，烧死女巫，杀死女巫！"

莉莉丝她们站在远处的山坡上，看着被火把照亮的旅店。

狄赖站在莉莉丝身后，抓着她的衣服，手还有点抖。

"真是疯了。"贝斯蒂总挂在脸上的笑容消失了，取而代之的是强烈的愤怒，"这些人真是疯子！"

莉莉丝回想起，刚才在旅店中，她们辩解说自己不是女巫时，那个白发苍苍的老人的警告。

"你们不用跟我证明什么，你们太年轻了，孩子们，当你们经历得多一点就懂了，你们是不是女巫并不重要，人们不知道女巫的真实模样，也不知道女巫做了什么，更不知道女巫是否存在，他们只是想找一个发泄口，表达自己的愤怒，抚平自己的恐惧，填满空虚的时间，掌控其他人的命运，像那些贵族一样，凌驾于'某些人'之上。"

塞赫美特注视着城镇里亮起的火光："莉莉丝，你说过，你要去伊迪丝城找辛西娅公主。"

"是的。"

"你们曾经拿着一副绝佳的牌，只要按捺着性子，顺水推舟地忍下去就有可能赢钱，但是你们离开了牌桌。"

"是的。"

"所以，"塞赫美特转过头，看向莉莉丝，"你和公主想创造一个怎样的世界？"

"一个与现在不同，属于我们的世界。"

"我从来没见过那样的世界。"

"我也没有见过。"莉莉丝说，"但是我们之所以离开牌桌，是为了有一天能够回来，彻底掀翻它。"

之后，莉莉丝她们变得更加谨慎。

各地对"女巫"的审判还在继续，在野外过夜往往比在城镇里更安全。

每当需要补给的时候，就由塞赫美特和贝斯蒂去城镇采购。每到这时，莉莉丝就会让她们仔细观察城市、市集和店面的情况，并请她们搜集一些信息，比如矿石、武器和粮食的价格以及数量。

莉莉丝把得到的情报都记了下来。

而塞赫美特和贝斯蒂回来时往往会带回来一些从费尔顿城那边传来的新消息。

*　　*　　*　　*

在第五骑士团的护送下，罗纳德王子回到了费尔顿城。玛利亚治好了他的瘸腿，却对他的右眼毫无办法。

在回去之前，王子被箭头伤到的眼球已经彻底坏掉了。

科尔里奇国最英俊的王子为魔女莉莉丝所害，变成了独眼龙，这个消息令王子的拥护者们伤透了心。

但令他们伤心的事并非只有这一件。

所有人都以为，在辛西娅公主谋反之后，康拉德国王会迅速宣布以后由罗纳德王子继承王位，但事实并非如此。国王非但没有这么做，相反，他还趁罗纳德王子追击辛西娅公主的时候，把情妇生的儿子阿普顿接到了宫中，封他为王子。

这件事掀起了轩然大波，所有人都知道国王在外面有孩子，但是这些孩子的母亲既不是王后也不是王妃，她们只是毫无名分的情妇。贵族有私生子并不稀奇，但于情于理，都不应该让情妇的孩子有这么高的地位——尤其是罗纳德王子还活着的情况下。

之前让辛西娅公主参与政务是坏了规矩，现在让情妇的孩子阿普顿当王子也不合规矩。人们一时间竟然不知道哪件事更不合规。

但是改革派大臣们犹如抓到救命稻草一般，迅速支持阿普顿王子。

对这种情况，莉莉丝丝毫不感到意外。

之前在狱中谈话时，莉莉丝就在多疑的康拉德国王心底种下了一颗种子。

这些细小的行为是有力量的。

就像之前莉莉丝在狩猎祭对艾伯所做的一样。

如果艾伯一直没有犯错，没有被莉莉丝压一头，一直隐藏在"小公爵"的名号和对其容貌的赞美后面保持着"神秘、强大"的完美形象，那么，莉莉丝在法庭上说出阿博特家族丑闻的时候，人们就无法联想到各种前因，无法产生认同。

莉莉丝确信，狱中谈话后，康拉德国王会加强戒备。他紧紧守着自己的王位，忧心忡忡，害怕有人篡位。

莉莉丝和辛西娅公主在计划时，也算到了国王会心怀戒备。如此一来，当罗纳德王子带领骑士们全副武装地镇压叛变时，莉莉丝在牢里说过的话便会从国王的脑海里浮现出来。

"如果我是罗纳德王子，我会趁机掀起一次叛乱，成功便可顺利篡位；如果失败，我会把它栽赃在辛西娅公主头上，趁机清除公主的全部势力，排除真正的敌人。"

国王在庆幸之余，还会警觉："罗纳德，你为什么会布置这么多骑士？你为什么在这里安排这么多武装力量？你是早知道辛西娅要谋反却不提醒我，还是这次谋反就是你指使的？

"罗纳德，不知不觉中，你竟然在我眼皮子底下安排了这么多事。

"会不会有一天，在我睁开眼的时候，你的剑已经横在我的脖子上？"

当初，罗纳德王子在辛西娅公主的宫殿里之所以没有全力逮捕莉莉丝，正是因为他希望莉莉丝在辛西娅公主谋反后被逮捕——这可以成为彻底灭掉辛西娅公主的又一个罪证。可他低估了康拉德国王对权力的痴迷，也高估了自己在康拉德国王心中的地位。

辛西娅公主逃跑，使得罗纳德王子一人独大。康拉德国王当然不会允许这样的事发生，所以他马上扶持新的势力针对罗纳德王子，并且，因为那个新势力尚未成熟，势单力薄，所以辛西娅公主也不能死。

权力是人们欲望的体现，是不同派系利益的争夺，是群体斗争的目的，是人们默认的社会规则驱动者。国王深切知道这一点，所以他荒谬的举动背后隐藏着对各方势力的权衡和对窥伺王位者的敌意与防备。

尤其是王子在追击中失去一只眼睛后，国王更加理直气壮——"罗纳德身体有了损伤，我接阿普顿回王宫只是以防万一。"

在这些政治斗争的渲染下，辛西娅公主的下落就显得不那么重要了。毕竟，在大家的观念里，辛西娅公主已经出局了。

罗纳德王子并没有因为这次的事件离王位更近，反而要为阿普顿的出现焦头烂额。这次，他的对手是一个男人。这会耗费他大量的精力，使他无暇顾及莉莉丝和辛西娅公主。

所有人都会认为莉莉丝和辛西娅公主已经彻底失败了。

但是，对她们来说，这是一个新的开始。

她们逃离了无药可救的危房，脱离了国王和王子的视线，休养，蛰伏，并找机会重整旗鼓。

而她们想要走的是一条艰难、冒险甚至没人走过的路。

＊　　＊　　＊　　＊

"对了，今天找到了这个——你要的《卡俄斯日报》。"贝斯蒂递给莉莉丝一份报纸，"真不知道你为什么一定要找这家报社的报纸，这是家小报社，之前还停刊一段时间，我花了好大力气才找到。"

"谢谢！"莉莉丝迫不及待地接过报纸，翻开，看里面的广告。

那里有她和赫卡特约定的暗号。

看到只有她们才明白的暗号以后，莉莉丝松了一口气。谢天谢地，赫卡特没事，她只是和密丝特一起躲起来了。

"能请你们帮我给卡俄斯报社发一封信吗？"莉莉丝说，"我想登条广告。"

"广告？"贝斯蒂睁大了眼睛，"莉莉丝，你现在是在逃命，竟然有心情去报社登广告？！"

她的头很快被塞赫美特按了下去，后者没有在意张牙舞爪的贝斯蒂："稍等，我给你拿纸和笔。"

塞赫美特是一个沉稳的赏金猎人，她不会问过多的问题。但是她肯定能猜到，那不是单纯的广告。

那封询问广告的信，表面上看，并没有什么特别之处，但是莉莉丝用暗语报了平安，并告知赫卡特，最终她会去伊迪丝城。

之后，莉莉丝和赫卡特可以通过这种方法隐秘地通信，而买到的报纸还可以用来教狄赖认字。

和赏金猎人的相处相当愉快。在旅途中，莉莉丝越来越熟悉塞赫美特和贝斯蒂的性格。

　　塞赫美特稳重、警觉，贝斯蒂善言、灵活。虽然两人性格相差很大，一路上总是吵吵闹闹的，但是她们之间拥有绝佳的默契，在一起时意外地和谐，就连总对外人充满戒心的狄赖都很快适应了和她们在一起的生活。

　　莉莉丝看着自己记录的数据和地图，在多尔恩城上画了一个圈，然后陷入沉思。

　　这是她计划中第一个重要的目的地，但是现在过去似乎为时过早。

　　她有很多想法、很多计划，但碍于种种现实条件都无法实现，一筹莫展，只能且行且观察。

　　"哈哈哈哈哈……"

　　一阵笑声打断了莉莉丝的思考。

　　贝斯蒂笑着扑到莉莉丝身上："莉莉丝，莉莉丝，塞赫美特她又输了！她得去打猎了！"

　　贝斯蒂很喜欢身体接触，她像一只活泼的小猫，开心时就腻在喜欢的同伴身边，你摸摸她的头，她就会很高兴。

　　但是狄赖很不喜欢这样，每当贝斯蒂扑到莉莉丝身上，狄赖就像炸毛的刺猬一样生气。每到这时，贝斯蒂就会把狄赖拽过去，一起抱着。

　　"啊，可恶，为什么每次和你猜拳都会输！"塞赫美特背上弓箭，"下次我一定会赢的。"

　　"才不会赢呢。"贝斯蒂做着鬼脸，"你每次都这么说，每次都输。可悲的赌徒塞赫美特！"

　　已经走出一段距离的塞赫美特转过身来，不甘心地喊道："我会赢的！"

　　"哈哈哈哈哈，才不会呢！"贝斯蒂小声对莉莉丝说，"她自己都没意识到，她每次猜拳都先出布，然后是锤头，然后又是布。"

　　这句话让莉莉丝没忍住，笑了起来，狄赖抿嘴忍住了笑意。

　　"记住了吗，狄赖，"贝斯蒂对狄赖眨了眨眼睛，"下次和塞赫美特打赌，就按照这种方法猜拳，一定能赢她。"

　　狄赖抬起头，眼巴巴地望着塞赫美特。

　　之前塞赫美特和莉莉丝带她一起打猎，她差点抓到一只兔子。后来她为了那只逃跑的兔子，懊恼了很久。

　　"狄赖，你和塞赫美特一起去吧。"莉莉丝看透了狄赖的心思，"也许她需要帮忙。"

　　"那……那就没办法了，我去帮帮她吧。我不在，你们两个注意安全。"狄赖叮嘱完，迫不及待地跑向塞赫美特。

　　似乎连狄赖自己都没察觉，经过这段日子的相处，她不知不觉地与两位赏金猎人亲近了。

　　贝斯蒂把手放在嘴边，高声喊道："塞赫美特，狄赖，多打几只兔子回来呀！"

"知道了知道了，你就擦干净嘴等着吧。"塞赫美特拍了拍狄赖的肩膀，和她一起走进了森林。

贝斯蒂把头埋在莉莉丝怀里，笑得浑身打战："哈哈哈哈，我最喜欢塞赫美特和狄赖了，她们太可爱了。"

莉莉丝忍不住摸了摸贝斯蒂的头，她觉得她也很可爱。

"莉莉丝，"贝斯蒂指着她腰间问，"我从很久以前就想问了，这是什么？"

看见她指的地方，莉莉丝的脸色黯淡下来。

那是一个类似于荷包的袋子，里面装着已经干枯、碎掉的用狗尾巴草编成的兔子。那是在她逃狱以后托辛西娅公主找回来的。

在入狱之前，莉莉丝一直想着，哪天把这个东西拿给多琳看。她甚至能想象到她害羞又惊讶的模样。为了看到那样的表情，她希望能找到一个最好的时机，所以迟迟没有把它拿给多琳看。那时候她总以为时间很长，会有无数的机会让多琳看到这个荷包。

莉莉丝说："这里面装着我至交好友送给我的东西，里面是她亲手做的工艺品。"

"真好。"贝斯蒂羡慕地看着，"我也想要塞赫美特亲手做东西送给我。"

"是啊，亲手做的东西有不一样的意义。"莉莉丝说，"我看到这个就会想到她。"

"啊……"贝斯蒂想了想，说，"那我还是不要塞赫美特送我东西了，我要一直和她在一起，不需要任何东西让我想起她，因为我们不会分开。"

"是吗？"莉莉丝微笑，"那可真好。"

"嘿嘿。"贝斯蒂跳开，"塞赫美特一会儿就回来了，我们捡点木头生火吧，还得把火堆搭起来，把魔法石塞到取暖器里……"

就在她絮絮叨叨的时候，不远处忽然传来女人的呼声："小姐！小姐！两位小姐！"

随着那个呼声，一个女人跌跌撞撞地跑了过来。

那个女人踉踉跄跄地扑到她们面前，抱住了贝斯蒂。

莉莉丝手握在剑柄上，迅速和贝斯蒂交换了一个眼神。

这是一个农妇模样的中年女性，穿着粗布裙子，头上包裹着头巾。

贝斯蒂问："这位女士，你有什么事吗？"她一边说，一边悄悄地对着莉莉丝挥了挥手。

莉莉丝的手便从剑柄上移开了。

"小姐，两位小姐，"农妇对贝斯蒂说，"太好了，我终于见到人了。我是附近村庄的村民，我很少出村，可是今天我的丈夫出门后久久不回来，我出来找他，不小心迷路了，你们能带我回……"

当她看见莉莉丝腰间的剑时，声音便弱了下去。

"你说什么，女士？"莉莉丝说，"我听不太清。"

"啊……"农妇眼神闪烁，"我……我是说，如果你们顺路的话，能带我回村吗？现在是初春，天气还有点凉，如果你们能帮我，把我带回村子，我会报恩的。你们可以在我家过夜，虽然我家不像城镇那么舒适，但……但……总比在野外露营好多了。"

"啊，是这样啊！"贝斯蒂拉住农妇的手，"那可太好了，正好我们在找可以居住的地方，这不是一举两得吗？"

"是啊，这是个好主意。"莉莉丝说，"但我们不知道你的村子在哪儿。"

"在东边！"农妇说，"很近的，几百米就可以到……啊，但是我这个人分不清东南西北，所以才会迷路。"

"那就这样吧，"贝斯蒂说，"我在树上刻个记号给塞赫美特，告诉她我们去了东边的村子。"

"你们……"农妇狐疑地问，"还有同伴？"

"是的，还有一个人。"莉莉丝笑道，"是个很可爱的女孩。"

她刻意加重了"可爱"两个字。

"哦。"农妇明显松了一口气，"那太好了，让她一起来吧，我家很大，足够你们过夜了。"

贝斯蒂在树上留完记号，拉着莉莉丝的手蹦蹦跳跳地往前走。

农妇跟在她们身后。她盯着莉莉丝腰间的剑，与她们保持着一段距离。

"破绽太多了。"莉莉丝小声道，"她从东边过来，却说自己迷路了。"

贝斯蒂笑道："她说分不清东南西北，却往东边看了好几次呢，还知道距离是'几百米'。"

她们一言一语地交流起这个农妇的疑点。

"她脸上有被殴打的淤青和旧伤。"

"被虐待的人怎么敢把陌生人带进家过夜，还一带就是三个人？"

"她衣服破旧，却说她家很大。"

"她一上来就抱住了我，是看我矮小瘦弱吧，可她紧张得手上都是汗。"

贝斯蒂转过头，看向农妇。

局促不安的农妇看见她回头，便强挤出笑容。贝斯蒂也露出了甜甜的笑容。

但是，当她转回头，脸上的笑容就消失了："啊，真是气死我了，总有这样的人，看到我个子小就觉得我好欺负、好骗！我是个子小，不是脑子不好！我一个人可以杀死一只狼！"

"所以，刚才让我拔剑不就好了？"如果是莉莉丝单独遇见这种情况，她一定会把剑横在这个农妇脖子上，然后逼问她的目的。她背后那群人显然不是有骑士的贵族，也不像那种用得起魔法石的家伙……

"这个女人出现在这里却不知道塞赫美特，显然是刚盯上我们，若是我们放她回去，她会报信。若我们杀死她，她的同伙也许会寻找我们。敌暗我明多危险……"贝斯蒂分析道，"不如我们直接去他们的老巢，看看他们耍什么伎俩，不行就把他们一锅端了！"

"你不怕那是陷阱吗？"

"我不怕，我是赏金猎人，我经历过很多凶险的事情，能用这种伎俩的，绝对不是什么厉害的家伙。"贝斯蒂晃着脑袋，"我很强的，你也很强，而且我们还有塞赫美特呢！"

她狡黠地眨了眨眼睛："很多时候，将计就计能事半功倍，起到意想不到的效果！"

莉莉丝忽然明白，为什么贝斯蒂和她的第一反应不同。

莉莉丝还在以单打独斗的思维想事情。

而贝斯蒂信任自己，信任塞赫美特，也信任莉莉丝。

她们是伙伴。伙伴给了贝斯蒂底气和安全感。

就像在孤独的公爵府，她有多琳。

就像遇到商业难题时，她有赫卡特。

就像被罗纳德王子打压时，她有辛西娅公主。

就像她一个人在漏风的废屋里睡觉时，狄赖关上了房门，点燃了炉火。

就像现在，莉莉丝和贝斯蒂一起，走向未知的村庄。

莉莉丝发现，当贝斯蒂牵着她的手时，自己并没有预想中那么不安。

*　　*　　*　　*

正如农妇说的，那个村庄不远。她们很快就走到村庄边上。

不知道是不是季节的缘故，这个村庄看起来分外荒凉。

村口站着几个男人。一看见她们，他们的目光就盯在莉莉丝和贝斯蒂身上。

莉莉丝停下脚步，看向身后的农妇："看起来你是身份很高的人呢，大家都站在村口迎接你。"

"是……是啊。"农妇催促道，"快过去吧。"

贝斯蒂躲到莉莉丝身后："哎呀，这些人好壮哦，凶神恶煞的，我有点害怕。"

"现在世道乱，壮一些才有安全感。"农妇推着贝斯蒂，"别担心，我们村里人很好客的。"

"是这样吗？"莉莉丝说，"既然你回到村庄了，那我们也应该回去找朋友了。"

"等一下……"农妇张开手臂，慌张地拦住她们，"你们不是给朋友留言了吗，她会过来的，你们现在回去，错过了怎么办？"

贝斯蒂挥手："不会啦，就这么几步路，怎么可能错过？"

"别……别这么说，进村子里坐坐吧。"

在农妇拦着她们的时候，那些男人已经不动声色地把莉莉丝和贝斯蒂包围起来。其中一个光头男粗暴地拉着农妇，把她拽到圈子外面。

"呀，"贝斯蒂说，"你们这是干什么，让人有点害怕呢。"

"是啊。"莉莉丝握住了剑柄，"为什么要把人围起来呢？"

光头壮汉回头瞪了一眼农妇，似乎是在责怪她为什么没让她们把武器扔掉。

"哎呀，都是误会。误会！"农妇说，"他们只是在欢迎你们。你们……你们不要吓到她们。她们是好人，不是女巫，是她们把我送回来的，她们还有一个可爱的同伴没有过来。"

她一边说话，一边对着光头男使眼色。

"可爱的同伴？"男人们互看了一眼，"有多可爱？"

"那——么——大的可爱！"贝斯蒂用手钩了个大圈。

"有你可爱吗？"一个男人问道。

"比我的可爱要大很多哦，"贝斯蒂笑道，"也比你的可爱大很多。"

那男人以为贝斯蒂在和他调情，笑着眯了眯眼睛，追问道："我很可爱吗？"

他背后忽然响起一个声音："就身高来说，确实很可爱。"

那男人顺着声音回头，顿时大叫起来。

塞赫美特正站在他身后。她比他们高出许多，身后背着弓箭，腰间挂着大刀，肩上扛着带血的麻袋。她看他们时，需要视线下移。

男人们退缩了，他们不自觉地后退，聚在一起。

"塞赫美特最棒了，我好羡慕塞赫美特啊。"贝斯蒂捧着脸，"她总是这么有震慑力，让人好有安全感。"

莉莉丝点头表示同意。看到那些男人惊慌的样子，她感受到了力量带来的压制和一种可以称为"爽快"的感觉。

"这……"农妇吓得跌坐在地上，"这……就是你们那个'可爱'的同伴？"

"是啊。"贝斯蒂跳到塞赫美特身边，张开手臂，"她还不够可爱吗？她的可爱有那——么——大！"

"现在世道乱，壮一些才有安全感。"莉莉丝说，"别担心，我这位朋友很温柔的——除非你们惹到她。"

"我看到了你们的留言，就让狄赖待在隐蔽的地方，自己过来看看。"塞赫美特皱了皱眉，低声问，"你们怎么突然来村子，这里有赌场吗？"

莉莉丝失笑："只有赌场才能吸引你？"

她虽然笑着，余光却看到那些村民在交换眼神。显然，这个村子在隐藏什么。

"感谢你们送我的妻子回来，异国的旅人们。"光头男突然开口说，"为表达我的谢意，请你们到我家吃顿饭歇个脚。"

于是，莉莉丝她们跟在光头男身后，进了村子。

村庄两边是简陋的房子，有些村民在外面劈柴、聊天。

当她们走过的时候，所有人都看向她们，目光中带着令人不悦的打量。

"这里没有女人吗？"贝斯蒂小声问，"怎么看见的全是男人？"

就在这时，一声凄厉的惨叫几乎划破众人的耳膜。

莉莉丝她们诧异地朝发出惨叫的地方看去。

那是一座普通的民宅，一个精瘦的中年男人正靠在门边。

"怎么回事？"贝斯蒂问，"那是什么声音？"

"哦，是波文的老婆在生孩子。"有人回答，"看来还没生出来。"

"怪不得看不见女人，"塞赫美特问，"大家都去接生了吧？"

"接生？"有人笑出声来，"怎么可能？接生婆都是女巫，要么被烧死了，要么被淹死了。"

莉莉丝提高了声调："那么这个产妇是一个人生产？"

那人说道："没关系，如果她是好人，班布尔神会保佑她。"

塞赫美特低声骂了一句："真应该阉了你们这群畜生！"

然后她大步走向那个房子，一把推开了门边的男人，然后踹开了房门，走向屋里的女人："贝斯蒂，关门，找柴火，然后点火、烧热水！"

"好的！"贝斯蒂马上利落地行动起来。

"喂，你们不能——"有人想要冲进那个房子。

锋利的剑挡住了他的路。

"想要进去？做好掉脑袋的准备了吗？"莉莉丝冷冷地说道。

*　　*　　*　　*

莉莉丝拿着剑守在门口。

门口的人慢慢散去了，只留下之前坐在门外的精瘦男、农妇和光头男。

屋内的女人的惨叫声令人心惊。

不知道过了多久，屋内忽然传来了婴儿的啼哭声。

"生了！"塞赫美特欢喜的声音传了出来，"是个女孩！"

"啧，女孩啊……"精瘦男嘀咕了一声。

莉莉丝脸上的笑容还未来得及展开，就被这句话打了回去。

贝斯蒂开心地蹦到门口："有人来帮把手吗？谁是爸爸，过来看下孩子吧。"

精瘦男和农妇便走进了屋子。

"村子里必须有接生婆，你们不知道刚才情况有多危急，要不是遇到我们，大人和孩子都保不住。幸好这次一切顺利，孩子很健康。不过产妇还很虚弱，我来给你们说些接下来的注意事项——"抱着孩子的塞赫美特忽然提高了声调，"你们在干什么？"

莉莉丝转身看去。

农妇正扶着产妇下床，而精瘦男躺到床上，盖上被子，抱着肚子哎呀哎呀地叫了起来。

　　"他是有病吗？"贝斯蒂好奇地走过去，看着那个精瘦男，"刚才看起来还很健康，怎么突然就犯病了？"

　　"你怎么可以让刚生产完的产妇下床？"塞赫美特对着那个男人皱眉，"还有你，你是哪里不舒服？"

　　"哎呀，两位小姐，"农妇说道，"因为他是孩子的父亲，所以要经历生产，接下来，我们还要照顾他，使他身体恢复健康呢。"

　　"等一下……"塞赫美特单手扶住头，难以理解地问道，"明明是她生了孩子，为什么你们要照顾他？"

　　"因为他是孩子的父亲。"

　　"所以呢？"

　　"所以孩子是他生下的。"

　　"不，"塞赫美特难以接受这个荒谬的观点，"孩子是她母亲生下来的，我亲手接生，亲眼看着孩子从她身体里出来！"

　　农妇摇头："您说错了，小姐，孩子是父亲生的，这是我们的习俗。"

　　光头男喊道："恭喜你，波文，你成功诞下了一个健康的孩子。"

　　塞赫美特睁大了眼睛。她不明白，明摆在眼前的事，为什么他们会睁眼说瞎话。

　　莉莉丝明白眼前是怎么回事了。

　　在很早以前，她玩一个模拟经营游戏时，发现自己养来工作的男小人儿会在妻子生产后躺在床上抱着孩子，而妻子下床去干活儿。当时她觉得难以理解，还特地去查了一下，然后发现这是一个在世界上许多地方都曾经出现的风俗——产翁制。

　　当女人生育时，男人也装成痛苦的模样，模拟女人生育的过程。而女人生育之后会被赶去干活儿，男人抱着孩子在床上休养，接受众人"你成功诞下了孩子"的祝福，仿佛孩子真是他十月怀胎，痛苦分娩生下的。

　　当时，她就觉得这个习俗荒谬又可笑。

　　现在，亲眼看到以后，这简直让人怒极反笑。

　　这样躺着，装模作样地叫两声，就觉得自己生育过了？

　　莉莉丝拎着剑，向屋内走去。

　　一个身影比她更快地行动了："你这表演不行呢，没有演出痛苦的感觉，演戏就要演得像点！我来帮你！"

　　随着这个声音，小钢叉插在躺在床上的那个男人的肚子上。

　　"啊！"那个叫波文的男人惨叫起来。

　　"对嘛，这才对。"贝斯蒂笑眯眯地说，"肚子没有损伤，怎么有脸说自己生过孩子呢？你现在这叫声才是生孩子时该有的叫声。"

她拔出钢叉："你这么爱演，不如再来一次？正好接下来会有人照顾你，让你休养。"

波文连连摇手。

贝斯蒂这才看见持剑的莉莉丝："啊，你也想砍他吗，是不是我抢了你想做的事？没关系，我叉出的伤口并不大，你还可以来加一剑，让他更好地体会生育的痛苦，反正他会好好休养的。"

"放心，即使你剖开他的肚子，我也能缝上。"塞赫美特补了一句，"因为我医术很好。"

"不不不！"波文捂着肚子上的血洞，从床上翻了下来，"我不躺了，不休养了。"

"不够吧，没有从鬼门关前走一趟，只是哼哼两声，怎么能体会到生孩子的感觉呢？"莉莉丝的剑横在男人的脖子边。

"小姐！"那个虚弱的产妇扑了过来，"波文会死的，求求你放了他。"

"你能接受这样的结果？"莉莉丝看向她，"明明是你生下的孩子，明明是你受了苦，你差点死去，他却要坐享其成，夺去你诞下孩子这个事实？"

"我不明白你们为什么这么生气，小姐们，"农妇说，"大家都是这样的，这是习俗，是传统。"

莉莉丝提高了声调："大家都是这样的，这样便对吗？习俗如此不公，却要同意、忍受吗？大家都在撒谎，就可以扭曲事实吗？"

"在我看来，是你们这些女人在找事！"躲在门口的光头男喊道，"生孩子有什么了不起的？世上每天有那么多女人，两腿一撇就生下了孩子。别人都没有那么多事，你们非要追究孩子是谁生下来的又有什么意义？"

"既然没意义，你们男人为什么又要装成产子的样子，"莉莉丝问，"这不是多此一举吗？"

"都说了这是习俗，你们这些不讲理的女人。"光头骂道，"波文生下孩子明明是一件好事，你们这些异国人为什么要野蛮地弄乱这一切？"

"哈？"莉莉丝觉得和他们说话简直如同对牛弹琴一般。

仿佛再荒谬的事情——指鹿为马颠倒黑白的事情，只要大家都认可了，它就不再荒谬，它就可以成为真理。

"小姐，求求你。"虚弱的产妇拉着莉莉丝的裤脚，祈求她，"求求你不要杀死波文，他是我的丈夫。"

"一个你生产完却要伺候他休养的人，"莉莉丝问，"留着又有什么用？"

"他是我的丈夫，如果没有他，我会没有依靠，会被人欺负的。"产妇哭道。

莉莉丝问："被谁欺负？"

产妇哭得撕心裂肺："被他们。"

莉莉丝哽住了，很久没有出现过的那种窒息的感觉又堵在胸口。

她有很多话想说，但最终她只是将剑从波文脖子边移开："快起来吧，别哭了，你刚生产完，应该好好休息。"

"啊，是的是的，你们好好休息。"农妇连忙劝道，"天色不早了，小姐们，让他们自己解决自家的事吧，我们也该回去了。你们在外面待了这么久，应该吃顿热腾腾的饭菜，然后在软软的床上睡一觉。"

莉莉丝收起了剑，正要跟着他们离开，她的裤脚却被拽住了。

她转过头，看见那个瘫倒在地上、脸色苍白的产妇轻轻地拉着她的裤脚，满脸担忧地对着她摇了摇头。莉莉丝心中产生了一种复杂而又矛盾的感情，难以形容。

农妇和光头男把她们带进了一间屋子。

塞赫美特、莉莉丝和贝斯蒂坐在餐桌前，打量着这间屋子。

这是一户普通的农房，房间并没有农妇说的那么大，甚至进门时，塞赫美特需要低头弯腰才能进来。

农妇在厨房里忙着，光头男离她们远远地站着，视线在她们几人身上来回打转，却又不敢与她们对视。

即使是看起来最无害的贝斯蒂，刚才也毫不眨眼地伤了人。

他们硬把"带路的恩人"迎进了门，气氛却十分尴尬，只有炉子上煮沸的汤发出咕嘟咕嘟的声音。

贝斯蒂打了个无聊的哈欠。

"我们的床在哪儿？"莉莉丝问。

"啊，"光头男抖了一下，疑惑道，"床？"

"是的，您妻子说我们可以在您家过夜。但如您所见，我的同伴体格很好，对床恐怕会有些要求。"莉莉丝说，"天马上就黑了，如果这里不合适的话，我们可以再去别处找地方住宿。"

"不不，合适的，合适的，当然有床。"光头男眼神闪烁，手在空中晃了晃，"那个房间就有床，很大的，你们完全可以睡下，不用着急。先吃饭，吃完饭我再带你们去看。"

莉莉丝和贝斯蒂、塞赫美特交换了一个眼神。

这可真不可思议，如此贫穷的人家，如此普通的房间，竟然会准备那么多、那么大的床。

"睡觉的事一会儿再说吧，"农妇端出了一锅汤，"先吃饭吧。"

这是农户普通的晚餐：一锅混合着土豆、胡萝卜和其他蔬菜的杂烩汤。

农妇盛了三碗汤，放在她们面前："累坏了吧？快点吃吧，趁热吃，暖暖身体。"

"怎么只有我们的，"塞赫美特问，"你们的呢？"

"啊……"农妇愣了一下，"我们马上就吃，马上就吃，你们先吃吧。"

"哎呀，那多不好意思。"贝斯蒂托着腮说，"我们是客人，哪有比主人先吃的道理？"

　　她笑嘻嘻地把碗推到光头男面前："你是一家之主，你先吃嘛。"

　　"不……不用，"光头男僵了几秒，把碗推了回去，对农妇说，"还不快去拿碗，给我们也盛上！"

　　农妇犹犹豫豫地去拿来两个碗，给自己和光头男一人盛了一碗。

　　莉莉丝三人看着光头男和农妇，直到他们拿起勺子，喝了一口汤。然后他们鼓着腮对着莉莉丝她们点头、微笑。莉莉丝和塞赫美特、贝斯蒂对视了一眼，彼此心照不宣。她们终于拿起了勺子。

　　光头男和农妇低下头，装成喝汤的模样，然后偷偷地把嘴里的汤吐掉。

　　五个人都在低头喝汤。整个房间只能听见勺子和碗相碰的声音。

　　贝斯蒂忽然叫道："啊……我怎么有点困？"然后她就趴倒在桌上。

　　接着倒下的是莉莉丝。

　　"你们……"塞赫美特拍了一下桌子，吓得光头男和农妇抖了一下。但是她没有站起来，也倒在了桌子上。

　　房间变得安静下来。

　　光头男和农妇还保持着被吓到的姿势。

　　过了一会儿，见那三人没有动静，光头男才松了口气，骂道："这三个人怎么那么难缠？"

　　农妇缩了缩肩膀："大……大概是异国人都比较小心吧。"

　　"啧，要是普通人，在村口就可以把她们解决了。"

　　"是……是啊，明明是女人，却拿着武器，太……太危险了。"

　　"就是因为这样舞刀弄枪，这个佩剑的女人才会被破了相，否则一定能卖个好价钱。"光头男看了趴在桌上的三人一眼，依然有些胆怯，不敢靠近，便命令农妇道，"去叫些人来，把这两个小的带到'那里'，这个大的应该卖不出去，一会儿直接解决了吧。"

Chapter 29
觉悟

　　两个男人扛着莉莉丝和贝斯蒂，来到一间破败的砖房门口。

　　蹲在砖房门口的人掏出钥匙："巴洛，迪文，你们怎么汗流浃背的，不过是两个姑娘而已，你们身体也太弱了吧？"

　　"快点开门！"扛着贝斯蒂的男人不耐烦地说，"这个小娘儿们，看起来没多高，扛起来还挺重。"

　　"多练练吧，先生们。听说今天这三个娘儿们带了武器，把你们吓得没一个人敢动手，最后把药用上了。"拿着钥匙的男人笑着打开砖房的门锁。

　　走进屋里，扛着莉莉丝和贝斯蒂的两人把她们扔到地上，一边按肩膀一边说道："你亲眼看见这几个疯婆娘当时的模样就不会说这种风凉话了。"

　　"没错，你是没看见这些女人多么凶狠，就算是小孩，拿着刀都没人敢靠近，更何况她们，这些女人连眼睛都不眨地刺伤了波文！"

　　砖房里面堆积着一些杂物，不远处的地面上有一道上锁的地窖门。

　　钥匙男晃着钥匙走向地窖："真好笑，不过是几个女人而已，就把你们吓成这样。"

　　他弯下腰，打开地窖的锁，掀开地窖的铁门。

　　有什么东西从地窖里扔了出来，砸到钥匙男的头上。

　　"啊，这臭娘儿们！"钥匙男捂着头喊道，"每次都是你，老子一定要把你卖到最狠毒的变态那里去！"

　　地窖里隐隐传来女人的咒骂声。

　　"好了，快把她们扔下去，"钥匙男烦躁地起身，"自从抓来那个女人，她就一直闹腾，我要赶快把地窖门关上。"

　　他的同伙并没有回应他，相反，他身后响起了女人的声音。

　　"是这里啊。"

　　钥匙男愣了几秒才反应过来那声音不是由地窖，而是由他身后传来的。

　　他猛地转过身来！

本应该倒在地上的两个女人，一个手持匕首站着，脚下的一个男人已经被割喉。另一个刚把钢叉从另一个男人的喉咙上拔出。

莉莉丝踢了脚下男人的尸体一脚："你说得对，他们的身体确实很弱。"

"我重，是因为我身上都是肌肉。"贝斯蒂得意地扬起了眉，"羡慕吗？软脚虾！"

两个女人同时看向钥匙男。

"不……"他难以置信地说，"不是说已经拿走武器了吗？"

莉莉丝甩掉匕首上的血："行走在外，怎么可能只带一件武器？"

贝斯蒂伸出手，指缝中变魔术一般出现了三把迷你小叉子："我藏着好多武器呢！"

钥匙男惊慌地后退："他们竟然没有搜身！"

"搜身的话会死得更早哦。"贝斯蒂好心地解释，"陪你们演戏，是因为我们大发慈悲，想看看你们葫芦里卖的是什么药，所以才让你们多活一会儿。"

"因为我们是很强的……"莉莉丝顿了一下，说，"赏金猎人。"

贝斯蒂笑开了花："哦，莉莉丝，我喜欢这个'我们'。"

"莉莉丝？！"听到这个名字，钥匙男的表情终于彻底崩塌了。

还未等他再去细看那个传说中的魔女通缉犯的相貌，两个女人已经同时冲了过来。

几道银光之后，钥匙男倒在地上，失去了气息。

"哎呀。"贝斯蒂遗憾地耸了耸肩，"这些人比我预想的还要弱，攻击力还不如魔兽。"

莉莉丝走到地窖口。

这屋子里光线本就阴暗，现在天已经黑了，地窖里更是黑洞洞的，什么都看不清。

莉莉丝问："有人在下面吧？"

没有任何回应。

被关在里面的女人可能被吓到了，莉莉丝想。

她正要表示自己对她们没有恶意，地窖里忽然响起了一个充满疑惑的声音："是……是小姐吗？"

这声"小姐"听起来如此熟悉，莉莉丝几乎没有多想，条件反射地应了一声。

紧接着，那个声音便激动起来："小姐！小姐！是我，我是丽萨！"

"丽萨？"莉莉丝脑海中迅速浮现出那个曾在阿博特公爵府跟着自己学写字，后来因为字典和女仆长打起来的女仆。

"没错，我是丽萨。小姐，您还记得我吗？您教会我写字，还送给我一本字典！我……我没想到在这里见到您。哎呀，我真是太高兴了！简直像做梦一样！"丽萨兴奋得有些语无伦次，但她很快就想到了最重要的事，"啊，小姐，您能不能把我们救出去，我们脚上拴着铁链，我们还需要一架梯子。"

莉莉丝把自己的匕首扔到地窖里，又在旁边找到一架梯子放下去。

很快，被囚禁在地窖中的女人便割断了铁链，一个接一个地爬了出来。

丽萨从地窖中爬出来，当她认出莉莉丝的时候，泪水迅速涌上眼眶。

"哇！"她冲上来，抱着莉莉丝号哭起来，"小姐，真的是您！真的是您！"

她哭了几声又松开莉莉丝，把匕首还给她："啊，对不起，小姐，我是不是太失礼了？您知道的，我是个粗人，我总是忘记了规矩。"

"没关系。"莉莉丝看了一眼贝斯蒂，后者一边帮助地窖里的女人出来，一边对她做手势，意思是"不要担心，你们先说，这里交给我"。

莉莉丝问："发生了什么事，你为什么会在这里？"

"因为……因为那时候多琳在公爵府里被欺负，我帮她逃走了。"丽萨一边擦眼泪一边说，"我想，阿博特公爵和艾伯少爷一直关注多琳，她逃走以后，他们肯定会严查，说不定还会连累别人。于是我留了一张字条，说多琳是我放走的，与其他人无关。然后我从公爵府逃回了家。

"离开公爵府的第二天，我听说您越狱了。我想，您和辛西娅公主关系那么好，公主一定会把您藏在她的领地。于是我打算去伊迪丝城。我一路小心谨慎，躲着那些狩猎女巫的人，没想到走到这边，一个大意被骗子抓了起来。"丽萨说着说着，又号哭起来，"气死我了，这些人渣，用那么卑劣的手段把我们骗到这里，还把我们锁起来关在地窖里。每次看到他们开地窖，我都会找东西砸他们。啊，这群畜生，就算我死了我也不能让他们快活！"

莉莉丝安慰她："现在没事了。"

"嗯！"丽萨胡乱地擦着脸，"幸好小姐您来了，太好了。我其实幻想过小姐或者公主来救我，没想到真能实现！对了，小姐，多琳呢，您遇见她了吗？"

莉莉丝没有说话，但是丽萨已经从她的表情中看明白了。她"啊"了一声，低下头，抿住了嘴。

贝斯蒂跳到莉莉丝身边："人已经全部救出来了，总共有十九个，全部都是女人。哎呀，这地方简直是魔窟。"

被救出来的女人站在一旁，惊疑不定地看着莉莉丝她们。

"丽萨……"一个少女小声问道，"这就是你经常挂在嘴边的莉莉丝小姐吗？"

丽萨做了个深呼吸，振作起精神，跑了过去："是的，我们小姐非常厉害。我和你们讲过，她拿过狩猎祭的第二名，还杀死过魔兽，她还……"

莉莉丝环视四周，很快发现了一些可以用作武器的东西——铁锹、草叉、铁耙、铁棍、破旧的椅子、可以劈碎的木桌……

莉莉丝在屋内走了一圈，把可以用作武器的东西全部搜集起来，整理好了扔到地上。

"拿上武器，"莉莉丝说，"防身。"

"哦，你们这边已经完事了吗？"塞赫美特的声音在门口响起。与此同时，莉莉丝的剑和贝斯蒂的钢叉被扔了进来。

贝斯蒂接过钢叉，问："那边的人解决了？"

塞赫美特用拇指擦去脸上的血迹："是的。"

"刚才真是太好笑了，"贝斯蒂说，"一个桌子上的五个人全都装作喝汤，但没有一个人真正喝下一口。"

莉莉丝也笑了："塞赫美特，你太过分了，竟然还拍桌子吓唬他们。"

"即兴表演。"塞赫美特笑着耸了耸肩，然后问，"所以，你们打算怎么处理这些女孩？"

听到这句话，围绕在武器四周的女人都停下了动作，转头看向莉莉丝。

她们中间，大多数人已经拿起了武器，但还有几个站在旁边，空着手犹豫。

"等会儿再说吧，"莉莉丝抽出剑，"先把现在的麻烦解决了。"

砖屋外面已亮起火光，男人们凶神恶煞般包围了这里。

"哈，一些小人而已。"塞赫美特转身，甩了甩刀，"要不要赌一下处理完的时间？"

"算了吧，塞赫美特，"贝斯蒂笑着冲了出去，"你都快没东西输啦！"

莉莉丝正要出去，一个女人叫住了她。

"等一下，小姐！"她的声音颤抖，"请您留在这里保护我们。"

"不，"莉莉丝回过头，"你们有武器，完全可以自己保护自己。"

"可……可是——"

没等她祈求完，莉莉丝已经冲出了屋子。

"小姐说得对，"丽萨把铁锹头对准门外，"我们有武器。"

听到这句话，所有女人都拿起了武器。

屋外，莉莉丝的剑瞬间穿透一个男人的身体，拔出之后又抹向另一个来袭者的脖子。塞赫美特刀光所到之处血肉横飞，贝斯蒂在人群中灵巧地穿梭，钢叉对准敌人的喉咙与眼睛。她们的凶狠无人能及，瞬间杀死了十几个村民，也看呆了屋内的一众女人。

一个男人借着莉莉丝她们离开门口的空隙，跑进了砖屋。

"你们！"他拿着菜刀，恶狠狠地威胁女人们，"还不赶快回到地窖里去，等我们收拾完这三个女人——"

声音忽然断了，因为他的身体被草叉穿透了。

拿着草叉的是一个二十多岁的女人。

"可以的！"她的手在发抖，声音却声嘶力竭，"她们可以，我们也可以！"

男人还在挣扎，但这个女人用力握着草叉，没有松手。她看向其他女人，泪水涌了出来："我再也不想回到那个逼仄黑暗的地窖，我要离开这里！"

其他女人也红了眼眶，她们回想起自己被关在地窖时的绝望与无助。

伸手不见五指的地窖冰冷、潮湿，食物被从地窖口随意扔下，滚到排泄物里。身体弱的女人受不了这种折磨，无声无息地死去了。在与尸体相伴的日子里，她们有时甚至觉得黑暗也是一种好事，因为至少看不到尸体被老鼠啃咬的画面。

绝望时，她们还会羡慕那些提前死去的人。

死是一件很容易的事，自杀是一件很简单的事。

那么，她们坚持下来的理由是什么？

"我要活着！"拿着草叉的女孩吼道，"我要出去！"

"你说得对，洛塔，"丽萨用铁锹狠狠敲向那男人的头，"小姐她们已经为我们开出了一条路，所以，我们也要冲出去！"

女人们握紧了武器，冲出了屋子！

＊　　＊　　＊　　＊

村子里陷入了混战，莉莉丝她们越杀越狠。村民们从未见过这么多疯狂、不要命厮杀的女人，原本的气势渐渐弱了下去，结果被逼得节节败退。

彻底结束战斗的是夜里的一把火，火星被夜风吹散，飘到四处，很快半个村子就烧了起来。

本就失去斗志的村民们见状，终于放弃了村子，作鸟兽散。

剩下的女人慢慢聚拢，看向燃烧的房屋。

火光中，一个小小的身影跑了过来。

"莉莉丝！"狄赖扑到莉莉丝身边，愤怒地捶着她，"你这个骗子，明明说了我是同伴，你们却把我抛下！"

"对不起，我们本来打算解决完就回去找你，可是中间出了一点事，耽误了时间。"莉莉丝问，"火是你放的？"

"当然，这都是为了救你们。你知道我等了多久？"狄赖气极，"无论我怎么等，你们都不回来。我偷偷来到这个村子，就听到他们说抓到了三个女人，然后又看见你们和他们打了起来。你们……你们知道我有多担心你们吗？"

"哎呀，小狄赖，"贝斯蒂笑着凑过来，"你真棒。来，让姐姐亲亲。"

狄赖气呼呼地捂住了脸。

"哦，狄赖，"塞赫美特把手放在小女孩腋下，将她举了起来，"是我们不好，耽误了回去的时间。今天确实是你救了我们，我敢打赌，这世界上没有比你更勇敢的女孩了。"

"不要靠近我，你们这些把我丢在一旁的坏蛋，"狄赖嘟囔道，"你们休想丢下我。"

莉莉丝靠近她："又不让我们靠近，又不想离开我们，那我们要怎么办呢？"

狄赖愣了一下，刚想说话，莉莉丝在她脸上亲了一口："谢谢你，狄赖。"

"……你……你怎么那么讨厌？"狄赖又羞又恼地擦了擦自己的脸，终于消了气，但还是拽着拽莉莉丝的衣服，警告道，"下次，你们不能这样了。"

"不用担心，狄赖，"莉莉丝笑道，"我绝对不会抛下你的。"

笑着笑着，莉莉丝忽然察觉到了一道视线。她转过头，看见丽萨正看着自己："怎么了？"

"小姐，您和原来有些不一样了。"

"不一样了？"莉莉丝摸了摸自己的脸，"你是说脸？"

"不，之前在阿博特公爵府，"丽萨说，"我从来没有看您笑得这么开心。"

莉莉丝弯了弯嘴角。

剩下的十八个女人站在不远处看着她们，她们的年纪从十几到三十几岁不等，因为长期被囚禁在地窖中，面色惨白，容颜憔悴。

"姑娘们，"塞赫美特对她们说，"你们可以回家了。"

出乎她们的意料，并不是所有人都因为这句话而喜悦；相反，很多人面面相觑，欲言又止。

"小姐们，"丽萨说，"你们知道现在到处都在狩猎女巫吗？"

莉莉丝点头。

"珍惜女儿与妻子的家庭是不会让她们出门的，所以，你们也可以想象，在这种恶劣情况下出门、被拐骗的女人大多是什么样的人。"丽萨吞吞吐吐地说，"所以……"

莉莉丝愣住了，然后她看向塞赫美特和贝斯蒂。

两个赏金猎人露出了沉重的表情。

十九个女人……

"这样吧，"莉莉丝沉思了一会儿，说，"你们先去村子里搜一搜，找些有用的东西带着——武器、金钱和便于携带的食物。"

女人们犹豫着，没有一个人行动。

"去吧，"莉莉丝叹道，"记得带上武器，警戒一点，多找点东西，我们不会走的。"

听到这句话，她们才三三两两地结队去没有着火的屋子里找东西。为了让她们安心，丽萨和贝斯蒂也跟在她们身边。

"莉莉丝，"一旦闲下来，塞赫美特就恢复了医生的本能，"我想去看看那个产妇，还有刚出生的婴儿，你要一起吗？"

她刚刚杀了不少人，身上溅满了血，现在却惦记着之前的病人。

被她提醒，莉莉丝也想起了那个曾经拉着自己裤脚冲自己摇头的产妇。

"婴儿？"狄赖抬起头。

"是的，之前我们接生了一个女婴，"莉莉丝和塞赫美特走向之前的那座房子，"所以才花费了这么长时间。"

"啊，小婴儿，我没见过婴儿。"狄赖好奇地走在她们身后，"她长什么样？"

"刚出生的婴儿都是皱巴巴的。"塞赫美特说，"看不出美丑，硬要说的话，初生的婴儿都很丑？"

那间屋子很黑，寂静无声。刚走进去时，莉莉丝她们几乎以为里面的人已经逃走了，但是点灯之后才发现，那个产妇正躺在床上，直挺挺地看着天花板。

"你还好吗？"塞赫美特走上前去，摸着她的额头，"你是第一次生育吧？接下来的时间，你的身体会排出一部分产露，撕裂的伤口，我已经为你缝上了，但这毕竟是损伤，所以你一定要注意下半身的清洁，保持干爽，至于孩子……"

塞赫美特皱起眉："孩子呢？"

产妇的床上并没有孩子。

"是这个吗？"狄赖踮着脚看向桌子，那里放着一个木盆。

狄赖不解地问："小婴儿要睡在盆里吗？"

"盆里？"莉莉丝和塞赫美特愣了一下，走到木盆前，随即为之气结。

在这种天气里，那个刚出生的婴儿浑身赤裸地躺在木盆里，已经冻得变了脸色。

此时狄赖也发现了不对劲，脸上的笑容消失了："她为什么是紫色的？"

塞赫美特马上抱起婴儿，莉莉丝则找来一条小毯子，裹住了婴儿。在她们为婴儿做复苏措施的时候，狄赖紧张得浑身发抖。而那个产妇依然呆呆地看着天花板，一动不动。

直到婴儿"哇"的一声哭出来，塞赫美特才松了口气。她们后背都被汗打湿了，拯救婴儿的这几分钟比方才与村民厮杀还要劳心劳力。

听到婴儿的哭声，躺在床上的产妇眼角滑下了一滴泪。

"为什么要这么做，"狄赖站在产妇床前，咬牙切齿，"你是她的妈妈吧？"

"她的爸爸呢？"塞赫美特问。

随着这句话，床开始微微颤抖。

莉莉丝掀开床单，把那个叫波文的男人从床底下拽了出来。

"啊……"那个男人被拽出来以后，连声道歉，"对对对对……不起，不是我的错，是她……是她干的。"

"放屁！"塞赫美特骂道，"你看她是什么样子，她差点难产死掉，现在站都站不起来，怎么可能把孩子放在盆里？"

那个男人闻言，吓得缩成了一团，连声道歉。

就在这时，那个产妇缓缓开口："你们为什么要救她呢？"

听到这个问题，塞赫美特和莉莉丝都觉得十分荒谬，狄赖更是气得浑身发抖。

"这是你的女儿，"莉莉丝说，"这是你十月怀胎，差点失去了性命才生下的女儿！你却问我们为什么要救她？"

"没有人祝福她的出生，"产妇说，"她一出生，就注定会遇到各种各样的危险，她会在打压与羞辱中长大，还要随时提防男人的侵犯。等她长大，她有可能嫁给不爱的男人，饱受怀孕产子之苦，有可能被拐卖，也有可能被当成女巫扔进河里淹死，或者架在火堆上烧死。"

"你可以保护她。"

"没有办法的，哪有说的那么简单？我连自己都保护不了，又怎么能保护她呢？"产妇喃喃道，"啊……为什么是个女孩，如果我生的是个男孩，他长大以后就可以保护我。"

"是啊，如果你生的是个男孩，他几乎不会因为性别而被羞辱，他被男人侵犯的概率很小，他不会被当成女巫，即使他娶了不爱的女人，也不会饱受怀孕产子之苦，如果他足够强壮，他甚至可以拐卖别的女孩，欺辱别的女孩。"

"他也许是个好男人。"

塞赫美特说："多奇怪啊，你宁愿赌未曾拥有的儿子是一个好男人，却不愿赌自己辛苦诞下的女儿能成为一个自信强大的好女人。"

"你们不懂，小姐们，像你们这样的人是少数。"产妇别过了头，"大多数女人都是普通人，这个世界就是这样。"

莉莉丝说："如果世界是这样，那么为什么我们不做出一点改变？"

"改变世界？"产妇笑了起来，"你们太天真了，你们不会成功的。想想吧，你们这样的旅行者，是要走到哪儿去呢？等你们走远了，就会发现，哪里都一样，所有地方都和这里没有区别。"

莉莉丝突然烦躁起来。产妇的话像一个绝望的黑洞，将她的情绪、激情、愤怒一起吸了进去，把她拉向她一直不愿回头去看的泥潭。

就在这时，一个沙哑的声音打断了她们的谈话："我明白了！"

众人看向说话的那个孩子。

那个叫作狄赖的女孩握紧了拳头，胸口因为愤怒而不断起伏："虽然你们说的什么世界什么侵犯杂七杂八的东西我听不懂，但是我已经明白你们的意思了！"

她指向产妇，又指向那个窝在地上发抖的男人："说来说去，你们就是不想要这个孩子！你们不顾她的意愿，怀了她，现在又想杀死她，你们是杀人犯！不是杀掉敌人，而是亲手杀死自己孩子的杀人犯！"

"你们把小孩当成什么，想要就要、不想要就扔的垃圾吗？好啊，既然这样，那就把她给我吧。"狄赖抱起那个女婴，"我来养她！我有一口吃的，就给她一口吃的！我来养她！我会把她养大，养成世上最强大、最幸福的女孩！"

女孩愤怒的声音在屋里回荡："你们都不要她，我要！

"你们都不喜欢她，我喜欢！

"我养她！"

屋内所有人都被狄赖的话震住了，这个女孩身体里迸发出极其强烈的愤慨与希望——关于她自己，也关于她怀中的女孩。

"莉莉丝，"狄赖抱着女婴，抬起头看向莉莉丝，"我会养她。我有钱，里德的钱包，我一直保存着，我可以养她。我希望你能同意我带她走，如果你不同意，我就自己养她。"

莉莉丝垂下眼睑，想了很久，然后拉起地上的男人，挑断了他右手的手筋："我没有杀你，是因为你妻子曾替你求饶，但你这双手曾试图杀死你的女儿，若你真的有保护妻子的决心，一只手已经够用了。"

她在男人的号叫声中，看向产妇："我之所以在乎你的意见，是因为之前你曾试图告诉我这里很危险。但你说得对，你无法保护这个女婴，所以我们会把她带走。"

莉莉丝低下头，对着狄赖笑道："抱紧她吧，狄赖，从今天开始，我们养她。"

＊　　＊　　＊　　＊

莉莉丝她们离开屋子的时候听见了产妇的声音。

那声音中掺杂着抽泣声，带着很重的鼻音："小姐，请你们照顾好她，把她培养成一个强大又幸福的女孩。"

塞赫美特从狄赖怀中抱过婴儿，叹道："人真是复杂的动物。莉莉丝，你知道吗，在我杀之前那个农妇时，她曾向我痛哭、求饶，说她也是受害者。狩猎女巫行动开始以后，女人的数量急剧减少，贩卖女人成了这里最大的收入来源。那个农妇也是被拐过来的，拐她的是个老头儿，他利用了她的善心，把她带来这个村子。后来老头儿死去，又因为猎巫行动，女人对男人的戒心上升，她为了活下去，自告奋勇充当新的'诱饵'，去利用其他女性的善心。"

她接着叹道："我能痛快地砍死那个光头男，但是对那个农妇下手的时候有了迟疑，因为她哭着说，如果她不这么做，她早就不知道被卖去哪里，甚至可能已经死去了。可是她说的这些正是被她骗来的女人的下场。"

"在东方有一个故事，"莉莉丝说，"被老虎吃掉的人会变成伥鬼，为老虎寻找食物，把无辜的人引诱到老虎身边。"

"可悲、可怜、可恨，"塞赫美特摇头，"所以我还是杀死了她。"

贝斯蒂看见婴儿，惊讶地跑过来，从狄赖那里了解了事情的经过。

"我不能理解，"贝斯蒂气坏了，叉着腰骂道，"他们简直像神经病，一边编织出各种莫须有的罪名猎巫，杀掉女人，一边鄙视女人、打压女人，把女人关在家里。荒谬的是，这些男人看不起生育，却要装成生育的模样，最后还不要女人辛苦诞下的女婴。同时他们又迫切地需要女人，甚至要花大价钱买卖她们。他们到底在干什么，为什么要这样做？"

这个问题也是莉莉丝一直在思考的，她觉得这是奴役、打压、剥夺，还有——

狄赖说："因为他们害怕我们！"

莉莉丝她们一愣，转头看向狄赖。

"为什么这么看我，难道我说得不对吗？"狄赖更奇怪，"如果我需要一个东西，我肯定不会毁掉它，而是会好好珍惜。如果我需要吃兔子，我肯定希望兔子越多越好，不会在它们刚出生时就杀掉它们。同样，如果我从心底看轻一件事，我不会大费周章地去模仿。只有害怕一件东西影响到我时，我才会毁掉它，只有在担心兔子长大会咬死我时，我才会杀死刚出生的兔子，只有在我羡慕一件事时，我才会模仿它。"

女孩下了结论："所以，他们在害怕我们，因为我们很强，很厉害，很有力量！"

这是莉莉丝第二次被女孩的话震撼，之前是因为她养女婴的决心，而这次是因为她站在一个她从来没有想过的角度说出的话。

是啊，仔细回想一下过去。

为什么当女人可以工作时，会有男人因为"她不顾家了"来砸店，明明这样可以提高家庭收入？

为什么当女人学习射箭和剑术时，会受到各种打压和污蔑，明明他们轻视女人的柔弱？

为什么厌恶女子学校，为什么会排斥女骑士，为什么会有猎巫行动？

为什么想要控制她们，为什么千方百计打压她们，为什么需要她们又杀死她们？

其中，除了欲望，难道没有恐惧吗？

她们一直具有令他们恐惧的力量。

所以，她们才是"女巫"。

"哈哈哈哈……"莉莉丝忽然大笑，不禁蹲在地上用手捂住额头，笑得停不下来，"原来如此，原来如此，哈哈哈哈。"

"怎么了？"狄赖疑惑地看看她，又看看陷入沉思的两个赏金猎人，"我说了什么好笑的话吗？"

"不，你说得很对，"塞赫美特摸了摸狄赖的头，"你太厉害了，狄赖。"

"哦，是吗？"狄赖不明所以，但听到夸奖，还是一脸骄傲，"我就是很厉害的。"

是的，她很厉害。

这个小姑娘和她们不同，她纯真而无畏。她们也许比她强大、成熟，但是她们看过太多女性的悲剧、难以挣脱的困境和残酷的现实，所以思维定式一般忽略了最关键的因素。

莉莉丝笑完，又蹲在那里想了很久。

"塞赫美特，你记得吗，"她说，"你曾经问过我，我和公主想要创造什么样的世界。说实话，我们可以想象到那个世界的模样，那是一个女人可以安心生活、不被羞辱的世界，但是我们总是对达成的过程和达成目的的方式感到悲观。"

在公主叛变之前，她们早就预测到了结果。

在莉莉丝和公主商讨时，她们想过很多，想过失败后可以联合平民、雇用流民和佣兵继续造反，但是同时她们也想到，如此去做，聚集而来的几乎都是男性，既然他们是为了利益而来，那么他们也会为了利益而抢掠，甚至反对她们。在这个世界，男人从未真正尊重过高位的女人，包括公主、莉莉丝。

也许有人会幻想成为公主、成为圣女就能有被众人拥护的能力，男人们会听她们的话，被她们指使。

但莉莉丝和公主都知道，那是不可能的。

获得能力就能赢得男人的尊重是一个谎言，所有杰出女性都曾被诋毁。

即使莉莉丝赢得了竞技场比赛，当上了骑士，打败了亚力士，那些男人也只是在表面上收敛，一旦找到可乘之机就会露出獠牙。

即使公主表现得比罗纳德王子优秀，她的支持者也不认为她能成功，甚至隐隐羡慕罗纳德王子。

即使是最底层的男性，也具有男性普遍的傲慢，用她们开下流的玩笑。

幻想着轻视女人的男人会因为公主的叛乱而一呼百应，并从此真心归顺公主，转而尊重女性，无异于求神赐福。他们的利益与她们不同，他们希望的世界与她们的不同，他们没有她们的信念。

所有人都知道钱与权的好处，可是几乎所有向往钱与权的男人都有一个想法——只要我有了钱和权，就有了女人。

也许，在男人的世界里，正如那句话所说——世界上所有的事情都与性有关，除了性本身，性只关乎权力。

那么，当他们抢夺女人、奸淫女性，或者"找乐子"时，在他们无法赢得女人的喜爱但却迫切地需要一个妻子时，因为缺少女性而抗议，乃至报复社会时……她们该如何在男人们都认为拥有女人是他们天生权利的社会大环境下，稳定、安抚他们？她们该如何确定自己的立场，如何说服她们所做的一切都是为了自己梦想中那个美好的世界？

莉莉丝在这个游戏中轮回了很多次。

在某个轮回中，她曾发疯，杀了国王和王子，结果被骑士包围，乱箭射死。

在某个轮回中，她在选项允许的范围内，一边讨好男主角，一边一点点地联合大贵族，推翻了国王。但是胜利的果实最终被男主角和那些大贵族夺走了，她成了边缘人。

她尝试了无数次，在这最后一次，她终于发现，在权力面前，他们是一块铁板——一块只允许男人融入的铁板。

期望他们不起异心、毫无怨言、心服口服地帮助女人拿到最高的权力，并让权给所有女人，就像奢望完美王子的爱情救助一样，天真而荒谬。

也许女王可以靠着铁腕掌权一时，顶住重重阻力，提升女性地位，但当底层思维顽固不化，从上而下的尝试就很难成功，也很难持续。一旦女王逝去，世界又会恢复原样，不，也许更甚从前，那些夺回权力的男人会编织出各种流言蜚语诋毁女王的功勋，会严防死守阻碍另一位女王登基，他们还会变本加厉地打压女性，以防出现第二个女王。

当然，如果女王和他们达成一致，变成一个和男人无异的国王，维护他们的利益和这个世界原本的运转，不在意男人继续用女人的身体填满他们的欲望，继续维持男为尊的世界，那么矛盾不会激化，世界也会完美运转，甚至可以让女性略微好过一点。

但是，妓院会继续存在，性侵会继续存在，针对性别的羞辱和打压也会继续存在。一旦出现什么问题，女性地位就会迅速地断崖式倒退。

略微让女性好过一点，并不是莉莉丝和公主的目标，也不是她们想要的结果。她们几乎无法在现在这个严丝合缝的社会权力架构中达成目标，所以，不管如何周密地计划，公主叛变失败几乎都是必然的结果。

但……那是一定要做的尝试，只有破釜沉舟，才能坚决地离开。

因为要打破这个局，逃离伊甸园是必然的。

而要达到目的，联合女性也是必然的。

"真奇怪。"莉莉丝喃喃自语，"即使有了这种觉悟，当我看到这么多穷途末路，想要加入我们的女性时，我依然担心，我的第一反应不是高兴，而是担忧。"她看向塞赫美特和贝斯蒂，"你们也是如此吗？"

塞赫美特和贝斯蒂对视了一眼，没有反驳。

"如果是三个男人解救了十九个被压迫的男性奴仆，并因此得到了十九个男人的助力，他们会觉得高兴，并把这当成一种势力的起点。"莉莉丝思索道，"为什么换成女人，一切就不一样了呢？为什么我们总觉得一群女人就是拖累，为什么我们总会从潜意识里觉得，她们在一起就会压抑到寂静无声，或者发生一些明争暗斗的蠢事？"

"也许是因为体力？"贝斯蒂说完，又歪了歪头，"哦，我的体力也不如塞赫美特，但是我很灵巧。"

"那我呢？"狄赖问，"你们觉得我是拖累吗？"

"当然不会，你怎么可能是拖累？"贝斯蒂脱口而出，随即她意识到了之前说法的错误，"啊……"

狄赖只是一个小孩，她的体形不如那十九个女人中的任何一个，可是贝斯蒂从来不认为狄赖是拖累。

莉莉丝叹道："我们好像被什么东西洗脑了，我们总是被分开，很少真正地团结起来。我们可以相信一个女人是强者，却很少相信一群女人能团结起来迸发出强大的力量，所以我们总是感到孤立无援。可是，如果连我们都不改变观念，那么我们又要去哪儿找盟友呢？"

在她们说话的过程中，在村里搜刮东西的女人们重新聚集过来。她们有的找到了钱，有的找到了食物，还有人找到了打火石之类的日常用具，但无论她们找到了什么，她们都不曾放下手中的武器，也不曾放松警戒。

"也许我们可以对女人有更多的期待。"莉莉丝看着她们，问两位赏金猎人，"所以，带她们走吧？"

"哎呀，"贝斯蒂笑着摊开手，"你都这么说了，我们还能反对吗？"

"我也没有意见。"塞赫美特说，"但是，莉莉丝，我们还是需要做出选择，并不是所有人都能成为我们的同伴。"

"我知道。"莉莉丝点了点头，然后走向那些女人。

所有女人都看向她。

"诸位，你们现在已经自由了，你们可以拿着你们找到的东西回家，找你们的家人。如果你们无家可归，也可以跟我们走，我们的目的地是伊迪丝城，"莉莉丝提高了声调，对女人们说，"假如你们选择跟我们走，那么我会给你们找武器，教你们进攻和防御。但是我需要你们知道，假如遇到了危险，我没办法保护你们所有人，所以你们必须像今天一样，用武器保护自己！如果能接受这一点，那我们非常欢迎你们加入！"

她不害怕她们柔弱，柔弱的身体可以锻炼，她只害怕她们没有反抗精神，逆来顺受，蹲在泥潭里不愿起身。

Chapter 30

新队伍

被救出来的女人们做出了不同的选择。

有人像丽萨一样，坚定地加入了她们。有人观察着别人的举动，犹犹豫豫地商量。还有人思索再三，还是站在原地。

最终，包括丽萨在内，有十五个女人加入了她们。

队伍一下增加了十五个人，物资和钱变成了当下最紧要的事。

莉莉丝、塞赫美特和贝斯蒂对女人们找到的东西皱起了眉。

"太少了，小姐们，太少了。"塞赫美特摇着头，"看看你们找到的东西，你们就像被老千骗光了钱却只敢拿走一个铜板的穷酸倒霉蛋。"

她把女婴交给莉莉丝，走向屋子："对于无良的庄家，既然有打劫他们的机会，当然要大小通吃，把筹码全部收入囊中！"

"过来吧，"跟在塞赫美特身后的贝斯蒂对着女人们招了招手，"你们来学习一下怎样搜刮恶人的老家！"

塞赫美特是个说话算话的人，所以她把没被火势波及的房子重新搜刮了一遍。

最终，新人们对小山一样的物资目瞪口呆。

"看明白了吗，这么搜才对。"塞赫美特抛着从床缝里找到的银币，说，"你们那样太文明了，小姐们，现在这个时候可不需要文明。"

"可……可是，这样有点过分了吧？"有人小声说，"我们又不是强盗，拿走这么多东西……"

"不，"贝斯蒂笑嘻嘻地说，"我们就是强盗。"

新人们再次震惊了，她们第一次听见一个女人承认自己是强盗。

"名号有什么意义？当我说我不是女巫的时候，也没人信我，所以你们愿说什么就是什么吧。"贝斯蒂拿起一块肉干，塞进嘴里，"如果拿走这么多可以活命的东西只被人骂一句无关痛痒的'强盗'，那我岂不是赚大了？所以，我就是强盗。"

女人们愣住了。

"收起你们那多余的同情心吧，小姐们。"莉莉丝叹道，"想想这个村子的人对你们做了什么，如果你们还有剩余的同情心，不如先用在自己身上，如果觉得同情自己太过悲哀，那就把善心用在你的同伴身上，至少她们能成为你们的助力，而敌人只会伤害你。"

一阵沉默之后，有人问道："但是，这么多东西，我们又该怎么拿走呢？"

她的问题很快得到了解答——丽萨牵来了两头牛、一匹马，她身边的狄赖还拖着一只装满鸡的鸡笼。

"看看我们找到了什么！我们可以让牛和马拉东西！"小家伙亮着眼睛说，"如果没吃的，还可以吃了它们。"

剩下的女人面面相觑，她们毫不怀疑，在这里继续待下去，这几个人会把村子的地皮都卷走。

离开村子的时候，塞赫美特忽然叹道："小姐们，我不得不说，你们很缺乏危机意识。你们担忧我们搜的东西太多，又担忧我们不知道该怎样把那些东西拿走，但是你们没有想过一件事。"

当所有人视线都集中在她身上，塞赫美特继续说道："我们卷走了村子里这么多东西，那些村民很有可能为了夺回财物而追踪我们、偷袭我们。是的，打劫庄家的赌徒必定会被庄家追杀。"

听到这句话，这些女人的表现各不相同，有人丝毫不感到惊讶，有人露出了不安的表情，也有人快要哭出来了。

有个少女说道："那……那我们把东西放下……"

莉莉丝问："也包括你们吗？"

"什么？"

"在他们眼里，我们几个带走的财物也包括你们，所以，我们也要把你们放下吗？"莉莉丝问道，"你们想要回到那个地窖中去吗？"

"不，"那个少女颤抖着，"我们不是财物。"

"是的，你们不是财物，"莉莉丝再次强调，"你们有能力保护自己，记住这一点。"

之前和村民们死斗源于她们求生的本能，那个氛围淡去之后，很多人已经开始后怕，但以后那样的对战可能会变成常态，她们必须适应这一点。

"放下心里的负担吧，小姐们，多拿是这样，少拿也是这样，既然如此，就不要为那些无谓的东西伤神。这有什么可担忧的呢？"贝斯蒂说，"既然拿了，就不后悔，既然走了，就不会再回去，如果他们袭来，我们就握紧武器，杀死他们！"

她转身身，笑着摊开手："就是这么简单的事，不是吗？"

听到这句话，平生第一次拿起武器与人厮杀的女人们竟然产生了一丝奇妙的轻松感。

正如塞赫美特所料，当天夜里，那些村民袭击了她们的营地。但他们并没有讨到任何便宜，因为女人们早有准备，并一直在等待他们。

在看到那些潜伏在黑暗里把自己视作可买卖物品，如附骨之疽一般甩不掉的人贩子时，除了恐惧，她们心中产生的更多的是憎恶、愤怒和厌烦。

是的，既然事情已经到了这个地步，那就非常简单了。

既然拿了，就不后悔。

既然走了，就不会再回去。

如果他们袭来，就握紧武器，杀死他们！

我们不会回去，我们会保护自己。

所以，去死吧，人贩子们！

女人们抱着孤注一掷的决心，举起武器，攻向来袭者。

当晨光亮起时，村民们被彻底击垮，落荒而逃，地上横七竖八地倒着男人的尸体。

令莉莉丝她们诧异的是，虽然她们中不少人受了伤，但是竟然没有一个人死亡，连那个婴儿都安全地活了下来。这固然是因为有莉莉丝、塞赫美特和贝斯蒂的保护，也有十五个曾被困在地窖中的女人的互助。

清晨，塞赫美特和莉莉丝为伤员们包扎，贝斯蒂则带着其他人搜刮尸体上的财物。

忽然，一个女人大叫起来。

"就是你！"那个女人踹着地上的一具尸体，愤怒地喊，"就是你，就是你这个家伙，我记得你的脸，就是你！就是你殴打了我，侮辱了我！啊！啊！你这个浑蛋！"

她抢起铁锹，狠狠地砸向那具尸体："你还记得你做过的事吗？你们这些畜生！你们利用我的善心把我拐进了魔窟，你们侮辱了一个苦苦哀求你们的女人！你们把我当成物品一样玩弄！我不是物品，我有感情，我有名字，我叫埃达！你听清楚了吗，浑蛋！现在砸烂你的头的人，就是我——埃达！"

那具尸体被铁锹砸得稀烂，埃达身上溅满了血，可是没有人阻止她，也没有人觉得她恐怖。与埃达的情绪共振迅速席卷了曾被困在地窖里的女人们，眼泪不由自主地流了下来。

不是因为痛苦，而是因为愤怒和……一种解脱感。

埃达的发泄让她们觉得痛快，也让她们获得了前所未有的解脱，仿佛束在某个地方的枷锁终于打开了。她们终于发现，自己之前担心拿走村民太多东西的心态并不是善良，而是恐惧——恐惧自己被报复，恐惧自己被追击。

并不是只有仁慈才会令自己与敌人共情，恐惧也会。

仁慈、善良、同情有时会成为弱者的伪装，事实上，那更可能是害怕受到伤害而产生的懦弱讨好心理。

如果我们少拿一点，他们也许就不会追击我们了。如果我们提出异议，被他们抓住后也许会因为这个对我们网开一面，不折磨我。如果我们……

她们明明那么恨这些人贩子，却想出了那么多"如果"，有那么多担心，归根结底，是因为她们太弱。

如果她们足够强，她们就不会让自己受到那么多侮辱。

如果她们足够强，她们就会像埃达一样，击碎那些人贩子的头！

就像现在。

把他们打得落花流水，击碎他们的头！了结他们丑陋的生命！

这是这十五个女人第一次彻底打败那些村民，也是她们第一次真正意义上的胜利，更是她们第一次发现自己的力量和彼此团结互助的力量。

这个清晨过后，从地窖出来的十五个女人开始蜕变了。

莉莉丝也发现了这些女人的变化，她和两位赏金猎人相视而笑。

"好像我们之间还没有做自我介绍，"莉莉丝站了起来，说，"来个自我介绍吧。也许你们听说过我，我叫莉莉丝，现在被称为魔女、女巫。所以我打算做点只有魔女和女巫才能做到的事，比如改变原有的规则，创造一个属于女巫的世界。这将是个漫长的过程，如果你们愿意继续跟着我，我们就会一起在这条道路上走下去。"

"我叫塞赫美特，是个医生，也是个赏金猎人。莉莉丝是我的雇主。"塞赫美特大声笑道，"但是最近我似乎被雇主的理想迷住了，这可不妙啊，我们要不要用酬劳打个赌，看看我是能拿到酬劳还是能看见那个新世界？"

"我觉得你会输掉酬劳哦，塞赫美特，毕竟你是个不称职的倒霉赌徒。"贝斯蒂耸了耸肩，"但是这个赌，你输了也许更好……哦，我叫贝斯蒂，是个非常可爱又厉害的赏金猎人。"

"我是狄赖，"狄赖绞尽脑汁让自己的名头多一点，"我是一个战士，一个反抗者，一个勇者，一个侠客，一个天……"她脸一红，没好意思把莉莉丝最初的夸奖说出来，但是她依然骄傲地挺起了胸脯，"我以后会成为一个将军！"

"我叫丽萨，曾经是莉莉丝小姐的女仆，我……我……我……我会认字！我还学过一点射箭，这些都是小姐教的。"丽萨摸了摸头，"啊，在地窖的时候我和你们说了好多，你们一定都记得吧？"

女人们笑了起来。

紧接着，新人们一个接一个地报出了自己的名字。

"我叫埃达，"拿着铁锹的女人说，"我不会离开的。莉莉丝小姐，如果你的愿望如你所说，那么我会在你身边，直到你实现目标。"

"我叫莉迪亚，我今年二十五岁，如果你们需要做饭的话，可以找我，我很擅长这个。"

"我叫洛塔，我在山里长大，所以我认识很多植物。"

…………

就在女人们报完自己的名字的时候，贝斯蒂怀中的婴儿忽然哭了起来。

"啊！"狄赖跑到贝斯蒂身边，摸着婴儿的脸，"小婴儿在抗议，我们都有名字，她还没有名字呢！"

她问向莉莉丝："莉莉丝，给她取个名字吧。"

莉莉丝看着那个女孩，小小的女婴沐浴在晨光里，无意识地挥舞着双手，哭声嘹亮。她马上想到了合适的名字。

"欧若拉。"莉莉丝微笑，"就叫她'欧若拉'吧。"

* * * *

由女人组成的队伍有条不紊地向着目标行进。

"嘿嘿嘿嘿嘿……"丽萨拿着一把剑，不住地傻笑。

"莉莉丝，你那个朋友是不是有点奇怪？"狄赖拽了拽莉莉丝的衣服，"拿到剑以后，她一直在傻笑。"

"喂，小家伙，你不要乱说话。"丽萨不服地叫道，"我只是高兴而已。你看，这是我的剑——属于我自己的剑！啊，看看这光泽、这手感，真是太棒了！"

"那有什么……"狄赖拍了拍腰间，"我也有剑。"

"你那个是木头剑，我这把剑可是真的。"

狄赖撇了撇嘴："真的又怎样，这是莉莉丝亲手给我做的！"

"小姐亲手做的剑？！"丽萨愣了一下，忽然羡慕道，"那我拿我的剑和你换！"

狄赖躲到丽萨身后，骄傲地抱紧了自己的木剑："我才不和你换呢！"

周围人都笑了起来。

忽然多了十五个同伴，最开始的几天，莉莉丝她们手忙脚乱，因为要教新伙伴的东西太多了，从认路、狩猎到搭建营地。但也有很多好事。她们一开始所担忧的三人拖着所有人艰苦前行的情景没有出现。

当塞赫美特她们对着突然哭起来的女婴束手无策时，一个叫作伊迪萨的女人伸出手："把孩子给我吧。"

她抱过女婴，和另一个叫作纳利塔的女人一起，把干净的棉布撕开，麻利地帮女婴换了尿布。

"哦，欧若拉，小宝贝。"伊迪萨抱着女婴，轻轻地摇晃，"睡吧，睡吧。"

刚出生的婴儿还不会笑，但温暖的怀抱与轻柔的话语使她很快安静下来，进入了梦乡。

围绕在婴儿身边的女人们露出了温柔的笑容。

新来的伙伴并没有成为累赘，反而解决了不少麻烦。

她们中间，有人具有很好的记忆力，能记得所有物品的位置；有人很会做规划，善于计算出每天物资的用量；有人很会整理，能很快地把所有东西井井有条地分类打包……

从人贩村搜来的东西也派上了用场，衣物可以抵御严寒，食物可以填饱肚子，绳子可以用来捆绑物品，药草可以用来治病，还有简易的帐篷，几乎所有东西都派上了用场。

狄赖拿来的鸡在那天打败村民之后就被宰杀了，它们成了这个团队第一顿大餐，用来庆祝女人们脱离魔窟，击败敌人。

而丽萨牵来的两头牛中有一头是正在产奶的母牛，牛奶为女婴提供了主要食物，而剩下的马和牛负责背负物资。

一开始，还有人因为莉莉丝的恶名而害怕她，但是她们很快发现，传说中凶残的魔女莉莉丝对她们耐心又温柔，身材高大的塞赫美特是个懒散的好脾气，而贝斯蒂是个活泼的话痨。相比之下，原来的四人团队中最凶的竟然是最小的狄赖。但即使是小刺猬，她也不会把刺对准自己的朋友。

最开始的忙乱只是因为大家不熟悉彼此，当磨合期过后，一切都进入了正轨。

也许因为曾被关在一起，又在一起并肩作战，她们之间产生了一种紧密的联结和无形的默契，使这个团体充满了凝聚力。

按照之前的约定，在到达下一个城镇之前，莉莉丝和塞赫美特、贝斯蒂为新人们做了简单的身体素质测试。

身体灵活、反应敏捷的，由贝斯蒂教授小武器的攻击方法。力量大的由塞赫美特传授刀法。剩下的人则由莉莉丝带着练习剑术。

她们一边赶路，一边训练。

莉莉丝在骑士团待过，十分清楚要如何进行系统的训练，而赏金猎人出身的塞赫美特和贝斯蒂更善于利用实战和碎片时间锻炼。两种方式结合起来，新人们又都很努力，所以进步神速。

在开始训练的第二周，莉莉丝发现一个少女总是时不时地摸向自己肚子。

那个少女叫作伊芳，她年纪不大，皮肤白净，有时会露出涉世未深的纯真表情。

"伊芳，怎么了？"莉莉丝问，"你感觉不舒服吗？是肚子难受，还是来月经——"

"不不不，"少女红了脸，慌忙地摇手，"不是的。"

她这么否认，反而让莉莉丝疑惑了："那你为什么一直摸向肚子？"

"莉莉丝小姐，"伊芳把手放在嘴边，小声道，"我的肚子和原来不一样了！"

莉莉丝一惊："哪里不一样？"

"也许您不相信，我原来很胖的，后来被困在地窖里，没东西吃，才瘦下来。但即使如此，我的肚子也是软软的，摸上去像一个水袋。"伊芳红着脸，"但是最近我的肚皮变得很柔韧，手摸上去就有种被吸住的感觉，像有吸力一样。"

莉莉丝失笑："那是因为你长肌肉了。"

"嘿嘿嘿，是的……"伊芳不好意思地笑道，"但它的手感实在是太好了，我忍不住想一直摸。摸到它的时候，我感觉到自己在一天天变强，力量也在增强，这真是太棒了。"

"以后你还会变得更强壮。"

"真的吗？"伊芳又开心地摸了摸自己的肚子，"太好了！"

对着这个女孩，莉莉丝止不住地扬起嘴角，她相信自己脸上一定露出了那种被称为姨母笑的表情。她感到欣慰，充满喜悦。

很多人都说，女人毫无竞争欲，不爱体力运动，她们会天然地把所有心思都放在打扮自己吸引异性身上。

可是现在，当这群女人脱离了原来的社会，像游牧民族一样穿梭在草原、森林、山脉中间时，她们被压抑的野性慢慢展现出来。

她们会为彼此整理头发，擦掉沾在脸上的灰尘，但是她们不会把大量的时间花费在打扮上。当她们聚在一起，讨论起衣服时，更倾向于讨论哪种穿法更容易活动、怎样扎起头发才更方便，甚至有女孩像莉莉丝一样，割断了自己的头发。

"你知道吗，莉莉丝小姐，当初听到你在竞技场杀魔兽的故事，我就一直想这样做。"亚尔薇特举着割下来的头发，举过头顶，模仿着莉莉丝的动作，"'记住我的名字，我是莉莉丝！'啊，这真是太帅了！"

她举着自己的头发跳到其他人面前，叫道："记住我的名字，我是亚尔薇特！我将拿起武器，浴血奋战！"

"哦……天哪……"莉莉丝捂住脸，尴尬得哭笑不得。

大家笑作一团："亚尔薇特，你应该打倒一只魔兽以后再说这种大话。"

"至少应该像洁希德和奥特琳那样，猎到一条巨蟒！"

之前有一次打猎，洁希德和奥特琳两姐妹竟然合力用铁锹和草叉杀死了一条大蟒蛇。当姐妹俩把蟒蛇搬回营地时，得到了所有人的赞叹和羡慕。

"太厉害了，我第一次看到有人猎到这么大的蟒蛇。"叫瑞吉蕾芙的少女捂着嘴感慨，"洁希德，奥特琳，你们简直像是两个英雄！"

洁希德和奥特琳互看了一眼，然后大笑起来："哈哈哈哈，我们可不是英雄。"

"如果要说起来的话，我们应该算是'英雌'吧。"

之后，"英雌"这个词语便在团队里流行起来。

女人们对着亚尔薇特打趣："如果你猎到了那样的猎物，我们也会叫你'英雌'。"

"谁说我不能打？"亚尔薇特仰起头，"是我没看见魔兽，我如果遇见了魔兽，就会和它拼死决战！"

她拿起铁棍，对着不存在的敌人，唰唰唰地挥舞了几下。

刚从地窖出来时，很多姑娘看到铁耙、铁锹还会感到恐惧不安和抗拒，可经过一段时间的训练，所有人都开始期盼能快点到达下一个城镇，拿到真正的武器。

到了下一个城镇，进城的同伴卖掉了她们猎到的兽皮，然后用得到的钱和在人贩村搜刮到的钱，补充食物、装备、日常用品和——武器！

拿到真正的武器后，所有人都对自己的新武器爱不释手。

就像丽萨现在一样。

对莉莉丝来说，这些武器不够令人满意，比起之前和赫卡特一起设计的女性武器，这些武器比较粗糙，适手性也不够好。但是比起之前的铁锹、铁耙，武器店的武器高了不止一个档次，这使得整个团队的攻击力大大提升。

令莉莉丝惊讶的是，队伍里竟然有人和自己有差不多的想法。

那是一个叫赫萝克的女人，她把每个人的武器都检查了一遍，然后下了结论："这里的工匠手艺还可以，但是细节不够好。"

"你了解武器？"莉莉丝问。

"我的父亲是开武器店的铁匠，我从小就给他当帮手。"赫萝克有些不好意思地挠了挠头，"我本来想继承他的武器店，但是他一直认为这是男人才能干的事，执意让我找个强壮的男人结婚，好继承他的产业。于是我一怒之下跑了出来。"

莉莉丝这才明白，为什么赫萝克是新人中力气最大的。

狄赖马上对赫萝克产生了好感，鼓励她道："放心吧，你一定会成为武器店的铁匠，你还能做出可以砍碎任何东西的利刃！"

赫萝克不明白为什么"小刺猬"忽然对她如此有信心，她有些感动："谢谢你，狄赖。"

狄赖不失时机地说："如果你做出了那样的利刃，一定要给我一把。"

"好的。"赫萝克和狄赖做了约定，"一言为定！"

莉莉丝不由得佩服起狄赖，这个小家伙几乎快要把那个童话变成现实了。

也许所有故事都具有改变人想法的力量，哪怕只是一个陪伴孩子入睡的童话。

当然，在买武器的过程中，塞赫美特她们也听说了其他事。

"你知道我们在城镇里听到了怎样的传言吗？"塞赫美特耸肩，"他们说一群女巫袭击了拉金村，杀死了村民，烧毁了房屋，夺走了婴儿。"

莉莉丝笑了。她发现，自己已经不会对这种颠倒黑白、指鹿为马的传言感到惊讶。

"真是的，我已经懒得去说我们不是女巫了，烦得要死。"贝斯蒂摊手道，"如果他们要那么说，那就由他们去吧，让别人害怕也是一件好事。相比软弱者，人们更不愿意招惹令人恐惧之人。"

"是的，他们肯定会害怕我们！"狄赖扬起了脸，自信地说，"因为我们最厉害了！"

这句话让大家再次畅快地笑了起来。

当然，前进的道路并不是畅通无阻的，某些要塞城镇戒备异常森严，有些地方因为桥梁坍塌或者山体塌方而无法通行，所以莉莉丝她们只能一次又一次根据行程重新规划路线。

莉莉丝没有催促大家赶路，她一直在等一个偶遇——和一个人。

＊　　＊　　＊　　＊

当严寒过去，森林里的植物开始冒芽，女人们彻底熟悉了现在的生活。

每到休息时间，大家便会进行三十分钟左右的训练，然后散开，迅速开始分工——烧火，架锅，整理食材，做饭，照料婴儿。

莉莉丝也找到了能够帮自己记录和绘制的帮手。

帮她记录的两个女孩是克利欧和阿特米西亚，她们是一对好闺密，也是一对好搭档，前者擅长文字记录，后者擅长绘画。有她们两个在，莉莉丝轻松了不少，她们一起回忆、讨论、记录。

丽萨平时总是和狄赖吵吵闹闹，一到休息时间，丽萨就拿着字典追着狄赖，要教她认字。那本字典曾经被人贩子没收，丽萨从地窖里出来以后，花费不少力气才从村子里找回。

团队里很多女人都不识字，认字的几个同伴就在休息时教大家认字。闲下来的女人们会聚拢在一起学习，仿佛一个临时的课堂。

但教狄赖认字是件很困难的事。

"我不要学认字，"狄赖叫道，"我以后是要当将军的，将军不需要认字！"

"就算是将军，也得认字！"丽萨说，"不信你可以问小姐！"

"是的。"莉莉丝点头，"将军也要学习，所以之前我才拿着报纸教你认字，狄赖。"

当然，那时她就感受到了狄赖的抗拒。

"你们骗人！"狄赖叫道，"那我以后不当将军了，我要当不认字的剑客！"

作为一个曾经独自讨生活的女孩，她耐不下性子看书，下意识地觉得认字用处不大，只有武器才能保护自己。

可她的抗议毫无用处，丽萨笑嘻嘻地抱住她，把字典放在她面前："这可是小姐送给我的，我们一起看吧。等你学会认字，你就可以去教欧若拉了。"

听到这句话，本来还在挣扎的狄赖停下了动作，她想了想，说："你说得对，我是欧若拉的妈妈，我应该学认字，然后教给她。这样她以后就能像贵族家的小姐一样认字，不会被人瞧不起。"

莉莉丝摸了摸她的头："不，狄赖，你现在所有的学习都是为了你自己。"

"可是我觉得我并不需要认字。"狄赖不服气地嘟囔，"欧若拉比我小，我都已经这个岁数了。"

周围所有人都笑了起来。

丽萨大笑着，蹭了蹭狄赖的脸："天哪，狄赖，你以为你多大！"

"但是……"狄赖噘起嘴，又想了一会儿，才不情不愿地说，"好吧好吧，真拿你们没办法，既然你们这么说了，那我就学学吧。"

"不用担心，我会耐心教导你的。"丽萨开心地竖起字典。

"她俩的关系真是出奇地好。"贝斯蒂感慨道，"我的小狄赖都不在乎我了，真让人嫉妒。"

莉莉丝看向狄赖。当初遇到塞赫美特和贝斯蒂，狄赖曾恳求她，说她只想和她在一起，不要其他人。那时狄赖对塞赫美特和贝斯蒂都戒心满满，而现在她能自在地和所有人说话，脸上的笑容越来越多。

最开始，有人担心这么多女人在一起气氛会变得尴尬，因为她们从来没有和这么多同性同行过，大家一直以来接收的信息都是"女人之间没有友情""女人所在的地方充满了钩心斗角"，但是没过多久，这个想法就被彻底打消了。

赶路本是日复一日的枯燥过程，但不知道为什么，大家总是会时不时地爆笑出声。她们很容易因为一些寻常而奇怪的小事笑起来，如天上的一朵云、长相奇怪的树、某人扮出的鬼脸、大家互相打趣的话语，还有工作时一些小小的意外。

但更令人惊喜的是，这些快乐并没有拖慢赶路的进度。

当女孩们一边干活儿一边打闹时，团队中以严厉著称的欧诺弥亚便会劝诫她们："赶快干活儿吧，姑娘们，把手上的事情做完再去玩！"

人们在自觉地维护整个团队的运转，因为她们每个人的命运都与这个团队紧密相连。

莉莉丝发现，比起之前接触的男骑士，女人们既能专心地训练，也能轻松地处理多线程的任务。她们可以一边干活儿，一边聊天，一边留意着四周的动静。所以，她们经常能发现一些不寻常的事情，从而避免坏事的发生，比如烧开的锅、不稳的帐篷、感受到不适的婴儿，以及周围环境的异常和同伴的掉队。

善于观察和敏锐是如此有用，可以防患于未然。

当然，和那些男性骑士相比，他们在体力上还有所不足，但这并不算什么大问题，拿从未锻炼过的女人与每天训练的男性骑士对比本就不公平。塞赫美特的体力就不输任何一个男性骑士，即使没有塞赫美特那样的体形，娇小灵活的贝斯蒂与男性骑士对战，后者赢的概率也不大。

虽然之前男人们总用"遇到危险别反抗，你们打不过男人，一定会被反杀"来恐吓女人，但一个拿着剑的小孩都会让人不敢接近，从地窖里杀出来的女人可以击退人贩子，那么，经过训练，她们只会更有震慑力。

身体的强壮会影响心灵，随着训练的深入，大多数人的自信心也在慢慢增强。

有时她们也会遇见一些狩猎女巫的人，但是那些人都会被她们打得落花流水，积累她们成长路上的经验值。

　　与艰辛的路途相反，大家脸上的笑容越来越多。

　　正因为如此，当一个人心情不好时，很容易被察觉。

　　发现瑞吉蕾芙坐在树下哭泣时，莉莉丝走了过去。

　　"出什么事了吗，瑞吉蕾芙？"

　　"啊，莉莉丝小姐……"瑞吉蕾芙擦了擦眼睛，"我……我没事，请不要管我，我稍微休息一下就好了……啊，让您看到我这副模样真是太丢脸了。"

　　"如果你有什么烦恼，可以说给我听。"莉莉丝蹲下，"是因为训练的事吗？"

　　瑞吉蕾芙的力气不足以挥刀，灵巧度不符合贝斯蒂的要求，所以她一直在莉莉丝的带领下练剑。她很认真，也很努力，可她一直是最吃力的那个。

　　"我……我太弱了，我总是在拖大家的后腿。"瑞吉蕾芙抽泣着，"我没有天赋，我什么都干不好，我总是被从一个地方踢到另一个地方。当您接受我学剑时，我发自内心地感激您，并下定决心要认真练习。但是，无论我怎么努力，我依然是最后一名，我成了大家的负担……"

　　"你并没有拖大家的后腿。"莉莉丝有些惊讶，"没有人这样想。"

　　"谢谢您的安慰，莉莉丝小姐。"

　　"不，这不是安慰……"莉莉丝有些为难，她不知道怎样才能让瑞吉蕾芙相信，她并不觉得她是负担。

　　任何训练都会有跟不上进度的人，可她们的训练并不是为了比赛，而是为了自保，排名并不重要。

　　"瑞吉蕾芙，"亚尔薇特和洛塔走了过来，"和我们一起去森林吧。刚才洛塔看到之前的路上有可以食用的蘑菇，如果把它放进汤里，味道一定会很鲜美！"

　　"走吧走吧，我们采蘑菇去！"

　　她们两人把瑞吉蕾芙拉了起来，一边笑一边推着她走。

　　"啊，但是我的剑还在赫萝克那里，她在为我的武器做保养。"

　　"拿我的剑去吧。"莉莉丝解下佩剑，递给瑞吉蕾芙，"在森林里不能没有武器。"

　　"啊……好的，莉莉丝小姐，我会把剑好好带回来的。"瑞吉蕾芙一脸受宠若惊，但是来不及多说什么，就被另外两个同伴笑着推走了。

　　莉莉丝忽然有点感动。

　　不只是自己，细心的同伴们也察觉到了瑞吉蕾芙情绪低落。在这种情况下，最体贴的方法就是让一个对自己失去信心的人去做一些力所能及的小事，帮助她走出低落的情绪，找回自信。所以她们邀请她一起去森林转转。这些女孩把彼此的关系处理得这么好，这么贴心。

现在是午休时间，大家都在忙着工作。

莉莉丝拿着瑞吉蕾芙的剑，和赫萝克讨论是否能在这把剑上做一点改进，使瑞吉蕾芙用起来更适手。

"啊！"照顾婴儿的伊迪萨忽然叫道，"欧若拉刚才笑了！"

听到这句话，很多人都围了上去。

狄赖更是马上从丽萨怀里跳出："欧若拉笑了吗？给我看看！给我看看！"

当女孩跑过去时，女婴已经笑完了，她吃着手指，好奇地看着围过来的人。

"哦，欧若拉，欧若拉。"狄赖的眉毛都耷了下来，她噘起嘴，委屈地抱怨，"你怎么能这样呢？我是你的妈妈，我抱了你那么多次，我还给你换尿布，你为什么不笑给我看？"

大概是她沮丧的表情太夸张，欧若拉又眯起眼睛笑了起来。

"啊！她笑了，她笑了，我让她笑了！"狄赖开心极了，左右转头，告诉周围人这个大新闻，"你们看，是我让她笑了！"

然后她又对欧若拉扮出了更多的鬼脸："再笑一个，欧若拉！"

一大一小两个孩子笑得停不下来，周围的人也禁不住扬起嘴角。

就在大家和乐融融的时候，她们身后忽然响起了一个轻佻的男声："哦，美丽的小姐们，有什么事让你们这么高兴？"

突兀的男声让大家的笑容瞬间消失了。

负责戒备的洁希德和奥特琳两姐妹已经把剑架在来者的脖子上，埃达的刀也已出鞘。即使是面色如常的塞赫美特和贝斯蒂，手也按住了武器。

莉莉丝对这个声音并不陌生，她按捺住心中猛然升起的厌烦，转过头去。

不远处站着一个身材高大的男人，他披着黑色斗篷，斗篷的帽子遮住了脸，身后背着的东西被黑色斗篷罩住，形成了一个驼背一样的凸起。

这是流动的商人也就是游商们常有的打扮，在世道越来越乱的时期，他们需要遮住自己的货物，避免遭到不怀好意者的窥伺。

但她们面前这个男人穿斗篷显然不是为了隐藏身份、保护货物。因为他把帽子也戴上了。

现在是初春，天气温暖，阳光也不刺眼，戴上斗篷上的连帽是一件没有必要甚至有些危险的事——帽子会遮掩视线，使人更难以察觉可能遇到的危险。

一个经验丰富且小心谨慎的游商显然不会这么做，既然如此，这人这么做必然有他的目的。

比如——制造一种反差。

果然，面对女人们的敌意，男人丝毫没有惊讶。等到自己吸引了所有人的注意，他才举起双手，后退了两步，离开两姐妹的剑。

然后，他伸手掀开了帽子。

先一步弹出的紫色卷发被轻佻地甩开，男人的脸露了出来。

这是一张英俊风流的脸，有桃花般的眼睛、挺直的鼻子、微微扬起的薄唇，以及对自己魅力充满信心以至于显得有些散漫的表情。

这张出色的脸暴露在阳光下，仿佛带着一圈光环。

男人笑道："不要紧张，小姐们，我没有恶意，我只是一个游商而已。"

女人们并没有放松警戒。

这种程度的长相与自信，显然不是一个小心翼翼地披着带帽斗篷的普通商人应该拥有的。

无论他长得多么帅气，女人们都感受到了私人领地被侵入的冒犯。

终于来了，莉莉丝在心中冷笑了一声。

弗朗西斯·查尔。

这个游戏的最后一位男主角。

Chapter 31

闯入者

"放轻松，小姐们，"紫发男人摊开手，笑道，"你看，你们有武器有同伴，而我什么都没有，你们又何必那么紧张呢？"

他的声音轻松、愉快，像在说没什么大不了的事情。

"哎哟，这可难说呢，"贝斯蒂晃着手上的钢叉，"我们这么可爱，总是会被一些居心不良的家伙窥伺。"

"是啊，"塞赫美特懒洋洋地说，"森林里出现像你这样的美人儿，本来就是一件奇怪的事。"

"哈哈，对我来说，能在森林里遇见这么多美丽的小姐，也是一件惊喜且荣幸的事。"男人弯腰，手放在身前，很有绅士风度地做了自我介绍，"第一次见面，小姐们，我是一个游商，你们可以叫我弗朗西斯。"

他相貌英俊，举止潇洒，又似乎很有礼貌。一时间，洁希德和奥特琳甚至露出了"自己是不是过于防备他人"的迷茫表情。

这种情况并不令人惊讶，面前这个男人是游戏的男主角之一，具有非一般的魅力。

莉莉丝说："洁希德、奥特琳，你们做得很好，完全尽到了警卫的职责。埃达小姐，你的反应很快，你们真是太棒了。"

听到莉莉丝的夸奖，洁希德她们明显松了一口气，重新露出自信的表情。

莉莉丝走向弗朗西斯："至于你，弗朗西斯先生，我希望你意识到，你对我们而言是个陌生人。陌生人踏入别人的营地、在别人谈话时贸然加入是很没有礼貌的行为，所以我们的反应非常正常。"

《女神录》是一个恋爱游戏，这个游戏里有五位常规男主角，即官配男主角罗纳德王子、"王国雄狮"安东尼奥骑士、"神的仆人"伊莱神官、小公爵艾伯·阿博特、神秘商人哈伦·希尔。除此之外，还有一位隐藏的攻略人物，也就是这位紫色头发的"游商"——弗朗西斯·查尔。

所谓隐藏的攻略人物，就是在游戏宣传时不会公开展示的人物，顶多给出一个黑色剪影。

勾起玩家的好奇心，也是宣传游戏的一种方式。大多数时间，在第一轮游戏时是无法攻略隐藏人物的，如果要攻略隐藏人物，需要进行多轮游戏，在满足某些条件、看过某些情节之后，经过一段游戏时间，才会出现隐藏人物的路线。

当然，这对莉莉丝来说并不是问题。她已经重复了所有结局，也见过很多次这位隐藏男主角。

当然，在这轮，弗朗西斯是第一次见到莉莉丝。

他先是眼睛一亮，然后又对她脸上的疤露出了遗憾的表情。当然，那种遗憾非常细微且不易察觉。他摊开手，笑吟吟地接受了莉莉丝的指责："当然，我也有冒犯的地方。但是，小姐们，假如我有所冒犯，那也是为你们的美丽所吸引，所以身不由己。"

莉莉丝笑了，好一个"身不由己"……

"哦，不如我们看看商品吧。"弗朗西斯笑道，"我敢肯定，那都是小姐们喜欢的东西。"

他解开斗篷，放下背筐。

但最吸引视线的并不是那个背筐，而是弗朗西斯斗篷下的身体。他穿着材质极好的袍子和裤子，却没穿上衣，松松垮垮的袍子只在腰间系了条腰带，露出了大片的胸膛和腹肌。

塞赫美特吹了个口哨。一些年轻的女孩移开了目光。

弗朗西斯淡定而骄傲，面带微笑地扫视女孩们。

人们总以为，只有女人会对自己的相貌有自觉，会利用自己的相貌优势。事实上，男人往往对于相貌更加自信，他们更乐于展现自己的相貌优势，毕竟女性的容貌会被百般挑剔，而男性总会得到夸奖。

如果一个女性展示外貌，人们总是会拿着放大镜观察她，观察她的头发、她的眉毛、她的脸颊、她的衣服甚至她的指尖，然后说，你应该改变这里，应该修饰那里，应该多想想怎样使外貌更完美。

即使一个男人长得不好看，也会有人夸奖他其他的方面，比如强壮、聪明、会赚钱甚至"老实"。

更何况弗朗西斯拥有顶尖的相貌。

他是如此了解自己的优势，也善于利用这种优势。

他独自一人，露出了大片肌肤，而她们衣着整齐，可以包围他，但他扫视她们的目光是如此自信，如此高傲，仿佛闯入兔窝的狼，气定神闲地挑选猎物。他的容貌、他的身材、他审视的目光、他故作温和却又呈现出的上位者姿态，都表现出一种难以言喻的攻击性。

在《女神录》的人物介绍中，每个男主角都有特定的人物性格标签，罗纳德王子的标签是善良、高贵，安东尼奥的是忠诚、勇敢，伊莱的是神圣、禁欲，艾伯的是偏执、专情，哈伦的是奢侈、精明。

作为隐藏人物，弗朗西斯并没有过多的介绍。

但是经过这么多轮游戏，莉莉丝已经对他了解得不能再多了。

这是个风流滥情的男人，是一只有毒的蝴蝶。

花花公子式的男人是恋爱游戏中必不可少的一类人物，他们英俊多情，浪漫迷人，温柔体贴，编织出一个又一个美梦一般的幻境，将猎物困在被爱的幻觉里。他们像蝴蝶一样，在花丛中飞舞。浪漫多情、风度翩翩、善解人意、温柔体贴……不少女性热爱拥有这些特质的角色，并为其痴迷，幻想自己能赢得他的钟爱，成为他停留的最后一朵花。

在与他们纠缠时，她们总是产生自己是他的唯一的错觉，沉浸在爱情的幸福与甜蜜中，并因此产生优越感，却也患得患失。

然而他们总是喜新厌旧，一旦腻烦，就会抽身离去，任由采撷过的花在思念中枯萎、凋零。

当然，在很久以后的某一天，他们也许会回想起那朵曾被自己抛弃的花，然后为其哀叹、痛苦，甚至掉几滴眼泪，然后把这些浪漫的过往告诉下一朵花，把这段伤感的过去变成他为后来者们筑梦的工具，博取她们的同情与怜爱。

她们可能失去了快乐、健康、名声乃至生命，而他们只是失去了一段爱情，他们会用逝去的爱情赢得新的爱情。

当然，恋爱游戏中的女主角有可能捕获这只蝴蝶，成为其唯一的花。

仅限于好结局。

可惜并不是所有人都会被蝴蝶的外貌迷住眼。

两位见多识广的赏金猎人的眼神异常清明。

曾被关在地窖里的女人也没有失去对男人的应激性与戒备。

"让我们瞧瞧。这可真了不起，弗朗西斯，你的身材可真棒。"贝斯蒂笑嘻嘻地道，"我第一次见到游商穿着东方珍贵丝绸制成的衣服。你走了这么多路，竟然还能把肌肤展现得如此恰到好处。哦，还是在森林里，简直不可思议。哎呀，你的心思多么细腻啊。"

"这位游商，你应该庆幸你是男人，"塞赫美特嗤笑道，"若你是女人，穿成这样，还把头发染成了紫色，恐怕会被当成诱惑男人的魔女。"

"我可没见过游商穿成这副样子。"严肃的欧诺弥亚皱起眉头，"这太失礼了，也许你的父亲从未教过你应该如何好好穿衣。"

"你不冷吗？"狄赖奇怪地问，"为什么不把衣服穿好？"

"你要明白，狄赖，"欧诺弥亚趁机教育她，"并不是所有人都知道什么是礼节。"

他展示出帅气而富有侵略性的一面，但她们看穿了他的把戏，故意以男人要求女人的标准来打量他。

"你应该穿好衣服。"狄赖严肃地对弗朗西斯说，"我见过有人指责那些不好好穿衣服的女人，骂她们是坏女人。所以，如果你不想被称为坏男人，就必须把衣服穿好。"

有些人没有忍住，笑出声来。

这笑声使得男人的凝视和带着侵略意味的身体展示变得滑稽，也消解了弗朗西斯表现出的与性有关的傲慢与侵略性。

这让莉莉丝产生了一种莫名的感动。她似乎从很久以前就在等着这一刻，等着同伴们站在她身边，直视某个男主角。

是的，不是仰视，而是直视。

甚至俯视。

弗朗西斯的表情变得有些尴尬。但他很快恢复了笑容，对着狄赖眨了眨眼睛："哦，小淑女，你大概不明白，对男人来说，'坏男人'这个词可是夸奖，好男人都是无趣的家伙，所有女人都喜欢坏男人。"

"你骗人，"狄赖反驳道，"怎么可能会有人喜欢坏人？"

弗朗西斯笑眯眯地俯视着狄赖："你还小，小淑女，等你长大就会明白坏男人的好处了。但在此之前，也许你会对我卖的东西感兴趣。我这里有一些香膏，可以淡化你脸上的胎记，让你以后能成为一个令男人着迷的'坏女人'。"

狄赖闭上了嘴，脸上露出了屈辱与愤怒的表情。她抽出木剑，砍向弗朗西斯，可惜后者很轻易地避开了。

"哦，小淑女，这么粗鲁的举动可是不行的哦，如果想要讨人喜欢，必须有点女人味。"弗朗西斯并没有在意狄赖的怒意，他对其他女孩展开手臂，"来看看商品吧，小姐们，你们一定会喜欢它们。"

背筐里的东西被展示出来，那里放着各种珠宝首饰、手帕、扇子。它们精美、漂亮，在阳光下闪闪发光。这些华丽的东西第一时间吸引了所有人的目光。它们很漂亮，也很吸引眼球，但仅限于此。

没有一个人觉得这些东西有用。

她们总是在精简行李和自己身上的穿搭，以便更好地活动、攻击。这些漂亮的小物件不仅没有办法变成助力，反而有可能在对战时成为累赘。

"哦，看来你们不太喜欢这些东西，"躲避着狄赖袭击的弗朗西斯扬起斗篷，当黑色的斗篷从背筐上掠过，背筐里的东西变成了香膏和散粉。

这个变化让所有人为之惊讶。

狄赖停了下来，疑惑地看向那个背筐。

塞赫美特和贝斯蒂掩去了笑意，露出戒备的表情。

"就算是旅行中的小姐们，也不能让娇嫩的肌肤受损。"弗朗西斯笑吟吟地展示着手上的香膏，"也许你们可以试试这个香膏，它能滋润皮肤，也可以很好地保护你们的肌肤——"

他的声音停住了，因为一把剑横在他的脖子上。

持剑的人是莉莉丝。

瑞吉蕾芙的剑不如她自己的剑顺手，但足以对人产生威吓。

弗朗西斯没有惊慌，在他的人生中，不止一个女人这样干过。最后，她们都会扔下武器，投入他的怀抱。

"这位小姐，您拥有红宝石一样美丽的眼睛，"弗朗西斯托起香膏，"难道您不想拥有无瑕的肌肤吗？这香膏是一件少见的宝贝，它可以淡化您脸上的疤痕，让您变得更加美丽动人。"

"不需要。"莉莉丝回答，"这道疤是我的勋章。"

"哦，好吧。"弗朗西斯遗憾地耸了耸肩，看向莉莉丝，"不过……从刚才开始，您看着我的目光就似乎有些奇怪，我仿佛能从您的眼神中感受到敌意……"

敌意？莉莉丝冷笑，不，更确切地说，那应该是杀意。

"难道我们之前见过？"他摇了摇头，"不，如果遇到过您这么美丽的小姐，我一定不会忘记。"

"你想多了。"莉莉丝说，"我只是看你不顺眼罢了。"

弗朗西斯饶有兴趣地看着她。

而莉莉丝没有理他，她用余光看向四周。

很快，她找到了目标。

不远处的树后站着一个少女，她披着黑色的斗篷，愤恨地看着这边。当她的视线与莉莉丝的交会时，她瞪了一眼莉莉丝，隐在树后。

"既然您不要香膏，"弗朗西斯手一转，香膏变成了红色的玫瑰，"那请收下这枝玫瑰吧，它和您的瞳色一样美艳。"

这是个百试百灵的小把戏，大多数女人看到英俊的男人把香膏变成花朵献给自己，都会感觉浪漫和心动。

可莉莉丝只是皱起了眉。

"收下这种东西毫无意义，它们没有办法长时间保持实体，很快就会消失，因为……"莉莉丝抬起红眸，看向弗朗西斯，"你是魔法师。"

* * * *

听到莉莉丝的话，原本疑惑的其他人都吃了一惊，马上握紧武器。

伊迪萨一手抱着欧若拉，一手握着剑，挡在狄赖前面："狄赖，站在我身后。"

在科尔里奇国，不，可以说是整个大陆，魔法师都是极其少见的人群。

《女神录》的背景是一个西方幻想世界，魔法是其中必不可少的元素。但在游戏里攻略其他男主角时，几乎很少看到魔法元素，圣女玛利亚的治愈能力比起魔法更类似于神迹，而魔法石也不过是类似能源的东西，王宫研究院里有一些魔法师，但是与主线剧情关联并不大。只有当隐藏男主角弗朗西斯出现以后，玩家才会真正了解魔法师们背后的故事，并由此展开费尔顿城以外的情节。

"啊，小姐们，你们不用如临大敌，这只是一些小魔术，算不上魔法，"弗朗西斯笑道，"毕竟像我们这样的流动商人，得学会一些讨人喜欢的小伎俩才能卖出去东西，过上好日子，不是吗？"

"既然如此，不如我们就这样等着，"莉莉丝说，"看看你手上的玫瑰会不会消失。"

弗朗西斯脸上的笑容僵住了。

大多数魔法师不愿意暴露自己。在普通人眼里，魔法师是个神秘的物种，他们可以操控火，可以掌控水，可以让物品飞起来，也可以瞬间改变位置。

人们可以因为看着一个人带着武器而提防，但无法提防外表与普通人无异的魔法师。这令某些人恐慌，尤其是那些有权有势的贵族。

魔法可以用来做很多事，比如打开门锁、盗窃钱财、忽然展开攻击。科尔里奇国有个有名的文学家曾感慨："魔法就像钱一样，可以用来行善，也可以用来作恶，但遗憾的是，拥有魔法的人往往会成为贵族的同类。"

魔法师们曾经在大地上掀起反贵族的浪潮，他们认为魔法师是最接近神的生命，这个世界应该由魔法师掌握。这与认为自己的地位是天赋之权的贵族相悖，魔法师们当然被贵族们强力镇压。魔法师们掀起的浪潮很快就无声无息地消失了，因为魔法师有两个致命的弱点，其中之一就是他们过于依赖魔法，往往导致身体虚弱，和训练有素的军队碰撞无异于鸡蛋碰石头。甚至有些魔法师归顺了国王，加入了魔法研究院。当然，这部分魔法师受到了严格的监管。而科尔里奇国的法律也规定，一旦发现魔法师，必须向上报告。

种种限制下，魔法师似乎从普通人的生活中消失了。

即使如此，民众中间还是流传着反叛的魔法师的传说。据说，魔法师们成立了一个神秘的魔法师协会，并密谋造反。甚至不少民众在穷苦的日子里一直期待着魔法师协会造反，这样他们就可以跟随在魔法师身后，反抗康拉德国王，建立一个新世界。

很多时候，空穴来风未必无因。

若是玩家在游戏里通关了前面五个男主角的好结局，在新一轮不走前面任何一个男主角的路线，也不触发坏结局，那么就会满足隐藏人物的攻略条件，来到弗朗西斯路线。然后玩家就会明白，这世界上确实存在魔法师协会，他们也确实在筹划谋反。

而莉莉丝面前的男人——男主角弗朗西斯，会在未来的某一天成为魔法师协会的统帅，带着所有人起义。在这个过程中，弗朗西斯会变成科尔里奇国最强的大魔法师。

如果踏入好结局，弗朗西斯可以掀翻康拉德国王的统治，成为新国王，并娶一路陪伴自己的女主角为王后。

　　隐藏人物弗朗西斯的好结局，是《女神录》中唯一费尔顿城以外的人谋反且能成功的路线。

　　也是女主角一心一意攻略、辅助才能达到的结局。

　　当然，那是以后的事。

　　现在，弗朗西斯还是一个四处调戏女性、以"魔术"为幌子赢得异性欢心的花花公子。如今的他，没有责任心，也没有紧迫感，并习惯于在女性身上寻找情感慰藉与认同。这使得他即使背负着重要的任务，也会吊儿郎当地停留脚步，在女性面前展现自己的魅力。

　　改造他，是女主角的任务。

　　当然，莉莉丝现在并不打算做这个任务。

　　"好吧好吧，小姐们，你们猜对了。"弗朗西斯捏碎了手中的玫瑰，那枝玫瑰变成红绿色的粉末，消失在空气中，"我确实是魔法师。"

　　他摊开手，笑道："小姐们，你们真的很与众不同。大多数女人听说我是魔法师，都会觉得这是一次浪漫又有趣的邂逅，因为我会带给她们快乐与爱情，丰富她们枯燥的生活，滋润她们干枯的心灵。"

　　"是啊，弗朗西斯，你说得没错，'魔法师'这个称呼听起来确实很浪漫。"莉莉丝冷笑，"那么，你能说说那些小姐后来怎样了吗？"

　　"哦，我认为美妙的邂逅不在于天长地久，最重要的是那曾经炙热的拥有。"

　　哈，这个不要脸的家伙！

　　莉莉丝对着弗朗西斯挥起了剑。但正如她所料，剑挥空了。

　　弗朗西斯出现在不远处。他潇洒地将黑色斗篷甩到身后，笑道："小姐们，我建议你们小心一点。之前有个村子曾被女巫攻击，她们烧了房子，抢走财物和婴儿，以后你们也会看见遭到强盗的洗劫而被屠村的村子，还有危险的魔兽。"

　　他对女人们挑了挑眉："也许，你们需要我的保护。"

　　"就凭你？"

　　感受到冒犯的赫萝克和埃达拿着刀冲了上去。

　　她们的刀被突然出现的悬空盾牌挡住，那个穿着黑色斗篷的女人挡在弗朗西斯前面，用魔法张开了护盾。

　　"那么下次再见吧，美女们。"弗朗西斯笑着转过身，消失了。

　　赫萝克和埃达的刀又对准了那个穿着黑色斗篷的女人。

　　后者看起来心情很糟，注视着她们的视线充满敌意与不耐烦。

　　所有人都保持警戒。

　　穿着黑色斗篷的女人慢慢后退。

　　"瑟茜，"莉莉丝忽然喊道，"你为什么总是跟在他身后？"

披着黑色斗篷的女人身体一僵，她看向莉莉丝，满脸疑惑。很快，她就转过身，和那面护盾一起消失了。

莉莉丝呼出了一口气，她知道，弗朗西斯不会在初次出现时就被杀死。

因为他是男主角，是被神和世界眷顾的男人。她也知道那个女魔法师一开始必然对她充满敌意，因为她总是跟在弗朗西斯身后。毕竟在弗朗西斯路线里，她们是情敌。

当两个魔法师消失以后，大家的心态并没有放松，她们皱着眉看向四周，担心魔法师忽然从哪个地方冒出来。

"这是我第一次看见魔法师。"狄赖皱着眉看向地面，不久之前那里放着一个背篓，但随着魔法师的消失，那个背篓也消失了，"他们这么厉害，可以变出各种东西，也可以突然消失，我们要怎样才能打败他们呢？"

"这你就不知道了吧，狄赖，"贝斯蒂竖起食指，"魔法师虽然看起来很酷炫，但是他们有个很致命的弱点。"

"弱点？"

"对，他们的弱点就是魔法石。"贝斯蒂继续解释道，"魔法师施展魔法，是需要魔法石作为能量媒介的，如果没有魔法石，他们与普通人无异……哦，可能比普通人更弱。"

"可是魔法石很贵啊！"狄赖皱眉，"它们好费钱。"

"是的，魔法石很贵，而且纯度也会影响魔法的发挥。"莉莉丝说，"大多数乡村和城镇里贩卖的魔法石都是劣等的魔法石，用它们施展魔法是一件极其考验魔法师能力的事，大多数魔法师只能用劣质魔法石变出一些无伤大雅的小魔术。"

是的，魔法石就是魔法师的第二个弱点。

在普通人手中，魔法石只能当作能源使用。等级不同的魔法石差别极大——劣质魔法石只能让魔法灯亮三天，中等魔法石可以让魔法灯亮一个月，而顶级魔法石可以让魔法灯亮一年。

劣质魔法石不算便宜，但并不少见，而高纯度魔法石就非常昂贵了。只有贵族和富商用得起高纯度的魔法石，他们还制作了一些可以抵挡魔法攻击的道具。也正是因为这样，魔法师们很难形成大规模的势力，所施展的魔法也极其有限。

"我还是第一次看见魔法师，"纳利塔走到伊迪萨身边，观察着欧若拉，"幸好他们没有吓到欧若拉，但是如果真如他所说，森林里有魔兽的话，我们就得小心了。"

莉莉丝点头。她们这个团队还从来没有遇见过魔兽，按照以往的经验，离费尔顿王城越远，魔兽越多，按照她们现在所处的位置，也该遇到魔兽了。

等一下！莉莉丝一惊，她忽然想起之前去森林采蘑菇的瑞吉蕾芙、亚尔薇特和洛塔。

这糟心的游戏总是会出现很多必然的巧合，瑞吉蕾芙、亚尔薇特和洛塔去森林里采蘑菇的同时，男主角弗朗西斯出现在这里，告诉她们森林里有魔兽。还有比这更明显的提示吗？

"你们在这里等着，我马上回来。"莉莉丝来不及向大家解释，转身跑向森林。

她沿着亚尔薇特她们离开的方向跑去，没跑多久就听见前方传来女人的叫声："小心！洛塔，它这次的目标是你！"

伴随着这个声音的是熊魔兽凶狠的叫声。

* * * *

瑞吉蕾芙喊道："小心！洛塔，它这次的目标是你！"

洛塔马上竖起刀，但已经太晚了。

棕色皮毛的熊系魔兽挥舞着爪子击中了洛塔，后者狠狠地撞到树上，又落在地上。

而另一边，亚尔薇特已经受伤了，她扶着手臂坐在地上，短刀落在不远处。

只有瑞吉蕾芙还站着，她紧紧握着剑，身体不断颤抖。

"瑞吉蕾芙，"亚尔薇特喊道，"你不要管我们了，快去告诉莉莉丝她们，森林里有魔兽。"

"不……不行……"瑞吉蕾芙说，"你们两个都受伤了，我怎么能抛下你们，独自离开！"

当熊系魔兽白色的眼睛盯住瑞吉蕾芙的时候，亚尔薇特扔出一颗小石子，吸引了它的注意力："看这边，你这只怪物，你的敌人是我！"

她一边说，一边翻身，去拿掉落的短刀。

熊系魔兽吼叫着扑向她。

"亚尔薇特！"瑞吉蕾芙绝望地叫着，冲向了魔兽。

就在这时，一个女人的声音传来："攻击它，把剑插入右边第四根肋骨与第五根肋骨的缝隙处一米处偏右的位置，从中间切下去，然后顺着肋骨往外切！"

"什……什么？一米处？什么？"瑞吉蕾芙顾不得多想，握紧剑对着熊系魔兽的后背插了进去！

"嗷！"熊系魔兽大叫着甩着身体，熊掌拍在瑞吉蕾芙身上，将她打了出去。

那支剑还插在熊系魔兽身后，熊系魔兽已经龇着牙走向瑞吉蕾芙。

可恶，魔核太小了，只靠解说果然不能很好地定位！莉莉丝一边跑一边惋惜。她掏出匕首，但杂乱的树枝遮挡在她和熊之间，使得她无法瞄准那只熊。

就在这时，亚尔薇特已经拿着小刀爬了起来："右边第四根肋骨与第五根肋骨的缝隙处……一米处偏右的位置，右边第四根肋骨与第五根肋骨的缝隙处……"

"呀！"亚尔薇特冲向魔兽，用短刀捅向魔兽后背！

当熊系魔兽受痛转过身时，亚尔薇特拔出了短刀，捅向了魔兽的眼睛。

"嗷！"吃痛的熊系魔兽想要拍开亚尔薇特，但是亚尔薇特已经跳开了。

"看这里，怪物！"重新站起来的洛塔拿着刀砍向熊系魔兽，吸引走它的注意力。

而一直跟着贝斯蒂练习的亚尔薇特灵巧地绕到熊系魔兽背后，抓住瑞吉蕾芙留下的剑，用力划动："这就是右边第四根肋骨与第五根肋骨的缝隙处！"

剑深深地插入了熊系魔兽的身体，在第四根右肋骨与第五根右肋骨之间划动。

"啊！"亚尔薇特用力移动着剑。

在血肉之间，剑锋触碰到了魔核，并把它切成两半！

"嘭！"熊系魔兽炸开了。

洛塔和亚尔薇特握着的刀与剑停在半空，扎在熊系魔兽眼眶里的小刀"叮当"一声掉在地上。

女孩们脸上、身上溅满了魔兽炸裂导致的血污，但是她们完全想不到去擦。她们完全呆住了。

亚尔薇特转动眼球，看向洛塔："我没看错吧？……魔兽……炸了？"

洛塔眨了眨眼睛，意味不明地"啊"了一声。

在地上撑起身体的瑞吉蕾芙难以置信地说了一句："天哪……"

莉莉丝停下了脚步，她长出了一口气，说道："姑娘们，你们太棒了！"

她笑了起来："你们杀死了一只熊系魔兽。"

"魔兽？"亚尔薇特忽然兴奋，跳了起来，"天哪，我们杀死了一只魔兽！一只熊系魔兽！"

"哦，我简直不敢相信，我还是第一次遇见魔兽。"洛塔手足无措，"但是……我们竟然能杀死一只魔兽。"

"莉莉丝小姐！"亚尔薇特跳到莉莉丝面前，"你看见了吗？我们杀死了魔兽！一只魔兽！还是熊系魔兽！"

"我看见了。"莉莉丝说，"你们真棒！"

"啊！太棒了！我们快回去！"亚尔薇特兴奋地喊道，"我要告诉所有人，我们杀死了魔兽，我要让她们叫我'英雌'！"

她兴奋得不得了，几乎完全忘了身上的伤，恨不得马上回去告诉大家这个消息。

莉莉丝她们跟在亚尔薇特身后，往宿营地走。

"莉莉丝小姐，"洛塔问，"那只魔兽爆炸，是因为您赐予了我们圣女的力量吗？"

全科尔里奇国的人都知道，莉莉丝能让魔兽爆炸，才被认为圣女。

"不是哦，"莉莉丝说，"这是你们自己的力量所致。"

确切地说，这些姑娘更加了不起。

即使撤去莉莉丝这把净化过的剑加持，她们最后的打斗也十分精彩。她们中有人准确地把剑插入了肋骨之间，有人吸引魔兽的注意，还有人找到了魔核的位置。对从来没有与魔兽交过手的人来说，这是很了不起的事。

之前，莉莉丝一直隐瞒魔兽的弱点，但随着时间的推进，其他男主角也有可能发现魔核的秘密。

也许现在到了把魔兽弱点告诉同伴的时候。

莉莉丝正在沉思，忽然发现身边的瑞吉蕾芙正在低着头擦眼泪。

"怎么了，瑞吉蕾芙，"莉莉丝问，"你哪里受伤了吗？是感到疼还是吓到了？"

"不，都不是。"瑞吉蕾芙小声说，"我觉得很对不起大家，莉莉丝小姐。"

"为什么这么说？"莉莉丝有些吃惊，"你哪里对不起大家？"

"我……我没有做好。"瑞吉蕾芙说，"您明明提示我了，告诉我要怎样杀死那只魔兽，可是我没有做到，我真是太失败了。"

"不，瑞吉蕾芙，"莉莉丝说，"做不到是正常的，当时我很难确切地形容准确的位置，而且在那种情况下，如果有人能一击即中，那可以算是奇迹了……所以，你们非常了不起。"

"是亚尔薇特和洛塔杀死了魔兽，我什么都没有做到，还害得亚尔薇特受伤了。"瑞吉蕾芙看向了亚尔薇特，她肩上多了一个伤口，是刺向熊系魔兽的眼睛时留下的，"如果我当时能杀死那只魔兽，亚尔薇特就不会受这道伤。"她陷入了深深的自责，"亚尔薇特和洛塔能合力杀死魔兽，莉莉丝小姐，您也能杀死魔兽，而我，即使有了你的提示，也不能做到。为什么，为什么我这么弱呢？……"

"瑞吉蕾芙，我也不是从一开始就能杀死魔兽的。"莉莉丝说，"我之前甚至不如你，我曾经被魔兽杀死了无数次。"

"啊……"瑞吉蕾芙看了看面前的莉莉丝，"莉莉丝小姐，你不用为了安慰我而说这种不吉利的话。"

这不是不吉利的话，而是现实，但是说出来，没人相信。

莉莉丝笑了笑，问："瑞吉蕾芙，你知道第一骑士团吗？"

"啊，我知道，那是一个精英骑士团，大家都觉得他们非常厉害，您也曾是第一骑士团的骑士。"

"是的，我在那里待过，所以我很了解那些骑士。"莉莉丝说，"那些骑士非常喜欢吹嘘自己的功绩，有个人因为切断了魔兽的尾巴，就把这件事当成功绩讲。那人在我面前讲过无数次切断虎系魔兽尾巴的事情，但是后来有人偷偷告诉我这件事的真相。你知道那是怎样的真相吗？"

瑞吉蕾芙摇了摇头。

"当他们发现那只虎系魔兽时，它已经被第五骑士团的骑士杀死了。"

"真的吗？"瑞吉蕾芙破涕为笑，"他切掉了一只已经死掉的魔兽的尾巴？"

"是的。"莉莉丝耸肩，"他们平时会使用很多魔法道具，所以伤亡率很低。他们不愿意和魔兽拼命，所以即使是切断一只死掉的魔兽的尾巴，他们也会讲得天花乱坠，编织出自己很强的假象。如果像你一样在毫无防备的情况下捅熊系魔兽一剑，他们一定会把这件事讲一辈子。"

"这和我想的不同，我一直以为，他们会更厉害……"瑞吉蕾芙皱眉，"更……更谦虚。"

"那只是你的想象，也许正是因为我们把他们想象得太好，不吝啬用最好的词语夸奖他们，所以他们才会如此自信。"莉莉丝说，"事实上，他们的勇气还不如你。我听说过很多他们临阵脱逃、丢掉战友的事，那个告诉我真相的骑士与斩断魔兽尾巴的骑士表面上还是好兄弟呢。"

"哎呀，他们怎么能这样……"瑞吉蕾芙小声说，"他们可是骑士呢。"

"他们只不过是骑士，"莉莉丝说，"而你，瑞吉蕾芙，你是比骑士还要厉害的女人。你很努力，你不会舍弃同伴逃跑，你也有勇气独自面对魔兽，你还会随机应变和反思，你非常好，只是缺少一些经验。"

瑞吉蕾芙摇手："不，我没有那么好，我——"

"先别急着说自己不行，不如我们先听一下同伴的意见吧。"莉莉丝冲她眨眨眼睛，又问向另外两个女孩，"亚尔薇特、洛塔，你们觉得瑞吉蕾芙今天表现得怎么样？"

听到这个问题，瑞吉蕾芙紧张地缩了缩肩膀。两个女孩看向瑞吉蕾芙。

"我太感谢瑞吉蕾芙了，要不是她，我可能会被那只熊拍死。"洛塔感激地说，"多亏她提醒我，我才能及时调整身形，没让熊击中要害。"

"瑞吉蕾芙的表现，那还用说吗？"亚尔薇特笑道，"要不是她把剑插在熊的肋骨之间，我们怎么可能让那只魔兽爆炸呢？瑞吉蕾芙是巨人，我是站在巨人的肩膀上杀死了魔兽！"

"啊……"瑞吉蕾芙捂住了嘴，"我……我没想到……真……真的吗，我真的帮上了你们？"

"当然，幸亏有你在。"

"谢谢，谢谢你们。"瑞吉蕾芙的眼泪又流了出来。

"为什么谢我们？"亚尔薇特一脸不解，"哎呀，瑞吉蕾芙，你怎么哭了，怎么回事？啊？怎么了？你受伤了吗？"

"你也受伤了吗？我这里还有药草，回到营地我们得处理一下伤口了。"

"没事，是我太开心了，从来……啊，不，我是说，很少有人和我这么说。所以，所以我……我总觉得我做得不够好，因为无论我怎么做，他们总是那么说……"

洛塔和亚尔薇特脸上的笑容消失了："他们？"

"谁？"

瑞吉蕾芙扁了扁嘴，没有说话，但是脸上的笑容僵硬了，取而代之的是想要逞强、想要装作没事却又委屈的表情。

并不需要太多的语言，这个表情就足以感染洛塔和亚尔薇特。

说话间，她们已经走到了宿营地。

其他的同伴看见身上溅满血的三人，连忙跑了过来："怎么回事？发生了什么事？"

"我们遇到了魔兽，然后……然后合力杀死了魔兽。"本应该是欢快地说出这个消息，但是不知道为什么，洛塔的喉咙哽住了。

"杀死魔兽不是一件好事吗？"塞赫美特问，"为什么你们是这种表情，是不是受伤了？快把衣服脱掉，让我看看。"

"不，不是……啊，我是说，我们确实受伤了，不过我们难受是因为……"洛塔看向瑞吉蕾芙，"瑞吉蕾芙她做得很好，但是她一直在自责自己做得不够完美。"

所有人的视线都集中在瑞吉蕾芙身上。

亚尔薇特拉着瑞吉蕾芙，表情严肃地问道："瑞吉蕾芙，是谁，是谁总说你做得不够好？我去教训他们！"

"很多人……"瑞吉蕾芙的嘴唇开始颤抖，"不，是每个人都这样说，我……我怎样都不能让人满意，我总是会被骂。无论我做什么，都有人在不停地指责我……啊，是的，他们总是在责怪我，他们总是在用我无法回答的问题来呵斥我，问我：为什么那么阴沉？为什么不能阳光一点？为什么不自量力？为什么不羞愧？为什么没有做到最好？为什么知道自己做不好还要去做？为什么知道自己做不好却不去做？为什么不反驳？为什么要顶嘴？为什么不说话？为什么要惹怒别人？为什么出现在那里？为什么不能躲在一旁……为什么我这么蠢？为什么我什么都做不好……啊……啊……"

她抱住头，蹲了下来："是的，是的，是我不够好，所以我才什么都做不好，所以我才总被人骂，所以大家才会不停地批评我。我的一切都是错的，所有，所有，都是错的。"

不知道为什么，很多女人的眼睛都红了。

瑞吉蕾芙没有说具体的事件，但是似乎大家都明白她经历了什么。

"不，不是这样的。"年长的伊迪萨走到瑞吉蕾芙身边，蹲下来，抱住她，"你很好，姑娘，你非常好，你身上有很多很多的优点，你是个很好的女孩。"

"呜呜呜呜……"瑞吉蕾芙抓着伊迪萨的衣服，哭得不能自已，"大家都讨厌我，没有人喜欢我，他们总是在贬低我，他们觉得我是个废物、我怎么做都是错的、我总是在拖大家的后腿。"

"不，宝贝，我们爱你。"同样年长的纳利塔柔声道，"你并没有拖我们的后腿，我们都看得到你的努力。"

"瑞吉蕾芙，"丽萨蹲下来，看着她的眼睛，"我还记得，之前我掉队时，是你故意停下来等我，你总是陪我练剑。"

瑞吉蕾芙抽泣道："可是我永远打不赢你。"

丽萨笑了："那是因为你在变强的同时，我也在变强，我们都在变强，也许有一天我们会一样强呢。"

"是的，瑞吉蕾芙，你总是帮我们做很多事。"克利欧举起自己的记录手册，"你忘记了吗，好几次我不小心弄丢了笔和纸，都是你帮我找到的。"

"那只是因为……我找东西很快……"

"出色的第六感也是一种天赋，之前你还指出了我画中的错误。"阿特米西亚说，"你很强的，瑞吉蕾芙。"

莉莉丝扶着瑞吉蕾芙的肩膀，柔声说："瑞吉蕾芙，这世上有很多人，每个人都有自己擅长的东西。你不擅长斗争，这并不是你的错，你的身体、你的环境、你的经历塑造了过去的你。但是你有勇气拿起剑冲向敌人，这就已经赢过了这世上大部分的人。我之所以让你们拿起武器攻击，是为了自保和生存，但这不是你人生的全部，只是因为活下来之后你才能找到你擅长的东西、喜欢的东西，真正开始你自己的人生。

"所以，瑞吉蕾芙，你不需要和别人比，你只需要努力生活，喜欢并接纳真实的自己。那么，总有一天，会有好事降临的。"

狄赖一直皱着眉看着她们，她不知道要怎样安慰人，所以她磨磨蹭蹭地走到瑞吉蕾芙身边。

"嘿，瑞吉蕾芙，"她伸出手，露出手心里的糖，"要吃糖吗？很甜的。"

看着狄赖手中的糖，瑞吉蕾芙终于没有忍住，放声号哭起来。

然而这次哭声与之前的哭声有所不同。这是一种委屈被化解之后畅快淋漓的发泄。

所有人都知道，这次哭泣之后，她会变得更好。

"哭吧，瑞吉蕾芙，趁现在哭个痛快。"亚尔薇特红着眼睛愤愤地说，"总有一天，我们会明白我们天生就是强者，那些折辱我们、贬低我们的人，如同蝼蚁一般，不值一提！"

这世界上没有无缘无故的自信，所有的自信都是在认可与赞许中培养出来的。

可她们接收到的夸奖和赞许太少了。所以她们总是觉得自己做得不够好，总是在担忧自己做得不够好，总是缺乏自信，总是自我责备、自我消耗。

这世上没有人能做到完美，可是如果无论做什么都会被批评、被挑刺、被埋怨做得不够好，她们会丧失对自己的正确感知，陷入无休止的自责。她们会不敢去做任何事，她们会下意识地觉得自己做任何事都会失败。她们会失去自己的主动性，永远觉得自己弱小、无能，永远怀疑自己，从而把所有希望都寄托在他人和神明身上。

然后习得性无助。

她们明明这么棒，却被各种各样的话语压制着。

这不是她们的错，是这个世界出了问题。

莉莉丝偏过头，看向一棵树。

那个穿着黑色斗篷的女魔法师正站在那棵树的枝干后看向这边。她的脸隐藏在黑色斗篷的阴影中，看不清表情。

当她们的视线相交，那个女魔法师隐到树后，消失了。

"好吧，女人们，"莉莉丝拍了拍手，将所有人的视线集中在自己这里，"我希望你们知道，你们是非常强的，通过之前的训练，现在你们已经能很好地对付普通野兽了。但是现在，我们遇到了魔兽，所有人都知道，魔兽比普通野兽更难缠，而我们以后很有可能遇到更多的魔兽。"

听到莉莉丝的话，大家的脸色变得很凝重。

但莉莉丝笑了起来："既然如此，那我们的训练课程也应该升级了。"

"我会告诉你们魔兽的弱点。"她眯起眼睛，狠狠地道，"让那些打压我们的言论都见鬼去吧，我们可以变得非常强，甚至一击杀死魔兽！"

Chapter 32
女魔法师

东南方，布莱尔公馆。

布莱尔子爵在书房里悠闲地看报纸，管家敲门进来，小声地在布莱尔子爵耳边说了什么。

"什么，她来了？"布莱尔子爵脸色大变。他站起来，与管家小声商议了几句就匆忙离开书房，小跑着下楼。

布莱尔公馆门口站着两个人。

那是两个商人打扮的人，一高一矮，披着游商习惯穿着的黑斗篷。几个仆人站在他们面前，等待着通报的结果。他们打量着来客，眼中充满疑惑与不安。

这有点不对劲。

虽然流动的商人在外习惯穿着黑斗篷，但是他们拜访贵族时总是会换身得体的衣服以示尊重。而面前这两个人不仅没有换衣服，也没有摘下斗篷帽子，似乎完全没有把容貌展现给别人看的打算。也许有些特殊的游商会用高傲的外表来为自己的货物加码，但这不是令人不安的根本……

令人不安的根本是——从刚才说话的声音来判断，这是两个女人。而且，她们身上散发出来的气息令人不安。

"啊！"因为跑得太快，布莱尔子爵险些从楼梯上摔下来，他狼狈地扶着扶梯把手，对门口的仆人们发脾气："你们在这站着干什么，还不赶快去干活儿！"

然后他对那个高个子商人露出了尴尬与讨好并存的笑容："远道而来辛苦了，请您跟我到书房，我们慢慢谈……商品的事吧。"

子爵的态度让仆人们的疑虑更深了，离去之前，他们偷偷地打量着两个商人。

布莱尔子爵带着两个商人上楼了。

布莱尔子爵亲自打开二楼书房的门，先让两个商人进去，然后又在书房门口左右观察了一番，确定没人出现才关上了书房的门。

他转过身，看向那个高个子商人，弯腰行礼："好久不见了。"

高个子商人掀开斗篷帽子，露出淡金色的头发和浅绿色的眸子。

"很高兴您还平安，辛西娅公主。"布莱尔子爵恭敬极了，"自从知道您离开王城，我一直非常惦记您，我曾经到处打听您的下落——"

"多余的话就不用说了，子爵，"辛西娅公主开门见山道，"我和菲碧需要两份特里要塞的通关文件。"

布莱尔子爵面露难色。

辛西娅公主又道："布莱尔，如果当初没有我的支持，你就保不住自己的领地，所有人都知道你在什么位置，所以，一个小小的通关文件，你应该不会拒绝吧？"

"当然，当然。"布莱尔子爵干笑道，"但……但是，通关文件需要一些流程，我的秘书在外地出差，明天才能回来，所以请公主在我府邸休息一天，明天我就会把通关文书做好，亲自送您上路。"

辛西娅公主弯起嘴唇，没有说话。

布莱尔子爵被她盯着，感觉到一股无名的压力，这使得他额头冒汗。

"那……那我现在就去吩咐仆人，让他们为您准备房间。"布莱尔子爵的手扶在门把手上，但是他还没来得及打开门，一把剑就横在他的脖颈上。布莱尔子爵的动作僵住了，他的手开始发抖。他转动眼球，看向持剑而立的菲碧。

"你急什么，布莱尔，"辛西娅公主笑道，"我还没说要留宿呢。你知道的，我的事情一向很多，所以我很谨慎。"

"那么，先回答我一个问题吧。"辛西娅公主弯起的眼睛中毫无笑意，"你的管家呢？"

布莱尔子爵感觉自己的后背开始冒汗。

"我记得他上来给你通报，却没有和你一起下去。作为一位管家，他可不合格啊。布莱尔，如果你的管家是这样的人，那我可要对你的能力打个问号了。"她走到书桌前，随手拿起桌上的文件看了看，"哦，也许在你这个位置，本来就不需要什么能力。"

"管家……我的管家……"布莱尔子爵结结巴巴地说，"他……他……他去找我的秘书了。"

辛西娅公主的贴身女仆面无表情，但是手上用力，剑锋割破了布莱尔子爵的脖子。

"所以，布莱尔子爵，你的意思是，当管家通知你我们到来的瞬间，你就明白了我们的来意，未卜先知地命令管家从后门悄悄去找秘书吗？哦，这可真了不起。"公主从书桌杂乱的文件中抽出两张信封，"瞧瞧这是什么——从费尔顿城送来的信。"

她抬起头，笑着看向布莱尔子爵："让我猜猜你在和谁通信。罗纳德的拥护者、阿普顿的支持者，还是两者都有？"

布莱尔子爵的脸变白了："……"

几分钟后，被绑住双手的布莱尔子爵垂头丧气地坐在沙发上，辛西娅公主靠在桌边看报纸。

菲碧在书柜后面找到了隐藏的保险箱，并从布莱尔子爵嘴中逼问出密码，拿走了保险箱里的东西。

"殿下，我们要的东西已经找到了。"

"很好，那我们走吧。"辛西娅公主放下报纸，走到书房窗口，吹了个口哨，一匹白马从不远处跑来，停在窗外。

菲碧走到布莱尔子爵跟前，割断了他手上的绳子。

辛西娅公主重新戴上斗篷帽子，从窗口跳下去之前，她又回头看了看布莱尔子爵："对了，子爵，你们当然可以支持阿普顿，但他是个蠢货，除了捣乱，毫无能耐，也许他能在未来几年给罗纳德带来不小的困扰，但我不认为他能战胜罗纳德。当然，罗纳德也没有表面那么宽容，他会慢慢处理他的敌人。最重要的是——我，还活着。"

她弯起嘴角："这可是关于您未来前途和身家性命的抉择。我希望您和其他人好好想想该怎么做。时间很长，你们不妨为自己多留一条路。"

说完，她和菲碧依次从窗口跳下。

窗外响起马蹄远去的声音，布莱尔子爵瘫在沙发上。

"大人！"没过一会儿，管家跑来敲门，"我正要出发，却发现她们走了！"

布莱尔子爵抱着头："我知道！"

"那还需要我去报告……报告那些人她们的行踪吗？需要我拦住她们吗？"

"不！"布莱尔子爵烦躁地抓了抓头发，"什么都别做，让她们走！放她们走！"

他已经明白公主的意图。她根本没打算隐藏自己出现在这里的事。

辛西娅公主出现的消息马上就会传开，但这正中她下怀。

辛西娅公主是故意的。现在费尔顿城两位王子正在明争暗斗，所有人都觉得辛西娅公主生死未卜、凶多吉少，原本支持她的改革派官员和新兴贵族左右摇摆。所以辛西娅公主故意出现在这里，向世人展示她还活着，用自己的存在在她原来的支持者心中竖起一面旗帜，使得那些人在做决定的时候下意识地在心底留一条退路。

若是阿普顿不行，还有辛西娅公主。

当人们只有一条路的时候，他们不得不拼尽全力，可一旦人们有了退路，他们就会变得有所保留。

新兴派贵族会帮着阿普顿王子，但同时也会悄悄地观望，并在心底思量着要不要为了辛西娅公主留一手。

所以，作为辛西娅公主原来的支持者，布莱尔子爵没有任何道理阻拦辛西娅公主——尤其是在现在这混乱的局势下。

辛西娅公主和菲碧离开了布莱尔公馆。

"殿下，您似乎很开心，"菲碧问，"刚才的报纸上写了什么吗？"

"是的，报纸上有条有趣的新闻，"辛西娅公主答道，"北方的森林里出现了一群女巫，她们在猎杀魔兽。"

"猎杀魔兽的女巫？这确实很有趣。"

"更有趣的是，女巫们猎杀魔兽的方式——她们能使魔兽爆炸。"

菲碧一愣："啊，这种方式，难道是……"

"看来，莉莉丝找到了不错的伙伴。所以，我们也得努力了。"辛西娅公主满眼的笑意，"这样，下次见面的时候才不至于让她们失望。"

说完，她们策马向特里要塞的东边奔去。

* * * *

北方森林。

聚在一起的狼系魔兽伏低身体，龇着牙齿，白色的眼睛紧紧地盯着敌人。

这群魔兽已经被女人们包围了。手持武器的女人们摆出了攻击的姿势。

"准备，"欧诺弥亚压低了身体，"三、二、一，冲！"

随着号令，女人们冲向狼系魔兽，同时，狼系魔兽也扑向了女人们。

"砰！""砰！"随着武器的挥舞，时不时有魔兽爆炸。尚未爆炸的狼系魔兽也会被其他人补刀。最后，只剩下两只狼系魔兽。这两只狼系魔兽的身上已经有好几处剑伤，其中一只的腿被砍瘸了。

"那只腿瘸的交给我。"赫萝克说，"我来让它爆炸！"

"嗷！"那只狼系魔兽猛地扑向赫萝克，赫萝克也同时冲向魔兽。

二者交错。那只狼系魔兽倒了下去，飞起的头落在地上，在地上打滚儿。

而另一边，洁希德和奥特琳两姐妹的剑精准地割断了最后一只狼系魔兽的两只前腿，失去前腿的魔兽倒在地上。

"瑞吉蕾芙，快！"

瑞吉蕾芙将刀插入狼系魔兽的后颈，在刀刃的滑动中找到了魔核的位置。

"砰！"最后一只狼系魔兽爆炸了。

站在不远处观察大家的莉莉丝、塞赫美特和贝斯蒂露出了欣喜的笑容。

那天以后，她们就开始进行针对魔兽的特训。由擅长作画的阿特米西亚画出各种动物，莉莉丝则在画上标出各种魔兽魔核的所在之处，而身为医生的塞赫美特和厨艺很好的莉迪亚对动物的骨骼分布有一定的了解，她们教大家怎样避开魔兽的骨头，准确击中魔核。

她们还从上个城镇绑来一个神官，逼着那个抖得如筛糠的神官为她们所有的武器做了净化。为确保净化效果，贝斯蒂还用净化过的武器在那个神官面前让一只魔兽爆炸。

这件事引起了轩然大波，据说还上了报纸，说森林里出现了一群女巫。

莉莉丝对她们越来越大的恶名十分满意。

很多人都以为名声变大会有弊端，比如说追击她们的人变多。但讽刺的是，当她们"屠村""抢劫""杀魔兽"的恶名真如人们憎恨的那样传出时，追击她们的人反而明显减少了。

人们可以群情激昂地处决手无缚鸡之力的女巫，却不敢欺负能让魔兽爆炸、杀人不眨眼的女巫。

罗纳德王子率领追兵追击，却被魔女莉莉丝伤了眼睛，折戟而回，这件事已经让很多人对女巫心生忌惮。后来又传出了女巫烧村杀魔兽的传闻。这使得人们开始忌惮女巫，打消了一些打算用莉莉丝人头换赏金的家伙的念头，而利益至上的贵族也没有必要主动派出人手攻击她们。这使得她们可以全心全意地在森林里狩猎魔兽。

女人们从开始的一看见魔兽就胆战心惊，需要几个人对付一只魔兽，到现在越来越得心应手，可以一群人对付一群魔兽，实力明显提高。

在这种攸关性命的恶劣环境，她们的成长速度快得出人意料。

"啊……"赫萝克看着在地上打滚儿的狼系魔兽的头，"我好像太用力了。"

"虽然它的魔核在脖子里，不需要把它的脖子砍下来，但是没关系，只要能杀死魔兽就可以。"塞赫美特摸着下巴，"我们是在战斗，战斗不需要那么死板。"

"是的，"莉莉丝点头，"攻击魔核只是一个杀死魔兽的方法，如果有其他更简单的方法，我们没有必要拘泥于攻击魔核这一个方法。"

"但是，对我们这种敏捷度很高、力量不足的人来说，攻击魔核是最快解决魔兽的方法。"贝斯蒂倒是很高兴，"原来不知道魔核存在，就算是我，面对魔兽也没有办法一击毙命。"

"我们真是太厉害啦！"伊芳开心地叫道，"我们能用各种手段杀魔兽，我们这个团队是全能的！"

这话得到了所有人的赞同，女人们笑了起来，她们为自己的成长而骄傲。

只是这片森林非常广阔，她们在这里狩猎魔兽，耽误了很长时间，很多物资已经见底。

"什么时候才能到下一个村庄啊？"在大家休息时，经常能听到这样的讨论。

"嗯……"在行进途中，莉莉丝打开地图，按照地图和自己的记录，她们应该马上就到下一个村庄了。

"莉莉丝！"走在最前面的狄赖忽然喊道，"快看，前面有村庄！"

莉莉丝快步走到狄赖所站的位置，果然看见山坡下面有一个小村庄。

* * * *

这是一个空旷的村庄。

风从地上吹过，带走破碎的纸片，暴露在土路上的兔子快速地蹿进了草丛里。

整个村子里空空荡荡的，没有村民。

"这就是之前那个油腻的魔法师说过的地方吧？"塞赫美特说。

之前，弗朗西斯说过，某个村子遭到强盗的洗劫，还被屠村。

弗朗西斯透露的信息是对的。这里房屋的门都被破坏了，明显有被抢劫过的痕迹。

"啊……"贝斯蒂叹道，"本来还以为能够在这个村子里获得一些补给的。"

"我们再搜搜吧！"狄赖兴奋地亮着眼睛，"再搜搜吧，说不定能搜出什么东西呢！"

上次搜村之后，她对这种行动兴致十足。

"好吧。"莉莉丝点头，"那我们就找找吧，看能不能找到强盗没有拿走的有用东西。"

女人们四散开来，莉莉丝也走进一间屋子查看。

查看屋子的过程并不令人愉快，因为很多屋子里都留着尸体。从屋子残留的痕迹能推测出之前发生过的情景——桌子被掀翻，碗碟碎了一地，一具男尸倒在地上，墙上溅满了血迹。

莉莉丝从男尸身上跨了过去，走进房间。

房间凌乱，被褥被掀开，露出女尸的脸，一旁的婴儿床上散发着恶臭。

莉莉丝停下脚步，她别过头，走出了这间屋子。虽然贝斯蒂曾说过"我们就是强盗"之类的话，但是她们终归与这些真正的强盗不同。

整个村庄最大且最高的建筑是一座祈祷堂，如塔一般矗立在村子中央，与其他房屋相比，它的曲线优美而流畅，外墙是纯洁的白色，七彩窗户拼出烦琐的图案，顶端矗立着神殿标志性的七尖角。

在没有足够财力建设小神殿的小村子里，经常能看见这种为了祈祷而建立的建筑。

从外形上看，村民们在这座建筑上耗费了大量心血。

可现在，它洁白的外墙变得焦黑，棕色的大门也因为高温而变形了。

莉莉丝用剑砍断大门上的锁链，走了进去。

看见里面情景的一瞬间，莉莉丝仿佛看见了地狱。

寂静的祈祷堂里充斥着一股夹杂着尘土味的焦煳味。通向神像的走道两边，排布着一排排烧焦的座椅。而这些座椅上坐满了尸体。这些尸体已经烧得焦黑，看不出长相。他们低着头，手恭敬地放在腿上，保持着祈祷的姿势。

他们是最虔诚的信徒，在生命的最后一刻依然祈祷神迹降临。

可他们死了。

他们面前的班布尔神石像却在大火中安然无恙。

信徒们精心设计的五彩玻璃折射着阳光，照在这里唯一的庞然大物上。神像被光笼罩，圣洁而又威严。它握着剑，高傲地俯视着座位上信徒们虔诚的尸体和走道中间的莉莉丝。

莉莉丝打了个寒战，眼前这个情景简直令人毛骨悚然。

"那群强盗不是第一次抢劫这个村子，他们把这个村子当成粮库，抢夺财物，杀死男人，强暴女人，凌虐老人和儿童。每次他们来抢劫，村民们都会躲在这里祈祷，希望神明保佑他们。"一个男声从莉莉丝身后响起。

莉莉丝没有回头，而是握住了剑柄。

"一次又一次，一次又一次，他们总以为躲过这次就能平安，他们总以为能永远幸运下去。"弗朗西斯从莉莉丝身边走过，"但是他们没有想到，这一次强盗们趁他们聚集在这里的时候，把大门锁上了，还放了一把火。"

他走到神像下方，转过身来，摊开手，看向莉莉丝："看看这个，不惊人吗？究竟是怎样虔诚的心才能让他们在被烧死前一秒还在祈祷，以至于被烧死以后还保持这样的姿势？这可真是个奇迹，太令人惊叹了，不是吗？"

是啊，莉莉丝想，这里有几十个人，他们能忍受被活活烧死的痛苦，等待着神迹降临，祈祷着灾难快点过去，却不能拿起武器反抗那些强盗，这太令人惊叹了。

永远虔诚，永远期待神的恩赐，即使那个神视他们如草芥。

于是他们虔诚地死了。

而那些作恶多端的强盗活了下来。

弗朗西斯面向班布尔神像，做了个简单的祈祷："也许这是好事，因为死在祈祷堂里，以后说不定能去天堂，他们以后不用每天提心吊胆担心强盗来抢劫了。"

莉莉丝冷笑出声。

"你觉得荒谬吗？是的，你应该觉得荒谬，因为神不会保佑他们。"弗朗西斯走向莉莉丝，"他们离神太远了，神不会听他们的祈祷。"

莉莉丝立即拔出剑，但她的剑马上被一股无形的力量击飞。

弗朗西斯神情自若地问道："你知道神会听谁的祈祷吗？"

莉莉丝看了一眼掉在地上的剑，慢慢后退。

弗朗西斯弯起嘴角："魔法师。"

一股强大的推力将莉莉丝推到墙上。

"因为魔法师是最靠近神的人。"弗朗西斯走了过来，他伸出手扶着墙，将莉莉丝困在双臂中间，"所以，对一个魔法师舞刀弄枪可不是好主意。"

他靠得如此近，以至于莉莉丝能明显感受到安全边界被打破的不安。她直直地盯着他，不动声色地活动着刚才被推力震得发麻的手臂。

"莉莉丝·阿博特，"弗朗西斯肆无忌惮地打量她，"我之前就对你很感兴趣，一直追寻着你的行踪，而你也没有令我失望。你与我见过的所有女人都不同，但你似乎对我一点兴趣都没有……哦，你摸我了，所以，这是你欲拒还迎的小把戏？"

他贴近她的耳朵，笑道："当然，我不认为你完全没有心动，你看，你的心现在就跳得很厉害。"

莉莉丝眯起眼睛："我无法想象，最靠近神的魔法师会在聚集着冤魂的祈祷堂里和别人调情。"

"魔法师和魔女在充斥着死人的祈祷堂做点什么，这不是很刺激吗？"

"刺激？"莉莉丝也笑了，"哦，当然，因为你和那个东西一样，傲慢又冷血，以暴力征服为荣，毫无同理心。"

"如果这种话术是手段，那么你成功了。"弗朗西斯笑道，"男人都喜欢有挑战性的猎物，我对你越来越感兴趣了。莉莉丝，你成功地吸引了我的注意力。"

"真奇怪，"莉莉丝歪头，"你们为什么总是这么自信，总觉得别人所做的一切都是为了吸引你们的注意？啊，那是因为，在你们的眼里，这世界都是在围绕你们转的，所以你们才会自说自话，不顾他人意愿，这种自信可真令人羡慕……"

"你也应该自信，莉莉丝，你是一个女人，"弗朗西斯贴近她，气息急促，"女人是漂亮的生物，她们有柔顺的长发、细腻的皮肤、柔软的手、纤细的脚……"

莉莉丝嗤笑："你像一只饥饿的恶鬼，在赞美橱窗里的肉。"

"当然，你是美味佳肴。"

"不，我是人，"莉莉丝说，"人是有思想的危险动物，不是任由你观赏把玩的物品。所以……"

她的笑意加深了："她会对危险做出反击！"

随着莉莉丝的话，弗朗西斯轻佻的笑容消失了，他低下头，看向自己的左腹。那里被一把匕首戳中，血从伤口溢了出来。

"你……"弗朗西斯捂住左腹后退了两步，难以置信地看着莉莉丝。

"为什么人被推到墙边会心跳加速？"莉莉丝握着匕首，"这不是一个很简单的道理吗。人们遇到危险就会心跳加速，当一个人强力打破身体界限，另一个人当然会紧张，因为那一瞬间产生的对危险的认知会让人变得恐惧、软弱。"

人喜欢追求刺激感或者安全范围内的刺激感，就像听那些恐怖故事和做极限游戏、极限运动一样。

在某些气氛中，人们往往难以分清刺激、恐惧和心动的差别，并在遭遇危险时下意识地想要依赖自己的同类，甚至露出讨好的表情，乃至有时会为了消解这种恐惧而不自觉地笑起来。这种生理反应，配上合适的氛围、对方的强势，就很容易使人头脑发昏，反而在危急时搞不清楚自己的真实想法，被侵犯者利用，趁虚而入。毕竟很多人已经麻木了太久，失去了对危险的反抗和感知。

"你这个……"弗朗西斯对着莉莉丝挥手，但他沾满血的手在空中挥了又挥，却什么都没有发生。

"为什么？"弗朗西斯怔了一下，然后连忙伸手摸自己后腰。

"在找这个吗？"莉莉丝抬起左手，露出手里握着的小袋子，"你施法用的魔法石？"

弗朗西斯怒道："刚才你摸我就是为了这个？"

莉莉丝笑了："不然呢，你还有什么值得我伸手去摸吗？"

"还给我！"弗朗西斯冲上前来，但是被莉莉丝躲了过去。

"还给你？"莉莉丝反问道，"弗朗西斯，你是个魔法师。你不是贵族，也不是商人，游商只是一个幌子，你没有工作，四处游荡，你从哪里找来这么多昂贵的高等级魔法石？"

她举着匕首，划向弗朗西斯想要抢夺袋子的手："那些用积蓄给你买魔法石的小姐知道你用这些魔法石在其他女人面前变魔术，用魔法把女人摁在墙上骚扰吗？"

"那是她们自愿的！"弗朗西斯收回被划烂的手，叫道。

"哈，好一个'自愿'。为你穷困潦倒的女人是自愿的，为你堕入风尘的女人是自愿的，为你自杀的女人是自愿的，生下孩子苦等你一生的女人是自愿的，被你引诱而后悔不已的女人也是自愿的……你可真无辜啊，弗朗西斯，受伤的永远是她们，而你，永远清清白白。"莉莉丝冷笑，"那你刚才在干什么呢？纠缠一个不喜欢你的女人，使用魔法困住她，强迫她变成自愿的？"

弗朗西斯捂着左腹的伤口，喘息道："我与她们在一起时，也是真心喜欢她们的。"

"哦，是的，你们都获得了快乐，但是最后你得到了快乐和各种礼物，而她们得到了回忆和各种伤害，哦，这可真公平啊。"

"这不能怪我，"弗朗西斯的表情渐渐狰狞起来，"我给了她们最美的爱情，为她们平淡的生活增添了乐趣。可是等到爱情结束了，她们却无法醒过来，那是她们蠢。如果她们有足够的魅力拴住我，不让我腻烦，那么我也会待在她们身边。"

"是的，你说得没错，她们是很蠢，一切都怪她们瞎了眼，信任了不该信任的人，沉溺在梦里不愿意醒，所以是她们活该。"莉莉丝走向弗朗西斯，脸上挂着讽刺的笑容，"所以，弗朗西斯，你死在这里也只能怪你平白无故地跑来纠缠我，怪你太弱，怪你太自信，是你活该。"

"等一下，"弗朗西斯慌张地后退，直到他的脚被椅子绊住，摔在一堆焦黑的尸体中间，他在尸体中间挣扎，"等一下，这里可是祈祷堂，你曾是圣女，难道还想在祈祷堂里杀人？"

莉莉丝笑着扬起匕首："是啊，仔细想想，圣女在祈祷堂手刃魔法师，这也很刺激呢。"

弗朗西斯的脸彻底变白了。

*   *   *   *

"弗朗西斯，接着！"

千钧一发之际，一颗魔法石扔了过来。

跌倒在尸体堆里的弗朗西斯挣扎着爬向那颗魔法石。

在握住那颗魔法石的一瞬间，他的身影消失了。

莉莉丝转过头，看向门口。

那里站着一个披着黑色斗篷的女魔法师。

"我不会让你去追他的。"她挡在门口，戒备地看着莉莉丝。

莉莉丝没有去追弗朗西斯，她耸了耸肩："我不知道你为什么那么护着那个家伙。"

女魔法师说："他是我的。"

莉莉丝捡起自己方才被击落的剑："不，他不是，他在到处撩拨女人。"

女魔法师咬了咬嘴唇，她的表情带着委屈与不甘，但说出的话很强硬："他会回到我身边。"

"不要欺骗自己了，"莉莉丝收剑入鞘，"如果你对他没有怨恨，就不会在我要杀他之后才出现，你希望我给他一些教训，不是吗？"

她看向那个魔法师："瑟茜。"

女魔法师再次愣住了，她仔细打量着莉莉丝，皱起眉头。

"你为什么知道我的名字？"她问，"我们原来并没有见过吧，莉莉丝·阿博特。"

"你可以直接叫我莉莉丝。"莉莉丝笑道，"如果你听过我的事，那么你应该知道，我是个魔女，也是个女巫，魔女当然知道一些别人不知道的事。"

这当然不是莉莉丝第一次见到瑟茜，在过去的循环里，她和瑟茜见过很多次。

瑟茜总是跟在弗朗西斯身边，她爱慕着弗朗西斯，总是在关键时刻为弗朗西斯提供帮助。

当莉莉丝走弗朗西斯路线推翻王朝的时候，她们就会变成情敌。

弗朗西斯路线是在莉莉丝没有攻略其他男主角的情况下，发现玛利亚魔女的真面目，说出的话却没有人相信，得不到任何人的支持，反而被扣上魔女的名声，不得不逃离费尔顿王城后开始的。

弗朗西斯原来都是为了女人短暂停留在某个地方，然后踏上路程。在遇到莉莉丝后，他破天荒地决定要与她同行。这种破例令瑟茜不安，她原来一直以为弗朗西斯即使与某个女人纠缠，最后与他一起游荡的人只会是自己。然而莉莉丝出现了。于是身为魔法师的瑟茜对莉莉丝做了很多恶作剧，像变走她的东西、让她摔跤、使她的食物变得难吃。这种作对和其他路线的情敌玛利亚截然不同。

当初，玛利亚路线里的玛利亚是通过柔弱、善良衬托出莉莉丝的自私、小气。而瑟茜就像玛利亚路线里莉莉丝的翻版，把莉莉丝在玛利亚路线中对玛利亚做的小动作，又对莉莉丝做了一遍。

但是莉莉丝并不是玛利亚那种楚楚可怜的角色，她和瑟茜针锋相对，她们吵架、打架、互相使绊子，闹得不可开交，然后去找弗朗西斯评理。

每到这时，弗朗西斯总是顾左右而言他，他不曾调解她们之间的矛盾，他要么说一些模棱两可的安慰话语，要么夸奖她们，觉得她们可爱，像两只争风吃醋的小猫。当他对两个女人的争吵感到厌倦时，他就会离开她们，去城镇里寻欢作乐。

有一次，弗朗西斯出走，莉莉丝去找他。

当她找到弗朗西斯时，他正在情色场所买春，与姑娘们调笑。他故意坐在窗口，示威似的揽着其他女人，毫不避讳莉莉丝的目光，透着笑意的表情完美展现了他的意图。

——看到了吗，如果你们不乖巧一点，我随时都可以找到乖巧的女人。

他傲慢而又得意，仿佛在驯狗。

这让莉莉丝火冒三丈。

有一个醉汉以为莉莉丝是卖身者，跑上前来搭话。

下一秒，他就被魔法抛了出去。

莉莉丝本来误认为这是弗朗西斯为保护自己而施展出的魔法，直到她看到了瑟茜。

瑟茜就蹲在那座建筑门口的招牌处，黑色的斗篷帽子盖在头上，像浸在黑夜里的石头。从窗户中透出的暧昧灯光笼罩在这块孤独的石头上。

莉莉丝以为她哭了。

瑟茜却扬起脸，一张干净的脸看向莉莉丝。"你那是什么表情，我可没哭。"她哼了一声，说，"这种事，我早就习惯了。"

莉莉丝站在瑟茜面前，听着建筑物里传来阵阵模糊的欢笑声。

只不过隔着一扇门，却像隔着一个世界。

瑟茜小声说："最后，他总是会回到我身边。"

瑟茜没有哭，她脸上的疲惫和麻木比哭泣更悲痛。

看着这样的瑟茜，莉莉丝心中忽然产生了一种难以形容的感觉。她不知道自己对于弗朗西斯是什么感情，她享受他的甜言蜜语，又憎恨他的薄情寡义，她觉得自己是高高在上的玩家，用选项玩弄这个男人。但是当她看到瑟茜的脸时，她产生了一种沉重而深切的共情。那表情像一把锐利的刀，戳穿了女人用来维护自己自尊而编织出的谎言。

莉莉丝没有说话，而是默默地蹲在瑟茜身边。

她们等到天亮，弗朗西斯才出来。

"宝贝们，是你们不好，"他怜惜地搀扶起她们，"如果你们能好好相处，我就不会因为心烦而去找别人了。"

听到这句话的时候，莉莉丝体会到了一种窒息感。她不知道瑟茜有没有同样的感觉。如果她有，那么她跟在弗朗西斯身边这么多年是如何忍受下来的，又为什么要忍受？

莉莉丝没有办法完全喜欢瑟茜。

有一次，莉莉丝忍无可忍，杀死了花心的弗朗西斯，结果她却为瑟茜所杀。

又有一次，莉莉丝选的选项触发了瑟茜的醋意，使得她杀死了弗朗西斯和莉莉丝。

还有一次，莉莉丝利用选项煽动弗朗西斯杀死了瑟茜，结果因为缺少了瑟茜，弗朗西斯和魔法师协会的起义失败，导致他们为王国军队所杀。

她也没办法完全讨厌瑟茜。

她们曾经一路同行。

在遇到魔兽时，如果她们关系不好，瑟茜会任由她死；但如果她之前和瑟茜的关系没那么僵，瑟茜就会帮她对抗魔兽。

她一边对抗魔兽，一边瞪向莉莉丝："看什么看，还不躲到我身后，你真以为我是见死不救的坏蛋吗？"

她们曾经形同陌路，也曾经斗得你死我活。

甚至在某个轮回，莉莉丝和瑟茜联手杀死了花心的弗朗西斯，一起在魔法师协会的追捕下逃亡。

当她们被魔法师们包围时，这个女魔法师挡在莉莉丝身前。

"瑟茜，"莉莉丝拉着她的袖子说，"你不用管我，你快逃，我可以——"

"说什么呢，"瑟茜甩开了手，"你以为我是谁？我会害怕这些杂碎吗？弗朗西斯死了，我就是世界第一的魔法师！"

她看向魔法师们："这些家伙，我才不放在眼里！"

瑟茜说得没错，她实力很强，比在场所有魔法师都强。

可她没有足够多的魔法石。

当最后一颗魔法石的能量耗尽，数不清的冰锥穿过消失的魔法护盾，穿透了两个女人的身体。

莉莉丝不知道自己身上被冰锥扎了几个窟窿，她用尽全身力气爬向倒在血泊中的瑟茜，伸出手。

在断气之前，她终于钩住了瑟茜的手指。

我可以轮回，瑟茜，我可以一轮又一轮地回来。

所以，下次我会进入好路线，让你活下来。

等我回来。

然而，在好路线里，瑟茜还是死掉了。

在一次和王国士兵的战斗中，瑟茜在起义军陷入困境的时候把所有魔力都献给了弗朗西斯，献祭一般失去了生命。

从那以后，弗朗西斯成为世界第一的魔法师，带着起义军走向了胜利。

弗朗西斯成为新的国王，莉莉丝成为王后，瑟茜成为一具枯骨。

只要踏入隐藏的路线，莉莉丝和瑟茜两个人中就只能活一个，这像一个解不开的魔咒。

但这是最后一次轮回，选项已经消失了。

莉莉丝想改变这个魔咒。

所以，在离开王城之后，她就一直等待着。

等待触发隐藏人物弗朗西斯的事件，然后见到瑟茜。

那个男人并不重要，重要的是面前的瑟茜。

现在，瑟茜站在祈祷堂门口，用陌生而戒备的神情看着莉莉丝。

"瑟茜，"莉莉丝问，"我想知道，你为什么那么喜欢弗朗西斯。"

瑟茜露出了"这个问题好蠢"的表情："这不是当然的吗，这世界上有很多男人，他们大都是猪猡一样丑陋又愚蠢的家伙，只有弗朗西斯不同，他很聪明，也很帅，他会成为世界第一的魔法师。"

"不，"莉莉丝摇头，"你说得不对。"

"什么，难道你见过比弗朗西斯还要聪明帅气的男人？"瑟茜想了想，露出了然的神色，她掰着手指道，"啊，我知道，你曾经在王城待过，你是王子的未婚妻，还有个帅气的哥哥，你应该也见过那个英俊的骑士和漂亮的神官，所以你看不上弗朗西斯，但我并不认为弗朗西斯不如他们——"

"不，我是说——"莉莉丝打断她的话，"你才是世界第一的魔法师。"

瑟茜的手停在空中，有一瞬间，她因为对方的话语而大脑空白，忘记自己想要说什么。

过了一会儿，瑟茜的眉毛慢慢地蹙了起来，她仿佛没听清她的话语，发出了一个语气词："哈？"

"瑟茜，"莉莉丝一字一句地说，"你才是世界第一的魔法师。"

"天哪，你在说什么瞎话……"瑟茜像听到了好笑的事情一样，笑了起来，"你在开玩笑吗？"

她虽然在笑，表情却显得有些愤怒，仿佛莉莉丝是在戏弄自己。

莉莉丝早就发现了这个现象。当人们夸奖一个男性时，那个男性能很自在地接受夸奖，即使嘴上谦虚，也会露出得意的表情。而每当人们开始夸奖女性，那些女性往往会惊慌，不知道该如何应对夸奖，这种惊慌有时候会变成怯意、不安、怒意展现出来。

她自己也是这样，所以她很理解她们的想法。

莉莉丝忽然想起那天瑞吉蕾芙号哭的情景。

正是因为大家一直打压她们，很少说出夸奖她们的话，正因为弗朗西斯那样的人利用毒药一般的夸奖诱惑她们坠入深渊，她们才会在听到夸奖时不知所措，不知道这是真心的夸奖还是另有含义、别有所图，会因为搞不懂夸奖的意义而下意识地否定，乃至恼怒。

这是一件多么奇怪的事。她们竟然连一句夸奖都无法好好接受，无法坦然承认自己优秀，无法看见自己的优点，仿佛优秀是什么罪过，被人夸奖是一种负担。

"我没有开玩笑，瑟茜。"莉莉丝说，"你知道我是魔女，魔女知道很多事，可以知道你的名字，也可以知道你的未来。"

瑟茜皱起眉头，莉莉丝的话是如此坚决，使她在信与不信之间徘徊。她无意识地重复着："我的……未来？"

"是的，"莉莉丝点头，"你会成为世界第一的魔法师、魔法师协会的领导者，你的名字将传遍大地。"

瑟茜静了几秒，又摇摇头，下意识地反驳："我觉得你在开玩笑，你在戏弄我，魔法师协会怎么可能让我领导，我只是一个女魔法师……"

她虽然说着反对的话，但是她一边说，一边下意识地摸着自己的手臂，仿佛想把那些因为激动而竖起的汗毛抚平。她甚至产生了一些生理性的泪水。这些泪水使得她原本死气沉沉的眼睛里出现了一些光。她用那双带着光的眼睛凝视着莉莉丝，嘴巴张开又合上，她的脑海中闪过太多想法，使她一时间无法简单描述心中杂乱的想法。

这时，祈祷堂外传来说话的声音。

瑟茜抿着嘴唇，缓缓地后退，最后消失在莉莉丝面前。

Chapter 33
成长

莉莉丝走出祈祷堂。

她的伙伴们已经从村民屋子里走出来，她们大多空着手，但是脸上的愤怒显然不是因为没搜到东西而产生的。

"这个村子已经没什么东西了，那些强盗把财物和人命都洗劫一空，剩下的只有尸体，甚至有些尸体还被动物啃咬过。"总是笑嘻嘻的贝斯蒂脸上失去了笑容。

"莉莉丝，我从一个很隐蔽的地方找到了这个，这是药吗？"狄赖举起手，展示着手中的玻璃瓶，"它有用吗？"

拇指粗细的小玻璃瓶里装着紫色的粉末。

莉莉丝脸色凝重起来，她接过狄赖手中的东西，沉默不语。

伊芳好奇地问道："这是什么？"

"这是'深蓝'。"对草药有研究的洛塔皱起眉，"一种可以麻痹人的思想，让人变得快乐的魔药。"

"我见过这个。"塞赫美特说，"在科尔里奇国的赌场，这种东西很常见，不少人赌赢了就会去购买这种东西。"

"是的，"纳利塔点头，"这是在我国南方生长的一种植物做成的，最近两年，东边也开始种植了，就是因为它，很多地方变得一团糟。"

她又压低声音道："包括我的家乡。"

纳利塔是个干活儿很麻利的女人。她之前在故乡种田，知道很多农作物的生长时间和特性。她没读过多少书，对深蓝的意义显然并不是很清楚，但是当她看见深蓝时，脸上都是不加掩饰的厌恶。

"哎呀，这种东西我们拿到也没有多大用处。"贝斯蒂叹了口气，看向祈祷堂，"这里面有什么值钱的东西吗？"

当她走到祈祷堂门口，看见里面的景象时，忍不住骂了句脏话，问道："他们是被活活烧死的？"

"没看见挣扎的痕迹，与其说是被火烧死……"塞赫美特摇头，"不如说，他们是在被烧黑之前就已经被呛死了。"

她讽刺地弯了弯嘴角："这大概算神的恩宠？"

听到她们的对话，所有人都看向祈祷堂。

"怎么了？"狄赖也想要过去看。

塞赫美特抱起她，走向另一个方向："哦，小姑娘，这个场景可不值得你去看，我们去看看其他的东西吧。"

"是什么？什么东西我不能看？"狄赖不甘心地喊道，"让我看看，让我看看，我胆子很大的！"

和女孩的喊叫声相反，望向祈祷堂的其他女人全都惊呆了。

被烧焦的虔诚信徒和毫发无伤的班布尔神像构成了一幅令人见之难忘的噩梦画卷。

抱着欧若拉的伊迪萨猛地转过身，捂住了婴儿的眼睛——虽然谁都知道婴儿根本无法理解这里发生了什么。

"为……为什么？"丽萨呆呆地看着祈祷堂，"祈祷堂里怎么可能发生这种事？这可是神的祈祷堂，神为什么没有保护他们？"

和异国的贝斯蒂、塞赫美特不同，她们生活在这个国度，从小听着班布尔神的故事长大，聆听神殿的教义，认可神的存在，信奉着神。

可是现在，她们亲眼看见了祈祷堂里虔诚祈祷的尸体。他们被毫不尊敬神的强盗们杀死在最神圣的地方。神没有拯救他们，也没有惩戒他们。这个景象对所有信仰神殿的人来说，都是一个巨大的冲击。看到祈祷堂景象的一瞬间，她们感到信仰崩塌了。

克利欧跪倒在地，她浑身颤抖，眼泪止不住地流下："我……我曾经写出那么多歌颂神的文字，但是现在，在我眼前的又是什么？"

"我以为……我被大家当成了女巫，班布尔神才没有保护我，"洁希德与奥特琳互相依靠着，"可是班布尔神为什么没有帮助他们？"

"班布尔神不会保护人类。"莉莉丝说，"无论我们是不是女巫，他都不会保护我们。"

她早已看清了这一点，现在，她们也会看清真相。

从出生起就被灌输的观念像一口巨大的毒缸，所有人都被浸染在毒缸里，毒侵入皮肤，从五官、从毛孔渗入，缓慢而恶毒地腐蚀她们的思想和身体。

阿特米西亚猛地坐在地上，然后从包裹中抽出一张纸，飞快地画了起来。

她是个出色的艺术家，笔在纸上快速划过，寥寥几笔就勾勒出祈祷堂里地狱一般的景象。虽然画具粗糙，但那蕴藏着愤怒的笔调能让所有人感同身受。

她们现在看到的一切颠覆世界观，这并不全是坏事。

由震惊产生的幻灭是一针清醒剂，它会隔断毒素的蔓延，而由幻灭衍生出来的独立思考会慢慢挤出身体里的余毒。这是一个缓慢而痛苦的排毒过程，但在这个过程中，她们能找回真正的自我。

莉莉丝静静地站了一会儿。等到所有人心情平静下来，她才缓缓说道："大家都看到了，班布尔神不会保护我们，他不会替人们伸张正义，也不会赐予我们物资，更不会回应我们的祈祷……既然如此，我们为什么不改变？"

待所有人都望向她的时候，她继续说道："我们可以自己保护自己，我们可以伸张自己的正义，我们也可以想办法获得物资。"

"以前，对于敌人，我们好像一直是被动防卫，现在我们为什么不主动一点呢？"莉莉丝冷冷地笑了，"在这些强盗的老窝里，应该有很多我们需要的东西。"

* * * *

几天后，深夜。

守夜的强盗们懒散地站着，其中一个看守没精打采地打着哈欠，可他张开的嘴还没来得及合上，头就从脖子上滚落了。

另一个看守听到声响，转头看自己的同伴，然后他的头也掉了下去，永远转不回来了。

莉莉丝和塞赫美特转过头，对同伴们挥了挥手。

女人们悄无声息地潜入了强盗的大本营。

这个时间，大多数强盗都在睡觉。女人们轻手轻脚地割断门闩，走到强盗床前，用闪着寒光的武器了结了这些强盗的性命。

莉莉丝走向这里最大的房子。她本以为这座房子没有看守，然而她还没走到那里，就有一个刚刚撒完尿的男人提着裤子从墙角走了出来。他迅速发现了她，拿起挂在胸前的哨子放到嘴边。

与此同时，白色的冰锥贯穿了他的身体。

这个男人和他永远都无法提上的裤子一起倒在了地上。

莉莉丝挑了挑眉，抬起头环顾四周。

然而披着黑斗篷的女魔法师隐藏在黑暗中，难以辨认。

莉莉丝砍掉门闩，走进屋子。

强盗头子呈大字躺在床上，被子凌乱地搭在身上，他正呼呼大睡。

这个情景让莉莉丝回想起之前在那个村子里看见的情景——卧室床上的那具女尸。

一股恶臭自她的鼻尖涌入。她不知道这股气味来自记忆里的那张婴儿床，还是来自眼前这个男人本身。

她的剑对着男人的身体，用力地扎了下去。

"啊……嗯！"因为剧痛而从睡梦中坐起的强盗头子马上因为横在脖颈的剑而不敢动弹。

他痛得额头冒出了汗，声音从牙缝中透出："你是谁？"

黑发红瞳的女人缓缓吐出两个字："女巫。"

匕首在她左手间迅速转动，将这个男人还未来得及握拳的右手牢牢钉在床上。

"啊，"强盗头子喊道，"来人啊！来人！"

不会有人来了，他的手下已经被她的同伴了结了性命。

"嘘。"莉莉丝竖起食指，露出亲切的微笑，体贴地警告，"小声点，省着点嗓子，因为，从现在开始，我会慢慢地虐杀你。"

强盗头子惊恐地睁大眼睛，瞳孔中映出了逼近的银色寒光。

随着女人嘴角扬起的弧度，利刃剖开了他的皮肤，深入他的血肉。

一次，又一次。

血腥味在房间里蔓延。

男人撕心裂肺的喊叫声响了很久，然后慢慢归于平静。

莉莉丝擦掉脸上的血，走出了屋子。

伙伴们已经处理完了其他杂碎，等在门口。

"总共有二十三个强盗。"丽萨统计了强盗的人数，非常不解，"只有二十三个强盗，却能到处抢劫，杀掉一个村子的人！我们都能这么顺利地处理掉他们，为什么没有男人过来灭掉他们？为什么这二十三个强盗不害怕村民，村民们的戒备如此松懈？"

除去在营地留守的同伴，她们只出动了十五个人，所有的行动顺利得出乎意料。他们远没有她们想的可怕，甚至可以说不堪一击。

"因为他们是强盗，大多数人看到强盗就已经吓得溃败了。"塞赫美特耸了耸肩，"毕竟人们会忌惮凶恶，却不会忌惮善良。"

"那……我们算善良吗？"伊芳歪着头问。

"曾经有人说过，邪恶获得胜利的唯一条件就是善良的人们保持沉默。"莉莉丝解释，"但是，如果人们一直保持沉默，那么他们只不过是一群懦弱的伪善者、作恶者的帮凶罢了。"

"所以不必追求他们所说的'善良'，"她说，"我们只需要遵循自己的信念。"

亚尔薇特感慨道："靠着这个信念，我们做了神没有做到的事。"

埃达点头："从今天起，我不会再信奉无用的神明了。"

"没错，我们是女巫，"阿特米西亚握紧了剑，"女巫当然不需要信仰班布尔神！"

在杀死强盗的同时，她们走出了那个噩梦般的祈祷堂。

"好的，姐妹们，"莉莉丝笑道，"我们好好搜刮这个地方吧。这次，我们肯定不会空手而归！"

隔天，某城镇，某个房间。

工人操作着仪器，将报纸印出、整理。

"看看，看看，这种报纸怎么可能卖得出去？"戴着眼镜的老头儿拿起一张报纸，抱怨道，"我们的客户都是能认字的贵族，可是这报纸上的配图都是什么？"

"什么？"文件柜的门敞开着，弯腰在柜子里寻找东西的少年问道。

"你们画了那些强盗被杀后的画面。"他推了推眼镜，皱起的眉头一直无法松开，"这些女巫，竟然在杀死强盗后把他们的头颅串起来挂在树上！啊，太可怕了，这些不要脸的女巫，怎么能这么残忍？太疯狂了，班布尔神一定会惩罚她们！"

"不会啦，贵族们哪有这么脆弱？之前那些报纸画过那么多女性的尸体，他们都不觉得可怕，还仔细观摩、慢慢品味呢。所以他们肯定也会喜欢这个的。"柜门后传来笑声，"更何况，那群强盗就是恶有恶报啊。"

"可……你看看这次的报道，还有这些画。这张恐怖的祈祷堂的画是什么？你们在亵渎神，并把女巫描绘得像英雄！"

"是哦，她们确实不是英雄，她们应该算是……"少年终于找到了需要的文件，她关上柜子，看向老头儿，"救世主？"

"什么？"老头儿惊讶地睁大了眼睛，"你说什么？她们可是割掉了男人的头！"

"那又怎样？"少年耸了耸肩，她拿着文件，推门离开，"今天的报纸就是这样了，好好工作吧……"

她低声道："双标又迂腐的家伙！"

她身后传来老头儿和工人们的议论。

"强盗一定有很多财宝，这些女巫一定会把它们全部拿走。"

"那么多财宝，她们会存到哪里？"

"肯定会随身携带。"

"难道她们会带着宝藏游荡吗？"

"她们会藏起来吧。女巫的宝藏！等以后有人杀死她们，我们就可以去寻宝。"

…………

听到这些臆想，戴着邮差帽的少年笑了。这些人当然无法知道那些财宝去了哪里。

当初，以商业闻名的本森子爵家的店铺遍布科尔里奇国，在维德·本森被人骗走钱财，资金链断裂后，一些匿名人士收购了本森家的大多数商铺。

几乎没有人知道，隐藏在这些匿名人士背后的是几个女人。

也正因为如此，这些店铺在之前的浩劫中幸存下来。这些分散在四处的店铺形成了隐蔽的网点，在做生意的同时也在做一些辅助和回收的工作。回收的财宝被存了起来。

如果这些财富以后能用来教会更多女人识字，那么刚才那种迂腐的员工也会被替换掉。

她们会活得很长久，长久到他们都死了，她们还能在这个世界上生生不息。

"啊……回去的路上还是买个面包吧。"密丝特伸了个懒腰，"那个工作狂肯定又没吃早饭，我得给她带点东西回去。"

她晃着手上的文件，沿着脚下的路往前走。

＊　　＊　　＊　　＊

第一次端掉强盗窝之后，莉莉丝忽然发现这是条很好的致富之路，也是很不错的锻炼方法。于是她们在打猎、狩猎魔兽之外又多了一种攻击行为——攻击山贼、强盗和一些臭名远扬的恶棍。

打听情报时，只需要打听他们对女人做了什么就够了。

这世上有各种各样的罪恶，但是大多的罪恶都离不开性和生育。

被殴打、被掠走、被强暴的女人，被囚禁、被逼疯、被虐残、被迫生子的女人，被淹死、被烧死、被折磨致死的女人……

男人会经历的痛苦，女人全都经历；男人不会经历的痛苦，她们也会经历。所以她们总是同情他们，他们却经常无法与她们共情。他们总能想象出无数种折磨女人的方法，并且觉得这样做理所应当。

所以莉莉丝找到了理所应当的回报方式。她们用适合他们的方式杀死他们，并把他们身体和头颅一起挂在显眼的位置。

而那些被解救出来的女人中，有的加入了莉莉丝的队伍，有的踏上了回家的路，有的成为小团体，就地安置、休养，互相照料。无论她们选择哪一种方式，莉莉丝她们都会提供基本的治疗，分给她们武器，并教她们攻击、治疗和其他方面的基础知识。

这，就是女巫狩猎的全过程。

科尔里奇国开始流传女巫的传说。

一时间，"女巫"的名号飞速传播，令男人闻风丧胆。

讽刺的是，随着女巫传说的传播，之前盛行的猎杀女巫的行动反而变少了。因为不只是莉莉丝她们狩猎过的地方，其他地方也出现了男人的尸体，他们的头和尸体也被挂了出来。

"女巫们会瞬间移动，报复仇人"的传言开始流传，这使得原本疯狂寻找女巫、想要杀死她们的人安静下来。

莉莉丝她们当然无法瞬间移动，但她们知道，这世上的任何一个女人都有可能变成复仇的女巫。

妥协与讨好无法阻止人们对无辜女人的屠杀，恐惧才会。

城镇里，女巫的凶残成为人们的谈资。

市场的某个角落，一个老人正在对人们讲述女巫猎杀强盗的故事。这个故事被他讲得绘声绘色、跌宕起伏，但是和真相完全无关："……她们使出了咒语和魔法，无数毒蛇和蜘蛛涌向了强盗们，杀死了强盗们，强盗们的死状惨不忍睹。"

听故事的人似乎已经相信这个故事，尽管他们在生活中从来没有见过能驱使毒蛇和蜘蛛的人。他们也不会想到，不远处正在购买食材的莉迪亚和纳利塔就是故事中的女巫。

"……这群女巫丑陋而凶恶，她们得不到男人的爱，所以对男人充满敌意，她们会强迫男人和她们在一起。当男人不愿意和她们发生关系时，她们就会杀死男人，把男人的头颅挂起来施咒，禁锢男人的魂魄，逼迫他们永远爱她们。"

听到这句话时，和小贩讨价还价的纳利塔一下忘记了自己要还的价钱，莉迪亚手中的食材也掉到了地上。她们交换了一个震惊的眼神，然后露出了无语的表情。

"女巫们穷凶极恶，她们在城镇外面四处游荡，专门盯着男人狩猎。"老人伸出干枯的手指，指向围绕在四周的人们，"所以，你们一定不要乱跑。"

"哇……"一个小男孩吓得哭了起来，"女巫太可怕了。"

"这有什么可怕的，"他旁边的女孩说，"它还没有其他的故事可怕呢。"

"不……"小男孩擦着眼泪，"这个故事最可怕。"

女孩撇了撇嘴："以往你都说我胆小，我看你才是胆小鬼。"

抱着东西离开之前，莉迪亚和纳利塔夸奖了女孩："小姑娘，你好勇敢啊。"

"你真厉害。"

听到陌生姐姐的表扬，小女孩不自觉地挺直了腰板，骄傲地扬起了脸。

以往的恶人传说要么令所有人害怕，要么令孩子害怕，要么令女人害怕。

而现在的女巫传说第一次令男人害怕。

当莉迪亚和纳利塔把市场流传的女巫传说告诉大家时，所有人都笑了。她们觉得既荒谬又恶心。

人们总觉得她们是由爱生恨，因为得不到男人，所以毁掉男人，而不是单纯地厌恶他们、憎恶他们，好像她们不是人，没有自己的思想与喜恶，生来便是某种特定感情的附属品。他们对她们的认知是如此可笑，如此狭隘。

但有一件事是确定的——他们对她们的恐惧远超过对山贼和强盗的。

以前，男人觉得女人占了便宜，理由是男人被杀死时，女人有可能多存活一阵。英勇就义的男人比被敌人凌辱的女人高贵——他们总是这样说。

而现在，男人宁愿被山贼和强盗一刀杀死，也不愿意遇到女巫。毕竟以往他们感受不到被凌辱的感觉。

某些被刻意忽视的谎言正在被女巫们戳破。

大家在讨论女巫传说的时候，狄赖却心神不宁地扁着嘴。

这个小姑娘从早上起来就板着脸，她拿了件小斗篷罩在身上，即使休息时也坐立不安，一副心事重重的模样。

莉莉丝问："狄赖，你冷吗？"

小家伙慌张地把手背在身后，连连摇头，说："不冷。"

"那你有什么心事吗？"

"不……"狄赖扯了扯嘴角，挤出一个笑容，"没有……"

然而到了下午，狄赖的心情还是没有好转，以往她都是神气地走在队伍前列，边走边跳，即使累了也是无聊地打着哈欠。而今天，狄赖一个人走在队伍后面。为了照顾她，大家特意放慢了速度。

队伍不能一直慢速前进，出现问题就一定要解决。

莉莉丝走到狄赖身边，再次询问她："狄赖，你真的没有事吗？"

"我……"狄赖抿了抿嘴，又低下头，"嗯……"

"狄赖，"抱着欧若拉的伊迪萨弯下身子，"你得打起精神呀，看看欧若拉吧，你可是第一个逗笑她的人呢。"

欧若拉已经睡了，面容恬静，小脸掩在襁褓中。

狄赖看着她，眼泪忽然涌了出来："啊，欧若拉，怎么办呢？以后……以后……我不能陪你长大了。"

莉莉丝和伊迪萨诧异地对视了一眼。然后两个女人一起蹲下，平视狄赖："狄赖，你还好吗？"

其他人也聚拢过来，关切地看着狄赖。

"莉莉丝……"狄赖好不容易忍住了眼泪，她摘下一直挂在腰间的钱袋，用带着哭腔的声音说，"这是我所有的财产，我把它全都给你，以后如果我不在了，请你用这些钱继续养育欧若拉。你要答应我，一定要对欧若拉好，毕竟在这个世界上我最相信你了，你们都是好人，肯定能把她培养成一个好女孩。至于我，我除了这些，再没有别的东西了……啊，我现在的衣服也可以留给欧若拉，这都是新衣服，比我原来的破衣服好多了。"

她的话中带着一种托孤的意味。

莉莉丝一头雾水："为什么突然这么说？"

"因为……因为……"狄赖闭上眼睛，吸了吸鼻子，才用一种视死如归的语气说，"我生病了，我就要死了。"

她是一个坚强的女孩，很少露出这样脆弱的表情，这让莉莉丝有些担心。

"过来，狄赖，让我抱抱你。告诉我你哪里不舒服。"莉莉丝伸手抱住了小女孩，摸了摸她的头发，"不用担心，如果你生病了，塞赫美特一定会努力为你治病。"

"我……我……我不知道！"伸手抱住莉莉丝以后，狄赖终于号哭起来，"我不知道我哪里不对，我的两腿间一直在流血，我不知道它是怎么流出来的，我也不知道该怎么阻止它流出来。它流个不停！我就要死了，我肯定得了绝症。莉莉丝，我会因为流血过多而死的！"

听到这句话，莉莉丝愣了一下，然后马上明白了是怎么回事。

狄赖来月经了。

因为担心而聚集起来的女人们也都松了一口气。与哭泣的狄赖不同，她们笑了起来。

"你们笑什么，你们怎么能这样？我们不是伙伴吗？"狄赖扁着嘴委屈地看着她们，她们越笑，她越委屈，"我快死了，你们……你们却因为我生病而笑我？"

她在担心自己的性命，她们却在笑？

莉莉丝弯起了嘴角："收好你的财产吧，狄赖。这不是绝症，也不是中毒。"

"那是什么？"女孩抽噎着问，"可以治好吗？"

"这不是病，狄赖。"莉莉丝说，"它叫月经，是每个健康女人都会有的生理现象。"

听到这个词，女人们面面相觑。

狄赖的下巴靠在莉莉丝肩上，她难以置信地环视其他人，求证道："你们也会有？"

女人们有点尴尬地点头："是……是的。"

狄赖又问："真的吗？"

"真的。"同伴们解释道，"我们都会经历这个。"

"这是很正常的事情。"

"放心吧，狄赖，你不会死的，也不会流血而亡。"

欧诺弥亚和纳利塔从包裹中找到干净的布条和棉花，开始为狄赖制造月经带。

在一个全女性的团队里，这些东西是必备品。

"你们没有骗我？我是说……我是说……我很坚强的，如果我真的会死，你们直接告诉我，我能接受，因为……因为……我觉得你们在安慰我，"女孩扁起嘴委屈地颤抖着，"毕竟我从来没有听你们提起过。"

莉莉丝愣了一下。她忽然发现，一直以来，她们都对月经讳莫如深，而刚才狄赖提起这件事时，大人们又觉得好笑。她们没有教导过狄赖月经的知识，却又默认她应该从一开始就了解月经。这是她们失职。

狄赖继续说道："而且……而且我原来从来没有经历过这种事。这可是流血！

只有受伤才会流血，流血怎么可能是好事？我身体健康，怎么会突然流血，这太奇怪了！"

她是个伶牙俐齿的小女孩，现在却因为害怕和慌张，说话结结巴巴的。

从来没有人告诉过她什么是月经。

"狄赖，"莉莉丝抚摸着狄赖的后背，"你知道小婴儿是从哪里出来的吗？"

"我见过那些大着肚子的女人，我知道孩子在妈妈的肚子里，当她们肚子变小，婴儿就会出生。"狄赖嘟囔道，"也有人说过婴儿是从腋下生出来的，但是我不理解，为什么肚子里面的婴儿会从这个地方出来。"

"婴儿不是从腋下出生的，狄赖，婴儿是从月经流出的地方出生的，它叫作产道，产道就隐藏在你的身体里，它是一条路。这条路连接着女人特有的宫殿，这个宫殿就在你的肚子里，而月经是一个标志，它标志着你的宫殿已经建好了。在宫殿两侧，有两个小宝库，它们一直保存着珍贵的种子。当宫殿建好以后，这些珍贵的种子就会依次成熟，变成可以激活的状态。"

"种子？"

"是的，种子。当你想要孩子时，就可以激活种子，使得种子在宫殿里成长，成为胎儿，最后经过产道，诞生的婴儿就拥有了真正的生命……"莉莉丝温柔地说道，"我们每个人都是这样出生的。"

狄赖低下头，疑惑地看了看自己的肚子："我的身体里有个宫殿，还有种子，它们能创造生命？"

"对，狄赖，这世上只有神才能创造生命。"莉莉丝笑着看向女孩，"所以，当你来了月经，你就不再是一个小孩了，而是成了一个神明。"

听到这句话，不仅是狄赖，周围的所有女人都睁大了眼睛。

"啊……"狄赖问，"我这么厉害吗？"

"当然。"

"那我应该欢迎月经吗？"

"是的。"

"啊……"狄赖擦掉脸上的泪，犹豫道，"可是我已经有欧若拉了，我不想创造新的生命，我不想要新的小孩。"

"狄赖，你是神明，宫殿是你的，种子也是你的，你可以激活它们，也可以让它们像花开花落一样自然消失。创造生命的决定权掌握在你的手中，这是权力，而不是义务。你完全可以自己决定是否使用这个权力，不需要有任何的心理负担。"莉莉丝解释道，"毕竟创造一个生命必然得付出很大的代价与精力，需要辛苦地怀胎，需要痛苦地分娩，还需要耐心地养育，你甚至有可能在生与死的边缘游走，付出生命的代价。"

"可是……"狄赖低下了头，"我的妈妈、欧若拉的妈妈都舍弃了我们。"

"她们不是合格的神明。她们无法掌控自己的身体，无法拥有独立的思想，更无法对自己的行为负责。狄赖，无法认可自己的性别，随波逐流，还被夺去创造生命的权力，是一件可悲又可怜的事情。当一个母亲失去所有的主导权，那么她对宫殿里孩子的感情也会扭曲。"莉莉丝摸了摸女孩的头，"所以，我们不能成为那样的人。"

"那……那如果我不想创造新的生命，"狄赖问道，"月经还有用吗？"

回答这个问题对莉莉丝来说有些困难，她转过头，看向塞赫美特。

"当然有用，根据我作为医生的经验，月经与你的身体健康息息相关。"塞赫美特笑道，"哪怕你不是医生，你也可以根据自己的月经判断你的身体健康状况。当月经消失时，不少人的身体也会出现问题。而且，如果没有外力干涉，在同等条件下，有月经的'神明'大多是长寿的。"

她歪了歪头，思索道："这是一个很大的课题，我现在还没有足够的知识去很好地解释。但月经不是坏事，如果你善待自己的身体，那么月经也不会为你带来太多麻烦，反而，它是有好处的。"

狄赖终于冷静下来，她小心地摸了摸自己的肚子："原来它这么好啊。"

做好月经带后，纳利塔和塞赫美特带狄赖到一个干净的地方。她们告诉狄赖月经是从哪里流出来的，并教她怎样使用月经带、如何清洁和经期需要注意的事项。

当狄赖重新出现在众人面前时，她已经把钱袋重新挂在腰间。小姑娘恢复精神之后有些不好意思："哎呀，我竟然为了这种小事哭，真是的。"

"不，这不是你的错，我们应该早点把这些事告诉你。"莉莉丝拿出自己的匕首，把它送给狄赖，"恭喜你来月经，狄赖。这是成长的标志，收下这个礼物吧，你可以用它捍卫你的宫殿、你的生命和你的尊严。"

之前，莉莉丝在武器店买到了一把锋利的备用匕首。之后，她就一直找机会想要把自己的匕首送给狄赖。

现在是最好的时机。

今天，狄赖成了神。她拥有完全属于自己的、可以创造出生命的宫殿，也紧握着可以保护自己、杀死敌人的武器。从今以后，她可以掌管生，也可以操控死。

今后，她会和其他女人一起，慢慢教导狄赖她应该知道的事情。

看到这件礼物，狄赖跳了起来："啊，这真的要给我吗？真的能给我吗？天哪，我爱你，莉莉丝！"

莉莉丝回应道："我也爱你，狄赖。"

狄赖开心极了，她把匕首从刀鞘里拔出来，做了几个突刺的姿势，又插回鞘中，爱不释手地看了又看，激动得不知道如何才好。

这段时间她一直用木剑练习，现在她终于有了真正的武器。

"哎呀，是匕首！"贝斯蒂笑嘻嘻地说，"这是我擅长的范围，小狄赖，你以后要不要跟着我学习使用它啊？"

"好啊！"狄赖骄傲地扬起了头，"我什么都要学，我一定会更厉害的，因为我来月经啦！"

丽萨问："那你也会好好学识字吗？"

"啊？"狄赖表情瞬间垮了下来，引得所有人都笑了起来。

"好好学习，狄赖。"莉莉丝亲了亲狄赖的脸，"你会成为最厉害的女人。"

Chapter 34

转变

这天晚上，狄赖提出想要和欧若拉一起睡。于是伊迪萨抱着欧若拉来到莉莉丝的帐篷。

"欧若拉，和我一起睡吧。"狄赖亲了亲欧若拉的小脸蛋，"你要快快长大，和我一样来月经，成为一个大女人！"

"哎嘿。"欧若拉笑着挥舞着拳头，这笑声引得帐篷里的莉莉丝和伊迪萨也一起笑了起来。

她们玩了一会儿就安静下来。狄赖打了个哈欠，伊迪萨哼着摇篮曲，轻轻地拍着她。帐篷里没有灯，只能借着外面篝火的光看到伊迪萨的剪影。她原来留着长卷发，现在已经剪短。

"这首歌很好听，"莉莉丝问，"是你家乡的歌吗？"

"不，"伊迪萨摇头，"这是从伊迪丝城传来的歌谣。"

"你去过伊迪丝？"

"我没去过，但是我很想去看看。当初听到你说你们的目的地是伊迪丝城时，我非常高兴，因为我的名字就是来自伊迪丝。在我出生时，我父亲正好遇到一个来自伊迪丝的商人，他就这样为我取了名字。"

"这个名字很好听，毕竟伊迪丝是一座富饶之城。"

"不，"伊迪萨摇头，"那时伊迪丝并没有这么富饶，那时它顶着'宝藏'这个名字，却一片混乱。所以在我小时候，大家会用这个名字嘲讽我。'穷困的伊迪萨'——他们总是这样叫我。也许因为这样，我一直很讨厌伊迪丝。"

莉莉丝说："我们都知道后来发生了什么事——它遇到了辛西娅。"

"是的，直到伊迪丝成为辛西娅公主的领地。当时没人相信一个小女孩能治理好那片土地，所有人都质疑她，还有人用她来嘲笑我，他们和我说：'伊迪萨，一个比你还小的女人领导了伊迪丝，这可太棒了，让我们期待更加穷困的伊迪萨吧！'"

莉莉丝嗤笑道："即使这世上出现过无数个昏庸的男国王和腐败的贵族，他们也只会视而不见，继续说女人不适合当权。"

"是的，即使后来伊迪丝真的富饶了，也有很多针对伊迪丝和辛西娅公主的流言，但那都无所谓了。"伊迪萨轻轻地笑了一声，"没有人为过去的羞辱道歉。而我再说起这件事时，就会被人取笑说'那么久远的事你竟然还记得'，然后叫我'小气的伊迪萨'。再后来，我结婚了，我逐渐习惯别人用丈夫的姓来称呼我。那时我们住在城镇，他不是手艺人，只能出卖自己的劳力为生。而这个世上最不值钱的东西就是劳力，所以我家总是很穷。于是我出去帮人做一些琐事赚钱，我还做过接生的助手，我——"

说着说着，伊迪萨忽然停了下来，看向狄赖："啊……她们睡了。"

狄赖闭着眼睛，发出均匀的呼吸声，她抱着匕首靠着欧若拉，脸上还带着笑意。

这段时间，狄赖长高了不少，她变强了，也变壮了。她学会了怎样攻击、怎样防守，也有了可以互相帮助的同伴。她得到了大家的关爱，也把自己的爱意传递给了欧若拉。现在，她不会再想着用匕首捅向自己了。

伊迪萨为狄赖掖了掖薄被："莉莉丝，也许你没有注意，今天，当你自然地说出'月经'这个词时，很多人露出了尴尬的表情。我们都明白狄赖身上发生了什么，却羞于向一个小女孩说出那个词，只能含糊地回答，尴尬地微笑。毕竟很久以前，我第一次来月经时，我也曾像狄赖一样惊慌，可无论我问谁，得到的都是不好的回答和嫌弃的眼神。最后血顺着我的腿流下，我只能不知所措地站在角落里，拿着母亲一边抱怨一边扔过来的布条。我什么都不懂，也不知道自己正在经历什么，却觉得自己惹了麻烦，仿佛一个羞耻的罪人。"

她们的长辈、朋友说起月经时总是一脸嫌恶，讳莫如深，这导致她们依然不知道自己身体发生了什么，因此对月经和来月经的自己心生憎恶。

"莉莉丝，我没想到你能对狄赖说出那么多连我们都不懂的话，你不仅开解了狄赖，也开解了我们。哈，多么可笑，我们比狄赖年长，也和月经相处了很多年，可我们白长了年纪，依然如此无知。我从来不认为自己是神，我很讨厌自己，讨厌自己的一切。我讨厌月经，也讨厌生育和那些长在我身上、被人窥伺、难以启齿的器官，我浑浑噩噩地过着每一天。所以，所以那时我才……"伊迪萨捂住了脸，"啊，真是的，我到底在说什么，真是语无伦次……我只是想说，如果我小时候也出现过你这样的人，能告诉我那样的话就好了。"

莉莉丝忽然明白了她想倾诉的是什么，每个女孩都在经历自己的人生，她们的过去总有些相同之处。

她们应该更加了解自己的身体，这样才能理解自己身体的变化。了解自己的身体不应该是一件羞耻的事，这也不是一件神秘的事。她们本就应该像呼吸空气一样自然地了解自己。

莉莉丝轻轻地叹了口气，问道："伊迪萨，你为什么没有选择回家？"

过了一会儿，伊迪萨的声音才从指缝中流出："莉莉丝，你比我小，和你说这种事有点丢脸，但是……但是，不瞒你说，我一直处于惶恐之中。当我帮别人照顾孩子、整理家务、搬运东西时，当我接生看见孩子从别人身体里出来时，当我和丈夫做那档子事时，我都觉得厌烦、疲倦、不安，我觉得这些情绪都是因为我是女人，这是我的原罪，生而为女是我倒霉。我就像一片树叶，风吹到哪里，我就飘到哪里，我不知道自己为什么在那里，也不知道要去向哪儿。和我睡在一起的男人就像一个陌生人，我们一天只说几句话。我渴望和人交流，可是我一旦和他说话，就会吵起来。太累了，太累了……最后我甚至希望他不要留在家中，不要靠近我，周围的人也都陌生而疏远。我和整个世界似乎隔着一层……一层说不出的、透明的墙壁，我不知道该和谁说我的心事，我不知道该怎样消解自己的不安与恐惧，我也不知道有谁能理解我。我知道，我应该像大多人一样，带孩子，照料家庭。可是我一直觉得惶恐，无论怎样麻痹自己、劝解自己、安慰自己，甚至强迫自己不要多想，让自己放空大脑，像个傻子一样生活，可是都没有用，我还是会恐惧不安，对自己，对周围，对日复一日的生活和一眼就能看到头的未来。"

莉莉丝说："但你还是想着伊迪丝。"

"对，我总是打听伊迪丝的事情，我觉得那里才是我的故乡，我应该属于伊迪丝，只有伊迪丝才是我真正应该去的地方，我把伊迪丝当成了自己的圣地，所以我一直关注着你们……"伊迪萨深深地呼了口气，"莉莉丝，也许你觉得我疯狂又幼稚。那时已经有很多女人被当成女巫烧死，有过接生经验的我每天都处于惶恐之中。当我听说辛西娅公主被通缉时，我彻底崩溃了，我觉得伊迪丝就要被毁了，同时被毁的还有我自己。于是我做了这辈子最疯狂的事情——我抛弃了家庭，跑了出来……"

说完这些，伊迪萨又沉默了。她的过去应该比她表达出来的还要多。她的家人可能也比她说出来的还要多。可是她不想再说了，莉莉丝也不会问下去。

后来伊迪萨遇到的事，莉莉丝已经知道了——她先遇到了人贩子，又遇到了她们。

每个同伴都有自己的过去，而这些不同的过去又有一些相似。

莉莉丝说："所以，伊迪丝是你的理想？"

"之前我确实那样认为，但是，莉莉丝，和大家相处的这段时间我是如此快乐。我原来非常讨厌照顾婴儿，但是现在我如此喜欢欧若拉，我甚至希望我们能一直这样走下去。所以最近，我终于明白了……"

伊迪萨说："我的理想不是伊迪丝，而是自由的生活。

"我想成为自己，我想活得像个真正的人。"

伊迪萨也睡着以后，莉莉丝轻手轻脚地从帐篷里出来。

瑟茜坐在她的帐篷外，她抱着膝盖，侧过脸看着莉莉丝。

她一直在帐篷外面。

她们也知道她在，毕竟她没有隐藏，篝火的光在帐篷布上勾勒出了她的身影。对她们来说，这种暴露是一种心照不宣的礼貌。

"你们的守夜者总是盯着我。"瑟茜对莉莉丝笑道，"她们是真的很不会隐藏自己的戒心。"

今天守夜的人是瑞吉蕾芙和丽萨，她们坐在篝火边，时不时看向这边。

大家本来对与弗朗西斯同行的瑟茜抱有敌意，但在之前的战斗中，瑟茜不止一次出手帮了她们，而且当瑟茜出现在她们周围时，莉莉丝并没有多说什么。这使得大家的敌意变成了警戒。

"这是当然的，因为你总是出现在我们周围，就像一个监视者。"莉莉丝笑道，"所以，你监视我们这么久，有什么感想？"

"哈哈哈，你这么直白，倒是让我不知所措了。"瑟茜大笑起来，"没错，我确实是在监视你们。"

笑声淡下去以后，瑟茜长长地叹了口气。她小声嘟囔道："你们是群奇怪的女人，我从未见过你们这样的团体。"

莉莉丝坐在瑟茜身边："我们？我们怎样？"

瑟茜下巴靠在膝盖上："你们明明是一群女人，却这么和谐。明明没有男人，却不受任何影响。明明在逃亡途中，却那么快乐……你们为什么那么开心？我之前总以为你们会发生很多争吵、冲突。"

在队伍里，有时确实会出现争吵，但她们会坐下来把事情说开，几乎所有争吵最后都会得到解决。

"你为什么觉得我们会不开心？"

"因为……争风吃醋和嫉妒、攀比……"瑟茜皱着眉，"哦，我是说……因为男人？"

莉莉丝笑了："我们没有男人。"

"……是的，你们没有男人。"瑟茜失笑，她重复道，"你们这群奇怪的女人。"

"奇怪？"莉莉丝摇头，"不，这才是女人最初的样子，我们本来就应该如此相处。"

瑟茜一时语塞。她盯着莉莉丝，浅色的瞳孔中带着困惑，但更多的是一些难以描述的、特别的情感。她们对视了几秒，然后瑟茜移开了眼睛。

"哈……真奇怪，"瑟茜干笑了一声，"不知道为什么，我一看见你们，一听见你们说话，就会产生很强烈的情感，我必须花费一些时间才能把那些古怪的情感压下去。"

"这是个很有意思的问题，"莉莉丝问，"你为什么要压抑自己？"

瑟茜愣了一下，再次语塞。

莉莉丝继续问道："而且，既然你感到如此不适，为什么还要接近我们？"

连续两个难以回答的问题让瑟茜皱起了眉："我并不是故意接近你们的，你偷走了弗朗西斯的魔法石，我只是想夺回而已。”

“可你一直没有行动。”

“那是因为……那是因为我想看看你们这群荒谬的女人到底在搞什么。”

“可你又帮了我们。”

“不，我不是特意帮助你们，我只是讨厌那些盗贼而已。”

“即使是监视，你也不用暴露自己，更不用离我们这么近。”

瑟茜张了张嘴，好几个借口在她脑中盘旋，但最终，她还是沉默了。

这种沉默带有赌气和委屈的成分，使得二人间的气氛不如方才那么和谐。

可莉莉丝没有停止提问：“瑟茜，我曾经问过你为什么要跟在弗朗西斯身边，你一直没有回答这个问题。”

这个问题显然让瑟茜感到被冒犯了，她的眉头皱得更深了，但是她还是做出了回答。

“如果没有弗朗西斯，我不会发现自己也是魔法师，就因为魔法师协会的人发现弗朗西斯是魔法师的时候，我在他身边，我才能知道我的身份。我是个罕见的魔法师。魔法师是精神力量极其强悍的群体，我为此骄傲，这说明我的精神力比谁都强！”瑟茜的语速越来越快，“但这没有用，我没有钱，我买不起魔法石。于是那些魔法师告诉我，有钱的男人可以为我提供帮助，如果我愿意的话，魔法师协会的那些老头儿也可以为我提供帮助，当然，我得付出一些代价。”

“我不会去魔法师协会的。”瑟茜哼笑了一声，继续说，“那些恶心的种猪，他们对所有女魔法师都说过一样的话。魔法师协会的女性魔法师都会被传言侮辱，无论她们的实力多强，都会被龌龊的言语羞辱，女魔法师忍受不了羞辱而自杀的事件屡见不鲜，可他们从来不在意。

“我想，既然一定要找个男人，那我就要找个最优秀的男人来喜欢。所以我选择了弗朗西斯——弗朗西斯是特别的，也是唯一的，他和那些又蠢又无能的猪猡不同。所以我和他一起旅行，我必须喜欢他，因为我的男人一定得是最强的魔法师，我会帮助他成为世界第一的魔法师！”

瑟茜说完这些再看向莉莉丝时，脸上已经带着怒意。她不想说出这些话，因为说出这些话的时候，她有种莫名的屈辱感。她不知道这种屈辱感来自哪儿，但是它一直藏在她的心中。她想忽略它，想忘记它。可它总是无法消失，像针一样扎在她的心口，带给她一种隐秘、持续不断的闷痛与郁愤。

然而莉莉丝并没有因为她的表情而停止提问：“当他成为世界第一的魔法师时，你会怎样？”

“我会高兴。”

“然后呢？”

“然后？”瑟茜用理所应当的语气回答，“当然是和他在一起。”

“再然后呢？”

“再然后……”瑟茜张了张嘴，要说的话却断了。

再然后呢？

再然后，她的想象就断了，剩下的只是朦胧的"幸福"。可她从来不愿细想这个词的具体所指和它是否现实、合理。

"瑟茜，你一直在说弗朗西斯，却很少提及你自己。但我一直想问的是，你呢，你自己呢？"莉莉丝问，"你在期待他那时忽然转性，对你忠诚、专一，还是期待自己成为他的妻子，像其他女人一样生下孩子，一边紧盯着他的风流动态一边操心孩子？"

"你在说什么？"瑟茜恨恨地说，"那时我会拥有很多魔法石，我很强，我会用那些魔法石施展魔法，打所有轻视过我的人的脸，把他们踩在脚底！"

不远处的篝火爆出火星，守夜的瑞吉蕾芙和丽萨也察觉出这边气氛的变化，时不时地看向这边。

莉莉丝并没有因为气氛的改变而说出安慰的话："瑟茜，现在弗朗西斯身边只有你，可他并没有尊重你。当你被魔法师们骚扰的时候，他只是在旁边笑着看你发飙，最后无关痛痒地安慰你几句。他从没有因为你而和魔法师协会反目，相反，他一直在利用你的能力，利用你的劳力。为什么你会觉得，当他拥有一切的时候，他会站在你身边支持你，认为你比魔法师协会重要并给你大量的魔法石？"

瑟茜眼中闪着愤怒的光："你在说什么胡话！"

"瑟茜，我是女巫，我什么都知道。"

瑟茜忽然发作了，她猛地站起："莉莉丝，你是在诅咒我？"

守夜的瑞吉蕾芙和丽萨本就一直盯着瑟茜，如今见她激动地站起，马上拿起武器走了过来。

莉莉丝却很平静，她抬起头，看向瑟茜："我只是想让你认清自己的心。"

"我的心需要你帮我认清吗？"

"当然。"莉莉丝说，"瑟茜，你并不爱弗朗西斯。你只是无处可去，拿不到魔法石，所以不得不去依赖弗朗西斯，因为你能从他身上看到你期待的生活、你的希望、你的梦想。"

瑟茜胸口剧烈地起伏着，她抿着嘴直直地瞪着莉莉丝。即使瑞吉蕾芙和丽萨用剑对准了她，她也没有动作。

"你什么意思？你是想说我懦弱，说我蠢吗？哈，没错没错，是我愚蠢，所以我才暴露自己，所以我才没有蹲在暗处杀死你们。所以现在，你们打算怎么做呢？"瑟茜喊道，"你们人多势众，是想就这样杀了我吗？好啊，那就来啊！"

和气势汹汹的话相反，她没有逃跑，也没有攻击她们，甚至没有打开防护盾。她只是用自暴自弃式的喊叫来发泄。

瑟茜觉得气愤，又觉得委屈。她无法解释这种委屈。她感觉自己被戳中了痛处，但是她不想承认。一旦承认，好像就是把自己一直隐藏的软肋和弱点暴露在别人面前。她正处在极其矛盾的时刻。

在注视她们的过程中，在观察她们的过程中，她似乎发生了一些变化，好像原来一直紧闭的眼睛睁开了一点。

但是睁开眼看到的景象太具有冲击力。打破原有的世界观令她不安，令她恐惧，她本能地抗拒，下意识地生气。所以她想重新闭上眼睛，不想思考，不想深究，不想改变原来的认知。她想缩回自己的安全地带，可重新闭上眼后，她发现，自己回不去了，所有的疑虑、困惑、想象都在她脑海中冲撞。

莉莉丝也站了起来。她拍了拍身上的草，然后看向瑟茜："瑟茜，你曾对我的话语感到气愤，你觉得我们荒谬、奇怪。但是你又控制不住地接近我们、注视我们，贪婪地看着我们的一言一行。这是为什么？"

瑟茜别过了头："都说了我不知道！"

"你听完伊迪萨跳出火坑的故事，自己却想待在火坑里？"

瑟茜在逃避，可莉莉丝步步紧逼。她想戳破她的梦，逼她彻底睁开眼。

为了达成一个她们都能活下来的结局。

"啊……够了！够了！"瑟茜捂住耳朵，"不要说了！闭嘴！"

一旦曾经睁眼，就很难再装睡。所以她总忍不住靠近她们，她想再睁开眼，多看一眼，多看一点点。多看一点点，然后找到她们的漏洞，批判她们，然后就可以心安理得地退回那个安全地带。可看得越多，她越能感受到深切的冲击力和同感。这令她十分痛苦，毕竟她不想承认自己曾经以为的那个安全地带并不安全。她不想承认坚强只是表象，自己一直无依无靠，可怜又可悲，和其他人没有什么不同。

"听着，瑟茜，"莉莉丝拉着瑟茜的手，强迫它从她耳朵边离开，"伊迪丝也好，弗朗西斯也好，它们都只是一个符号、一个寄托你们梦想的符号。符号并不重要，你们完全可以亲自实现梦想。"

"不需要迎合魔法师协会的老头子，也不需要用生命去支持弗朗西斯。单单靠你，靠你自己！"

这句话太过震撼，就像莉莉丝先前对她说过的那些话一样，撼动着她用之前的人生搭建起来的堡垒，令她下意识地想要反驳，捍卫那即将崩塌的堡垒。

"哈，靠我？"瑟茜嘲讽似的扬起嘴角，"一个空有能力却没钱没魔法石，一旦背叛弗朗西斯就会被魔法师协会追杀的女魔法师？"

"你可以掌控魔法师协会，"莉莉丝强调，"只要你和我们合作。"

瑟茜嗤笑："掌控魔法师协会？我？一个人？"

"你说过那里有女魔法师。"

"我也说过她们在干什么，那些老头子养着她们装点门面，但她们一直无法进入核心。"瑟茜说，"魔法觉醒需要强大的精神力，在这世上，男魔法师的数量比女魔法师多得多，我要如何与那么多男魔法师对抗？"

"正因为魔法师觉醒需要强大的精神力，"莉莉丝毫不迟疑地回答，"所以这世上女魔法师才应该更多！"

"莉莉丝，你从来没有接触过魔法，才能说出这种狂妄的话。"瑟茜反驳，"在刚开始学习魔法时，他们就告诉我，女性很难魔法觉醒，因为她们的精神力太弱。"

"他们说的话就一定对吗？"莉莉丝嗤笑道，"女性的精神力太弱？"

"不然呢？那是魔法师们一代代传下来的真理，不相信他们，难道要相信你？相信奇迹？"

"哈，好吧。"莉莉丝掏出两颗魔法石，分别扔给丽萨与瑞吉蕾芙。

莉莉丝说："告诉我吧，瑟茜，怎么验证自己是不是魔法师。"

瑟茜下意识地想要反驳莉莉丝，她想告诉她，根据魔法师协会的规定，验证方法不能随便告诉别人，只有长老才有权力选拔新人。可……不知道为什么，她犹豫了一会儿，还是说出了测试方法。

"把魔法石戴在身上，拿起一块石子，然后集中精神，想象着全部的力量都集中在手掌，然后念出咒语……"瑟茜念出了一个咒语，"若你是魔法师，你手中的石子会飘浮起来。"

丽萨与瑞吉蕾芙收起剑，按照瑟茜的说法，把石子放在手心，重复着那句咒语。

瑟茜沉默地看着她们。

"哦，我真的不行。"过了一会儿，丽萨放弃了，她长长地叹了口气，"我想象不到力量集中在手掌的感觉，我还是更喜欢剑术。"

"不要紧，丽萨，不用勉强自己，专精剑术也是一件好事。"莉莉丝拍了拍丽萨的肩膀。

"别白费功夫了，莉莉丝，"瑟茜摇头，"你知道魔法师有多罕见吗？你们队伍才多少人，还全是女人，怎么可能出现魔法师？"

"罕见不代表没有，而是可能没有，也可能有。"莉莉丝反问，"我们让队伍里的每个人都试一下。如果队伍里没有，我们就让以后遇见的每个人都试一下，只是试一下，既没有损失，又有可能找到魔法师，为什么不行？"

"当然是因为奇迹不会随便——"瑟茜正要继续说下去，丽萨忽然叫了起来。

"天哪，瑞吉蕾芙！你手上的石头飘起来了！"

瑟茜猛地转过头，看向一边的瑞吉蕾芙。

她记得这个少女。她是个笨拙且自卑的人，她举不起刀，也用不顺手小武器，即使最后开始学剑，也一直跟不上其他人的进度。她记得这位少女崩溃大哭的模样，可那次以后她的努力并没有让她跟上进度。

瑟茜曾经看着她，哀叹地想过，也许世上就是有这样的人，做什么都做不好，如果自己没有被发掘魔法天赋，也许也会变成她那样。

而现在，那颗普通的石头就在这样的少女手中飘了起来。

她是魔法师！

甚至连瑞吉蕾芙自己都感到惊讶，她看着在手心腾空飞起的石头，瞪圆了眼睛。

"为什么……"瑟茜喃喃道，"为什么？"

不知道为什么，她的眼眶有些发胀。

"我的天呀，瑞吉蕾芙，你是魔法师！"丽萨激动地跳了起来，"你太厉害了，瑞吉蕾芙，你看见了吗？石头飘起来了，你是魔法师！"

"魔法师？我吗？"瑞吉蕾芙难以置信地看着那颗小石头，眼泪夺眶而出，"我竟然是魔法师……啊！我不是没有用的人，我是魔法师！"

"是的，你当然不是没用的人，你从来不是没用的人，你是魔法师，厉害的魔法师！"

两个女孩激动地抱在一起，相拥而泣。

瑟茜看着她们，眼睛泛红，她在那个女孩身上看到了自己。她甚至羡慕她。

刚发现自己是魔法师时，她也一样激动不已，可那时并没有同伴与她分享喜悦。她压抑着自己的喜悦与骄傲，睡觉的时候蒙着被子手舞足蹈。直到那些魔法师一遍又一遍地和她说女魔法师的缺陷与不足。那些被压抑着的喜悦与骄傲还未张扬，就在一次次的打压中变得扭曲而矛盾。

莉莉丝笑着注视自己的同伴："你看，我们是有魔法师的。"

瑟茜问："莉莉丝，你早就知道会这样？"

"不，我只是不想在她们尝试之前就告诉她们她们不行。"

"啊，莉莉丝……"瑟茜的声音有些哽咽，"为什么你身边总是能发生奇迹？"

"瑟茜，"莉莉丝的声音低沉而平和，"这不是奇迹，很多事之所以没有出现，只不过是因为被隐瞒了。"

不是没有女魔法师，只是女魔法师无法被人看见。她们没有学习魔法的机会，也没有花费魔法石练习的机会，即使她们误打误撞魔法觉醒了，也有可能被冠以"女巫"的罪名遭受围剿。

谎言说了一百遍就会成真，更何况从一开始这条路就被几乎被堵死了。

堵死她们的路，质疑并隐藏她们的能力，剥夺她们学习的机会，然后和她们说"你们不如别人"。然后，无处施展的她们就会被冠以弱者之名，茫然而抑郁地认命。当所有的路被堵死，她们只能走上唯一的路，活出趋同的人生。

"所以，瑟茜，你是个有梦想的人。可你的梦想在哪里？你是个有野心的人，你的野心又在哪里？它们为什么都被寄托在别人身上？好好想想吧，瑟茜，你是爱弗朗西斯，还是向往他能够通向你梦想的人生道路？"莉莉丝看向她，"我们不需要对剥夺我们的权力又以施舍姿态给予我们剩菜残羹的世界感恩戴德。我们完全可以相信女人的精神力超乎想象，毕竟我们总是在低估自己，高估他们。我们占据着世界一半的人口，即使魔法师是万里挑一，数量也相当可观。"

"你又在说笑，即使有那么多人，我又怎么可能在这种情况下把她们组织起来对抗魔法师协会，这简直是天方夜谭——"

"我没有戏弄你，瑟茜。我再说一遍，即使人数少，你也可以掌控魔法师协会，你有这个能力。而且我们能掐到魔法师协会的软肋，比如……"黑发女人转过头，用红色的眸子直视她，"魔法石！"

瑟茜仿佛意识到了什么，她擦了一把眼睛，等着莉莉丝继续说下去。

"你一直跟着我们，难道不觉得奇怪吗，为什么我们前进的路线和你们一样？"莉莉丝弯起了嘴角，"那是因为我们的目的地是一样的。"

瑟茜愣了一下，一个地名脱口而出："你们也要去多尔恩城？"

掌握着大量矿山的索尔伯爵的所在地。

* * *

正午。

瑟茜坐在小餐馆的角落，看着桌上的碱水面包和蔬菜汤。

这是个无人在意的角落，昏暗，隐蔽，披着斗篷也不会被人注意。

不远处的客人点了肉排。

如果她有很多钱，她也会点肉排，可是弗朗西斯只给她最基本的生活费，有时候还会管她要钱。

"瑟茜，你知道的，现在世道艰难，生意不好做，我们最紧要的是魔法石。"他总是这样和她说。

但她知道，他并没有做生意，他只是在浪荡。那些被他迷惑的女人会为他准备丰盛的晚餐，她也会为他不可预知的穷困省钱，以备不时之需。

因为当弗朗西斯贫困，瑟茜又拿不出钱时，弗朗西斯就会用失望至极的眼神看着她："瑟茜，我以为你会更好地规划我的钱，我辛苦赚钱不容易。当然，这也许不全是你的错，但是……你让我有一点失望，我以为你是我的后盾，你却没有我想的那么出色……啊，好了好了，你不用太内疚，是我的错，我不应该批评你，毕竟你只是个女人……我一直觉得你和她们不一样，但也许你并没有那么爱我。啊，瑟茜，不要想太多，我并没有责怪你，我们像亲人一样，不是吗？你在我心中是特别的。"

每当弗朗西斯用这种语气说话，瑟茜就会产生强烈的羞耻感与内疚感，似乎她对他的奉献还不够多，似乎她还不够好，尽管她总是为他做事，在危急时刻帮助他，甚至有几次救过他的性命。她知道，有些女人甚至会为弗朗西斯卖身、偷窃，做一些灰色交易，把赚来的钱给他。与她们相比，她甚至显得有些自私。

可瑟茜不想这么做，就像她不想去魔法师协会。毕竟，她是个魔法师。

当她第一次在弗朗西斯和魔法师协会的人面前使出魔法时，他们都露出了震惊的表情。弗朗西斯被称为天才，可她做出的火球比弗朗西斯做出的还要大。

但是魔法师协会的那些人是怎么说的？

"这只是碰巧罢了，这只是运气。"

"弗朗西斯以后一定会比她强的。"

"女魔法师不可能比过男人。"

"当她年纪渐长，她的天赋就会消失，而弗朗西斯的前途不可限量。"

"就算她现在厉害又怎么样，她最后还不是得被男人压在身下？"

…………

当一个人这么说时，她还会反驳，可是两个人、三个人、四个人……所有人都这么说。他们一边说，一边皱着眉看她，仿佛她是个怪物。

"瑟茜，你得收敛点，这是为了你好。"弗朗西斯挤出笑容，"没有人会喜欢强大的女魔法师，你得找到自己的生存之道。"

啊，是啊，生存之道……

瑟茜掰开干硬的面包，把面包浸在蔬菜汤里。

她是个魔法师，她喜欢魔法，她不想伪装成普通人生活下去。所以她在所有道路中找到了属于自己的道路。

一直以来，她都以为那是最优解。

直到遇到她们。

她看见那几个女孩合力杀死魔兽，也听见那个女孩的自责和痛哭。

她看见了祈祷堂的惨剧、弗朗西斯不以为然的调戏和莉莉丝的反抗，以及女人信仰的崩塌。

她看见她们重新振作，杀进强盗和恶棍的老巢，救出女人，把恶人的头挂在高处。

她感到仇恨得到宣泄，非常爽快。

可那是她们的行动，与她无关，她是个外人。

瑟茜吃着面包，浸了蔬菜汤的面包像浸了水的棉花，几乎不用咀嚼就吞下去了。她却觉得难以下咽。她又望向旁边。

男人们已经吃完了肉排，带着油水的盘子随意地摆放着。

是的，她总是远远地看着。她从来没见过那样的女性团体。她总是忍不住去看莉莉丝她们，看她们闲聊说笑，看她们一起训练、一起学字、一起照料婴儿……她也忍不住地去帮助她们，接近她们。

她们很快乐，可她没有这么快乐过。她总是在生气，气弗朗西斯因为女人而耽误练习，气他把钱用在无谓的地方，气他用珍贵的魔法石变些讨好女人的法术，气他没有按照自己的希望，努力成为世界第一的魔法师。明明他拥有那么多她没有的东西，他却习以为常，肆意挥霍，不曾珍惜。

看到她们以后，她忽然迷茫了。她不知道自己到底在气什么，也不知道自己到底在干什么，她甚至不知道自己想要什么。

瑟茜放下面包，叫住了店员："给我上一份肉排！"

"一份肉排，小份吗？"店员身后一个穿着丝绸上衣的男人揽着一个女人走进了餐馆，出色的相貌和浪荡的表情使他马上吸引了众人的目光。

人们打量着他和他怀中的年轻女人。那个年轻女人羞怯而又骄傲地笑着，贴向那个男人，像在证明自己的所有权。

瑟茜用余光扫过那个男人，加强了语气："要最大份的！"

弗朗西斯对着瑟茜挥了挥手，然后笑着在那个年轻女人耳边说了什么。那个女人脸上的笑容凝固了，她恨恨地瞪了瑟茜一眼，然后转身，快步走出了餐馆。

这种眼神，瑟茜看见过不止一次，以往她总是又狠又傲慢地瞪回去，并在心中唾弃这些女人。她恨她们耽误了弗朗西斯的时间，又嫉妒她们能为弗朗西斯豁出一切，赢得弗朗西斯的赞扬。

"可那又怎样，他只是玩玩，最后还是会回到我身边。"她总是用这句话安慰自己，获得片刻的安宁。

但安宁之下一直隐藏着更深刻的不安。

在他心里，我和她们真的有所不同吗？

他真的总会回来？

会不会有一天，他爱上了某个女人，彻底抛弃我？

"嘿，瑟茜。"弗朗西斯笑着走了过来，他坐在瑟茜对面，瞥了一眼桌上的食物，"你又在吃碱水面包，你总是喜欢这些硬邦邦的东西。"

"……哈。"瑟茜干笑了一声。

比起硬邦邦的碱水面包，她当然更喜欢吃蓬松柔软的黄油面包，可后者的价钱更贵。

因为他大手大脚，所以她总是从各个方面把钱省一些出来以备不时之需。她想拴住他，只有拴住他，她才可以靠近魔法，才不会被当成女巫烧死，也不用被魔法师协会的老家伙们侮辱。可她不知道怎样才能拴住他。

而弗朗西斯知道自己对她的重要性，他对她敷衍又轻慢。他们在一起很久了，他甚至不知道她喜欢吃什么，只是偶尔在需要她时耍嘴皮子哄一哄她。

他是自由的。

被拴住的反而是她。

"刚才那个少女很可爱吧？"弗朗西斯笑道，"她纯洁又顽皮，可惜有点黏人，还是个农民的女儿。不过她竭尽全力，把家里所有魔法石都奉献给我的样子真的很可爱。这世上所有的少女都有各自的美好……"

弗朗西斯掏出五颗白色的劣质魔法石，变出了一枝红色的玫瑰。

"哦，刚才我的小可爱似乎瞪了你。可怜的瑟茜，不要伤心，这枝玫瑰送给你。"他眨了眨眼，"这是属于瑟茜的独一无二的玫瑰。"

红色玫瑰娇艳欲滴，瑟茜的视线却停留在那五颗魔法石上。

用过的劣质魔法石被随意地扔在桌上，灰突突的，像烧过的炭。

农家少女倾其所有，找出了五颗魔法石献给说着甜言蜜语、令她动心的帅气男人，希望它们能对他有所帮助。这个男人却随手用它们变出了一枝无用的玫瑰，安慰一个他并不在意的女人。

用过即扔。

就像刚才那个少女，过去那些女人……和她自己。

这些事情，她都知道，她也想过，毕竟她是人——一个会思考、会焦虑的人。但是她一直劝解自己，一直找借口安慰自己，让自己忽视这些像刺一样扎在心口的东西。

弗朗西斯懒散地靠在椅子上，问道："那群女人怎么样？我听说她们干了不少了不得的事。"

"她们杀了很多人。"

"哈哈，现在外面流传的故事已经从'强盗的宝藏'变成'女巫的宝藏'了。"弗朗西斯重复道，"女巫的宝藏，这可真有意思。莉莉丝是一个有趣的女人……真可惜，当我看见她时，她脸上已经有了疤，我真想看看她在费尔顿城穿着华丽礼服艳惊四座的模样。"

瑟茜的目光盯着端着盘子的店员："你忘了她捅了你一刀？"

"哦，确实，那一刀让我受了不少苦，我可从没遇到过这样的女人。"弗朗西斯眯起了眼睛，"毕竟之前我遇见的猫咪不会挠人，她却对我伸出了爪子。哈，这不是更有挑战性吗？要是能拔去她的指甲，她就能变成一只温顺又可爱的猫咪吧，把这样的猫咪抱在怀里，一定会很有成就感……"

"她是能杀死魔兽的女巫。"

"那又怎样？我是魔法师，只要我有了魔法石，我就无所不能。"弗朗西斯皱眉，"瑟茜，你没有找到偷回魔法石的机会吗？"

瑟茜垂下头，咬着面包，说："没有，她们一直处于警戒状态，我找不到机会。"

瑟茜斗篷的一侧很沉，那里面装着一个小袋子，袋子里装着弗朗西斯被偷走的魔法石。

作为拿回魔法石的代价，她花了一整晚时间，教瑞吉蕾芙魔法咒语。瑞吉蕾芙的天赋比她想的还好，而长时间的锻炼又使得瑞吉蕾芙体力充沛。

瑞吉蕾芙认真地听着瑟茜的讲解，甚至做了笔记。

莉莉丝在一旁微笑地看着她们，仿佛这不是什么奇迹，而是本应如此。好像和她们在一起，看到她们的力量，那些看起来荒谬、遥不可及的计划也有了真实感。

包括掌管魔法师协会。

瑟茜在脑海里回想着莉莉丝把魔法石递给自己时说出的话："现在公主叛变，国王新扶持上来的阿普顿与罗纳德两位王子又在内斗，魔法师协会想要趁机与多尔恩城的索尔伯爵联手，以此获得魔法石，然后联合对王国不满的人，一举攻下王国。他们的计划很不错……"

黑发红眸的女人笑了起来："但想到这一点的、知道多尔恩城真正的主人是谁的，不只有魔法师协会。

"瑟茜，你是个有野心的人，你真的甘心一直躲在弗朗西斯身后，被弗朗西斯和魔法师协会摆布、操控？

"你难道不想用取之不尽的魔法石亲手实现自己的梦想，建立属于你自己的魔法师协会？

"你可以成立一个不需要向任何老头子献媚、可以尽情研究魔法的协会！"

那个未卜先知的女巫似乎真的什么都知道。她说出的每一句话都击中了瑟茜的心，所有的话语萦绕在她的脑海，令她不断回想。

"可惜了，"弗朗西斯叹道，"这一阵我找到的小鸟都很贫困，凑到的魔法石还不到原来的四分之一。"

"哈，那真可惜。"

"是啊，看来我为了魔法石和女巫的宝藏，得亲自去莉莉丝那边看看了。"

当服务员把肉排放在桌上时，弗朗西斯的眼睛亮了起来："啊，瑟茜，你这个小坏蛋，竟然为我点了这么大一份肉排，你果然知道我爱吃什么，甜心。"他自然地拿起了餐具，享用起这份牛排。他没有想到瑟茜，甚至没有多问一句。

瑟茜沉默地看着他。

这也许是瑟茜自己造成的，她总是把好东西让给弗朗西斯——好吃的食物、高纯度的魔法石、展现魔法实力的舞台和获得功劳的机会。

但这也是弗朗西斯故意调教的结果，他总是对瑟茜说"你不需要这么强，你必须得掩饰实力""你知道离开我，他们会对你做什么吗？""你不会想压过我吧？""我喜欢会示弱的女孩，柔弱的花儿才会惹人怜惜"……弗朗西斯一遍又一遍地对瑟茜说着自己的需求，她便渐渐将自己改变为符合弗朗西斯需求的模样，仿佛是一把会自己打磨的刀，希望主人能在荣誉之路上把自己利用得更加顺手。

可她是人，不是花，也不是刀。

"弗朗西斯，"瑟茜张口问道，"你认为魔法师协会会扶持女魔法师吗？"

"当然，女人是男人的宝藏，"弗朗西斯笑道，"任何地方都离不开女人，即使是男魔法师，也需要有人照料。"

当这句话在耳边回荡的时候，瑟茜脑海中浮现出的却是那个黑发红眸女人的问话——

瑟茜，你为什么要压抑自己？

你想成为这样一个渣男的唯一，想成为千帆过尽后的他的唯一。

你认为他可以谁都不爱，唯爱自己，并以此产生优越感。

可他轻视所有人，你为什么那么天真地认为他会高看你？

弗朗西斯慢条斯理地吃着肉排，他的动作不如贵族们优雅，却另有一番浪人的洒脱。他依然是一个英俊、自信、潇洒、有实力的男人。

然而，在这一瞬间，似乎有什么东西不一样了。过去所有的经历、堆积的数不清的情绪累积，在这一刻引发了彻底的改变。

以往，在她眼中，他如同太阳一样耀眼。

现在，他只是令人厌恶的遮眼强光。这光遮住了她的眼，遮住了她前进的道路，也遮住了她的未来。

Chapter 35

断锁

出了城镇，弗朗西斯开始寻找女巫的队伍。

"弗朗西斯，"瑟茜跟在他身后，"你为什么对莉莉丝这么执着？"

"……嗯？"弗朗西斯愣了一下，耸了耸肩，"因为有趣吧。"

"你打算怎样从她们手里抢回魔法石？"

"哦，亲爱的，我不喜欢'抢'这个字，我只是想要取回属于我的魔法石。当然，上次莉莉丝伤害了我，这次我会回报。"弗朗西斯道，"为了男人的尊严。"

"她们的队伍扩大了许多，现在已经有四十多人了，她们每天都在训练。"

"哈哈，宝贝，不用担心，无论她们有多少人，她们都是女人。"弗朗西斯眨了眨眼睛，"放心吧，瑟茜，对付女人，没有人比我更拿手，否则这次的任务魔法师协会也不会派我出马了，不是吗？"

"哈……"瑟茜冷着脸，干笑了一声，"那可真不错。"

天气渐渐热起来，女人们洗衣洗澡的频率也增加了。

大家一般会选择在午后洗澡，这个时间的河水最温暖，即使露出身体也不会觉得寒冷。

狄赖最喜欢这个时间。她脱了衣服，在河边助跑，然后"呀嘿"一声跳进了水里。女人们笑着闭上眼，用手遮挡着溅起的水花。

"噗哈！"狄赖从水中冒出头，用力地甩着头发，然后抹了把脸，哈哈哈地笑了起来，"玩水啦，玩水！"

"狄赖！"丽萨靠近狄赖。

当狄赖转过头，丽萨便对着她泼起了水。

"呀！丽萨！"

"怎么样啊，狄赖，这是你把水溅到我身上的回击！"

"哈，"狄赖马上开始泼水回击，"看我的！"

她们的斗争很快扩大，变成了女人间的泼水大赛。

她们一边泼水一边大笑，扬起的水滴在空中飞洒，反射着阳光，落在女人毫无遮掩的身体上。

"哈哈哈哈哈……"狄赖笑着躲到莉莉丝身后，"莉莉丝，莉莉丝，你看，丽萨在欺负我！"

"啊，狄赖，你也太狡猾了！竟然躲在小姐身后！"丽萨不甘心地喊道。

狄赖在莉莉丝身后做着鬼脸："才不是狡猾呢，这叫聪明！"

人们都笑了起来："不得了了，狄赖竟然用了计谋。"

"丽萨，你输了。"

"狄赖可真是个小机灵鬼。"

狄赖骄傲地仰起头。

不知不觉中，小刺猬收起了她的刺，和大家打成了一片。

"好啦，如果累了就休战吧。"莉莉丝摸着狄赖的头发，后者的头发已经湿透了，原本炸起的头发全都耷拉下来，湿漉漉地贴在脸上，"你的头发长长了，要不要剪一下？"

"我不剪。"狄赖说，"我想像塞赫美特一样把头发编起来！塞赫美特的外号是'母狮'，太酷了，我也想做狮子。"

她举起手在自己头顶比画，兴致勃勃地说："我要长得像塞赫美特一样高！"

她正在发育期，个子肉眼可见地增高。随着身体渐渐长开，胸部微微隆起，狄赖更加灵活、强韧。

很多女孩刚开始发育时会含胸驼背，试图掩饰自己的胸部，可在女人堆里生活的狄赖身板总是挺得笔直。也许她不会长得像塞赫美特一样高，但她一定会长成健康强壮的女人。

"洗干净就早点出来吧，"莉莉丝亲了亲狄赖的额头，"注意安全。"

"好的。"狄赖活力十足地应道。

莉莉丝游向岸边大家放衣服的地方。

然而，在她离衣服还有几步的时候，她的衣服忽然腾空飞了起来。

莉莉丝愣了一秒，然后才明白发生了什么。她马上警戒起来，把身体隐入河水中，怒喝道："谁？"

因为这声喊叫，河里女人们的说笑一瞬间停止了，她们睁圆了眼睛，诧异地看向这边。

莉莉丝看着衣服飘浮的方向，她已经猜出来人是谁。

并不是队伍里所有人都在洗澡，还有一部分人在不远处扎营，普通人几乎不可能避过她们的同伴来到河边。

能让衣服悬浮的，只有魔法师。

果然，片刻后，一个男声响起："东方有一个浪漫传说，农夫在山上遇见仙女们洗澡，于是他藏起了其中一个仙女的衣服。最后，那个找不到衣服的仙女嫁给了农夫。"

随着那个声音，弗朗西斯出现在河边，他伸手抓住飘浮在空中的衣服，笑道："为什么这么戒备呢，莉莉丝？你完全可以和我一起谱写一个新的传说。比起那个被人津津乐道的故事里的农夫，我可强多了，不是吗？我相貌英俊，又是个魔法师。"

莉莉丝身后，女人们尖叫着捂住胸，赤裸的身体沉入河中隐藏起来。

莉莉丝怒视着弗朗西斯，后者扫了一眼女人们，脸上带着一如既往的浪荡微笑，笑容中还带着一丝报复般的恶意。

弗朗西斯慢慢揉搓着手中的衣服，甚至拿到鼻下闻了闻："哦，莉莉丝，之前你应该买下那些香水的……"

他用与那令人不快的动作相符的眼神看着河中的女人："我的魔法石似乎不在这儿，你把它们藏到了哪里？"

"莉莉丝！"

不远处的同伴发现了这边的异样，塞赫美特和贝斯蒂她们跑了过来，对着弗朗西斯亮出武器。

"哦，宝贝们，我劝你们不要轻举妄动。"弗朗西斯伸出空闲的左手，打了个响指，莉莉丝头顶出现了三支尖锐的冰锥，它们浮在半空中，对准了莉莉丝，"你们美丽的首领之前手抖刺伤了我，我不确定我现在会不会手抖要了她的性命。"

贝斯蒂及时收住钢叉，愤愤地跃回塞赫美特身边。

弗朗西斯得意地眯起眼睛："哈，美女们，不要用这种眼神看着我，这只是个小小的报复而已。我更喜欢活着的女人，毕竟女人还是有生命的时候更加活色生香。"

他的视线在河里每个女人身上转了一圈，又转回到莉莉丝身上，放肆地打量着她："我的魔法石呢，莉莉丝？它们似乎不在你身上……啊，也不一定，你有可能把它们藏在你的身体里，也许我应该好好检查一下你的身体。"

莉莉丝扫了一眼身后的女人们，她们全都将身体缩回了河水中，没有反应过来发生了什么的狄赖原本在河里站着，上半身几乎全部露在外面。她满脸都是对入侵者的愤怒，可是没等她做什么，纳利塔迅速过去，用身体挡住了她。

茫然的狄赖看了看周围女性的表现，然后她第一次弓起了腰，抱起的手臂遮住了自己的胸部。

怒气顺着心口爆发，莉莉丝冷笑道："很好，弗朗西斯，让我看看你到底有没有命这么做。"

她盯着弗朗西斯，站直了身体。

当看见黑发女人从河中站起来，露出身体的时候，弗朗西斯的眼睛为之一亮。

女人的身体完全暴露在阳光之下，包括她的皮肤、她的肌肉曲线、身上的旧伤疤痕和毛发。

弗朗西斯肆无忌惮地打量着她，在心中为这具躯体打分，挑着刺。在这个瞬间，他感觉自己重新掌握了主导权，控制了这个女人，找回了久违的优越感。他甚至吹了个口哨。

可这个女人并没有因为他的打量而羞愧，也没有因为他的口哨而退缩，她的眼中闪着愤怒的光，浑身散发着杀意。她上岸了，带起的水落在岸边，随着她的移动，留下一个个湿润的脚印。

当那些混杂着湿气的杀意逼近时，弗朗西斯脑子里那些旖旎的念头也随之消退了。

虽然是阳光最盛的时候，弗朗西斯却察觉到了一丝阴冷，这使得之前被刺伤的地方隐隐作痛。

莉莉丝一步步地走向他，那三支尖锐的冰锥一直悬在她的头顶，她却毫不在意。她像一只阴冷的水妖，带着被凡人窥伺的愤怒和戾气，上岸惩治那些不自量力的偷窥者。

弗朗西斯不由自主地后退了一步。他甚至有点想逃。

这是一种最原始的对于危险的直觉。

"不，我不会后退，"弗朗西斯想，"主动权掌握在我手里，我是魔法师，我处于上风，可以生杀予夺。"

"站住，莉莉丝！"弗朗西斯叫道，"你停在那里，等我过去。"

黑发女人没有遵循他的话，她握紧拳头，猛地奔向了弗朗西斯。

这是弗朗西斯第一次对一个赤身裸体、毫无遮挡地冲向自己的女人感到恐惧。

"这是你自找的！"弗朗西斯匆忙挥起手，三支冰锥冲着莉莉丝袭去！

然而，那三支冰锥被挡住了。

在莉莉丝头顶，出现了三面薄薄的圆盾。

弗朗西斯诧异地转过头，看见了对着莉莉丝伸出手的瑞吉蕾芙。后者生疏地念着咒语，额头渗出了细小的汗珠，伸出的手臂微微颤抖。

"哈，原来你们有魔法师！"出乎意料的发展让弗朗西斯恼羞成怒，"可魔法师也是分等级的。这样呢？"

他挥起手的瞬间，天空出现了几十支冰锥，对准了在场的所有女人。

"我倒想看看你们能救几个。"弗朗西斯吼道，"你们不要太小看我了，我是天才魔法师，我一个人就能解决掉你们全部，我可以碾压你们！莉莉丝，如果你不怕你的同伴全死在这里，你大可以继续靠近我！"

这个威胁没有起到任何作用。莉莉丝快速地缩近与弗朗西斯的距离，对着弗朗西斯扬起了拳头。

弗朗西斯瞬移到不远处，然后狠狠地挥下了手："我不想杀女人，但这是你们自找的！"

冰锥们对着女人们扎了下去。

"去死吧！"弗朗西斯大喊，"这就是你们小瞧我的下场！"

预想的血肉横飞的场景并没有出现，忽然出现的厚重盾牌挡住了急速落下的冰锥，冰锥撞到盾牌，碎成无数冰片，散落在空中。

"什……"弗朗西斯愣住了，他猛地转过头，看向身后。

瑟茜静静地站在那里，她举着双手，表情掩藏在斗篷帽子下。

这是弗朗西斯第一次在面对这么多女人时回头看瑟茜。她总是无声无息地跟在他身后，像一个隐形人，但只要弗朗西斯眨眨眼睛挥挥手，她就会冲上去。

弗朗西斯吼道："瑟茜，你在干什么？！"

随着这句话，弗朗西斯扔出一个巨大的火球。

瑟茜伸出手，护盾将那个火球挡住，魔法冲撞的气流吹掉了她的斗篷帽子，飘散的火花飘过，烧焦了她脸颊边的一缕发丝。

弗朗西斯本来以为瑟茜会露出恐慌、愧疚的表情，可她的脸上毫无波澜。

这个表情让弗朗西斯忽然明白了发生了什么。

以往，无论弗朗西斯怎么追逐女人，瑟茜一直没有离开他，死心塌地地跟在他身后，仿佛一只打都打不走的认主的狗。弗朗西斯从来没想到，有一天，瑟茜会背叛自己。

弗朗西斯问道："怎么回事，瑟茜，本来一直都很好，你为什么会突然这样？"

哈，瑟茜弯起了嘴角——他竟然问，本来一直都很好，她为什么会突然这样？

这个笑容刺中了弗朗西斯。

他冲向瑟茜，声音变了调："瑟茜——你竟然背叛我，你哪儿来的魔法石？"

他一直把她当成一个强力的道具。

他觉得自己足够优秀，她爱他是应该的，她不可能不爱他。所以他从来不会关注她的想法。只要给她一点钱、一点劣质魔法石，维持这个道具的运转就可以了。

直到现在，这个道具变成了人，弗朗西斯才开始奇怪，才开始愤怒。

为什么？凭什么？

你明明是个道具，为什么要有自己的思想？凭什么不服从我？

可他的手还没碰到瑟茜，就被莉莉丝摁到了地上。

黑发女人快速搜走了他的魔法石，之后挥起了拳头。拳头接连不断地砸到弗朗西斯脸上，砸得他眼冒金星，鼻青脸肿，鼻血横飞。

毫无招架之力的弗朗西斯转眼看向瑟茜，想要求救。

——快点，瑟茜，我再给你一次帮助我的机会。

可瑟茜依然没有动作。她只是偏过头，居高临下、冷冷地看着他。

这眼神就像一个回报。回报以往无数次他揽着女人希望她走远时瞥向她的表情。

＊　　＊　　＊　　＊

直到将弗朗西斯揍到昏迷，莉莉丝才甩了甩拳头，用手背擦掉溅在脸上的血。她撕掉弗朗西斯的丝绸外套，牢牢绑住了他的手。

当莉莉丝拿着魔法石站起来的时候，欧诺弥亚递给她一套干净的衣服。

莉莉丝这才反应过来自己现在还是赤裸着的，而被弗朗西斯拿走的衣服已经被血染红了。

"要怎么处理这家伙？"塞赫美特踢了一脚弗朗西斯，问道，"杀了他吗？"

从心底而言，莉莉丝想要杀掉他以绝后患，可她不确定现在能不能杀掉弗朗西斯，以及杀掉他以后会不会像以往一样变成坏结局。

莉莉丝皱起眉头，在心里考量弗朗西斯现在的地位——他对魔法师协会的作用、他这次的目的、他周围的人以及种种后续和影响……

在思考的过程中，她无意间看见了还在河里的女人们。

闯入的窥伺者已经被抓住，可女人们并没有欢呼雀跃，她们依然把身体浸在河水里，紧张地看着这边，有人身体发抖，有人眼眶带泪。

"好了，"莉莉丝安慰大家，"已经没事了。"

这句话像一个开关，使得其中一个女人号啕大哭起来。这哭声太有感染力，让很多女人鼻头发酸。

莉莉丝记得这个号啕大哭的女孩，她叫凯莉，是她们从强盗窝里救出来的女人之一。

"在被强盗掠走之前，凯莉还有个被诬陷成女巫而烧死的姐姐。"塞赫美特说，"她亲眼看见姐姐被扒光衣服侮辱、游街，最后被架上火堆。"

哭泣的女人越来越多，不只是河里的，还包括岸上的。

她们可以合力对付盗贼、野兽甚至魔兽，可刚刚发生的事情使得很多人产生应激反应。

一种共通的情绪感染了所有女人，这个龌龊男人的行为勾起了女人们不堪的回忆，让她们回想起某个痛苦、被凝视、被侵害的场景。

面对女人们瑟缩的表情和弓着腰护住胸脯的狄赖，莉莉丝本已经松开的拳头重新握紧了。她改变了主意，对塞赫美特和贝斯蒂说："把这个家伙扒光了，绑到树上！"

当弗朗西斯被冷水泼醒以后，他马上感觉到了脸上传来的疼痛，不需要镜子，他也能猜到自己引以为傲的脸变成了什么模样。

他被赤身裸体地绑在树上，而那群女人已经穿戴整齐，聚集在不远处。

当看到独自站在不远处的瑟茜时，他的眼中逐渐染上了怒意。

135

他不是第一次栽在女人手中，但这是他第一次在如此自信的情况下惨败。他有魔法，他洞悉女人的心。他原本以为他能用魔法震慑住她们，而这群赤裸的女人不敢从河水中出来，即使其他人赶来，他也可以用河水中的女人威胁她们，更何况他还有"忠犬"瑟茜。

可无论是莉莉丝还是瑟茜，都与他想的不同。她们根本就不是正常的女人！

"啊，"莉莉丝随手把木质水盆扔在地上，"醒了？"

"怎么？"弗朗西斯扫视了在场的所有女人，视线在独自站在一旁的瑟茜身上狠狠地停了一会儿，又回到莉莉丝身上，"我以为你会杀掉我，结果你只是贪图我的身体？"

他的声音一如既往地轻浮："你可以早点告诉我的，公爵小姐。如果是你这样美丽的小姐，我随时都可以脱光了，在床上等你。还是……你更喜欢和其他人一起享用我？"

"啪！"莉莉丝甩出了一个耳光，打得弗朗西斯偏过了头。

"哈……"弗朗西斯吐出了一口带血的痰，然后回过头，看着她冷笑道，"怎么，公爵小姐，你喜欢这种玩法？"

莉莉丝转过头，看向自己的同伴："你们看到了吗？"

女人们迷茫地看着莉莉丝。当弗朗西斯看向她们时，不少人移开了目光，不去看弗朗西斯。

"在这个世界，动物们从来不会因为裸体而羞耻。只有女人，只有女人的衣服被扒掉，只有他们看到女人裸露身体，只有他们偷窥女人的裸体和私处时，我们才认为这是对女人的羞辱，甚至我们一想到这样的经历就会感到痛苦。"莉莉丝指向弗朗西斯，"你们看看他，这样一个男人，光天化日之下，被我们毫无遮挡地五花大绑在树上，他却没有因此感到羞耻。当一个女人被绑在这里，人们可以想出无数的词来羞辱她；但一个男人受到了同等的待遇，我们甚至连看着他的身体都觉得受到了屈辱，连羞辱他都会词穷，你们有没有想过这是为什么？凭什么他们与我们不同？"

女人们的视线重新聚集在弗朗西斯身上，可她们的视线对弗朗西斯毫无杀伤力。即使弗朗西斯被绑着，即使弗朗西斯浑身赤裸，他的注视依然让穿戴整齐的女人们不安。

这是一种根植在精神上的、根深蒂固的恐慌。

弗朗西斯明确地感受到了女人们的怯懦。他微微地笑了，更加肆无忌惮地打量着女人们，甚至有些享受女人们的目光。

这种被压制的感觉使得一些女人再次偏过了头。

"转过头来，不要躲避！"莉莉丝指着弗朗西斯，"看着他，姑娘们！他不过是一个男人，这不过是一具虚弱的男人的躯体！你们为什么要因为这具肮脏而丑陋的身体而恐慌？你们有剑，有刀，有各种各样的武器，随时可以要他的命，你们明明处于上位，为什么要移开眼睛？"

当女人们再次转回头的时候，一些人尖叫起来。

谁都没有想到，在这种情况下，弗朗西斯的身体竟然硬了。

伊迪萨迅速捂住了狄赖的眼睛，抱着欧若拉的纳利塔也下意识地转身，护住了怀中的婴儿。

她们无法理解，为什么弗朗西斯会在这种情况下发生这种事，就像她们不懂为什么总是有些男人会把那个东西露出来给她们看，令她们感到恶心和愤怒。

"只是女人的注视就会让你这样吗？"莉莉丝冷言道，"弗朗西斯，你可真是个变态。"

"好吧，小姐，我是变态。"弗朗西斯笑着说，"但是你不喜欢它？它可是个好家伙，它尺寸惊人，不是吗？我用它满足了不少姑娘，女孩们对它爱得要死要活。"

莉莉丝握住了腰间的剑："弗朗西斯，你真是个垃圾。"

"怎么了，怎么了？"狄赖伸手扒着伊迪萨的手，"发生什么事了，为什么不让我看？"

伊迪萨说："这不是小孩能看的。"

"为什么？"狄赖终于将伊迪萨的手指扒开一道缝，"啊，这有什么，不就是他尿尿的东西翘起来了吗？不用捂我的眼睛，这个东西，我看过的！"

与女孩略带骄傲的声音相反，在场所有女人的表情都凝重起来。

"你看见过？什么时候？那个男人对你做了什么？"伊迪萨扳正狄赖的肩膀，连声问道。

"等……等一下，伊迪萨，你弄疼我了。"狄赖不安地挣脱了伊迪萨的手，"就……就是之前有一个喝得醉醺醺的男人把他尿尿的地方露出来，说要给我钱，硬让我舔它。那可是他们尿尿的地方，又臭又脏，我才不会舔呢！于是我狠狠拧了它一下就跑了。"

"你跑了？"伊迪萨重复问道。

"对，我跑了。"女孩亮着眼睛说，"我本来以为他会气得来打我，没想到他疼得弯下了腰，根本顾不上追我。所以后来我和小男孩打架的时候就会打他们那里，只要我打中了，我就能赢。你们和男人打架时也可以这样做。这是他们的弱点，他们太弱了！"

和女孩骄傲的陈述相反，现场所有的女人都陷入了愤怒之中，她们都明白这个小女孩曾经经历了什么。

这时，那个狂妄的男人还在大笑："天哪，小姑娘，你不知道你做了什么，你在嫌弃一个能让你疯狂的宝贝。"

听到这句话，女人们终于转过头，愤怒地直视弗朗西斯。她们终于意识到，为什么莉莉丝一定要让她们直视这个男人。

当男人凝视她们身体的时候，她们觉得惊恐、羞耻、不安和痛苦。可她们凝视男人身体的时候，她们依然觉得不安、羞耻，想要回避。

不能简单地置换，也无法简单地置换。

男人的凝视会让她们联想到自己或者别人被伤害、被侮辱的经历，她们的凝视却让男人想到了女人对自己的崇拜和性。

凝视这个动作本身毫无杀伤力，有杀伤力的是这个动作蕴含的情绪和可以操纵情绪的力量。她们对男性凝视产生的恐惧是在以往无数女人的悲惨遭遇中驯化出来的。而男人没有这样的遭遇，被女人凝视时，他们不会感到恐惧，只会感受到被下位者仰视的快感。

"怎么样，女士们，你们对所看见的东西满意吗？"弗朗西斯癫狂地笑道，"承认吧，女士们，你们喜欢它，你们需要它，并且离不开它。你们害怕它，是因为它能征服你们，带给你们快感。"

女人们沉默地看着他，她们掩不住自己脸上的怒气，还有人握住了自己的武器。气氛陷入了诡异的沉默。

莉莉丝等了一会儿，忽然转头，问同伴："女人们，你们为什么不说话，为什么不反驳他？"

听到这句话，不少女人愣了一下。

"也许你们看不到，当他说你们需要这个东西、你们离不开这个东西时你们脸上的表情。你们愤怒、不满、不屑、疑惑甚至觉得荒谬、好笑，但是你们并没有反驳他的话。"莉莉丝问，"你们觉得他说得不对，你们觉得自己并没有那么需要它，看到它也并没有那种饥渴难耐的感觉，你们觉得它丑陋又恶心，但你们为什么不反驳他？"

"因为……因为……这种事……"一个年轻的女孩小声说，"说出来太羞耻了。"

一个稚嫩又有点哑的声音突然问道："为什么？"

这个声音让所有女人心中都震了一下。

狄赖的问题没有得到回答，但是她锲而不舍地问自己信赖的同伴们："我知道大家很不喜欢那个东西，也知道大家会羞耻，可我一直不懂这是为什么……"

看着女孩迷惑的目光，女人们忽然感到一阵酸楚。她们不知道该如何解释这种心情。

埃达猛地站出来，对着弗朗西斯喊道："我不知道你们这些蛆在骄傲什么。你们这些公狗一样的家伙，你们总以为我们会和你们一样，满脑子都是你们那根肮脏的东西，事实上，我看到它就恶心！"

随后，越来越多的女人喊出了她们的愤怒。

"你的样子真令人作呕！"

"收起你那又臭又脏的东西！"

"不要自作多情了，我们根本不喜欢你的裸体，没有女人会去偷窥男人洗澡，因为你们太丑了！"

是的，女人们，不能再逃避了，不能再脆弱地应激了，所有的屈辱、懦弱、恐惧和痛苦都会成为让他发情的春药，令他充满优越感，细细品味，慢慢琢磨，获得高潮。

一味地后退，展示凄惨，把自己认定为弱者，不断地把伤口扒开给他们看，并不能活得有力量，也不可能获得欺凌者的同情，反而会让他们更加兴奋，变本加厉。

她们一定要直面，并且改变。

如果她们不改变，不只是她们自己，她们的姐妹、她们的下一代还会经历相同的事，经受相同的痛苦，重复相同的折磨。

她们需要直视，需要愤怒，需要发出自己的声音。

"怎么可能！"弗朗西斯恼羞成怒地吼道，"你们怎么可能不喜欢它，你们怎么可能讨厌它？你们在自欺欺人，你们需要它！你们离不开它，你们对它朝思暮想！它会给你快乐，它会征服你们，你们根本离不开它，你们会像母狗一样趴在我面前，渴求它！"

女人们的怒火被彻底点燃了，他们完全明白了，面前这个英俊的男人是多么令人作呕。他的存在甚至玷污了这片土地。女人并不了解男人，那些男人也并不了解女人。

"我曾经听过一句话，人永远想象不出自己认知范围以外的事物。"莉莉丝缓缓抽出剑，"很遗憾，弗朗西斯，你想象出来的'女人'只是你自己欲望的体现，你从来不曾了解真实的女人。但我们已经了解真实的你。弗朗西斯，你比公狗还要下贱，就像只蛆虫一样肮脏，令人厌恶。"

她挥起手中的剑，银色的剑光自上而下闪过，狠狠地切断了弗朗西斯的性器。

当那坨软塌塌的东西掉在地上，鲜血自弗朗西斯腿间喷涌而出时，弗朗西斯狂叫出声。

在弗朗西斯的号叫声中，莉莉丝脸上再次露出了嘲讽的笑容："你应该知道一个事实，我们并不像你们渴望女人一样渴望这个东西。"

弗朗西斯痛得拼命挣扎。

莉莉丝不以为意，她踢着地上那块肉，看向自己的同伴："看吧，女人们，不过是这样一个小东西，这么一块肉，它并不神圣，也不可怕。"

是啊，只是一块肉而已。

大家看着地上那小块东西，心中生起一种荒谬的感觉，他们竟然会因为这么一小块肉信心满满地欺凌她们，她们也竟然会因为这么一小块肉而恐惧、不安。

她们为何会觉得它强大，他们为何会觉得她们渴求它？

它不是怪兽，也不是毒药，它只是块脆弱的肉。

她们到底为什么害怕它，又为什么因它而对自己身体赋予的意义感到羞耻？

这一剑，不仅切断了弗朗西斯的性器，也切断了女人们脑子的锁。

"啊！啊！"弗朗西斯痛苦地号叫着，"杀了我！你不如杀了我！"

他是浪漫派的男性主角，故事线也带着浪漫的英雄主义色彩。

很久以前，莉莉丝曾经觉得他的作为很帅，但现在她只觉得可笑。

在那些故事中，英雄主义的男主角会挨打，会受伤，但他总是昂首挺胸，"正义且强大"。但他们故事中的女性往往会受到性羞辱——作为被英雄解救的工具人，促使英雄在事件中得到"礼物"，完成成长。

那么，现在，遭受这样羞辱的男人也会有"英雄"来救美吗？这也会成为一个"英雄救美"的故事吗？

对着破罐子破摔一般号叫的弗朗西斯，莉莉丝弯起了嘴角："好啊，我试试。"

在她的剑尖对准弗朗西斯心脏的瞬间，凭空出现的火球和冰锥向她袭来。

同伴们马上喊道："莉莉丝！"

"小心！"

莉莉丝的剑顿了一下，待她转过脸时，攻击已经到了眼前。

瑟茜及时扬起手，火球和冰锥在距离莉莉丝鼻尖半米处险险地被透明盾牌拦住，炸开！

气流吹动莉莉丝的发丝，冰与火的碎片纷纷扬扬。

两个遮住脸的陌生魔法师出现在弗朗西斯身边，他们一左一右地按住了他的肩膀。他们的身体正变得透明。

啊，果然，莉莉丝想，现在还不是能杀死他的时候。

"莉莉丝！"弗朗西斯半低着头，睁开的眼睛充满怨恨，声音咬牙切齿，"你等着，我一定会回来报仇！"

他以为这句话会让莉莉丝后悔、恐慌，再不济也会使她不安。可他没有想到，他所期待的表情并没有出现在莉莉丝脸上。

相反，她瞥了眼他下体的伤口，脸上浮现出一丝讥笑："啊，是吗？"

那是轻蔑、不把他看在眼里的笑，仿佛一条毒蛇在敷衍毫无攻击力的兔子。

"莉莉丝！"弗朗西斯被刺中了，他疯了一般喊道，"莉莉丝！莉莉丝！莉莉——"

破音的嘶喊声随着两个魔法师一起消失了，松掉的绳索掉在地上。

"我们应该不会再见面了，"莉莉丝想，"弗朗西斯，见你最后一面的人不应该是我。"

她转过头，看向刚放下手的瑟茜。

"那两个人是一直监视我们的魔法师。"瑟茜解释道，"这次我们的任务是去多尔恩城找索尔伯爵谈魔法石的买卖。魔法师协会不放心我们，所以派了两个魔法师盯着弗朗西斯。"

"真有趣，"莉莉丝说，"他们之前明明有很多机会救出弗朗西斯。"

"是的。"瑟茜冷笑，"弗朗西斯在魔法师协会拈花惹草，很多人看他不顺眼。"

"哦，男人之间的恶意。"莉莉丝耸了耸肩，"不要紧，弗朗西斯总会适应的，毕竟以后他会感受到更多。"

她瞥了一眼地上的绳索。

弗朗西斯，作为回报，你就去体会一下吧，好好地用生命最后的时间体会一下这个男性世界中"非男性"的生活。

"莉莉丝，"瑟茜继续问道，"你真的能拿到魔法石吗？"

在刚才的事件中，她已经做出了人生中最重要的选择。

而莉莉丝没有让她失望，迅速做出了承诺。

"当然，魔法师协会一定会失败，能和多尔恩城达成交易的人只有我，"莉莉丝对她伸出手，"而我会为魔法师同伴提供大量的魔法石。"

瑟茜踩着掉在地上的半截性器，走向莉莉丝："你的魔法师同伴也一定会为你提供魔法力量。"

莉莉丝曾经想象过很多次瑟茜坚定地走向自己的场景。

在这之前，她也做了无数次的尝试。但在所有的尝试中，她都不曾拥有如此多的伙伴，瑟茜也从未如此坚定地走向她。她曾经在坏结局里一次又一次地对瑟茜伸出手。

现在，她们的手终于握在一起。

不是用尽生命最后的余光努力钩住冰冷的手，而是在绚烂阳光下用力握住温热的手。

莉莉丝扬起嘴角："放心吧，瑟茜，我们这次一定会有好结局。"

"啊？"这语气中饱含的情绪让瑟茜愣了一下，但她很快笑了起来，"好的，你是无所不知的女巫，我信你。"

莉莉丝也笑了。她转过头，对好奇地看向这边的同伴们喊道："做好准备吧，姐妹们，我们下一个目的地就是多尔恩城。"

是的，现在，终于到了可以去多尔恩城的时候。

Chapter 36
女儿们

半个月后，莉莉丝她们到了多尔恩城。

多尔恩城在科尔里奇国里占有特殊的地位，它富有又贫瘠，安全又危险：富有是因为多尔恩城是科尔里奇国矿产最多的地方，领主索尔伯爵几乎掌握整个国家的矿产；贫瘠是因为矿山导致这里几乎寸草不生，物资贫乏。

多尔恩城建在矿山之中，地势险要，但依然有商队为了矿产贸易进出。

莉莉丝让其他同伴等在城外，她和赫萝克、瑟茜做了伪装，披上黑色斗篷，背上背筐，组成了一个以贝斯蒂为首的游商团队进城。

守城的卫兵盘问了这四个女游商几句，视线在乔装的女人们身上停留了一会儿，就让她们通过了。

比起其他地方，多尔恩城的建筑显得尤为灰暗，铁矿石直接堆在房子旁，马和骡子拉着矿车在街道上穿梭，炼铁的铺子比比皆是，叮叮当当的击打声不绝于耳。

矿产的丰富使得这里的冶炼业分外发达。空气中灰尘飞扬，整个城市弥漫着一股冶炼特有的味道。

索尔伯爵的府邸就在多尔恩城的东边，府邸外载满货物的马车排着队。

"啊，又是游商？"看门人看见莉莉丝她们时，不耐烦地挥了挥手，"赶快带着你们的小玩意儿走吧，这里可是多尔恩城，夫人不会把你们那些劣质石头串起来的项链看在眼里的。"

"哎呀，先生，先不要这么急着下结论，"贝斯蒂摘下斗篷帽子，笑嘻嘻地道，"也许伯爵大人会喜欢一些来自异国的小玩意儿。"

看门人挺直了身体，上下打量着贝斯蒂，目光又扫向她身后的三个女人："哦，异国游商，还是女人……你稍等一下，我去通报一声。"说完，他快步走进府邸。

贝斯蒂转过身，和另外三人交换了眼神。所有人都暗中检查了自己藏在身上的武器，瑟茜身上还带着充足的魔法石。

来之前，她们就计划好了后路以防万一。

莉莉丝抬头看向索尔伯爵府，对于这个地方，她的心情非常复杂。

她曾经来过索尔伯爵府很多次，大多数时候是同弗朗西斯一起来。

这是个处处藏雷的游戏，所以这里也隐藏着坏结局。

如果之前没有认真攻略弗朗西斯，他们就会在伯爵府的谈判中失败，弗朗西斯被抓捕，瑟茜被杀，莉莉丝在逃跑过程中坠下悬崖。

恋爱是这个游戏的核心，恋爱游戏的女主角都是为了恋爱而生，如果恋爱不顺，她就会因为各种各样的遭遇而死掉。哪怕她一个人逃到多尔恩城避难，也会因为各种各样奇怪的原因死掉。

这次不同。这次她跳出了选项，有了自己的团队和力量，这使得她更有底气——去见"她"的底气。

很快，看门人带着管家过来了。

"跟我来吧，夫人想要见一见你们。"管家说。

莉莉丝等人跟着管家，顺着那条她曾走过很多次的路走到索尔伯爵府的会客室。

会客室的门被推开，莉莉丝看见了朱红色的地毯、胡桃木的家具和坐在椅子上喝茶的贵妇。

这位贵妇已经年过五十，盘起的棕发中夹杂着银丝，穿着轻便的玫红色长裙。她的腰挺得很直，头也高高扬起，当她眯起眼睛看向来人时，眼角会展现出鱼尾一般的纹路。这些展露岁月痕迹的纹路为她增添了一份稳重与威严。

"这位是格欧费茵·索尔伯爵夫人。"管家介绍道，"索尔伯爵大人在隐居，伯爵府的一切事宜都由夫人代办。你们有什么事都可以和夫人说，夫人会传达伯爵大人的意愿。"

"您好，尊贵的索尔伯爵夫人。"贝斯蒂摘下帽子，对她行礼，"我们是异国的游商，我们为您带来了一些异国的珍稀玩意儿，希望能博得您的欢心。若是伯爵大人有兴趣，我们也可以就此开展贸易。"

"包裹得如此严实的异国游商？"索尔伯爵夫人放下手中的茶杯，"在看你们的商品之前，你们应该明白基本的礼貌和多尔恩的规矩。"

听到这句话，贝斯蒂身后的莉莉丝、赫萝克和瑟茜三人只得摘下斗篷帽子，露出乔装过的脸。

索尔伯爵夫人扫了她们一眼："亮出你们的东西吧。"

莉莉丝她们把背筐放在地上。

贝斯蒂从里面一件一件地拿出物品，摆在桌上，用她的三寸不烂之舌推销道：

"夫人，您看看这个。这是上好的狼毛皮，技艺精湛的猎人对这只狼一击毙命，所以它相当完整，您再也无法从别的地方找到这么完整的狼皮了……这个玩偶是我家乡的特产，它蕴含着女神的祝福，可以保佑您获得好运。哦，也许您也会喜欢这条皮带，它是由我们最杰出的工匠设计制造的……"

索尔伯爵夫人一边听着解说，一边对管家说："伯顿，你先去忙吧。"

"是的，夫人。"管家恭恭敬敬地退下了。

贝斯蒂继续介绍着从筐里拿出的物品，只是筐里的东西一件件减少，索尔伯爵夫人的表情从来没有变过，她既没有表现出喜欢，也没有表现出厌恶，她只是静静地看着贝斯蒂拿出的东西。

"……哦，还有这把短剑，这是一把十分锋利的剑，上面刻着祝福咒语。"

索尔伯爵夫人挥了挥手，示意身边的女仆放下茶壶离开："哦，这把短剑看起来还不错。"

"是吧，夫人，"贝斯蒂顿时来了精神，"这是我们最优秀的工匠做出的短剑！"

"最优秀的工匠？"索尔伯爵夫人抬了抬下巴，"是后面那个女孩吗？"

贝斯蒂愣了一下，索尔伯爵夫人指向的正是赫萝克。

而赫萝克确实是这把短剑的制作者——或者说是改造者。

她们没有合适的锻造设备，也不会长期待在一个地方，这把短剑是赫萝克利用闲暇时光一点点地用本就普通的短剑改造而成的。

"哦，天哪！"贝斯蒂惊叹道，"夫人，您可太聪明了，竟然连这个都能发现！实不相瞒，我们优秀的工匠对多尔恩的矿产慕名已久，所以这次她一定要和我们一起来，拜见多尔恩的主人！"

"很简单，"索尔伯爵夫人说，"当你说到'最优秀的工匠'时，那个女孩脸上露出了骄傲又羞涩的神情。"

"您真的很厉害，夫人！"贝斯蒂说，"大多数人会根据偏见，以为她的情人才是那个'最优秀的工匠'。"

"哦，那不一样，当你擅长一样东西的时候，你的骄傲是来自自己，而不是别人带来的与有荣焉的光环。"索尔伯爵夫人站了起来，"热爱是藏不住的。"

是的，热爱是藏不住的。

赫萝克自从进城就双眼发亮，视线一直在各种矿石和人们随意挂在外面的铁器上面打转。那是自然而然从内到外散发出的情感，这使得她看起来充满活力，闪闪发光。

"多尔恩是矿产之城，正因为如此，我们拥有全国顶尖的工匠。"索尔伯爵夫人从墙上拿下一把镶着魔法石的剑，"与此相比，那把短剑还是有些粗糙。"

"那是当然的。"贝斯蒂顺着这个话题，见缝插针地推进计划，"正因为如此，我们才如此喜爱多尔恩城。夫人，也许我们可以开展一些有趣的合作？"

"合作？你是说……"索尔伯爵夫人从剑鞘里缓缓拔出剑，"和一些看起来有所隐瞒的人？"

"啊呀呀呀……夫人，您这是在干什么，我们只是普通的游商而已，您这样可是有些吓人呢。"贝斯蒂后退两步，装出一副惊慌的模样，手却按住了藏在斗篷下的钢叉。

"普通的游商会用魔法做出来的东西混淆视线？"索尔伯爵夫人的剑在桌子上方晃了晃，桌子上面的物品全都消失了，只剩下一只手工编织的毛线小鸟。

索尔伯爵夫人瞥了那只小鸟一眼："我以为，除了魔法师协会的那些蠢货，不会有人再这样做了。"

瑟茜戒备地看着索尔伯爵夫人手上的剑。为了对付魔法师，王国曾经研究出一些价格昂贵的魔法物品来抵御、消解魔法，伯爵夫人手上的剑无疑就属于这类物品。当然，这并不奇怪，这是多尔恩城，面前的人是伯爵夫人，她当然会有这样的东西。

瑟茜问："魔法师协会的人来过？"

"是的，那是个油腔滑调的年轻男人，他身上带着掩饰不住的戾气与深深的自卑，"索尔伯爵夫人说，"他似乎急切地想要证明自己，千方百计地挑逗我，但是我对他开出的条件很不满意。"

她轻轻地笑了："我并不想和那样的年轻人、那样的团体合作。"

"啊……"贝斯蒂笑道，"虽然夫人您拿起了剑，但您支开了其他人，又对我们说了这些……所以，我可以理解为，您和我们一样，对彼此是没有恶意的吗？"

贝斯蒂是个合格的谈判者，她不仅在表明自己的善意，也在安抚同伴。

索尔伯爵夫人不置可否地笑了笑。

贝斯蒂试探性地问道："那么，也许我们有坐下谈谈的可能？"

"如果想要坐下谈谈，就应该让你们真实的领导者站出来。"索尔伯爵夫人的剑指向莉莉丝："不要隐藏自己了，站出来吧，年轻人。"

一直低着头的莉莉丝终于抬起了头，红色的眸子看向索尔伯爵夫人："您好，格欧费茵女士。"

她心中想的是"好久不见"，但是嘴里只能说出另外一句话："初次见面，我是莉莉丝。"

*　　*　　*　　*

"莉莉丝，哦，是的，莉莉丝。"格欧费茵笑了，手中的剑依然对准莉莉丝，"杀死魔兽的女巫莉莉丝、刺伤王子的魔女莉莉丝、诅咒国王的莉莉丝，整个科尔里奇国都贴满了你的通缉令，你却敢带着魔法师出现在一位伯爵夫人面前？"

"您说得没错，格欧费茵女士，我本应该光明正大地出现在您面前，正因为您说的那些小小的麻烦，我才不得不做一些失礼的伪装。"莉莉丝把手放在胸前行礼，"但是我相信，您作为多尔恩城主人，会宽恕我的冒失——因为我们是贸易伙伴。"

"不。"格欧费茵说，"多尔恩城的主人是索尔伯爵，我只是他的代理人。"

莉莉丝弯起嘴角："夫人，您与多尔恩城的关系，就如同我与卡俄斯。"

格欧费茵挑起了眉毛，然后收剑入鞘："有趣，让我看看吧。你会和我谈些什么？"

另外几个伙伴离开后，房间内只剩下莉莉丝与格欧费茵。

"真不错，你突然报出自己的名字，你的同伴们却没有惊慌失措。"格欧费茵将剑挂回墙上，"坐吧，孩子。"

莉莉丝坐了下来，她发现桌子上放着两个茶杯。

这不奇怪，毕竟格欧费茵并没有因为莉莉丝忽然说出卡俄斯的名字而惊讶。也许在她们进城时，这位女士就掌握了她们的行踪。

"尝尝这杯茶。"格欧费茵为莉莉丝倒了一杯茶，"我很喜欢它的味道。"

莉莉丝端起茶杯，当清新的茶香钻入她的鼻腔时，她有些恍惚。

格欧费茵并没有在意她这小小的恍惚，她端起茶杯，喝了一口："说吧，莉莉丝，你为什么会来这里。"

"我想和您合作，格欧费茵女士。"莉莉丝开诚布公地说，"我需要得到许多矿石，作为交换，卡俄斯会为多尔恩城提供物资和粮食，并与这里发展更多的商业贸易。"

"是的，这两年卡俄斯一直与我们交易，收购我们的矿石。"格欧费茵说，"但是多尔恩城掌握整个科尔里奇国的矿脉，与我们交易的商队不止一家。"

"我了解到的似乎与此有些出入，格欧费茵女士。"莉莉丝从怀中掏出一个本子，"在这段日子里，我对很多城镇做了考察。据我了解，不少城镇的铁器滞销，甚至有些商家的铁器已经生锈，这说明社会对铜、铁矿石的需求下降了。所以我猜测，多尔恩城也许会想要拓展其他的道路来解决堆积的矿石。如果出现一个能收购矿石和成品并为多尔恩提供各种贸易的合作伙伴，对您来说应该不是坏事。"

"哦，你还做了功课，在这一点上，你倒是比魔法师协会那个莽撞的家伙强多了。"格欧费茵话锋一转，"但是，比起铜、铁矿，绚烂的宝石才能换得更多的金币。"

"您知道的，格欧费茵女士，"莉莉丝直视她的眼睛，"宝石换不来粮食。"

"怎么会呢？金币会买来粮食。"

"格欧费茵女士，铁器滞销的原因是农夫们一心种植'深蓝'。'深蓝'比粮食更加值钱，也更加娇贵，而贵族为了减少这种植物收割时的损耗，规定农夫们必须亲手采摘'深蓝'的花朵。当采摘'深蓝'的报酬大于种植粮食的时候，很多人都放弃了农田。"

"你了解得很多啊。"

"神殿的图书馆里有对这种植物的介绍。"莉莉丝说，"而它生长的地区与盛产粮食的地区重合。"

"听说你曾被关进神殿，看来你没有浪费那段时光。"格欧费茵笑了，"但是，莉莉丝，当农民不再种田，世道就会越来越乱，武器可以成为人们防身的必需品。人们也许不再需要收获的镰刀，但他们会需要剑和刀。"

"格欧费茵女士，刀剑无眼，它们可以砍向平民，也可以砍向贵族。"

"哦，所以呢？"

"我在寻找一条可以通向光明的出路。"莉莉丝说，"格欧费茵女士，聪明如您，应该不难想到，这两年粮食歉收和饥荒并不是天灾，而是人祸。这两年各个地方的粮食价格都在上涨，现在春耕时节已经过去，大多数农田依然荒废，若是有一天其他城市自顾不暇，多尔恩城又该怎样保证粮食的供给？"

"这就是卡俄斯从两年前就开始收购粮食的原因？"格欧费茵耸了耸肩，"但是，莉莉丝，你能想到这一点，别人也能想到。多尔恩城的粮仓并没有你想的那么干瘪。"

"您说得没错，格欧费茵女士，我自然相信您早就想到了这一点，并早已开始囤粮。"莉莉丝说，"但是，若对'深蓝'的需求永无止境，那么粮食总有吃完的一天……如果要制造刀和剑，我希望它们能握在自己手里。"

格欧费茵看向莉莉丝，笑了："哦，孩子，你的野心可真大。"

"谢谢您，女士，这是个很好的夸奖。"

"近一年间，我们和卡俄斯确实有过不少商业合作……"格欧费茵站了起来，款款走向大门，"好吧，那我和伯爵商量一下。"

"没有这个必要，格欧费茵女士，毕竟索尔伯爵已经病重不醒，昏迷多年了。"

背后响起的声音让格欧费茵停下了脚步。

"而且，您的儿子……哦，这一点也是从神殿的文册中看到的，那里面记录了每年在神殿祈祷的贵族的姓名。所有贵族都是神殿虔诚的信徒，但是您的几个儿子总是在持续祈祷十几年后就停止。"莉莉丝看着手中的茶杯，浅褐色的茶水轻轻地荡漾，"如果我的推论没有错的话，他们都没有活过二十岁。我很遗憾，格欧费茵女士，这实在是令人惋惜。但值得开心的是，您的女儿还在。"

格欧费茵完美的表情终于有了一丝松动："莉莉丝，你……"

"其实我还查了整个索尔伯爵家族的名单，发现这个家族的男性总是英年早逝，根据神官的说法，这是'索尔伯爵家族的诅咒'——很久以前索尔伯爵的祖先得罪了一个邪恶的女巫，于是女巫诅咒了这个家族所有的男性。"

"莉莉丝，你知道你在说什么吗？你很无礼。"

"格欧费茵女士，您的丈夫算是家族中的一个奇迹，他活得比所有人都久。神官还说，这是因为索尔伯爵家的虔诚感动了班布尔神——虽然他们没办法解释为什么您的儿子们会早逝。"

格欧费茵皱眉："神官说,是因为女巫又诅咒了我的儿子们。"

"神殿可以用神学解释一切。但是,女士,您请过不少医生,对于事情的真相,您应该早就知道了,实际上……"莉莉丝抬起头,"这是因为家族病吧?"

格欧费茵歪着头眯起眼睛,细细地看着莉莉丝:"莉莉丝,你到底想说什么?你竟然开始挑衅一个失去孩子的母亲,这就是你作为商人的素养?"

"这不是挑衅,"莉莉丝说,"格欧费茵女士,我对您毫无恶意。我只是厌倦了钩心斗角,想开诚布公地和您谈谈。您已经掌控多尔恩城许多年,但这是因为索尔伯爵还活着,而您的儿子们已经去世,所有人都以为您是索尔伯爵的代理人。若是有一天索尔伯爵去世,您觉得会发生什么事呢?"

如果索尔伯爵去世,格欧费茵会成为一个有钱的寡妇。

一个掌握科尔里奇国主要矿山的有钱的寡妇。

贵族会对她趋之若鹜。即使她想要保持单身,国王也不会允许,如果她一直不结婚,国王就会为她指婚。到时候,她的一切都会被夺走。

房间内安静下来,格欧费茵站在距离莉莉丝几米远的地方,锐利的眼神看向她。后者也毫不遮掩地回视她。

"莉莉丝,"格欧费茵说,"我一直很奇怪,在费尔顿城时,你有美好的前途,你是公爵的女儿,你与王子订婚,你甚至曾经是圣女……但你放弃了所有靠山,走上了一条最艰难的路。"

"不稳定的靠山只是一种幻想,美梦随时可以破碎,我只是提前戳破了虚无的泡泡。"莉莉丝回答,"格欧费茵女士,有时候,最艰难的那条路才是真正的活路。"

"哦,有意思,你果然是卡俄斯的主人。这两年我和卡俄斯做了不少交易。"格欧费茵重新坐回桌边,给自己倒了一杯茶,"赫卡特是一个聪明的姑娘,在老本森还在世的时候,我曾经见过她。老本森曾经感慨过,这个孙女比起不争气的维德,不知道要机灵多少倍,如果她是男人,那么即使他自己以后去了天堂,也不用再为本森家操心。"

"她不需要是个男人。"莉莉丝说,"她本身就很棒。"

"哈哈哈,没错。"格欧费茵笑道,"别人都说老本森是个开明的人,但我觉得他只不过是个老顽固,如果不把辛苦打下的产业交给有能力的人,那么再大的商业帝国也会瞬间坍塌。"

她放下茶杯:"维德·本森似乎做了一笔可笑的矿山交易,几乎被骗走了全部财产。那个蠢货甚至跑来多尔恩城大闹,只是因为他觉得我参与了这场交易。"

"我猜他没有得到好下场,是吗?"

"当然,他低估了我的能力,也低估了我的阅历。"格欧费茵扬起嘴角,"像他那样顺风顺水的毛头小子,是难以想象我在这些年中是如何撑起多尔恩城的。"

"您很厉害，女士。"

"我把这句夸奖还给你，莉莉丝。"格欧费茵说，"你们很聪明，既没有让维德那个小子弹尽粮绝，又透露出足够的信息让维德对哈伦·希尔紧追不舍，这才使得哈伦·希尔一度想把这个麻烦抛给掌管矿山的我。但这个麻烦真的很容易再抛回去，毕竟维德不会承认自己的愚蠢，也不会改变对女人的轻视，他只会更加憎恨哈伦·希尔。"

对格欧费茵来说，使出一点小手段让维德重新去找哈伦·希尔肯定比想象中还要简单。

莉莉丝说："格欧费茵女士，看来您什么都知道。"

"那是当然的，莉莉丝。"格欧费茵说，"那么让我猜猜，你既然带魔法师过来，那么你想要的肯定不只是铁矿和铜矿，魔法师协会那群人也在窥伺的碎魔法石，对吗？"

"不，格欧费茵女士，"莉莉丝说，"我想要的，还有利利群山的魔法石矿。"

格欧费茵诧异地睁大了眼睛，她愣了几秒，然后捂住额头，放声大笑起来："哈哈哈哈，天哪，莉莉丝，你可真是令我惊讶！"

莉莉丝平静地看着她，直到她笑完。

"莉莉丝，你知道你在说什么吗？"格欧费茵压低声音，"利利群山的魔法石矿是专供皇室和高级贵族的高纯度矿石，产量有限。"

"格欧费茵女士，也许有这么一种可能——索尔伯爵家族为了自己的利益，隐瞒了真实的矿产量。"

"擅动它们可是死罪。"

"我已经是通缉犯了。"

"但我不是，我是伯爵夫人。"

"不，您可以不是伯爵夫人，您是格欧费茵女士。而且据我所知，您的女儿卡珊德拉也是个直觉出色的商人。"

格欧费茵的表情变得严肃起来："莉莉丝，你确实舍弃了之前的路，但你现在做得已经够好了，你的财产足以令你一生一世衣食无忧。别人苦苦追寻的财富、地位、名誉、爱情，你都曾经拥有，却又一一割舍……孩子，你究竟想要什么？"

"格欧费茵女士，大家都希望看见肮脏的淤泥里开出花朵，但如果淤泥里只能开出一朵花，那么，若是那朵花凋零了，一切就会恢复原样，再美的花也不过是昙花一现。"莉莉丝深深地看向格欧费茵的眸子，"而我想看见的是，整片大地能长出一片茁壮、难以撼动的森林，树木的根深扎进坚固的土地，哪怕有一天最高的树倒了，森林也存在，枝繁叶茂，欣欣向荣。"

房间里再次安静下来，格欧费茵直视着面前的年轻女人，愣了许久。

这个年过半百的女人脸上露出了百感交集的表情，像哭又像笑，像伤感又像欣慰。之后，她像沉浸在回忆中一样说道："孩子，你大概不知道，当卡珊德拉诞生时，我是多么高兴，我觉得我终于有了可以脱离索尔伯爵家诅咒的孩子——她才是我真正的孩子、真正的后代。"

格欧费茵的脸上慢慢现出笑容："所以，我也希望她不是一吹即倒的花，而是一棵可以抵御风吹雨打的树。"

莉莉丝的眼眶有些发热："是的，女士，她一定可以的。"

"好吧。"格欧费茵说，"具体的细节，我们需要慢慢商议、敲定，你得在这里住几天。"

她望向窗户："把你的同伴也叫进城吧，在矿山露宿可不是一个好主意。"

莉莉丝起身："谢谢您，那我就此告辞。"

在她离开前，格欧费茵忽然问道："孩子，你喜欢这种茶吗？"

莉莉丝感觉到自己的眼泪几乎要夺眶而出："我喜欢这种茶，里面有我母亲的味道。"在她的记忆里，母亲尼莫西妮总是坐在窗边，端着带有同样香气的茶看向远方。

"是吗？真不错，这确实是通恩的茶。"格欧费茵看着桌上的毛线小鸟，"年轻时，尼莫西妮就非常喜欢它。"

说完，她歪了歪头，笑了："哦，还有，莉莉丝，你一直在用我的名字称呼我，我很喜欢这一点。"

当莉莉丝和贝斯蒂她们离开索尔伯爵府时，格欧费茵站在二楼会客室的窗前，手中拿着那只手工编织的毛线小鸟。

只有莉莉丝跟在弗朗西斯身边时，弗朗西斯才能从格欧费茵那里拿到利利群山的魔法石矿，这是女主角的剧情助力特权之一。而这个特权来自尼莫西妮和格欧费茵的过去。

在莉莉丝小时候，尼莫西妮曾经不止一次和女儿讲过自己童年与少女时代的故事。那些故事里有一个充满活力的女孩，她调皮又聪明，总带着体弱的尼莫西妮到处探险。

她们提起裙摆去湖里捉鱼，一旦滑倒就弄得浑身湿漉漉的，她们偷挖土豆架火烤，烤得两人一脸灰。

她们在夏天偷偷溜出来看星星，冬天借着月色堆雪人。

每当她们满身狼狈，被家里人逮回家时，都会挨一顿臭骂，说她们的行为配不上她们的身份。

可一旦训斥他们的人离开，两个女孩就会偷偷地笑成一团。

后来，尼莫西妮嫁给阿博特公爵，离开家乡时，那个女孩一边追着马车一边喊着她的名字。

追着马车的她哭得声嘶力竭。

坐在马车里的她捂着嘴泣不成声。

再后来，那个女孩嫁给了一个富有的掌管矿山的伯爵。

这是两桩被世人称赞的高攀的好婚姻。

直到尼莫西妮的生命终结，她们再也没有相见。

莉莉丝仰起头，看向二楼的窗户。

格欧费茵正看着她。

这种目光，莉莉丝非常熟悉。

无论她来索尔伯爵府多少次，她都不曾从格欧费茵眼中看到过敌意。

甚至在她失足坠崖后，她在追上来的格欧费茵眼中看到了深切的痛楚。

那时候，她还不明白这是为什么。

很多轮回以后，她才知道很久以前母亲口中那个亲密的朋友是谁。

*　　*　　*　　*

"床！"狄赖扑到床上，抱着被子快乐地翻滚，"是床！"

从门口走过的女人见她这副模样，都会笑起来。

格欧费茵为她们准备了伯爵府后面的别馆。据说，这里是接待特殊客人的地方。所有侍从都经过训练，口风很紧。一开始大家还有点紧张，但是别馆的人很自然地接受了她们是"异国的商人"这一点。

"很好辨别的，多尔恩的女人因为见过太多武器，眼神出名地凶，她们和你们比起来，简直是小巫见大巫。"搬运行李的男仆笑道，"看看你们这些异国人的表情，可真不一般，像真在尸堆里打过滚儿一样。"

听到这种话，大家只是相视一笑。

女人们风餐露宿，已经不知道多久没吃过如此精细的饭菜、睡过如此松软的床、洗过如此放松的热水澡，每个人脸上都露出了久违的轻松表情。

吃过饭，大家三三两两地回到自己的房间。

"哦，软乎乎的床。"狄赖张开双手，让自己整个人都陷在床中。她偏过头，对抱着欧若拉的伊迪萨说："伊迪萨，把欧若拉放在床上吧，我们欧若拉还一次都没有睡过床呢。"

伊迪萨把欧若拉放在床上。

狄赖小心地将襁褓中的婴儿摆正，然后把被子盖在她身上："欧若拉，你也从来没睡过这样松软的床吧？今天我们就好好享受一下，好好地睡一觉！"

莉莉丝看着轻拍着婴儿、小声给婴儿哼着歌的女孩，听着隔壁房间传来的伙伴们的笑声，微微地扬了扬嘴角，然后又轻轻地叹了口气。

这样的场景太过温馨、美好，而这温馨的小憩又注定是短暂的，这令她心中产生了一丝柔软的伤感。

"不要叹气，莉莉丝，"伊迪萨轻声安慰她，"我们现在所做的一切，都是为了能在以后的某一天让这个场景变成普通的日常。"

"是的，"莉莉丝笑道，"谢谢你，伊迪萨。"

在接下来的时间里，莉莉丝和格欧费茵商谈了具体的合作事宜。

商谈并不是一件容易的事。格欧费茵是尼莫西妮的朋友，还是多尔恩城的主人、一个精明的商人、一位经验丰富的长者，她会想出各种可能性，发现各种漏洞，提出各种刁钻的内容。和她对话、商定合作内容是一件十分费脑的事情。

即使如此，莉莉丝也能察觉到在对话中格欧费茵对自己的引导。

每一次的商谈都像一堂课，格欧费茵把自己的经验总结起来，穿插在对话中，传授给她。在这个过程中，莉莉丝的思路不止一次地打开，使得面前的世界变得更加清晰。

格欧费茵掌握多尔恩城主导权的过程显然不是一帆风顺的，她过得多么辛苦，获得的经验就多么宝贵。这些独一无二的经验，在交流中，传到了莉莉丝脑中。

当然，莉莉丝也会因为意见的不同而反驳格欧费茵，这也使得她们有几次不欢而散。

当又一次因为某个条款无法达成一致时，格欧费茵皱着眉送客："我不认同你的想法，莉莉丝，暂时就这样吧，我还有事，你回去好好想想。"

莉莉丝郁闷地走向别馆，路上却听见了一个女孩的笑声："哈哈哈，看你的表情，一定是被我妈妈教训了吧？"

莉莉丝顺着那个开朗声音的方向望去。

红砖房旁站着一个穿着背带裤的少女。她的年纪不大，头发盘在头顶，手上戴着已经被染灰的白色手套，衣服上沾着煤灰。

莉莉丝微笑："您好，卡珊德拉小姐。"

"莉莉丝，你可以直接叫我卡珊德拉。"卡珊德拉朝她眨了眨眼睛，"我妈妈很凶吧？没关系的，你别看她那样，她只是嘴硬心软，我能感觉到她很喜欢你，只要你不触碰她的原则，她就很好说话的。我这几天一直把丽萨和我说的你们的故事复述给妈妈，她听得很认真呢。"

莉莉丝正要回答，却听见了狄赖的声音："这也太少了吧，倒多点，再倒多点！"

于是卡珊德拉又急急忙忙跑进砖房："等一下，赫萝克，这个铜的配比不是这样……"

莉莉丝向红砖房里看去。

里面堆着各种矿石，墙上挂着各种金属器具，埃达拉着风箱，当风箱的风送进火炉，炉膛内的火苗就热烈地蹿了起来。

把不同的矿石扔进熊熊燃烧的炼炉中提纯，然后将熔化的金属液体倒入模具中，利用铁匠炉和砧子加以锻造，就能制造出新的合金武器。

赫萝克和卡珊德拉正急急忙忙地处理配比错误的金属液体。

狄赖像个小尾巴一样跟在她们身后绕圈圈。

"别急，别急！我们一步一步来，这个温度很高。"

"是的是的，注意安全！小心别烫到了！"

"喂喂，你们不要烫到啦！"

尽管着急，但是女孩们互相关照，拯救工作有条不紊地进行着。

模具中的金属块略微冷却成型以后，用夹子夹起，放进水中，随着"呲"的一声，金属块迅速冷却，大概的颜色就可以显现出来了。

"哦……"卡珊德拉观察着这块金属，用其他的金属与它撞击，"这块的硬度与之前有所不同，赫萝克，你记下来之前的配比了吗？"

"当然。"赫萝克在旁边思索，"这块的硬度应该适合做投掷用的武器，比如飞镖？"

"啊，确实……这应该很好锻造，如果尺寸合适的话，这样的长度也许可以保持它的杀伤力。我也可以用它来做一些常用的铁器，就像饭叉和发卡。啊，这个东西不是可以做扣环吗？我之前的那个机关盒子就差这个东西！啊，天哪，我们太棒了，竟然发现了这个！所以……"卡珊德拉边说边抬起头，当她看见赫萝克的脸以后，放声大笑起来，"哈哈哈哈哈，天哪，赫萝克，你看看你的脸！"

在刚才提炼的过程中，赫萝克不经意地擦了一把脸，脸就被染黑了。

这下狄赖也抱着肚子大笑起来。

"在哪儿在哪儿？"赫萝克伸手去擦，结果越擦越黑。

"哈哈哈哈哈……"卡珊德拉笑弯了腰，边笑边擦自己的脸："我脸上不会也有吧？"

她一擦，原本干净的脸就被蹭黑了。

赫萝克毫不留情地笑了回去："哈哈哈哈哈，卡珊德拉，你怎么回事？"

两个女人你看着我我看着你，哈哈大笑，一旁的狄赖笑出了眼泪，埃达也忍俊不禁。

莉莉丝笑着看向她们，脑海中浮现出尼莫西妮曾对小莉莉丝说过的话。

——当我们还是少女的时候，一些无聊的小事都会让我们笑起来。那些小事是那么寻常，那么微不足道，可是当我们笑起来的时候，周围的一切都会变得令人快活，在那一瞬间，我们的灵魂是自由的。

——莉莉丝，我爱那一刻的自己，也爱那样的朋友。

"莉莉丝，你看，我脸上还有灰吗？"卡珊德拉跑到莉莉丝身边，问。

"莉莉丝，快告诉她没有！"赫萝克在她身后笑着喊道。

"啊，赫萝克，你这个坏家伙。"

....

莉莉丝在女孩们的笑声中伸出手，擦掉了卡珊德拉脸上的灰："卡珊德拉，你和格欧费茵女士真的很像。"

"哈哈哈哈，你在说什么啊。我和妈妈一点都不像，她那么严肃！"卡珊德拉笑道，"而且你的语气也太老气横秋了，莉莉丝。"

不，你们真的很像。

尼莫西妮和格欧费茵曾在各种各样的玩耍中找到快乐，她们被限制接触更多的东西，所以只能偷偷地进行一些小游戏。

现在，卡珊德拉可以在她感兴趣的事业中找到快乐。

据说，卡珊德拉与众不同的装扮也曾引发非议。她从小就展现出对铁器的浓厚兴趣，尤其擅长做一些细小机关的设计，而"隐居的索尔伯爵与他的夫人也非常宠爱这个来之不易的女儿"，所以任由她在伯爵府穿这种被认为女人穿是伤风败俗的背带裤，甚至在伯爵府后面按照她的喜好建造了提炼与锻造一体的锻造屋。甚至格欧费茵在谈生意时也经常带着卡珊德拉，因为卡珊德拉的直觉极其出众。

格欧费茵在努力给卡珊德拉自由，教授她自己的所得。所以卡珊德拉才能成长为这样一个眼神明亮、性格开朗又充满自信的女人。

"你说得对，"莉莉丝对卡珊德拉说，"你和现在的格欧费茵女士不同。"

但这应该正是格欧费茵所希望看到的。她不希望卡珊德拉像自己一样，戴着一副严肃的面具。相反，她像尼莫西妮一样，希望自己的女儿不被禁锢，发展自己的天赋，飞向更广阔的天空。

* * * *

队伍在多尔恩待到第八天的时候，合作内容终于敲定了，只剩下一些具体的数据需要格欧费茵和赫卡特再次达成一致。

而莉莉丝她们也到了再次上路的时候。

一个午后，莉莉丝和格欧费茵提出离开的打算。

当时格欧费茵正坐在窗边看书，这是她难得的休息时间。

午后的阳光已经没有那么强烈，桌上摆着味道熟悉的红茶。她戴着一副金框眼镜，正慢慢地翻着书页，无意识皱起的眉头使她看起来有点生人勿近的威严。

"格欧费茵女士，"莉莉丝说，"我是来与您告别的。"

"哦，"格欧费茵回道，"我猜，也应该到这个时候了。"

"您也觉得我们会很快离开吗？"

"当然。"格欧费茵淡淡地说，"若是让通缉犯团体在多尔恩城待太久，这里也会有危险。"

"哦。"莉莉丝笑道，"女士，我以为您是一个仁慈的人。"

"我的仁慈是有选择、有代价的。"

"当然，仁慈本就应该是有选择、有代价的。"莉莉丝静了一会儿，问，"卡珊德拉和您说了吗，她想和我们一起走？"

格欧费茵放下手中的书，取下眼镜，捏了捏自己的眉间："啊，人到了一定年纪，身体就会越来越差，看书也会越来越困难……若知道我有这么一天，我一定不会虚度年轻时的时光。"她看向莉莉丝，"所以，我不会阻拦年轻的女儿们离开。"

第二天清晨，莉莉丝带着伙伴们离开了。

她们离开索尔伯爵府的时候，格欧费茵没有来送行。

卡珊德拉第一次和这么多女孩一起出门，激动不已，她边检查自己的背包边和莉莉丝解释："莉莉丝，我妈妈并不是不想来送我们，只是因为她的身份特殊，不想太引人注目。你看，她把那么宝贵的剑都送给了你。"

她指向莉莉丝腰间挂着的新剑，那是曾经挂在格欧费茵会客室中的镶着魔法石的剑。

"是的，我知道。"莉莉丝抬头看向二楼，格欧费茵就站在书房的窗边看着她们。

卡珊德拉看见母亲，咧开了嘴，用力地对着母亲挥手。她本是很高兴的，但莫名地，她的眼泪流了下来，就像那天莉莉丝和格欧费茵告别时，她在门外边听着母亲的话边擦眼泪一样。她终于成为一个可以离开母亲，踏上自己人生旅程的人。

莉莉丝对着格欧费茵行了一个礼，然后和伙伴们离开了。

格欧费茵望着她们的背影，回忆起之前自己和莉莉丝的对话。

"你找到了很多优秀的同伴。"

"不，格欧费茵女士，并不是我找到了很多优秀的同伴，而是她们本就优秀，却一直被埋没。没有发现她们的优秀，是这个世界的损失。"

当莉莉丝说出那句话时，眼中充满了自信和对同伴的肯定。

这令格欧费茵十分欣慰。

莉莉丝曾经说过："格欧费茵女士，您什么都知道。"

那是当然，格欧费茵想。因为她一直关注着她，关注着她的出生、成长、订婚、与魔兽决斗、成为圣女骑士乃至入狱和逃跑。

她也曾悄悄帮助卡俄斯发展，替她铲除一些障碍，并阻挡那个棕发商人使出的一些不入流的小手段。

而她，成长得比她想象中还要好。

若是尼莫西妮能看见自己的女儿成长得如此好，一定会很高兴。

格欧费茵目送着莉莉丝的队伍远去。

我的女儿们，希望你们前路顺利，平安抵达梦想中的世界。

那只毛线编织的小鸟被珍惜地摆在书桌上，被摊开的诗集停留在某一页：

> 在严酷的未来，
> 你要记住我们的往昔；
> 我是你第一个诗人，
> 你是我最好的诗。[1]

---

[1] 作者注：这是俄国诗人玛琳娜·伊万诺夫娜·茨维塔耶娃为女儿阿莉娅写的诗。

Chapter 37
贵族生活

离开多尔恩城以后，瑟茜决定暂时脱离队伍。

"莉莉丝，我要去魔法师协会了。"瑟茜拉了拉黑色的斗篷帽子，嘴角弯出兴奋的弧度，"等着吧，我会为你带来好消息的。"

在多尔恩城时，瑟茜第一次见到了前所未见的高纯度魔法石，而她展现出的魔法能力也让所有人惊叹。

队伍里，除了瑞吉蕾芙，还发现了三名魔法师。这令瑟茜相当振奋。

在加入莉莉丝团队的日子里，瑟茜没日没夜地教导这些新人魔法师。之前因为缺乏魔法石，新人魔法师只学会了理论，每天默背魔法咒语。到多尔恩城以后，格欧费茵为她们提供了充足的魔法石，使得大家的魔法能力突飞猛进。

告别之后，瑟茜便带着三个魔法师同伴和大量高纯度魔法石离开了队伍。

瑞吉蕾芙依旧留在队伍里，以魔法师的身份保护大家。

她们依然像先前一样，掠夺强盗的财富，学习，锻炼，赶路。

一天，去城里采购的同伴们带回来一个消息——辛西娅公主已经回到伊迪丝城。

听到这个消息，所有同伴都欢呼起来。

在此之前，伊迪丝是一座不确切的梦之城，如同顶在竹竿上的盘子，随时有碎裂的可能。

现在，辛西娅公主平安回到了伊迪丝城，这个盘子才被完整地摆在桌上。

为了庆祝这件事，女人们还从城里买了一些酒，搞了一个小小的聚会。

在一片欢声笑语中，塞赫美特走到莉莉丝身边："你说得对，辛西娅公主真的回到了伊迪丝城，她没有死。"

之前，塞赫美特问过莉莉丝，如果辛西娅公主死了，那该怎么办。那时莉莉丝很肯定地回答——她不会死。

现在，莉莉丝的回复还是一样："是的，她不会死。"

"你从来没有想过，如果她死了，我们该怎么办。"

"如果那样，我会连着她的理想一起，继续朝向我们的理想走下去。"莉莉丝抬起头，笑道，"我相信，如果我死了，她也会这样做。"

"你才不会死呢！"狄赖扬着鸡腿，气愤地喊道，"我们都不会死！"

"好的好的，我们都不会死。"莉莉丝笑着安慰狄赖，"我们全都会长命百岁。"

她们不是一盘散沙，她们是一往无前的，即使有人倒下，也不会阻止其他人继续往前走。

她们永远不死。

＊　　＊　　＊　　＊

辛西娅公主回到伊迪丝城的事在科尔里奇国并没有掀起多大波澜。

尽管大家都想听到"谋反的邪恶公主为勇士所抓"的传奇故事，尽管所有通往伊迪丝城的城市都在严格控制人员出入，但罗纳德和阿普顿两位王子正斗得难解难分，并没有多余的力气来理会这位逃亡的公主，而国王的态度也含混不清……结合以上种种，以辛西娅公主的能力，顺利回到伊迪丝城是再正常不过的事。

即使如此，因为辛西娅公主回到伊迪丝城和女巫们声名远播，一些事情还是发生了一些微妙的变化。

一个清晨，两个高举着双手的女人走进了莉莉丝她们的营地。

她们被丽萨她们用剑指着时，脸上露出了快哭出来的表情："对……对不起，女巫们，我……我们并没有敌意，我们只是代替伯爵向你们的头领传递邀请函，请不要伤害我们。"

"伯爵？"莉莉丝皱眉，"哪个伯爵？"

"维尔博的温士顿·迪福伯爵。"一个女人怯生生地递出一封盖了印泥的邀请函，"他请您去维尔博做客。"

"啊！"听到这个地名，女人们都是一愣，队伍里的伊芳忽然叫出声来，她兴奋地问道，"你们是从维尔博来的吗？"

"是的。"两个女人点头。

"啊，我也——"伊芳还要说什么，纳利塔立刻捂住了她的嘴："伊芳，你不需要和别人说这么多自己的事。"

伊芳抿住了嘴，用力地点了点头，但是眼睛依然闪亮。

两个女人走后，女人们马上收拾东西上路。

"竟然有人专门找上门。"塞赫美特皱眉，"我们现在人数太多，越来越容易被发现了。"

"是的。"莉莉丝拆开信封，拿出里面的邀请函。

里面是温士顿·迪福伯爵的亲笔信，邀请她去维尔博一聚。信中明确地写着受邀请者是"莉莉丝·阿博特"。

这个久违的称呼令莉莉丝觉得有些不适，但也不出意料。女巫们的故事越来越广，早就有人把出逃的莉莉丝和"女巫团体"的领袖联系起来了。

在莉莉丝的印象中，温士顿·迪福是一个低调的伯爵，在辛西娅公主和罗纳德王子的夺位战中也是少见的中立派。

当然，大多数中立派都是见风使舵、明哲保身的家伙，但温士顿·迪福似乎不是这样。人们都在夸赞他把自己的领地维尔博管理得很好，甚至在各地陷入饥荒的时候，维尔博也是少有的安定且平和的地方。

根据女主角路线选择的不同、情节的不同，在某些路线中，温士顿·迪福会倒向女主角所在的阵营——罗纳德王子，或者魔法师弗朗西斯。

当时，所有人都觉得这是一个有力的助力。

莉莉丝对着信纸陷入了沉思。

而这次一切都改变了，她选择了一个前所未有的阵营。所以，这次这个家伙的目标也随之变成了辛西娅公主吗？

这倒不难理解，罗纳德王子瞎了一只眼，还出现了一个对手——阿普顿王子，而阿普顿王子又是一个扶不上台面却被硬扶的家伙。为了制衡两位王子，国王没有对辛西娅公主穷追猛打，辛西娅公主平安回到了伊迪丝。

如果她是一个领地广阔的贵族，也会一边观察罗纳德王子和对手的斗争，一边暗暗与辛西娅公主联系。

温士顿·迪福总是做正确且明智的选择，这也是因为他圆滑地游走于各方势力之间，且拥有一定的资本……

"莉莉丝……"

忽然响起的声音打断了莉莉丝的思绪。

莉莉丝回过神来，看见紧握着手却难耐脸上兴奋的女孩："怎么了，伊芳？"

"莉莉丝，你打算去维尔博吗？"伊芳兴奋地问，"你打算去吗？"

伊芳刚加入团队时，脸上还带着涉世未深的稚嫩，为刚长出来的肌肉而兴奋，现在她的身体比原来强壮了太多，眼神也变得更加坚定、明亮。

这会儿，伊芳的想法都写在脸上。她重复地问道："你打算去吗，莉莉丝？"

莉莉丝笑了："你很想去维尔博吗，伊芳？"

"嗯……"伊芳嘿嘿嘿地笑了起来，她挠了挠头，有些不好意思地说，"其实，维尔博是我的家乡，我觉得那里真的很好，至少，它没有其他地方那么多纷争，也没有那么多欺负人的事。我原来不懂，出来以后才明白，我的家乡确实很好。"

"哦？"莉莉丝问，"所以，你是贵族吗？"

"啊……也不是什么很有名的家族啦。"伊芳说，"就是家里有一小块地，做一点小买卖，然后花钱买了一个连男爵都算不上的名分……"

"准男爵吗？"

"啊，是的。"伊芳不好意思地点了点头。

准男爵是一个脱离贵族体系又与贵族沾一点边的称呼，比起其他贵族，这个可以靠捐钱买到的头衔更像各地的乡绅。

大多数贵族不承认准男爵的贵族身份，准男爵们却认为自己已经踏入了贵族的门槛，与平民不同。

至少有一点是肯定的，能拿到这个头衔的家族家境不错……或者可以说曾经家境不错。

莉莉丝又问："那你为什么要离开家乡呢，伊芳？"

"因为我想成为骑士。但是他们都说这是不可能的，于是我一气之下就离家出走了。"伊芳扁了扁嘴，"我原来比较胖嘛，力气很小，也不知道外面人会这么坏，糊里糊涂就被人骗了。"

"你现在很强了，上次猎杀魔兽时，你冲在前面。"

伊芳娇憨地笑了起来，她扬起自己的胳膊，展示肌肉："和原来比，我现在像换了一个人，我的伙伴看到现在的我一定会吓一跳！他们肯定想不到我会变成这样！"

莉莉丝察觉到了她笑容中满怀的期待和一些说不清道不明的小情绪。

亚尔薇特好奇地问道："伊芳，我从很早就听说过维尔博的名字，它真的很好吗？"

"当然！"伊芳兴奋地夸起自己的家乡，"维尔博是我见过最好的地方，那里所有人都生活得很好、很富足，大家和乐融融，没有欺负人的事。一切都很公平，大家都生活得无忧无虑，没有那么多束缚。"

女人们笑了起来："你把那里说得像天堂一样。"

"与别的地方相比，那里就是天堂！"伊芳捧着脸颊，"我生活在维尔博的时候，从来没有想过原来外面这么黑暗，那里是对女孩最友好的地方。"

"啊……真好。"

大多数人很难想象伊芳说的维尔博是什么模样，但是女孩的夸奖让她们对维尔博产生了强烈的期待。

"啊，如果有天堂，我也想去看看。"狄赖喊道，"我还没见过天堂呢。"

"哦，小狄赖，"贝斯蒂晃了晃手指，"我和塞赫美特走过许多地方，但我们从未见过天堂。"

"天堂啊……"塞赫美特笑道，"我可不认为这世上有真正的天堂。"

"去看看不就知道了？"伊芳不服气，"迪福伯爵是个很明事理的人，他既然发出了邀请信，说不定会帮助我们呢！如果我们联合了迪福伯爵，说不就能变得更强呢。"

"哦，这倒是……"欧诺弥亚思索道，"我们总不能如此漂泊。虽然我们的目的地是伊迪丝，但是如果我们能在此之前得到一个城市的助力，并以此为基地向外发展的话……"

她的话让很多人骚动起来，女人们脸上神情各异，有的点头赞同，也有人的脸上写满了反对。

无论如何，已经有相当一部分人对这个地方产生了好奇和期待。

比起更遥远的伊迪丝，近在眼前的维尔博显然更令人心动。

尤其是经历过多尔恩城的优待以后。

莉莉丝观察着同伴们的表情，心中已经做出了决定。

"那么，小姐，"丽萨问道，"我们要去维尔博吗？"

"去吧，去吧！"伊芳睁着圆圆的眼睛，期待地看着她，"莉莉丝，我们可以去看看！"

"啊，当然，我们有了一定的积累，自然而然会吸引一些想与我们合作的人……"莉莉丝将手中的邀请函折叠好，放进兜里，露出了一丝意味深长的微笑，"既然他已经发来邀请函，而大家又那么期待，那么去看看也可以。"

* * * *

莉莉丝挑选了八个同伴与自己一起去维尔博。

在进城之前，她把剩下的同伴托付给塞赫美特和贝斯蒂，并与她们商议了很久。

离开同伴的时候，狄赖认真地叮嘱两位赏金猎人："塞赫美特、贝斯蒂，我们不在的时候，你们一定要小心，一定要保护好大家和欧若拉！"

"哈哈哈，这可太让我难过了。"塞赫美特笑道，"本来不能去维尔博大赌一场已经让我很伤心了，现在竟然连小狄赖都在担忧我们。"

"好啦好啦，你们难道不知道我们有多厉害吗？"贝斯蒂推着狄赖的背，"都这么长时间了，你们还不相信我们吗？"

狄赖向大家挥着手："如果那里真的是天堂，我一定会给大家带很多好吃的，也会接大家过去的！"

她信心十足的保证令大家都笑了起来："就怕那里太好，你舍不得回来。"

"才不会呢。"狄赖不服气地说，"我不会忘记你们而自己享福，我们可是伙伴。"

"是啊，我有预感，我们很快就会回来。"卡珊德拉歪着头，"毕竟我的冒险可不能刚开始就结束。"

"哦，卡珊德拉，"塞赫美特来了精神，"要不要打个赌，看你们什么时候回来？"

"好呀！"卡珊德拉笑道，"我打赌可是没输过呢！"

贝斯蒂伤脑筋地扶住了额头："真受不了你们这些赌徒。"

女人们一起笑了起来。

若维尔博真如伊芳说的那样和平又美好，她们的漂泊之路也许就能有一个暂时的休憩地。

只是大家一边向往，一边又心怀不安。

进入维尔博的过程比之前去任何地方都顺利。

甚至过于顺利。

守城的士兵看到莉莉丝出具的邀请函之后，马上让人准备了两辆马车。

莉莉丝她们坐上了通向迪福伯爵府的马车。

上车前，莉莉丝先观察了一遍车厢，然后上车，打开窗户，并暗自检查了武器。

小狄赖努力保持警戒，当马车动起来的时候，她身上的肌肉都绷紧了。

"哈哈哈哈，不用这么用力，小狄赖。"卡珊德拉笑着解释，"马车能动是因为马在前面拉车，而不是你用力。"

"我……我当然知道，"狄赖嘴硬道，"我就是在保持必要的警戒，万……万一他们想要害我们怎么办，我还要保护你们呢！"

但很快，小姑娘第一次坐马车的激动就盖住了戒心，她趴在车窗上，入迷地看向外面。

"我感觉自己已经很久没有坐过马车了。"伊芳也是十分兴奋，她看向窗外，"啊，这里还和之前一模一样，明明我离开这里没有多久，为什么现在觉得像很久很久都没有回来过了呢？啊！那是我最爱逛的店，我好怀念啊！"

狄赖问道："哪个哪个？"

"那边，那个红色房顶的屋子，那家店的点心十分好吃。啊……你看见那口井了吗？有一次我在井边往里看，不小心把耳环掉进去了。还有还有，那边那个花坛……"

随着马车的行驶，伊芳开始对着马路边的建筑向马车上的大家介绍自己的故乡。

在伊芳的嘴里，维尔博确实是一个美好的地方，她在这里长大，周围遇见的都是亲切和善的人。而这里似乎印证了她的说法，这座城市看起来比其他城市繁华许多。街道上，人们的表情也比其他地方的人看起来轻松许多。整个城市都处在一派祥和、安乐之中。

"莉莉丝，"伊芳转过头，骄傲地看向莉莉丝，"这里真的很棒吧？"

"比起科尔里奇国大多数地方的话，确实如此。"莉莉丝伸手指向窗外，"那边的小道看起来又窄又深，它通向什么地方？"

"啊，那个地方我不太清楚，"伊芳说，"年轻女孩不会往那边走的，因为大家都说那儿是不干净的地方，所以好人家的女儿都不能——啊！"

说到一半，她忽然像反应过来什么一样，闭上了嘴。

紧接着，这个年轻的女孩脸上露出了一丝迷茫。她忍不住回头，看向那条小道，甚至从窗口探出头去看它。随着她一次次地看向那里，那些自豪、激动与兴奋的神色慢慢退去，取而代之的是带着怀疑的深沉表情。

"怎么了，伊芳？"狄赖好奇地问道，"你怎么不继续介绍了？"

"不，没什么……"伊芳有些茫然地挥了挥手，"我只是突然觉得奇怪，我的记忆和现实好像有点冲突……就是，就是……啊，我不知道……我觉得很奇怪。"

"奇怪什么？"狄赖依然满头问号。

伊芳不知道该怎么回答她，也不知道自己该如何解释。

但幸运的是，她不需要多做解释。

马车停了下来。

她们终于到了温士顿·迪福伯爵府。

莉莉丝她们从马车上下来。

紧随她们之后，第二辆马车也停下了。

克利欧、纳利塔、洁希德和奥特琳也从马车上走了下来。

伯爵府的管家早就等在那里，他毕恭毕敬地对着莉莉丝她们行礼："尊贵的客人们，迪福伯爵吩咐我在这里迎接大家，希望你们能喜欢维尔博。"

随着他的声音，几个仆人马上围了上来。

女人们顿时警戒起来，洁希德和奥特琳的手甚至按住了剑柄。

一个仆人连声道："小姐们，别激动，我们没有恶意，我们只是希望帮你们拿点东西。"

一个中年女仆对她们露出了怜惜的表情："啊，可怜的姑娘们，你们之前是遇到了什么事才会这么戒备，你们过去一定生活得很不容易吧？唉，我们只是想帮你们拎东西，让你们轻松一点。把你们的背包给我们吧。"

"不需要。"莉莉丝回答，"我们带的都是随身物品，自己就可以保管。"

"哦，哦，好的。"那个女仆捂着胸口，露出慈祥的微笑，"你们愿意怎样都可以。既然你们来到了维尔博，这里就是你们的家。我是迪福伯爵府的女仆长，有什么需求你们都可以告诉我，希望你们在迪福伯爵府能像在自己家一样自由。"

突然受到如此热情又恭敬的招待，原本怀着戒心的女人们都有点不知所措，狄赖更是满眼的疑虑。

莉莉丝问："我什么时候能见到迪福伯爵？"

"伯爵还在工作，不过他很期待和客人们见面。"管家说，"所以，在此之前，会由我来接待大家。请放心，我已经为各位准备好了房间。"

女仆长引导着女人们来到房间门前，一间一间地给她们看为她们准备的房间。

打开房间门的时候，几个女人忍不住发出了赞叹声。

在多尔恩城时，格欧费茵对她们的款待已经足够好，但是维尔博的温士顿·迪福伯爵向她们展现出了不一样的殷勤。

格欧费茵的别馆很舒适，房间简单大方，只有墙上悬挂的画和书桌上的插花能为房间增添一点温馨。而现在，出现在她们眼前的房间是花费许多心思装饰过的。

迪福伯爵为她们准备的房间中，以莉莉丝的房间最为奢华。粉色的床帏层层叠叠，放着捧花的桌子上摆满了香甜的点心。

莉莉丝走到衣柜边，打开。

各种款式烦琐的裙子下边是码数不同的高跟鞋。而旁边的梳妆台上摆着油膏和香粉。拉开抽屉，甚至能看见琳琅满目的小饰品。

"自从知道小姐们要来，我们就一直在想怎么招待你们。这些饰品都是女仆们精心挑选的，可能无法与公爵府的珍宝相比，难以令您满意。"女仆长在旁边解释道，"但是我们都希望尽可能地让各位小姐高兴，体会到宾至如归的感觉。"

"哦。"莉莉丝说道，"谢谢，你们辛苦了。"

"伯爵现在很忙，可能晚点才能与您相见。在此之前，小姐们可以在维尔博自由活动。我们为你们准备了女仆，如果小姐们有什么需要，可以和我们说。"女仆长伸出手，介绍站在门口恭敬地垂着头的女仆们，"我们会满足小姐们的所有要求。"

女仆们抬起眼睛，好奇地打量着这些恶名昭彰的女巫。

这时，狄赖已经伸着头好奇地看向抽屉："哇，好多！这里是商店吗？"

她拿起一只发卡，随手别在自己头上，兴奋地问向莉莉丝："好看吗？"

小小的发卡别在小刺猬爆炸般的头发上，看起来有点滑稽，又有一点俏皮。

卡珊德拉她们忍不住笑了起来。

"嘿嘿……"看见同伴笑，狄赖也笑了，她一边笑，一边晃着头照向镜子。

她一摇头晃脑，发卡就掉了下来。

"啊……"狄赖伸出手，拿起发卡，正要再次把它放在自己头上，女仆们围了上来："小小姐，让我们来帮您吧！"

"不……"狄赖身体后仰，"我就是随便试一下……"

但是她很快就被女仆们围住了："小小姐，我们先带你们去洗个澡，然后挑件好看的裙子，好好打扮一下！"

"是的，是的。"女仆长笑着说，"晚上我们为你们准备了丰盛的晚宴，小姐们现在就可以休息，准备一下。"

她是个和蔼的中年人，脸上带着笑容，整个人散发着和善的气息。

"请不要拒绝我们的善意，姑娘们。"女仆长合着手，用温柔的语气说，"看看你们的脸，看看你们的手，啊……你们之前一定过得很辛苦。放心吧，我可怜的女孩们，既然你们来到了维尔博，那么我们就会尽力招待你们，你们也能在维尔博好好休息一下。"

和之前遇到的所有人都不同，她们展现出了一种饱含着真诚的热情。

"放心吧，姑娘们，你们是伯爵的贵客，在伯爵府，我们会按照最好的待遇招待你们。"女仆长指挥着女仆们分散到莉莉丝她们身边，"请在伯爵府体会伯爵小姐的生活吧。"

＊　　＊　　＊　　＊

女仆长说得没错，迪福伯爵府确实给了莉莉丝她们最好的招待。

女仆们周到地服侍着莉莉丝她们沐浴，往她们身上扑香粉，为她们擦干头发、挑选配饰，为她们穿上漂亮的裙子，弯下腰为她们整理衣服。

当女仆们跪在地上为客人们穿鞋子时，很多人脸上都露出了不适的表情。

"不，你们不需要这样，我可以自己穿。"纳利塔想要站起来，但是很快就被女仆们轻柔地按住了。

"小姐，您静静地坐着就好，一切都由我们为您完成。"

女仆跪在地上，小心地抬起她的脚，将它放进精致的高跟鞋。她的动作十分轻柔，像在对待一捧羽毛，可纳利塔皱起的眉头一直没有松开。

狄赖的头发被女仆们抹了发油，原本总是炸起来的头发第一次被捋顺，编成了两条短短的辫子。

换上小洋装的狄赖背着手站在镜子前，好奇地看着自己的模样。

"怎么样，小小姐？"女仆们笑着问，"好看吗？"

"嗯……"狄赖仰起头，轻轻地磕了磕粉色小皮鞋，"还行吧。哦，克利欧，你的头花真好看。"

她装成很熟悉这些待遇的模样，走到同伴身边，与她们说话，同时又忍不住走来走去，装成不在意的模样从镜子前走过，用余光观察镜子里的自己。

想要游刃有余、不露怯却又难掩兴奋的人，不仅仅是狄赖。

除了莉莉丝、卡珊德拉和伊芳，其余女巫在以往的人生中从没有得到过这种待遇。她们一直过着贫苦又普通的生活，手指上长着茧子，脸被太阳晒出了雀斑。她们在街道上看见那些衣着华丽的贵族小姐时，都会忍不住多看她们几眼。

华丽的衣服、精致的妆容、奢侈的配饰和跟在她们身后毕恭毕敬的女仆……一切都彰显着她们与她们的不同。

那是另一种世界的生活，只有在故事中能听到的纸醉金迷与她们触碰不到的潇洒与幸福。

人们对生活不满时，总会抱怨："啊，如果我能出生在贵族家就好了。"

"如果我有钱有地位，我的生活就会不一样。"

所有人都对贵族生活感到好奇，被那些从未经历过的贵族生活吸引。

所有普通人都曾幻想过自己成为贵族的模样，几乎无一例外。

现在，她们有了体会贵族生活的机会。

莉莉丝坐在桌边，托着腮看着自己的姐妹们打扮。

她们现在不是在森林里，而是在物资充足的城镇。

那些在野外时不屑一顾、毫无价值又累赘的东西，在贸易发达的城镇里就变成了可以体现身份地位的增值品。

她的同伴们拎起裙子，穿着高跟鞋，被女仆们簇拥着小心地走到镜子面前看自己的模样。在女仆们的巧手下，她们的脸都带着毫无瑕疵的妆容，搭配着精心编织的头发和搭配出色的衣饰。

"太好看了！"洁希德和奥特琳手拉着手站在镜子面前，"这真是我吗？"

"好像换了一个人一样。"

女仆长笑眯眯地称赞道："哎呀，小姐们本来就很美，如果你们出席舞会，不知道会吸引多少男人的目光呢。"

听到这种夸奖，两姐妹愣了一下，然后交换了一个奇怪的眼神。其他女仆也开始对她们的外表交口称赞，两姐妹感到的细微不适很快就在众人的夸奖中被压了下去。

"公爵小姐，"一个女仆抱来一套华丽的礼服，"您要不要试试这条裙子，它的颜色和你的眸色很配。"

"不需要。"莉莉丝瞥了那套衣服一眼，"反正很快大家就会想念原来的衣服。"

在一旁观察抽屉锁扣的卡珊德拉闻言笑了起来："我也这么觉得。"

"啊？"抱着衣服的女仆疑惑地歪了歪头，"抱歉，您说什么？"

"让我猜猜。三天……"莉莉丝思索着，手指在桌上点了点，"最多不超过五天。"

那个女仆依然没懂莉莉丝在说什么，但那并不重要，莉莉丝也没有打算继续解释。

当天晚上，迪福伯爵府为她们准备了丰盛的晚餐。

狄赖喝了一口肉汤，双眼冒光："好好喝。"

"这是维尔博的特产海鲜白汤。"伊芳解释道。

"是的，不愧是维尔博出身的伊芳小姐，"女仆长解释道，"这道汤是用蛤蜊和鲜虾熬制之后，再加以牛奶和香料……"

这是狄赖第一次喝到这种味道的汤。在野外时，大家只能对食物简单烹饪，而之前待过的多尔恩城又是物资并不充裕的矿产之城，不像维尔博这样物资充足，能拥有极多的食材和处理食物的香料。

狄赖来不及听她解释，捧起碗咕咚咕咚地喝了起来。

她的吃相令女仆们忍不住偷笑。女仆长合拢双手："啊，小小姐，您一定受了很多苦，才会露出这样的吃相。"她掏出手帕，轻轻地为狄赖擦脸，"可怜的小姑娘，从今天起，您可以在迪福伯爵府快乐地生活，想吃什么就吃什么。"

狄赖一只手挡住她的手帕，另一只手去拿桌上的羊排："等一下，等一下，我还没有吃完呢。"

"哦，小小姐，那个羊排不是直接用手拿的，要用刀叉……等一下，我来教你……用刀切，用刀切……"

几个女仆慌乱地拥到狄赖身边，教她使用刀叉。其他女巫也歪着头学习刀叉的使用方法。当使用得不对时，女巫们就会互相打趣，然后大笑。

莉莉丝听见女仆们在她们身后小声讨论："这些女巫好像没有传言中那么可怕。"

"是啊，我原本以为她们会像林塞山脉的女巫一样凶残。"

莉莉丝转过头："林塞山脉？"

"啊，不。"女仆们慌张地晃着手，"我们没有别的意思，您是我们尊贵的客人，自然和那里的女巫不同。"

晚餐很快就结束了，之后是卸妆、沐浴、休息。

当一切都结束的时候，狄赖穿着有层层蕾丝的粉色睡衣倒在松软的床上，深深地吸了一口气："好香啊。"

"感觉怎么样？"莉莉丝侧过身，看着女孩，"你喜欢这里吗？"

"嗯……还好吧。"狄赖说，"其实原来我看见那些穿着漂亮裙子的女孩时都很羡慕她们，因为她们看起来很受宠爱。"

她仰起头，冲莉莉丝笑道："真没想到，有一天我也能穿上这种裙子。"

莉莉丝问："那你感觉到自己受到宠爱了吗？"

"嗯……我不知道，我原来很嫉妒那些穿洋装的女孩，但是现在那么多人喜欢我，我就不羡慕她们了。"狄赖眨了眨眼睛，"不过，我还是想试一试这些漂亮裙子，虽然这些裙子很奇怪，它们很沉。"她挠了挠睡衣的蕾丝边缘，"这些边边硬硬的，磨得我身上有点痒……"

莉莉丝弯了弯嘴角。

卡俄斯有服装店，所以她对面料也有一些了解。在同伴们购买衣服时，她总是会建议大家选那些柔软又耐磨的面料。比起华而不实的蕾丝，当然是她们原来的衣服更令人感到舒适。

莉莉丝问："你喜欢这些衣服吗？"

"嗯……我还不确定，"狄赖打了个哈欠，"它们很好看，我从来没有穿过这样好看的裙子，穿上以后，大家都在夸我……虽然我觉得那些夸奖……"

身边的女孩很快就在碎碎念中睡着了。

莉莉丝躺在床上，看着床顶层层叠叠的蕾丝床帏。她已经很久没有睡在这样华丽的床上了。月色透过大落地窗洒满屋子，在宽大的衣柜、奢侈的梳妆台上投下一片片阴影。

这像她的生活，又不像她的生活。

前进的道路并不是只有艰辛的关卡，有时候道路的分支上也会摆满甜蜜的祭品。

随着她们的强大，她们总有一天会接触到那些甜蜜的诱惑。

那是她们之前从未接触过的世界、曾经幻想并向往过的生活。

所以，她们应该亲身体会一下这个"天堂"是不是她们真心想要的。

莉莉丝又检查了一下藏在枕下的匕首，然后慢慢合上了眼睛。

第二天清晨，刚起床的女巫们马上被女仆包围。女仆们帮助她们洗漱，挑选裙子、首饰、鞋子，打理发型。昨天没有换上裙子的莉莉丝与卡珊德拉也因为衣服被拿走"清洗"，不得不换上裙子。

"今天我们可以换一条其他款式的裙子，那是不同的风格呢！"女仆长笑着对女巫们眨眼睛，"你们会比昨天更好看。"

对于这样的热情和漂亮的裙子，女巫们露出了迟疑的表情。

"还要穿那样的鞋吗？"洁希德说，"我的脚有点痛。"

"哦，可怜的小姐，您原来过的都是苦日子，所以您的脚还没有适应这样的鞋，等您适应了，就不会觉得痛了。"

"每天都要在脸上涂粉？"奥特琳摸了摸自己的脸，"我感觉我的脸闷得透不过气来，好像还长了几个痘痘。"

"那是您的皮肤还不习惯这些珍贵的配方，所以会有一些排毒反应。"女仆长说，"我们给小姐们用的香膏都是最好的，只要坚持下去，你们就能拥有最光滑的皮肤，你们也能变成真正的贵族小姐的样子。"

"我们的武器呢？"卡珊德拉说，"穿着这种裙子不适合佩带武器。"

"别担心，小姐们，女仆会为你们拿武器。"

"我们可以自己拿——"

"不不不，怎么能让小姐们亲自拿这些东西呢？"女仆长指挥着女仆们拿起女巫们的武器。

莉莉丝看了一眼守在卧室门口的骑士，没有作声。

所有的质疑都被巧妙地化解，女巫们再次被请到了梳妆台前。

一行人梳妆打扮后，伯爵府为客人们准备了丰盛的早餐。

然而女巫们并没有吃下去多少。

比起昨天初次见面，今天女仆们显然在束腰上加了点力气。这让女巫们失去了说话的欲望，餐厅里安静了不少。

女仆来端走盘子的时候，狄赖还在关注盘子里剩下的食物："你帮我收好，我中午会回来继续吃的。"

"哦，不要担心，小小姐。"女仆看向狄赖的眼神中带着一丝同情，"中午厨师们会做新的食物，在这里，你每天都会吃得很饱。"

"那这些剩下的食物呢？"纳利塔问。

"不用担心，我们会把它们倒掉的。"

"可……可是，这些是农民辛苦种出的小麦、养出的家畜。"纳利塔说，"这几年粮食歉收，很多人都被饿死了。"

"别担心，女士，"女仆说，"这里是伯爵府，我们不会饿死。"

"是啊……"纳利塔愣了一下，转头重新打量这个奢华的餐厅，喃喃自语，"这里是伯爵府。"

"哦——"女仆长感慨了一声，拖长了声音，饱含感情的语调说道："我可怜的小姐们，我知道你们过去受了很多苦，但是现在不一样了，你们来到了迪福伯爵府，你们会在这里得到很好的照料，像贵族一样。"

狄赖问："伯爵小姐每天干什么？"

"哦，伯爵小姐过的可是非常悠闲的生活。"女仆长解释，"每天早上，她们都会吃一顿丰盛的早餐，然后去庭院里散步，吃一点早茶，看一会儿书，之后吃点午饭睡个午觉，然后散步，喝一些下午茶。吃完晚饭，她们会沐浴，做皮肤保养、按摩，最后睡觉。"

"只有这些吗？除了吃饭就是睡觉？"狄赖问。

"不不不，当然不只是这些，还会有一些私人课程，比如舞蹈和礼仪。大家还会举行下午茶聚会、聊天、参加舞会，有时也会出去逛街，买一些合心意的小东西回来。总之，小姐们能体验到丰富多彩的生活。"女仆长笑道，"而且为了应对不同场合，小姐们需要换不同的衣服。不过，无须担心，你们需要的所有衣服，我们都准备好了……啊，小姐们，你们在这里多待一阵就能知道了，维尔博绝对是最适合女人生存的地方，和你们之前待着的地方都不同，这里所有人都很尊敬女性。你们可以把这里当成家。您也这样觉得吧，伊芳小姐？"

"啊……嗯。"伊芳愣了一下，然后歪着头迷茫地点了点，"是……是的。"

"既然如此，"莉莉丝说，"那你就带我们参观一下迪福伯爵府吧，我想看看伯爵府的草坪养护得怎么样。"

"如您所愿。"女仆长笑道，"虽然这里不如公爵府那样豪华，但应该不会让您失望。"

这个看起来毫无防备的中年女人开始带着女巫们参观伯爵府。

先是餐厅、厨房、会客室，然后是户外。

除了守卫的骑士，每个见到她们的人都会向她们点头示意，并微笑。

"嘿，科里，今天过得怎么样？"女仆长与为马清理身体的马夫打完招呼，带着满面的笑容转身，看向莉莉丝她们："小姐们，也许你们已经注意到了，在迪福伯爵府里，所有人脸上都挂着知足的微笑。我们由内而外地感到满足，因为这里是最好的地方。"

顺着庭院走下去，是一片平地。

伯爵府的骑士们正在晨练，对打或者劈砍木桩、假人。

"哦！"洁希德和奥特琳的眼睛亮了起来，"这个不错！"

"是的，他们很不错。"女仆长笑道，"维尔博的骑士实力非常强，所以他们一定能保护好尊贵的客人。"

"喂，"洁希德和奥特琳跃跃欲试地问道，"我们能和他们打一架吗？"

"啊？"女仆长愣了一下，随即笑出了声，"小姐们，你为什么要和骑士打架呢？"

"练手。"

"试试谁强。"

洁希德和奥特琳下意识地去摸自己腰间，但是很快她们就发现自己腰间是空的。这些漂亮的裙子并没有预留让她们挂剑的地方。

骑士长很快递来了两把木剑，并派出两个骑士出战。

那两个骑士对着两姐妹行礼："请吧，小姐。"

洁希德和奥特琳毫不客气，手持木剑攻向那两个骑士。

经过这段时间的磨炼，两姐妹的剑术已经非常出色。但是笨重的裙子和高跟鞋拖累了奥特琳的脚步，她向前冲时踩到了自己的裙子，没控制住，向前倒去。

与她对战的骑士扶住了她："没事吧，小姐？"

奥特琳猛地推开他，懊恼地看向自己的裙子。

而另一边，洁希德的木剑已经刺中对战骑士的胸口。

洁希德的脸上丝毫没有胜利的喜悦，她冷冷地问道："你为什么不抵挡？"

对于袭来的洁希德，那个骑士没有扬起剑，也没有丝毫躲闪，他胸口的护甲已经因为洁希德的这一击而凹陷下去。即使有护甲保护，受到这种冲击应该也是很痛的。

但那个骑士只是仰起头说道："我的剑是为了保护小姐们而用，我不能对美丽的小姐挥剑。"

女巫们集体沉默了，她们默不作声地扫视着面前的一切。

"天哪！这是多么浪漫的话语。"女仆长捂住胸口，"真是优秀的骑士，这太令人心动了，他一定能成为小姐们最好的保护者。"

她对着女巫们张开手臂："看到了吗，小姐们，我们的骑士可以在您摔倒时扶住您，也能在您攻击时放下武器，从此以后，你们不用再那么辛苦，娇嫩的手不用再拿起刀剑，因为我们的骑士们会用生命保护你们。"

"小姐们，请问，还继续吗？"骑士长问道，"如果你们还想继续，我们依然可以配合你们。"

这次，没有一个女巫应声。

Chapter 38

维尔博

女巫们很快就明白伯爵府的生活是怎样的了。

她们有许多漂亮裙子和首饰，女仆们每天为她们梳妆打扮，帮她们穿裙子、打理头发。她们有一定的自由，可以在伯爵府里散步，可以在草坪上喝下午茶，厨房总会为她们准备各种美味佳肴。

她们得到的东西在增加，但她们自己的东西在减少。

开始是她们换下来的衣服。

"对不起，小姐们，你们的衣服在洗涤过程中坏掉了，作为替代，我会为你们找来更美的裙子。"

"小姐们，是我们为你们准备的衣服不够让您满意吗？"

"不不不，那样的裙子可不行，你们可是尊贵的客人，应该穿最好的衣服。"

接着，她们的武器也消失了，取而代之的是木剑。

"那些武器太重了，带着它无法很好地服务你们，所以我们先把它们收起来了。"

"如果你们想和骑士们对战，用木剑就可以了。"

"放心吧，等你们走的时候，我们一定会把武器还给你们的。"

最后，木剑也消失了。

"伯爵府很安全的，并不需要武器防身。"

"仔细想想，木剑也很难防身，不是吗？"

"不用担心，我们有很多尽职尽责的骑士，他们会保护你们。"

随着各种宽慰的话语而来的是许多骑士。他们如影随形地跟在女巫们身后。

"看看这些骑士，"女仆长笑着说，"他们让人多么有安全感啊，这才应该是小姐们的生活。"

周围的人总在说"太好了太好了""你们不用那么辛苦了""你们现在的生活多令人羡慕啊""你们过去太可怜了""开心吗？开心吧，你们现在一定很快乐"。

随着待遇升级，女巫们的心情越来越糟。

虽然女巫们并没有做出攻击性的行为，但所有人都能感觉到她们的低气压。她们脸上的笑容逐渐消失，越来越频繁地询问什么时候才能见到温士顿·迪福，狄赖还为此发了几次脾气。

她们得到的回答总是一致的——"非常抱歉，温士顿·迪福伯爵也很想见到你们，他已经抓紧处理事务，但他实在是太忙了。真的非常抱歉，小姐们。"

而询问她们什么时候可以离开时，得到的回答也大同小异——"为什么小姐们这么急着走呢？是我们做得不好吗？如果留不住伯爵重要的客人，我们一定会受惩罚。小姐们，如果哪里做得不好，你们可以和我们说，但是请不要说离开。"

女仆们与她们朝夕相对，尽心尽力地服侍着她们。对她们笑脸相迎的女仆们卑微地解释着，眼眶里带着泪水，战战兢兢，弯着腰对她们鞠躬，语气中带着祈求与讨好。

明明这些女仆手无寸铁，自己是被祈求的一方，女巫们却感受到了莫大的压力。本来正常的选择变成了浸满血的棉花，沉重得令她们无法说出口。

最后她们只能违背自己的意愿说："好吧，那再等一等。"

当然，妥协的原因不仅仅是女仆，还有无处不在的骑士们。

女仆长也注意到了她们的焦躁，她甚至同意了莉莉丝的要求，为女巫们准备了一次逛街购物缓解焦躁。

当然，在那次购物的过程中，女仆们和骑士们依然跟在她们身边，为她们拎东西、保护她们。

维尔博的街道繁华程度不亚于费尔顿城，整个购物过程异常"轻松"。

女巫们想要走进一家商店，总有男人先一步为她们打开门。她们在餐厅入座时，椅子也会先一步被拉开……她们受到这些优待的时候，那些人总是用相同的笑容解释："女士优先。"

因为她们是伯爵府的贵客，所以她们看上什么就能买什么，想吃什么就有什么。又因为小姐的手不能拎太多东西，所以她们挑选的衣服和武器又到了女仆和骑士手里。

而在逛街的过程中，温士顿·迪福伯爵的名号一直在大家耳边传颂。

"我们能生活得这么好，多亏温士顿·迪福伯爵。"

"只有在维尔博我们才能看到这种景象。"

"看看外面那些乱成什么样。唉，幸好我生活在温士顿·迪福伯爵的领地。"

…………

发现她们是外地人后，人们更加频繁地对她们赞美温士顿·迪福和他的领土。

看得出这里的人是真心热爱维尔博，并庆幸自己生活在这里，这种情感就如同街上的女人对她们投射来的充满羡慕的目光一样真实。

"伊芳，温士顿·迪福伯爵真的那么好吗？"狄赖问。

"啊……"伊芳张了张嘴，却没有说出话来。

她有些疑惑地摸了摸自己的脖子，若是以前——哪怕是回到维尔博之前，别人问她这个问题，她一定会毫不犹豫地回答："当然了，维尔博是世上最好的地方，温士顿·迪福伯爵也是一个好贵族。"可不知道为什么，现在，她无法理所当然地回答这个问题。

而她们面前的小贩先一步回答了这个问题："小姐们，那就说明你们不是本地人，只要是生活在维尔博的人，就知道这里有多好。你们肯定知道现在外面多么乱。别的不说，就是东边那座女巫山也够吓人了。"

"东边？"莉莉丝问，"是通往通恩的那条路吗？"

"是啊。"商贩啧了一声，"原本山上有条近路，可以通向通恩，但自从那座山被一群女巫占据，人们就不得不绕道而行。现在粮食越来越贵，一定是因为前往通恩的道路被阻断了……啊，那些可恶的女巫，不仅到处杀人掠夺，还霸占了整座山！怪不得山上出现了那么多魔兽，有了邪恶的女巫，才会出现邪恶的魔兽。哎，不住在维尔博的人都会被饿死吧？幸好这里是温士顿·迪福伯爵的领地，伯爵会保护我们，真希望骑士们能早日杀死那些邪恶的女巫！"

听见商贩忽然开始辱骂女巫，跟在莉莉丝她们身后的女仆们变了脸色："小……小姐们，买完东西，我们就去下一个地方看看吧，维尔博很大，还有很多有趣的地方。"

"好的，小姐，这是你们需要的东西。"商贩将克利欧挑选的纸笔递了过来。

女仆马上伸手去接，克利欧同时抓住了本子的一角："这个我可以自己拿。"

在争夺的过程中，本子上的羽毛笔掉到地上，咕噜咕噜地往外滚动。

路上走来一群人，那支羽毛笔碰到了一个人的鞋子，停了下来。鞋子的主人停了下来。

"这是您的笔，女士。"那个男青年从地上捡起羽毛笔，露出阳光般的笑容。

他将羽毛笔递给克利欧，然后和其他人一起离开了。

克利欧拿着羽毛笔，愣愣地看向那群男青年。他们抱着书本，穿着统一的制服，青春洋溢，看起来和她年纪相仿。

"他们很帅气吧？这些孩子都是维尔博神殿的学生。温士顿·迪福伯爵特别为孩子们准备了在神殿学习的机会，虽然维尔博神殿比不上费尔顿城的神学院，但这些孩子以后也很有前途。"一个女仆笑着说，"说起来，您和刚才那个青年年纪相仿，如果下次再遇到，说不定会成就一桩好姻缘呢。"

克利欧瞥了一眼那个女仆，没有说话，低下头检查自己的羽毛笔。

这原本只是一段小插曲，但是很快它就不只是插曲了。

先是那天与洁希德和奥特琳对战的两个骑士出现在她们卧室门口，成为她们的专属护卫。每当两姐妹出行，那两个骑士总是跟在她们身后。

而看到这一幕的人总是窃笑，原本紧跟在她们身后的女仆也会与他们拉开距离，给两姐妹和两骑士创造相处的空间。

紧接着，一天上午，女仆长把一个穿着制服的年轻男人带到克利欧面前："快看啊，克利欧小姐，您看这是谁？"

"谁？"克利欧愣了一下，皱着眉打量他。

"这就是维尔博神殿的学生，上次你们在街上遇见过，他还帮你捡过笔呢。"女仆长拍着手，脸上笑开了花，"他是神殿的优等生，我们特地请他过来，为您教授文学课程。"

"你好，克利欧小姐，"那个年轻男人把手放在胸前，对着克利欧鞠躬，"你可以叫我亚历山大。"

女仆长对着克利欧挤了挤眼睛："来打个招呼吧，小姐，你们会一起度过愉快的时光。"

克利欧并没有迎上前，相反，她后退了一步，靠在桌边，握紧了桌角。

伯爵府准备的惊喜并不止于此。

一天，莉莉丝和同伴们在庭院里散步时，一个拿着工具箱的男杂工"不小心"撞到了伊芳。

"对不起，小姐，"那个杂工一边道歉，一边用手抬起自己的草帽，"我没有看路。"

看清他的脸后，伊芳睁圆了眼睛："巴泽尔？！"

叫巴泽尔的男人也露出了惊讶的表情："伊芳……小姐？"

那一瞬间，伊芳的脸上露出了一种奇特的表情，当初在说维尔博时她露出过相似的表情——激动、羞涩、怀念。

"你们认识吗？"卡珊德拉问。

"对，巴泽尔的父母在我家工作，我们从小一起长大。"

听到伊芳的介绍，巴泽尔扯了扯嘴角，弯腰向莉莉丝她们行礼："很荣幸见到你们，小姐们。"

伊芳的眼睛闪闪发亮："巴泽尔，你为什么会在这里？"

"最近我的一个在伯爵府工作的朋友家中有事，请假回家了，于是我来替他工作。"巴泽尔解释道，"没想到在这里能见到您。"

"哦吼，"莉莉丝笑道，"这可真巧。"

有这种巧合一点都不奇怪，维尔博是伊芳的故乡，了解她的信息、找到这个能令她眼中闪着星光的人再容易不过。

伊芳依然沉浸在与旧朋友相聚的快乐中："哎呀，太好了，我从来没想到能在这里遇到你，这可太棒了！你知道吗，我一直想和你讲我这段日子的经历。"

她张开手臂转了个圈，然后对着巴泽尔弯起手臂，显示上臂的肌肉："你看，我是不是变了很多？我瘦了，还有肌肉了！"

"啊，嗯。"巴泽尔瞥了莉莉丝她们一眼，点头，"您确实变了很多，伊芳小姐，我也想听您这段时间的遭遇，但是看起来……您似乎还有事。"

"嘿嘿，是的，我们在散步。不要紧，你先去忙吧。"伊芳开心地对他摆了摆手，"反正你现在在伯爵府工作，下次有空我去找你。"

和巴泽尔告别之后，伊芳心情极好，她脚步雀跃，甚至开始哼歌。

"他是个什么样的人？"莉莉丝问。

"啊，"听到这个问题，伊芳的脸开始泛红，"巴泽尔的父亲在为我家跑腿，所以经常带着他出远门，所以巴泽尔懂得很多。每次回来，他都会和我讲他们在外面遇到的故事。那些故事可太精彩刺激了——他曾经遇到过魔兽呢！"

"魔兽？"狄赖来了精神，"那他打赢了吗？"

"当然打赢了，他们……"伊芳的话说到一半，忽然停下，她歪着头想了想，然后大笑起来，"哎呀，他那时候吹牛了，真正的魔兽可不是他遇到的那副样子。"

狄赖撇了撇嘴，把手背在脑后："原来是个吹牛鬼。"

"是的，他是个吹牛鬼。"伊芳笑道，"但那时我无法离开维尔博，所以我总是盼着他回来给我讲外面的经历。他给我讲故事的时候，是我最快乐的时光。"

"哦，我懂我懂。"卡珊德拉连连点头，"我小时候也总是和那些商队的人搭讪，让他们给我讲他们在外面遇到的事情。"

"啊，是的。"伊芳捂住通红的脸，"我原来一直觉得巴泽尔像一个真正的骑士，他是那么与众不同，经历了那么多惊险有趣的故事，还把那些故事都讲给我听，就好像……就好像我是他的公主，总有一天，他会带着我私奔，离开维尔博，去惊险刺激的'外面'，一起冒险，一起探险。可他总说，我这样的娇小姐是适应不了外面的生活的，所以……嗯，后来……后来，在听到女骑士的故事以后，我就鼓足勇气跑了出去，然后遇到了你们。"

狄赖说："你根本不需要那种吹牛鬼，我们现在就在一起冒险，一起探险，我们还斩杀了真正的魔兽！我们可比他厉害多了！"

"对呀。"伊芳嘿嘿嘿地憨笑，"我一直想让他看看我现在的变化有多大、我有多厉害！"

"对，对！"狄赖叉起腰，连连点头，"你一定要让他好好看看，看看你有多厉害！"

"如果那是你未完的心愿，你就去告诉他吧。"莉莉丝说，"他不是你的骑士，你也不需要任何骑士。"

伊芳兴高采烈地离开了。

但她这次离开的时间非常长。直到午饭时，伊芳都没有回来。

整个餐厅寂静无声。

女仆们在端菜时，抬起眼睛观察莉莉丝的表情。她冷着脸抱着手臂，满脸的戾气。

以往吃饭时，所有女巫都会聚在一起，这是第一次有人缺席。

所有菜都上完，依然没有人拿起刀叉。餐厅里充满压抑、令人难以忍受的氛围。

"小姐，"一个女仆小声提醒，"这是最后一道菜，可以用餐了。"

"用餐？"莉莉丝瞥向她，"人还没齐呢，用什么餐？"

那个女仆马上低下了头，餐厅再次恢复安静，只是气氛更加压抑。

"怎么不回答我的问题，"莉莉丝提高了声调，"我们的人呢？"

女仆长干笑着走过来打圆场："哎呀，公爵小姐，您先消消气，您是我们尊贵的客人，如果我们哪里做得不好，请您告诉我们，我们一定会改的。"

莉莉丝拍桌而起，瞪向她："我们的人呢？伊芳呢？"

"啊，伊芳小姐啊，"女仆长说，"请您不要担心，她遇到了以前的朋友，现在正在和朋友聊天呢。"

"哈，听听你们的话！"莉莉丝大发雷霆，伸手甩掉了餐桌上的盘子，踢倒了餐椅，"你们在做什么？你们搞来一些乱七八糟的男人靠近我的姐妹！温士顿·迪福就是这么招待客人的吗？"

餐具碎裂的声音吓得女仆们一阵哆嗦，有人下意识想要出去呼救，其他女巫已经手握餐刀站了起来，戒备地看着她们。

和生活在维尔博的人们不同，曾经挑战过生存极限的"女巫"们一旦释放出敌意和杀气，就令人心生畏惧。

女仆长后退了一步，双手无措地摊在身前："那您需要什么呢？"

"把我的剑给我，"莉莉丝说，"我要杀了那群碍眼的男人。"

女仆长干笑道："不，小姐，我无法那样做，请不要为难我。"

"要是你不能做决定，那就让能做决定的人过来！"莉莉丝将餐刀指向女仆长，"去和温士顿·迪福传句话，我严重怀疑他的诚意，如果他连见我一面的时间都没有，那么我们没有任何必要待在这个鬼地方！"

听到"鬼地方"这个词，不少女仆脸上露出了愤愤的表情。

"好的，好的，我会去说。但……但是他们现在不在府里。"女仆长的声音开始打战，"小姐们，你们可以先放下刀子，继续吃饭，不……不要耽误了你们美好的午饭时光。"

"继续吃饭……在这里？"莉莉丝瞥了一眼狼藉的餐厅，"不，我受够了这种封闭的小空间，这里简直令人食不下咽！"

为了解决吃饭的问题，女仆长连着想了好几个解决方案。在她说到第四个方案的时候，莉莉丝不耐烦地挥了挥手，以肚子饿听不下去了为由接受了。

餐桌被摆在伯爵府后的草地上，前来“保护”她们的骑士比以往多，但是一旦他们靠近，女巫们就会声色俱厉地警告他们。

“看什么看！都给我转过身去！”狄赖举着餐叉喊道，“小心我戳瞎你们的眼睛！”

等把那个靠得过近的骑士骂远，她才气呼呼地把餐叉拍在桌上：“啊，我受不了了！莉莉丝，我们什么时候才能离开这里？”

“我也觉得我们在这里待的时间太长了，”纳利塔叹道，“也许我是天生的劳碌命，我也受不了这里的生活，我无法成为贵族小姐，我想快点走。”

听到有人支持自己，狄赖更加委屈了，她噘起了嘴：“是的，这里太无聊了，我想回去。我想塞赫美特和贝斯蒂她们了，她们一直在等我们呢。如果你们喜欢这里，那我就自己走！”

克利欧问：“可是……我们怎么走呢？”

她们的武器被拿走了，她们被换上了沉重的衣服，她们身后总跟着女仆和骑士。这像一个死局。

莉莉丝看向自己的同伴。她经历了很多次真正的死局，在那些时候，局中人都心如死灰，认命地放弃了挣扎。他们的眼神是空洞的，面容是枯槁的，眼神是麻木的，如同被火烧焦的枯木，毫无生机。

现在，她的同伴们并不是这样。

纳利塔压低声音：“我观察过马厩的位置，里面有几匹状态不错，我们只需要四匹马就可以离开这里。”

洁希德和奥特琳对视了一眼，也说道：“我们知道骑士的换班时间，大家都以为晚上适合行动，其实白天换班时才是他们最松懈的时候，因为他们有统一的吃饭时间。”

“女仆们很怕我们，她们总是和我们拉开距离，今天以后，她们应该更不愿意靠近我们了，这一点也可以利用。”

“说起来……”卡珊德拉摸着下巴，“我观察过这里的门锁，构造并不是很复杂，我可以打开。”

“啊……”刚才提问的克利欧按了按胸口，“其实之前在坐马车和出门的时候，我记录了维尔博的路况，我们可以规划出从伯爵府到城门的路线。”

看吧，看吧。莉莉丝笑了起来，她就知道，她的伙伴们不会令她失望。女巫们即使被困住，也不会自怨自艾，而是会想尽方法找出新的通向自由的路。

“姐妹们，”莉莉丝终于开口说话了，她的声音虽然低，但却传到了每个女巫的耳朵里，“既然来到了这里，怎么能空手而归？这里可有我们需要的东西。”

女巫们的餐桌摆放在翠绿的草地上，她们只需要微微抬头就能看见伯爵府主楼的全貌。

"我们的目标是伯爵府二楼右侧第三个房间。是的，就是挂着深紫色窗帘、半开窗户那间——那是温士顿·迪福的书房，他经常躲在窗帘后观察我们。"莉莉丝耸了耸肩，"温士顿·迪福大概觉得观察我们很有趣，但我觉得他书房里的东西更有趣。所以，我们可以把那些东西偷出来。"

女巫们的眼睛亮了，她们原本以为自己失去了主动权，可现在看来，所有人都在努力利用自己的能力，掌握自己能操控的东西——包括她们的领导者。

"所以，闹起来吧，女巫们。"莉莉丝轻轻地笑了起来，"我们可以尽情发泄自己的不满，直到温士顿·迪福从那间小书房出来为止。"

＊　　＊　　＊　　＊

这次午餐过后，迪福伯爵府的仆人们终于看到了女巫们的另一面。

她们开始无视规则，踢掉高跟鞋，赤着脚到处行走，以舒服自在但不优雅的姿势活动。她们大声说笑，肆意喧哗，大口吃肉，在房间里锻炼身体，练习格斗。

首饰被随手扔到边角，裙子更是散落在各处。

女仆们的工作量暴增。她们跟在女巫们身后，收拾着女巫们弄乱弄坏的东西。而她们一个不注意，女巫们就会消失。她们行动敏捷，随时可能从窗口跳出，跨过栏杆，跃过草丛。

甚至连骑士都无法盯紧她们。

一个女仆推开门，看见房间里的景象，差点晕过去。

屋子里能拆的东西都被拆了，各种形状的零件散落一地，被抠出宝石的首饰散落在各处，小裙撑缝在大裙撑上，上面还画了一张娃娃的笑脸。

洁希德正在为小裙撑盖上假发，奥特琳则在大裙撑上画一把剑。

多余的蕾丝和面料被剪碎，散落在地上，随着开门带起的风飘起。

女仆差点晕过去："小姐们，你们在干什么？！"

"哦。"坐在零件中间的卡珊德拉和狄赖一起抬起头，前者手上还拿着未拆完的壁钟，"我在和狄赖讲解壁钟的原理。"

"不，不，我不是说这个……"女仆抿了抿嘴，目光落在狄赖身上，"小小姐，您这样做，会让我们为难。"

"为什么？"狄赖歪着头问，"你们不是说让我们把这里当成自己家吗？"

"因为我们要把这里收拾干净。"女仆回答，"坏了这么多东西，我们会被罚的，请您怜悯怜悯我们吧。"

"好呀，那就让罚你们的人过来。"狄赖说，"让我来问问他，明明是伯爵不见我们才让我们闷得难受，明明是说了让我们随便，又为什么要罚你们？"

女仆愣了一下。她本以为，经过这段时间的相处，年纪最小的狄赖会因为她的祈求而怜悯自己，收敛一些，却没有想到狄赖完全没有想到压抑自我，而是把矛头对准了伯爵。

"狄赖说得有道理，"洁希德和奥特琳笑了起来，"快让迪福伯爵出来吧，今天我们只是拆些小东西，明天可不一定会拆什么。"

"是的，让我们亲自和迪福伯爵谈谈！我们不会让伯爵惩罚你的。"

在女巫们的大笑声中，女仆涨红了脸，默默地退出了房间。

很快，女巫们的恶行就在女仆中间流传开来了。

抱着衣服和杂物在走廊里行走的女仆们低声抱怨着："这些女巫到底是怎么回事？"

"伯爵府对她们那么好，她们却那么野蛮。"

"你听见她们吃饭时的声音了吗？刀叉与餐盘碰撞，发出那么大的声响，一点礼仪都没有。"

"她们怎么能那么疯？说话声音那么大，笑声那么粗野，一点都不像淑女。"

"女巫就是女巫，给她们穿再好的衣服、戴再美的首饰，她们也没有办法变成安静的贵族小姐，如果她们安静一点——"

说话的女仆忽然停顿——她们的肩膀被人搭住了。

莉莉丝的声音从她们背后响起："说什么这么开心？"

被她搭住肩膀的两个女仆都僵住了。

"你们好像有很多抱怨啊。"那个声音带着笑意，"那可真是不好意思，伯爵府实在太无聊了，我们只能自己找点乐子。嗯……现在只是小打小闹，若是伯爵府不能给我们提供更有趣的消遣，我们也不知道自己会做出什么事，毕竟我们是邪恶的女巫。"

搭着她肩膀的手收了回去，手掌在她们肩头拍了拍："我不认为温士顿·迪福特意给我们发邀请函，仅仅是为了让我们在他的府邸住下。若是我们的耐心到了极限，闹出什么大事，大家都不好收场，不是吗？"

女仆们一动不动，满脸惊恐，直到莉莉丝从她们中间穿过。她们盯着莉莉丝，连大气都不敢出，希望她快点离开。

可莉莉丝没走两步就站住了："啊……还有，你们知道什么东西最安静吗？"

女仆们不敢对上莉莉丝的红眸，她们抱紧怀中的东西，用力地摇了摇头。

莉莉丝扬起嘴角："死物。"

听到这个词，女仆们的呼吸忽然一滞，她们一时间无法理解它所指为何，她们只是感到不寒而栗。

女巫的做法很快取得了成效。第二天晚上，许久不见的管家终于在晚餐时出现了。

女巫们在餐厅大快朵颐，她们用叉子插起整块肉排，像喝水一样将红酒一饮而尽。

管家站在朱红色的地毯上，一脸恭敬、和善，用无可挑剔的姿势弯腰行礼："好久不见，女士们，你们最近过得还好吗？"

"真的是好久不见。"莉莉丝放下刀叉，刀叉轻轻落在盘子上，没有发出任何声响。

莉莉丝皱了皱眉，自小形成的习惯像设定好的程序，一旦触发相应的情景，身体肌肉就会条件反射般执行。她推开了餐碟："这可真是令人大开眼界，我从来不知道迪福伯爵府的规矩是把客人放在一边。"

"非常抱歉，小姐们，"管家露出了抱歉的表情，"我们是有照顾不周的地方吗？我一直吩咐她们要尽心尽力地服侍你们，如果她们哪里做得让您不满意，我一定会惩罚她们。你们是伯爵尊敬的客人，只要你们有需要，我们一定会让你们满意。"

"让温士顿·迪福出来。"

"非常抱怨，伯爵大人很忙，最近不在府邸。"

"哈。"莉莉丝皱眉，"所以你们就想靠那几个无用的男人打发我们？"

管家的视线在伊芳身上停留了片刻，这个出生在维尔博的姑娘正低着头忧心忡忡地吃饭。

"所以，小姐对那些人不满意吗？"

莉莉丝冷笑一声，拿起餐叉甩了出去，叉子擦过管家的耳朵，插在他背后的装饰画上："你觉得呢？"

"是的，是的，我了解了。"管家额头冒出了汗，"我马上为小姐们准备其他的节目。"

管家离开后，一位骑士将插在画上的叉子拔了下来。

饭后，女仆们会马上检查餐具，以防女巫们偷偷带走刀叉。

管家并没有离开多久，就来到莉莉丝的房间。

女巫们正聚在房间里锻炼，管家进来的时候，险些被飞来的木棍迎面砸中。

管家脸上挂着的笑容凝固了，他转动眼球，看向刚刚打开的门——它已经被木棍砸出了痕迹。

女巫们停下手中的动作，她们的肌肉正处于充血的状态，看起来比平时还要壮。这使得战战兢兢地站在角落的女仆们看起来分外娇小。

"尊……尊敬的客人们，你们在干什么？"管家拿出手帕，擦了擦额头的汗。

"锻炼啊。"莉莉丝踩在被拆解的椅子残骸上，"谁让你们拿走了我们的武器。"

"即使如此，这里毕竟是伯爵府，就算看在伯爵的面子上，小姐们也不应该——"

"你似乎搞错了什么，我们是被温士顿·迪福邀请来的。"莉莉丝嗤笑道，"既然温士顿·迪福如此关注我们，想和我们达成某种协议，他就应该表现出足够的诚意……我想，你们也不希望维尔博多出一些棘手的敌人。"

"当然，当然。"管家干笑。

他自然知道面前的黑发女人是令人闻风丧胆的女巫首领，坊间传言她握有数之不尽的女巫宝藏。伯爵府有很多骑士，杀死几个女巫当然容易，但女巫们的大队伍还在外面，她们凶残的名声早已传遍整个科尔里奇国，得罪她们不知道会有什么恶果。而且莉莉丝不仅是公爵小姐、王子的前未婚妻，还与辛西娅公主密不可分，在现在这个局势未定的时候，她的身份极其微妙。

更何况……

管家看向在一旁和克利欧说笑的卡珊德拉。多尔恩城的城主索尔伯爵已经很久没有出现在大众面前了，大多数贵族不知道他的独生女长什么模样，卡珊德拉行为举止又不像贵族小姐，即使别人看见她，也认不出她的身份。可温士顿·迪福的管家曾经跟着伯爵去多尔恩城谈生意，他还记得当时站在格欧费茵·索尔伯爵夫人身后的女孩长什么样。与她们相比，那个准男爵的小姐实在算不上什么了。

"放心吧，小姐们，"管家吩咐女仆们打开房门，"这次，我给你们准备了很好的消遣。"

管家拍了两下手。随着他的击掌声，十几个年轻男人鱼贯而入，在房间内站成一排。

房间内的女巫们停止了交谈，满脸疑惑。

"尊敬的客人们，"管家左手放在右胸前，对着年轻的男人们张开右手，对着女巫们鞠躬，"这些是我们为你们找到的'乐子'，希望你们能够满意，接下来，你们可以尽情享乐。"

莉莉丝的思绪断了片刻，几秒之后，她才明白当前的场景是什么意思。

"哈哈哈哈哈……"她无法抑制地笑了起来，"哈哈哈哈……原来如此，原来如此。"

管家脸上的笑容再次凝固了："怎么，小姐，您对他们不满意吗？"

莉莉丝反问："你怎么会觉得我们需要这些玩意儿？"

晚饭时，莉莉丝曾经抱怨他们弄来了"几个无用的男人"，她抱怨的是"无用的男人"，管家却以为她抱怨的重点是"几个"。

"我以为你们会需要他们，因为我听说——"管家及时止住了话，没有说出那些传遍大街小巷的"淫乱女巫"的传言，"听说你们感到无聊……"

"哦？所以，你觉得我们应该怎么用他们取乐呢？"

"那当然是……随你们所愿，他们只是一些奴隶。"

莉莉丝扫了一眼那些低眉顺目的男性奴隶："包括杀了他们？"

管家愣了："啊？"

"你知道的，我们是嗜杀的女巫。"

男人们依然低着头，可他们的身体开始微微发抖。

管家露出尴尬的笑容："小姐，希望您尽量不要这样做，他们虽然是奴隶，但也是伯爵的资产。"

"……资产吗？"莉莉丝笑道，"哈，这只是个玩笑，如果我们心情好的话，是不会随便杀人的。"

管家的笑容变得尴尬，他不自觉地后退了一步，肩膀也缩了起来："我们只是希望客人们得到最好的招待。"

"可我现在的心情很不好，我觉得你们在区别对待……"莉莉丝大步走向管家，在他耳边轻声道，"当汤姆的商队来到维尔博时，温士顿·迪福也会迟迟不见他们吗？"

管家的瞳孔猛地收缩，他几乎无法掩饰住内心的震惊，看向莉莉丝的眼神中混杂着惊讶与恐惧。

"怎么，需要全知的女巫再多说一些你们的事？"莉莉丝笑道，"我倒是无所谓，但在说的过程中，也许我的心情会变得更糟。"

管家的身体后倾，像逃避什么恐惧的东西一样拉开了与莉莉丝的距离。

他的嘴唇不自觉地颤抖："不……不需要了，那……那么……如果小姐们没有其他需要，我就先退下了。"

当管家逃也似的离开时，洁希德和奥特琳两姐妹笑得弯了腰："哈哈哈哈，你们看到了吗？那个管家被吓到了。"

"他胆子好小啊，好好笑！"

与笑个不停的女巫们相反，女仆们的呼吸变得沉重，她们或是低着头，或是捏紧自己的衣服。

"你们是在害怕吗？别担心，"狄赖走到那些女仆面前，背着手歪着头看向她们，"我们又不是要杀你们，我们很少杀女人。"

"不……不……"一个女仆回复，"我们没有那么想。"

"有趣，原来迪福伯爵府的管家那么胆小，"莉莉丝坐在桌前，跷起腿，拿着茶杯把玩，"竟然会因为一句试探的玩笑话而发抖。"

随着这句话，有些女仆握起了拳头。

"怎么，姑娘们，你们有什么话对我说吗？"莉莉丝问女仆们，"你们都知道我们很少杀女人了，怎么还战战兢兢的？有什么话就直接说。"

女仆们面面相觑。

"没有话说吗？"莉莉丝皱眉，"我的耐心可是有限的。"

"小姐，您不能那样威胁格雷格先生。"终于有女仆站了出来，她努力让自己变得恭敬，但依然掩饰不住声音里的气愤，"这里是温士顿·迪福伯爵府，而他是伯爵府的管家。"

"对，是你们的主管、你们的主人。"莉莉丝笑道，"一位早就知道我们是凶残的女巫却让你们来照料我们的主人，一位抛下你们自己逃也似的跑了的管家。这样的人，你们却把他们视为命运共同体。"

女仆们的脸上交织着愤怒与屈辱："女巫小姐，您只是客人，我们怎么相处是温士顿·迪福伯爵府的事。我们已习惯了，如果遇到麻烦的客人，我们就会变得辛苦。"

这种表情，莉莉丝已经见过太多了，每当人们被戳中痛处时，就会露出这样的表情。只是她们往往会把怒气对准刺中她们痛处的人。

"哦，难道是我们在挑事吗？"莉莉丝说，"只需要温士顿·迪福尽快出现，解决我们的问题。"

"伯爵大人很忙，他——"

"他在评估风险、计算得失。毕竟温士顿·迪福是个圆滑而惜命的人。当然……他只惜他自己的命。"莉莉丝走到那些男人面前，一个接一个地扫视他们，"做这种事如此熟练，看来伯爵府有不少可以招待别人的资产吧……让我猜猜，以往来伯爵府的客人和我们不同，这个房间里应该不会一次性出现这么多男性奴隶吧？"

女仆们露出了难以启齿的表情："小姐……"

"在其他'客人'与'伯爵的资产'玩耍的时候，你们也会这么多话吗？"

"那……那……"

"那她们之中有人被折磨吗？有人被虐待吗？有人遭遇过更惨的待遇吗？"

女仆们变了脸色，她们结结巴巴地说："那是……为了大家的利益。"

"对，为了维尔博的和平。"

"哦，"莉莉丝托着脸颊，弯起嘴角，"难道除了奴隶，他们没有骚扰过女仆吗？"

一些女仆的身体开始颤抖："这是没办法的事，发生战争也会死人，还会死更多人。"

"确实，战争也会死人。"莉莉丝笑道，"真不错。所以，为了不发生战争，就牺牲一部分人，满足他们贪婪的欲望吧。为了不让更多人死，就纵容他们，让他们为所欲为吧。毕竟这也是没办法的事，所以只能抱在一起哭一哭，哀叹自己悲惨的命运，哭完再祈祷下一拨客人不会这么残暴，再看看其他有过凄惨遭遇的人，一边诅咒这个凄惨的世界，一边庆幸受辱的不是自己，自我安慰，幸好我们活在一个幸福之地。"

"啊啊啊……"一个女仆忽然精神崩溃，她抱着头蹲了下来，"你知道什么，你懂什么？你怎么可以轻飘飘地说出这种话？你明明……明明是个公爵小姐，你怎么知道我们有多辛苦！"

莉莉丝先是睁大了眼睛，然后猛地大笑起来，"哈哈哈，公爵小姐啊，确实，你说得对……真不错，公爵小姐，真棒啊，和平的维尔博。"

也许她们永远想不到公爵小姐在经历的无数个结局中也曾被人当作奴隶买卖过。

或是在科尔里奇国，或是被绑在狭小的船舱里，漂洋过海被卖到异国。

一旦成为奴隶，过去的出身便毫无意义，良好的气质、漂亮的脸蛋、光洁的皮肤只会成为人贩要价的砝码。

当和其他人站在一排，被人挑挑拣拣时，当被虐待、被折磨时，总是会听到"看啊，她原来可是个贵族小姐呢"之类的幸灾乐祸的话。

偶尔她也会看见一些同情的目光，只是那些目光并没有治愈她，反而使她更加憎恨这个世界。

女仆们惊疑不定地看着大笑的莉莉丝。

而女巫们站到了莉莉丝身边。

是啊，为了维持这个世界虚假的和平，总会有人被献祭，总有人牺牲，有些人只是不幸的那个而已。

而已……

可是，为什么偏偏就是这些人呢？

公爵家的小姐都能沦落至此，其他人又哪儿来的自信确信自己不会有这么一天？

一开始，公爵小姐不知道奴隶、平民出身的人被悄无声息地杀死更惨，还是被踩入泥地，让人获得优越感的"贵族奴隶"更惨。直到后来，她才明白，比惨毫无意义，苦痛只是苦痛，靠别人的困难吸取能量，期望别人的同情、怜悯、施舍和自怨自怜、自我麻痹都是一条向下堕落的不归路。

"不错，"莉莉丝收起笑容，"既然温士顿·迪福为我们准备了这么好的礼物，我们也没必要辜负他的好意。"

她扫视着站成一排的男人，冷声道："把衣服全脱了。"

奴隶们顺从地脱下了衣服。

面对着迅速脱光衣服的男人们，女仆们的脸变得通红。

卡珊德拉一边捂住自己的眼睛，一边问那些女仆："喂，你们怎么不走？"

"哎呀，"洁希德和奥特琳叫道，"你们还要在这里看吗？"

"是想看我们这些邪恶的女巫玩乐吗？"

纳利塔好心地提醒她们："姑娘们，我们觉得你们还是出去比较好。"

"快出去吧。"伊芳红着脸，拉着狄赖往外走，"我们一起出去，正好我要去找巴泽尔，你们带我去吧。"

"又是巴泽尔巴泽尔。好吧，巴泽尔。"克利欧耸了耸肩，帮她们打开了门，"走吧走吧，你们都走吧。"

女仆们被赶了出来，房间的门无声地合上了，隔断了所有外人的视线。

女巫的笑声持续到深夜，没有人知道房间里发生了什么。

凌晨时，奴隶们被赶出了房间，他们被套上了束腰和被裙撑撑起来的裙子，脸上画满了奇怪的妆容，穿着丝袜，踩着高跟鞋踉踉跄跄地往前走。

而据清晨收拾房间的女仆们所说，女巫们把自己的裙子和奴隶们的衣服都撕成了碎片，这使得她们费了不少功夫整理房间。

也许人们会根据这些线索联想出不少香艳故事。

无论如何，第二天，温士顿·迪福伯爵终于出现了。

Chapter 39

归队

莉莉丝在伯爵府的庭院里见到了温士顿·迪福。

他们周围有四个骑士、两个女仆。

当他们见面的时候，周围所有的人都提心吊胆。毕竟莉莉丝的装束史无前例地荒谬、失礼。

女巫们听到伯爵"回到府邸"以后，曾经破天荒地决定要好好打扮一番。

直到中午，管家带来"伯爵只邀请莉莉丝小姐谈话"的消息。

失望的女巫们一如既往地砸了不少东西。

而莉莉丝也表现出了她的不满。她不仅没有穿礼服，还穿着修改过的衣服——一条睡裙被从中间剪开、缝合，变成简易的裤子，另一条睡裙被从中间剪断，变成轻便的上衣。这位女巫的统领拒绝穿高跟鞋，甚至打算赤着脚走出来，使得女仆们不得不找来她们工作时穿的轻便的鞋送给她。

不伦不类，不知羞耻，就像一个故意诱惑人的女巫。

人们在心中抱怨着，却又对她无可奈何，只能暗自庆幸这位女巫脸上的疤折损了她的美貌，并祈祷伯爵不要被她迷惑。

温士顿·迪福没有露出任何失礼的表情，他把手按在胸前，弯腰行礼："您好，莉莉丝小姐。"

莉莉丝扬起嘴角："你好，温士顿·迪福。"

她很傲慢，直呼伯爵的姓名，毫无尊敬之意。

周遭的女仆和骑士都露出了不满的表情，可温士顿·迪福的表情并没有任何改变。

他是个其貌不扬的中年男人，身形瘦弱，头发稀疏，衣着低调，声音轻柔，脸上总挂着笑容，看起来平易近人，毫无杀伤力。正因为如此伪装，他才会被一些傲慢的人忽视。

但真正有眼光的人绝对不会小瞧他。毕竟在暗潮涌动的政治斗争中能一直保持中立，不受影响，不被忌恨，并不是一件简单的事。

　　温士顿·迪福在某些路线、某些情节中，左右了游戏的结局。他曾经帮助刺杀失败又卷土重来的辛西娅公主取得王位，也曾经帮助罗纳德王子顺利登基，还曾在弗朗西斯路线中协助魔法师协会，甚至在哈伦·希尔的"暗帝国之王"的路线中，他也是那个商人成功用商业支配政治的助力之一。从表面看，他是个得力的助手，总是站在胜利的一边，但事实并非如此。

　　温士顿·迪福极会审时度势，为了获得胜利，他时常背叛原有的同伴，投靠其他势力。他像一只泥鳅，你以为自己已经抓紧它了，它却能从你的指缝中溜走，带着可以击溃你的消息跑到另一方。

　　当然，这些东西，很难从表面看出来。

　　"真抱歉，莉莉丝小姐。"温士顿·迪福说，"听说您的同伴今天盛装打扮了一番，但是我时间有限，不能与她们会面。"

　　"我的同伴确实很生气，"莉莉丝耸了耸肩，"但是不要紧，现在她们正在伯爵府里散心，也许她们能很快发泄完怒气，恢复平静。"

　　她说完，视线扫向伯爵府。

　　伯爵府三楼，洁希德和奥特琳正从走廊的窗口往外看。

　　她们身后的卡珊德拉问道："听到了吗，他们在说什么？"

　　"不知道，看不清。"洁希德没好气地说，"我又不会唇语。"

　　"隔这么远能看清就怪了。"奥特琳瞪了跟在她们身后的两个骑士和女仆们一眼，"因为你们该死的伯爵不让我们参加谈话。"

　　女巫们气呼呼地在走廊里行走，高跟鞋在厚重的礼裙下与地板碰撞，发出足以代表她们心情的声响。

　　骑士们和女仆们跟在后面："小姐们，伯爵并不是不想见你们，他太忙了，时间太紧张了。"

　　"请放宽心，小姐们，伯爵以后一定会接见你们的，到时候我们会把你们打扮得更加漂亮。"

　　"不要在我们背后絮絮叨叨。"洁希德和奥特琳站住了，"为什么只让我们体谅他，难道我们就一定要苦苦等着你们尊贵的伯爵大人召见吗？"

　　她们换头看向身后的人："还有，如果你们这么想讲话，就到我们前面讲。来啊，走到我们头前。"

　　女仆们马上闭上了嘴，而两个骑士绅士地扬起了手臂："不，女士优先。"

　　"女士优先"这四个字瞬间点燃了洁希德和奥特琳的怒火："女士优先！女士优先！又是女士优先！"

　　洁希德脱下了高跟鞋，用力扔向其中一个骑士："滚蛋吧！滚你的'女士优先'！"

　　那个骑士还未来得及伸手挡住那只高跟鞋，奥特琳也脱下了高跟鞋，用它攻击骑士。

令女人们备受折磨的细高跟此时变成了真正的凶器。

洁希德和奥特琳甚至一边攻击骑士，一边试图去抢骑士们的剑。

女仆们惊慌失措，马上向另外一个女巫求救："小姐，请劝一下你的同伴……"

卡珊德拉却只是抱着手臂靠在墙上笑着吹口哨："哇，这可真精彩！"

明白卡珊德拉无意阻止她们之后，两个女仆只好硬着头皮上前劝架："小姐们，请冷静一下，不要动手。"

所有人都围在两姐妹身边，卡珊德拉则悄悄地移到一扇门旁边。

她双手背在身后，脱下了右手的手套，拿出藏在手套中的金属棍，然后靠在门上，用那根细细的金属棍捅向了锁眼。

"咔。"那扇门发出了轻微的响声，这声音被两姐妹引起的骚乱遮盖，没有引起任何人的注意。

随着这轻微的声响，卡珊德拉消失在走廊里。

这是一间卧室，色调以黑灰为主，地上铺着深紫色的地毯，衣柜占据了一整面墙，床对面挂着那喀索斯顾影自怜的画。

确认卧室里没人以后，卡珊德拉反锁了房门，迅速脱下礼裙。裙撑内部绑着一套男装、一条白布编织成的绳子和一个装着零碎零件的小包。

拆卸物品只是幌子，她们真实的目的是从零件中找到合适的开锁工具。这套男装是从男奴隶身上剥下来的。为了将他们进贡给"女巫"，管家为他们准备了全新的衣服，这些衣服正好可以被"女巫"们利用。毕竟被剪碎的衣服散落在各处，不会有人把它们拼接起来，计算数量。

卡珊德拉至今还记得赶走奴隶后，莉莉丝对她们说过的话。

"人们听到了太多有关女巫的传说，温士顿·迪福忌惮女巫的力量、女巫的巫术，却又想和女巫合作。他一定不敢在小房间里安排太多骑士展现出对我们的敌意，也不愿把谈话地点放在有重要东西的地方。

"所以温士顿·迪福一定会约我单独见面，十有八九会是在外面……让我猜猜。他应该会邀我在庭院花园散步。是的，他甚至不敢和我一起吃下午茶，还会暗自安排不少骑士守卫，以防万一。

"这是件好事，到时候，大多数骑士都会把注意力放在伯爵身上，而这正是我们所需要的。"

卡珊德拉换好衣服，踢掉高跟鞋，将绳子系在窗边，小包系在腰间。

"温士顿·迪福伯爵的书房门口总是守着骑士，但是为了通风，他的窗户总是半开着。所以我们可以从其他房间进去，比如三楼右侧第三个房间。"

"好吧，我也不是没在家里干过这种事。"卡珊德拉对着窗户活动身体，"接下来就看我的了！"

庭院里，温士顿·迪福跟在莉莉丝身边，与她保持一定的警戒距离，却又没有离得很远："莉莉丝小姐，您和公主还有联系吗？"

莉莉丝反问："你觉得呢？"

迪福伯爵笑道："辛西娅公主是个聪慧的人，她从布莱尔子爵那里拿走了通关文件，所有人都以为她会从特里要塞回到伊迪丝城，但是她掩人耳目地从矿工地道离开了。"

"从辛西娅离开费尔顿城的那一刻起，我就知道她会回到伊迪丝。"莉莉丝说，"若科尔里奇国需要一位领导者，那么她必然是最合适的人选。"

"哈哈哈，莉莉丝小姐，您也很优秀，仅仅几个月，你的女巫团队的名号就已经传遍整个王国。我对您这样的传奇人物很感兴趣。"

"哦，真了不起，这就是你邀请我们来这里，拿走我们的武器、不让我们离开并迟迟不与我们见面的理由吗？"

"不，莉莉丝小姐，您误会了，"迪福伯爵摊开手，"我只是觉得你们太辛苦了，想请你们休息一下而已。"

莉莉丝笑着偏头，余光扫到府邸三楼的某扇窗户："休息，以半囚禁的方式？"

"不不不，这不是囚禁，莉莉丝小姐，您一定是误会了什么，你们可以在伯爵府自由活动，也可以去逛街。"

"在你们的监视下？"

"那是保护，小姐。"

"温士顿·迪福，"莉莉丝猛地靠近温士顿·迪福伯爵，她凝视着伯爵的眼睛，红眸闪着锐利的光，"你是在小瞧我吗？"

因为她的突然靠近，周围所有人的视线都集中在她身上。

借着这个空当，一个身影顺着绳子，从三楼一个房间滑进了二楼半开窗户的那个房间。

女人的脚无声地落在地毯上，书房门外守卫的骑士没有发现任何异样。

卡珊德拉扫视着房间。

朱红色的书桌、占据了大半边墙的书柜、装饰用的铠甲骑士……

她很快锁定了墙上挂着的一幅画——《被掳走的伽倪墨得斯》。

按照莉莉丝之前嘱咐的，她移动那幅油画，原本合在一起的书架便从中间向两边分开，露出镶在墙内的保险箱。

这是一个密码保险箱，三个转钮周围标着从 0 到 9 的数字，下面还有一个钥匙孔。

"看起来有点麻烦……"卡珊德拉观察了一会儿钥匙孔，歪了歪头，"如果妈妈知道我在外面做这种事……哎呀，算了，她不会知道的……说起来，这个东西有用吗？"

她打开袋子，里面有莉莉丝用各种材料制造的简易听诊器。

卡珊德拉把听诊器的一端贴在密码箱上，另一端贴着耳朵，然后慢慢地转动转钮。

当转钮转到某个数字时，听诊器里传来了异常的声响。

"哦！"她挑起眉毛，嘴角也随之扬起，"能行！"

庭院。

人们的视线依然粘在莉莉丝和温士顿·迪福身上。

迪福伯爵把手放在胸前，用来展示自己的无害："冷静一下，公爵小姐，我们只是想和您合作。"

莉莉丝冷笑着反问："所以呢，你要怎样合作？"

"维尔博可以为你们提供住所和优越的招待，你们可以在这里扎根安家，过上安全而快乐的贵族生活，再也不用东躲西藏地在外面流浪。"

"那我们需要做什么？"

"你们只需要协助维尔博，和我们一起保护维尔博的安全。"温士顿·迪福说道，"我们很尊重女士，不会让女士太过操劳。"

这些话听起来诚挚又温柔，温士顿·迪福表现得像一个无私的慈善家，收留在外拼搏的女巫们，赐予她们平稳的生活。

莉莉丝笑了："哈哈哈，真不错，哈哈哈哈……"

与此同时，伯爵的马厩里，也有人发出相同的笑声。

"哈哈哈，真不错。"纳利塔用草耙将草堆聚拢，"这些草会把马喂得肥肥的。"

"那是因为女士你最近每天都来马厩里看马。"马夫尴尬地搓着手，"这可不是尊贵的客人们应该干的活儿，那些骑士和女仆总是在找你。"

"有什么关系？他们也就是开始几次担心，现在不也任由我在马厩里待着了？哦，这些马看起来真健康。这五匹马都是伯爵的吗？"

"是的。"马夫答道，"骑士的马养在伯爵府外的马厩里。这里都是伯爵精挑细选出的马匹。"

"在伯爵府外？这可真有意思，下次我也去看看。"纳利塔晃着草耙靠近他，"它在哪个方向？"

马夫伸手指着方向："哦，在东边。克里斯大街的尽头，啊——"

他话未说完就因为头顶突如其来的重击而倒了下去。

"哦，原来如此，很好……"纳利塔收回草耙，扫视着马厩的门闩，轻声说，"现在只需要等狄赖和克利欧把属于我们的东西拿回来了。"

庭院的一角，莉莉丝的笑声越来越大，她笑得弯下了腰，几乎停不下来。

她笑得如此夸张，让其余人面面相觑。

"莉莉丝小姐，"温士顿·迪福脸上那标志性的和善笑容几乎快要挂不住了，"您这么开心，是觉得这个提议很不错吗？"

"不，我是觉得我的猜想没错，"莉莉丝直起身体，笑意瞬间消失，"温士顿·迪福，你把我当傻子！"

"什么？"

"如果我们留在这里寄人篱下，女巫们的首领又会是谁呢？温士顿·迪福，你会退位，把维尔博让出来给我管理，还是放任你无法控制的女巫势力暗雷一样埋在你身边？"

"我们可以放下戒心，好好相处。"

"如果对我们没有戒心，你们为什么要收走我们的武器？"

"那是怕你们伤了自己，这里有骑士保护你们。"

莉莉丝提高了声调："我们是女巫，我们不需要任何人保护！别把你们的自我保护美化成对我们的付出！"

温士顿·迪福哈哈地笑了两声，接着说："你们只是一群年轻的女人，我贪图你们什么呢？"

"你若装傻，就由我来直说吧——协助维尔博需要金钱，保护维尔博的安全需要武力和公主的助力。"莉莉丝问道，"收编一个声名远扬的女巫团队能让你在与各方势力周旋时获得一个更加安全的位置，不是吗？如果事情顺利，你可以夺去女巫们的功劳；如果事情不顺，你可以把女巫们推出去当挡箭牌，所以你才不惜耗费时间和精力晾着我们，企图用美食、男人和奢华的生活驯养我们。"

用含糊的话术掩盖剥削的真相。

把囚禁说成恩赐，把驯化说成奖赏。

被拿走的是自我，被赐予的却是他人的意愿。

若是在这看似宽松的压抑环境中放松警惕，听命于人，依附于人，就会如被温水煮的青蛙一般失去锋芒，最终成为他人的棋子。

莉莉丝眯起眼睛："真可惜，我们并不是可以被驯养的家畜。"

"莉莉丝，你是个年轻的女孩，所以总把事情想得很极端。"温士顿·迪福收起脸上的笑容，"但你的同伴未必这样想。据我所知，她们都在这里体验到了奢华的生活。"

"有误解的是你。我的同伴们对我说，当女仆们跪下来为她们穿鞋的时候，纳利塔感到了心酸和不自在，因为那些跪在地上的年轻女孩和她们并没有什么不同。狄赖知道她没有吃完的食物会被倒掉时，她感到十分心疼。她挨过饿，也见过挨饿的人群。纳利塔更是知道被倒掉的食物是怎样种植、养殖出来的，需要耗费农民多少时间和精力。"

"她们还找到了不错的男伴。"

"这可真有趣。你虽然'不在伯爵府'，消息却如此灵通。也是，当一个女人注视一个男人的时候，大家都会认为她是对那个男人有兴趣。"莉莉丝笑了起来，"可我比你们更了解我的同伴。克利欧之所以注视那群学生，是因为她发现他们全是男孩。他们和她年龄相仿，却能去神殿学习文字，而如此热爱文字的克利欧却得不到系统学习的机会。而洁希德和奥特琳在被夸奖'可以吸引男人的目光时'感受到了不适，她们并不觉得那是一种夸奖，她们已经足够强，不需要任何小把戏吸引别人的目光。"

"小姐们，你们应该更珍惜爱情。"

"哦，爱情爱情，又是爱情，这世上有那么多感情，可你们那小得可怜的脑瓜里只能想到这两个字，并想用它们来束缚我们。"莉莉丝笑道，"听着，我们不在乎你们的目光，我们也不想遵守你们的规则。温士顿·迪福，从一开始，你就没有平等地对待我们！"

"莉莉丝，"温士顿·迪福的脸彻底冷了下来，"人与人之间的谈判和合作，本就是要有付出与回报。"

"若是我们得到现在的待遇是因为我们的能力，那我们被剥夺能力，还能拥有这样的待遇与尊重吗？"

"当然，我可以保证。"

"不，温士顿·迪福，"莉莉丝缓缓摇头，"这世上最不可信的就是男人的承诺。"

"莉莉丝，我之前就听说你是个危险、莽撞的女人，总是自己走上死路，"温士顿·迪福的声音中透出威胁的意味，"今天看来，果然如此，你不知道自己在做什么蠢事。或许你忘了，你现在是在我的府邸！"

这些威胁并没有影响到莉莉丝，她偏了偏头，看向伯爵府的主楼："温士顿·迪福，你总是追求最稳妥、安全的道路。真巧，我也在追求这样的道路。"

远处响起了马蹄声和人们的叫喊声。

她再次笑了起来："那么，你以为，我和你说这么多，只是想和你剖析内心、交流思想吗？"

温士顿·迪福猛地一惊，顺着她的视线看去。

几匹马正向这边跑来。

卡珊德拉顺着布条从二楼窗户跳下，跑出大门的洁希德和奥特琳已经脱掉了沉重的裙撑，飞身上马。

"莉莉丝，你……"温士顿·迪福还未来得及表示震惊，已经感受到横在脖子上的匕首带来的冰凉触感。

莉莉丝的动作太快了，出乎所有人的意料。

女仆们捂着嘴，险些惊叫出声，周围所有的骑士马上按住腰间的剑。

但女巫首领抵在伯爵脖子上的利刃令他们不敢轻举妄动。

"各位不用那么惊讶，在大房间里藏一件武器并不是一件难事。"莉莉丝愉快地说，"所以，温士顿·迪福，现在你可以安静一会儿了。"

* * * *

伯爵府北门。

伊芳哼着歌晃着从树上掰下来的树枝："然后，我们直接把那只野猪架在火上烤了。那么大一只，抹上厚厚一层盐，然后架在火上烤，烤猪的油水滴到火上，会让火烧得更旺。我们烤了好久好久，直到它的表皮变得金黄酥脆……那是我吃过的最好吃的烤猪肉！哦，这根树枝好硬……"

她掰着手中的树枝，将树枝周围的枝条掰掉。

她的童年玩伴巴泽尔默默地跟在她身后。

最近几天，她每天都会和巴泽尔出来散步。他们会在伯爵府绕一大圈，最后停在北门口，在北门的树下说话。

刚开始，女仆和骑士们还跟在他们身后，伊芳骂了他们几次以后，那些人终于不再跟在他们身后了。后来，北门的看门人也会在看见他们走过来时识趣地走回自己的小屋子里。

刚和巴泽尔见面谈话那几天，伊芳心情极糟。

但今天她的心情还不错。

她继续摆弄那根树枝："就因为那个野猪肉太好吃，后来我们再看到野猪都会双眼放光。可惜野猪没那么容易遇到。后来我们遇到了野猪魔兽，可是你也知道，魔兽的肉是臭的，根本无法下咽——"

"伊芳小姐，"巴泽尔说，"这些事，您之前说过了。"

"哦，是吗？最近我和你说了太多事，忘记了。哎呀……"她用力掰断的树枝划过手，留下了一道血痕，"破了。"

巴泽尔马上叫道："小姐，您在干什么，您为什么不能小心点？"

"没关系的，巴泽尔，"伊芳举起手，"只是一点小伤。"

巴泽尔并没有因为这个动作而松开眉头："伊芳小姐，您看看您的手现在是什么样子，它令我心痛。"

"什么？"

"茧子。我在您的手上看到了茧子。"巴泽尔说，"贵族小姐的手上不应该有这种东西！伊芳小姐，您家里人为了准男爵的爵位为王国捐了不少钱，他们真心希望您能成为一个贵族少女，也把您当成真正的贵族培养。可是现在，您的手上有了这种卑贱之人才会有的东西。"

他痛心疾首道："若是佩兴斯准男爵知道，一定会非常伤心。"

"伤心的应该是我。"伊芳放下手，"如果不是他硬要把我嫁给那个秃头的子爵，我也不会离家出走！"

"您不懂您父亲的苦心，老贵族看不起准男爵，觉得他们不是真正的贵族。但是您只要和子爵结婚，您就能变成真正的贵族。"

"如果我成为骑士，我不需要结婚也能成为真正的贵族！"

"伊芳小姐，您太天真了，因为佩兴斯大人把您保护得太好。"巴泽尔摇头，"女人不可能成为骑士。您看看那两个成为骑士的女人都是什么下场，她们现在是通缉犯，这一定是班布尔神降下的惩罚！"

"温士顿·迪福伯爵正在招待这位通缉犯。"

"是的，这是温士顿·迪福伯爵给你们的机会。"巴泽尔叹道，"回家吧，小姐，您不能再过那样的苦日子了。"

"啊，巴泽尔，"伊芳歪着头，"我们又要说回那些车轱辘一样的话了，这几天，我们为了这些吵了多少次？我说了无数遍，我不觉得辛苦，我很开心！你看，我现在比原来瘦了不少呢，也长了很多肌肉。"

巴泽尔打量着伊芳："恕我直言，伊芳小姐，您现在看起来根本不像一个贵族小姐，您变得又黑又瘦，就像那些在田里劳作的普通人。"

"普通人有什么不好？你曾经说我太胖了，身体虚弱。"

"我说过这种话吗？"

"是的，你不止一次在我面前提起艾奇逊男爵家的小姐多么苗条、多么温柔，你也夸过斯彭德准男爵家的女儿看起来很有气质，还有你出门遇到的各种小姐，她们各有各的美好，而且都青睐你。没错，你在我面前夸过很多女孩。"伊芳忽地站定，看向巴泽尔，"那时你说我胖，现在你说我瘦，你总是对我不满意！"

巴泽尔露出了尴尬的表情："哦，有这回事吗，我记不清楚了。"

伊芳歪着头看了他一会儿，忽然笑了出来："哈，真难想象，我曾经为你的话伤心、痛苦、自卑，一次次在被窝里哭泣。而你却能轻易地说出你记不清楚了。"

"呃……"巴泽尔说，"小姐，我们不是贵族，我们很忙的，每天要做很多事，无法记得自己说过的每一句话。"

"即使是你们一遍又一遍重复的话？"伊芳说，"如此繁忙的你却能编造出和魔兽战斗并被贵族女性爱慕的故事呢。"

"……"巴泽尔的脸迅速地红了。

"巴泽尔，你的话语是如此廉价，就像你的故事一样虚假。"

"……伊芳小姐，您变了。"巴泽尔叫道，"您原来是个温和善良的小姐，从来不会说这种尖酸刻薄的话。"

"你在骂我？"

"不，小姐，我只是……我只是……"巴泽尔的额头开始冒汗，露出了难以启齿的表情，"我只是希望能引起您的注意，假如我不编造那些故事，您永远不会看向我，我在祈求您的注意、您的怜爱。"

"为什么你之前不这么和我说？你总是和我若隐若离。"

"那是因为我爱慕您，伊芳小姐。您是贵族，我只是一个普通人，我配不上您。"巴泽尔红了眼眶，"您知道您父亲说起您的婚事的时候我有多痛苦吗？我一直深爱着您，全身心地爱着您。"

"你说谎，你明明看到我因为订婚而痛苦，我甚至和你说过愿意和你一起走。当时我一直在等你带我私奔，可是你没有做任何事！"

"我不能抛下我的家人，小姐。"巴泽尔捂住了脸，"可是自从您离开，我就像失了魂一样，我每天每天都在想着您。请原谅我之前对您的伤害，那只是一个初入爱河的少年的莽撞罢了。伊芳小姐，我爱着您，真心地爱着您，无私地爱着您，甚至可以把生命献给您。"

伊芳的眼睛也红了，她对巴泽尔伸出了双手："那么，巴泽尔，拥抱我吧。"

巴泽尔愣了一下。

"怎么，你不是说你爱我吗，为什么不过来？"伊芳歪了歪头，"还是你在害怕，害怕我是女巫？"

"不，我只是……我只是觉得自己配不上您。"巴泽尔慌忙地上前，抱住了伊芳，"您地位高贵，既纯洁又美好，虽然那些奇怪的女巫利用了您的天真、稚嫩，让您误入歧途，但是我依然爱着您，我爱您的心是不会变的。"

他们拥抱着，就像一对真正的情侣。

"巴泽尔，你知道吗？回到维尔博的这段时间，我的脑子一直很乱。我发现，这里与我记忆里的家乡完全不同，我过去好像一直生活在荒谬的世界之中，却从未察觉自己的痛苦，并误认为自己很幸福。"伊芳的声音中带着委屈，"真奇怪，之前我为什么会那么在乎你的话呢，你明明一点都不在乎我。"

"不，伊芳小姐，"巴泽尔抱紧面前的女孩，"我在乎您，我只是太胆小了。您知道的，在爱情面前，我只是一个懦弱的胆小鬼。您会原谅我的，不是吗？"

"如果是以前，我大概会相信你的话，因为那时候我确实很天真。"伊芳轻声说，"可现在，我觉得，你们都是天生的演员。"

"不，我没有，伊芳小姐，我是真的——"

当伊芳的手放在巴泽尔腰间的时候，男人的身体和他的声音一起僵住了。

"我见过他们的惧怕与恐惧，也见过他们说谎的模样……啊，那就是你现在的样子。"女孩的头抵在他的肩膀上，"巴泽尔，如果你真的如你所说那般无私地爱着我，为什么会随身带着刀呢？"

巴泽尔猛地推开了伊芳，伸手去摸自己的腰间！

但他的手被树枝抽中了，与此同时，别在腰间的那把小刀被伊芳抽了出来。

"真是把好刀。这是伯爵给你的刀吗，用来替代被我骂走的骑士？"伊芳摆弄着手里的刀，"巴泽尔·利齐，我曾经把你当成我的骑士，无数次幻想你把我从邪恶的深渊救出，那时的我从未想过，你第一次替代骑士拿刀竟然是为了防备我。"

"不，您误会了，伊芳小姐，"巴泽尔结结巴巴地说，"这是为了防身……啊，不，是为了保护您……对，是为了保护您。您知道现在的局势吗，您的身份非常特殊，极其危险，所以我必须有把刀——"

他说到一半，再次停下了，看向西边："什么声音……为什么马在往这边跑？这里不是骑马的地方！"

伯爵府精心饲养的四匹马正朝北门这边跑来。

伊芳弯起了嘴角："是我的同伴吧。"

巴泽尔猛地转过头："什么意思？"

伊芳没有回答他的问题，狄赖充满活力的声音已经先一步传了过来："伊芳，我们成功啦，我和克利欧已经把我们的武器拿回来啦！"

和克利欧同乘一匹马的狄赖高高地举起了手，快活地展示着自己失而复得的匕首。

巴泽尔马上明白了发生了什么事，他叫了起来："你没想着和我在一起。你骗了我，你前几天是故意从我这里套话，问出你们的武器藏在哪里！"

"是的，巴泽尔，你应该庆幸，你还有点用。"伊芳笑了起来，"谢谢你的情报。"

"我如此爱你，你怎么能这么骗我！"

"巴泽尔，你不是说你可以为我去死吗？我又没有要你的命，你为什么那么生气？"她看着他，脸上依然带着未脱的稚气与青涩，说出的话却令他震惊，"哦，还是说你总是想着如何骗我，却从来没有想过我也会骗你吗？"

"我那么信任你，你却骗了我！"

"这不是信任，而是轻视。"伊芳反驳道，"回想一下吧，巴泽尔，当我和你说起我这段时间的经历的时候，你的眉头从来没有松开过。"

"因为你那个决定是错的，你不应该离家出走，你应该用性命要挟你的父母，让他们同意你和我在一起！"巴泽尔忽然吼道，"你根本从一开始就做错了！你这个蠢女人，离家出走能得到什么？你还得意扬扬地对我说你那些无聊的事，你看不起我吗？为什么……为什么像你这样只会傻笑的蠢家伙是贵族，我却什么都不是？！"

他一直都在唯唯诺诺、忍气吞声，他对自己的生活不满，只能编造很多故事为自己懦弱的人生添彩。

这是他第一次爆发，所有的怒气都发泄在面前这个一直对他微笑的贵族女孩身上。

她崇拜他，迎合他，这说明她比他要弱得多。

她是弱小、愚蠢、大脑空无一物的家伙。

所以他可以教育他、教训她，把她踩在脚下。

他没有打过魔兽，他不敢违抗贵族，辱骂这个女人是他能做到的最勇敢的事。

"啊……原来你是这样想的啊……你什么都不敢做，却希望我做这些事。"伊芳气得颤抖，"你果然是这样的人……"

在听巴泽尔讲述的那些胡乱编造的故事时，她总是不吝惜自己的表扬和赞美，她惊叹他的"智慧和勇气"，为他的胜利而喜悦。

但当她告诉巴泽尔自己的经历时，他总是说她们的生活充满艰险——"太危险了""这只是运气好""这样不行，你们做得还不够""下次就没有那么幸运了，小姐""遇到这种事情，她们怎么还能笑得出来""天真的小姐们，完全没有危机意识"……

每当她开心地说起一件事情，他总是打断她，然后用谦卑的语气教育她，使她无法保持笑容。

无论她怎样强调自己的感情、自己如何开心、如何快活以及其他真实的心情，都会被他一一否定——"不是这样的，小姐""那种情况怎么可能开心？""小姐，你只是在迎合她们""可怜的小姐，你受苦了""小姐，你很不开心吧"……

刚开始，她只是疑惑，疑惑为什么她说了无数遍自己的心情，他依然像没听见一样重复着那些奇怪的话。

后来，她终于明白了，他从来没有在乎过她，也没有认真听过她说的话。他只想看她受苦。他把自己的自卑和不幸化成刀，插在她身上，以获得优越感。

"所以呢，你想听一个什么样的故事？你希望我哭哭啼啼？你希望我抑郁、难过，不能自已？希望我受完苦重新投入你的怀抱？那样才是正常的吗？才符合你对我的期待吗？"伊芳厉声骂道，"巴泽尔，你才是真正的蠢货！"

过去，她从未如此凶狠地对巴泽尔说过话。

她不是真正的贵族，她的家人却想成为真正的贵族，把她当贵族小姐培养，让她与真正的贵族结婚。

"你要讨人喜欢一点啊，伊芳·佩兴斯，不然我们的钱就白费了。"她的家人总是这样说，"我们花了那么多钱才成为准男爵，又花了那么多钱培养你，你一定不能辜负我们，这才是你的价值。"

所以伊芳总是笑——温和地笑、谦卑地笑、无知地笑、讨好地笑。因为他们总说爱笑的女孩讨人喜欢，所以她在镜子前练习过很多次微笑。她不是大家口中的美人儿，她也没有那么弱柳扶风，惹人怜爱。

"这个孩子没有别的优点，但是笑容十分可爱，讨人喜欢。"

当她被人夸奖笑容时，她只能去笑。

一遍一遍地练习要怎样笑才天真可爱、要怎样笑才人畜无害、要怎样笑才能让别人喜欢。

是的，讨别人喜欢，而不是喜欢自己。

她甚至不知道自己喜欢什么。

她没有别的事可以做，她的生命就是等待——等待吃饭，等待下午茶，等待睡觉，等待逛街，等待贵族课的老师，等待结婚生子。

日复一日，像一个漫长而又无聊的循环。

只有受到夸奖、被注意到时，才会有所不同。

所以她的精力都耗费在揣测别人的心思、引起别人的注意上。

那是她人生所有的意义。

"你很幸福啊，伊芳，你衣食无忧，以后也会嫁给贵族。"

"我好羡慕你啊，伊芳。"

"真好啊，伊芳，你的生活真幸福，你也一定很想与相爱的男人结婚吧。"

周围人的人一遍一遍地告诉她"你很幸福"，她便真认为自己很幸福，真的很想结婚。

即使心中总有一个空洞，怎样也填不满。

即使听一些胡编乱造的故事也会开心。

可那些胡编乱造的故事让她看到了外面，夺得骑士头衔的贵族小姐让她看到了另外一条路。

如果真如大家所说，她很幸福，她只是希望和心爱的男人结婚，她为什么不大吵大闹，要求家人同意她与巴泽尔的婚事？

她为什么会抛下一切，离家出走，独自踏上成为骑士的路途？

现在，她没有成为骑士，她成了女巫。

她已经不再是过去那个娇弱的贵族小姐。

如果一个人拥有了自尊与自由，如果她完全地爱自己，为自己而骄傲，那么那些打压的话语便会变得无比刺耳且荒谬。

她不需要讨好任何人。

包括眼前这位。

"巴泽尔，你刚才问我我是否会原谅你，现在我可以回答这个问题——"伊芳握紧树枝，加重了语气，"不，我不原谅！"

听见惨叫声的看门人急匆匆地从小屋里走出来："发生什么事了？"

他很快就被眼前的一幕吓到了。

巴泽尔倒在地上，胸口被尖锐的树枝戳中，他捂着胸口不断抽搐，鲜血从他指尖涌出。

造成这一切的女人就站在旁边。

她扬起刀子，用刀尖对准看门人，露出了一个混杂着各种情感的标志性娇憨笑容："啊，你出来得正好，开门吧。"

四匹马依次从温士顿·迪福伯爵府北门奔出，骑士们紧随其后。

他们不敢靠得太近，也不能离得太远。

毕竟女巫们挟持了伯爵——温士顿·迪福伯爵就在莉莉丝的马上。

这是闻所未闻的事，强盗骑马抢走女人的故事屡见不鲜，但人们从未见过女巫胆敢在光天化日之下劫走伯爵。

穿过伯爵府北门时，莉莉丝瞥了一眼倒在血泊中的男人，嘴角弯了起来："哈！"

像蛤蟆一样被绑在马上的温士顿·迪福伯爵难以置信地喊道："你这个疯子，女巫！看见这种情况，你竟然笑得出来！"

"当然，这是一件值得高兴的事，我的朋友们终于没有因为这些人渣而退缩、自我攻击。"莉莉丝叹道，"她们找到了更好的方式。"

她的叹息里包含着丰富的情感，带着对过去一些事的哀叹与惋惜。那是在马上咒骂的温士顿·迪福永远都无法理解的。

在颠簸中，纳利塔感觉到了背上的异常。

自从她伸出手拉伊芳上马，那个小姑娘就一直没有说话。她只是像寻求慰藉一样，抱着她的腰，把脸贴在她背后。

有一些温热的液体浸透了她的衣服，沾在她的皮肤上。

"伊芳，你在哭吗？"纳利塔问。

她感到贴在背上的伊芳摇了摇头，但是抽鼻子的声音暴露了她的真实状态。

"对不起，纳利塔，我的经验太少了，我不够坚强，我竟然还会伤心，还会难过……我……我不知道为什么会这么难过，大……大概是因为……因为我忽然发现，我的过去是虚假的，这让我很伤心……啊，对不起。"伊芳哽咽着道歉，"下次……下次我一定会做得更好。"

"抱紧我吧，伊芳。你不用跟我道歉，也不用强迫自己成为一个时时刻刻都坚强的人。你是一个正常的人，所有的情绪都是正常的，若是伤心，就哭吧。"这个大伊芳近二十岁的女人温柔地说道，"你不用去畅想下一次的伤害，我们不会总是受伤，只要摆脱那些有毒的过往，我们都会快乐的。"

这番话让伊芳的眼泪奔涌而出。

"嗯，你说得对，我们……我们一定会开心的。"她抱紧了纳利塔的腰，"我大概从来没有爱过他，我只是在爱我想象中的那个人。而现在，我自己正在成为那样的人。"

"你已经斩断了过去，和它们告别吧，小姑娘，我们还有未来。"

"没错，我和过去做了一个了断。"伊芳一边哭，一边重复，"从此以后，我只有未来。太好了……我很高兴，也很轻松，但是……但是我这几天一直在忍着，所以……所以先让我哭一会儿吧，呜呜呜……"

这一天，维尔博的人看见了一幕奇景。

穿着不得体衣服的女巫们在街道上策马狂奔，而伯爵府骑士们在后面喊叫着追赶。

狄赖和克利欧的马在最前方开路。女孩挥着手臂，大声喊道："让开，让开！危险！"

另外三匹马上的女巫也亮出了武器，以警告其他人不要靠近。马路上的人纷纷躲避着让路，一头雾水，侧目而视。然后他们便看见自己敬爱的伯爵被女巫绑在马上。

人们因此愤怒。

"看哪，她们绑架了伯爵！"

"这些恶毒的女巫！她们要毁掉维尔博！"

随着这些喊叫，人们开始为女巫的逃亡增添阻碍，他们推翻摊位，把竹筐留在路中间，还拿着东西砸向女巫。

"去死吧，女巫！"

女巫们早就熟悉了这种谩骂和对待，她们毫不在意，策马越过阻碍物，朝着城门奔去。

狄赖甚至伸手接住一个砸来的苹果，啃了一口："真是的，为什么总是浪费食物呢？"

"你们逃不出去的！"温士顿·迪福在人们对女巫的谩骂声中喊道，"看看维尔博吧，这里可是顶尖的城市，是整个科尔里奇国的天花板，人们都很爱戴我，他们都在憎恨你们，你们在与整个维尔博的贵族、人民为敌！"

"哦，是的，我都看见了，这是一个有妓院、有奴隶、女人需要循规蹈矩地被圈养却无法上学、贵族能随意把人送给别人享乐的顶尖城市……所以呢，那又怎样？"莉莉丝嗤笑道，"若是你们心中顶尖的城市不过如此，若是天花板依然压得人直不起腰，那么总有一天，它会被彻底拆掉！"

这世上不存在不反抗就被赋予的权力。

若是会被落后憎恨，若是会被无知憎恨，那就让他们憎恨去吧！

只有拆掉天花板，她们才能彻底站起来。

女巫们离城门越来越近的时候，地上悄无声息地拉起了几条绊马绳。

当女巫们接近时，先一步埋伏好的骑士们拉紧了绊马绳！

快速奔驰的马已经无法刹住，女巫们也没有勒马缰绳的意图，她们继续奔向城门。

温士顿·迪福眼中燃起了希望的火光，他盯着越来越近的绊马绳，身体不自觉地绷直，等待着摔下马，被骑士解救的那一刻。

然而，下一秒，温士顿·迪福的希望之光就熄灭了。

绊马绳上方出现了真正的火苗，火苗正迅速地在绊马绳上蔓延，将几条绊马绳烧成了灰烬。

女巫们的马匹没有任何停留，踩过地上的灰烬，留下一连串马蹄声和瞠目结舌的骑士们。

"这是怎么回事？"温士顿·迪福睁圆了眼睛。

面前的事太出乎意料，他愣了几秒才明白发生了什么："魔法？为什么会有魔法？！你们有魔法师？！"

莉莉丝笑着反问："不然呢，你觉得绳子为什么会突然自己燃烧起来？"

温士顿·迪福费力地仰起头，他这才发现，女巫们没有被愤怒的民众投来的东西砸中要害，因为一些凭空出来的小盾牌挡住了那些尖锐的危险品。它们出现得又快又短暂，令人难以察觉。

"你们和魔法师协会合作了？那些傲慢的魔法师竟然会和你们合作？为什么？那些老家伙明明不愿意给我任何人手！"这个意外的发现让温士顿·迪福变了脸色，他努力地抬起身子观察围观的人，"是谁？在哪儿……魔法师？！"

是那个木讷地站着的男孩吗？还是那个瘦弱的学生？不，也许是那个戴着帽子的农夫？

啊，到底是谁？是哪个魔法师混入了维尔博？

"怎么，温士顿·迪福，你想从这么多人里找到魔法师吗？"莉莉丝哈哈大笑，顺着他的误会说道，"那可有点困难。你也知道，从魔法师协会的老古板们那里要到人有多不容易，你猜猜，我们要到了几个魔法师助力？"

"你们怎么能和魔法师协会的魔法师们合作？你知道那些人都是反贼，他们想要推翻国王，而公主是——"

"合作，谁知道呢？"马上的女人耸了耸肩，"但那是一股不小的力量，谁都想得到，不是吗？"

温士顿·迪福的脸变得铁青。

女巫们的马匹直直冲向城门。

"关门！关门！"温士顿·迪福大声吼道，"把城门关上！"

守城的士兵们慌张地关闭城门，然而凭空出现的两支冰锥穿透了他们的手。

在士兵们的哀号声中，女巫们穿过城门，策马离去。

维尔博的街道上一片混乱，到处是被掀翻的小摊，被投掷的杂物散落各地。

人们呆呆地看着城门的方向，似乎还没有缓过神来。

旅馆二楼，瑞吉蕾芙压低帽檐，从窗边离开，走出了房间。

莉莉丝带着八个同伴来到维尔博，除了和她一起进入伯爵府的卡珊德拉、纳利塔、洁希德、奥特琳、伊芳、克利欧、狄赖，最后那位同伴就是魔法师瑞吉蕾芙。这段时间，她一直住在旅馆里等待时机——等待出场的机会。

接下来，出城会很麻烦，所有人都会接受盘问。

但这对瑞吉蕾芙来说并不困难。

因为大家都以为女巫们已经离开了，也不会有人猜到，那位帮助女巫的魔法师是一位女性。

短暂的停滞过后，街道恢复了喧闹，骑士们重新组织队列追击女巫，小摊贩们满口抱怨地收拾自己的摊位。购物的人、逛街的人、经营买卖的人一边议论着，担忧伯爵的安危，一边继续自己的生活。

但依然有人看着城门的方向，无法回神。

"荷瑞丝特，"有人喊道，"你呆着干什么，还不过来洗衣服？"

被叫到名字的是个扎着麻花辫的女人，她激动地问道："你看到了吗？女巫！刚才那些人是女巫！"

"是的，真晦气，竟然会看见女巫。要我说，这世界上就不应该有女巫。听说那些家伙总是干一些伤天害理的事，那些家伙就应该全被烧死。可恶，怎么每天都有这么多要洗的衣服……"

荷瑞丝特撸起袖子，展示自己的皮肤："你看，我起鸡皮疙瘩了。"她重复道，"不知道为什么，我的心情无法平静。天哪，天哪，我起了一身的鸡皮疙瘩。"

"当然，谁看见女巫都会起鸡皮疙瘩，因为她们是像蛇一样令人厌恶的家伙。"

"可是她们在笑。"

"哈？"

"那些骑士拿她们没有办法，她们骑着马狂奔，还在笑。"荷瑞丝特看向空荡荡的城门，"我从未见过那样的女人……"

随着与维尔博的距离越来越远，温士顿·迪福逐渐安静下来，他挂在马上，一声不吭。

卡珊德拉勒住了马："喂，莉莉丝，伯爵没事吧，他不会死了吧？"

"怎么会呢？"莉莉丝拽住马绳，将温士顿·迪福扔到地上，"他的命很硬。"

被摔在泥土里的迪福伯爵发出了一声呻吟，他的手脚都被捆住，连抱怨声都有气无力："莉莉丝，你为什么要这么做？如果你是个聪明人，你应该知道，杀死我没有任何好处，你们不仅得不到维尔博的支持，人们还会因为我的死亡而与你们为敌，你正在为辛西娅公主制造敌人。"

"你说得没错。"莉莉丝说，"这也是我没有杀死你、夺走维尔博统治权的原因——为你复仇的人会一拨一拨地拥来，那太消耗精力了，很不划算。"

"所以你到底为什么要这样做？"

"想想吧，温士顿·迪福，你邀请我去维尔博与我接受你的邀请的原因——我们不是要合作吗？"

"合作？"温士顿·迪福提高了声调，"你们在众目睽睽之下绑架了我，现在却要说和我合作？！"

"哦，难道在你用那些小把戏晾着我们的时候，没想到会有这么一天吗？这只是一点小小的回报罢了，以绑架回应监禁，很公平。"

温士顿·迪福的脸涨得通红，他忽然意识到，这个女巫早就看穿了他的伎俩："你到底知道多少？之前你和我的管家说起汤姆，你怎么知道那个商人——"

"你难道没有听过传言吗？女巫什么都知道。"

伯爵抖了一下，惊恐地望着仍在马上的女巫。

"说回合作吧。这是一件好事，大家都认为被女巫挟持的温士顿·迪福绝对不会与女巫合作。"莉莉丝笑道，"若是能瞒过所有人，对我们都很有利，不是吗？"

"什么？"

"这是威胁，你很快就会知道你失去了什么，所以不要想着做一些小动作。"她的眼神变锐利，"好好想想吧，伯爵，一旦你真与我们为敌，整个维尔博会遭遇什么——你真想这么做？"

迪福沉默了，他已经知道面前女巫的背后有谁——除了她自己的女巫团队、辛西娅公主，还有那个魔法师协会。

"劝你一句，温士顿·迪福，不要再耍小花招了。"女人扬起嘴角，"我是女巫，女巫是杀不死的。"

"温士顿·迪福，我们会一直注视着你。"

女巫们临走之前，抛下了这样一句话。

追逐而来的骑士们很快就找到了伯爵，为他解绑。

但温士顿·迪福不会让那些骑士继续追逐女巫——他不会为了一时的怨气，与那么多势力为敌。

当他回到伯爵府，发现保险箱里的东西失窃以后，他更不会那样做。

温士顿·迪福的保险箱里有很多重要的资料，他在与各方势力的周旋中，悄悄记下了他们的所有信息，然后分析他们的弱点和把柄。在以往的轮次中，他能靠着这些资料左右逢源，时刻叛变。现在，那些资料已经不在他手中了，即使他有备份，那些东西也不再具有唯一性。

秘密搜集消息这件事，只有他知道。如果这些仅有"温士顿·迪福"才能知道的信息透露出去，原本左右逢源的他就会变成众矢之的。

温士顿·迪福是一只滑不留手的泥鳅，很难被人牢牢握在手中。所以莉莉丝为他准备了一张细细的网，逼得他无处可逃。

为了保证安全，扔下伯爵之后，女巫们改变了几次方向，隐藏了一些痕迹。

当她们回到女巫营地时，已经是黄昏了。

赫萝克在为武器做保养，塞赫美特和贝斯蒂在空地上指导同伴训练，伊迪萨正哄欧若拉睡觉。

莉迪亚站在火坑旁，饭菜的香味从锅内飘出。

营地里的女巫像往常一样，做着各自的工作。

第一个看见马匹的是负责守卫的埃达，她抽刀出鞘，提高了声调："小心，有马过来了！"

女巫们马上警戒，抄起身边的武器。

"等一下！等一下！我觉得好像是……"丽萨爬到一块大石头上，踮着脚，伸着脖子，努力地看向来者的方向。

马蹄声由远及近，马背上的人也越来越清晰，同时传来的还有扬起手臂的女孩的喊叫声："嘿，大家！是我们！"

"是狄赖！"当看清来人的模样，丽萨尖叫起来，她跳下大石头，冲向她们，"是小姐她们！大家！小姐她们回来啦！"

女巫们放下手中的活儿，迎接同伴归来。

随着勒马时的马叫声，从维尔博回来的"女巫"们迫不及待地跳下马，与伙伴们对话、拥抱。

"太慢啦，小姐，你们回来得太慢了！"丽萨抽了抽莫名酸涩的鼻子，对着莉莉丝抱怨，"我们等了你好久好久！"

不知道为什么，一看见她们安全回来，她就开心得想哭。

有同样情绪的还有狄赖，这个之前还在维尔博街道上气势十足地喊叫的小女孩，此时看见许久未见的同伴，忽然扁起嘴，眼泪簌簌地落了下来："啊，大家，我们……我们……我们回来啦！"

"啊……让我猜猜。小狄赖，你们为什么这么久没有回来，"贝斯蒂叉起了腰，故意逗她道，"是不是维尔博的日子太舒服了，你们过得太快乐，所以不愿意回来？"

"才不是呢！"狄赖、洁希德和奥特琳异口同声地喊道。

随即她们又开始骄傲："你们根本不知道我们经历了什么！"

"等着吧，一会儿我告诉你我们都遇到了什么！"

"那可是非常精彩的遭遇！"

眼泪在打趣中迅速转化成笑意，女孩们闹成一团。

莉莉丝把缰绳递给纳利塔，转头看向塞赫美特和莉迪亚。

"好久没有吃到姐妹们做的饭了，"莉莉丝深呼吸，闻着久违的烟火味，"好香啊。有我们的份吗？"

"当然，"塞赫美特笑道，"你的同伴可是一群优秀的猎人，这段时间我们并没有闲着。"

"来尝尝我的手艺吧，莉莉丝！"莉迪亚扬起了手臂，"最近我的手臂更有力了，做饭也更好吃了呢。"

莉莉丝发现，看见同伴时，她不需要任何控制，嘴角就会自然地上扬。

夜晚降临的时候，瑞吉蕾芙回到了营地，女巫们也热烈地欢迎她回归。

这是她第一次独立完成任务，而且完成得如此出色，大家毫不吝啬自己的夸奖，瑞吉蕾芙也开心得合不拢嘴。

营火上烤着肉，女巫们围在营火旁，听克利欧讲述她们这段时间的经历与见闻。

狄赖抱着欧若拉不撒手："欧若拉，欧若拉，让我看看你。我好想你！你想不想我啊？"她一边说，一边啵啵啵地在欧若拉的脸蛋上亲吻，惹得欧若拉笑个不停。

莉莉丝支着一条腿坐在地上，含笑看着大家。

在之前的绝大多数时间里，她都生活在贵族的府邸，过着贵族的生活。可是比起伯爵府里的那些时光，现在这样的情景才是自己亲切熟悉的日常。

同伴们听着克利欧她们在伯爵府的遭遇，时不时发出惊呼。

"天哪，他们竟然送给你们男人！"洛塔皱眉，"这也太荒诞了，好恶心……"

"不只是男人，还有其他很多东西呢！"纳利塔沉思着，"我至今不理解，为什么接受他们的赠予会让我如此烦躁、感到如此屈辱。"

"没有交换与连接的赠予当然会令人不适，他们早就明白了这一点——赠予代表着野心与特权，而接受赠予往往代表着顺从。"塞赫美特耸了耸肩，"免费的东西才是最贵的。"

洁希德和奥特琳吃饱喝足，瘫倒在地上："啊，我还是喜欢这样。"

"好舒服啊，果然和同伴们在一起是最好的。"

锅已经空了，被放在一边。

燃烧的篝火偶尔爆出一两个火花。

火花声像寂静夜晚的催眠音。伊芳枕着纳利塔的腿，睡着了。

"其实我有点失望。"克利欧抱着腿对着篝火叹道，"当我们在一起时，我觉得我们的力量很强大。直到前往维尔博，我才发现我们是这个世界上的少数。"

无论是伯爵府里的女仆长、女仆还是街上的路人，大家似乎都一样。

不一样的只是她们。

她们太特殊了，与这个世界格格不入。

"是少数也无所谓，这是我们自己想走的路。"火光映红了莉莉丝的脸，小小的火苗在她的眸中闪动，"只要我们在自己的道路上行走，就一定会改变一些东西。

"这也是我们被人惧怕的原因。"

*　　*　　*　　*

"啪""啪"，壁炉里的火苗爆出了两个火花。

女仆踩着红色的地毯，弯腰往酒杯里斟酒。

温士顿·迪福伯爵的会客室坐满了客人。

女巫掳走迪福伯爵的事很快就传遍了整个维尔博，在骑士们把伯爵救回来之后，不少人前来探望。

"并不是什么大不了的事情。"迪福伯爵瘫在沙发上，"那些女巫还是惧怕维尔博的力量，她们……"

他说得轻松，酒杯却在摇晃。他的手在抖，他还在四下观望，不敢说女巫的坏话，仿佛担心有什么东西正在偷听。

所有的客人都故意忽略了这一点："是的，只不过是几个女巫，掀不起什么风浪。"

"伯爵好心招待她们，她们却恩将仇报，这些女巫真是没有格局，我真害怕她们伤害您。"

"他们肯定不敢伤害迪福伯爵，整个维尔博的人都爱戴伯爵大人，她们如果对伯爵做出了什么，一定会引发众怒。"

"哈哈哈哈……是啊。"迪福伯爵喝了两口酒压惊，转移了话题，"这个女仆就是之前照顾过女巫的仆人。"

"是吗？"客人们对眼前的女仆产生了兴趣，其中一个小胡子男人身体前倾，问女仆，"那些女巫有没有和你们说过有用的事？"

女仆愣了一下，脑里忽然浮现出那个女巫说过的话。

——你们的主管、你们的主人，一位早就知道我们是凶残的女巫却让你们来照料我们的主人，一位抛下你们自己逃也似的跑了的管家。这样的人，你们却把他们视为命运共同体。

"先生，"女仆脸上挂着职业性的微笑，"她们没说什么。"

"她们不可能什么都没说吧？"那人捏着自己的小胡子，"你再想想。"

女仆又想到了那个女巫在策马而去之前对她们抛下的最后一句话。

——听着，你们可以没有主人。

"不好意思，先生。"女仆捏紧了酒壶，"我不记得了。"

"哈，真没用。"小胡子男人抱怨了一句，瘫回沙发上，和其他人讨论起别的事，不再理会女仆。

女仆拿着空酒杯走向侧间。

当房间的门关上，会客室的欢声笑语也随之被隔绝在外。

女仆收起假笑，走到柜子前，拿出事先备好的酒，重新把酒壶灌满，又从抽屉里拿出新的酒杯放在托盘上。

房间里很安静，酒杯碰撞的声音被放大了。

做完这一切，她扬起头，看着天花板与墙面的夹缝，发出了一声悠长而又疲惫的叹息。

大概过了几秒，她才振作起来，端起托盘，准备重回会客室。

她转身时忽然发现侧间里还有一个人。

那是一个年轻的女人，她端端正正地坐在沙发上，双手放在腿上，正直直地看着她。

"啊！"女仆迅速调整好因为惊吓而失去的笑容，"您好，达克纳子爵小姐，要喝茶吗？"

子爵小姐优雅地颔首。

女仆为她倒了杯茶，之后告退，端着托盘回到会客室。

她打开门的一瞬间，人们的说笑声又如潮水一般涌来。

"不知道阿博特公爵怎么会养出那样的女儿。听说他的儿子现在也闷在公爵府里，闭门不出。"

"毕竟莉莉丝·阿博特暴出了那样的丑闻，她可是一位公爵小姐，怎么能把那种有辱家门的事情大肆宣扬？"

"说起教养，公爵家小姐的教养甚至不如其他贵族。达克纳子爵，今天有幸见到了您家的小姐，她可真是一位名门闺秀。"

"不知道哪位优秀的贵族青年能获得达克纳子爵小姐的青睐。"

…………

在门合上之前，女仆又回头看了一眼达克纳子爵小姐。

她安静地坐在沙发上，轻轻地喝着茶，没有发出任何声响。她的动作像人偶一样标准，却比幽灵还要安静。

女仆再次回想起那个女巫说过的话。

只有死物才最安静。

她忽然觉得毛骨悚然。

"真是令人毛骨悚然。"

维尔博的一间小房间里，双层床上铺的女孩小声抱怨道："荷瑞丝特，你不要再说那些女巫的事情了！太吓人了！"

下铺的女孩解开了自己的麻花辫，将弯弯曲曲的头发散开："可是，那些女巫——"

"我不要听！我不要听那些恐怖故事了！"上铺的女孩捂住了耳朵，"女巫可是会拧掉人脑袋的家伙，你不要和我说这些了，她们会带来厄运！我听说了，你今天总是念叨着女巫，还被拉尔姑妈拧了耳朵。"

"那是因为我没有洗完衣服，不是因为女巫——"

"啊啊啊啊，我不听我不听！"上铺的女孩将自己蒙在被子里，"如果你一定要说，就去和你的好朋友写信说吧，我要睡觉了，晚安！"

"好吧好吧……你们都不愿意听我说，我就去和格恩达尔说。"荷瑞丝特嘟嚷着从床上爬起，"如果不是因为她搬走了，我一定能和她说到天亮。"

她走到窗台边，翻出纸和笔，借着月光在上面画着："亲爱的格恩达尔，你好。今天发生了一些事，我一定想要和你说——我看到了女巫。这是我人生中第一次看到那样的女巫，是活生生的女巫，不是被烧死的残骸……啊，你知道那位莉莉丝吗？对，就是她，我见到了她和她的同伴。

　　"所有人都知道莉莉丝在竞技场战胜魔兽的事情。当她在竞技场上大喊'记清楚我的名字'的时候，人们就记住了她的名字，并将这个故事传颂开……后来大家都说她是女巫，她杀了骑士，为王国带来了厄运，使庄稼歉收。

　　"有很多女人被烧死，据说外面被烧死的女巫比维尔博的还要多。大家说，因为英明的迪福伯爵在这里，使这块土地获得了班布尔神的垂青，女巫们不敢驻足……可是我知道真相并非如此，那些被烧死的女人中，很多只是普通人，至少我认识的那个女孩就不是女巫。

　　"格恩达尔，我曾经很害怕，我不知道什么时候自己会被当成女巫。

　　"他们说，因为有女巫，你们才会遭受这些。可他们明明知道她们不是女巫，还是杀死了她们。

　　"他们说那些女巫一直在干坏事。可那些坏事，他们一直在干。

　　"他们说那些女巫十分凶恶。可她们活下来了，她们骑马驰骋，她们挥剑杀敌，她们快活地笑，肆意地跑。"

　　荷瑞丝特手中的笔停顿了一下，她做了一个深呼吸，用来平复心情，然后继续一边画一边碎碎念："是的，格恩达尔。今天，我看见了真正的女巫。我看着她们，心潮激荡，移不开目光。我想，天哪，我想加入她们……

　　"也许那些女巫能建立一个女巫王国。如果是那样的话，格恩达尔，我想和你一起去那里。——你的荷瑞丝特。"

　　她说完最后一句话，将纸拿起来，仔细端详："嗯……格恩达尔应该能看懂吧？"

　　她并没有学过认字，纸上面只是画了一些简笔画。即使这样，她也想和亲密的朋友分享自己的经历，表达自己的想法。

　　荷瑞丝特在纸上又涂涂改改了一会儿，然后慎重地将它装入信封，封好。明天她会花钱请识字的人在信封上写上邮寄地址，然后把这封信寄到另一个城镇的挚友手里。

　　"你一定会明白我的心情的。"女孩看向窗外的月亮，"对吗，格恩达尔？"

＊　　＊　　＊　　＊

　　夜空中的月亮又大又圆，连上面的阴影都清晰可见。
　　月光笼罩着森林和森林里的女巫营地。
　　大多数人都已经进帐篷里睡了。
　　莉莉丝进帐篷之前，被欧诺弥亚叫住了。

"莉莉丝，接下来我们要去哪里？"欧诺弥亚问道，"这段时间我们打探到一些情报。自从辛西娅公主回到伊迪丝，前往伊迪丝的道路管控都变得更严了，我们之前策划的路线恐怕已经行不通了。"

莉莉丝她们归队，团队重新聚集，这就意味着她们需要继续前进。前进的方向尤为重要。

"我确实有一个想去的地方，但不是现在这个时间……"莉莉丝思考了一会儿，答道，"先去东边的林塞山脉吧，据说那里有邪恶的女巫。"

对她来说，林塞山脉是一个极其陌生的地点。

在她经历的轮次中，林塞山脉从来没有成为一个重要的剧情触发点，也正是因为如此，这次在维尔博听到林塞山脉的女巫传言之后，她对其产生了浓厚的兴趣。她做了决定："我们去看看吧——其他的女巫。"

Chapter 40

林塞女巫

在莉莉丝原本的计划里，从维尔博离开，下一站就是通恩。

从维尔博到通恩有几条路线，林塞山脉是其中之一的必经之地。它在维尔博的东边，是一条连绵的山脉，地形特殊，山路险峻。山脉那边就是被称为"黄金粮仓"、以通恩为代表的肥沃平原。

翻过林塞山脉是运输粮食最快的路线。

同时，林塞山脉也是令人谈之色变的地方——那里流传着女巫的传说。

林塞山脉的女巫传说甚至比莉莉丝引起的女巫狩猎还要早几十年。人们都说山上盘踞着神出鬼没的邪恶巫婆，她身材矮小，头发稀疏，眼神凶恶，皱纹在脸上堆叠，鹰钩鼻又尖又长。一旦看见踏入她领土范围的侵入者和讨伐者，她就会伸出干枯的手，用巫术降下诅咒，进行惩罚，让他们被火焰吞噬、烧伤。

因此，那些运输货物的人会想办法避开女巫的地盘，改走其他的路线。经过一次次的探索，人们终于摸索出了一条安全的路线，这条路算不上平坦，甚至可以说简陋，但它大大缩短了运输的成本。据说，在最繁华的时期，这条山路可以并排通过两辆马车。

然而最近一段时间，林塞山路的情况每况愈下。

除了粮食歉收，山上的魔兽越来越多，这里的女巫也变多了。

新出现的女巫比老女巫更加凶残，她们神出鬼没，甚至主动袭击运输商队。

通恩和维尔博都曾派出骑士上山消灭女巫，但是女巫们熟悉地形，"巫术"十分厉害，数次击退骑士。于是人们口口相传的林塞女巫的故事也与时俱进，变成了林塞老巫婆指挥邪恶的女巫烧杀抢掠。

一次又一次的惨重损失让人们得不放弃这条路，选择更远的路线绕行，而原本的山路也就荒废了。

莉莉丝她们上山时，就看见那条路上长满了半人高的野草，一些地方被石头和倒下的树堵住了。

毫无疑问，这些拦路的石头和树都是林塞女巫们的杰作。

在最前面带领队伍的是塞赫美特、贝斯蒂和洛塔。

两位赏金猎人自不用说，之前在大山生活、靠采集药草为生的洛塔是这个队伍里最熟悉森林的人。

洛塔一边走一边观察着四周。忽然，她眼睛一亮，快走几步，弯腰拔起几棵草："啊，这是可以止血的——"

她的话因为背后传来的飒飒声而停住了。

洛塔扶住腰间的刀后退一步，看向背后的树和草丛："谁？"

所有人都看向这边。

"是不是林塞女巫？"狄赖喊道，"是林塞女巫吗？"

她们已经上山很久了，却没见到一个传说中的女巫。

"大家提高警惕。"莉莉丝提醒道，"也有可能是猛兽。"

洛塔扶着刀缓缓后退，顺手收好刚摘到的药草。放药草时，她的视线移开了一瞬。也就是那一瞬间，一只黑色的东西从草丛中蹿出！

"洛塔！"同伴们叫道，"小心！"

洛塔几乎没有时间思考，她条件反射般地抽出刀，向那东西砍去！

与此同时，贝斯蒂也飞速上前，冲向那东西！

洛塔的刀砍断了那东西的半边脑袋。

紧接着，那东西就被贝斯蒂击中魔核而爆炸了。

贝斯蒂甩了甩钢叉："哦，是只野狗魔兽！"

塞赫美特称赞道："真不错，洛塔，你的反应很快，刀法非常利落。"

惊魂未定的洛塔因为这句夸奖而松了口气："谢谢。"

伊芳盯着地上的半边脑袋，喃喃道："天哪，这座山上竟然真的有魔兽。"

"大家小心点，也许这只是个开始。"莉莉丝环顾四周，"据说，这里魔兽很多。"

她的担忧没有错，之后，魔兽接连不断地出现。

上山的路比大家预想的还要艰辛。

林塞女巫们行踪不明，陡峭的山路本就拖慢了上山的进程，何况这里还有大量魔兽。它们寻着人的气味，一拨一拨地出现。

起初大家还觉得这是一个练手的好机会，后来却因为没完没了的魔兽而疲惫、烦躁。甚至有几个同伴在杀魔兽的过程中受了伤。

直到晚上，大家才找到一块地方扎营。

白天她们完全没有时间停下来休息，只是匆匆吃了点东西充饥。

晚上吃饭时，所有人都很疲惫。

为了确保安全，大家砍了许多树枝生火，在几个方向都设置了火堆。

夏天最热的时段已经过去，山中的夜风有点凉。

莉莉丝小睡了一会儿，就被埃达叫醒，起来换班。

火堆上架着一口锅，里面咕嘟咕嘟地煮着汤。

塞赫美特坐在火堆前，洁希德和奥特琳正在抢烤兔腿。看见换班的莉莉丝她们过来，塞赫美特盛了两碗汤："来，吃点东西吧。"

"守夜的待遇这么好啊。"埃达笑了起来，"竟然还有兔子汤喝。"

洁希德得意地拍了拍腰间的剑："刚才来了只魔兽，我们打它的时候顺便捉了一只兔子！"

奥特琳叼着兔腿，含混不清地说道："捉到了就咩（不）要浪费，让它进我们的肚纸（子）。"

两姐妹总是打打闹闹，即使在守夜，也活力充沛。

莉莉丝笑了起来，她觉得这个情景似曾相识。

几个月前，她被塞赫美特和贝斯蒂救的时候，也是这样的场景。她们相处的时间不长，却已经成为出生入死的同伴。

塞赫美特撑着腿站起："好了，你们值班吧，我们先去睡了，一会儿你记得叫贝斯蒂起来值班——"

"砰！"

一声闷响传到莉莉丝耳中。

莉莉丝的手一震，她抬起头，转眼看向声音传来的方向。

那声音离得很远，若不是夜间万物寂静，很难察觉。

"对了，"塞赫美特说道，"今天晚上我们听见了好几次这种声音，都是从西南方向传来的。"

洁希德和奥特琳接话道："那边一定有什么东西吧？"

"一直'砰砰砰'的，不知道是什么声音。"

"怎样，"塞赫美特问，"明天要不要去那边看看？"

"当然，"莉莉丝点头，"有了线索，当然要赌一把。"

这句话得到了赌徒塞赫美特的赞赏，她伸了个懒腰，笑着走向帐篷："不错，为了看赌局的结果，我今天一定得好好休息。"

然而，女巫们并没有得到充分的休息——林塞山脉的魔兽太多了，它们在夜里也不安静。

守夜的女巫解决了几只魔兽。可后半夜来了一群艾鼬魔兽，它们趁着夜色潜入营地，咬破帐篷，攻击睡觉的女巫。

这些艾鼬魔兽让女巫们慌乱了一阵。它们个头虽小，但数量多又灵活，最后大家根据魔兽主动攻击人的特性，集合起来守株待兔，才彻底消灭了它们。

这时天已经蒙蒙亮，女巫们开始收拾人仰马翻的残局。

欧若拉先是半夜被惊醒，之后又吹到了清晨的冷风，哭得嗓音嘶哑。伊迪萨抱着她轻轻摇晃，纳利塔挤了点牛奶，热了喂她。

狄赖擦掉欧若拉脸上的泪："别哭了，欧若拉，这只是我们上山的第一天……"

她们也许会在这座山上待好几天，如果每天都这样度过，对大家的身体是很严重的消耗，尤其是几个月大的欧若拉。

哄好欧若拉以后，队伍开始往西南方向移动。

到了白天，前一天晚上的声音便被其他声音掩盖了。莉莉丝得时不时找一个安静的地方仔细聆听那种声音的来源，决定前进方向。

那声音极短，出现得毫无规律，再加上魔兽的袭击和陡峭的山路，还要防止队伍里的牛马受惊跑丢，一天下来，所有人都精疲力竭。

晚上休息时，依然有魔兽攻击营地。

"这到底是什么鬼地方！"贝斯蒂将钢叉从狼系魔兽的尸体上拔出，抱怨道，"怎么会有这么多魔兽？这种山上真的有人吗？"

面对着一拨又一拨的魔兽攻击，大家甚至怀疑这是温士顿·迪福的阴谋——他故意散布谣言，请君入瓮，让女巫们来到遍地魔兽的林塞山脉，借魔兽之力解决她们。

但那些被人力破坏的山路又是真实存在的。

令人庆幸的是，这天晚上，那"砰""砰"声比起前一天更清晰了。这说明她们行进的方向是对的。

第三天，女巫们继续在山上前进。

频繁出现的魔兽让所有人都保持警惕，而接二连三的战斗又令人疲惫，甚至欧若拉的哭声都变得有气无力。

狄赖表现得很急躁，几次跑到队伍前面，又被其他人叫回来。

"狄赖，"丽萨叫道，"不要乱跑，这里有很多魔兽！"

"没关系的，我不怕魔兽！"狄赖边往前跑边说，"我们走得太慢了，我去前面探探路。这个地方那么多魔兽，要是我们不快点出去，欧若拉她——啊！"

她的尖叫声令所有人都握紧了武器。

大家条件反射般地以为魔兽又出现了，然而狄赖的叫声是从上空传来的。

她的右脚脚腕被绳子束紧，倒吊在树上，来回晃荡。

女巫们立即警戒，看向四周。

树木静静地矗立在森林里，周围并没有任何异常。

"哎呀，小狄赖，"贝斯蒂叫道，"你怎么上天了？"

"又不是我自己愿意上来的！"狄赖喊，"快让我下来！"

贝斯蒂笑嘻嘻地切断了绳索，塞赫美特接住了掉下来的狄赖，让她安全落地。

"这是什么东西啊，"狄赖切断绑在自己右脚脚腕上的绳子，气呼呼地扔到一边，"为什么这地方会有这种玩意儿？"

突然出现的陷阱说明这山上确实住着人，也使女人们提高了警惕，前进更加谨慎。

在接下来的时间里，她们发现了更多的机关。

其中有几个非常凶险，地面表面上与平地无异，但人一踏上去就会掉进陷阱。

看见陷阱底部竖着的尖木桩和旁边的动物骨骼，狄赖倒吸了一口凉气。若她刚才掉进的是这样的陷阱，根本毫无生还的可能。

崎岖的山路、层出不穷的魔兽，再加上隐蔽的陷阱机关……过林塞山脉比大家想象的还要麻烦。

更麻烦的是，直到傍晚，她们还没有找到林塞山脉的女巫。

"我们应该离女巫的地盘很近了，"洛塔解释道，"猎人设置陷阱的地点不会离居住地太远。"

为保证安全，大多数猎人都会把捕猎地点设置在能够在白天来回的范围内，在魔兽频繁出没的林塞山脉更应该如此。

"哦，我倒是觉得我们已经来到女巫的地盘了。"塞赫美特笑着提高了声调，"你觉得呢，莉莉丝？"

莉莉丝看向四周："你找错打赌的对象了，塞赫美特。"

塞赫美特遗憾地耸了耸肩："哦，我就猜到你发现了。"

在看到第一个陷阱后不久，莉莉丝就察觉到了团队以外的视线。

卡珊德拉也提醒了莉莉丝："似乎有人在看着我们。"

直觉是一种优秀的天赋，它往往能比逻辑和理智更快察觉到异常。

一旦开始留意周围的环境，就能察觉那些奇怪的细节——树后的衣角、无风而动的草丛、石头后面的影子。

是的，有人在监视她们。

队伍里的其他人也发现了这一点，她们窃窃私语，主动将队形变成了防卫模式。

监视者们没有展开攻击，也没有和她们交流的意向。

一旦她们靠近，监视者就会后退；她们自报身份，监视者们却一言不发。

尝试几次之后，莉莉丝她们放弃了与监视者们交流，继续向前走。

对方并没有展现出任何敌意。

但莉莉丝心里隐隐感到不安。

她们正在对方的地盘里走动，并试图走进对方家里。

她们是入侵者。

她不认为自报姓名了，对方就会无条件地信任自己。

对方是被骑士们多次围剿依然活下来的林塞女巫，她们抢劫商队，杀死商人，过着刀口舔血的日子。这样的团队，绝对不会天真到无条件信任踏入自己领地的人。换句话说，即使她们对莉莉丝她们没有恶感，也不应该展现出这种拒绝沟通的姿态。

　　莉莉丝正在思索，队伍忽然停了下来。

　　最前面的塞赫美特伸手拦住了所有人："莉莉丝，看前面！"

　　正前方的树上钉着一颗魔兽头。

　　那是一只虎系魔兽的头，被长刀钉在树干上，白色眼睛死不瞑目地睁着，黑红的血染红了正下方的土地。

　　毫无疑问，这是一个警告。

　　"真可惜。"贝斯蒂歪了歪头，"看来这大山的主人不欢迎我们呢，我们要折返吗？"

　　四周的草丛里传来了异动。

　　之前感受到的视线消失不见，取而代之的是魔兽的低吼声。

　　"哈，"塞赫美特拔出腰间的刀，"恐怕是来不及了。"

　　十六只狼系魔兽从几个方向蹿出，包围了莉莉丝她们。

　　是狼群！

　　它们龇着牙，喉咙里发出威吓的声音，前掌抓地，白色的眼睛在黄昏中闪着诡异的光。

　　莉莉丝终于明白为何之前那些监视者毫无动静——这才是真正的请君入瓮，她们一边监视她们，一边引来魔兽，借力打力！

　　莉莉丝的剑已出鞘，挥向离自己最近的狼系魔兽："大家小心！"

　　狼系魔兽是最凶狠的魔兽之一，由它们组成的狼群是连王国骑士团都难以与其抗争并全身而退的存在。莉莉丝经历过不少被狼系魔兽咬死的凄惨结局。

　　然而，经过这段时间的磨炼，她对狼的习性越来越了解，对付狼系魔兽也有了一些心得。这种经验变化不仅体现在她身上，也体现在她的同伴们身上，成为她们战胜魔兽、活下来的关键。

　　经过一番苦战，一个狼群十六只狼，最终全被莉莉丝她们消灭了。

　　满地都是狼的断肢、头颅和因为魔核爆炸而纷飞的魔兽血肉。连续几日的辛劳，加上这场大战，女巫们几乎精疲力竭。

　　莉莉丝杀死第三只狼系魔兽时被抓伤了手臂。这几天她晚上都参与了守夜，白天也在高强度地战斗，杀死最后一只狼的时候，她快要站不住了。

　　大家的力气几乎耗尽，伤员也有所增加，她必须打起精神，以防敌人趁虚而入。

　　"小姐，你先休息一会儿吧，"丽萨扶住她，"都这样了，我们还要继续前进吗？"

莉莉丝拧紧眉头思索了一会儿，视线落在被钉在树上的魔兽头上。她忽然发现那把贯穿魔兽头的长刀看起来有些奇怪，刀柄上面好像绑着什么。

像……一张字条。

是林塞女巫传来的信息吗？

莉莉丝用剑撑起身体，走向那棵钉着魔兽头的树。

就在此时，她忽然听见树林里传来人的喊叫声："啊！啊！"

这个声音听起来有些耳熟，但是莉莉丝还未来得及从脑海中找到与其对应的人，同伴们的声音就响了起来："莉莉丝，小心！"

"是蛇！"

"在你右边！"

过于疲惫的大脑使得莉莉丝的反应有些迟钝，当她转过头的时候，那条蛇已经张开嘴，对着莉莉丝露出了毒牙！

莉莉丝下意识地转动身体，挥动手臂，利剑将蛇劈成两半，蛇头歪着擦过莉莉丝的手臂，和半截身体一起掉在地上。

和它们一起落在地上的，还有一件银色物品。

看清那蛇身上的花纹，莉莉丝的冷汗从额头流下。她知道这种蛇的毒性有多强，若不是那件突然飞来的银色物品砸偏了蛇头，她就被咬到了。

她弯下腰，捡起地上的银色物品——一枚做工精细的照明胸针。

莉莉丝的眼睛猛地睁大。

"啊！"与此同时，一个人从森林里跑出来，她叫着冲向莉莉丝，"啊！啊！"

"喂！喂！等一下！"洁希德和奥特琳马上用剑指向那人，"你是谁？"

"你要干什么？站住！"

莉莉丝却上前几步，拨开两姐妹的剑："不要伤害她。"

这个突如其来的场景让所有人都面面相觑，女巫们没有收起武器，只是停住了攻击。

莉莉丝张开手臂，以毫无防备的姿势面对那个跑来的女人。

跑向莉莉丝的女人完全无视其他人的武器。她泪流满面，奔跑着，喊叫着，像离巢多日，终于找到归途的候鸟一样，扑到了莉莉丝怀里，紧紧地抱住了她。

在她们拥抱的那一刻，来者哭得几乎失声，胸膛剧烈地起伏着，她只能用仅剩的半截舌头不停地叫道："啊！啊！啊！"

莉莉丝的眼泪也汹涌而出，她用力回抱那个女人，喃喃道："啊，赛薇拉，赛薇拉，你还活着……赛薇拉……这真是太好了。"

她的眼泪流个不停，就连她自己都不知道为什么。

她很少如此失控。她与赛薇拉只见过几面。

莉莉丝劈断她的锁链，给她武器，让她逃命的时候，并不知道她的未来会怎样。

赛薇拉无法说话，她独自一人，美貌也会成为一种累赘。可赛薇拉活下来了。她活下来并出现在莉莉丝的面前，与她相拥。

对方的拥抱与体温让莉莉丝感受到了一种真实感。

那是生命存在的真实感。

这种真实感触发了莉莉丝这段时间所有的痛苦、挣扎与隐忍。

啊……赛薇拉活着……

过去那些经历、那些行为都是有价值的。

她活着！

"你们认识吗？"狄赖问塞赫美特和贝斯蒂，两位赏金猎人摇了摇头。

"天哪……"丽萨最先猜到眼前的女人是谁，"难道是赛薇拉小姐？"

赫萝克一脸疑惑："谁？"

"是那个赛薇拉吗？赛薇拉·亚尔维斯？"伊芳震惊地问道，"杀死唐恩·亚尔维斯侯爵的女人？"

这句话在队伍里引起了一阵骚动。

亚尔维斯侯爵被杀案件早就传遍了全国。

亚尔维斯侯爵对绝世美女赛薇拉一见钟情，不介意她奴隶的身份娶她为妻，他的妻子赛薇拉却不知足地毒杀了他。国王为之震怒，亲自庭审这个案件，并判处这个女人死刑。当所有人都希望看到这个忘恩负义、蛇蝎心肠的女人被处死的场景时，赛薇拉畏罪自杀了。

没有行刑，没有尸体，大多数人还未来得及看到赛薇拉的真面目，她就被宣告死亡了。

更巧的是，其间，马洛伯爵溺水而亡，葬礼举办得匆忙而潦草，参与葬礼的人甚至没有看到马洛伯爵的遗体。

各种谣言因此流传开来。有人说赛薇拉没死，死的只是个替身。有人说，是赛薇拉杀死了马洛伯爵。也有人说，赛薇拉从监狱里神秘消失了……传言越传越多，最后达成了一致——赛薇拉是个邪恶的女巫，她伪装成奴隶，以美貌魅惑男人，并杀死他们。亚尔维斯侯爵发现了她的真面目，想办法弄哑了她，却为此丧命。在庭审时，赛薇拉还想诱惑风流的国王康拉德·索耶，最后却被国王识破了，后者下令处死女巫，于是暴怒的赛薇拉杀死了马洛伯爵，消失了。

赛薇拉的传闻在街头巷尾流传，甚至有人将它们编成歌谣和故事，这些作品的收尾总是以告诫结束——"小心啊，女巫赛薇拉正在寻找新的目标，留意那些让你痴狂的女人吧，她们会要你的命！"

莉莉丝的同伴们很难将面前这个抱着莉莉丝痛哭的美貌哑女与传言中的赛薇拉联系起来。

当莉莉丝与赛薇拉拥抱着大哭时，她们不知道这两人之间发生过什么事，却跟着红了眼眶。

然而知道这个突然出现的女人是谁后，她们又马上回想起那些流传在街头巷尾的故事，并对这个突然跑出来的女人产生戒心，想让这个危险人物离开莉莉丝。

这种巨大的拉扯感让她们一时间不知所措。

眼泪肆意地流过后，莉莉丝终于恢复了平静，她轻轻拍了拍赛薇拉的背："赛薇拉，是林塞女巫帮助了你吗？"

"啊……啊……"赛薇拉点了点头。

"那就好。"莉莉丝看向钉在魔兽头上的刀柄，"那我得看看她们想和我说什么了。"

"啊啊！"赛薇拉抱着莉莉丝的腰用力摇头，急切地阻止她前行。

看见莉莉丝不解的神情，赛薇拉夺过莉莉丝手中的照明胸针，扔向魔兽头前方的地面。

"砰！"

照明胸针落在地面的一瞬间，地面爆炸了！

火光陡然蹿起，泥土如烟花一般散开，又像夹着冰雹的细雨一样落下，随着它们一起落下的照明胸针已经被炸得变形了。

"呸呸呸……"狄赖抹着被土眯到的眼睛和嘴巴，问道，"这是什么东西啊，魔法吗？"

"好像……好像是……"赫萝克看着地面被炸出来的大坑，声音颤抖，"一种武器。"

大家都被吓到了，即使是莉莉丝，也感到一丝后怕。

虽然所有人的注意力都在魔法石上，但这是个有烟花的世界。能够制造烟花，就必然有火药，有火药，就能制造爆炸性武器。

然而，比起魔法石，火器的研发麻烦又难控，硝石燃烧还会散发刺鼻的气味，这一切都被贵族认为是"低贱的""不优雅的"。

贵族们不在乎，但却占据着矿山，民间得不到资源，也被禁止研究这些东西，导致火药的用途一直仅限于制造烟花。

第一次听见那个"砰""砰"声时，莉莉丝就猜到那是爆炸声。但那声音一直离她们有些距离，她们之前的机关也与炸药、地雷无关，这让她产生了一种惯性思维。

后续的监视者、狼群魔兽和魔兽头警告以及警告上的字条，每个环节都在耗费她的精力，持续这种惯性思维。

如果莉莉丝按照之前检查机关的方式靠近那把长刀，非死即伤。

硝烟的气味在空中飘散开。

一个女声响起："到底是谁多嘴？都和你们说了要瞒着赛薇拉，看吧，搞砸了！"

莉莉丝循声望去。

前方的高坡上出现了一群女人。

说话的是站在最前面的中年女人，她留着寸头，扛着一把巨型斧头。那斧头重量惊人，但她扛得极其轻松，右臂随意地搭在斧柄上。这女人显然是这群人的首领，她的身高不逊于塞赫美特，一道深色的疤从右嘴角蔓延到脸颊尽头，之所以没有继续延续，是因为她没有右耳。

"嘿，莉莉丝，是吧？"中年女人偏着头，身体前倾，左手手肘压在前倾的右腿上，饶有兴趣地打量着莉莉丝，"你的命还挺大的嘛。"

莉莉丝与她对视。

女首领的笑容带着几分狂傲不羁，右脸的疤强化了她的表情，但毫不突兀。

这就是真正的林塞女巫。

赛薇拉站在莉莉丝前面，她双臂张开，像护崽的母鸡一样保护着莉莉丝。

莉莉丝已经很久没有被人这样保护了。她做梦都不会想到，如此毅然决然站在自己面前保护自己的是赛薇拉——那个曾经在半夜哭着敲响神殿西门求救的女人。记忆中的她弱不禁风，像只棉花制成的美丽人偶，唐恩·亚尔维斯一只手就可以把她拽走。现在，她的头发短了，身体壮了，眼中也不再盈满惊慌无助的泪水。

赛薇拉皱眉，瞪着那位单耳女巫，大声喊道："啊！啊！"

"哎呀呀，快瞧瞧，"高坡上的单耳女巫笑了起来，"我们赛薇拉多让人心寒，她竟然为了外人凶我。"

单耳女巫旁边的人也哄笑起来："赛薇拉，你在干什么呀？"

"你是要离开我们吗？"

"哦，赛薇拉，我的心都碎啦！"

…………

林塞女巫们的调笑让赛薇拉红了脸，她有些懊恼地扫了她们一眼，委屈地扁了扁嘴，但依然守在莉莉丝身前，没有离开。

"喂，赛薇拉，"单耳女巫对着莉莉丝扬了扬下巴，"如果我想杀掉这家伙，你会对我拔剑吗？"

她虽带着笑，但眯起的眼睛是冰冷的，身上也散发着杀气。

那是在生死边缘打过滚儿才能有的眼神和气势。

正因为如此，莉莉丝的同伴们一直没有放松警惕，她们把武器对准了林塞女巫们。

莉莉丝瞥向赛薇拉的腰间，那里挂着一把镶着宝石的剑。

莉莉丝记得它。马洛伯爵用它杀死了很多女人，莉莉丝用它砍断了赛薇拉身上的锁链，而赛薇拉靠着它在这个恶劣的环境活了下来。这把剑比起赛薇拉的衣着过于华丽，单是抠下上面的宝石，就能卖个好价钱。

莉莉丝仰起头，对单耳女巫说："林塞女巫，我们不是敌人。"

"不要搞错了，莉莉丝，"单耳女巫直起身子，"这是我的地盘，你们是不是敌人由我来决定！"她扫视着莉莉丝的队伍，"若是杀了你们，这些牛、马……所有的东西就都是我的了。"

"别傻了，你知道我们的名号吗？"狄赖叫道，"我们会打得你满地找牙，像魔兽一样炸掉！"

单耳女巫闻言，直起身子，猛地抢起扛着的斧子，巨型斧头在天空画了一个半圆，准确地劈中一旁的巨石。

"轰！"巨石瞬间四分五裂！

"炸掉？"单耳女巫立起斧柄，反问，"你是说像这块石头一样吗，小朋友？"

狄赖看呆了，她从未见过力气这么大的人，但随即她的表情就严肃起来，掏出了自己的匕首。

过往的战斗经验告诉她，越是强大的对手，越要认真对待。

"哇！这可真厉害。"贝斯蒂转头问道，"喂喂，塞赫美特，你能打过她吗？"

"要不要打个赌？"塞赫美特对着碎石吹了个口哨，"看看在她挥起斧头之前，我的刀能不能砍到她的脖子。"

"哦，那我的钢叉肯定比你的刀要快。"

听到这些话，林塞女巫们收起了笑容，亮出了武器。

而莉莉丝这边的敌意也在增强，这两天的劳累使得大家神经紧绷，火气上涌。大家本以为找到林塞女巫，形势就会有所好转，没想到林塞女巫们一见面就给她们下马威。

气氛越来越紧张，这使得夹在中间的赛薇拉变得手足无措。

就在这时，婴儿的哭声骤然响起。

"啊，欧若拉，嘘嘘，不要哭了。"伊迪萨慌张地哄着怀中的婴儿，"嘘……嘘……"

"怎么了？"狄赖严肃的表情瞬间瓦解，她转过头，大声问道，"欧若拉为什么哭，是要换尿布了吗？"

女孩天真而焦急的声音与现在的场景格格不入，而更突兀的是，下一秒，狄赖就转过身，跑向伊迪萨。其他同伴马上上前补位，守护她的背影。

林塞女巫们面面相觑，在以往的战斗中，她们从来没有遇过这种事。

单耳女巫眯着眼睛，居高临下地看着伊迪萨、狄赖和欧若拉。

"莉莉丝，我以为你是聪明的女人，但看看那玩意儿……"单耳女巫嗤笑道，"你们的脑子坏掉了吗，竟然带着那种累赘？那是你们谁的种？你们总不会在旅途中生子了吧，这可真惊人！"

林塞女巫们随之哈哈大笑。

"欧若拉不是累赘！"狄赖猛地转过头，吼道，"她是我的女儿！"

林塞女巫们的笑声瞬间消失，空气一瞬间停滞。

"你的……"单耳女巫变了脸色，她拧着眉，打量着狄赖，"女儿？！"

狄赖并不知道林塞女巫们的表情为何变得如此凝重，她护着欧若拉，重新竖起身上的刺，恶狠狠地瞪着单耳女巫："是啊，那又怎样？"

可是，除了狄赖和欧若拉，在场所有女人都能理解林塞女巫们情绪变化的原因。

"欧若拉是被父母舍弃的婴儿。"莉莉丝解释，"我们养了她，所以她是我们所有人的女儿。"

停滞的空气重新流通，林塞女巫们无声地松了口气。

"哈……"单耳女巫似乎因为眼前发生的荒谬事情而困扰，她嗤笑了一声，"没想到，大名鼎鼎的魔女莉莉丝竟然如此母爱泛滥。"

"因为我们很强，"莉莉丝说，"我们负担得起我们的责任——我们可以杀死敌人，也可以帮助同伴。"

单耳女巫歪着头："所以？"

莉莉丝望向她的眼睛："我们是来寻找同伴的。"

单耳女巫与莉莉丝对视着，眼神中涌动着试探与怀疑，还带着不示弱的威胁与压制。

没有人移开目光。

单耳女巫弯起嘴角："这里可没有你的同伴。"

她的笑容带动脸上的疤，有些狰狞，又有些玩世不恭，像威胁，又像嘲讽。

莉莉丝不为所动："我不这么认为。"

她的笑容带着十足的自信。

"啊，好吧，那随你吧。"单耳女巫似乎有些意兴阑珊，她扛起巨斧，"我倒想看看你能不能找到所谓的同伴。"

"啊……"赛薇拉叫道。

"赛薇拉，和你说了多少次，我不叫'啊'。"单耳女巫转身，"我叫卡喀亚。"

她瞥了赛薇拉一眼："跟好了，别乱跑，被炸死了可没人给你哭丧。"

说完，她带着其他林塞女巫离开了。

赛薇拉拽了拽莉莉丝。

莉莉丝笑着点了点头，对着伙伴们招手，示意她们跟上来。

赛薇拉不能说话，单耳女巫自然不会真责备她记不住自己的名字。

显然，最后那两句话是对莉莉丝她们说的。

即使有人带路，路程也不轻松，比起在林塞山脉生活的林塞女巫，莉莉丝她们需要加快脚步才不至于掉队。毕竟跟在林塞女巫身后可以避开地雷和陷阱。

莉莉丝和塞赫美特、贝斯蒂时刻盯着自己的同伴，防止大家走散。

她们越往前走，越能清楚地看到火药爆炸过的痕迹——烧焦的树木、炸开的土堆、干涸的血迹和半焦的毛皮。甚至有些地方还散落着魔兽被炸碎的尸体。

当然，并不全是魔兽的尸体，中间还夹杂着人类的残骸和布料碎片。

最开始林塞女巫们踩过那些尸体碎屑的时候还会回头观察莉莉丝她们的表情。之前大多数人走进这片人迹罕至的森林，都会觉得自己看到了地狱，毕竟他们身边是半焦的树木，脚下是混杂着血腥味的土地，触目所及的是血肉模糊的尸体碎片。而莉莉丝她们并没有惊慌失措，甚至没有多看那些尸体残片一眼。

若是有人看见这两队女巫面色如常地在这种地方穿梭，一定会觉得这些女巫是邪恶的。

穿过森林，是一面陡峭的山壁。

这里比莉莉丝想得还要荒凉。这儿是人力辟出的荒地，地上几乎没有野草，爆炸的痕迹随处可见。山壁周围坐落着一些用木头和泥巴糊出来的"房屋"，女人们在房屋间走动。

这里像是一个聚集的村落，只是当夕阳照向这片土地时，这里便显得格外荒凉。从这些房屋的简陋程度就可以看出，在这里生活的人在物资方面是多么缺乏。

这个村落的尽头还有一座独立的木屋，比起其他房屋，那座独立的木屋看起来更像一座正常的屋子，它有烟囱，有窗户，有屋顶，还有一圈围栏。那座木屋离村落中心有一段距离，看起来"奢侈"而又孤单，异常显眼。

莉莉丝本来以为那座木屋是卡喀亚的住所，但卡喀亚看都没看那座木屋，而是和守卫的人说了几句话，径直走向一座简陋的房屋。

"停，就到这里！"一个林塞女巫拔出刀，指向莉莉丝她们，"你们不能再前进了！"

以地势高低为界，林塞女巫们为莉莉丝她们划出了一片可以活动也可以露宿的区域。

这种招待绝对算不上热情，但莉莉丝已经满足了，毕竟她们不请自来，算不上这里的客人。

而赛薇拉很快被叫走了，她在走之前写了字条告诉她们，这里是安全的，几乎不会有魔兽出现。

比起这几天因为魔兽和陷阱而时刻保持警戒的生活，被守卫的林塞女巫盯着算不上什么。

莉莉丝和同伴们开始扎帐篷，生火做饭，安排值班和休息。

林塞女巫换了几拨守卫，每个守卫都会紧盯莉莉丝她们。

而莉莉丝她们也在观察林塞女巫。

"哎呀，那些守卫也太冷漠了，我一走过去，她们就瞪我，根本不理我的搭话。"贝斯蒂叼着肉干靠在塞赫美特身上，"从房子和出现的人来猜，她们有五十几个人。我偷看了一下她们的训练，她们战斗的技巧不够，有很多无效动作，就这方面来说，我们占据优势。"

"但她们够凶狠，带着以命相搏的架势，真打起来，我们未必能赢。"塞赫美特分析道，"更何况她们还有那种会爆炸的武器。"

这应该是卡喀亚把她们安排在这里的原因，高处视野更好，也更容易压制敌人。

接下来的几天，两队女巫相安无事。

莉莉丝她们的食物足够这几天的生活所需。她们跟在林塞女巫身后去河边取水时，对方只是看着她们，并没有阻止她们取水。

赛薇拉说得没错，这里没有魔兽。

无论是白天还是晚上，都能时不时地听见爆炸声。

但比起魔兽，爆炸声不算什么，莉莉丝她们很快适应了这样的生活，并恢复了精神。

*　　*　　*　　*

两队女巫一直在观察彼此。

一天，卡喀亚带着一群人出去了一次。那是绝好的攻击林塞女巫的机会，但是莉莉丝她们没有任何动作。

直到傍晚时分，卡喀亚才回来。她们带回了一些猎物，还拉回了一辆马车。马车车壁上溅满了血，林塞女巫不以为意，她们搬走货物，拆掉马车，把上面的零件收好，拆下来的木板就直接用来修葺房子。

莉莉丝和同伴们静静地看她们拆马车，没人问这辆马车从何而来、原主人是谁又在哪里。

卡喀亚经常坐在高处盯着她们，因为那道疤痕，她总是一副似笑非笑的表情，那表情很好地掩饰了她的想法。莉莉丝有时也会抬头看她，她们目光相会时，便没有人愿意先移开视线。

那视线中，不仅有试探、评估，还有较量。她们都知道这样的时光不会持续太久，必然有人先走向对方，先一步打破僵持的局面。

一天夜晚，很多人都进去睡觉了，只剩下几个守夜和工作的人。

莉莉丝在营地转了一圈，抬头看向林塞女巫们的住处。

天已经黑了，那些房屋也是黑的。

林塞女巫像莉莉丝她们一样，在空地上生篝火。

唯一亮灯的是那座独立的小木屋。

林塞女巫们与那座木屋的交流极少，她们平时几乎不去那座木屋，只是偶尔把一些东西放在门口，同时拿走屋内人放在门口的东西。

仿佛在做一些交易。

莉莉丝的目光落在那座木屋上，木窗上偶尔会闪过屋内人的影子，但距离太远，看不真切。

当莉莉丝把视线转回来，想要再次观察林塞女巫们的住所时，守卫的林塞女巫望向她的视线中带着警告。

就在这时，莉莉丝听见了克利欧的呼唤："莉莉丝，你能过来一下吗？"

克利欧正在火堆旁翻看从温士顿·迪福那里偷来的资料。那个狡猾的伯爵在记录时用了很多暗语和记号，必须破解它们才能明白资料里写的是什么。这个任务自然而然地落在对这个世界了解最多的莉莉丝和热爱文字的克利欧身上。

"我不太明白这个指的是什么，"克利欧指向其中一个符号，"你能看懂吗？"

狄赖跑了过来："让我看看！让我看看！"她伸着小脑袋，凑过来看了一会儿，很快就打了个哈欠，"啊……看不懂，这都是什么奇奇怪怪的符号。"

"你打哈欠了，小狄赖！"丽萨叉着腰，"让你睡觉你不睡，非要强撑，现在呢，一看见文字就开始打哈欠？"

"这世界上就不应该存在文字！"狄赖反驳道，"你们这些识字的，不也看不懂这些符号吗？这就证明文字没用，能说清楚的东西干吗要写下来，多此一举！"

"哎呀，你又在为不想学习找借口。"丽萨举起字典，"你才认清楚几个字就大言不惭，说识字没用！"

看见那本字典，狄赖瞬间蹦出了老远："我不睡觉才是聪明呢，万一那些坏女巫趁我睡觉搞偷袭怎么办？这可是正经的大事，你不要拿着字典催眠我！"

她边往前跑边回头抱怨，却没有留意到其余人变了脸色。

丽萨喊道："狄赖，别跑了，快停下！"

"我才不呢，你们又想骗我学习！"狄赖叫道，"认字！认字！每天都是认字，有那时间我还不如多练练剑，一剑砍倒坏女巫！"

狄赖喊完，一回头就撞上了什么东西，她后退了两步才站稳，抬头看向自己撞到的对象。

那人身材高大，背着月光，像一座山一样立在那里，肩上的巨斧闪着光。

是卡喀亚！

狄赖心中警铃大作，转身就跑。

但为时已晚，那人拎着她后颈的衣服，将她提了起来。

"这可真新奇，所有人都厌恶女巫，我还是第一次听见有人把女巫分成好女巫、坏女巫。"卡喀亚拎着狄赖道，"所以，像你这样的自认为是好女巫的小东西，怎么会这么不听话？”

"用你管？"狄赖挣扎着喊道，"放开我，坏女巫！"

卡喀亚瞥向狄赖："不听话的家伙，留着耳朵也没用，不如我帮你们割了吧。"

她话音未落，就看见一道银光冲着自己袭来。原来狄赖已经反手抽出自己腰间的匕首，捅了过来！

卡喀亚一手将狄赖扔了出去，骂道："狗东西，还是个带刺的哩！"

她的衣服被匕首划破，皮肤也被划破了一层皮，一个个血珠从伤口渗出，要是她的动作再慢点，那把匕首真有可能捅进她的胸膛。

被扔出去的狄赖在地上打了个滚儿，然后以半蹲的姿势摆起了架势，刀刃对准了卡喀亚，毫不示弱地瞪她："所以呢，你被割掉耳朵以后听话了吗？"

气氛再次剑拔弩张，克利欧合上了本子，丽萨也握紧了字典，她们不动声色地靠近狄赖，以防卡喀亚突然发难，袭击狄赖。

然而卡喀亚突然大笑起来："哈哈哈哈哈……"

这突如其来的笑声让狄赖愣了一下，她疑惑地拧着眉头，一脸不解。

"哈哈哈哈……"卡喀亚笑出了眼泪，"你说得没错，小东西，我从来不是个听话的人。"

狄赖刚松了口气，忽然一个东西擦着她的耳朵飞了过去，她茫然地摸了一把耳朵，结果摸到了一把血。她再回头看，一块小铁片在地上砸出了个小坑，那东西擦破了她的耳朵。

"可我也不是个仁慈的人。"卡喀亚笑道，"小心点，否则下次割的就是你的脖子！"

"你才是狗东西，你这个坏女巫，我一定要……"狄赖气得又要上前，但她的同伴已经挡在她前面。

"哈哈哈，别误会，"卡喀亚摊手，"我已经手下留情了——你觉得这个小鸡一样的女孩受得住我的斧头吗？以往弄伤我的人，我都会让他们死。"

"她不会任由你打，她有匕首。"莉莉丝说，"若是刚才你动作慢一些，重伤的会是你。"

"没错，有本事就用斧头和我对战，别用暗器！"狄赖骂道，"你这个坏蛋。"

"别教我做事，小家伙。我确实不是好人，所以呢？"卡喀亚瞥了她一眼，"要是不想被杀，就努力挣扎、反抗，别异想天开，指望要杀你的人听你的意见。"

莉莉丝叹了一口气，走向卡喀亚："你是来挑衅的吗，卡喀亚？"

"不。"卡喀亚扬起嘴唇，"我只是想来看看你们有没有找到所谓的同伴。"

她扛着斧头，围着莉莉丝她们转了一圈："莉莉丝·阿博特，阿博特公爵家的小姐，罗纳德王子的未婚妻，神殿的圣女，新晋女骑士，杀死骑士的魔女，诅咒国王的女巫，协助辛西娅公主造反的反贼……真有趣，你有这么多花里胡哨的名头。"

莉莉丝说："你知道的很多。"

"当然，我还知道国王为病重的王后颁布了赦免令，说赦免辛西娅公主的罪，让她回费尔顿城见王后……"卡喀亚停在莉莉丝身边，"哦，对了，听说不久前你还在维尔博劫持了对你示好的伯爵温士顿·迪福？"

值班守卫的林塞女巫们远远地看着她们。

卡喀亚没有带人过来，她一个人闯进了莉莉丝她们的营地，却带来了强烈的压迫感。

"莉莉丝，你为什么寻找我们？你想干什么？"她歪着头，转动眼球看向莉莉丝，唇角带着冰冷的笑意，"你也想劫持我吗？"

"不，你们和温士顿不一样。"

"哈哈哈哈，我们不一样？"卡喀亚大笑起来，她忽地抡起肩膀上的斧头。

斧头在莉莉丝眼前划过，斧顶"咚"的一声着地，带起了许多灰尘。那是一把双刃斧，两侧的斧刃闪着清冷的寒光，像它的主人一样，体形巨大，散发着杀意。

丽萨和克利欧马上拔出自己的武器，指向卡喀亚，其他听到声响的女巫也从帐篷里跑出来。

卡喀亚像没有看见她们的举动一般，她双手撑在斧柄上，淡然地说道："哈，没错，我们当然不一样，温士顿·迪福是伯爵，他有很多地、很多钱、很多奴隶和为他说话的人，他是个好人。而我们，住着破败的屋子，穷得叮当响，还被所有人厌恶。"

她挑起眉毛："哦，对了，你刚才说我知道很多，你猜我们是怎么知道这些的？"

莉莉丝没有回答。

传言，林塞女巫一直待在山上，不会下山。

卡喀亚也没有指望得到回答，她道："我们劫持那些运货的家伙的时候，会逼问他们最近外面发生了什么事。我很喜欢看那些为贵族卖命的家伙哆哆嗦嗦地向我求饶的样子。那些人天真地以为说些新奇的故事就不会死，但即使他们说了，我还是会杀了他们！"

她笑："大家都说这是座死亡之山，既然魔兽没有攻击他们，那就由我们代替死神，割下他们的头。"

一阵夜风吹过，带着丽萨她们打了个寒战。

"你说要来找同伴，可是你完全不了解我们。我可是纯粹的恶人。"卡喀亚说，"所以，莉莉丝，你真觉得你们能找到同伴？"

"我对你并不是毫无了解，"莉莉丝说，"至少我知道你是南方人，你的家乡应该在索锡一带。"

卡喀亚皱眉，她狐疑地看向莉莉丝："这是魔女的能力？"

这当然不是魔女的能力，只是因为刚才卡喀亚激动时无意间用了她家乡的说话方式，而那种说话方式莉莉丝听过——索锡出身的布莱斯伯爵有时会不自觉地用"哩"结尾。

卡喀亚问："你还知道什么？"

莉莉丝答："你不是贵族，也不是平民。"

卡喀亚的手腕上有很明显的茧子，那是长期戴手铐磨出来的，再结合她脸上的疤和缺少的耳朵，不难推断出她的真实身份。

"哈哈哈哈……"卡喀亚笑了起来，"你说得对，我确实是索锡出身的奴隶。"

莉莉丝知道索锡的骚乱。

在这个轮次中，她与辛西娅公主第一次见面，也就是辛西娅公主闯入会议厅时，康拉德国王就在和贵族大臣们商量：南方粮食减产导致贵族与奴隶的矛盾越发严重，有些地方甚至有起义的苗头，发生了骚乱——索锡就是那些地方之一。

莉莉丝问："你是在索锡骚乱中跑出来的？"

"很可惜，免费的机会已经用完了，"卡喀亚重新拎起双刃斧，"想要继续，就用实力说话，让我看看你是否像传言中一样强大。"

随着这句话，营地里围上来的人也亮出了武器。

卡喀亚孤身一人闯入莉莉丝的营地，当所有人都用武器对准她时，她马上被包围了。

林塞女巫们也聚集在高地，远远地看着她们。赛薇拉想要跑过来，却被拦住了。

"喂，带刺的小家伙，我告诉你一个打架的诀窍。"卡喀亚弓着身体环顾四周，"当你要打一群人时，你就得瞄准一个目标，往死里弄他！若是他够惨，惨状就可以吓退其他人。若是其他人不退，那么拉一个垫背的上路总比你独自死划算！"

狄赖握紧了匕首，表情复杂地瞪着卡喀亚。

卡喀亚眼中露出凶狠的光："姥子以往打架的时候，什么招式都会用，抠眼、踹屁、踢蛋……记住了，小家伙，越狠毒的招式就越有用，你得保护好自己的刺！"

"很遗憾，这次你用不着这个诀窍了。"莉莉丝示意其余人后退，然后抽剑，"因为这是一场一对一的比试。"

"很好。"卡喀亚甩了一下双刃斧，攻了上去，"至于剩下的了解，就要看你能在我斧下挺多久了！"

她知道莉莉丝为什么来林塞山脉。

莉莉丝不是单纯地想要寻找同伴，她想要收编她们、领导她们，既然如此，她就要有足够的实力。

＊　　＊　　＊　　＊

"砰！"双刃巨斧与剑相撞。

即使常年锻炼，莉莉丝还是被卡喀亚的力气震惊，那巨斧震得她手发麻，她只能迅速转移力道，偏移剑刃。

偏移的剑刃擦着双刃斧的侧面，拉出了一道刺耳的声响。

莉莉丝借力打力，顺着剑的指向刺向卡喀亚的左手！

卡喀亚侧身，左手下沉，错过剑锋之后马上握拳袭向莉莉丝的肚子。

为了避过这一拳，莉莉丝立即调整攻击的方向，与卡喀亚擦身而过。

莉莉丝站稳之后马上转身，她以剑护身，瞥了一眼自己的剑，那上面已经出现了裂痕。

受到损伤的不只是剑，即使莉莉丝动作很快，卡喀亚的拳头还是擦到了她的腰侧，那里正隐隐作痛，应该已经有瘀青了。

莉莉丝的视线从剑转移到卡喀亚身上。

卡喀亚随着惯性向前走了几步才停下，双刃巨斧劈在火堆旁的地上，带起的风使篝火摇晃，蹦进火堆里的砂石爆出火花。她侧身转头，看向莉莉丝。

火光映亮了她的后颈。衣领下似乎有什么东西。

意识到莉莉丝的视线停在自己的后颈，卡喀亚冷笑了一声，拉下后颈的衣领："怎么，你对这个东西好奇？"

那是一片圆形伤疤，凹凸不平的疤痕在火光的映照下越发狰狞可怖。

"你该不会猜不到这里原来烙着什么东西吧，贵族小姐，"卡喀亚的笑容和那块圆形伤疤一样狰狞，"这是你们贵族给牲口打的标！"

高处，聚集起来的林塞女巫们望着她们，她们举着火把，火光映在她们的脸上。每一张脸都因为这句话燃起了愤怒与憎恨。

几乎所有林塞女巫的后颈都有同样的疤痕！

"你来寻找我们，你想要我们的力量，"卡喀亚挥着双刃斧，冲了过来，"可你这种贵族出身的小姐又懂什么？"

双刃斧劈开了空气，带来尖锐的呼声。

在如此凶猛的攻击下，莉莉丝只能连连后退，躲避。

"纯洁无瑕的贵族小姐，不会有人在你娇嫩的脖颈后烙上这样的烙印吧？你说合作？什么合作？"卡喀亚骂道，"你是莉莉丝！莉莉丝·阿博特！可你知道我们是谁吗？我们是奴隶，连名字都没有的奴隶！"

双刃斧的斧刃映射着火光，狠狠地砸向地面。卡喀亚的眼中也闪着同样的火光，她瞥了一眼被双刃斧带起的尘土，猛地用力，提起斧头，朝莉莉丝砍去。

229

那些乌糟、微不足道的尘土，让她想起了自己憎恶的过去……

＊　　＊　　＊　　＊

两年前，索锡。

灼热刺眼的阳光下，一支队伍在缓慢地移动着。

这是一支由奴隶组成的队伍，他们拿着陈旧的碗，身上的布料仅可遮体，在监工注视下，一个一个来到桌前领取午饭。

"下一个。"半人高的铁桶前，发汤者拿着长勺，机械地将铁桶里的菜汤倒进排队者的碗里，"下一个。"

拿到菜汤的奴隶会到旁边的桌前领取一个小面包。

"下一个。"

一切都在有条不紊地进行，发汤者打了个哈欠，再次歪了一勺菜汤。

"哗！"稀薄的菜汤被倒进碗里，发汤者喊道："下一个。"

面前的人却没有走开，黑色的影子笼罩着发汤者。

发汤者抬起头，面前站着一个人。

她身材极其高大，肌肉强健，还留着寸头，若不是衣服与男奴隶不同，很难一眼界定她的性别。

"怎么了，9433？"发汤者问道。

他们给这里所有的奴隶都起了数字编号，只有那些相貌出众、能到高级市场卖个好价钱的奴隶才能拥有姓名。

"太少了，吃不饱。"那女人晃了晃碗，答道。

"你……"发汤者想要发作，但对上那女人冰冷的视线，辱骂的话又咽了下去，他用勺子在铁桶底部舀了一勺，将沉底的菜舀起，倒进9433的碗里。

9433这才端着菜汤转身。

发汤者看着她脖子后面的花式字母烙印"B"，啐了一口："下贱的奴隶。"

那是布莱斯家族的标志，这里所有的奴隶后颈都有同样的烙印。

没听见那句唾骂一般，9433面无表情地走到旁边桌前。发面包的人瞥了她一眼，自觉地递给她两个面包。

她身后的奴隶羡慕地咽了口口水，小声对发汤者说："我也吃不饱……"

"吃不饱就饿着！你以为你是谁？你也是异国奴隶的后代吗？"发汤者吼道，"你也是加布里尔的杂交狗吗？吃不饱？揍你一顿就饱了吧！"

随着咒骂声，汤勺砸到那个奴隶头上，甩着鞭子的监工也走了过来。

随即，奴隶的惨叫声伴随着鞭声响起。

9433无视身后的骚动，她拿着面包端着碗，走到一旁的砖墙边坐下，就着菜汤，将硬邦邦的面包塞进嘴里。她吃得很快，先吃了一个干硬的面包，然后喝完汤，最后用面包抹掉碗里剩余的菜汤。

不知道什么时候，她前面多了三个影子。

那是三个男奴隶，领头的那个人高马大，像山一样壮，显得跟在他身后的两个正常身高的男人瘦小了许多。

"哈，9433，你的饭还真丰盛啊。"为首的壮汉笑道，"看来你今天也得到了优待。"

9433瞥了他一眼，把蘸着菜汤的面包扔进嘴里，用力咀嚼。

"真奇怪，"那个壮汉问道，"现在给我们的食物越来越少，为什么9433总能得到这样的优待？"

壮汉身后的两个男人怪声怪调地答道："看看她的身高，我们科尔里奇国怎么会有这样的女人，是她妈叛国，和加布里尔那边的奴隶苟合，所以才有了这只加布里尔杂交狗。"

"不不不，我猜，是她使用了女人的特权，贿赂了那些发饭的家伙。你们知道的，这世上总有些审美独特的男人，可能那个小矮子就喜欢熊一样的女人……"

三个男人大笑起来。

壮汉笑道："哦，荡妇生下了受人尊敬的放荡野狗！"

9433咽下最后一口面包，放下碗，擦了擦嘴。然后，她猛地起身，抡起拳头，自下而上直击为首壮汉的下巴！

壮汉还未收起笑容，就被击中了下巴，他被突如其来的袭击打得后退了几步，连句脏话都没有来得及迸出，9433新一轮的攻击已经砸了过来。她将那壮汉击倒在地，坐在他身上痛揍他的脸。

另外两个男人连忙上前拉架，但是无论他们怎么拉扯、击打，9433都没松手。

这里的骚动马上引起了其余人的注意，几个监工吹着哨子跑了过来。

"停下！停下！分开！"

监工的鞭子甩向9433的后背，发出一声声闷响。

在众人合力之下，他们终于将9433拉开。

倒在地上的壮汉已经鼻青脸肿，满脸是血，他咳嗽了一声，慢慢地翻身，用手撑着上半身，从嘴中吐出一口混着两颗牙的血水。

被拉开的9433面无表情地俯视着他，她后背的衣服被鞭子打破了，血顺着杂乱的鞭痕渗出。

"9433，5254，又是你们两个！"监工头泄愤似的挥舞着鞭子，"你们这些蠢猪，没有一天不给我惹事！"

鞭子雨点般落在两人身上，地上的5254弓起身子，护住了脸。9433也弯下腰，用胳膊护住了头，被胳膊挡住的脸上带着毫不掩饰的憎恨。

一群蠢货！她这样想着，眼中的憎恨比头顶的阳光还要毒辣。

…………

火光的映照下，莉莉丝和卡喀亚分开的影子再次冲向彼此。

"铛！"利剑和双刃斧再次相撞。

"贵族？贵族！你们这些高高在上的贵族被人骂过吗？被人侮辱过吗？"卡喀亚透过双刃斧与剑的缝隙，看向莉莉丝，"你们扛过木头吗？你们挨过饿吗？你们被鞭打过吗？你们被人踩着头践踏过吗？嗯？合作？哈！合作？就凭你？"

随着双刃斧上力道的加强，莉莉丝再次跃开，她不动声色地活动了一下被震得发麻的手指，警惕地盯着卡喀亚。

卡喀亚甩了一下双刃斧："啊，说起来，我好像疏忽了，你是尊贵的贵族，你不应该叫我卡喀亚，而应该叫我9433。"她露出一个嘲讽的笑容，"虽然不知道有没有传到过公爵小姐耳中，但在一些地方，我很有名呢。"

Chapter 42

反叛者

炙热的太阳炙烤着工地，工地上的奴隶们或是推着板车，或是搬运石块。

他们在为布莱斯伯爵搭建新的别馆。

9433走到装满石块的车前，这车上的石块比以往的还多。

周围人都在看她，无论是监工还是奴隶，他们的视线都集中在她身上。

这不是什么稀奇事。

她默不作声地咬紧牙，压下板车的把手，随着这个动作，她额边暴出青筋，手腕上的铁链发出了"哗啦"的声响。

手上多了铁链的不止她一个，还有5254——这是打架的惩罚。

一旦动作大一点，那碍事的铁链就会叮当作响，仿佛在告诫其他人不要惹事。

9433推着板车艰难地前进，沉重的石头压得板车吱呀作响，太阳晒得她皮肤发红，汗水从额头流下。她能感觉到周围人的视线，但她毫不在意，她弓着身子，目不斜视，撑着一股气推着板车往前走。

即使没人说话，她也知道那些人在想什么，毕竟那些话她已经听过无数次。

——瞧瞧那只加布里尔的杂交狗、野蛮的臭女人，她是疯了吗？又和男人打架。

——要不是布莱斯伯爵在意她，她早就被人偷偷杀了吧。

——没办法，加布里尔的野狗本来就少，她还是个高大强壮的女人，布莱斯伯爵一直很骄傲自己拥有这么罕见的奴隶，还让她参与奴隶角斗。

——可是她之前被送去伯爵府，没过几个月就被退回来了。

——因为她是个疯子，据说她手段阴狠，在奴隶角斗中什么伎俩都用，甚至捏爆过对方的蛋，让好几个人变成了废人。而且她还不服管教，布莱斯伯爵把她扔回来，就是要教训一下她。

——所有监工都知道，布莱斯伯爵要教训她却不想让她死，毕竟她是个特殊的奴隶。哈，加布里尔的杂种狗。

——这里那么多人，凭什么只有她拥有特权？啊，她怎么还不死啊，这种怪物就不应该存在!

"蠢货,"9433握紧了车把,心想,"不要以为我不知道你们在想什么,你们这群蠢货。"

天黑之后,奴隶们在监工的组织下,排着队回到住处。

9433正要回去,忽然被一个监工叫住。

那个监工对一旁的小屋偏了偏头:"去处理一下。"

9433扫了他一眼,把板车推进了小屋。

这是个破烂的草屋,四处漏风,门已经脱落。越靠近它,就越能清楚地闻到一股浓重的血腥味。

9433在门口站了一会儿,直到眼睛适应黑暗,大致看到房屋里面的景象,这才推着板车进去。

血腥味最浓重的地方躺着一具女尸。

9433的视线在她隆起的肚子上停了几秒才走过去,将女尸抱上板车。

推着板车离开,经过那个监工的时候,她停了下来,让那个监工看车上的尸体。

那个监工皱着眉,一只手捏住鼻子,另一只手嫌弃地挥着:"推走推走!"

板车的轱辘再次转动。

9433听见身后传来监工们的对话。

"又死了一个?"

"是那个怀孕的,难产死了。"

"可惜了,要是生下来,伯爵还能多一个奴隶哩。"

"就算生下来也很难养活,那个女人肯定不知道这孩子是谁的。"

"哈哈哈哈,可惜这边的男奴没有异国人,不然生下来一眼就能看出来是不是杂交狗。"

…………

监工们猥琐的笑声越来越远,9433推着板车走向别馆的后面,快要散架的板车吱吱呀呀地响着。

不远处的围栏上缠绕着尖锐的铁丝,站岗的守卫望向9433。

小板车在一个坑前停了下来。9433放下把手,走到车前,将车上的女尸抱了起来。

这个坑里堆着十几具奴隶尸体,有男有女。

9433绕着这个坑走了一圈,将那具女尸扔到另一具女尸旁边。做完这一切,她又在守卫的监视下,推着板车原路返回,然后放下板车,回到睡觉的地方。

那间狭小的屋子里挤满了女人,似乎有人在小声啜泣。当9433走进来时,她身上浓重的血腥味触动了某些人的痛处——闻到那种气味,所有人都知道她刚刚做了什么。

有人大哭起来，有人用憎恨的眼神看着9433，小声咒骂，仿佛是她让那个死去的女人怀孕、难产。但当9433的目光落到她们身上时，那些骂着"帮凶"的声音又变小了。

9433走到墙角自己的固定位置，她旁边的女人哭得浑身颤抖。在9433坐下来的时候，她小声说了一句："怎么办，万一我也怀孕……"

9433的记性不好，总是认不清人脸，但她记得这个女人，她的脸很小，鼻子有点尖。没人敢在她身边睡，最后睡在她身边的都是最边缘的人。这个尖鼻子女人就是如此，她像只容易受惊的小鸟一样，总是用惊恐的眼神看她。9433不止一次看到她被那些男奴隶堵住，而那个死去的女人曾经和她有同样的境遇。

尖鼻子女人的话被其他人听见了，从而引发了一阵恐慌。

死了一个人就少了一个"乐子"，活着的其他人就可能会被当成目标。

奴隶群体有些不成文的规定。

比如，监工会控制男奴隶与女奴隶的接触，但总是有些女奴隶被男奴隶盯上，而对于那些人，监工们会睁一只眼闭一只眼。

当9433在布莱斯伯爵府因为不服管教而被吊起来抽打时，那些晃着红酒杯观赏着这一幕的爵士就因为9433在奴隶角斗中废掉男性奴隶命根子的事情讨论过这件事。

"总得有人处理那些猪猡的欲望吧。"那些爵士这样说，"不能让他们没完没了地侮辱我们的羊。"

另一个爵士耸了耸肩："不能这样说，是淫魔勾引了那些猪猡。"

高贵的爵士们心照不宣地大笑起来。

放羊在男奴隶中间是件肥差，随着他们欺辱羊的行径被发现，淫魔变成羊诱惑男人的故事也就流传开来。

爵士们叹道："太可惜了，羊可生不出奴隶。"

"这都是必要的损耗，让那些猪猡发泄一下欲望，他们就会安分一点。"布莱斯伯爵晃着红酒，"但是也不能太放纵他们，那些猪猡得寸进尺之后会要求更多。"

"哦，我们竟然为他们操心这么多事，我们是多么聪明、多么善良的人啊。"

爵士们举起酒杯，为自己的"高洁"碰杯。

他们没有忽视9433眼中的憎恨与杀意，相反，他们享受这种她憎恨他们却又被他们绑在架子上殴打、侮辱，对他们无能为力的感觉。

"看看你的眼神。"布莱斯伯爵拿起鞭子，狠狠地抽向9433，"真不错啊，杂种狗，你真是个好家伙，这可太棒了，哈哈哈哈哈！"

他希望9433眼中的憎恨之光因为鞭笞而消退，而那憎恨之光一直没有消退，反而越来越亮。这让她成为一个"有趣的玩意儿"，令布莱斯伯爵对她另眼相待，想看看这个"罕见的玩具"会掀起什么风浪，又会在什么时候磨平锐气，臣服在他脚下。所以他把她扔回了奴隶群，扔回这个破旧的屋子。

她耳边环绕着的，不再是那些贵族的笑声，而是女人们嘤嘤的哭声。

9433 靠在墙角，摸向自己腰间。她的腰带里有几处比其他地方都硬，那里面藏着可以当作武器的尖锐石头和铁片。她回忆着绑着铁丝的围栏和站岗的守卫，并在脑中思考如何才能割破那个守卫的脖子。

那些女人还在哭。

9433 有些不耐烦。她们没完没了地哭，仿佛哭得多了，那个女人就会从尸堆里爬起来，回到她们身边。这些哭声打扰了她的思考，也让她无法睡觉。

不知道谁恨恨地说了一句："班布尔神会诅咒他们！"

9433 没忍住，笑出了声。

这笑声在一片凄凄惨惨的声音中分外刺耳，女人们都望向她。而她毫无遮掩地扬起嘴唇，随着那个充满恶意的笑容说出更加恶毒的话语："别犯蠢了，不过是死了个奴隶而已，能有什么诅咒？"

是的。班布尔神不会知道。即使知道了，他也不会在意。毕竟这是无关紧要的事，贵族的农场、府邸、城堡……每个地方都死过奴隶。

贵族每年给神殿进贡大量的钱，是神殿最欢迎的人，也被神官们称赞为虔诚的信徒。所以他们最明白，这世上没有报应这回事，神会被钱收买，所有的罪恶都可以被上贡之举抹去。所以他们吃着精美的食物，住着豪华的房间，穿着华贵的衣服，过着纸醉金迷的生活，并在夜晚安心入睡。

9433 的话刺痛了屋子里的女人，她们瞪着她，目光中充满深刻的仇恨。

在这种视线中，9433 的笑声越来越大，带得身上的铁链都在响。

太可笑了，连恨都找不准对象的家伙。一群蠢货！

布莱斯伯爵期待她 9433 在这个地方被磨平斗志，可她的愤怒一天天地累积。因为她看到了太多的蠢货。

贵族是蠢货，监工是蠢货，这些奴隶也是蠢货！

烈日下，9433 推着那辆快要散架的板车，昨晚装着尸体的板车上此刻堆满了石头，她手臂上的肌肉隆起，手腕间的铁链叮叮当当地响着。

她不动声色地观察着周围的一切，想象着自己杀死那些监工的场景。

一想到有朝一日她会实现那些想象，她就心潮澎湃。

——这个地方充斥着蠢货，而我是不同的，我与这些家伙不同！

来回运了几次石块，9433 扔下板车，到旁边搬石块。她盯着一个男奴隶，直直地走过去，撞到了他的肩膀。

那个男奴隶瞪了她一眼，转过身，想要绕路走。

但是下一秒，9433冲了上去，拳头砸到他脸上。拳头伴随着铁链叮叮当当的撞击声落下。

一个监工吹着哨子跑来："分开！分开！干什么呢！分开！"

9433被拉开后，冷冷地说了一句："他撞我。"

"不，不是我撞你，是你撞我！"男奴隶吼道。

"都给我闭嘴！"监工给了他们一人一鞭，但对上9433充满杀意的眼神以后，他愣了一下，转头骂向那个男奴隶："她那样的杂交狗，你惹她干什么？"

他泄愤般挥着鞭子，任由男奴隶在鞭子下发出惨叫。

周围的人都看向这边。

"啐。"9433吐出了一口吐沫，用充满杀气的眼神环视周围的男人，扔下一句警告，"别惹女人！"

特权者——那些围观的人这样想着。

…………

*　　*　　*　　*

"特权者！特权者！你们这些贵族才是特权者！"卡喀亚怒吼着，挥动着双刃斧，"可是他们不停对我说'特权'，说我拥有特权？我的特权？哈，多可笑啊，奴隶的特权？"

利剑的力量无法阻挡双刃斧的攻击，莉莉丝以防守之姿被逼得步步后退。

"她们不去憎恨那些贵族，反而嫉恨我！特权！特权？"卡喀亚冷笑道，"是指我从小就像疯子一样从别人那里抢食，被殴打了无数次却没有饿死，还长得高大的特权？是指我被那些贵族虐待，在角斗场出生入死，硬撑着活下来的特权？还是我做完了几倍于别人的苦力，还威胁那些男人，让他们惧怕我的特权？"

"既然如此，她们为什么不争取这样的特权，是不想吗？"她吼道，"一群蠢货！"

随着这句怒吼，双刃斧以雷霆之力劈了下来！

*　　*　　*　　*

在工地建设别馆的日子日复一日，除了慢慢成形的别馆和时不时死几个奴隶，并没有发生什么特别的事。

硬要说有什么变化的话，那就是奴隶们的食物越来越少了。

因为这件事，奴隶们经常聚在一起抱怨。

"抱怨什么，今年粮食收成不好，饿死的人多的是哩，你们有的吃就应该感激布莱斯伯爵和班布尔神的仁慈了。"监工头腆着肚子，甩着鞭子吼道，"快点工作！工作！"

工作结束之后，9433拖着疲惫的身躯回到睡觉的地方，在墙角坐了下来。

比起前几天，屋子里的气氛松快了很多，大家小声讨论着减少的食物，想象着哪个贵族家的奴隶伙食最好，说着说着，又有人讨论起那些贵族的家族图腾和奴隶烙印。

"据说家族图腾都是找专人设计过的，布莱斯伯爵家族的图腾是藤蔓，和奴隶烙印很像，很难区分。"

"至少比柯勒律治家族的烙印好看吧，他们的烙印直接印在额头上。"

"你们见过安德鲁家族的奴隶标吗，那个烙印很漂亮。"

……

听到这些话，9433冷笑出声。

她就知道会变成这样，大家很快会忘掉那天晚上那个怀孕难产而死的女人，毕竟这种事太多了，所有人都已习惯。每当身边有人死亡，她们就会陷入短暂的应激反应——伤心、痛苦、害怕、诅咒……然而只需要几天时间，几天后，她们就能找到很多理由，自己说服自己，然后像什么都没有发生过一样，麻木起来，继续原本的生活。那天的痛苦、纠结好像酗酒者一次短暂的清醒，很快就会消失，被忘个精光。

那声冷笑中带着的嘲讽意味太重，使得所有人瞬间陷入沉默。

过了一会儿，一个女声像要缓和气氛一样挑起了话题："这几天那些男的好像安分了许多。"

女人们马上响应这个话题："是啊，是啊。"

有人对尖鼻子女人说："最近他们是不是没有骚扰你？"

尖鼻子女人点了点头。

"果然，只要忍一忍，他们的注意力就会转移。"有人说，"他们也不会总沉迷于这种事。"

"是啊，是啊，幸好我们忍了。"有人帮腔，"上次就是有人反抗，被那群人折磨死了。"

"所以还是应该找个男人保护。"有人叫出了不在屋内的女人的代号，"自从2346把3056迷得晕头转向，再也没有人欺负她，因为3056会揍那些欺负她的人。"

"真好啊，现在2346就和3056在一起吧？"

奴隶们发出了羡慕的感慨。

一群蠢货！听着她们的话，9433抓着自己的头发，几乎快要压抑不住心中的鄙夷与愤怒。

她嘲笑道："原来如此，和3056在一起，2346就不会怀孕，不会难产，她生出的孩子也不会变成奴隶了哩。"

如她所料，那些射来的视线再次充满敌意。

所以她更大声地笑了起来："不反抗，不反抗，乖乖承受一切，真妙啊。"

"我们力量差别太大了，当然不能反抗。"有人说道，"他们也说，不能惹怒他们，一旦惹怒了他们，在绝对的力量差面前，我们只有死路一条。"

"他们当然会那样说，狮子也希望羊不长角，猎人也希望狼没有尖牙和利爪，所有的奴隶主都希望奴隶不吃不喝，顺从地工作。"9433说道，"你们听勇者打败巨兽、王子打败巨龙、骑士打败魔兽的故事时，可不会说绝对的力量差。上次那个小公鸡一样的奴隶被和我差不多高的家伙揍时，可没人对他说不要还手，还有人在他打输之后偷偷给他支着儿哩……原来你们和那些男奴隶之间的绝对力量差，比物种之间的差异还要大啊。"

"你这么说是因为你不会遇到这种事，"那人愤怒地反驳，"你长得高大，又有力量，是因为你有加布里尔的血统，你的父亲是加布里尔的战俘！"

"哦，既然绝对的力量差如此无法战胜，高大的加布里尔人又怎么会成为科尔里奇国的战俘？"9433冷笑着反问，"是因为科尔里奇国的骑士们没有反抗，跪下来恳求，使得加布里尔人善心发作，自愿成为战俘吗？"

9433扬起头，看向房间里的女人。

夜很黑，简陋的屋子里没有任何照明，女人们的脸和身体就像一团团模糊的黑影、没有灵魂的木偶。

她对着那群木偶露出了讥讽的表情："所有人都被鼓励拥有力量，只有你们，只有你们被鼓励懦弱，只有你们希望变成最没用的懦夫！你们以为做了狗就是噩梦的完结？做梦去吧，狗都会对敌人露出獠牙，而你们这群趴下做狗的人只会被踩到泥里！"

有声音喊："反抗的话，死了怎么办？"

9433冷笑："之前没反抗，死的少吗？"

房间再次安静下来，难以形容的绝望气息在房间内蔓延。

过了一会儿，有人小声说："你凶什么？我们已经是奴隶了，和其他人比，我们已经少了许多自由。现在，我们连不反抗的自由都没有了吗？连不反抗都不行的话，我们要怎么撑下去？"

"自由，哈，自由……当然，你们有自由，有成为狗的自由，有向他们献媚的自由，有选择向3056还是3057献上身体的自由，有选择这坨屎好吃那是那坨屎香的自由。可是，去你们的狗屎！"9433猛地站起来，吼道，"姥子不需要这种自由！姥子不要摇尾巴的自由，不要捡屎吃的自由，姥子要的是不当狗的自由！我要当人，和他们一样当人！"

她弯下腰，从地上抓起一把稻草，塞进尖鼻子女人手里："知道怎么当人吗？在心里想一百个杀死他们的方法。当他们欺辱你时，踢他们的下体，大拇指握在拳头里面，打他们的喉结，找个尖锐的东西当刀，反手握住，捅向那些欺负你的人的胸口，或者割断他的脖子！"

"啊，不行！这太可怕了，"尖鼻子女人松开手，稻草松松散散落在地上，"怎么能随便伤人！"

"哈！"9433骂道，"蠢货！"

"忽然吓唬我们做什么！"有人忽然骂道，"你有选择吗？你能当人吗？你一个奴隶在这里说什么大话？你只会要求我们，只会骂我们是懦夫，你自己不也是垃圾？你这么对我们，和他们有什么区别？"

"别装了，我们有什么区别，你不知道吗？你敢和他们说刚才那些话吗？你是敢指着监工的鼻子骂他垃圾，还是敢反抗那些欺负你的男人？但凡你们有那样的气势，也不至于落得现在这样的下场。"9433又扬起嘴角，"你们才是垃圾！"

女人们愤怒地瞪着她。

"说什么撑下去，真好笑，你们撑下去是为谁？是为了持续现在这种生活，继续给布莱斯家族纺织棉布，等着布莱斯家族感激你们？还是幻想那些狗屁贵族、狗屁王子娶你们当贵妇？"9433恨恨地说道，"撑不下去就去死吧，蠢货们，别馆后的尸坑为你们留了充足的位置！"

整个房间都充满了低沉而压抑的气氛。

9433受够了这种沉默，她大步走出房屋，锁链随着她的动作叮当作响。

坐在地上的女人们微微侧过身，躲避着她，为她让路。

推开那扇破烂的门就能看见夜空和夜空中悬挂的一轮圆月。

无论9433做几个深呼吸，都无法吐清胸口的那股浊气。她狠狠地砸了旁边的墙壁一拳，咒骂着走向屋后。

蠢货！蠢货！都是一群蠢货！

我与他们不一样，我不是那样的蠢货！

我是英雌，我是勇者，我不属于这里，总有一天，我会逃出去！

我不会死在这里！

屋后不远处是厕所，这是少见的奴隶们能自由行动且不受监视的地方，因为监工们和守卫们都嫌弃这边的味道。除非必要，女奴隶很少夜间出来上厕所，即使上厕所，也会三两结伴，防止被人袭击。

当然，9433并不在乎那些，她现在满腔怒火，恨不得找个人打架泻泻火。

所以，她看见厕所附近蹲着几个黑影时，毫不犹豫地冲了过去。

铁链响动的声音使得那些人发现了9433。

其中一个人站了起来，挥了挥手："嘿，杂交狗。"他挥手的时候，露出了手上的锁链。

看到那条锁链，9433马上就知道他的身份——目前所有奴隶中，只有两个人戴着锁链，除了9433，就是曾和她打架的5254。

5254并没有对她展示敌意，相反，他摊开手，在她的拳头快要击中自己的时候，问道："你甘心当奴隶吗？"

女人的拳头停在他面前。

5254仿佛已经预想到了她的反应，他咧了咧嘴角，压低声音，快速说道："最近给我们的食物越来越少了，这样下去，我们就算没累死在这工地上，也迟早会饿死……与其那样死掉，我们不如趁现在有力气的时候找条出路。"

他看向9433："怎么样，要加入我们吗？"

9433停在男人面前的拳头猛地出击，击中了他的脸。

这一拳来得猝不及防，5254被打得一个踉跄。他擦了把被打出血的鼻子，难以置信地看向面前的女人："你这个杂交狗……"

强壮的女人甩了甩手，像什么都没发生过一样，淡然道："说说看吧，你们的计划。"

5254眼中的怨恨一闪而过，他强压住心中的怒气，直起身体，示意其他的人少安毋躁，然后对9433说："我们是这样计划的，首先……"

一个小时后，9433从屋后回来。

屋前蹲着几个女人，看见9433，她们马上站起，迎了上来。

显然，她们在等她。

9433并没有理会她们，向屋子大门走去。

那几个女人交换了一个眼神，其中一个站了出来，看向她："我们知道那天的事，最近的和平并不是他们腻了，而是你警告了他们，让他们别惹女人。"

9433没有作声。

那个女人又唤了她的代号："9433，我们也想当人，也许我们能互相帮助。"

听到这句话，9433才转过头，仔细看向那几个女人。

无论是长相还是身形，她们看起来都毫不出奇，和其他的奴隶没什么区别。

"哦，"9433想，"几个弱小的家伙，却想和我互相帮助。"

有意思。

＊　　＊　　＊　　＊

面对卡喀亚以劈山之势袭来的一击，莉莉丝以剑相迎。

那一斧的力量太大，以至莉莉丝感觉自己的脚都被迫下沉。

卡喀亚与莉莉丝的距离拉得特别近，有一瞬间，她们的视线相交。

卡喀亚棕色的眼眸中映出了火光。

汗水从莉莉丝的额头流下，她紧紧握住剑柄，咬紧牙关，拼尽全力，终于把那把巨斧挡开。

然而很快，她们又挥起武器冲向对方。

"铛""铛""铛"！兵刃相接的声音在夜色里不断响起。

狄赖她们紧张地盯着莉莉丝。

和强壮的卡喀亚比起来，莉莉丝甚至显得有些娇小。

"莉莉丝,打她!"狄赖悬着一颗心,急得挥起拳头,不住地喊道,"找她的破绽,打她!"

而高坡上的林塞女巫们依然不发一言地站着,她们举着火把,面无表情地看着这场比试。

再次拉开距离的时候,莉莉丝看了眼自己手中的剑。她一直避免和卡喀亚的双刃斧正面交锋,即使这样,她的剑刃也被砍出了一个个豁口,而刚才卡喀亚的重力一击更让这把陪伴她两年的利剑产生了裂痕。

这是莉莉丝特制的剑,无论是材料选择还是锻造,她都下了功夫,这把剑比普通的剑强韧许多。

莉莉丝说:"你的力气果然很大。"

"当然,我可是从索锡奴隶营打出来的,你若看不起我,"卡喀亚一手挥着斧头,一手握拳,篝火下的脸忽明忽暗,"我就会打青公爵小姐娇嫩的脸。"

"我不会看不起你。"莉莉丝竖起剑,摆起架势,"毕竟任何时候反抗的都是少数。"

"哈,是啊,能反抗的是少数,"卡喀亚再次挥动双刃斧,"我很强,所以他们找到了我!"

…………

* * * *

那天之后,大家窃窃私语的内容似乎变了。

"你们看到了吗,9433身后那几个……"

"啧,我就说9433和那些男人没区别吧。"

"她们几个是没有男奴隶要了吗,竟然跟在9433身后。"

…………

9433早就习惯了人们对着她窃窃私语,对她来说,这些话无非是苍蝇的嗡嗡声罢了。

那天晚上,站在门口等她的女人开始跟在她身后,那些人可能是四个或者五个。9433并没有特别在意她们,甚至连她们的人数和脸都没有记住,她只是觉得她们的举动很有趣。看来并不是只有男人对食物减少感到忧心。

世界各地流传着许多民谣和故事,它们总是歌颂贫苦人民身上宝贵的品质,歌颂他们的苦难、奉献和团结。人们总以为贫穷会令人团结,但事实并非如此。

在菜汤越来越稀、面包越来越小的时候,9433依然像往常一样索要更多的食物,分发食物的人也一如既往地给她了,但她能感受到周围人对她的敌意更胜以往。他们觉得是9433抢走了本就不多的食物。

他们的目光让9433想起之前那些贵族养的恶狗,他们曾经把她扔进饿狗群,逼着她与狗抢食,那些狗也会因为一块骨头和她拼命。

他们和狗的区别大概是，狗不会为贵族工作，而他们会。

而她和狗的区别是，狗只会盯着她，而她还会盯着狗笼外面端着红酒哈哈大笑的爵士们。

虽然9433几乎不理会那几个女人，她们之间很少有交流，但是她们跟在她身后，也为她省去了不少麻烦。

其他人对她们避之不及，就连睡觉时，其余人也会在那个拥挤的女奴隶房里硬挤出一条分界线，和她们划清界限。

这是一个很可笑的现象，卡喀亚和那几个女人什么都没做，但大部分人的地盘被这五六个人"侵占"了。

"这个房间本就不大，她们还这样让位。"有一天，9433听见身边的人说了这样的话，"若是我们人数再多点，她们要怎么办，逃去男奴隶房吗？"

"那还不如睡在外面。"另一个人回答，"我听说2346向3056求助，说我们欺负她们，让男人帮助她。"

"欺负她？我们明明什么都没做，3056对她才凶狠吧？他经常在众目睽睽之下辱骂她哩。"

"是啊，所以2346的请求被拒绝了。3056说，他们没空管女人的闲事。2346说起这件事的时候，脸色可真精彩。可她还是嘴硬，说大事要紧，她坚信到了最危急的时候，3056会保护她。"

9433翻了个身，看向黑暗的墙壁，想，一群弱小的家伙。只有弱小的家伙才会聚在原地瑟瑟发抖，并寻求别人的帮助。

她知道那些男人在计划什么，男奴隶们并没有把那件"大事"告诉2346和那些祈求他们保护的女人，而是告诉了曾经和他们打架的自己。她也确实无暇顾及别人对她的冷言冷语。

随着食物越来越少，人们的不满越来越强烈，奴隶营的氛围也在微妙地变化。

抢食物和为了食物向监工告状的人越来越多，越来越多的人被铐上了铁链，气氛越来越紧张。

整个奴隶营就像一座蠢蠢欲动，迟早会喷发的火山。

大多数人都有一种山雨欲来风满楼的预感，他们知道，在这种情况下，一定会有人受不了，一定会发生什么事。

"今晚行动。"

有一天，9433在工地上推着板车，和5254交错而过的时候，听见了5254的低语。

其实无须5254说，9433也知道这天是个好时机。

她看见监工们买来了酒菜。

监工们每过一阵就会买来一些酒菜，再叫几个女奴隶过去。

在寻欢作乐的最后，他们都会喝得酩酊大醉。因为最近那种诡异的气氛，他们已经很长一段时间没有"找乐子"了，这次是压抑多时的放纵，他们必然会喝更多酒。

这是一个绝好的机会。

深夜，9433听到了外面的暗号，她迅速爬起来，走向门口。

她丝毫没有掩饰自己的行动，锁链声吵醒了整个屋子的人。

除了之前那几个曾在门口等她的女人跟了上来，其余人都静静地看着她们。她们都猜到了她要去做什么，但她们都保持了沉默，为9433让开道路，用余光看着那个女人一步一步走出去。

"9433，"那个尖鼻子女孩问道，"你还会回来吗？"

9433瞥了她一眼，走出了屋子。她没有说话，但是她的表情已经说明了一切。

在她身后，那个尖鼻子女孩忽然哭了起来。之前，所有人都害怕9433，她也一样，可她没有容身之处，所以她只能睡在她旁边。

她总是受欺负，受排挤。

她怯懦地躲避着她，又好奇地观察着她，像只胆小的老鼠。

她也尝试和她说话，但是她从来没理会过她。

她幻想过很多次和她成为朋友的情形。

她觉得自己可以用温柔感化她，成为她最重要的人。然后这个冰冷的女人会保护她，为她出头，挡在她身前。她们两个孤独的人会在这个残酷的奴隶营里成为彼此的救赎，相互依靠着活下去。

可是9433头也不回地走了，甚至没有给她一个回应。

9433走出屋子后，还有人回头看那个哭泣的女孩："9433，你那天打的那个男人，就是欺负那个女孩的人吧？"

9433没有回答，她握住了锁链，以防它们发出声响。

另一个人问："你不带她走吗？"

"不，她没有跟上来。"9433说，"她太弱了，我不需要一个只会哭的家伙。"

她不知道自己为什么要和这些人解释，对别人解释自己的行为令她有些烦躁。9433仰起头看向不远处。

那儿有一座小屋子，与奴隶们黑漆漆的房间不同，那间屋子灯火通明，里面传来监工们的阵阵笑声。

她握紧了锁链，冰凉的金属质感令她找回了思绪，也找回了仇恨。那些家伙，他们骂她，打她，但他们从来不会被这样沉重的铁链锁着。

"要是后悔，就趁早回去。"9433从腰带里掏出那些被自己磨得锋利的铁片和石片，扔到地上，"要跟上来，就闭上嘴默默行动；若是出声连累我，我就掐断你们的脖子！"

她不知道那些女人看到那些铁片和石片是什么感觉，她甚至懒得去看她们的表情。

那些都不重要，我是勇者，我是要走向光明的人。

我和他们不一样，我是最强的。

所以那些伤害我的、侮辱我的，我要让他们血债血偿，付出代价！

9433握着锁链，再也不看后面那几个人，径直走入黑暗之中。

…………

*   *   *   *

"亲爱的公爵小姐，你知道我是怎么杀死那些守卫和监工的吗？"

火光下，卡喀亚的笑容和她脸上的疤一样狰狞。

她挥动着巨斧："我用他们铸住我的铁链勒住他们的脖子，我打碎了他们吃肉的盘子，用盘子的碎片戳入他们的心脏！我听着他们哀号，我抓住逃跑的他们并摁在地上，把他们的头颅踩在脚下……就像他们曾经对我做的那样！哈，像那样杀人可真是痛快极了！公爵小姐！"

双刃斧呼呼作响，卡喀亚的眼中带着入骨的仇恨："可那不够，完全不够！鞭打我的人不止那些，把我扔到角斗场的人不在那里，让我与狗抢食的人不是这些人……还有那些贵族！那些爵士！"

双刃斧朝着莉莉丝劈了下来。

"铛！"

巨斧与剑相交，金属的撞击在夜色中迸出火花。

莉莉丝的剑被拦腰切断，半截剑锋飞了出去，掉在地上。

握着半截断剑的莉莉丝瞬间失去了平衡，她还未来得及调整，卡喀亚的拳头已经击中了她。

"所有的贵族，都给我去死！"卡喀亚吼道，"我才是最强的！"

天空中挂着的弯月和拳头接触到的触感，都和那天晚上一模一样。

…………

*   *   *   *

那天晚上，那间灯火通明的屋子被血染红，喝得醉醺醺的监工们还未明白发生了什么事就被冲进来的人包围，笑声变成了惨叫，最后一切归于寂静。

奴隶们割下了监工们头的脑袋，把它们挂在门口。

5254站在监工头曾经站着的高地，看着奴隶营和建了一半的别馆，激动地感慨道："原来他们之前看我们是这样的感觉。"

9433也站在同样的高处，她低下头就能看见奴隶们追杀监工和守卫的样子，站在高处看，下面的人显得卑微又矮小。

她能想象到原来监工们看着脚底的奴隶在自己的指挥下忙碌的样子时心中一定会自然而然地生起一股满足感和优越感。

哈……当初那些贵族看奴隶角斗、饿狗斗殴时，也会有那种操控一切的满足感吧。

因为站在高处，便有了可以操控一切的错觉，便有了自己是神的错觉。

9433还看到了那些跟在她身后的女人，她们在一具女尸边一边哭号，一边拿着9433给她们的尖利碎片与一个守卫战斗。

9433的视线在她们身上顿了一下，很快就移开了。

人总是会死的，弱小的人、能力不足的人、狠不下心的人……都会被这恶劣的环境淘汰。

如果想活下去，就得自己努力，打倒那些想要凌驾于你之上伤害你、剥削你、控制你的家伙。

"是班布尔神保佑了我们，让我们成功杀死了那些家伙！"当一切尘埃落定，5254激动不已，他举起从尸体上抢来的剑，"我们得到了神的允许，我们是神的代言人！"

他吼道："班布尔神选择了我们，他同意我们的决定，从今天以后，我就叫高得！我会领导你们走向胜利！"

他的同伴们也举起沾血的武器，高声呼喊他的新名字。

高得？哈，高得……9433冷笑了一声，心想，自大的蠢货，像你这样的家伙怎么可能是神？

她的笑声钻入了高得的耳朵，像在他心头浇了一盆冷水。他转头看向那个强壮的女人，不知道她杀了几人，身上溅满了血，在月光的照耀下，像从地狱爬出来的恶魔。

过了半晌，高得才问："9433，你不想给自己起个名字吗？"

"随便吧。"9433说，"我不信神，神也不会赐给我名字。"

"是的。"高得讽刺道，"你没有任何女人的美德，你是个邪恶的女人。"

"哦，那可太棒了。"9433耸了耸肩，"若是那个赐予我如此命运还被贵族信奉的狗屎班布尔神代表正义，那我自然代表邪恶。"

她转身，走下高台："毕竟我想杀光那些狗屁贵族。"

在她身后，高得的表情逐渐冷了下来。

在大杀特杀之后，反叛的奴隶们顺利占据了索锡的奴隶营。

离开前，他们找到了钥匙，解开了被锁住的人身上的锁链，带走了监工们的马，拿走了仓库里的粮食，甚至打开了奴隶营的大门。

从表面上看，这是一次大获全胜。

可这只是一个开始——所有奴隶都有奴隶烙印，奴隶们无法自由行动也不可能单独行动，城镇的守卫会检查进城的人的身份，即使在村庄，被人发现也不安全。丢失奴隶的贵族会下悬赏令抓捕奴隶，活捉奴隶或者拿奴隶的头颅都能换到钱。为了挽回尊严，贵族的悬赏金额往往不低，甚至因此诞生了专门抓捕奴隶的奴隶猎人。

这么大一队奴隶很容易成为被围剿的目标。所以一部分奴隶分散着逃跑了，一部分奴隶留在奴隶营。

但跟随着9433和高得的那群人多是亡命之徒。

他们是一群杀了人、无处可去的奴隶，他们将被追杀，没人会雇用他们，他们也无法信任任何人。因此，他们选择了继续进攻，杀向索锡中心和布莱斯伯爵的其他领地。

索锡奴隶骚乱的传言很快传了出去，其他奴隶营也纷纷效仿。

而因为粮食歉收而吃不饱的人不只是奴隶，伴随着奴隶们引发的骚乱，烧杀抢掠的事情越来越多。

一时间，南方乱成一片。

贵族一边加强对奴隶的管控，一边向康拉德国王求助。

Chapter 43

卡喀亚

"咚！"

被卡喀亚拳头击中的莉莉丝飞了起来，狠狠地摔到地上。她感觉自己肩膀的骨头发出了一声清脆的声响，似乎是脱臼了。

丽萨她们喊出声："小姐！"

"莉莉丝！"

她们想冲上来，但莉莉丝晃了晃手，制止了她们。

"我还以为贵族都很不耐打哩。"卡喀亚高昂着头颅，问道，"你还不认输吗，公爵小姐？"

莉莉丝以左手撑地，慢慢爬了起来："我还没输。"

"哈……"卡喀亚冷笑，"你想赢？一味防守、连像样的攻击都没有的你想赢？你还没有看清我们力量的差距吗，你的剑都断成两截了。"

"话不要说得那么早。"莉莉丝用握着断剑的右手手背擦去嘴角的血，"胜负还未知呢，卡喀亚。"

莉莉丝并不是单纯的防守，她一直在观察卡喀亚的攻势。

卡喀亚的力量极大，而那把巨斧也极重，这个组合具有巨大的杀伤力，所以卡喀亚过于依赖自己的力量和那把巨斧，这使得她的攻击简单、直接，并且有迹可循。

"很好！"卡喀亚说，"那我就打到你心服口服，让你知道我有多强！"

"既然你那么强，"莉莉丝问，"你又那么恨贵族，你们现在又为什么躲在这座山上？"

这句话刺痛了卡喀亚，她看向莉莉丝的眼神充满了怒意。

莉莉丝重新站起来，她用半截断剑对准卡喀亚："我知道索锡的骚乱，可它之所以被称为骚乱，是因为它很快就被平息了。想想你们为什么失败吧，是谁找上了你，你又是在和谁合作？"

"卡喀亚，"莉莉丝眯起红色的眼睛，"你在与虎谋皮。"

"你用什么战胜我，那半截断剑吗？"卡喀亚的瞳孔猛地收缩，她握紧双刃斧，咬牙切齿道，"莉——莉——丝！"

她的声音中带着深刻的恨意，可是莉莉丝知道，那恨意并不是因自己而起。这次，她握紧了断剑，主动冲向了卡喀亚。

…………

*　　*　　*　　*

男爵府邸传出了一阵阵笑声。

这里原来住着一个曾经富过但家道中落的男爵，他养不起骑士也没有多少用人，只有一栋还不错的房子。

听说奴隶军要打过来，这位男爵带着家人匆忙出逃了，只留下了一座空房子。所以奴隶军不费吹灰之力就占领了这里。

"让我看看这些老东西都藏了什么东西。"高得在书房里转了一圈，翻了翻书架上的书，又因为不认字，将它们插了回去。

他将抽屉一个一个拉开，翻找里面的东西。但是值钱的东西早就被男爵带走，他翻来翻去也没翻到什么有价值的东西。

"没用的房间。"最后，高得坐在书房的椅子上，摊开手，下了这样的结论。

作为第一批反抗者，最近他们名声大噪，不少逃出来的奴隶前来投靠他们，他们的队伍也日益壮大。据说，康拉德国王还特意召集贵族开会，商量怎样应对。而辛西娅公主对此事十分重视，还带着帮手闯入了会议厅。

高得自认为是团队领导者，因此春风得意，把"连国王都知道我们的名头哩"这句话挂在嘴边。

"看着吧，9433，"高得把双手放在男爵的书桌上，装出一副谈判的模样，"今天我能坐在男爵的位置上，明天我就会坐在国王的位置上！"

蠢货！9433瞥了他一眼，走出书房。

整个府邸一片杂乱，奴隶军正在房子里搜刮。他们从酒窖里翻出酒，从厨房里找出食物，在客厅里翻箱倒柜。

9433也想找一件称手的武器，而且最近她的头发长长了，还需要找个东西刮一刮……

走了两步，她忽然停了下来。她看见很多人聚在一个房间门口，时不时爆发出笑声。

9433走了过去。

看到她过来，周围不少人脸上露出了尴尬和惧怕的神情，他们的笑容也僵在脸上。所有人都知道这个女人作战时多么凶猛，她总是冲在前面，一往无前，喜怒无常。在她面前，他们总是收敛许多。

突然的安静令9433心生疑虑，她转过头，打量这个房间。

这是一个温馨的房间，墙上挂着圣洁的天使画，床上挂着粉色的床帏，衣柜旁边是一个梳妆台，花瓶里的花已经枯萎了。

显然，这是一个女人的房间。

"这是男爵小姐的房间。"一个男人轻佻地说道。

随后，男人们哄笑起来。

"所以呢，"9433问，"男爵小姐的房间又怎么了？"

这栋房子里有很多房间，她不知道男爵小姐的房间有什么特别的，值得他们这样笑。

这个问题令男人们的笑意再次凝在脸上，有人悻悻地说："9433，你这样真扫兴，话说得太直白就不好笑了。"

"那就回答我，这里到底有什么不能直接说出来的东西，能令你们笑成这样。"9433说，"我也想开心开心。"

她的追问令周围再次充满尴尬的寂静。

过了一会儿，终于有人开口："你看床上。"

9433闻言，看向那张床。她这才发现那张粉色的床上溅了点点白色的液体，那些液体在床单上印出了一片片湿痕。

有那么一会儿，9433没有明白那些白色液体从何而来，她甚至抬头看了看天花板，想弄清楚是不是哪里漏水，为何花都枯萎了的房间会出现这样的液体。

可是很快，她发现男人们正在盯着她窃笑。

几乎在发现他们笑容的瞬间，9433就明白了那些白色液体是什么，她脑子轰的一声，然后拽过站在床边的男人，对着他的脸揍了下去！

"不是我！不是我！"那个男人指着旁边的男人，"是他，还有他，他们一起干的！"

9433便松开手，转身去揍其他男人，直到人们七手八脚地将他们拉开。

"只是个玩笑而已，9433，生什么气。"

"兄弟们辛苦了那么久，难道连这种玩笑都不能开吗？"

"你怎么会为了一张床单生气？"

…………

面对其他人的指责，9433只是甩了甩胳膊，将他们甩开。

"我生气还需要你们评断？"她冷笑道，"姥子愿意生气就生气，想揍你们就揍你们！若是你们惹怒我，我随时都会割掉你们的头！"

男人们不再说话，他们开始交换眼神，用轻蔑的表情表达不满。

9433忽然开始烦躁。

他们在用自己的身份交流，并排挤她。

她转过身，大步走出这个房间。

…………

＊　　＊　　＊　　＊

"你说我与虎谋皮？"卡喀亚挥着斧头，吼道，"我看他们才是与虎谋皮！我才是虎，他们只是一群蠢货，一群对着连年龄、长相都不知道的贵族小姐的房间发情的蠢货！"

"我比他们所有人都强！我每次战斗都冲在最前面！我一个人能打十个！我为那群废物做了多少贡献！"卡喀亚红了眼，吼道，"我才是老虎，我才应该是他们的领导者，他们凭什么指责我？！凭什么瞧不起我？！凭什么排挤我？！"

卡喀亚的斧头来势又凶又狠，莉莉丝躲避着她的斧头，几次险些被劈中。

狄赖她们屏住呼吸，紧张地看着这场打斗。

"他们凭什么那么对我？"卡喀亚怒吼着，双手持斧，对着莉莉丝劈了下去，"明明我才是最强的！"

这次，莉莉丝丝毫没有畏惧地迎着卡喀亚的巨斧冲了上去。

"莉莉丝！"狄赖叫了起来。

…………

＊　　＊　　＊　　＊

没过多久，高得就知道了那场纠纷。

他来找9433，问道："你那么讨厌贵族，又为什么要因为一个不在这里的贵族小姐而和奴隶出身的战友们斗气？"

当时，9433正低着头在厨房里翻找刀具："因为他们太蠢了。"

"9433，也许我们之前确实有过仇恨，但是大家正在合作，应该放下仇恨。看看我，我现在对你难道还不够好吗？为了安抚大家，我可费了不少心思哩。"高得叹道，"没有我，你可怎么办啊？"

"哦？"9433打开橱柜的门，"难道我还要因为你不再叫我'杂交狗'而对你感恩戴德吗？"

这句话令高得的笑容变得有些僵硬。

过了一会儿，他说道："我们找到了不少酒，晚上准备开个庆功宴，庆祝我们占领了这个男爵府。到时候你把你手下的所有女人都带来吧，大家都是同伴，我们也想好好熟悉一下，共享快乐。"

直到高得离开，9433都没有抬头看他一眼。她继续在厨房里翻找。可厨房早就被人翻过，她翻来翻去都没有找到趁手的刀。

看着乱糟糟的厨房，9433越来越烦躁，踢飞地上的筐，转身离开了厨房。

外面的走廊里站着两个正在聊天的女人，9433径直走了过去。

那两个女人看到9433走过来，停止了谈话，有些不知所措，因为9433很少和她们交流。

9433抓住其中一个女人的肩膀，对她说："把所有女人都找过来！"

她捏疼了那个女人的肩膀。那个女人皱着眉急促地点了点头，和另外一个女人一起，转身跑开了。

很快，女人们被找了过来。她们聚集在一起，将9433临时找到的房间填满了。

这些日子里，来投靠的奴隶不仅有男人，也有女人，她们之中甚至有人还怀着身孕或者带着孩子。但那些年老、体弱、怀孕、带着孩子的人都没有被接纳。

"战斗是很危险的，"高得说，"我们不需要没用的家伙，毕竟我们的食物有限。"

所以奴隶军里的女人远远少于男人，而为数不多的女人也都是年轻女人。

9433坐在椅子上等着她们，椅子旁边放着一个大布袋。她拧着眉头，满脸的不耐与烦躁。直到被派出去找人的两个女人气喘吁吁地跑回来，她才抬起眼睛，环视周围的女人们。

"人到齐了？"9433问，"你们在这儿搜到了什么？"

女人们沉默了。

9433又问："找到武器了吗？"

有些人点了点头，还有人举起了手中的棍棒。

9433喷了一声，她站了起来，拿起旁边的布袋。

随着清脆的声响，布袋里掉出了一堆刀剑。

不少女人变了脸色。

9433说："如果不想那些家伙用撒尿的脏东西侮辱你们，就拿上这个离开这里。"

片刻后，几个女人跑上来，在刀剑堆里翻找。随着她们的举动，越来越多的女人跑过来，拿走刀剑。但依然有些女人没有动，她们站在角落里，或茫然或惊恐，或是窃窃私语。

"如果你们不走，晚上就找个安全的地方待在一起，别出门。"9433嗤笑了一声，"即使是弱小的家伙，也该懂得怎样保护自己哩。"

说完，她走出了那个房间。

她心中一直绕着一股挥之不去的烦躁感。

她不知道自己为什么要多此一举，和这些女人说这些话，还给她们武器。她明明不需要这样做。

这个、那个，全都是蠢货！

若是她可以不借助任何人，凭借一己之力杀死那些狗屁贵族和那个该死的国王，她根本不需要和这些弱者在一起！

她若是足够强，就可以一个人，既不需要面对那些对着床单胡乱发情、随时随地都像公狗一样难以控制自己欲望的低等蠢货，也不需要面对那些连兔子都不如，只会站在原地哭泣抱在一起瑟瑟发抖，祈祷好运降临却又被侵害、被骚扰的弱小蠢货。

她厌恶那些人，有时也厌恶帮助她们的自己。

软弱者就应该自食其果，蠢货就应该为自己的愚蠢付出代价。

可她没办法解释自己的心情。

当初，她看到那几个女人在奴隶营门口等自己并说了那番话，当她看到那几个女人用那些简劣的铁片割断守卫的喉咙时，当她看见她们拿着武器冲向敌人时……甚至当她看到女人们争抢着拿起地上的刀剑时，她心中都会产生一种莫名的情感。

她讨厌那种感觉。

晚上，9433大步走向餐厅。

她走到餐厅门口就能听到男人们的笑声，中间还夹杂着一些女人的娇嗔。

9433的脚步顿了一下，然后她推开了餐厅的门。

随着门被打开，餐厅内瞬间安静下来，所有的视线都集中在她身上。

9433扫了一眼餐厅。

这本来是个还算气派的大餐厅，墙上挂着装饰画，主位是一张长桌，桌后的壁炉上方挂着一把巨大的双刃斧作为装饰。

现在，这里显得有些拥挤，因为长餐桌旁边摆了不少小桌，上面堆满了奴隶军搜刮来的食物和酒。

高得坐在长餐桌的主座，剩下的都是他的亲信和一些孔武有力的男人，中间零星有几个依偎在男人身边的女人。

她对她们几个有印象，之前在女人们拿她给的武器时，她们几个凑在一起窃窃私语，用充满敌意的目光看着她。

当9433走进餐厅时，那几个女人示威似的靠近身边的男人，媚笑着贴近男人咬耳朵。她们像在躲避什么脏东西一般，与9433划出了一道泾渭分明的界限，明确了自己的立场。

一群蠢货。9433想。她早知道会出现这样的情况，这世上不会只有一个会找依靠的2346，所以这种情况丝毫不令人意外，甚至正常得令人觉得乏味。

"9433，来，这里坐。"高得招呼她坐到自己身边。

9433没理他，而是坐在长餐桌的尽头——高得的对面。

这般不识趣的举动令高得的嘴角有些抽动。

有人为9433的酒杯倒满酒，可9433看着面前的酒杯，一动没动。

她说："听说你们瓜分了抢到的东西，我的那份呢？"

这句话令餐厅又安静了几秒，之后，男人们忽然哄笑起来。

有人大笑道："天哪，看看，高得，你的女人在要分成！"

"高得，你是怎么回事，为什么到现在还没有驯服这个女人？"

"你们不懂，这是情趣。"有人为高得打圆场，"女人就像烈马，越有个性越珍贵，除了高得，你们看过9433和其他男人说话吗？"

男人们喝得醉醺醺，借着酒意说笑起来："也只有高得能制服这种杂……女人了吧，别人可没有那种勇气。"

"9433打架那么凶猛，要是她和高得在一起了，高得就是如虎添翼。"

"9433，你要什么分成呢？只要你和高得在一起，他的东西就是你的了，你要什么就有什么。"一个人眨着眼睛说道，"嘿，你喜欢什么样的男人？"

9433说："我喜欢弱小、柔弱、纤细的男人，最好能被我一拳打死。"

那个男人愣了。

"怎么，奇怪吗？"9433反问道，"这不是你们寻找女人的标准吗？"

男人们又哄笑出声："瞧瞧，瞧瞧我们亲爱的9433，她天天和男人混在一起，也变成了男人！"

"哈哈哈，下次我们也抓几个小崽子，让9433爽一爽哩。"

"真不得了，9433，你可真不得了。"

这里的很多人单独在她面前的时候是不敢说出这些话的，可现在他们人很多，呈现出一种压倒性的优势。所以无论她说什么，都会被当成笑话。

只要他们笑话她，她的愤怒、反抗都会被消解。

只要他们把她看成一个笑话，那么她的任何举动都会成为笑话。

9433盯着面前的男人们，他们灌着酒，咧嘴大笑，开着龌龊的玩笑，搂着身边的女人。一瞬间，他们的脸与她记忆中那些扬着鞭子的监工、端着红酒的贵族重合了。

"9433，剩下的女人呢？"高得问，"她们什么时候过来？"

9433没有回答，她端起面前的酒杯，咕咚咕咚地喝着里面的酒。

见问题没有得到答复，男人们不满地抱怨起来："我们那么辛苦，让她们陪我们喝个酒也不算什么吧。我们保护了她们，9433。"

"我已经憋坏了，我忍不住了，女人，我需要女人！"

"抓紧时机吧，让她们赶快过来，你们只有现在这个机会了，以后打进费尔顿城，我们就会让那些漂亮又干净的贵族小姐陪酒。"

"啪！"重重落在长桌上的酒杯令众人的抱怨声停了下来。

9433抬起棕色的眼睛，环视四周。

"知道我们为什么从来不找你们陪酒吗？"她一字一句地说，"因为你们太脏了！"

餐厅再次安静下来，醉醺醺的男人们的表情改变了。

"9433，你刚才说了什么，再说一次。"

"不过是一群女奴隶，装什么清高？"

高得的脸色也不好看，但他伸出手示意压住其他人的说话声。

"哈，9433，生气什么？人都有欲望，"高得说，"兄弟们已经憋了很久，他们的欲望需要发泄。"

"因为你们这群公狗有欲望，所以我们必须满足？"9433冷笑道，"那我现在杀欲爆棚，你们会乖乖伸出头任我砍头吗？"

有一个女人举起手，喊道："高得，9433并没有让其他女人来庆功宴，她把我们叫过去是给女人们武器，让她们逃跑！"

这句话令所有男人变了脸色。

"9433！"高得猛地站起，"你是想背叛我们吗？"

与此同时，9433暴起，她用酒杯砸向身边的人，然后跳上长桌，朝高得冲去！

长桌周围的人躲闪着尖叫，盘子和酒瓶掉在地上，碎了一地。

9433两三步拉近了与高得的距离，同时掏出身上的小刀，看准高得的脖子，用力划了过去！

高得慌乱地后退，结果被椅子绊倒，坐到了地上。这一坐反而救了他，让9433的刀划了个空，而坐在高得两边的壮汉此时已经一哄而上，扑向9433。

高得大叫："阻止她！拦住她！"

9433甩开了几个人，划伤了几个人，但扑上来的人太多，很快，她就被摁在地上。她拼命挣扎，也不知道挥出的拳头砸到了谁的脸，但很快，就有人压住了她的手。

紧接着，9433感觉到手上传来冰凉的触感，然后是"咔嚓"一声。她再挥动手时，耳边又传来了熟悉的铁链声。

她的手，再次被铁链锁住了。

当9433终于被制服时，小刀也被夺走时，高得怒气冲冲地走过来。他对着她的头狠狠踢了一脚，然后蹲下，抓起她的头发，强迫她抬起头，吼道："你这个疯女人、杂交狗，老子还不够容忍你吗？你这个邪恶的女人，你为什么要一次又一次地挑衅我，一次又一次地找死？"

9433冷冷地看着他，然后吐了一口口水到他脸上。

高得一拳打在她的脸上，眼神阴狠："就是这种眼神，杂交狗！你知道我最恨你什么？我最恨你这种眼神，永远高高在上、瞧不起我的眼神！"

9433的眼睛已经肿了，她抬起头，看见周围的人：惊讶的，得意的，厌恶的，庆幸的，窃笑的，躲在男人身后，用带着恨意的目光看着她的……

"呵。"9433笑了一声。

这一声彻底触怒了高得，他将9433的脸摁在地上，拿起小刀，面色狰狞道："你喜欢笑，是吗？那我就让你笑个够！"

刀刃顺着9433的嘴唇，割开了9433的脸颊，一直划到她耳边。

9433被死死地摁在地上，血从割开的皮肉中流了出来，她握紧了拳头，满心的屈辱与怒意。

"你算什么？区区一个奴隶、一个杂交狗，就敢嘲笑我？你看不起我？你想当领袖？别做梦了，你能给我们什么？我们要钱，要权，要女人！你算什么！如果你不会做狗，就由我来教你，"高得举起手臂，小刀在空中闪着寒光，"听不懂命令的狗，留着耳朵也没什么用！"

耳朵上传来一阵剧痛，9433的眼睛开始泛红，她怒吼着，剧烈挣扎。

"就算死，"她想，"我也要把他们拖进地狱！"

"按住她！"高得吼道，"让我把她千刀万剐，割断她的喉管，割断她的脖子！"

就在这时，餐厅的门被撞开，杂乱的脚步声伴随着惨叫声传来。

"这些女人是怎么回事？"

"你们疯了吗？"

随着男人的怒吼，9433感觉到身上的压力忽然减轻，她猛地用力，甩开了摁住自己的人，挣扎着爬起来。

房间里忽然多出了许多女人的声音，有一个声音喊道："谁给她一件武器，快！"

紧接着，有人递给9433一件什么东西。9433伸手握住那个沉甸甸的东西，然后开始用力挥舞。她的视线已经变得模糊，几乎看不见，她只是对着面前的人影，下意识地挥动着手里的东西，满脑子都是一个字——杀！

杀了他们！杀！

面前一个个模糊人影开始和她记忆中那些贵族的脸重叠！

杀了他们！杀！

杀了这些给自己戴上锁链的人！杀了这些伤害自己的人！杀了这些对着自己大笑的窃笑的人！

杀！杀！杀！

她不知道自己拿着什么，也不知道自己在做什么，只是抱着一腔恨意挥动着手中的东西！

后来，惨叫声渐渐消失，餐厅里安静下来，她还在不停地挥舞着斧头。

有一个女声说："好了，9433，你可以停下了。"

9433踉跄了一下才站住，问："他们都死了？"

"是的。"又一个女声答道，"都死了。"

9433有些茫然，她用胳膊擦了一下脸，环顾四周。

视线逐渐清晰，她慢慢看清了周围。

餐厅已经变成人间炼狱，那些嘲笑她的、背叛她的、伤害她的人，全都倒在血泊里。而她手里拿着原本挂在餐厅墙上的双刃斧，上面沾满了血。

9433又往前走了几步，她找到了高得。

他倒在地上，身上几处巨大的劈痕，深得可以看到白骨。

他还有气，看到 9433，手指微微动了动，嘴里吐出血沫，像有话要说。

9433 没有让他再发出任何声音，她揪住这个壮汉的头发，将他的头砍了下来。然后，她拎着高得的头，大笑起来："哈哈哈哈，高得？神？哈哈哈哈……"

她转过头，看向那些手持兵器的女人："看到了吗，我弑神了！我弑神了！我才是最强的！"

说完，她拎着那颗头，摇摇晃晃地走出了餐厅。

餐厅外有不少被喧闹声吸引过来的奴隶军，他们看到 9433 时，却自动让出了一条路。

没有人敢拦她。

她浑身浴血，一手拎着巨斧，一手拎着高得的头，走动时，铁链叮当作响。

失去耳朵的地方还在不断流血，脸上那道狰狞的伤口却又像在笑。她看起来就像一个从地狱爬出来的修罗。

9433 摇摇晃晃地走出了男爵府，朝着未知的方向一直前进。

走着走着，她眼前一黑，一头栽倒了。

…………

* * * *

月亮静静地挂在夜空中。

举着火把的林塞女巫们站在高处，沉默地望向低处的营地。

篝火的火苗摇曳着，因为风带起的杂物发出"噼啪"的声响。

莉莉丝和卡喀亚的动作仿佛停滞了。

卡喀亚的双刃斧停在半空，悬在莉莉丝的头顶，似乎只要顺势劈下就能劈中莉莉丝。

而莉莉丝贴近卡喀亚，她右手握着的半截剑柄挡在头顶，拦住了卡喀亚的巨斧，而她的左手握着剩下的半截剑锋，对准了卡喀亚的心脏。

只要莉莉丝多用些力，它就会插入那颗被瞄准的心脏。

比试结束了。

"我知道你很强，也许在你眼中，我是比你弱小的存在。"莉莉丝说，"但若你认为弱小不能变强，无法获胜，你就永远无法战胜拥有骑士的贵族和拥有军队的国王，因为他们拥有远强于你的力量。"

她收起剑锋，看向卡喀亚："我不认为自己弱，也不想认命，因为我的同伴会弥补我的不足。"

卡喀亚看着她们半晌，也慢慢收回了双刃斧，转身向林塞女巫那边走去。

在她身后，莉莉丝的同伴们一窝蜂地拥到莉莉丝身边。

狄赖跳起来，扑到莉莉丝怀里，连声赞叹："太棒了！莉莉丝，你太棒了！我都看呆了！"

"等一下，小姐，让我看看你的手。"丽萨拉过莉莉丝的左手，看她因为紧握剑锋而被割破的部位："塞赫美特，你那里是不是还有伤药？"

赫萝克检查莉莉丝的武器："莉莉丝，你的剑断成这样，很难修补啦。"

"哈哈，是啊，"莉莉丝说，"有些可惜，这把剑陪了我好几年。"

"用我妈妈送你的那把剑吧，那把剑很好的，你要相信多尔恩城工匠们的手艺。"卡珊德拉信心十足地说，"别担心，以后赫萝克一定会为你打出更好的宝剑。"

那群人叽叽喳喳地叫着，甚至有些吵闹。

卡喀亚在那样的喊叫声中，走向林塞女巫们。

举着火把的女巫们看着她，脸上终于露出了笑意："欢迎回来，卡喀亚，辛苦了。"

卡喀亚也扬起了嘴角。

同伴啊……她想，同伴……

＊　　＊　　＊　　＊

当9433再次醒来的时候，映入眼帘的是飘浮着白云的蓝天。

那是一个大晴天，阳光充沛，周围还能听见鸟叫声。她躺在板车上，被人推着走。

她手上的铁链已经被解开，身上的伤口也被包扎好了，身体沐浴着温暖的阳光，走在板车旁的女人们的影子时不时从她身上滑过。

是她曾经在奴隶营和奴隶军里见过的女人们，之前她并没有过多关注她们，她没记住她们的脸，没记住她们的声音，也不知道她们的编号。

她给了她们武器，让她们逃跑。她从未想过，她们会回来救她。

她不需要她们救！

她的心中燃烧着一簇火焰。

那天的一幕幕从她脑海中浮现，那些屈辱、狼狈、无助和痛苦，被人踩在脚底的耻辱感和难以言喻的愤怒。

去你们的，我不要你们救！

我不需要！

我会奋力挣扎，反杀，把他们全都弄死！

你们是一群弱小的女人。

我和你们不一样。

我不需要你们救，我是与众不同的人，我才是最强的！

去他爹的狗屎！我要把那些浑蛋千刀万剐，即使他们死了，也要把他们锉骨扬灰！

我要弄死他们！杀了他们！

我不可能输！我没有输！

因为我是最强的！

最强的！

9433躺在板车上，用胳膊遮住了脸："我是最强的！"

"是的，9433，"一个女人温柔地回答，"你是最强的。"

9433不知道那是谁的声音，也许她看到了说话的人也不知道她的名字，但听到这句话的一瞬间，这个强壮的女人忽然间痛哭失声。

她哭得喉咙嘶哑，泪流满面。

真丢脸啊。我怎么被你们救了呢？

我怎么被如此弱小的你们救了呢……

9433在板车上，哭得身体抽搐。

泪水顺着她的脸颊流下，刺痛了脸上的疤痕和缺失耳朵的部位——她从来没有哭得这么凶猛，哪怕她被人打、被划破脸、割掉耳朵。

她以为她们不一样。

她以为自己足够强大，所以能够脱离她们，融入他们，乃至凌驾于他们之上。

她以为，杀掉高得，其他人就会听她指挥。

可到头来，那只是她的错觉。

高得可以领导他们，她不行，因为她不愿把她们当成物资贡献给他们。

她讨厌她们。

她讨厌她们默不作声的样子，讨厌她们瑟缩发抖的样子，讨厌她们娇笑谄媚的样子，讨厌她们一遍又一遍说着"没办法，没救了，还能怎样"的样子。

可当她看到那几个女人在奴隶营门口等自己并说了那番话，当她看到那几个女人用那些简劣的铁片割断守卫的喉咙时，当她看见她们拿着武器冲向敌人时……甚至当她看到女人们争抢着拿起地上的刀剑时，她心中都会产生一种莫名的情感。

她讨厌那种感觉。

那种对别人产生期待的感觉，令她感觉自己就像一个弱者。

但她早就知道，自己也是个弱小的人。

她曾无数次被贵族踩在脚底，被监工踩在脚底，被高得他们挑衅、侮辱。除了挥舞拳头，她什么都不能做。

然而当她挥舞拳头的时候，他们会嘲笑她。面对那些嘲笑，她也只能继续挥舞拳头。

即使她说过无数次自己强大，她内心还是充斥着一种空虚感，她不信奴隶能打倒骑士、掀翻贵族，不相信那个昏庸的国王和这个肮脏的王国会被推翻，不相信这个令人绝望的世界会被改变。

她嘴上喊着杀死他们、杀光他们，但是她又对周围的人感到绝望。

最终，她只能扬起嘴角，嘲讽地骂一句"蠢货"。

然而，与此同时，她一直在期待，期待能看到弱小的光芒汇集起来，反击那些绝对的力量。

她一次次燃起希望，又一次次失望。

跪下的人太多了。

愚蠢的人太多了。

她哀叹她们的不幸、凄惨，又憎恨她们的无知与软弱。可她终究无法与她们脱离。她终究对她们怀抱期待。

期待她们不再低下头，不再跪下，不再摇尾乞怜。

期待她们逃走，觉醒，和她一起反抗这个世界。

"你们会和我一起吗？"用胳膊遮住眼睛的 9433 问道。

"会的。"女人们回答。

那天过后，她们彻底从原来的奴隶军脱离，成为一支独立的队伍。

在接下来的日子里，还有一些历尽千辛万苦逃出来的女奴隶投奔她们。

若是从前，9433 不会接收她们，但那天以后，她开始接收同伴。

她们队伍最强大时，达到了八十多人。

然而在这个过程中，她们也经历了许多——有人背叛，有人死亡，有人加入，也有人离开。在这个过程中，她们渐渐形成了一套行之有效的实践体系，用来鉴别、挑选同伴。

为了躲避追捕，她们所有人都用新的铁块烫掉了之前的奴隶烙印，即使如此，她们也不会进入城镇，而是一边和前来追击的骑士和奴隶猎人打游击战，一边在森林里游荡。

她们对待追杀者越来越游刃有余，与此同时，她们也接收到了各种各样的辱骂。

"你这家伙，究竟是什么人……"被打倒的奴隶猎人捂着受伤的胸口骂道，"世上怎么会有你这样的女人，你一定是邪恶的女巫、恶魔！"

"女巫，恶魔？不错，我喜欢这些称呼。"9433 挥起双刃斧，了结了他的性命，"至于我的名字……"

她抬起头，想了想，很快就想到了合心意的名字。

"既然大家都说我是邪恶的化身，那我就成为邪恶吧。"巨斧"轰"的一声砸在地上，9433 高声说："从此以后，我就叫卡喀亚！"

当女奴隶们为自己起好名字，重获新生时，局势也在发生变化。

高得死后，奴隶军四分五裂。而国王和贵族终于下定决心教训奴隶军，派出了一批装备精良的军队和骑士来围剿奴隶军。

本就资源不足的奴隶军一败涂地，不少奴隶军的头颅被贵族挂在奴隶营里，以儆效尤。

因为奴隶反抗造成的风波，布莱斯伯爵被不少贵族嘲笑，说他"对奴隶太过仁慈，才让那群低贱的家伙无法无天"。之后，布莱斯伯爵对手下的奴隶更加苛刻。据说，正因为如此，很多奴隶对造反的奴隶们恨之入骨。那些向骑士们投降、被带回去的奴隶，不仅受到了监工们的冷遇，还被其他奴隶霸凌、排挤，甚至发生了不少死亡事件。

当奴隶军彻底战败的消息传到卡喀亚她们耳中的时候，所有人都沮丧了，尽管她们脱离了奴隶军，但得知他们战败，她们依然会产生一种不知道该何去何从的迷茫。

奴隶军的失败让所有人看到了她们与正规军队、与骑士的力量差距。

那天，卡喀亚在篝火前坐了一夜。

她在自己能够得到的所有信息里搜寻了一遍。

天蒙蒙亮时，她终于下定决心，对其他人说道："去通恩吧。"

"去通恩吧。"她重复道，"那里是黄金粮仓，有很多粮食，我们能在那里活下来。"

那时，卡喀亚还不知道这个决定意味着什么，也不知道她们会在林塞山脉失去什么又遇到什么。她只是希望她和她所有的同伴都能活下来。

Chapter 44

沟通

林塞女巫撤走了坡道上的看守。

早上，莉莉丝一从帐篷里出来，就得知了这个消息。

毫无疑问，这是一种信号，表示林塞女巫认可了她们。

但莉莉丝的同伴们只是看着那条路，并没有人走上山坡。

选择是双向的，虽然她们千辛万苦来寻找林塞女巫，但这并不代表对方一表达欢迎，她们就会毫无戒备地冲上去拥抱她们。

也许之前她们中的一些人对林塞女巫抱着不切实际的幻想，认为同样被人认定为邪恶的女巫，她们一定能一见如故，一拍即合，但后来的陷阱、爆炸和那场比试足够让所有人冷静下来。

林塞女巫不了解她们，不知道她们的过去，也不知道她们的目标，当然不会无条件地欢迎一支忽然闯入的队伍。

当去掉那些过于美好的幻想与光环，把林塞女巫看成和自己一样经历过死里逃生、追杀与背叛的女人，大多数人便能体会到她们因何戒备。也正因为如此，莉莉丝和卡喀亚比试过后，大家反而理智了不少。

"莉莉丝，我们要上去吗？"埃达问。即使林塞女巫撤走了看守，她也没有放松警惕，一直守卫在坡道下方。

莉莉丝站在坡道下方，往上看。

卡喀亚从一间屋子里出来了。

当她们的视线交会的时候，卡喀亚皱起了眉头。

"卡喀亚，"莉莉丝喊道，"我可以上去吗？"

卡喀亚思考了几秒，然后冲着房子歪了歪头，对莉莉丝说："来吧。"

莉莉丝正要上去，狄赖拉住了她。

"别去，我不喜欢那个家伙，"小女孩说，"她说不定会再偷袭你。"

她还记得昨天塞赫美特将莉莉丝脱臼的肩膀接回时发出的"嘎巴"声。

她们平时受过很多次伤，但从未有一次是在那种情况下受伤，而且卡喀亚砍断了莉莉丝的剑。她很喜欢莉莉丝的剑，初次见面时就一直想要偷过来，却没有想到它断在卡喀亚的斧下。

“狄赖，卡喀亚是个很厉害的人。”莉莉丝弯下腰，直视狄赖的眼睛，“我们需要她。”

狄赖噘着嘴，狠狠地瞪了卡喀亚一眼，然后拍了拍自己腰间的匕首：“好吧，如果她攻击你，你就大喊，我马上带着大家冲上去。”

“好的。”莉莉丝直起身子，笑着拍了拍狄赖的肩膀，“有你在，我很安心。”

即使如此，狄赖也死死地盯着卡喀亚，甚至咧了咧嘴，龇牙示威。

莉莉丝走上山坡，跟着卡喀亚走进了一间屋子。

“哈，看见那小姑娘的眼神了吗？”卡喀亚笑出了声，“你真是养了只虎崽子。”

“比起兔子，猛虎更好，不是吗？”莉莉丝一边说，一边打量着这间屋子。

很难想象这是大名鼎鼎的林塞女巫首领的屋子，它太简陋了。

木床和桌椅都是手作的，做工粗糙，只有上面盖着的兽皮显示出主人善战。

“那你为什么不在意一下她的警告？”卡喀亚扬起双刃斧，指向莉莉丝，“我说不定会在这里杀了你。”

莉莉丝问：“杀我，为什么？”

“你新剑上的宝石很漂亮，应该能卖不少钱。”

“不，你不会那样做。”莉莉丝说，“你既没有抢走赛薇拉的银胸针，也没有夺走她那把价值不菲的剑。”

“抢走她的东西确实很容易，她身体瘦弱，皮肤娇嫩，一看就是贵族家庭培养出来的女人。”卡喀亚笑了，“我当初甚至打算杀了她哩——直到她张开嘴冲我喊叫。”

“这不是很可笑吗？她是娇嫩白皙的漂亮女人，我是被人叫作杂交狗的家伙，但她没有舌头，我没有右耳，我们都被人当作奴隶，既然如此，我还抢她的东西做什么？”卡喀亚耸了耸肩，把斧子扔在一边，跨坐在自己的椅子上，“更何况，我们就算抢走了那些东西，也卖不出去。对我们来说，钱是最没用的东西。”

她们曾是奴隶，即使烧毁了颈后的印记，也无法顺利进入城镇，和人交易。

逃跑的奴隶烧毁印记的事太常见了。

正因为如此，她们的屋子才建得如此简陋，她们建房屋只能就地取材，甚至连最基本的钉子都拿不到。

也正因为物资如此紧缺，她们劫持商队时，会将所有的东西都运回来。

“不仅如此，你们接纳了赛薇拉，还与她相处得很好。”莉莉丝看向窗户，“赛薇拉很信任你们。”

赛薇拉正站在窗口往里看，她鼓起了脸颊，不满地盯着卡喀亚，似乎在郁闷这次谈话中没有自己，又似乎在担忧她们再次打起来。但无论如何，她的脸上都没有对卡喀亚的恐惧。

"哈。"卡喀亚又笑了一声，笑完之后，又长长地叹了一口气。

* * * *

不知道何时开始，卡喀亚与同伴们的关系越来越融洽，她们不再像之前那些人一样躲避她，害怕她，而是随意地在她身边走动，还会和她开玩笑。

她曾经很不习惯这种事，甚至会佯装生气。但她们总能看出她到底是真生气还是假装生气。

她们会趁她坐着的时候，偷偷在她头上放一个花环。

"别生气了，卡喀亚。"活泼的女孩会歪着头，咯咯地笑，"我们和好吧。"

稳重的女人会温柔地问："你在气什么，可以告诉我们吗，卡喀亚？"

卡喀亚从来没有这种感觉，她一直独来独往，不需要和任何人交好，也不需要向别人解释什么。

若是以前，她觉得自己会直接扔掉那个花环，可是那次她只是拿下了头上的花环，轻轻地摩挲。

她习惯一个人待着，但当她看见女人们交流、说笑时，也会忍不住扬起嘴角。

她原来总是笑，但那种笑是嘲讽的、冷酷的、带着愤怒的。

而现在的笑是轻松的、愉悦的、被快乐感染的，她有时笑到一半才回神，然后惊讶于自己的表现。

也正是因为如此，每到这种时候，她才会发现自己总是看着她们。

她们确实遭遇过不少背叛，但在这个过程中，她也有了许多同伴，她们一起并肩作战，当她冲到最前面时，也会有人保护她的后背。

* * * *

莉莉丝坐在桌前，看向卡喀亚："在我观察赛薇拉与你们相处的细节时，你也在观察赛薇拉是否信赖我，不是吗？"

林塞山脉如此之大，若是没人引路，即使赛薇拉知道莉莉丝来了，也很难找到她。

"赛薇拉不能说话，我们又不认字，你们过去发生了什么我并不清楚，"卡喀亚说，"但她现在是我们的同伴，若她连救你的意愿都没有，你们也不值得让我们耗费精力。"

她一边说，一边拿出旁边的木碗，为莉莉丝倒了一碗水。

在接触的过程中，卡喀亚一直在观察莉莉丝。

卡喀亚知道自己在改变，在有同伴死去，人们围着尸体哭泣时，她还是会想："人总是会死的，哭什么呢？"但每每遇到这种事，她还是无来由地烦躁，她会自己一个人挥舞着斧子发泄，或者把那些偷袭者的尸体大卸八块。

"不要内疚，卡喀亚。"有同伴这样安慰她。

"你说谁内疚？我怎么会内疚？"卡喀亚在气头上的时候会这样想。

但是当她平静下来，发现自己在一遍遍复盘当时的情景，想着如果当时换个方法会不会更好，她的同伴会不会活下来，她才醒悟——啊，她确实是在内疚。

内疚自己没有做出最优的决定，内疚自己不够强，内疚自己没有洞悉一切。

虽然人不可能全知全能，有些伤亡无可避免，但她希望她们活着。

所以她们千里迢迢从索锡来到通恩，又止步于林塞山脉。

赛薇拉是一座桥梁。除此之外，从与魔兽的战斗中可以看出莉莉丝团队的战斗力，队伍里的成员构成展示了她们的宽容与实力，山坡上的观察可以分析出这个团队的运转与协作，而最后的比试证明了这个团队首领的坚定与不屈。

莉莉丝端起碗，喝下了那杯水。

卡喀亚问："你不怕女巫下毒？"

莉莉丝答道："我也是女巫。"

卡喀亚大笑起来："对，带着小女孩和婴儿游荡的女巫。"

莉莉丝说："是的，我们有能力保护同伴，并以此为傲。"

卡喀亚观察得越细，莉莉丝越能清楚地感受到对方对于合作的意愿和考量。

若林塞女巫们一开始就把她们当成敌人，大可以对她们不管不顾，让她们死于爆炸。当林塞女巫们把她们带进自己据点的时候，就表明了她们的态度。

林塞女巫们有很多机会可以攻击莉莉丝她们，但她们并没有行动。

比起不假思索地同意，深思熟悉之后的合作显然更值得信任。

当然，通过考验只是第一步。

"这就是和你合作的好处吗？"卡喀亚问，"被保护？"

"不，是双赢。"莉莉丝答完，又问，"你们是什么时候来的林塞山脉？"

"去年冬天，怎么了？"

"马上就到秋天了。"

卡喀亚皱了皱眉，脸上露出了"那又怎样"的表情。

莉莉丝继续道："你们不可能一直堵着林塞山脉的路，秋天是作物成熟的季节，到时候会有大批'作物'从通恩运出。在那之前，他们一定会全力歼灭你们。"

她顿了一下，听着远处传来的爆炸声，道："也许他们已经开始寻找你们了——即使是这山中有魔兽，这爆炸声也太频繁了，不是吗？之前的爆炸声有这么频繁吗？"

卡喀亚的脸色变得相当难看，过了一会儿，她问："你怎么了解这么多？"

"阿博特公爵在通恩有一块地，每年艾伯巡视完领地，都会带走这里的一些东西。"莉莉丝补充道，"我母亲也和我讲过许多那块地的故事，毕竟那是我母亲的家乡。"

卡喀亚说："所以那是你母亲家族的地？"

莉莉丝答："以后会是我们的。"

"我们的……"卡喀亚笑道，"你可真有意思，阿博特公爵小姐。"

"卡喀亚，"莉莉丝看着她的眼睛，"请叫我莉莉丝。"

莉莉丝和卡喀亚谈了许久。她从房间里走出来以后，山坡下同伴全都抬起头看她，赛薇拉也跑到她身边。

莉莉丝对同伴们笑着挥了挥手，表示自己没有事，然后把视线转到不远处的一座木屋。

那座木屋的窗户开着，一个白发老人正站在窗边向这边看。

这是莉莉丝第一次看见那座"奢侈"木屋里住着的人。

她身材矮小，头发稀疏，眼神凶恶，皱纹在脸上堆叠，鹰钩鼻又尖又长。

毫无疑问，她就是传闻中的老女巫。

赛薇拉顺着莉莉丝的视线看了过去。她看见那个老女巫以后，脸上浮现出混杂着厌恶与仇恨的表情。赛薇拉"啊啊"地叫了两声，抱住了莉莉丝的胳膊。

"怎么了，赛薇拉？"莉莉丝回头，奇怪地问道。

赛薇拉皱着眉，摇了摇头。

当莉莉丝再转头去看时，木屋的窗户已经关上了，那个老人也不见了。

莉莉丝隐约能感觉到赛薇拉在警告她不要接近那个老女巫，她能感觉到林塞女巫们与那个老人的关系十分微妙，虽然她们住得很近，却又保持着距离，甚至互相厌恶。但在某种程度上，她们又相互依靠，形成了一种类似于共生的关系。

经过这段时间的观察，莉莉丝已经明白林塞女巫们从木屋门口拿走的东西是什么了。

奴隶出身的林塞女巫们几乎不可能掌握炸药的制作方法，即使她们懂得怎么做炸药，也很难在陌生的林塞山脉找到材料并制作出成品。

如果制造炸药的是木屋里的那位老人，事情就合理得多了。

而这也与林塞山脉更早的女巫传说相符。

因为这次会谈，两边的女巫开始交流，林塞女巫们分给了莉莉丝她们一些食物，塞赫美特也带着了解药草的洛塔去林塞女巫那里为她们医治。

直到深夜，塞赫美特和洛塔才回来。

莉莉丝在火堆边翻看从温士顿·迪福那里偷来的资料，洛塔拿了口锅煮上草药就去休息了。

塞赫美特坐在火堆边，看着煮药草的锅。

"那边的情况怎么样？"莉莉丝抬头问道。

"她们身上有很多旧伤，很多人因为骨折时处置不当，留下了后遗症，还有人的伤口一直在化脓，还有她们颈后的烫伤……我难以想象之前她们有多少同伴是因为没有得到及时的治疗而去世。"塞赫美特露出了罕见的疲惫神情，"这是一个大工程，估计接下来几天，我和洛塔会一直待在那里……我们还需要几个办事认真、行动利落的帮手，明天我会叫上贝斯蒂、埃达、欧诺弥亚和纳利塔一起过去。"

"好的。"莉莉丝说，"若是有其他需要帮忙的地方，也可以和我们说。"

塞赫美特点了点头，然后看着架在火堆上咕嘟咕嘟煮着药草的锅，叹道："卡喀亚身上也有很多旧伤，她的大拇指还会习惯性脱臼。"

莉莉丝愣了："为什么？"

"因为她握拳时习惯把拇指握在里面，她说这样能更好地发力，疼痛的拇指会激发出她的战意。"塞赫美特叹道，"她太用力了。"

这是一种损耗性的打法。

没有人教她如何搏斗，她只能靠自己领悟。

莉莉丝沉默了。她坐在椅子上，长长地叹了口气，用双手捂住了自己的脸。

过了一会儿，她说："没错，我确实得到了她们无法得到的权利，因为我是贵族出身。"

奴隶与贵族，一出生便在不同的起跑线上。

也许贵族会坠落，但奴隶有可能拼尽一生都无法跑到贵族的起跑线。

莉莉丝想起了在那座小屋子里时卡喀亚和她说过的话："莉莉丝，你们是幸运的，人们会因为各种理由和顾忌停止追杀你们。但是他们不会那样对我们，因为我们没有靠山，也没有任何可以威胁他们的东西，我们只是一群奴隶。"

"我已经舍弃了很多东西，但是我不会对我积攒的资源放手，卡喀亚。"莉莉丝说，"我们的敌人站在更高处，若是我也跳下去，或者用尽一切去填补他们造成的亏空，那只会让他们脚下的土地更牢固。若我有资源，我会用它铺成另一条向上的路。"

"真是动人的话语。"卡喀亚又展现出那种嘲讽的笑意。

她总是下意识地嘲笑一切，这是她的习惯，也是她保护自己的方式。

"卡喀亚，你可以用自己的双眼见证，若是我变成令你痛恨的人，你我自然会分道扬镳，甚至变成敌人。若是我变得可恨可恶，也一定会有其他不满的人推翻我们，就像现在我们做的事一样。"莉莉丝当时是这样说的，"当时代向前发展，落后的东西总会被淘汰。"

"我听说过很多关于你的事，我原本以为那些都是娇生惯养的贵族小姐过家家，但莉莉丝，你比我想象的还要有意思。"卡喀亚大笑道，"既然如此，我们就和你走一程，看看你们想走的路到底是什么样的吧。"

火堆上架着的锅冒着热气，药汤咕嘟咕嘟地翻腾着。

"有时候看到她们，我会产生一种自我厌恶的愧疚感，觉得我占据了太多别人没有的东西，但我没有办法改变我的出身。"莉莉丝叹道，"我也会想，若是我死了，她们的境遇会更好吗？若是我出生就是平民甚至奴隶，她们就会过得更好吗？若她们天生就是贵族，那么其他人会过得更幸福吗？如果所有答案都是否定的，我憎恨、厌恶的就不应该是我自己。"

说着说着，莉莉丝苦笑了一下，只有她自己知道，她本就不是什么公爵小姐。

现实中，她的前方、后方都有无数的起跑线。她的起跑线可以被人嫉恨，同时，她也可以用同样的理由嫉恨前方的起跑线。而后方永远看不见尽头，因为有许多人甚至没有站上起跑线的机会。

"我知道卡喀亚的过去很凄惨，但我不想和她比惨，塞赫美特。"莉莉丝说，"也许你听到这句话，会觉得我无耻，会觉得一个曾经的贵族小姐在说不痛不痒的话，但我经历过很多悲惨的事，曾经陷入过无数次生不如死的境地。"

塞赫美特没有说话，静静地看她。

"比惨是永无止境的，在我最凄惨的时候，所有活着的人都比我幸运，所有能顺畅呼吸的人都令我憎恨。我也曾经一次次寻找比我惨的人来获得心灵的慰藉，然后……"

然后，她死了一次又一次。

"现在想来，那是一条通向绝望和死亡的路，在比惨的过程中，你的愤怒会转移，你的注意力会分散，你会忘了令你痛苦的罪魁祸首，甚至你会因为你足够惨而产生优越感。

"比谁陷得更深也会产生一种虚妄的快感，然而那只是一种麻木罢了……说起来可笑，沉浸在痛苦中也会让人产生一种自怜的快感，但如果所有的互助都仅限于互舔伤口、互相拉扯，如果我们止于这一步，那么最终大家还是会在沼泽里打滚儿，我们还是会陷下去。

"我们经历过的苦难应该成为我们脱离沼泽的力量，我们应该歌颂的永远不是苦难，而是克服那些苦难、看清现实、走出困境的勇气。"

卡喀亚说的那些痛苦，莉莉丝都经历过，她甚至经历过比那更凄惨的事件，她可以说出那些自己经历过的无数痛苦的过去。可若只是把那些过去变成自怨自怜的材料，那些痛苦就毫无意义。她不想也不能靠比惨获得优越感，因为那是一条无限下落的不归路。

无论是陷在沼泽中品味苦难还是用自我厌恶来"赎罪"，都会令人止步不前，只有往前走、向上爬，掀翻困难的源头，才能脱离那片令她们痛苦的沼泽。

这是她经历无数次痛苦轮回、碰无数次壁后才总结出的经验。

塞赫美特看着莉莉丝，嘴角扬了起来："我敢打赌，我们的道路会通向光明。"

"是的，"莉莉丝笑道，"我也这样认为。"

＊　　＊　　＊　　＊

随着两边交流的深入和塞赫美特医治的进度，莉莉丝她们与林塞女巫们的关系开始好转，她们开始到彼此的营地里交流、切磋。

在丽萨教大家认字时，林塞女巫们也会过来学，她们甚至会帮丽萨抓住想要逃跑的狄赖。

"你们干吗这样，我们来打一架吧，我们来比试吧……"被抓住的狄赖总是吱哇乱叫，"啊，可恶，我们不是敌人嘛，你们为什么听她们的话来抓我？"

每到这时，女人们就会哄笑起来："狄赖，昨天的敌人有可能会变成今天的同伴。"

"我们大女人就是这样的。"

"只有少数人才有学习写字的资格，小家伙，你应该好好珍惜这个机会。"

…………

狄赖气呼呼地道："别人要学我就一定要学吗？我又不是学人精，我才不学呢——哎呀！"

她说到一半忽然被人举了起来。狄赖吓了一跳，转过头去看举起自己的人。

能把她这样轻松举起来的人没有几个。狄赖刚开始和人结伴同行的时候，塞赫美特会把她举起来逗她，后来这种情况就少了，因为塞赫美特说她"长高了，也变重了，举起来很费劲儿"，所以就"懒得举了"。这件事曾经让狄赖高兴过一阵，觉得自己强壮到让塞赫美特都举不动了。

她没想到，没了塞赫美特，又出现了一个卡喀亚。

"喂，放我下来。"狄赖叫道，"气死我啦，以后我要吃得壮壮的，让你们谁都举不起我！"

"不想学就不学了。"卡喀亚把狄赖举起，笑道，"这世上有意思的事多着呢。走，我们锻炼去，小家伙。"

"哦，"狄赖惊讶地说，"我还以为你是坏人呢，原来你这家伙也不错嘛！"

这话让女人们又爆出了一阵笑声。

"哎呀，小狄赖，"丽萨长长地叹了一口气，叉着腰，哭笑不得地说，"你什么时候才能懂得识字的重要性呢？"

她们闹的时候，莉莉丝和赛薇拉站在一旁，莉莉丝看了一眼赛薇拉，她笑得整个面孔都舒展开来。这让莉莉丝也弯起了嘴唇。

一天凌晨，卡喀亚来营地找莉莉丝，说要带她去一个地方看一看。

那时林间还泛着潮气，光线昏暗，卡喀亚又没有使用可以照明的东西，莉莉丝只能紧跟着卡喀亚的脚步，以防踩上炸弹。

卡喀亚对这段路很熟悉，她在黑暗的森林里快速地穿梭着，带着莉莉丝到了高处。

"喏，"卡喀亚停在山的边缘，站在一棵树下，冲远处抬了抬下巴，"就在那儿。"

莉莉丝不知道她说的"就在那儿"是指什么，她拍着被露水打湿的衣袖，朝卡喀亚说的方向看去。

天刚蒙蒙亮，朝阳的光尚未来得及笼罩大地。

林塞山脉后方是被其半包围的地势平缓的平原，一些人在平原上移动，显而易见，他们的目的地是不远处的高大建筑。

那是一道耸立在平原上的城墙，它高大巍峨，固若金汤，仿佛一把刀，割断了平原的两端。

拍衣袖的动作停住了，莉莉丝直直地盯着那里，红色的眸子里映着城墙的全貌。她的嘴唇颤动着，几近无声地吐出了两个字——通恩。

"看到了吗？"卡喀亚说，"那就是通恩。"

通恩……通恩……

这个名字在莉莉丝的脑海中回荡，让她有些鼻酸。

在以往的轮次中，莉莉丝从来没有踏上过通恩的土地。阿博特公爵不会让她来这里，甚至莉莉丝提起这个名字，公爵都会发怒。而在其他路线中，男主角们也会在她面前避谈这个地方，似乎那不是一个很重要的地方。

似乎冥冥之中，所有人都在阻挠她、妨碍她来到这里。

然而在记忆里，尼莫西妮曾经一次又一次地提起通恩。

那个清瘦白净的女人会在端着红茶的时候无奈地叹气，说："无论怎么泡，这个味道都和在通恩时喝到的不同啊……"

她也会在哄小莉莉丝睡觉时，一边轻拍女儿一边道："为什么睡不着呢？莉莉丝，那妈妈给你讲讲通恩的故事吧……"

或者在和小莉莉丝一起畅想未来某一天可以自由出行的时候，她计划着路线："我们还可以去通恩，我想让你看看黄金粮仓，还有田地里金灿灿、沉甸甸的麦穗……"

说起这些的时候，尼莫西妮的脸上总是带着浅浅的微笑。

因为那是通恩。

尼莫西妮与格欧费茵的故乡。

莉莉丝做了几个深呼吸，慢慢地平复心情。

卡喀亚盘腿坐在地上，然后对着莉莉丝拍了拍身边的地面。

莉莉丝便坐在她身边，听她开口倾诉。

"我的同伴中，有人是从闹饥荒的地方过来的，当她找到我们的时候，已经快饿成骷髅，所以我们不能一次性给她太多食物。哦，这是奴隶的生存经验。因为她太久没吃饭，很容易吃太多而活活撑死哩。"卡喀亚说道，"不知道你有没有见过快要饿死的人，他们有的四肢比柴火棍都瘦，肚子却很大，看起来畸形得像怪物。那些饥饿的人会吃树皮、昆虫和野草，甚至有人攻击同类，我们就曾经遇到过一个那样的家伙，他眼睛已经瞎了，却依然见人就咬，咬下来的肉直接就吞了下去。"

卡喀亚冷笑了一声，接着说："这样的疯子，和魔兽有什么区别？"

地面的凉意透过衣服的布料传到身上，莉莉丝轻轻地摸了摸自己的胳膊。

卡喀亚盯着那道城墙："我经常来这里，看着那道城墙，想着要怎么打进去。"

城墙后是被称为黄金粮仓的通恩地区，是令人们趋之若鹜的土地，贵族想要它是因为粮食可以变成财富，而更多的人向往这里是想在这里生存下去。

莉莉丝说："如果我没记错的话，通恩最大的贵族是波伊·亚尔曼伯爵。"

她回忆着在神殿看到的记录。

波伊·亚尔曼在贵族捐赠名单的前列，那是一项荣誉，代表他为神殿捐了相当多的钱，也获得了神官们更多的祝福。但波伊·亚尔曼是一个极其神秘的人，他鲜少出现在大众面前，莉莉丝从来没在新年舞会上见过他，其他贵族也很少谈起他。

"我们曾经逼问过那些被我们抓起来的人波伊·亚尔曼是怎样的人，他们只能说出他是个长着小胡子的胖子，再重复一些奢侈、淫靡之类的词。"卡喀亚嗤笑道，"都是废话，哪个贵族不是这样的？我想知道的是怎样才能打败他！"

说着说着，卡喀亚"啊"了一声，直起身体，看向远处："哦，你运气不错，今天他们出来了！"

莉莉丝也探了探身体，看了过去。

城门那里出来一辆马车，那是两匹马拉着的货车，货物上蒙着一层布。

若是这样的车在城市里，并不见得多么特殊，但它出现在城外，没有绕路，而是向林塞山脉驶来。

那辆车太简陋了。所有人都知道，林塞山脉有袭击货车的女巫，货车不可能不配备护卫。

莉莉丝问道："车上是什么？"

"是人。"卡喀亚顿了一下，补充道，"准确地说，是尸体。"

莉莉丝皱眉："他们经常这么做？"

"几天一次，他们会直接把尸体扔在山上。"卡喀亚说，"我不知道通恩是不是真的黄金粮仓，但对猛兽们来说，这里一定是个不错的粮仓，毕竟会有源源不断的食物补充。"

太阳逐渐升起，阳光洒在高大的城墙上。

那辆行驶的马车与走向通恩的人们错身而过。

那是从各地逃来通恩的人，他们像搬家的蚂蚁一样，绕过林塞山脉，一步一步走向城门。

"回去吧，"卡喀亚站起来，拍了拍身上的土，"我带你去看看我们的战利品。"

走之前，莉莉丝又回头看了一眼。

因为看到了目的地，平原上的许多人跑了起来。他们被金色的阳光笼罩着，跑向城门，像跑向了希望。

狄赖在营地里跑了一圈，然后停在篝火旁："莉莉丝呢？"

女人们正在准备早饭，纳利塔一边切菜一边答道："好像被卡喀亚叫出去了。"

"啊，她们单独出去的？"狄赖歪了歪脑袋，"怎么没有带上我，万一她们打起来怎么办？"

纳利塔问："带上你她们就不会打起来了吗？"

"当然，"狄赖有些得意地扬起头，"我觉得那个坏女巫很喜欢我呢。"

"是吗？"

"当然，我能看出来她的想法，她肯定是这样想的——"狄赖拿起一根树枝，模仿着卡喀亚扛斧头的动作和语气，对伊迪萨怀里的女婴说道，"你这个大女人很招人喜欢哩。"

这话让周围的人都笑了。

狄赖也笑了起来，她轻轻戳了戳欧若拉的脸蛋："放心吧，欧若拉，你以后也会长成一个大女人！"

欧若拉给了她一个大大的微笑，这让狄赖笑得更甜了。她和欧若拉玩了一会儿，然后又跑到锅旁边，深深地吸了一口气："好香啊。"

"之前林塞女巫送给我们不少野菜，我正在用它们熬汤，真希望她们也能尝尝。"莉迪亚搅拌着汤，"不知道林塞女巫愿不愿意和我们一起共用早饭。"

"那我去邀请她们吧。"狄赖马上来了精神，轻快地跑上山坡，边跑边喊："嘿，你们想不想和我们一起吃早饭，莉迪亚做的饭可好吃啦！"

林塞女巫们也听到了狄赖的声音，有些人停下了手上的动作："那个活泼的小女孩又在叫什么？"

"好像是在叫我们——"

她们还未来得及多说，狄赖已经跑了上来，眨着亮亮的眼睛喊道："我们一起吃饭吧？"

林塞女巫们还没有与狄赖她们一起吃过饭，露出了犹豫的表情。

这时狄赖已经盯上了最容易攻破的对象，她三步两步跳到赛薇拉身边。

"赛薇拉，走吧走吧，和我们一起吃早饭。"狄赖推着赛薇拉，"你也应该尝尝我洗的野菜。"

"啊……啊……"赛薇拉对着同伴抛出了求救的眼神。

"那就走吧。"一个林塞女巫说道，"既然狄赖特地邀请我们，那我们就把早饭带下去，和她们一起吃。"

顺利完成了任务，狄赖高兴得合不拢嘴，她在林塞女巫的据点跑了好几圈，致力于把所有人都叫去吃早饭。

等她把所有能叫的对象都叫了一遍，视线停在远处的小木屋上。

她一直对那座木屋很好奇，可林塞女巫们对那座木屋避而不谈。

狄赖站在原地，看着那座木屋，想了一会儿，最终好奇心战胜了一切。

"我得去问问那座屋子里的人，毕竟她也需要吃饭。"狄赖给自己找了个合理的理由，然后带着混杂着雀跃的紧张心情，走向那座木屋。

"吱呀"一声，随着简陋的木门被推开，腐烂的青草与劣质的油漆混合的味道向外弥漫。

卡喀亚走进屋子："如你所见，这是我们建造的最大的房子，我们把它当成仓库，那些暂时用不上的东西都堆在这里。"

屋子里堆着许多拆卸下来的马车部件和杂物，但最多的是占据小半间屋子的麻袋。

莉莉丝走过去，用小刀在麻袋上切了一个小口子，露出里面紫色的干花。

"有无数人为这玩意儿神魂颠倒。"卡喀亚走过来，掏出一把干花，"你知道这是什么吗？"

莉莉丝叹了一口气，说："'深蓝'。"

当她闻到那股熟悉的气味，她就知道这里会有什么了。

"是的，'深蓝'，这东西很贵重。我们劫了这批货，波伊·亚尔曼派出很多人来搜寻我们，"卡喀亚耸了耸肩，"失败之后，来林塞山脉的马车就再也没有运过这种东西了。"

莉莉丝说："这东西在很多地方都很流行，但我希望你们没有尝过它们。"

"我们不会去尝试。"卡喀亚露出了嫌恶的表情，"我见过那些贵族淫乱的样子，他们会给那些不配合的人喂食这东西，然后像动物一样交配。"

虽然她不知道那东西的真实效力，但那时她甚至想好了，若是他们也给她喂这东西，她要如何靠着咬舌头的痛觉保持清醒，以及反击。但那些贵族更喜欢看她和奴隶角斗、与野狗争食，所以没把"深蓝"用在她身上。

"太可笑哩，"卡喀亚捏碎了手里的干花，"我们满怀向往，来到黄金粮仓，从那些贵族手中抢到的却是这些东西。"

紫色花朵和干枯枝干的碎末从她的指缝中落下。

卡喀亚微微侧头，看向莉莉丝："怎样，你失望吗，莉莉丝？"

"通恩是我母亲生长的地方，那里有广袤的农田，还有很多农作物，而且惠及周边城镇。但是根据我们一路过来搜集到的情报，通恩临近的城镇并没有得到更充足的粮食，粮食的价格也不比其他地方低。"莉莉丝说，"所以我想过这种可能。"

她想过很多种可能，也许是通恩遭遇了自然灾害，也许是魔兽袭击了农田，也许是有人在囤积粮食等待高价卖出……

即使艾伯带回来的那些东西中有"深蓝"，她也不愿把它和尼莫西妮的家乡联想到一起。她一直觉得他们不会那么蠢、那么急功近利。最近几年，各地的粮食收成一直不好，按照常理，他们完全没有必要也不应该为了所谓的"深蓝"，在重要的粮食产地种这些东西。但事实证明，他们确实是一群愚蠢而急功近利的人，这世界正是被这些人统治着，才会发生种种超脱常理的事。

"是啊，并不难想象，所以现在看起来，当初我们的那些希望分外可笑，"卡喀亚看向墙，说，"毕竟被世人传颂的神也不是什么好东西哩。"

墙上贴着一张报纸，除了文字，最显眼的是报纸上的插画，画中描绘着被烧焦的信徒在祈祷堂里虔诚祈祷的画面。

"啊，这是……"莉莉丝愣了一下。

那幅插画是阿特米西亚画的《燃烧的祈祷堂》，旁边配着的文字是克利欧写的。稿件是她们在一个有卡俄斯商业分店的城镇里偷偷交给分店店长的。

莉莉丝没想到自己竟然能在林塞女巫的仓库里看到《卡俄斯日报》。

"哦，这报纸是我们在马车上搜来的。我很喜欢这张图，它看起来很震撼人心。"卡喀亚说，"我们之中有些人信仰班布尔神，虽然我不知道她们为什么要信那个狗屁班布尔神，但她们看到这张图后恍惚了许多天……据说这张图在其他地方也引起了很大反响，还触怒了神殿，国王正在收缴，所以它现在是违禁品。哦，违禁品应该很值钱吧？"

"也许吧。"莉莉丝说，"不过国王早已下旨，封了这家报社……"

"他们总是这样。就像赛薇拉，那个侯爵割掉她的舌头，一定是因为他被她说出的话刺中了。"卡喀亚抱着手臂，"当敌人想要捂住你的嘴的时候，就说明你说中了他的痛处，能对他造成打击……所以我还挺喜欢这家报社的。哦，据说它还报道了许多女巫的事迹。"

听到这句话，莉莉丝弯起了嘴唇。

早在莉莉丝入狱时，费尔顿城的卡俄斯报社就被赫卡特关了，后来在其他地方东山再起，但没过多久又被国王点名封杀。

若卡俄斯报社本就是一家大报社，这恐怕会是一次巨大的打击，但它本就是一家小报社，人员稀少，设备简单，便于转移阵地，其间几次被告发，都没有遭受灭顶的损失。

现在卡俄斯报社已经彻底变成了一家地下报社。

有意思的是，正是因为被神殿和国王点名，《卡俄斯日报》反而名声大噪，原本只是少数能接受教育的人会看报纸，现在不识字的人也好奇这份被封杀的报纸上写了什么。

赫卡特便迎合了大家的这种心态，将《卡俄斯日报》扩散到各地，还趁机增加了报纸上的图画数，使得不识字的人也能大致明白上面讲了什么。

看懂报纸本就会令不识字的人产生满足感，被封杀又为它增加了一种禁忌感。这使得原本不为人知的《卡俄斯日报》流传得更广。

"我也很喜欢这份报纸，"莉莉丝说，"它以后还会报道更多女巫的事迹。"

闻言，卡喀亚微微扬起了眉："莉莉丝，你太令人吃惊了，不愧是在维尔博大闹了一通、绑架温士顿·迪福的人。"

莉莉丝笑道："大家都知道温士顿·迪福盛名远播，能知晓人心，甚至我自己也曾这样认为。但真正到了维尔博，我才发现，温士顿·迪福之所以能得到众多的支持，无非是因为他能在安全的范围内讨好他们、给予他们想要的。当你得到的信息足够多时，迎合一个人让一个人喜欢你是再简单不过的事。而我们之所以没有被他的手段迷惑，能绑架温士顿·迪福，不过是因为他不够了解我们。"

"维尔博的人总是称赞他们的伯爵，把他夸得像天神一般。"卡喀亚冷笑道，"瞧瞧这屋子里的'深蓝'，这批货可是要运去维尔博的。"

"他当然不是神，他只是知道很多信息并且会应用，因为他有权力。"莉莉丝说，"权力有很多种体现，获取信息就是其中之一。"

有权的人更容易知道事情的真相，垄断更多的知识。

就像普通人只能从歌谣和传说故事中了解历史，贵族的书房却有一本《王国简史》可以翻阅，而真正的历史记载在辛西娅公主特意给莉莉看的那本记载着大陆史的禁书里。

对只窥得冰山一角的普通人来说，得知冰山全貌的人看起来就像未卜先知的神。

所以国王关注舆论，神殿把控教育，贵族培养子嗣，女人却被分隔开来，被一些无关痛痒的东西吸引注意力，甚至连自己的身体都不了解。

永远不能相信试图捂住你耳朵、遮住你眼睛、封住你嘴巴的人。

卡喀亚第一次听说信息与权力的关系，她有些好笑地问道："按照你的说法，我知道的信息比一些人多，那我也有权力了？"

"当然。"莉莉丝说，"正因为你知道'深蓝'，所以你没有使用它；正因为你看到了那些运送尸体的马车，所以你们没有像那些人一样冲向通恩……在某种程度上，你获得的信息保住了你和其他人的命——你们靠着信息得到了掌控自己选择的权力。"

"那我们能靠这些信息走到哪里呢？"卡喀亚问，"什么时候才能攻破那道城墙？"

"信息是权力的一部分，但并不是全部，"莉莉丝答道，"我们还需要其他东西。"

"比如？"

"我们需要做更周密的部署，还要获得更大的力量……"莉莉丝抬起头，看向卡喀亚，"卡喀亚，我们需要炸药。"

"你说的是那个会爆炸的东西？"卡喀亚的眼神冷了下来，"那东西不是我们造的哩。"

Chapter 45

老人

狄赖哼着歌轻快地跳跃着来到木屋前。

木屋前围着一圈木栅栏，围出来的花园却没人打理，长满了杂草，有的地方木栅栏已经破损了。

狄赖本想从木栅栏的破损处跳进去，但转念一想，自己是来请人吃饭的，于是她咳嗽了两声，喊道："有人吗？"

木屋里没有任何回应。

狄赖便打开木栅栏的门，顺着花园的石子路走到门口，礼貌地敲了敲木屋的门："有人吗？要不要一起吃早饭？"

依然没有回应。

狄赖转了转眼珠，然后顺着墙沿，一点点蹭到窗户前，往里张望。

屋子里有一位佝偻的老人，她背对着窗户站在桌子前，不知道在做什么。

"嘿！"狄赖敲了敲窗，"嘿！那位老婆婆，你不用做饭，我们可以一起吃早饭。"

她敲了好几次窗，那个老人还是没有反应。狄赖便凑近了窗户，整张脸几乎都贴在窗户上，想要看看那个老人到底在做什么。

当那个老人伸手去拿其他东西的时候，桌上的一部分物品便从她的身侧展现出来了。

铁片、木头、木炭，和黄白色的粉末……

*　　*　　*　　*

"那东西不是我们造出来的。"卡喀亚有些烦躁地打开了仓库的窗户，让沉闷的空气得以流通，"我们怎么可能会做那种东西？"

"我知道，但我们现在是伙伴，所以我会告诉你我的计划，而在那个计划中，"莉莉丝说，"我们需要炸药，也需要木屋里那位老人的帮助。"

卡喀亚转过身，看向莉莉丝。她一直挂在脸上的那种带着讽刺的轻佻笑容消失了，取而代之的是一种复杂的表情。

＊　　＊　　＊　　＊

木屋外面，狄赖还在锲而不舍地敲着窗户。

"嘿！嘿！那边的老婆婆，"她拖长声音喊，"要不要吃早饭——我们一起吃早饭呀——"

不知道是因为老人太过于心无旁骛还是屋子隔音太好，狄赖的声音似乎一直没有传入老人耳中。

那个老人一直在忙，背对着窗户。

狄赖的头抵着窗户，慢慢地转动了一下，望向一旁的大门，开始考虑是重新敲门还是放弃叫这个老太太，让林塞女巫来照顾他们的同伴。

就在这时，屋里的老人转过身来，她本来是想从身后的筐里拿点什么的，但随着这个动作，她看到了趴在窗子上的狄赖。

老人有些混浊的眼睛睁大了，她怔了一下，然后大吼起来："啊！"

当老人的声音传出，狄赖才发现这屋子的隔音并没有她想的那么好，她笑嘻嘻地对老人挥了挥手："嘿，老婆婆，你终于看见我了，我是——"

她的话还没有说完，就被老人的吼声打断了。

"站……不许动！"老人颤抖着，用奇怪的音调喊了一声，冲向了窗户。

她的双腿不是很灵活，但她依然用最快的速度扑到窗边，满脸怒意地打开了窗户。

这个老人脸上的愤怒过于真实，这让狄赖的笑意凝固在脸上。

自从和莉莉丝同行，她再也没有过这样的体验，老人的表情让她想起之前因为饿肚子而去偷面包，被发现时那些人的脸。

在城市里，不小心撞到了那些衣着干净的人，他们也会一边拍着自己的衣服，一边用嫌恶又愤怒的眼神看着她。

还有在家里对母亲父亲说饿的时候、哭泣的时候、干活儿慢的时候，甚至在他们生气时出现在他们眼前的时候……

当老人扑到狄赖面前时，女孩的笑容完全消失了，她的身体变得有些僵硬，身体下意识地后倾，之后转身就想逃跑。

但老人更快一步，她揪住了狄赖的领口，顺着窗户把她往屋子里拽："进……进来！别乱动！进来！"

狄赖没想到这个瘦弱的老人竟然能迸发出如此大的力量，自己重心不稳，上半身向屋内倒去，腰也磕在窗框上，一时间不知道应该先摸被磕疼的腰还是被抓住的衣领。

"臭……臭丫头，别……动！"老人喊道，"进来！不要命……啊？"

慌乱中，狄赖被老人从窗户拽进了屋子。

因为拽她太过用力，老人和她一起倒在了地上。

背一碰到地，狄赖就想跳起来逃跑，但她的后衣领依然被那个老人紧紧拽着。

"哎哟！"狄赖叫道，"你干什么！松手，松手，别拽我！"

"门……走，不要窗……"老人松开手，咳嗽了好几声，补充道，"石子路……出去！"

狄赖马上冲向屋门，她要打开门的时候又听到了老人的呻吟声。狄赖转过头，看见那个老人一边哼哼着，一边慢慢地要从地上爬起来。

这是个看起来很凶的老太太，眉头有几道川字纹，还有一只带着驼峰的鹰钩鼻。她很老了，头发花白，皮肤上都是褶皱，手背如同粗糙的树皮，分布着深浅不一的斑点。她整个人透着一股孤僻的气息，说话的语调很奇怪，连衣服都灰扑扑的，像传说故事里面最讨人厌的老巫婆。

"喂……"狄赖忍不住问道，"需要我帮忙吗？"

那老人瞪了她一眼："快滚！"

狄赖的怒意被点燃了，她吼道："我当然会走。我好心找你一起吃早饭，是你不理我。我敲门了，还喊了好几次，是你不开门，也是你把我拽进你家的，你凶什么？"

那老人的动作顿了一下。

狄赖打开门，跑出去之前对着还倒在地上的老人又骂了一句："这种破地方，我再也不来了，老巫婆！"

然后她狠狠地摔上了门。

狄赖快要气炸了，她抿着嘴快步走出花园，被她踢了一脚的栅栏门在她身后摇摆。

山坡下，大家正在吃早饭。

看见狄赖回来，丽萨笑道："哎呀，我们的和平使者回来了！"

女人们都笑了起来，纳利塔端起一碗汤："快来，狄赖，这碗汤是给你留的。"

林塞女巫们也笑道："辛苦你啦，狄赖，饿不饿，快来吃饭吧。"

"你们的手艺真不错，也尝尝我们做的早餐吧。"

若是没人理会狄赖，也许狄赖会一个人默默消化掉刚才遭遇的所有事情，毕竟之前的事在她的生命中算不上最令人生气的，也不是最让她感到委屈的。可当她听到大家的声音、受到同伴的关注时，一直强压下来的委屈就忽然涌了上来。

狄赖紧紧地抿住嘴，眼睛慢慢红了，呼吸也越来越沉重。

她满怀着希望，热情地想要和别人分享快乐，请别人来吃早饭，却被如此粗暴地对待。之前被窗台硌到的腰侧、倒在地上撞到的手臂还在隐隐作痛。

"狄赖？"瑞吉蕾芙发现了她的异常，问道，"你怎么了？"

这个问句像一个开关，一下子将狄赖强压的情绪打开了。她想要强装镇定，可是紧绷的嘴唇开始颤抖。

狄赖瞪着眼睛，看向林塞女巫们："你们……你们林塞女巫中怎么会有这样的人？"

随着这句话，她的眼泪不受控制地流了出来。

林塞女巫们惊讶地睁大了眼睛，她们面面相觑，最后又把视线集中在狄赖身上："发生了什么事？"

"谁欺负你了，小姑娘？"

狄赖抬起胳膊擦着自己的眼泪。

她忽然发现，比起身上的疼痛，更让自己心悸的是那个老人的表情。

在训练和实战中，狄赖受过比现在更重的伤，但她从未因为疼痛如此伤心。

可那个老人的表情戳中了她。

是的，是那个表情。

从始至终，那个老人都紧紧地皱着眉，仿佛看见了什么祸害、什么脏东西。

若露出这样表情的是敌人，狄赖可以毫不在意，她把林塞女巫当成同伴，才抱着一腔热情跑去敲门。

"冷静一下，狄赖。"欧诺弥亚蹲在狄赖面前，问道，"你能把事情经过和我们说一遍吗？"

"那……那个老巫婆……她……她……"狄赖擦着眼泪，断断续续地把事情经过说了一遍。

听完以后，林塞女巫们再次交换了眼神，露出了为难的表情。

赛薇拉也蹲了下来，抱住了狄赖，摸着她的头发安慰她。

欧诺弥亚问道："那位老人不喜欢被打扰吗？"

"……可能是吧，她不算我们的同伴，她只是个凶残的巫婆。"一个林塞女巫回答，"在我们来林塞山脉之前，她就已经在那儿了。"

"啊，我知道！"伊芳举手，"住在林塞山脉里的老巫婆——我是从小听着她的传说长大的。"

克利欧和纳利塔也点头表示赞同。在维尔博的时候，她们就打听过女巫的传说。在那些传说里，林塞山脉很久以前就住着一个邪恶的老巫婆，后来又出现了许多劫持货物的年轻女巫。

"我们不知道那个女巫在这里待了多久。"那个林塞女巫继续说，"事实上，我们和她几乎没有什么多余的交流，我们只是……"她皱了皱眉，继续道，"各取所需。"

她们甚至不是这块土地的原住民，她们只是从南方逃过来的求生者，一路走到了这里而已。

"我大概听说过一些。"伊芳说，"在我小时候，祖母曾经和我讲过林塞山脉里的老巫婆的故事，这个老巫婆用巫术杀死了不少人，她曾经……"

伊芳绘声绘色地给大家讲了自己听过的巫婆传说。

在传说中，老巫婆是一个杀人如麻的恶魔，她巫术强大，甚至只靠诅咒就可以杀死别人。

林塞女巫们认真地听着这些传说，时不时露出或疑惑或惊讶的表情。

狄赖的情绪也在听故事的过程中慢慢平复，但听到最后，她还是抽泣着反驳："都是假的，那个老巫婆才没那么厉害呢！"

那个老人光是把她从窗口拽进屋子就费了不少力气，最后还倒在地上咳嗽。

伊芳歪了歪头："我也不知道这些故事是真的还是假的，这些故事也是我祖母从她妈妈那里听来的。"

"这么说，她在林塞山脉待了好几十年？"一个林塞女巫问。

"仔细想想，这不是很奇怪吗？"克利欧问，"她一个人住在山上，但在伊芳曾祖母时期，她就是个老人了。"

"不会吧？都过了几十年了，"丽萨笑道，"难道她真的是不死的老巫婆？"

人们都笑了起来，但是笑过以后觉得毛骨悚然。

遇见传说里的女巫并不稀奇，甚至现在她们自己都是传说中的女巫。但是，如果一个人的传说流传了四代，而传说中的那个人还和传说中的年纪一样，那就有些奇怪了。

"是……是什么魔法吗？比如说能治愈伤痛、让寿命延长的魔法？"亚尔薇特转头问瑞吉蕾芙。

后者摇了摇头："瑟茜没有教过我们这些……事实上，在她说的各种魔法分类中，没有与治疗相关的魔法。"

"啊？"丽萨愣了一下，"可是，这世上确实有可以治愈伤口的魔法……玛利亚就是那样的魔法师。"

"对不起，我不知道。"瑞吉蕾芙有些慌张地摆了摆手，"我懂的还是太少了。"

"你不需要道歉，瑞吉蕾芙。"塞赫美特说，"正是因为少见，罗纳德王子才会那么重视那个叫作玛利亚的女人。"

狄赖听着大家的讨论，脑中浮现出的是那个老人倒在地上一边呻吟一边慢慢爬起来的画面。她小声嘟囔道："我可不觉得她是魔法师，她要是会治愈魔法，才不会那副样子呢。"

林塞女巫们并不认可这句话："也许她真的是个魔法师，那些会爆炸的东西都是她做的。"

"是的，狄赖，"一个林塞女巫看向小女孩，"也许你不知道你刚才多么幸运，若是你踩中了她花园里的那些东西……"

狄赖的脸变白了——她亲眼见过那些爆炸物的威力。

"你捡回了一条命，狄赖。"林塞女巫们这样说道。

最初的后怕很快变成了愤怒，狄赖知道魔兽是危险的、敌人是危险的，但她从来没有想到请人吃早饭也是危险的。

"她是个坏巫婆！"女孩气愤地喊道。

虽然大家安抚了狄赖，但这件事依然让她一整天都无精打采。

晚上，莉莉丝忙完一天的事，回到帐篷后，发现睡梦中的狄赖表情痛苦，满脸是汗，还在小声呻吟。

早在白天就有人告诉莉莉丝发生了什么事，但莉莉丝向狄赖问起这件事时，后者逞强说了句"没事，我已经好了"。但现在看来，她并不是没有事。

"狄赖，醒一醒。"莉莉丝轻轻叹了口气，晃了晃狄赖的肩膀，"你还好吗？"

狄赖哼了一声，睁开眼睛，当从睡梦中醒来之后的恍惚过去，她认出了面前的人是谁。

"莉莉丝……"女孩的声音比平时更哑，透着一丝委屈，"我做噩梦了。"

"什么样的噩梦？"莉莉丝问道，"是梦到魔兽了吗？"

"不，"狄赖说，"我梦到了我家。"

"是那个堆着很多木柴的屋子？"

"不，"狄赖翻过身，靠近莉莉丝，抱住了莉莉丝的腰，"是我原来的家，那里又臭又小，地上全是酒瓶和垃圾……梦里头那两个人也在吵架。"

莉莉丝摸着狄赖的头发，不只是脸，女孩的头发也被汗水浸湿了："然后呢？"

"梦里我想找点吃的。"狄赖说，"但是摆着食物的桌子忽然变得特别高，即使我踮起脚，跳起来，也拿不到桌子上的东西……我觉得自己要饿死了，急得团团转。就在这时，我看见桌子下面有半片面包，它真的非常小……"

狄赖伸出手，在手掌上比画着："它很脏，只有这么一点点，还被压在酒瓶下面。但我饿极了，就过去捡起了那片面包……啊，太奇怪了，莉莉丝，你知道吗？那两个人本来一直在吵架，但是当我捡起面包的时候，他们的吵架声就消失了。他们出现在我面前，指着我，用恶毒的话骂我，说我偷面包。我说，我没有偷面包，我只是饿了。可他们完全不理会我，只是很凶很凶地责怪我……"

狄赖扁了扁嘴："我讨厌他们的表情，他们总是那样看我，就像在看什么脏东西……"她说着说着，眼圈就红了，于是将头埋在莉莉丝怀中。

"你不是什么脏东西，"莉莉丝轻声说，"你是这个世界上独一无二的狄赖。"

"是的，我是独一无二的，我是最好的。"狄赖的头又在莉莉丝的怀中埋了埋，带着哭腔的声音闷闷地传了出来，"可是……可是我讨厌那个家，我讨厌那些酒瓶，我讨厌那两个人……他们总是吵架，总是骂我，他们不听我说话，还会打我……他们不喜欢我……所以……所以我讨厌他们……我讨厌他们……"

她每说一个"讨厌"，莉莉丝就会轻轻地"嗯"一声。

"不要害怕，"莉莉丝说，"你的噩梦已经醒了，狄赖。"

女孩闷哼一声，她抱着莉莉丝，温热的泪水浸透衣服，浸湿了莉莉丝的皮肤。莉莉丝伸出手，轻轻拍着女孩的背。

帐篷里只剩下狄赖的抽泣声。

过了许久，狄赖又轻声补了一句："我也讨厌那个老巫婆……"

如果没有见到那位老人，没有被那个老人吓到，也许她就不会做这样的噩梦。

莉莉丝摸了摸狄赖刺猬一样炸起的头发："嗯。"

这个"嗯"让狄赖抬起了头，她脸上泪痕还没有干，眉头却皱了起来。

"我讨厌那个老巫婆。"她重复了一遍。

"嗯。"莉莉丝应道。

狄赖满脸疑惑，她张了张嘴，想说什么，却又卡住了。于是她做了两个深呼吸，让自己因为哭泣而变得急促的呼吸平稳下来。

然后，狄赖说："我讨厌她，莉莉丝，可她能让东西爆炸。"

莉莉丝说："我知道。"

"我以为你想要那些会爆炸的东西，它们很厉害。"

"是的，我想要炸药。"

"你想和她成为同伴，可是我讨厌她。"狄赖说，"我以为你会劝我喜欢她。"

莉莉丝反问道："如果我劝你喜欢她，你就会喜欢她吗？"

"不！"狄赖提高了声调，"如果你那样说，我就会告诉你她有多过分。早上……早上，如果我走错一步，走到花园里，说不定就会被炸成粉末……要是我被炸死，我……我就再也见不到你和大家了，我也不能看着欧若拉长大了。"说着说着，她又委屈起来。

"你看，我没法劝你喜欢她，因为你的感情是真实的。"

"可是你们要合作……"

"我不会因为我想和她合作就要求你一定要喜欢她。"莉莉丝说，"狄赖，你是这个世界上独一无二的狄赖，你有自己的想法、自己的情绪，你喜欢一个人、讨厌一个人，一定都是有理由的，对吗？"

狄赖直起身体，看着莉莉丝。

莉莉丝温柔地看着她："狄赖，我不想也不能扭曲你的情感，强迫你改变自己的想法。同样，即使她会做炸药，即使那是我需要的东西，我也会做一些衡量，看她适不适合当我们的同伴。"

狄赖低下头，想了一会儿。

"我困了。"她说，"我们睡觉吧。"

说完，她躺了下来。

莉莉丝也在狄赖身后躺下了。她看着狄赖的背影。狄赖的呼吸渐渐变得均匀，之前随着啜泣而抽动的肩膀也恢复了平稳。

狄赖没有睡，她盯着帐篷的一角。那里很黑，什么也没有。但是无所谓，狄赖不需要看见什么，她只需要理清自己的思绪。

过了一会儿，莉莉丝闭上了眼睛。

在进入梦乡之前，莉莉丝听见了狄赖的声音。

"莉莉丝。"

"嗯？"

"你睡了吗？"

"还没。"

"那个……关于那个老巫婆，我觉得……我……嗯……我有些话想和你说。"

"嗯。"

"也许……我是说也许，那个老巫婆没有那么坏。"狄赖小声说，"她已经很老了。但是她看见我以后就跑了过来，把我从窗口拉进她的屋子，因为这个动作，她还摔倒了……我的意思是，如果她讨厌我，她其实可以不管我，或者让我踩中花园里那些会爆炸的地方，她没必要那么着急地拉扯我……而且……而且她还让我出去的时候走石子路……"

莉莉丝没有说话，静静地等着狄赖继续说下去。

"所以，所以我想，也许她不是坏人。"狄赖说，"毕竟之前卡喀亚看起来也很坏，但现在我觉得她还不错……"

狄赖背着莉莉丝，擦掉了脸上的泪水："我打算先观察一下那个老巫婆，再决定要不要讨厌她。"

莉莉丝轻轻地扬起嘴角，回道："好。"

* * * *

接下来的一段时间里，莉莉丝变得很忙，她需要带着同伴跟林塞女巫们一起熟悉林塞山脉的地形，观察、分析进出通恩的人流与货车，了解林塞女巫们的优势，并为修整所有人装备的赫萝克和卡珊德拉提出建议……

林塞女巫们曾经从商队那里搜获过地图，而从维尔博偷来的东西中也有一部分与通恩有关的资料，这里面甚至包括波伊·亚尔曼伯爵府的地图，很显然，温士顿·迪福也在窥伺"黄金粮仓"。

在熟悉地形的过程中，阿特米西亚也在纸上绘制出了附近的地形。

有了这些，女巫们便能更好地制定计划。

"莉莉丝说波伊·亚尔曼会派人在秋收之前攻打我们，所以我们已经开始关注通恩那边的动态，只要他们有什么异动，我们马上就能发现。"卡喀亚在地图上指了几个点，"而且我们熟悉地形，可以包抄他们，将他们一网打尽。"

"波伊·亚尔曼急于打通这条路，他一定会派出最精锐的讨伐队攻击这里，"塞赫美特说，"所以我们必须提前做好埋伏，用陷阱和魔兽消耗他们的人数。"

"普通陷阱的杀伤力有限，"莉莉丝补充道，"假如我们能有更多的炸药，就能更好地削弱他们的力量。"

听到这句话，林塞女巫们沉默了，与此同时，不少人的表情也变得僵硬。

莉莉丝抬起头，看了看周围的林塞女巫，然后低下头观察地图："先以普通陷阱为基础来讨论吧。"

凝固的空气重新流动起来，林塞女巫们继续参与讨论，说出她们的意见。

和莉莉丝她们不同，经过长途跋涉的逃难又在林塞山脉驻扎过一段时间的林塞女巫们更懂得如何利用地形设下陷阱，以少胜多地重创敌人。

当初她们对莉莉丝的"招待"就非常高明，险些让莉莉丝丧命。

毕竟陷阱里不仅有普通的机关，还有炸药。

过去的经历使得林塞女巫们非常谨慎。

有一次，在出去确定地形的过程中，有人和莉莉丝说到过去的事："那时候，我一直想逃出奴隶营，但凭我一个人的能力，无法逃离那个地方。而且那里还有告密者，一旦查证情况'属实'，告密者就会得到两块面包，而被告发者面临的是无休止的折磨，乃至失去性命……尽管如此，我还是找到了同伴。"

说话的那人是奴隶营中最先和卡喀亚示好的女人之一。她叫作斯露德，个子不高，却很强壮，有着一头深红色短寸。她一边和莉莉丝说话，一边挥开挡路的树枝，迈出的脚步坚定有力："其实找同伴并不是那么难，即使在奴隶营里，她们的状态也和其他人不同，她们的眼中总是燃烧着愤怒的火焰……是的，她们的眼睛总是亮着，她们会观察四周，寻找生存下去的机会。"

莉莉丝问："就像卡喀亚？"

听到这句话，斯露德笑了起来："是的，就像卡喀亚。那时，我们一直观察着卡喀亚——她独来独往，难以接近，并且有很多不好的传言，但是她眼中的火焰是那么旺盛，我们还看见她教训欺负女人的男人，并警告他们别招惹女人哩。只是她太强了，她甚至不曾多看我们一眼，我们不知道她是否需要同伴。"

"她需要。"莉莉丝说，"你们也需要。"

"是的。后来有一次，她因为一些人的怯懦而大发雷霆，罕见地说了许多话。听到那些话的时候，我们就明白了——她是我们的伙伴，于是我们主动靠近了她。"斯露德说，"卡喀亚像一头高傲的豹子，难以接近，不轻易信任别人，难以对人打开心扉……我们磨合了很久，遇到了很多事情，最后才成为真正的同伴……"

说着说着，斯露德站住了："也正因为如此，对我们来说，每一个同伴都非常重要，每失去一个同伴，我们都会像断手割眼一样痛苦……"

她转头看向莉莉丝："莉莉丝，虽然我们不想在未来失去更多同伴，但我们也无法忘记失去同伴的痛苦，所以，我们没有办法成为你所希望的沟通者。"

莉莉丝明白斯露德话中的含义，她已经知道林塞女巫与那个木屋里制造陷阱的老女巫的渊源。

就像莉莉丝来到林塞山脉时，卡喀亚她们觉得她们是外来者一样，当初，卡喀亚她们来到这里，那个老女巫也觉得卡喀亚她们是一群外来者。

那个老女巫才是真正的林塞女巫，她遭遇了无数次敌人的袭击，所以她为自己的家园设置了防线。于是，卡喀亚一行人不仅被魔兽追击，还遇到了老女巫设下的陷阱。不同的是，卡喀亚她们没有"赛薇拉"的帮助，也没有人提醒她们哪个陷阱是致命的。同伴的鲜血染红了道路。所以，即使后来卡喀亚她们变成传说中的林塞女巫，也无法与那个老女巫和平深入地交流。

在几次冲突后，她们开始保持一种疏离的合作关系，老女巫为她们提供炸药，教她们怎样放置炸药，而卡喀亚她们会将炸药放置在远处，并为老女巫提供一些必要的物资。她们平时几乎没有交流，但所有人都知道她们想要活下去，就不能打破这种关系。

如果没有老女巫的炸药，卡喀亚她们无法在林塞山脉落脚；如果没有卡喀亚她们，老女巫一个人也很难在魔兽越来越多的情况下及时补充炸药。

她们的关系似乎就只能发展到这种程度——卡喀亚她们并没有和老女巫握手言和的打算，而那个孤僻沉默的老女巫也基本不会主动和她们说话。

那座木屋一直孤独地立在远处，除了交换东西，卡喀亚她们几乎不会靠近它。

但最近，这种情况发生了些改变。

在被老女巫吓哭后第二天，狄赖又跑到了那座木屋外面。这次她没有走进花园，而是站在围栏外，看向窗户。

那个老女巫像前一天一样在桌前忙碌，与之前不同的是，她换了面对窗户的位置坐着，还时不时地抬头看向窗外。

老人很快看到了狄赖。

当她们的视线交会，狄赖猛地蹲了下去。

狄赖感觉有点紧张，她的心脏嗵嗵地跳。她等了一小会儿，又慢慢地直起上身，从围栏上方露出眼睛，看向窗户。

刚才紧闭的窗户已经被打开了，那个老人站在窗口，正看向这边。

女孩刚露出的半颗头又缩了回去，她莫名地心虚，却又不服气自己的心虚。

"我为什么要躲起来呢？"狄赖想，然后她猛地站了起来，看向那个老人。

"我没有偷看。"小女孩喊道，"是因为你昨天摔倒了，我才想看看你爬起来了没有！"

狄赖又等了一会儿，那个老人没有任何回应。

长时间的沉默使得气氛变得尴尬，狄赖便抿了抿嘴，转身跑了。

老人又在窗口站了片刻，才转身回到桌前，继续工作。

她应该不会来了。拉动桌前的椅子坐下的时候，老人想。

然而没过多久，那个小女孩又出现在她的木屋外。

这次她是跟着来交换东西的林塞女巫一起来的。在林塞女巫走进花园，在门口放下篮子又拿走东西的时候，狄赖就站在栅栏外面。等林塞女巫走出花园，她就和那个林塞女巫一起离开了。

之后，每次林塞女巫来送东西，狄赖都会跟在后面。

"那里太危险啦！"狄赖和林塞女巫说，"我要去保护你们！"

对于这种话，林塞女巫只是一笑置之，毕竟谁都能看出狄赖是在好奇那个老人。

* * * *

秋收的时间越来越近，莉莉丝和林塞女巫越来越忙，她们更频繁地侦察地形、准备武器，并把那些曾经被拆开扔在一边的马车零件重新拼装起来。

一天，狄赖像往常一样跑到林塞女巫那里，放东西的篮子已经准备好了，但屋子里却没有人。

狄赖在屋子里等着，终于等来了来拿东西的卡喀亚。

"卡喀亚，"狄赖问道，"斯薇法呢？我和她约好了今天一起去木屋交换东西。"

"她去布置陷阱了。"卡喀亚从角落里翻出了一捆麻绳，"我们最近很忙。"

狄赖又问："她什么时候回来？"

"不知道。"卡喀亚拿着麻绳往外走，"你要是着急，就自己把东西送过去吧。"

听到这句话，狄赖的眼睛亮了。

走到门口时，卡喀亚转身看向狄赖："拿东西就好哩，别乱动，否则……"

她甩动手上的麻绳："砰！"

"我才不会乱动呢，"狄赖反驳，"我又不是傻瓜！"

卡喀亚大笑着离开了。

狄赖不满地看着卡喀亚的背影。但很快，她又雀跃起来，拎起篮子就向木屋跑去。

走到栅栏外时，狄赖犹豫了一下，然后抬起头看向木屋。

木屋的门口已经放好了要交换的物品篮，窗户开着，那个老人像以往一样坐在桌前忙碌。

"我不是自己想要进去，"狄赖喊道，"我是来交换东西。"

老人手上的动作停下了。

狄赖仰着头解释道："这是我的工作。如果你不想让我进去，我可以把东西放在栅栏外，但你也得把门口的东西拿给我！"

老人皱着眉看她。

狄赖又等了一会儿："你不说话，我就当你同意我进去了！"

说完，她打开栅栏门，小心地踏上石子路，一步一步地往前走。

在此之前，她观察过很多次，知道这条石子路是安全的，甚至上次她自己也走过这条路。可知道花园里埋着炸药后，再走这条石子路，心态和之前完全不同。

走到门口时，狄赖甚至松了一口气。

当她要拎起之前放在门口的篮子时，她听见了老人的声音。

"慢点，里面东西，危险……"

不知道什么时候，那个老人站在窗前。和之前一样，她的声音并不和蔼，眉间的沟壑使她看起来难以接近又冷淡。但这个善意的提醒让狄赖有点开心。

女孩抿了抿嘴，却没有压住脸上的笑容，于是她骄傲地仰起头，说："我知道。"

她蹲在门口，交换好了东西，小心翼翼地走了回去。她离开花园时，又偷偷地回头看了老人一眼，然后才偷笑着转过头，奔向同伴。

老人站在窗前，一直看到赛薇拉迎上去，接过狄赖手上的东西，她这才移开目光，打开门，把门口的篮子拿进屋里。

掀开盖在篮子上的布后，她愣了一下。

篮子里除了日常交换的材料和物品，还散放着一些红色的野果。

这是林塞山脉的特产，口感清脆、香甜。

林塞女巫是不会给她这些野果的，毕竟很久以前她们交涉的时候，卡喀亚她们就知道她牙齿掉了许多，咬不动这种果子。

老人走到窗边，看向远处。

那个送东西的小女孩正和其他人说话。她指了指自己带出来的东西，似乎在炫耀自己完成了工作，而她的炫耀也得到了回应。和她说话的女人们没有吝啬自己的表扬，这使得那个刺猬头小女孩神气地又起了腰。

老人在窗前看了许久，直到腿开始发酸，才转身离开。

那天过后，狄赖经常来木屋送东西。她带来的篮子里总是有一些红色野果。

现在正是这种野果成熟的季节，红色的果子饱满、圆润，像红宝石一样散落在篮子里。

那个送东西的小女孩也曾在门口喊道："林塞山脉真好啊，果子特别甜！"

喊完，她又有点不好意思："啊，真是的，我怎么又在自言自语了！"

女孩有些哑哑的声音从敞开的窗户传入老人耳中，刻意提高音量完全不像自言自语。

老人转头看向屋子里的盘子，那里面放着一堆红色的野果。

当野果积攒到一定数量，老人就把它们洗净，取出果核，切碎，然后在锅里熬成果酱，把果酱装进瓶子。她把果酱放到窗口，这样，等一下次那个小姑娘来的时候，她就不会忘记把这瓶果酱给她。

然而，下次来交换东西的并不是狄赖，而是一个林塞女巫。

"那个……丫头呢？"站在窗口的老人咳嗽了两声，问道。

那位林塞女巫低头放篮子。在交换东西时，她们很少见面，即使见面也是传递必要的信息，很少闲聊。

就在老人以为她不会回答自己的问题时，那个林塞女巫开口了："最近欧若拉生病了，她在照顾她。"

老人张了张嘴，想问欧若拉是谁，可那个林塞女巫已经拿好东西离开了。

接下来的几天里，那瓶果酱一直放在窗口。

第四天晚上，木屋外面传来了喧闹的声音。

老人透过窗户向外望去，林塞女巫在空地上点起了篝火，那些新来的女巫也从山坡下上来了，她们齐聚一堂，欢声笑语不绝于耳。

而篝火不远处放着五辆马车。

狄赖从一辆马车上跳下来，激动不已："太棒了！太棒了！我们竟然真的组装出了马车！"

因为缺乏物资，林塞女巫每次都把劫回来的马车拆解，所以虽然有不少马车零件，但拼装起来还是费了不少功夫。也正因为如此，大家才会决定在五辆马车全部造好这天聚会庆祝。

狄赖一边绕着马车转，一边感慨："我们都是天才！我们太棒啦！咳咳咳……"

"你已经感慨好久了，狄赖。"火堆边的人笑道，"好好休息一会儿吧。"

"怎么欧若拉病刚好，你就生病了？"

"你一整天都跑来跑去的，你不累吗？"

"来烤烤火吧，狄赖。"

…………

"嗯……可是我生病了，"狄赖的手交插在身前，微微偏头，问道，"你们不怕我传染你们吗？"

听到这句话，人们终于知道为什么这几天狄赖一直避开大家，刻意与大家拉开距离。

"过来坐吧，狄赖。"莉莉丝拍了拍身边的空位，"那只是小感冒，你很快就会好的。"

狄赖跑过去，贴在莉莉丝身边坐下了，嘿嘿地笑着。

"是的，只是感冒而已，不用担心，"瑞吉蕾芙说，"塞赫美特和洛塔会为你熬草药。"

"我才不要吃草药呢！"狄赖的脸马上耷拉了下来，"那些药可苦了。"

"你要快点好起来，这样才能继续学习。"丽萨说，"先是照顾欧若拉，之后是生病，你已经好几天没有学认字了。"

"哦……如果病好了就要认字，"狄赖把头靠在莉莉丝身侧，"那么我希望自己一直生病。"

"那你就要一直吃药了。"正在腌制烤鱼的莉迪亚笑道，"你这几天不是一直说没有食欲，嘴巴里面没有味道吗？"

"嗯……"狄赖转了转眼珠，伸手指道，"塞赫美特很忙，才没有时间给我熬草药呢。"

不远处，塞赫美特和卡喀亚正拿着坛子喝酒，那酒是大家用林塞山脉的野果酿造出来的，果香浓郁。

塞赫美特一边聊天一边喝酒，喝得兴起，眼睛都眯了起来，给卡喀亚讲过去的冒险故事："……那次猎雪狼的任务报酬可真是丰厚，悬赏者足足给了我三枚金币……当然，这是我们应得的。雪狼的栖息地确实很难找，我敢打赌，你从来没有见过那么高的雪山，一旦走进去，就很难辨清方向……"

"哈？"喝得醉醺醺的卡喀亚敏锐地捕捉到了一个词，"你怎么知道我从来没见过雪山？"她不满地皱起眉，"姥子什么没见过？姥子什么都见过！雪山而已，逃命的时候，我们也见过雪山哩！"

塞赫美特问："那你见过雪狼吗？"

"雪狼？"卡喀亚挥了挥手，"听它的名字就知道它很弱。"

塞赫美特摇头："不不不，它们非常狡猾，而且它们的毛皮是白色的，你很难在雪地里发现它们。"

"哈？"卡喀亚道，"再狡猾也是狼，它能比魔兽强吗？如果你觉得它强，一定是因为你太弱了！"

"你在说什么！"塞赫美特反驳，"我可是顶尖的赏金猎人！这世上没有比我和贝斯蒂更出色的赏金猎人组合了！"

卡喀亚侧头："好啊，那就让我来试试，看看你到底强不强。"

"来吧，"塞赫美特说，"其实我早就想和你比一场了！"

她们异口同声地喊道："把武器给我！"

贝斯蒂和斯露德对视了一眼，分别捡起一根细长的柴火棒递给她们。

"哎呀，不好意思，"贝斯蒂摊了摊手，"塞赫美特一旦喝多，情绪就会高昂。"

"没关系。"斯露德微笑，"卡喀亚一直都这样，我们已习惯了。"

在塞赫美特和卡喀亚用柴火棒打得不可开交的时候，其他女巫正围在火堆边其乐融融地吃烧烤。

"嘶……"狄赖被烤肉烫到了，张开嘴，用手在嘴边扇风。

周围的人都笑了起来，洁希德和奥特琳喊道："狄赖，慢点吃呀。"

"你不是没有食欲吗，为什么还吃得这么急？"

"就算没有食欲，我也要吃，因为莉迪亚做的饭最好吃了！"狄赖正说着，看见伊迪萨抱着欧若拉站了起来，她"啊"了一声，习惯性地想要站起来，像往常一样去亲亲欧若拉。

但最终，她只是对着伊迪萨挥了挥手："晚安，伊迪萨。晚安，欧若拉。"

"晚安，狄赖。"伊迪萨对着狄赖挥了挥手。

狄赖的情绪有些低落，莉莉丝摸了摸她的头："多吃一点，好好休息，你很快就会好起来。"

"嗯。"狄赖点了点头。

聚会还在继续，女巫们喝着酒，吃着烤肉，时不时爆出笑声。

洁希德和奥特琳踮着脚讲述她们在维尔博遇到的事："当我穿上那些高跟鞋的时候，我的脚都快痛死了，就像走在针尖上一样，还有那个束腰，它让我呼吸困难，吃不下东西，它们简直是刑具！"

"对，那时候我感觉自己就是失去尾巴的小美人鱼，我终于知道为什么那些贵族女性走路那么慢了，因为她们脚痛，还无法呼吸！"

大家哄笑起来，亚尔薇特也踮起脚学着她们走了几步："哇，这样怎么能走稳！"

纳利塔耸肩："是的，这样根本无法工作。在迪福伯爵府的日子太无聊了，我每天无所事事，闲到只能去看那些裙子有什么区别并等着吃饭。"

"贵族小姐不需要工作。"一个林塞女巫说。

另一个林塞女巫说："也许正是因为她们戴着刑具，所以没有办法工作。"

"她们没有想干的事情吗？"又有人叹道，"这世上有那么多事，她们却只能困在刑具里。"

"要是这么说，我们还在为生存而挣扎哩，我们也像被困在一个大刑具里。"

"哈哈哈哈，好吧，要是真有那种东西，我就打烂它，我才不会被任何刑具束缚！"

女人们很快说起了其他话题，直到有人笑道："哇，你们看那边，卡喀亚她们……"

不知道什么时候，塞赫美特和卡喀亚的打斗结束了，她们互相依靠着坐在一起，手上的柴火棒不知道被扔到了哪里，取而代之的是盛满果酒的碗。

她们喝着酒谈心，两个人脸上都洋溢着满足的笑容。

"卡喀亚，我敢打赌，你会成为一个很好的赏金猎人。"塞赫美特说，"看看你身上的肌肉，看看你的爆发力，你真是个难得的人才！"

"是的，我确实很棒哩。但是，塞赫美特，你也不错。"卡喀亚点头道，"要是当初你也在，我们两个一定能砍碎那些浑蛋贵族的头！"

"没错，没错，打爆他们的头。"

说着说着，两个人又齐声大笑。

受到她们的影响，其他人也笑了起来。

"哈哈哈哈，莉莉丝，你看，塞赫美特太好笑了……"狄赖乐不可支，转头看向莉莉丝，却发现莉莉丝的视线停留在另一个方向——她在看远处的小木屋。

它还亮着灯，而那个老人正站在窗口。

"嘿，女士。"莉莉丝站起来，对着老人挥了挥手，喊道，"你好。"

随着这个招呼，现场忽然安静下来，就连醉醺醺的卡喀亚都抬起了眼。

那个老人站在窗口，没有任何回应。

莉莉丝转过身来，视线扫过林塞女巫们，然后看向卡喀亚。

卡喀亚垂下眼睛，继续喝碗里的酒。

于是莉莉丝转过身去，继续向那个老人喊话："女士，您愿意来参加聚会吗？这里有很多美味的食物。"她顿了一下，又道，"或许，我们可以谈谈？"

站在窗口的老人依然保持沉默，一部分林塞女巫露出了不满的神色。

"如果您不愿意过来的话，我们可以让同伴把食物送过去，"莉莉丝继续问，"您介意我过去吗？"

回答她的，依然是长时间的沉默。

狄赖忍不住跳了起来："喂，你说句话呀！莉莉丝她在好心邀请你，如果你不愿意来的话，我们可以把东西送给你。如果你不想要这些食物，你可以直接说不要，但无论如何，你都不应该——"

站在窗口的老人终于开口了，她喊道："让这个……又丑又凶的丫头过来！"

她的声音很干哑，断句也很奇怪，说出的话像在生气，又像诅咒。

但狄赖完全没有在意，她叫道："我以为你是一个厉害的女巫，你却只能根据容貌判断别人。我明明是一个非常优秀的人，你却看不出来，哎呀，你的肤浅真是太让我失望了！你真可怜！"

老人喊："啊，你这个……臭丫头！你给我过来！"

几个林塞女巫站了起来，挡在狄赖前面。狄赖拉了拉她们的衣角，然后摇了摇头。

　　狄赖看向莉莉丝："我觉得她不会害我，你觉得呢？"

　　莉莉丝微笑："我觉得你说得对。"

　　狄赖便笑了起来。她仔细地挑选了一些烤肉和烤鱼，然后拿着它们走向小木屋。

Chapter 46

海拉

木屋的门打开了，花园中的石子路被黄色的灯光照亮。

狄赖低头看着石子路，一步一步谨慎地走着。

"你……真小心。"站在门口的老人说。

"当然。"狄赖答道，"我的命很珍贵。"

她走到门口，伸手，将食物递出。

老人没有接，而是转身走进屋里："进来。"

"我感冒了，"狄赖在她身后喊道，"也许会传染你！"

老人没有回应。她径直走到灶台前，往锅里舀水，加入了一些药草，又点燃了柴火。

狄赖小声嘟囔了一句"是你让我进来的"，便进了屋子。

这是狄赖第二次进这间屋子，上次太过匆忙，这次她才真正看清屋里的模样。

这是一间朴素而温馨的屋子，壁炉里烧着火，侧前方放着一把老旧的摇椅，上面搭着的毯子垂到了地上，墙边的架子上摆着瓶瓶罐罐，还有矿石和不知名的工具，单人床侧面的墙上挂着一个干掉的花环。

和卡喀亚她们的房间相比，这间木屋更像女巫的房间。

狄赖扫视了一圈屋子，恋恋不舍地收回目光，走近那张桌子。桌子上堆着一些矿石、粉末和纸张。

狄赖挑了一个干净的桌角把食物放下，眼睛却不由自主地看向散落在桌上的纸张。那上面画着各种图形、符号，壁炉的火并不足以照亮纸张上的字，这使得想要看清上面写着什么的狄赖眯起了眼睛。

老人问："你识字？"她说话的声音很大，语速却很慢，断句有些奇怪，省略过的语句也带着一种奇怪的疏离，听起来很不客气。

狄赖扬起了头："当然，我学过。"

老人指向那些纸张："能看懂？"

"嗯……"狄赖有些心虚地嘴硬道，"一点点。"

老人便笑了起来，脸上的皱纹都挤在一起："骗人。"

狄赖不知道她是怎么看出来的，继续逞强地解释道："我刚开始学识字，认的字不多，所以只能看懂一点点，比如……比如……"她拿起其中一张纸，试图从上面找到自己认识的字母。可是她瞧来瞧去，那张纸上竟然没有一个字是她认识的。

老人走过来，从狄赖手中抽过那张纸："你不懂……"

老人的态度让女孩有些生气地竖起了眉毛。

"这个是我创造的，只有我……才懂的，"老人晃了晃那张纸，说，"符号。"

狄赖惊讶地睁大了眼睛，无声地"哇"了一声。

面前的这个老人是真正的女巫，她的传说一直在人群中流传。她独自住在森林深处的小木屋里，木屋里有可以生火的壁炉，架子上摆着女巫的药水，桌子上放着巫术的材料，她能让地面爆炸，还创作出了只有女巫才懂的文字。这一切都太酷了，她就像一个真正的女巫！

若是换一个人，狄赖一定会毫不迟疑地夸奖她，可是对着面前的老人，狄赖却无法坦率地说出自己的想法。毕竟这个老人看起来孤僻而疏离，说话粗鲁，声音大得像在骂人，瞪着狄赖时的表情也很凶狠，还有一些不耐烦。她像另一只刺猬，让靠近她的人不由自主地开始防御。

"哈……"狄赖咳嗽了两声，抱着手臂将头转到一边，嘴硬道，"那又如何？如果我想，我也可以创造出自己才能懂的文字。"

老人哼道："吹牛。"

她说这句话的时候，脸上露出了与年龄不符的稚气。

"我没有吹牛。"狄赖反驳，"因为我现在还小，而你已经活了很久了，伊芳的妈妈的妈妈都知道你的故事……如果我活到你那么大，我也一定能创造出很多厉害的东西！"

老人又露出嘲笑一般的表情，这个表情让狄赖更加生气。

"笑什么？"狄赖也哼了一声，"如果我有你这么好的房子，我也可以很厉害。"

"那你……家呢？"老人问。

"我没有家。"狄赖说。

老人沉默了。

狄赖忽然有些难过。

"不是因为我软弱，"她吸了吸鼻子，想，"也许是因为感冒造成的鼻塞，或者是壁炉里的烟熏得自己眼睛发酸。"

狄赖想起不久前，那时她独自住在山上的废弃屋里，没人喜欢她，也没人在乎她。当然，她也无暇顾及那些，只是每天到处跑着找食物，想着要如何活下去。

她现在还记得那间简陋的废弃屋，屋里堆着小山一样的柴火，窗户破损，很多地方都漏风，即使如此，她还是把那里当成自己家。甚至当她第一次发现那间废屋，在地上铺了厚厚的干草，然后瘫进干草堆里的时候，心里还生出了幸福感。

——我竟然做出了一张床，我真棒！

狄赖一边想，一边在干草上打滚儿，干草随着她的动作进了她的衣服，扎得她身上有点疼，但她一点都不在乎，甚至想和别人炫耀自己有多厉害。当然，那时候她身边没有其他人。所以她在干草上笑了一会儿就伤心起来，悄悄地擦了几把眼泪。

"有什么可难过的呢，狄赖，你可真奇怪。"女孩自己对自己说，"你那么厉害，有什么可难过的呢？"

然后她抓起干草，撒向上空，自娱自乐地喊道："哇，真开心！我有家了！"

她独自一人，像个刺猬一样守护着那个小小的地盘，即使她把自己身上的刺全都竖起对着外人，那些骑士还是能轻易劈开那个木门的门闩。

她难以保护自己的废弃屋，但这个老人拥有一间温馨的小木屋，还拥有防止外敌入侵的手段。

令人既羡慕又嫉妒。

"如果以后我有自己的地盘，我也能建一座漂亮的房子。我很厉害，我能打猎，能击败魔兽，我还会做很多东西，"狄赖不甘心地说，"我也会变成传奇，让伊芳女儿的女儿记得我的故事。我还会建一座超级棒的房子，把里面布置得舒舒服服，比你还享受。"

老人本来是笑着听狄赖的话的，但是听到最后几句，她脸上的笑意慢慢消失了，取而代之的是一种扭曲的表情。那表情中带着不安、愧疚和一种深切的痛苦。

狄赖敏锐地感觉到了这一点，她不再说话，转而观察老人的表情。

"这不是享受，"老人猛地靠近狄赖，语气变得急促而尖厉，"是赎罪！"

"什么？"狄赖没有听清，但老人的表情让她害怕。

"你……和我……很像。"老人伸手抓住了狄赖，"你……没有家，你……也是个多余的孩子……"

她的手带着老树皮一样的褶皱，力量出奇地大，紧紧地抓着狄赖的胳膊，声音迫切，带着急于寻找认同的执念。

狄赖被她抓得很疼，她奋力挣扎，用力推了老人一把。

每天都在锻炼的女孩力量不容小觑，老人被推得松开了手，踉跄了几步，扶住桌子才站稳。

狄赖愤怒地瞪着老人："我们才不一样！"她因为老人突然的攻击而进入了防备状态，脸上也浮现出了敌意，"卡喀亚她们一直说你是个古怪的人，我也这样觉得。但是我又觉得你很厉害，因为你会让土地爆炸……可是她们没说错，你确实是个古怪的人！你是个讨人厌的家伙，所以伊芳的妈妈的妈妈才会说你是个坏巫婆！"

她说完，气呼呼地走向门口："我要去和莉莉丝说，我们没有办法和你合作，你太奇怪了，你是个坏蛋！"

她走到一半，手腕又被抓住了。

狄赖条件反射地想要抽回手，却听见老人的声音："不是……"

这个声音和之前不同，焦急又委屈，仿佛想要辩解什么："海拉，我……海拉！"

狄赖甩着自己的手："放手！"

这次，老人没有松开女孩的手腕，她的手像一块铸铁，牢牢地禁锢着狄赖的手腕："我不是她，我是，海拉。"

"啊？"狄赖不知道她在说什么，然而老人之后的话让她更加疑惑了。

"那个人说的不是我，我是坏巫婆，她不是！这是，她的家。"老人加快了语速，说道，"我是海拉，我坏；她不是，她好！"

"谁？"狄赖努力理解老人话语中的信息，"你是说，伊芳听到的那个故事里的女巫不是你？"

"对，"自己的话终于被理解，老人的眼睛亮了，她咧开嘴，笑道，"我是海拉。"

"海拉？"女孩疑惑地重复着这个名字。

费力地捕捉到女孩的声音后，老人的眼睛依然弯着，扬起的嘴角却开始向下，并在微微颤抖。

她不知道自己是想哭还是想笑。虽然是自己说出的名字，但是听到别人提起它时，还是令她恍惚。她已经很久很久没有听到别人唤起这个名字了。

她独自一人生活了太久，深居简出。在这森林深处，日复一日，年复一年，时间对她来说已经失去了意义，她已经记不清年月，甚至忘记了自己的年纪。但是无论过去了多久，那些回忆都一直印在她的脑海中。

*　　*　　*　　*

太阳还没有完全升起，墨黑的林塞山脉在藏蓝色的天空下方，像一条俯卧的巨龙。

在离山脉最近的那个城市里，一些人已经走出家门，开始一天的工作。

人们顺着道路分散到城市各处，也有人走向那条黑色的山脉。

"海拉！"有人喊道，"你今天也去摘野菜吗？"

被叫到名字的人停下了脚步。

那是一个十岁出头的女孩，拎着篮子，穿着一身结实耐磨的灰色硬布裙，两条辫子柔顺地搭在肩膀上。

与柔顺的辫子相反，她的眼神暗沉、阴郁，表情淡漠、疏离，如驼峰凸起般的鹰钩鼻更给人一种刻薄感。

她看向说话的人，挤出了一个笑容："嗯。"

那人看着她乌青的右眼："你没有去神殿祈祷吗？我看见你妈妈已经去那里了。"

叫海拉的小女孩答道："不摘野菜，就没东西吃，没东西吃，就会被打。"

虽然她说的是实话，但搭话的人奇怪地沉默了。

女孩便转收回视线和挤出来的笑容，她拎着篮子，加快脚步走向城外。

饶是如此，身后人的声音还是传了过来："哎呀，你为什么要和她搭话？"

"我只是想……你看到她脸上的伤了吗？哦，可怜的穆丽尔，她肯定也受伤了……这种事太多了，愿班布尔神保佑所有受伤的女人。"

"是的，即使这样，穆丽尔也没有错过清晨的祈祷，她是最虔诚的信徒，班布尔神一定会垂怜她的。"

"派罗明明是个老实人，为什么一喝酒就会变呢？哎，他难道不害怕诅咒吗？"

"可怜的穆丽尔，她是个善良、仁慈的人，心中充满爱，本该有个幸福的家庭，派罗却被酒迷惑了，而且……你不觉得海拉令人很不舒服吗？"

"……你是说？"

"那孩子的眼神很恐怖，看起来……就像一个女巫。"

海拉拎着篮子走出了城。随着周围的人减少，之前那些与城市有关的嘈杂声音渐渐减弱，当她进入森林时，那些声音便完全消失了。

很多人讨厌森林，他们说这里有猛兽，有昆虫，还有很多诡异的恐怖传说。

但森林里不会有发疯打人的父亲和哭个不停的母亲以及那些议论别人家庭的家伙。所以海拉喜欢这里，混杂着树木花草气味的空气和那些时不时响起的鸟叫都让她心情平静，甚至连身上那些疼痛都减轻了。

她仔细地观察着草丛，从青草中准确地找出可以食用的野菜，并把它们放进筐里。这个过程就像探险寻宝，每次找到野菜都会让海拉产生一种小小的成就感。不知不觉，她的脚步越来越轻快，心情也越来越好，甚至哼起歌来。

已经快要到秋天了，野菜生长得非常茂盛，河边的果树也结了果，一颗颗红色的果实像红宝石一样挂在树枝上。海拉放下篮子，拍了拍手，然后爬上树，摘下树上的果实往下扔。

这种红色的果实是林塞山脉的特产，带回去可以很快地卖掉。同时，它也是海拉最喜欢的水果。海拉最喜欢的就是爬上果树，一边摘一边吃，每到这种时候，她都会有种满足感，仿佛自己拥有很多东西。

离得近的果实已经被摘完了，还有一颗果实挂在树枝的末端。海拉小心地爬上那根树枝，对着那颗小小的红果伸出手。

差一点……就差一点了……

海拉努力伸着胳膊向红果伸出手，就在她终于抓住那颗红果的时候，"咔嚓"一声，树枝断了。海拉从树上掉了下来，狠狠地摔在地上。

她甚至没来得及发出一声呻吟就马上爬起来，看向地面。

刚才扔下来的红果有一部分被她自己砸烂了。

"啊……"女孩这时才发出心疼的呻吟，她看了一眼自己手中抓着的那颗红果——为了这一颗红果，她失去了一堆红果，她气得想要把它扔出去，但手一扬起，又收了回来。最终，她把那颗红果塞进嘴里，泄愤似的咬着。

"我今天一定要把篮子装满。"她气呼呼地下了决定。

把地上其他的红果捡起来以后，海拉到河边洗手。

清澈的河水映出女孩的脸。那是一张总是皱着眉、耷拉着嘴角的脸，被那个男人称为"看了就会倒霉的脸"，周围的人也从来不会夸她可爱。

现在，这张脸因为右眼的红肿、乌青而显得更加阴郁，甚至海拉自己看到都觉得丑陋，她用力地搅浑了河水，让那张脸消失在层层水波中。

"嘶……"搅水的动作牵动了后背的肌肉，使她感到一阵刺痛。

海拉保持蹲着的姿势，掀开自己的裙子，偏头去看，隐约能看见后腰有一块红色的擦伤，也许后背有更大的伤处，但是她自己看不见。

算了。女孩放下衣服，想，反正也不是第一次受伤，比起以往，这些伤算不上什么。

痛觉也是会习惯的，疼的次数多了，就会麻木。

比起身上的疼痛，她觉得被红果洇湿、染色的衣服更麻烦，因为回家以后，父亲看见她弄脏的裙子，她肯定又会遭到斥责和打骂。

海拉跳进河里，一边洗身上，一边洗衣服。

清晨的河水带着凉气，红色的液体在水中扩散，分不清是红果的汁液还是其他。洗衣并没有花去多少时间，但是沾了水的硬布裙子很难弄干，拧起来很费力。

于是女孩又把裙子甩向石头，让水花飞溅出来。这条裙子又沉又硬，甩了几次，女孩就没有力气了。

"啊啊啊啊啊啊……"海拉愤怒地叫着，把裙子扔到地上，踢了两脚。

她知道怎么洗衣服，她的妈妈就靠给人洗衣服赚一些钱。无论春夏秋冬，洗衣服的女人都会用手搓用脚踩，所以她母亲的手和脚因为经常沾水而皴裂，渗出一道道血丝，到冬天时，那些裂痕就会转为冻疮。

当然，比起平时她们遭遇到的殴打，那些伤可以算得上微不足道。

海拉知道把裙子挂在树上，慢慢晾，它就会干。可她没有那么多时间等这条裙子晒干。

她非常生气，不知道是因为自己身上的伤，因为那颗红果，还是因为这条裙子。或许是因为一切都不合她心意。

有那么一瞬间，她甚至想抛下这条裙子，就这么跑掉。

可当风从海拉的身体上掠过时，这个念头就消失了。她猛地蹲了下来，抓紧了那条湿漉漉的裙子，把它套在自己身上。

现在她只有这一条裙子。除去它，她一无所有。

湿漉漉的裙子冰凉凉地贴到她身上，裙角滴滴答答地往下滴水，像在她身上贴了层蛇皮。即使是这样，也比什么都不穿有安全感。

海拉又蹲了下来，她缩成一团，想让自己暖和一点。

裙角的水滴打在地上，形成一个个棕色的圆。海拉看着那些圆，莫名地开始胡思乱想："我身体是热的，应该很快就能把裙子焐干吧……地面好潮啊，潮湿的地方会长出来蘑菇……森林里就有很多蘑菇……而且蘑菇汤很好喝呢……"

身体稍微动一下，身上的伤就会被湿裙子蹭到，产生刺痛的感觉。

海拉看着不远处的地面，那边的大树下长着一些棕色的蘑菇。

"要是这世上只有我一个人就好了。"

海拉忽然冒出这样一个念头，但是很快，她又改变了想法。

"不对，要是这世上，只有我和妈妈就好了。"

"对，只有我和妈妈就好了。"

在胡思乱想中，海拉习惯了湿漉漉的衣服的温度，她站起来，采了树下的蘑菇放进篮子，然后拎着篮子向森林深处走去。

林塞山脉流传着许多传说。传说，有吊死的人的魂魄在森林里游荡，有会吃人的猛兽潜伏在森林深处……在这些传说中，最为出名的是女巫的传说。

据说，林塞山脉中住着一个凶恶的老巫婆，她会抓走迷路的小孩并吃掉他们的肉，掳走年轻的女人并抢走她们的美貌，诱惑男人们并吸走他们的精气……各种传言中，最有名的就是女巫的诅咒，人们都说，女巫的诅咒会置人于死地。

海拉听说过女巫的诅咒。每当城市里有人丈夫死掉时，那些女人就会聚在一起，像谈论什么秘密一样小声讨论"女巫的诅咒"。那个传说似乎和男人无缘，一旦男人靠近，聚在一起讨论"女巫的诅咒"的女人便会散开。

听多了那些讨论，海拉有时候也会想：这个世界上真有女巫吗？森林深处真的住着老巫婆吗？

邪恶、恐怖、有着阴暗眼神和尖锐牙齿的巫婆。

海拉来过林塞山脉很多次，探索了许多不同的地方，却从来没见过传说中的老巫婆。

能把小孩撕成碎片、会用巫术把人炸飞、可以用诅咒杀人的巫婆。要是真的有巫婆的话……海拉一边爬树一边想，要是真的有巫婆的话，她也要……

当视线扫到一个地方时，她停下了采摘红果的动作。

越过参差不齐的树木，能看见不远处有一抹与众不同的颜色——周围的树木树叶全是绿色的，唯有一棵树的树叶泛着红色。

海拉伸着脖子，怔怔地看着那个方向。

然后，她扔掉手里的红果，以最快的速度跳下树。

她是如此激动，跑得如此快，以致她下树的时候扭伤了脚，跑步的时候踢翻了篮子，但她的脚步没有丝毫停顿。任何事都无法影响她奔向那棵树的速度。

她疯狂地奔跑着，脑中回荡着女人们的私语。

——那个巫婆住在森林里，她给森林施了巫术，谁都找不见她。

——侵犯她领地的人会被她用巫术炸死。

——若你想要和她做交易，得去一个固定的地方等她，那里……

"呼……呼……"海拉终于停了下来，她额头冒出了细碎的汗，胸膛因为奔跑而不断起伏，喉咙也因为剧烈的运动而发干。

她抬起头，看向面前的大树。

这是一棵巨大的松树，很高，绿针般的叶子密密地排列在枝条上，层层叠叠，一眼看不到尽头，也看不见顶端的红色。

树周围散落着一些灰烬，仿佛有人在这里烧过什么。

——那里有一棵有红针叶的老松树。

——巫婆会出现在那棵老松树下，还会在树下举行巫术仪式。

海拉慢慢地靠近那棵树，然后伸出手，触碰这棵松树。

树皮皲裂得如同干裂的土地，又像百岁老人脸上的皱纹，但摸起来并不干燥，而是有些粘手，这是因为有人在树上刷了一些液体。

没错，海拉激动得有些发抖。

就是这里！

就是这棵老松树！

这是巫婆会出现的地方！

巫婆一定是对这棵松树施了巫术，所以在树下看不见松树红色的针叶。

海拉摸着松树，看向四周，喊道："你好，女巫？"

她的声音吓跑了藏在草丛中的野兔。

"巫婆？女巫？你在吗？"

周围响起的只有风吹动树叶的声音。

海拉围着松树转了几圈，又爬上周围的树观察。

依然没有女巫的身影。

"好吧，也许女巫并不是随时都在这里。"海拉自言自语道，然而临走时，她又不甘心地提高了声调，"那我走了，我以后还会再来的！"

她想了想，又补了一句："下次，我会带来贡品，所以……"

这句话刚说出口，她就后悔了。

人们都说与女巫交易要有贡品，可她不知道自己能用什么交换。

红果？野菜？或者卖红果挣的钱？

不，说不定没有下次了，如果……女孩拧紧了眉头，沉浸在自己的思考中。

最初的激动消散后，她的心情再次平静下来，刚才因为奔跑而发热的身体也逐渐恢复了正常温度。

风吹过时，汗水和湿漉漉的裙子粘在一起，令她身上起了一层鸡皮疙瘩。

"阿嚏！"海拉打了个喷嚏，然后抽了抽鼻子。

大概是因为走过一次，回去的路程比来时省力很多，海拉一边蹭着自己的鼻子，一边去找自己的篮子。

"咔嚓！"踩碎一截干树枝的同时，她看见了自己的篮子。

但它不像之前那样倒在地上，而是有一个银发老太太蹲在地上低头整理篮子里的东西。

"啊！"海拉马上叫起来，"那是我的！"

那个老太太抬起头，她面容和蔼，笑起来的时候眼角现出了深深的鱼尾纹："哦，小姑娘，这是你的篮子吗？"

"啊……"海拉想起母亲的教诲，便挤出笑容，努力让自己看起来更有礼貌，"是的，女士，那是我的篮子。"

老人撑着膝盖站起，然后拎起那个篮子，递给海拉："给你，小姑娘。"

"谢谢您。"海拉伸手接过篮子的时候，看见地上扔着一些蘑菇。

女孩的身体僵硬了。

"能吃的蘑菇、野果和野菜，我都已经放到篮子里了。"老人叮嘱道，"孩子，森林对于人类，并不是只有馈赠，你还小，分辨不清哪些是毒蘑菇，下次一定要小心。"

海拉的脸色变得煞白，她甚至连再见都没有说，就抱着篮子逃也似的跑了。

她的喉咙干哑，太阳穴似乎也随着心脏一起，咚咚地跳着。她抱着篮子的手微微颤抖，甚至连带双腿都有些发软。

被发现了吗？

被她发现了吗？

她发现自己想做什么了吗？

海拉一口气跑出了森林，直到跑到城门口，她才放慢脚步。

她紧紧抱着篮子，回头看向山脉，直到这时，她才冷静下来。

但取而代之的是一种更深的恐惧。

那个老太太是谁？

如果她认识那个男人，和他说了毒蘑菇的事，自己会不会被打死？

不不不，也许她不是这里的人，毕竟自己从来没有见过她……

没事的，没事的……

自我安慰之后，又有更多的疑问冒了出来。

为什么那样的老人会在森林里？

她看起来很了解森林，但是自己从来没有见过她……

一瞬间，海拉甚至冒出了"她不会是那个老巫婆吧？"的想法，但很快，这一点就被她自己否定了。

那个老人有着慈祥的表情和温和的笑容，她还把篮子里的毒蘑菇挑了出来。

邪恶的女巫不会做这种事。

进家门的时候，海拉还有点紧张。

但推开家门，看见妈妈正像往常一样在家中扫地时，她悬起的心一下就放了下来，甚至有点想哭。

"妈妈……"海拉喊道。

"啊，你回来啦。"她的母亲穆丽尔将打扫的工具放在一边，"正好赶上做午饭。"

城市中心有一座神殿，每天早上穆丽尔都会去那里祈祷，然后收一些衣服回家洗。洗完之后，她才有时间打扫家里。

"妈妈，"海拉的喉咙有些干涩，"我今天从树上摔下来了。"

"篮子摔坏了吗？"穆丽尔快步走过来，接过自己女儿手上的篮子。

"没有，但是我后背擦伤了。"

"哎呀，你怎么那么不小心呢？……"穆丽尔翻着篮子，叹了口气，"啊，这是今天的——"

"我还弄湿了裙子……"

"所以让你小心点啊。"穆丽尔把篮子里的东西倒出来，清洗，"海拉，今天果子太多了，野菜却很少。"

"能抱抱我吗，妈妈？"

"海拉，我的手是湿的。"

"可是……我……"女孩哽咽了。她今天经历了很多事，她想把所有事都告诉自己的母亲，但却不知道该从哪里说起。

"我没有责怪你，海拉。我知道你爱吃红果，但是这个东西不能填饱肚子，我们需要更多的野菜，所以……"穆丽尔长长地叹了一口气，"算了，幸好这里还有一些蘑菇，我们可以用蘑菇做个汤。"

海拉瞬间被内疚吞没："对不起，妈妈。"

"没关系，宝贝。虽然我很累，你做得不够好，但我还是会努力做出一顿让大家满意的午餐。班布尔神也会保佑我们。"穆丽尔对女孩露出一个笑容，她用皲裂的手拿起一个蘑菇放在自己红肿的脸边："海拉，要是没有我，你该怎么办呢？你是个多么幸运的女孩啊，你有个爱你的好妈妈。"

"妈妈，"海拉低声说，"我也爱你。"

"海拉，你是我在这个世界上最重要的人，我做的一切都是为了你。为了你，我什么都能忍受……"穆丽尔继续洗菜，"我们已经很幸福了，所以，无论怎样，我们都要感恩每一天。"

"是的，妈妈。"海拉的头垂得更低了，"我很感恩。"

所有没有说出口的话都咽了下去，那些委屈、伤心、愤怒和抱怨，都被母亲的笑容压制了。

是啊，那个男人打母亲打得更狠，母亲受的伤比她多，母亲干的活儿比她多，母亲比她更痛苦。所以，她有什么好抱怨的呢？

可是，无论她怎么感恩，那条被浸湿的裙子还是一样潮湿、冰冷。她的心，一直像被什么东西紧紧束住，令她喘不上气。

海拉握住了拳头。

穆丽尔说，要感恩，感恩母亲，感恩神，感恩自己诞生于这个世上。

可现在，海拉心中没有感恩，只有后悔。她后悔没有在山上多吃点红果让自己开心，后悔没把篮子腾出来装野菜让母亲高兴，更后悔自己那时离开自己的篮子，结果扑了个空。

穆丽尔是别人眼中的好女人，她对所有人微笑，对所有人温柔，每天都按时去神殿祈祷。大家都夸赞她的善良、虔诚、无私和容忍，似乎所有人都喜欢她、同情她——除了她的丈夫。

这样的穆丽尔总是对海拉说"要做个好孩子""要善良""要感恩""要有礼貌""要分享"。

海拉知道自己不是个好孩子，她不善良，她讨厌和不认识的人打招呼，讨厌在不高兴的时候挤出笑容，讨厌把自己的东西分享给别人。

她不理解自己为什么要做自己讨厌的事，为什么几乎一无所有的自己要将东西分享给别人，为什么自己明明痛苦却要感恩。她只知道，自己按照母亲的话去做就能让伤痕累累的母亲露出笑容，看向她，夸奖她。

这就够了。

毕竟班布尔神不会让她的衣服变干，母亲的爱也不会阻止父亲施暴。

只有这个一无所有的小女孩在乎她的妈妈，希望妈妈快乐。

大多数时候，午餐时是安静的，晚餐时才是地狱。

任何一件事都会成为那个叫作派罗的男人发火的导火索。

菜太多、菜太少、菜太凉、菜太烫……所有的抱怨其实都只有一个原因——餐桌上没有酒。结局大多是穆丽尔跑出去给他买酒。而讽刺的是，男人喝酒之后并不会安静，反而会变本加厉地发疯。

也正因为他喝酒之后会发疯打人，所以穆丽尔不会在晚餐时把酒放在餐桌上。

这种事隔几天就会发生一次，仿佛是个无解的闭环。

每一天，穆丽尔都在神殿祈祷，希望今天能够平安度过。

若是这一天派罗没有施暴，穆丽尔会在睡觉前亲一下海拉的额头，说："班布尔神保佑，今天真是愉快的一天，对吧？"

在那一瞬间，海拉会产生一种小小的幸福感，她能感受到穆丽尔的快乐，母亲的笑容会让她也觉得快乐。

但那种快乐转瞬即逝，因为很快未知的明天就会到来。

海拉觉得自己站在狭窄的悬空木板上，她低下头，依然能看见许多悬空木板，而那些木板之下是深不见底的深渊。

海拉一直处于恐惧中，她不知道自己脚下的木板什么时候被人抽走，也不知道木板被抽走后，她是落在新的木板上还是掉进无底的深渊。

等待的时候，心一直悬着，辱骂和殴打就像笑话里那只悬而未落的靴子一样，让海拉心焦。

甚至有时候，看到派罗发疯、施暴，海拉会有一种靴子落地的安心感。

就像这天晚上。

派罗踢翻了椅子，掀翻了桌子，骂着不堪入耳的话，对着他的妻子和女儿挥起了拳头。

海拉已经忘了他为什么发火，那些发火的理由也无关紧要，因为他总能找到借口发火，重要的是，他喝了酒，嘴里喷着令人作呕的酒味。他抓着妻子的头发，用拳头打她的脸，用脚踢她的胸膛。

"你这个……嗝儿，贱人！"派罗的皮肤因为酒气而泛着红色，皱起的酒糟鼻下是发黄的牙齿，"你真以为你是天使吗？臭婊子！每天……每天在外面……笑！笑！我让你笑！"

他一边踢着倒在地上的女人，一边恶狠狠地咒骂着："你很受欢迎？所有人都喜欢你吗？嗯？善良的婊子！"

倒在地上的女人早就习惯了被殴打，她弓着身子，一动不动地蜷缩着，任凭那个男人施暴。只有当男人拽她时，她才像个布娃娃一样被拉起。她总是被打得满脸都是血，血会溅到房间各处。

每到这个时候，海拉都很害怕，她害怕那个软绵绵的女人真的变成一个没有生命的布娃娃。

她可以失去世上任何东西，但她不能失去她的妈妈。

她只有一个妈妈——一个会对她笑、叫她"宝贝"的妈妈。

所以，海拉会扑上去，护在穆丽尔身上，用小小的身体挡住她的母亲。

很久以前，她还会喊："不要打我妈妈。"

后来，她意识到，无论自己说什么喊什么，都没有用，派罗不会因为她的求饶而心软，反而会因为她的反抗而怒火中烧，打得更疯狂。

求救也是没有用的。

在这里，被丈夫打骂是一件再正常不过的事。

可仅仅是护着母亲，也会让父亲愤怒。

"你们……"佩罗吼道，"你们两个一起和我作对！我就知道……我就知道你们是一起的，你们都看轻我！神啊，我怎么养了你们这么龌龊的东西！看看你们那令人憎恶的眼神，你们竟然敢用那种看我……我要……我要……"

他在屋子里急匆匆地绕着圈，最终找到一根木棍。

醉醺醺的男人拿着木棍走过来，眼中闪着狰狞的光："我要……我要杀了你们……"

穆丽尔一把抱住海拉，蜷缩在地上发抖。海拉偏着头，看着自己的父亲。

那个男人眼中泛着疯狂的杀意。她毫不怀疑他能毫不手软地用棍子打死他们。可她现在完全无法思考，她的身体发热，脑袋也一片空白。

在那根棍子带着风声挥下来那一刻，海拉大声喊道："女巫会诅咒你！"

木棍停在半空中，男人看向海拉："你说什么？"

"你继续吧，但是女巫会诅咒你！"海拉红着眼眶，用同样凶狠的目光看向男人，"一旦女巫诅咒了你，你就会死！你会死得非常惨，你的内脏会被毒物吞噬，你的皮肉会被狼狗吞噬，你会发烂、生蛆，变成一团臭不可闻的狗屎！"

海拉从未这样凶狠地对别人说过话，她也不知道自己为什么会说这种话，或许是因为早上那些人谈论到了女巫，也许是因为她看见了那棵红顶松树，也许是因为那个陌生的老太太翻了她的篮子……

令人惊讶的是，这句话之后，那个凶神恶煞的男人退缩了。他眼中的杀气瞬间消失了，举着棍子的手开始颤抖。他身上还带着酒味，但他的酒醒了。

大家都知道此地流传的传说——女巫会诅咒男人，并带走他们的性命。而男人的莫名死亡印证了这个传说。

海拉曾经在街上亲眼看见人们把男人的尸体从屋子里抬出。

当时周遭的女人惊慌地捂住孩子的眼睛，海拉却盯着那个男人的尸体，目不转睛地看着，脸上还带着母亲叮嘱过的笑容。

她专注的模样令周围的人不适，他们小声议论着"看她的眼神，真令人厌恶""她竟然在笑""这个女孩就像个女巫"……

海拉确实不害怕那具尸体，她盯着那具尸体，在脑海中将死掉男人的脸换成了派罗的脸。她心里甚至有一丝雀跃。

女巫……女巫！女巫能杀死他！

女巫能让她和妈妈解脱。

从那以后，每当穆丽尔要求海拉祈祷，海拉总是在心里祈求女巫降下诅咒，杀死家里的那个男人。

她在神殿的班布尔神像前，祈祷着女巫降下诅咒。

然而那些诅咒从未生效过。后来海拉才知道原因，女人有特别的途径联系森林里的老巫婆，和巫婆达成交易以后，诅咒才会生效。

这些信息像一道光，照亮了海拉昏暗的世界。

海拉觉得女巫会帮她。

因为那些莫名死去的男人都曾对家中的女人施暴。

女孩狠狠地盯着自己的父亲，重复着那些狠话："女巫会诅咒你！你会死！"

男人脸上的戾气彻底消失了，他放下手，把木棍垂到身边："这只是一个玩笑，海拉，我是你的父亲，怎么可能真的杀了你呢？"

女孩依然瞪着他。

派罗退缩了，他讪笑着将木棍放到一边，活动着身体，走向自己的床："啊，我在干什么啊，累了一天，该睡觉了，明天还要工作呢。"

这会儿，他又变成了那个在外人面前老实巴交的男人。

女孩丝毫不敢松懈，她抱着自己的母亲，盯着那个男人，直到他打起呼噜。

房间里回荡着男人的呼噜声，母女相拥，身体的战栗也慢慢平息。如果不是满地的狼藉印证了刚才的殴打，一切就像一场梦。

海拉的头又胀又疼，她转动眼球，看向放在墙边的木棍。派罗已经睡着了，如果她拿起那根木棍，狠狠地砸向他的头——就像他之前想要对她们做的那样……

她正在脑海中想着报复的举动，和她相拥的穆丽尔终于开口说话了。

穆丽尔说："你不该那样和你的父亲说话。"

"啊？"女孩愣了。

"他是你的父亲。"穆丽尔抬起头，她将了将被扯得乱糟糟的头发，擦去脸上混杂着血迹的泪水，"你不应该恐吓他。"

"对不起，妈妈，我只是害怕……他在打我们。"

"如果你是个好女孩，他就不会打你……"穆丽尔说，"他是很过分，但是，海拉，那是因为他喝了酒，你不能像他一样。你应该做个高洁的人，你不该威胁他，也不该恐吓他，毕竟他是你的父亲。"

"妈妈……"海拉发出一声悲鸣，脑中复仇的幻想瞬间破碎，取而代之的是惊慌失措和内疚。

"我做错了吗？"她想，"我错了吗？"

"是的，我大概是错了吧，不然妈妈不会责怪我。"

一瞬间，那些伤剧烈地疼痛起来，她的身体像失去了力气，脑子也变得混沌。

女孩的声音带着哭腔："妈妈，我错了，不要讨厌我。"

"你知道错就好，海拉。你要记得，我们受到这些待遇，是因为我们是罪人，我们在赎罪，所以我们要忍受。这是班布尔神给我们的试炼。只要你成为一个好女孩，一切就会变好。"穆丽尔捧着海拉的脸，"答应我，做一个好女孩，好吗？"

海拉动了动嘴唇，她不知道自己说了什么。

"我做的一切是没用的吗？"她想，"明明，他不再打我们了……可是，妈妈责备我……"

穆丽尔已经松开了女儿。她站起来，扶起倒下的桌椅，清理地上的残渣。她的头发杂乱，动作也不顺畅，她捂着侧腰扫地的动作让海拉想哭。

"是我错了吧，所以妈妈才会这么辛苦，这么可怜……妈妈比我还要辛苦，所以，我不应该抱怨……"

于是海拉也站起来，一起打扫。可她的身体开始颤抖，脑袋越来越沉，眼睛也快睁不开了。

"妈妈……"海拉觉得累极了，她扶着椅子才没让自己倒下，"我困了。"

"困了就睡吧。"穆丽尔说，"今天是美好的一天，明天会更加美好，海拉。"

"是的，妈妈。"海拉倒在床上，脑中无意识地想着母亲的话，今天是美好的一天，明天会更加美好……

彻底昏迷之前，她脑中却回荡着一句话。

真的吗？

海拉做了许多梦。梦里有个邪恶的黑影一直在追她，一旦被那个黑影抓住，她似乎就会死，可是当她想逃走时，背后就传来母亲的求救声。

梦中的海拉不知道该怎么办，她急得满头大汗，几乎要哭出来。

直到那个黑影完全将她笼罩。

海拉急切地想睁开眼，但是她感觉自己仿佛被什么东西压住了，眼皮厚得像被什么东西粘住了，她用尽全身力气才睁开一点点。

从那朦胧的视线里，她看见母亲穿上了外衣，准备出门。

海拉的喉咙干得像要裂开，她嚅动着嘴唇，努力了好几次才成功让自己出声："妈妈，我很难受……"

她身上出了很多汗，太阳穴突突地跳着，头疼欲裂。

穆丽尔说："你又难受了，海拉。"

"这次是真的，妈妈。"

每次海拉生病，穆丽尔都会陪在她身边，温柔地照顾她。海拉一直觉得那样的母亲才是真正属于自己的母亲，她只看着自己，脸上充满对自己的担心，仿佛自己是世上最重要的人。所以海拉曾经装过病。但穆丽尔发现她没有生病之后大发雷霆，于是海拉再也不敢那么做。而那次装病也成为一个时时刻刻被穆丽尔提起的污点。

"哦，如果你实在难受，就多躺一会儿再去山上吧。"穆丽尔说。

海拉问："妈妈，你能陪陪我吗？"

"宝贝，我得去祈祷。"穆丽尔说，"我会向班布尔神祈祷，让你早点好起来。"

女孩祈求道："可是……我想你陪在我身边……"

"这都是为了你，海拉。"穆丽尔提高了声调，"请你听话！如果不是为了你，我也不会这么辛苦！"

她脸上一闪而过的恨意让海拉噤了声。

过了一会儿，海拉才壮起胆子解释："对不起……妈妈，我只是——"

她的解释很快被母亲的声音打断了。

"如果我不去祈祷，你的病好不起来，怎么办？如果我不去祈求班布尔神的宽恕，我们再被殴打，怎么办？如果我不去洗衣服，怎么购买坏掉的餐具和桌椅？你可以在这里躺着，但我还有很多事情要做！海拉，我已经很累了，请你节制一点，做个好孩子！"穆丽尔一口气说完，大步走出了屋子。

海拉听着关门的声音和母亲逐渐离去的脚步声，把自己蒙在被子里，眼泪止不住地流了下来。

对不起，对不起，都是我的错。

我做什么都是错的。

可是……可是……这样的我还能有什么价值呢？……

忽然间，女孩混混沌沌的脑海中闪过那棵红顶松树。

她抿了抿嘴唇，掀开被子，下床。

她的头疼极了，脑袋深处像有人在用铁棍搅动脑浆，稍微一动就疼得要命。可是海拉什么都顾不上了，她咬着牙，穿上裙子，出了门。

她没有拿篮子，空着手，一步一步地向林塞山脉走去。

她的大脑混混沌沌，眼睛也蒙蒙眬眬，手脚发软，几乎靠着直觉行走。

她不知道自己被绊倒了多少次，但每次她都会爬起来。

终于，海拉走到了那棵红顶松树下。

摸到那棵红顶松树的刹那，海拉的力气耗尽了，她靠着红顶松树坐了下来。

她连抬起腿的力气都没有，阵阵作痛的头无力地垂着，眼睛也慢慢合上了。

不知道过了多久，海拉感到有人轻轻拍了拍她的肩膀，一个有点耳熟的声音响起："哎呀，孩子，你怎么睡在这里？"

"是女巫吗？"海拉睁不开眼睛，她垂着头，只有嘴巴在动，"是……巫婆吗？"

"你在找巫婆吗，孩子？"

"嗯……"海拉的大脑几乎已经快要停止运转，但是她依然没有忘记自己想说的话，"我想和巫婆做个交易。"

"什么交易？"

"我可以把我的命给巫婆，"女孩说，"只要……只要能让妈妈幸福。"

如果我不能威胁他，不能反抗他，那么……我就去找女巫吧。

如果我会成为妈妈的累赘，那么我就把自己的命献祭给女巫，让妈妈解脱吧。

周围安静下来。

风吹过树木，树叶沙沙作响。

片刻后，一只手温柔地摸了摸海拉的头。

"孩子，我不能收下你的命，"那个声音说，"因为它很珍贵。"

Chapter 47
老巫婆

月下的聚会还在继续，女巫们围绕在篝火边，吃着肉，喝着酒，聊着天。

不知道是谁先敲起了碗，木棍有节奏地敲击碗边，发出清脆的声响。

亚尔薇特随着这个节奏唱起歌来。那是一首大家耳熟能详的歌曲，旋律简单，朗朗上口。

卡珊德拉一边随着节奏拍手，一边跟着唱。

很快，其他女巫也加入了合唱。

喝得醉醺醺的塞赫美特捡了两根木棍，边敲边对卡喀亚扬起眉头。

卡喀亚便大笑起来，她随手将旁边的空锅翻转，像击鼓一样敲击锅底。

伊芳站了起来，随着歌声起舞，赢得一片喝彩声。

伊芳转了个圈，伸出两只手，邀请洛塔和埃达。

"你太贪心了，"女巫们笑道，"一般不是只能邀请一个人吗？"

"有什么关系，"伊芳轻盈地跳到另一边，又对林塞女巫们伸出手，"我想邀请所有的女巫跳舞！"

于是女巫们欢呼起来，不少人起身加入，和她们一起跳舞。

"来吧，欧诺弥亚，我们一起跳舞吧！"洁希德和奥特琳拉起平时最严肃的欧诺弥亚。

欧诺弥亚有些慌乱："哦，我跳得不好。"

两姐妹笑道："我们不在乎你跳得好不好，我们只希望你快乐！"

当欧诺弥亚开始跳舞，瑞吉蕾芙把手放在嘴边，大声为她打气："哇哦！哇哦！欧诺弥亚，你太棒了！"她喊完之后又觉得害羞，笑倒在纳利塔怀里。

阿特米西亚借着篝火的光，在纸上涂出了一幅画，克利欧为这幅画题上了名字——《女巫的聚会》。

女人们大声地唱歌，快乐地跳舞，随意地伴奏，惬意地聊天……

所有人都以最自在、最舒服的姿态享受着这场聚会。

歌声与笑声在夜空中回荡。

丽萨和莉迪亚跳了一支舞，然后蹦蹦跳跳地回到莉莉丝面前："小姐，要不要和我——啊！"

她发现莉莉丝正看着不远处的小木屋。

"狄赖还没有回来啊。"丽萨问，"小姐，你在担心她吗？"

"那个老人应该不会伤害狄赖，"莉莉丝摇了摇头，"而狄赖也是个机灵的孩子。"

"哦，"丽萨笑道，"是的，那个鬼精灵，跑起来比谁都快，抓她认字比训练都累。"

听到这话，莉莉丝也笑了，可她的视线依然停留在木屋上："尽管我知道她会安全，也会放手让她去做，但我还是无法控制自己担心，毕竟她是狄赖——我们的孩子。"

女巫们的歌声透过门窗传进木屋。

而木屋里的氛围与外面热闹的情况相反。屋里的两个人脸上都没有笑容。

壁炉里的火噼里啪啦地烧着，锅里的药水已经开了，发出咕嘟咕嘟的声音。

狄赖又回头看向面前这个叫作海拉的老人。

"啊……然后，那个人，她很好……我……"海拉抓着狄赖的手臂，大声地说着，只是她越焦急，表达越混乱。

狄赖本来是想走的，老人抓她的力道已经弱了许多，狄赖身上带着小刀，她可以威胁这个老人放手，甚至可以轻易割断她的手腕。可是狄赖没有那么做。

在走进这座小木屋之前，狄赖曾认为这里住着一个凶狠、强大的女巫，她有一间完美的屋子，她能炸飞敌人，甚至强大的卡喀亚都要遵循和她的界限。

可现在站在狄赖面前的是一个孤独而痛苦的老人。

这个老人颠三倒四地说着什么，她的表情和语言中都带着一种迫切，但那种迫切不是为了她自己，而是为了她说的那个人。

一个如此年长的人，为了另一个人，拉住一个孩子的胳膊，拼命为别人辩解，说坏的是自己而不是那人的模样，让狄赖有些难过。那手足无措的僵硬动作、委屈又焦急的表情和结结巴巴的话语，都表达着老人的孤独。如果自己没有遇到莉莉丝，一直待在那间废弃屋里，那么，等自己老了，会不会也变成这样？一想到这一点，狄赖就难以甩开海拉的手。

"你不要急，慢慢说。"女孩叹了口气，说。

海拉的脸憋得通红："有……好多……还有药，你……别走。"

"我不走，我就在这里听你说。"狄赖把桌前的椅子拉到壁炉前，和海拉面对面坐下，"你说吧。"

海拉也坐了下来。这一刻，她竟然感受到了一丝拘谨，她从来没有和别人说起过这些——在那些外来的女人闯入她的生活之前，她甚至已经记不清自己多久没有和人说过话了。她不知道自己如此迫切地想要和别人诉说过去，究竟是因为自己憋了太久还是因为面前的小女孩让她想起原来的自己。

她第一次来这座房子的时候，是和狄赖差不多年纪。

＊　　＊　　＊　　＊

迷迷糊糊中，海拉听到了咕嘟咕嘟的声响，她觉得自己在一个很热的地方，热得身上出了许多许多汗，可是当她踢开被子以后，又会有人帮她盖上。

有人扶她起来，说道："吃药吧，宝贝。"

那药很苦，海拉喝得直皱眉毛，眼泪也流了出来，但她还是一口气喝完了。

为什么要吃药？海拉想，是因为自己生病了吗？啊，身体那么热，头也很痛，一定是因为自己生病了吧。

太好了，我真的生病了。

不是装病。

所以妈妈在照顾我，太好了。

海拉没有睁开眼的力气，她伸出手，拉住那人的手，喊道："妈妈……"

那人本来已经站起来，现在被她拉住，就又坐到床边。

"妈妈……"海拉抓着那只手，把它放到自己脸边，小声说，"不要离开我，妈妈……我错了……不要不理我……"

鼻子很堵，身体很热，一咳嗽，太阳穴就非常疼。

握着的那只手皮肤松弛而粗糙，上面有茧子，握着这样的手，海拉更加难过，难过于妈妈的辛苦。

"对不起……"海拉双手抓着那只手哭了起来，"对不起，妈妈……"

她不知道自己为什么道歉，她的心中充满了内疚。

那人用另一只手摸了摸她的头发："不要道歉，孩子。"

海拉慢慢平静下来，她抽泣着用脸蹭那手，小声说："我爱你，妈妈。"

隐约间，海拉听到那人叹了口气，这叹气声又砸到了她心里。

为什么叹气？妈妈，我又做错了什么？

对不起，妈妈，不要叹气，每次看你叹气、伤心，我都会难过。

如果你能开心，我也会开心……

想着想着，海拉的思绪又断了线，她昏昏沉沉地睡了过去。

当海拉再次醒来时，已经是黄昏时分了。

海拉发现自己躺在一张陌生的床上，她盖着厚厚的被子，身上出了一身汗。

海拉头还有点蒙，她掀开被子，坐起来，看向四周。

这是一间陌生的木屋，屋子干净、整洁，桌上摆着一些水果，壁炉旁边是又高又宽的书架，上面放着各种各样的书和瓶瓶罐罐。一个老人背对着她，站在灶台前做饭。

夕阳的光从窗外洒入，将整个房间染成了金色，那个老人的白发似乎也在发光。

"啊……"海拉轻声说，"请问……"

那个老人转过头，露出一张似曾相识的脸。

是那个曾经帮她整理篮子的老人。

"你睡了很久呢，饿了吗？"老人笑道，"我熬了热乎乎的汤，稍等一下，很快就能吃了。"

听到老人声音的瞬间，海拉的眼泪夺眶而出。

床头放着水杯和药，有人在温馨的小屋里照顾她，为她做饭，对她微笑，柔声和她说话。

可那个人不是她的妈妈。

海拉把头埋在臂弯中，抽泣着说："嗯，谢谢您。"

这是海拉第一次来到这间小屋，也是她第一次把面前的老人和传说中的女巫联系起来。

她很快就和老巫婆熟了起来。

这是一个温柔又爽朗的老人，她脸上有很多皱纹，还有星星点点的老年斑。可她也很强，她说她会带着弓箭去打猎，会拿着篮子采野菜，还会用野果做果酱，她还在木屋前的小花园里种满花草和蔬菜。

每次看见老人大口大口地吃饭，咕咚咕咚地喝水，海拉都会觉得惊奇，因为她周围的老人都没这么有精神。

"多吃点，多吃点才有力气！"女巫总是这样说。

遇到女巫后，海拉的生活发生了转变。

被女巫救治那天，海拉很晚才回家，可穆丽尔没有责怪她，因为派罗晚上没有要求喝酒，也没有发酒疯。

之后的一段时间里，派罗一直保持着这样的状态，这让穆丽尔的心情变得很好。

"你看，只要诚心向班布尔神祈祷，事态就一定会好转。"穆丽尔对自己的女儿说，"你父亲本就是个善良的老实人，他之前只是犯了一些小错，但那有什么关系呢？男人都是这样血气方刚，只有窝囊的男人才会任由女人骑在自己头上。只有好女人才会赢得尊重，只要我们老老实实不犯错，不惹他生气，他一定会变好的，不是吗？"

说这话的时候，穆丽尔的笑容十分灿烂，那灿烂的笑容让海拉说不出反驳的话。

虽然海拉暗自认定是自己那天的威胁起到了作用——派罗害怕被女巫诅咒，才会收敛。

日子恢复了正常，但每到晚餐时间，海拉依然会提心吊胆，她有时候感觉自己就像隔壁昆顿家的那只狗，昆顿那老头儿总是用棍子打它，后来那只瘦骨嶙峋的狗一看见棍子就会夹起尾巴，瑟瑟发抖。

"没关系，"海拉想，"我认识女巫，如果他再打我们，我就会请女巫诅咒他！"

这个想法让她既痛快又痛苦，穆丽尔带她一起祈祷时，她甚至不敢抬头看班布尔神的神像。

她觉得自己像一个叛教者，背叛了神和母亲，心中充满内疚与自责。

她害怕班布尔神看穿自己的心思，因此惩罚自己，她又怨恨、奇怪为什么班布尔神不惩罚打人的父亲。

只有和老巫婆在一起的时候，海拉才能彻底放松。

所有人都知道，女巫是班布尔神的敌人，神殿组织了许多次猎巫运动，猎杀狡猾、凶残、诱惑世人的女巫。

但巫婆不是冰冷的石像，她是一个活生生的人。老人会带海拉去探索森林，带她去湖边玩，一起采野菜和蘑菇，还会给她讲解各种花草的作用。

海拉也会告诉她城里发生的事情，像邻居家的猫、杂货店里的摆设、偶然发现的蚂蚁洞以及人们谈论过的各种话题，无论海拉说什么，老人都会带着笑容耐心地听。

海拉一直以为自己是个话少的人，直到遇到老女巫，她才发现自己能说如此多的话，而说话又是一件如此快乐的事。

在此之前，海拉从未想象过自己会和一个老人成为朋友。

以前她总是羡慕那些聚在一起玩耍的孩子，现在她不会这样了，她甚至会骄傲地想："我和你们不一样，我的朋友比你们都好。"

以前别人总说海拉奇怪，但现在海拉觉得，正是因为自己奇怪，和别人不一样，才会和老人成为朋友。

老人确实很奇怪。

她曾经问过海拉的名字，但当海拉说出自己的名字时，她又很惊讶："哦，海拉，你叫海拉？"

当时海拉正低着头在河边捡鹅卵石，她很喜欢那些被水冲刷得圆圆的石头："因为妈妈说我是有罪的，我出生时就带着罪，正因为我有罪，所以我们才会不幸。所以她给我起了一个能警醒我的名字，让我不要忘记赎罪。"

她说完了，却久久没有听到回应，便抬起头去看那个老人。

老人皱起了眉头，脸上满是悲伤。

海拉本是不介意的，因为很多人都问过她的名字。可是看见老人的表情，不知道为什么，她忽然委屈起来，她扁了扁嘴，想把突如其来的悲伤压下去。

"我已经习惯了，"海拉轻声说，"没关系。"

"你不应该习惯这种事。"老人对她伸出手，"让我抱抱你吧，孩子。"

海拉便扑进了老人的怀抱，那个怀抱太过温暖，让她的眼泪一下流了下来："那……那如果我不习惯它，我又要怎样赎罪呢？"

"你没有罪，你也没有错。"老人摸着她的后背，"你是个好孩子。"

"可是……可是……如果不是我，妈妈就不会挨打，也不会那么辛苦……如果不是我……"海拉哭道，"我不是好孩子，我是罪人。"

"不，你不是。"老人的声音温柔而坚定，"这不是你的错……"

"但是……但是……如果我没有罪，为什么……为什么我……是这样……"海拉不知道该说什么，她脑子一团混乱，有很多话想说又说不出来，最终，她扬起手，露出手里的石头，抽泣着道，"我……我就像这块石头……就像这块破石头一样，没人在乎我，也没人喜欢我……"

老人说："不，你看，这是一块珍贵的宝石啊。"

哭得泪眼模糊的海拉抬起头，看向自己手中的石头。

湿润的深蓝色鹅卵石在阳光下发着光，像宝石一样漂亮。那美丽又柔和的色彩似乎有一种神奇的魔力，治愈了海拉心中某处陈年的疤。

海拉把那块鹅卵石当成珍品一样，好好地收藏在床缝里。

"这是我，"海拉想，"这是我，一块珍贵的宝石。"

一想到这里，她就开心地笑起来。

她在老巫婆那里得到了前所未有的称赞，老人称赞她聪明、机灵、记性好，还说她是一个坚强的女孩。

海拉从来没有得到过这么多的称赞、这么多的认可，这些夸奖让她每天都止不住地微笑。

当情绪崩溃时，自我怀疑时，她就会把那块石头拿出来，一边抚摸它，一边轻声道："我是一颗宝石，我很有价值，我很珍贵。"

这句话像一个咒语，让女孩变得自信又快乐。

一定是因为女巫在这块鹅卵石上施了祝福的巫术，才让这块鹅卵石变得如此与众不同，海拉想。

"海拉！"听到母亲的声音，海拉连忙把鹅卵石塞进床缝，然后从床上爬下来："啊，妈妈。"

"你在干什么？"穆丽尔问。

"床单有点皱了，我想抚平它。"海拉心虚地背着手。

"哦。"幸好穆丽尔没有多说什么，她只是扫了一眼床就开始和海拉说祈祷的事，"海拉，你最近去森林的时间太长了，祈祷的时候也不专心。你要知道，我们能有现在的生活，多亏班布尔神的恩赐。若是你不够虔诚，神就会将他的恩宠收回去。海拉，我们都是罪人，所以我们要比平常人更加虔诚才会……"

海拉低着头，原本晴朗的心情慢慢被乌云笼罩。

每当母亲说话，她都会感到胸口窒闷，呼吸不顺，甚至连肩膀都变得沉重。

"这才是生活的常态，"海拉想，"因为我们是罪人，所以我们才会痛苦，妈妈是对的，因为周围人都是这样的，所以妈妈、爸爸都是正常人。"

痛苦的自己是罪人，那个老人是女巫。

正因为女巫如此不同，人们才讨厌女巫。

奇怪的老人，奇怪的女巫。

可是，海拉喜欢女巫，比喜欢周围所有人都要喜欢，和女巫在一起的时候，她总是很放松，也能笑得很大声。

有时候老人会带海拉回木屋。

那间木屋很隐蔽，需要老人带路才能找到。

"我在这里设置了巫术，"老人说，"如果不按正确的路线行走，就会丢掉性命。"

海拉曾经很好奇那些巫术是什么样的，直到有一天她亲眼看见一只兔子在不远处被炸飞。

那是她第一次看到巫术的强大，爆炸的声音和威力让她震惊得合不拢嘴。

"你应该习惯，孩子。"老人说，"如果没有这些巫术，我的脑袋早就被骑士们割下来了。"

她没有像穆丽尔一样祈祷，也没有露出嗜血的表情，她只是很平淡地说出使用巫术的理由，就像说今天吃什么一样自然。她甚至对着某个地方扬了扬下巴——那边散落着生锈的铠甲和零碎的枯骨。

和老人在一起的时光太过快乐，海拉经常忘记这个老人是传说中穷凶极恶的老巫婆。

只有在这种时候，海拉才会意识到这个老人是个真正的女巫，一个与班布尔神、骑士们为敌的战士。

老女巫是个令人捉摸不透的人，她有时候很凶残，有时候又很温柔。每隔一阵，她就会带着药水和药草去那棵红松树下。

老人把药草做成火把的模样，点燃，小心地把烟引向红松树。熏了一会儿，老人就把火灭了，把药水涂在树上。

海拉好奇地看着："这是巫术吗？"

"是的。"老人笑道，"这是女巫的智慧。"

海拉又问："这样就能把那些人咒死了吗？"

老人闻言，哈哈大笑："天哪，孩子，你在想什么？这是一种医术。"

老人抬起头，看向面前的大树："这棵树生病了，所以它的树叶才会变成红色。"

海拉惊讶极了，她一直觉得这棵红顶松树美丽而特别，却没想到这是一种病态。

老人伸出手，抚摸着树干："这是一棵很长寿的松树，它已经活了很久。在女巫们还活跃在世上、被众人尊敬的时候，它就在这儿了，就这样死去太可惜了。"

海拉问："之前有很多女巫吗？"

"是的，这世上曾经有很多女巫。"老人露出了寂寞的笑容，"但是现在，整个林塞山脉只剩下我了。"

她的笑容让海拉心碎，她想起自己原来听说过的无数个关于女巫的故事。

"这不公平，人们总说女巫很坏。"海拉愤愤地说，"我听说，就是因为有女巫的诅咒，这里的人打妻子时才有所顾忌。即使如此，他们依然说你很坏，希望骑士杀死你。啊……那些人会不会把你出卖给骑士？"

"别担心，孩子，我会进行挑选，大多数不够坚定的人都被我拒绝了。"老人答道，"我是一个活了很久的女巫，我可以用我的眼睛看透一个人。那些下定决心的女人拥有与众不同的眼神，看到拥有那种眼神的年轻人，你很难不去帮她们。"

"你是为了报酬吗？啊……我是说她们献上的祭品。"

"我已经老了，森林的馈赠就可以让我活下去，比那更珍贵的是那些孩子的未来。至于回报，我已经拿到了……"老人笑道，"我的名字很特殊，她们有时候会叫我'妈妈'。"

海拉不明白，她更加愤愤不平。

"你吃亏了！"女孩叫道，"你承受了那么大的风险，应该得到更好的回报。"

老人没有说话，只是笑着看着海拉，那慈祥的目光让海拉愧疚起来。

"……对不起，"海拉的声音低了下去，"我也一直以为这里住着一个老巫婆。"

这个老人并不是传言中人们恐惧的那个老巫婆，她把生病的海拉带回家，照顾她，喂她吃药，为她熬汤，还对她微笑。

"我不应该叫你'老巫婆'，比起你，我更像老巫婆。你看，我有一只鹰钩鼻，脸看起来也很刻薄。"女孩自嘲道，"妈妈说，我的长相结合了她和我爸爸的缺点，看起来就很不讨人喜欢。"

老人笑道："不，孩子，你误会了，我并不会因为别人叫我'老巫婆'而生气。相反，在女巫活跃的年代，'老巫婆'是一种荣誉，每一个老巫婆度过的年月都能凝结成生存的智慧，她们会用这些智慧指导年轻的孩子，让她们拥有更高的起点。"

"那女巫为什么会消失？"

"因为她们的智慧没有用在杀戮和掠夺上，她们的爱太多了，给了不该给的人，女巫们只能从自己的角度去想其他人，所以对于那些'恶'没有清晰的认知，这是致命的弱点。"老人伸出手，指向天空，那里盘旋着一只苍鹰，"孩子，看看天空吧，雌鹰们强大又勇猛，它们的鹰钩令人望之生畏，而你，拥有和它们相似的鼻子。"

海拉第一次听到这种说法，她的眼睛亮了："那我也能成为女巫吗？"

老人反问道："你想成为女巫吗？"

"我想。但是，我怕我来不及成为一个合格的女巫，"海拉犹豫道，"因为我不想活得太久，我希望自己在二十岁时就死掉。"

老人问："为什么？"

"因为当我年纪变大，就会老，会丑，会变得不可理喻，会折磨周围的人，还会被周围的人折磨、讨厌，生活得很痛苦。"海拉回答，"我不想变成那样，我很害怕。"

女孩对于成长有一种深深的恐惧，她不知道这种恐惧来自哪里，她只知道自己周围的女人所过的生活让她感到恐惧，看着她们，就觉得长大仿佛是一个魔咒。而周围所有的女人无论原来多么灵动、聪慧，年纪大了以后，都会变得趋同，她们的脸上总是带着一种麻木的疲倦，总是不自觉地抱怨自己的丈夫和孩子，总是喋喋不休地诉说自己对家庭的付出，总是对年轻的女孩指指点点，忧心她们勾走自己男人的魂。

人们总对年轻的姑娘说"珍惜现在的年华吧，趁早找个好人家，等你年纪大了就没人要了"，又对年长的女人说"你都这个岁数了，不再年轻，也不再美丽了，不被男人喜欢不是很正常的吗""照顾好丈夫和孩子吧，这才是你最该去做的事"。似乎她们不是一个人，而是一朵花，人们一边歌颂花朵的美丽，一边惋惜花期的短暂。当短暂的花期过去，这朵花就失去了观赏价值，再也吸引不到别人的视线，只有成为肥料才能得到称赞。

所以，对一朵花来说，最好的生存方式是在花期最盛的时候死掉，这样就不会经历枯萎和衰败的痛苦，还会被人惋惜、歌颂。

于是海拉偷偷设定了一个自己认为应该赴死的年纪，这个死亡时间让她觉得安全。当她痛苦时，她会想"没关系，到了二十岁，我就解脱了"；当她委屈时，她也会想象自己在二十岁死去时，妈妈会多么伤心，多么痛苦，多么怀念她，甚至整日以泪洗面。

每次这样想，她都会流泪，一边因为自己的逝去而难过，一边因为母亲的痛苦而共情，但其中还夹杂着一丝快乐。那是一种用自己的死亡来惩罚不够珍惜自己的母亲的快乐，是一种报复的快感。

很解恨，也很解压。

这是海拉第一次和别人说起自己的死亡计划。她刚说出口就后悔了。大人非常讨厌"死亡"这个话题，一提起死亡，他们就会大发雷霆。

"这只是个玩笑啦……"海拉呵呵地笑了两声，干巴巴地说道，"谁知道我二十岁的时候有什么想法呢，说不定那时候我就不想死了……不过，就算我活下来，我也不想生孩子。活着一点都不开心，我不希望我的孩子也像我一样……"

她越想缓解气氛，就越语无伦次，于是她停下来，不安地看向那个沉默的老人："如果你不想听这个的话，我们可以换个话题。"

"不，不……相反，我在想要怎么和你说我想说的话。"老人深深地叹了一口气，"对不起，孩子……对不起。"

海拉不知道老人为什么要和自己道歉，但这句话让她莫名地得到了一些安慰。

"孩子，先不要去想那么久远的事。"老人说，"我现在就可以教你，教你怎样成为一名女巫。"

＊　　＊　　＊　　＊

老人的讲述停了下来，她起身走向灶台，锅里药水翻滚着，药香充满整间屋子。

狄赖咳嗽了两声，看着老人走向灶台，将药水倒进碗里。

"你生病了吗？"狄赖问，"我可以带你去看医生。我有一个医生朋友，她的医术非常高超，我还有一个会采药草的朋友——"

她的声音戛然而止，因为老人把碗递给了她。

狄赖有些惊讶，又有点感动，她没有想到老人竟然会专门为她熬药。于是她郑重地端起碗，吹着上面的热气，抿了一口。之后，女孩郑重的表情扭曲了："好烫，好苦。"

在她把脸皱成一团的时候，老人递给她一个罐子。

这个罐子让狄赖愣了一下——小巧的罐子里装着红色的果酱。

狄赖端起碗，用力地吹凉，然后大口大口地喝完，又打开罐子，挖了果酱放进嘴里。这是她第一次吃红果酱，酸甜的味道压下了药汤的苦。

"你和我想的不同。"狄赖把碗放在一边，小声嘟囔道。

"什么？"老人皱眉。

"我是说，你和我想的不一样，"狄赖提高了声调，重复着自己的话，"你好像总是听不清我在说什么。"

老人指了指自己的耳朵，又指了指桌上的东西："总是'砰''砰'地……后来，就听不清了。"

狄赖忽然意识到，上次老人并不是不理她，而是没有听见敲门声。她说："我不知道，但你可以告诉我……"

"很少……很少有人同我说话，"老人说，"我……会忘记……怎么说。"

"哦……"狄赖再次难过起来。

传说里，林塞山脉的老巫婆上天入地无所不能，可真正的老女巫独自住在这间小木屋里。人们不喜欢她，卡喀亚她们也认为她是敌人。

她腿脚不利落，听力受损，视力也在减弱，说话时会无意识地提高音量，看东西时会皱起眉头。

所有人都以为她凶恶且难以亲近，所以她极少和人交流，极少说话，乃至真需要和人说话时，她常常不知道该如何表达，也不知道自己在说什么。即使在给狄赖讲自己的过去时，她也是结结巴巴、断断续续的。

狄赖努力理解面前老人的话。这个老人和传说中凶恶的老巫婆不同，也和故事里慈祥的老巫婆不同。

狄赖问："所以，最后，那个老巫婆教了你怎样成为女巫，你继承了她的巫术和房子，留在了这里，对吗？"

如果只是这样，这应该是一个不错的结局，男人停止了家暴，母亲继续虔诚，孩子找到了朋友。

但很显然，故事并没有停在这里。

"不，"老人摇了摇头，重新坐回椅子上，"后来，我发现，那个男人……还在打我妈妈。"

*　　*　　*　　*

红果的季节很快过去了，森林里的树叶落了厚厚一层后，冬天来临了。

"万能的班布尔神啊，请保佑我们平安、健康、幸福。"穆丽尔坐在神像前的长椅上，闭着眼睛虔诚地祈祷。

和母亲一起来到神殿的海拉摆着同样的祈祷姿势，却心不在焉，她甚至偷偷眯起眼睛，偷看班布尔神的神像。

海拉知道科尔里奇国最大的班布尔神像在首都费尔顿城的大神殿里，但面前的神像已经是她见过的最大的石像了。

班布尔神手持利剑，威风凛凛地看着自己的教徒。

海拉想，这真是太奇怪了，人们都信仰班布尔神，但班布尔神只是个石像，人人都恨女巫，女巫却是真实存在的人。

"喀。"身边的母亲轻咳了一声，海拉马上闭上眼睛，继续祈祷。

祈祷过后，神殿里的神官像往常一样讲解班布尔神的传说。班布尔神是神明，神明的传说只存在于过去，存在于人们的口口流传和记录中，除了大神殿主教偶尔听到神谕，很难再有新的变化。所以神官每天都在讲同样的故事，每年、每月、每日都在重复，像一只不知疲倦的鹦鹉。

海拉听着听着，思绪又飘到了森林里。

于是，在祷告结束之后，海拉便找了个捡柴火的借口，想要离开。

"海拉！"穆丽尔皱着眉头，拽住了自己的女儿。

海拉停住脚步，看向母亲拉向自己的手。

"妈妈，你的手腕怎么是紫的？"女孩问。

穆丽尔猛地抽回手："可能是冻的吧。"

"可是——"

"没有可是！海拉，我之所以忍耐，都是为了你和这个家！"穆丽尔马上意识到自己的声调在不自觉中提高了。她看了看四周，重新挂上笑容："不要和大人顶嘴，也不要管大人的事，海拉。"

"哦，那我多捡点柴火回来，让家里暖和一点吧。"海拉挤出了一个笑容，像以往一样，当她转过头时，那个笑容就消失了。

她没有等母亲再说什么，大步向森林跑去。

现在是冬天，海拉很难再以摘野菜和采蘑菇的理由去森林了。

往年冬天，海拉都会在家里和母亲一起做点小工艺品添补家用，但是今年冬天在家里的时间变得分外难熬。她感觉自己和母亲都处在一个爆发的临界点，她们两个都戴着虚假的面具，以致和母亲相处的每一秒都像一种煎熬。

海拉跑出城市，爬上了山。干枯的树叶被她踩在脚底，发出细碎的声音。

经过几个月的跑动，海拉已经对山路很熟了，现在不需要老人带路，她也能找到老巫婆的木屋。

老人第一次看见海拉自己跑来时十分生气，因为一不小心，这个女孩就会被那些埋在地下的东西炸飞。

海拉并不在乎，她笑嘻嘻地说："死就死吧，死在你的巫术下比其他死法好多了。"

老人会因为海拉的话更加生气，但最终她还是会让海拉进她的屋子，为她准备美味的食物，教她她想学的女巫的知识。

海拉知道老人总是等着自己，因为女巫的小屋总是很温暖，壁炉里烧着火，桌子上摆着精心准备的食物和所有与学习相关的材料。

老人有许多手写书，据说那些都是世世代代的女巫传下来的，只是海拉不认字，也不知道上面写着什么。但是海拉并不在乎，因为她对那些书上记录的东西并不感兴趣。她只想学自己需要的——那个会爆炸的东西。

当她表现出对炸药的偏爱时，老人非常惊讶。

"你为什么不学医术？"老巫婆问，"医术可以救人的命。"

海拉说："我不想救人的命，我只想把那个人炸飞！"

"那个人？"

"我爸爸。"海拉恨恨地说，"他总是打我和我妈妈。"

"他一直那样做？"

"……不，"海拉的声音沉了下去，"他现在只打我妈妈。"

发现穆丽尔身上的伤并不困难，虽然天气渐冷，那些伤被隐藏在衣服下面，但带着伤的穆丽尔的表现总是有些不同，被撞到的时候会忍不住蹙眉，或者倒吸一口气。

往年冬天，也是穆丽尔挨打最多的时候。

派罗在外面做一些体力活儿，而这些活儿到了冬天会减少，于是派罗待在家里的时间变长了，收入也会变少。

若是父亲不在家，家里就会很平静，而一旦他在家，家中就充斥着低气压。

派罗也能感受到这一点，所以他总是骂骂咧咧，露出一副不顺心的表情。

当他找不到穆丽尔和海拉的错处时，她们的表情也会变成一种错——"我为了养你们，在外面辛辛苦苦挣钱，受够了气。而你们呢，就给我看这张丧气脸？""你们两个联合起来瞧不起我，是吗？"

这个在外人面前老实、憨厚、对所有人笑脸以待的男人，只敢在家里对妻女扬起拳头，把在外面受到的所有的气都撒到妻女身上。但他本性又是怯懦的，所以他才会在海拉威胁他之后收敛自己的暴力行为，背着女儿偷偷打妻子。

海拉不知道穆丽尔想不想让自己发现那些伤，母亲表现得很奇怪，她似乎想装成轻松的模样，但有时候也在海拉面前露出痛苦的表情与动作，然后观察海拉的反应。若是海拉询问她，她会说"没什么，不用担心"，仿佛海拉问了多余的问题。若是海拉不问，她又会生气，甚至会对海拉挑刺，责备她"我都这么辛苦了，你为什么还在偷懒"。海拉不知道怎样做才能让母亲满意，似乎无论怎样，母亲都不满意。

既然如此，那就只能杀死那个男人。如果妈妈阻拦我，我就不告诉她。

也许等我做完这一切，妈妈就会夸奖我。

"我喜欢那个爆炸的东西，它能把那个垃圾炸成碎片……"海拉说着说着，忽然意识到自己暴露了太多阴暗的想法。海拉猛地抬起头，观察老人的表情，她害怕老人露出像母亲一样的表情。

老人没有说话，而是静静地看着海拉。

海拉便继续说了下去："其实……其实……我认识蘑菇，那天篮子里的毒蘑菇是我故意放进去的。"

她揪着自己的衣服："你说森林并不是只有馈赠，可是那些毒蘑菇对我来说也是馈赠。"

当然，她知道毒蘑菇没有用。最开始是穆丽尔带着她一起上山，教她什么野菜好吃，什么蘑菇有毒，不能吃。后来海拉独自上山，每次回家，穆丽尔也会挑选篮子里的东西，清洗它们。

那次不是海拉第一次往篮子放毒蘑菇，但没有一个毒蘑菇进入派罗的肚子。

"我想毒死他。"海拉恨恨地说，"只要他死了，就不会有人打妈妈了。"

她希望派罗消失，希望他永远不要出现在自己和母亲面前。

"唉……"老巫婆叹了一声，说道，"孩子，这件事不应该由你去做。"

"那应该由谁做呢？谁能救我和妈妈呢？"海拉问，"我是妈妈的女儿，自然应该由我来救妈妈。"

"如果你失败了呢？"

"不，我不会失败，我会和他同归于尽，只要我和他一起死，妈妈就能自由了。"

那个男人会死，拖累了妈妈的自己也会死，而妈妈会获得新生，还会怀念那个为自己奉献出生命的女儿。

海拉觉得这是个比自己活下来更好的结局。

"你不应该这样想，孩子。"老人露出了悲哀的表情，她对着海拉张开双臂，"来，让我抱抱你吧，我的小姑娘。"

海拉扑进了老巫婆怀里，感受着老巫婆的手在自己头上轻轻抚摸。

老巫婆的手皲得像大树的枝干，粗糙却温暖。

"好吧，小姑娘，我会教你怎样做爆炸物。"老巫婆叹道，"但是我们得小心，那东西非常危险。答应我，在你成为一名优秀的女巫，熟练掌握它之前，不要随意使用它。"

* * * *

窗外女巫们的聚会似乎已经到了尾声，歌声、笑闹声渐渐弱了下去。

海拉停止了讲述，她无意识地拢了一下自己的白发，看向面前的女孩。

不知道什么时候开始这个叫作狄赖的小女孩脸上的表情改变了，她的表情严肃起来，眉头不自觉地皱紧，眼睛里带着怒意，甚至有好几次张开了嘴，却又合上了。

"你……说……什么？"海拉问。

"我没有说话，虽然我现在很生气，有很多话想说。"狄赖气愤地抱住了手臂，"但我会听完所有的故事再发表意见，因为我想知道后续。然后呢，你一直在和那个老巫婆学习那个会爆炸的巫术？"

"对……"老人说，"她……说，我很好，但是……"

Chapter 48

母亲

　　在跟着老人学习的过程中，海拉得到了许多夸奖。在此之前，她从未从任何人那里得到过那么多夸奖。

　　老巫婆说海拉是个有天赋又聪慧的孩子："你应该感到骄傲，海拉，你是个天生的女巫。"

　　随着老人的夸奖，"女巫"这个令人闻之变色的词语也变得越来越亲切可爱了。

　　与海拉逐日好转的心情相反，穆丽尔的眼神一天天阴郁下去。

　　海拉已经很久没有关注母亲身上的伤了，也不再问那些得不到回答的问题了。

　　每当海拉和母亲的视线对上，女孩都会匆忙地移开目光。母亲的目光令她感到心虚、内疚和痛苦，这些情感夹杂着沉重的负罪感，能瞬间击溃那些微小的快乐和幸福。

　　一天，在派罗出门工作的时候，穆丽尔突然问："海拉，你在笑什么，有什么好笑的事吗？"

　　问这话的时候，她虽然是笑着的，语气也温柔，但眼神令人发寒。

　　"不，妈妈，我没有笑。"海拉马上低下头，很多时候，她的笑是无意识的，连她自己都没有发现。

　　"海拉，"穆丽尔说，"妈妈觉得你现在好像已经不爱妈妈、不关心妈妈了。"

　　"不是的，妈妈。"

　　"放心吧，海拉，神教我们仁慈与宽容，所以即使你不爱我，我也爱你。我知道你迫不及待地想要离开这个家，以后，我会为你找个好丈夫，并在你的婚礼上祝福你。"穆丽尔抬起自己粗糙的手，"为了能让你找个更好的丈夫，我会更努力地洗衣服挣钱，无论春夏秋冬、严寒酷暑……毕竟女人不能做更多的活儿，这是我能为你做的所有的事了。海拉，为了你，我可以死在洗衣盆前。"

"不，妈妈，不要这么说。"熟悉的窒息感又迎面而来，海拉低下头，感觉自己呼吸越来越沉重。

"海拉，妈妈爱你，为了维持这个家庭，我可以付出一切。你要知道，我所做的一切，都是为了你。"穆丽尔弯起了嘴角，心疼地抱住自己的女儿，"宝贝，现在是冬天，经常下雪，不要再去森林了，好吗？妈妈很担心你。"

海拉抖了一下："可是……"

"听话，海拉。"穆丽尔说，"冬天的森林路很滑，还有狼出没，据说森林里还住着邪恶的女巫……啊，下次我和你一起去吧。"

"不！"海拉猛地抬起头，"不要这样，妈妈！"

"怎么？你有什么事瞒着我吗？"穆丽尔问，"还是你想丢下妈妈，一个人走？"

这句话让海拉的心凉了下去，一瞬间，她的心中产生了巨大的疑惑和违和感，她打了个冷战，盯着自己的母亲。

穆丽尔的眼神使得海拉微微颤抖起来。她在打量、观察自己的女儿。

"不是的。"女孩顿了一下，说，"不是的，妈妈，你怎么能这样想……"

"好的，好孩子，我知道，我知道你不会那样想。"穆丽尔笑了，她看了一眼窗外，递给海拉几枚铜币，"去买点土豆回来吧。"

走出家门，离开母亲的时候，海拉感受到了一丝轻松，像终于从窒息的水底挣扎出了水面。

她捏着铜币磨磨蹭蹭地往商店走。

隔壁的狗一看见她就开始摇尾巴，海拉便蹲下来，去摸那只狗的头："不好意思啊，今天我没带东西。"

无论春夏秋冬，这只瘦骨嶙峋的狗总是被拴在门口。

穆丽尔总是要求海拉善良，但在所有"善良"的举动中，海拉最喜欢把食物留出一些喂狗，因为当她和这只狗熟了以后，它就会对她摇尾巴，她也可以抚摸它温暖的皮毛。

就像现在，海拉并没有带食物，那只狗却对她一如既往地亲昵，好像无论怎样，它都喜欢海拉。

海拉本以为自己听到妈妈说"你想丢下妈妈，一个人走"时，自己会像往常一样委屈得哭起来，可海拉没有。虽然她委屈又痛苦，但她的脑海中浮现出的是老巫婆的脸。

老人曾经笑吟吟地说："孩子，你是真的很爱你的妈妈。"

想到这里，海拉的眼泪流了出来。

"哦。"海拉抱住了那只狗，小声道，"我不懂……为什么……"

连女巫都知道自己多么爱妈妈，为什么妈妈不知道？

她从母亲肚子里生，出生后一直和母亲在一起，她们在一起的时间比任何人都多。

海拉不愿去细想穆丽尔打量自己的眼神和之后一系列的表情变化。

海拉拿着土豆回家时，听见那条被拴住的狗在狂叫。

海拉隐隐有了不好的预感，当她走到门口，预感变成了现实。

"你竟然敢顶撞我！"派罗的声音透过门传了出来，紧接着是椅子被踢翻的声音和穆丽尔的哭声。

海拉已经很久没有遇到这种事了，派罗的怒吼使得以往被施暴的经历像走马灯一样在她脑中闪过，一瞬间，她心中涌出无数负面情绪，她甚至想要转身逃跑。

"没事的，没事的。"海拉用颤抖的声音给自己打气，"我已经面对过很多次了，我可以面对他，没事的……"

当海拉推开门时，屋内的声音戛然而止，抡着凳子正要砸下的派罗转过头，看向自己的女儿。

海拉站在门口，用阴冷的目光看着他，她的表情充满恨意，像盯住猎物的毒蛇。

派罗打了个寒战。

海拉走向自己的父亲，问："你在做什么？"

派罗的脸上闪过一丝惊慌，随后那惊慌又变成了凶狠，他抡起凳子砸向海拉！女孩下意识地伸出胳膊遮挡，土豆散落一地。

椅子脚磕破了海拉的额头，血顺着额头流了下来。海拉没有擦那些血，她抓住了椅子，依旧死死地盯着派罗，那眼神让派罗的腿有些发软。

"你怎么能这样对我们？我可是生下了你的孩子。"穆丽尔哭道，"我为你生下了她！她是你的孩子！这里是你的家，我为了这个家付出了一切，你为什么总要这样？！"

"你们是一伙的，你们是母女，你们聚在一起，亲密无间！而我算什么呢？你们只把我当成一个挣钱的工具。"派罗依然在说硬话，但气势明显弱了下去，"看看你生下的怪物吧，她就像个邪恶的女巫！"

"你听着，派罗，"女孩的眼神像浸了血，她无礼地叫着父亲的名字，一字一句地说，"女巫会杀死你！她会杀死你！剥掉你的皮，切碎你的肉！"

"滚蛋吧！你个死杂种！"派罗松开了椅子，后退一步，吼道，"我会烧死你，我会把你砍成八瓣，你这个恶毒的小女巫！"

他气得浑身颤抖，摔门，走出了家门。

派罗走出去以后，海拉紧绷的肩膀才放松下来，她忽然觉得有些好笑。

这是第二次，她第二次在派罗脸上看见恐惧的表情。在此之前，他所有的表情都令她害怕，她从来没有想过自己也能让派罗害怕。

那个比她高、比她壮的男人被她吓跑了！

瘫在地上的穆丽尔惊疑不定地看着海拉。

"看到了吗，妈妈，"海拉擦了一把脸上的血，"他是个胆小鬼。"

海拉的额头很痛，但是心情很畅快，她觉得自己现在充满了力量，爽快极了！她觉得自己像一个真正的女巫，看透了恶魔使用的伪装魔法，发现恶魔的本体不过是一只虫子。恶魔并没有她想的那么可怕，她现在甚至觉得自己可以伸出手，碾碎那只虫子。

穆丽尔还是保持着之前的动作，她像吓住了，身体颤抖着，只有眼球在转动。

"妈妈，"海拉问，"你还好吗？他打你哪儿了？"

见穆丽尔没有说话，海拉慌乱地擦着脸上的血："不要担心我，妈妈，我没事，我只是磕到了额头。"

瘫倒在地上的穆丽尔忽然捂住脸哭了起来："天哪，天哪，你都做了什么？"

海拉有些无措："妈妈……"

"我怎么会有你这样的孩子？"穆丽尔哭道，"海拉，你知道你现在是什么模样吗？你满脸的血，你竟然还在笑，看起来就像个恶魔！"

"可是这些血是我的。"海拉说，"是派罗打我！"

"如果你不触怒他，他怎么会打你？他已经几个月没有对你动手了！"穆丽尔叫道，"我为了你，一直忍受着，但是你把一切都搞砸了。"

那熟悉的窒息感又回来了，海拉感受到了一丝烦躁，她不停地擦着额头渗出的血，身体却一直因为愤怒而发抖。

是我搞砸了？

我是为了你才冲进来，如果不是我，那把椅子会砸在你身上，我帮你挨了一击，我帮你赶走了那个男人！

我搞砸了什么？！

"那么，你想要怎样呢，妈妈？"海拉问。

"什么？"穆丽尔抬起头。

"你想我躲在门外等着吗？一边听我的爸爸打我的妈妈，一边等在门外，等他打完吗？还是你希望我像原来一样跪在地上求他，求他不要再打了？"海拉的语速越来越快，声音也越来越尖厉，最后几乎快要叫起来，"可那有用吗？有用吗？啊？我们原来跪在地上求他的时候，他停止殴打了吗？他更得意，打得更狠！"

海拉掀开自己的衣服，露出里面的伤疤："这里！这里！都被他打过。你呢，你身上没有伤疤吗？就算你忘了，看到那些伤疤，你也会想起来吧？我们做错了什么，为什么要被他打，为什么？"

"因为他是你的父亲！"穆丽尔说，"他是个好人，错的是酒而已，但是如果你惹他生气，他就会喝酒，他喝完酒，打得会更狠！"

"来啊，让他打我啊，他敢打我，我就杀了他！"海拉吼道，"如果他是个好人，如果他知道打人不对，如果他内疚，如果他后悔，他为什么要喝酒？他不是好人，他是垃圾！"

海拉丝毫不怀疑，如果这时派罗回来，自己会冲进厨房，拿着刀出来对准他。是的，她早就做好了准备，要和那个男人同归于尽。

"天哪，天哪，这是什么大逆不道的话！"穆丽尔震惊不已，连声道，"伟大的班布尔神，原谅这个无知的灵魂吧，她只是被邪恶的女巫迷了心眼。"

"不，"海拉反驳道，"我很久之前就想杀了他。"

"你疯了，海拉，杀了他，我们要怎么办？"

"森林可以养活我们，"海拉答道，"只要我们可以去森林里生活，不需要他，我们也能活下去。"

"怎么可能，神不会宽恕杀人者的。"

"好，那我们不杀他，直接逃吧。"海拉说，"只要我们离开这里，无论在哪儿都能活下去。"

"你太天真了，现在是冬天，去山上会被冻死的。"

"好，那我们春天再去。我可以学木工，在山上搭建一座房子。"海拉去拉妈妈的手，"等我建好房子，我们就——"

"够了！不要说了！"穆丽尔拍掉了海拉的手，歇斯底里地喊了起来，"你只是一个小孩，你懂什么？事情哪有那么简单！你知道我承受着多大的痛苦与压力吗？你要逼死我吗？森林？你在说笑吗？我每天在神殿祈祷还如此辛苦，假如我逃进森林，班布尔神会宽恕我吗？"

这种情况，海拉太熟悉了，每当她想到一条新的路，那条路就会被母亲堵死。

幼稚、天真、不可能、没用的……母亲总是这样否定她。

海拉垂着头，盯着自己被母亲甩开的手，小声嘟囔着什么。

"你在说什么？"穆丽尔提高了声调，"大声说！"

"我说你说得不对！"海拉猛地抬起头，看向穆丽尔，问道："你说神不会宽恕杀人者，那么神为什么一直宽恕打人者？"

这是她一直埋藏在心底的话，这一刻，她终于问了出来。

穆丽尔的眼睛猛地睁大，难以置信地看着自己的女儿。

海拉吼道："班布尔神根本不存在，它就是一个破石像！"

"啪！"一记耳光甩在海拉脸上。

海拉捂着脸，愤恨地看向自己的母亲。

"你在亵渎班布尔神，"穆丽尔浑身颤抖，胸膛不停地起伏，"你一向是个好孩子，你从来没有这样和我说过话，一定是女巫把你带坏了。"

"不，妈妈，"海拉说，"我从来不是好孩子。"

穆丽尔便不再说话，只是她看着自己女儿的眼神变得失望而又愤怒。

面对母亲那样的表情，海拉忽然觉得很疲惫，不知道是因为头上的伤还是因为生气，她的头一阵阵发晕。

算了吧，海拉想，今天就这样吧。

海拉走向床铺，躺下，手摸向床缝。她想翻出那颗蓝色的石头，握着它睡觉。她现在非常需要一些可以支撑自己的东西，然后用那些东西告诉自己，自己没有做错，自己是最棒的。

可是海拉没有找到那颗石头。

海拉猛地从床上坐起："我的石头呢？"

这句话没头没脑，但是海拉知道穆丽尔明白她在说什么——因为她总是观察自己。

果然，穆丽尔马上做出了回答："扔了。"

"为什么？"

"因为太脏了。"

海拉提高了声调："那是我的石头！"

"那又怎样，森林里真的有女巫吗？"穆丽尔又问，"把你迷得神魂颠倒，不会是什么野男人吧？"

海拉的头再次开始发晕，她感觉愤怒已经快要冲破她的脑袋，从太阳穴冲出。

"那肮脏的石头难道是你们的定情信物？"穆丽尔慢慢地站起来，扶起桌椅，"别傻了，海拉，那只是块鹅卵石，一点都不值钱。你自己想想吧，像你这样的女孩，长相普通，性格不好，沉默寡言又不够和善，怎么会有人送你好东西呢？"

"是啊……"海拉小声说，"我连块石头都不配……我什么都不配……"

似乎一直以来都是这样。

每当海拉高兴的时候，穆丽尔就会说一些让她难过的话。

若是海拉骄傲于自己摘回来的野菜，穆丽尔就会说那些东西吃不了多久。若是海拉因为母亲做了自己喜欢的菜而开心，穆丽尔就会说自己为了做这些菜多么辛苦。若是海拉有喜欢的东西，穆丽尔就会说家里多么困难，几乎要揭不开锅，以至海拉一直担心自己和母亲会在某一天饿死——虽然穆丽尔总是能拿出派罗的酒钱和替换被砸烂的盘子家具的钱。

穆丽尔从未像老巫婆一样诚恳地夸奖过她，顶多只是敷衍地说句"你是个好孩子、乖孩子"。

这个"好"太虚幻了，海拉不知道什么样的孩子才是好孩子，但当她辛苦的时候、痛苦的时候、去做各种事情的时候，妈妈就会夸她是个好孩子。"好孩子"三个字，像枷锁一样戴在海拉身上，像座山一样压在海拉背上。

因为要做一个好孩子，所以海拉总是对"快乐"这个状态充满内疚，每当开始快乐，她就会想起母亲的斥责，随之而起的是一种恐慌和不安。她认为自己配不上任何快乐，还会因为那转瞬即逝的快乐产生强烈的负罪感。

海拉一直信奉着母亲的话——自己是来这个世界受罪的罪人。快乐是短暂的，只有痛苦和辛劳才是人生的常态，才能有安全感。

可是她又不甘心，她喜欢快乐，她不喜欢痛苦。

海拉知道自己不是好孩子，她对那些快乐的人既嫉妒又憎恨，因为那些人似乎没有被神惩罚，自己却要受如此多的苦。

是啊，也许正如其他人所说，她是天生的罪人、恶毒的女巫。

那个石像是神，父亲是神，他们都不能被辱骂、殴打、反对，只有自己不是，自己可以被随意对待。

可是，即使她是罪人，她已经低微到尘土里了，为什么她连块石头都不配拥有？

"我不值得吗？"海拉轻声自语，"我连一块石头都不值得拥有吗？"

穆丽尔扶着椅子看向自己的女儿："海拉，像你这样的人，除了你的母亲，还有谁会真心实意爱你呢？这个世上，最爱你的就是我，我做的一切，都是为了你。"

她看起来柔弱又无助，若是以前，海拉会心疼她，哭着扑上去，说"妈妈，我也爱你"。

可是这次海拉没有那样做。她看着自己的母亲，直到对方看向她的目光也变得陌生。

"妈妈，你还记得尤兰达女士吗？她曾住在对面的街道，几年前，她被她的丈夫打死了。"

海拉握紧了拳头："我还记得她的尸体被人们抬出来的模样。当时我哭了，所有人都以为我是被尸体吓哭的，但其实不是——看到那具尸体的时候，我想到了你，我害怕有一天你也像她一样，被人们从家里抬出去。所以那天以后，我一直在收集女巫的信息。"

她加重了语气："因为女巫能用巫术咒杀他！"

穆丽尔抖了一下。

海拉大步走向门口。她握住门把手的时候，再次回头望向自己的母亲："妈妈，我一直以为这世上只有我们是密不可分的，我一直惊恐于与你分离，但是你似乎并不在乎。"

"海拉！"穆丽尔喊道。

海拉的嘴唇一直在颤抖，她别过头，不再看自己的母亲，然后打开门，走了出去。

屋外的空气十分冷冽，海拉深深地吸了一口气，然后向城外走去。

她越走越快，越走越快，最后跑了起来。

她一边跑一边哭，眼泪和血夹杂着寒意打在脸上，使得视线变得模糊。她的眼睛很花，头也很晕，只是靠着直觉和经验向前跑，有几次差点踩到不能踩的地方。

直到她眼前出现那间小木屋。

天已经黑了，不知道什么时候飘起了小雪，小木屋立在纷纷扬扬的雪中，橘色的灯光从窗户透出，仿佛大海中的灯塔。

这一刻，海拉无比庆幸自己遇见了女巫。

她扑到门前，用力地敲门，哭着喊着女巫的名字。

随后，门被打开了，橘色的灯光照亮了海拉。

老人惊讶地问道："哎呀，小姑娘，你怎么了？"

这一刻，海拉才完全松弛下来，她扑到老巫婆怀里，号啕大哭。

接下来的讲述、洗漱、包扎和入睡都像一场梦。

海拉太累了，她语无伦次地说完自己经历的事情，就开始昏昏欲睡。她再醒来时，看见老巫婆握着她的手坐在床边。她的目光投向远方，似乎正在思考什么。

屋外的雪已经停了，清晨的阳光洒在木屋的摆设和老人的银发上，让这一幕显得温馨且似曾相识。

海拉的手指动了动，老人便收回视线，看向海拉。

"睡饱了吗？"老人问。

海拉点头："嗯。"

老人露出了温柔的笑容："你昏迷的时候，一直在喊妈妈。"

海拉愣了一会儿，然后有点心酸地扯了扯嘴角："如果你是我的妈妈就好了。"

老人笑道："我可以做你的祖母了，如果我有女儿，她的年纪可能比你妈妈还要大。"

"那么，我希望你是我的祖母，"海拉说，"妈妈很少说她妈妈的事，她总说我幸福，因为她对我很好，我过得比她小时候还要好……"

老人皱了皱眉，露出了悲伤的笑容："哦，是吗？"

"是吧……"海拉不想再多说母亲的事，那会让她产生强烈的内疚感，她生硬地转移了话题，"你昨天晚上没有睡觉吗，我有没有打扰你？"

"我要向你说明两点，孩子。"老人伸出手指，"第一，老年人的觉是很少的，你不需要觉得打扰我。第二，不是昨天……"

老人轻轻地叹了口气："你已经昏睡三天了。"

"三天？"海拉忍不住叫出了声。

"是的，孩子。"老巫婆摸了摸女孩的头，"我不知道你是怎么跑来这里的。你流了那么多血，但是你坚持走到了这里，你真厉害。"

"嗯。"海拉收拢腿，把头埋在臂弯里，重复道，"我很厉害。"

她想："能这么说的只有女巫，只有女巫会夸我。"

老人没有多问什么，她很快就为海拉端来了吃的，然后让海拉卧床休息。

在海拉休息的时候，老人坐在桌子边，继续她的工作。

"你在做炸药吗？"海拉问。

"是的。"老人说，"冬天能干的事很少，所以我会趁这个机会多做一些。"

"需要我帮忙吗？"

"不，你躺着休息就好，孩子。"

海拉躺在床上，看着木屋的天花板。她已经睡得很饱了，无法再入睡，可她不知道自己醒着能干什么。

现在和之前不同，原来她每次来女巫的房子，时间都很紧张，她在这紧张的时间里学习制造炸药，和女巫一起去森林，和老女巫一起干一些活儿……那时候海拉希望自己能在这里多待一会儿。但是现在，当时间变得没有那么紧张了，甚至可以不回家，只需要躺在床上休息的时候，海拉又觉得无所适从，不知道该如何消磨时间。

这是一间熟悉又陌生的屋子，她已经熟悉这里的一切，却又无法像在家一样自在。

不知道在床上躺了多久，也许是十分钟，也许是一小时，海拉终于忍不住了，问道："这三天……发生了什么事吗？"

老人没有抬头，只是"嗯？"了一声。

"我是说……"海拉吞吞吐吐地，将自己一直在想的问题问了出来，"有没有人来森林找我？"

老人沉默了。

在海拉以为她的沉默代表否定并为此难过时，老人忽然开口："昨天，红顶松树下出现了祭品。"

"啊！"海拉记得那个传说，女人给女巫献上祭品和故事，如果得到女巫的认可，女巫就会帮她咒杀她的敌人。

"那是个可怜的女人，"老人说，"但她的眼神不够坚定。"

"哦……"海拉轻轻地叹了一口气。

屋内静了下来。

海拉在床上翻身，她想问老人要不要帮助那个女人，但不知道为何，她又问不出口。她有点害怕。

往日她们也曾安静地度过一些时光，但从未有一次像现在一样，安静得让人有些难熬。海拉脑子里全是老巫婆说的祭品和那个可怜的女人，她感到自己心脏怦怦的响声传到了耳膜。

就在女孩的心灵备受折磨时，老人又开口了："海拉，你还记得我们之前去过的那座红山吗？"

"我记得，"海拉说，"我们采集那里的石头做炸药。"

"我教过你开地下室门的方法，你还记得吗？"

"我记得。"海拉答道，"那里有很多书，你说过，那些都是女巫们留下来的。"

"是的。在很久以前，这世上曾经有很多女巫，后来女巫被围剿，人数越来越少……"老巫婆说，"当她们逃亡到这里时，还有十几个人幸存，她们靠着那些矿产守住了这个地方。但她们能抵御强敌，却抵御不了时间，到现在，这里只剩下我一个人了。我一直希望这世上能发生奇迹，让我遇见另一个年轻的女巫。但你知道，年轻的女巫不会凭空出现……我越来越老，几乎能听见死亡的钟声——"

"不要这样说。"海拉说，"女巫都是不老不死的。"

"不，海拉，我已经老了。"老人在工作台上磨着石头，"我的头发白了，眼睛也花了，我总是会想很多……在我和你一样大的时候，女巫们劝导我，和我说，不要相信外界的人，也不要帮助他们，因为他们是我们的敌人，会烧死我们，女巫的生命是很珍贵的，我们不能用它来做赌注。所以我一个人守着女巫们的智慧与遗产……"

"可是你帮了城里的女人，"海拉说，"你帮她们诅咒了她们的敌人。"

"是的。我不应该是个多管闲事的人。我确实可以无视她们，但她们走到我面前，讲了那些令人心碎的故事……或许我应该感到庆幸，到了这个年纪，我的心依然不是冷的，我依然想要赌一把。"

"你这样很危险……"海拉想这样说，可她张了张嘴，却什么都没有说出来。

一开始，她也想要祈求女巫帮她诅咒别人。

"作为一个孤独的女巫，到了这个年纪，还有什么想不透呢？我知道自己会面对什么，毕竟人和森林里的生命没有任何不同，出生，成长，衰败，死亡。"老人拿起石头，仔细端详，"然而，我还是会想，如果当初女巫们早一点发现这些矿产会怎样，如果女巫们有更多的后代会怎样……"

女巫转过头，对着海拉笑道："也许，女巫们的女儿并没有消失，她们只是散落在各地。"

海拉觉得非常难过，她把头埋进被子抽泣起来。

午饭过后，老人出门了。

出门前，老人亲了亲海拉的脸，说："谢谢你，海拉。"

海拉不知道她为什么要感谢自己，老人一走，她就搬了把椅子，坐在窗边往外看，等着老人回来。

木屋外的小花园已经被白雪覆盖，老女巫曾经和海拉约定过，来年的春天一起开垦花园，在里面种海拉喜欢的蔬菜。

海拉一直很期待春天到来。

女孩坐在窗口，畅想着春天来临的时候自己和老巫婆会在花园里种什么。

她不吃不喝，一直坐到深夜，几乎要看不清雪地上印着的老人远去的脚印。

海拉做了一个梦，梦见老巫婆回来了。她带着穆丽尔一起回来，在雪地上留下了两串长长的脚印，她们对她微笑。老巫婆抱住了冲出房门的她，摸着她的头说："好孩子，没事了，一切都结束了。"

穆丽尔也笑吟吟地说："从今天起，我们可以一起生活在这里。"

当趴在窗台上睡着的海拉睁开眼睛时，看见的是一个雪白的世界。

窗外大雪纷纷扬扬，女巫离开的脚印已经完全被雪覆盖。

海拉挺直身体，继续坐在那里。

老人昨天熬的汤早就冷了，海拉喝了几口冷汤，然后留了两碗。

她想，这件事并没有那么容易做成，她们只是耽误了，等她们回来，自己就给她们热汤喝。

然而白天很快过去了，外面的雪越下越大，老巫婆还是没有回来。

"她不是不回来，"海拉想，"只是雪太大了，她已经很老了，在雪地里走路并不方便。所以，我应该出去接她。"

她打开门，带上女巫留给她的钥匙，走了出去。

雪很大，风刮得她几乎睁不开眼睛。

海拉深一脚浅一脚地往前走，努力辨认着安全地带。

很快，她走到了人们和女巫做交易的地点。

刚走到那里的时候，海拉以为自己的眼睛花了。

原来红顶松树矗立的地方只剩下一截短短的木桩，被锯断的松树倒在一边，与雪地融为一体。

海拉站在原地愣了很久，然后她转过身，跑向自己从小居住的那个城市。

天已经黑了，大雪纷飞的街道上空无一人，民居窗户透出的光映在雪地上。

海拉贴着墙角走在窗户下面，人们的说笑声隐隐从屋内传来，偶尔能听见几个关键词：穆丽尔、派罗、女巫……

似乎全城的人聊着同一个八卦。

两个男人从酒馆走出来，站在墙角小便。

"派罗真是命大，要不是穆丽尔及时打掉他的碗，他就被毒死了。"

"哈，那毒不是穆丽尔自己下的吗？谁能想到，那个虔诚乖顺的穆丽尔竟然能做出那种事！"

"大概是被女巫迷惑了吧？穆丽尔说，那个女巫给她毒药的时候，还说什么'女巫的女儿'呢……那个女巫肯定想不到，穆丽尔那个蠢女人不仅没舍得杀死自己的丈夫，还吓得把一切都供了出来。现在伯爵大人已经命令人把那棵松树砍了，还派出了骑士，去山上抓捕女巫。据说那个老巫婆往南边跑了……"

"穆丽尔现在正在牢里哭吧？哈哈哈，要我说，还是派罗打得不够狠，她竟然敢反抗男人。女人这种东西……"男人挥着手，口齿不清地喊道，"都是勾引人的异端，都是邪恶的女巫，都应该被烧死！"

海拉比自己想象的还要淡定，她避开两个男人的视线，继续往家走。

周围一片静寂，只有邻居家那只冻得发抖的狗对着海拉摇尾巴。

海拉先走到那只狗身边，把它身上的狗链解开，然后拍了拍它的头，把它赶走："你走吧，跑得远远的，不要回来。"

然后她走进了自己家。

屋内酒气冲天，桌椅散架，酒瓶子横七竖八地倒在地上，一片狼藉。派罗瘫在床上，睡得如同一头死猪，呼噜声震天。

海拉走到厨房，拿出装油的瓶子，又拎起派罗没喝完的酒。她把油和酒均匀地洒在房间里，然后拎起一只椅子腿，从壁炉里引了火。

在出门前，她把火把一般的椅子腿扔进了屋子，又把门锁死了。

海拉看着房屋渐渐烧起，那是漫天大雪都无法熄灭的火，红色的火焰映亮了她的脸和翕动的嘴唇。

当海拉走出城市的时候，火势已经变得迅猛，人们开始忙着救火，原本寂静的雪夜忽然骚动起来，在人们喊叫声中，偶尔传来几声狗叫。

在海拉离开时，那只狗又跑了回去。

这次，海拉没有拦它。

一直以来，海拉都很同情那只被拴着的狗，她觉得自己脖子上也拴着一条狗链，父亲拿着狗链，以自己为人质，要挟母亲。

是的，她一直以为自己就是母亲脖子上的狗链，所以自己是个罪人，连累了母亲。

但现在她发现，自己身上的狗链有两条，一条在父亲手里，另一条在母亲手里。

穆丽尔能对着派罗喊："你怎么能这样对我们，我可是生下了你的孩子。""我为你生下了她！她是你的孩子！"

穆丽尔并不想离开派罗，她也在以孩子要挟派罗。

海拉以为母亲是她的保护者，母亲能忍住派罗的打骂，能做又脏又累的活儿，能在艰苦的条件下活下去。母亲像一个舍己救人的英雄。

可现在她才知道，母亲是一个懦夫。

人都有软弱的一面，可海拉不知道穆丽尔的软弱什么时候才能完结，它像一个深不见底的黑洞，她总是能坠到更深处。

一直以来，海拉都可以直接把毒蘑菇放进锅里，但是她没有那样做，因为她想要得到母亲的认可。母亲是她在世上唯一在意的人，她热切地爱着她，希望她也能如自己爱她一般爱自己，肯定自己。为此，海拉什么都不怕，哪怕和母亲一起死。

此刻，海拉终于意识到自己已经隐约察觉却又不愿意承认的那一点。

穆丽尔恨她。

她的母亲，恨着她。

是啊，她应该知道的。

穆丽尔爱她，也恨她。

所以最终，她还是选择了她的丈夫。

派罗早就看穿了一切，他总是狠狠地骂她们，骂她们的亲密，骂她对她的爱，他像一个求而不得的可怜虫，嫉恨着她们，又不肯放手。

女儿和母亲之间有一条天然的纽带。

是穆丽尔自己亲手切断了它。

海拉回到木屋里，她依然抱着一丝希望，希望有一天，老人能回来。

她像在等待一个奇迹。她经常跑到原来那棵松树所在的地方，看看那棵松树会不会重新长起来。

起初，那棵松树下，还会有人献上祭品，依然有听到女巫传说的女人来这里祈求女巫的帮助。她们跪在树桩前，哭着讲述自己的故事。

海拉坐在不远处的树后，听着她们的故事，心中充满怨恨。

她们总是说同样的问题，总是处于同样的困境。

一次又一次，一次又一次。

令人同情，令人疲惫，令人厌烦，令人……憎恶！

为什么你们总要求助于女巫，为什么你们不能自己动手？

为什么你们拥有一模一样的人生，却永远都不知道改正？

活该、活该、活该！你们都去死吧，像穆丽尔一样，去死吧！

然而每当她这样想时，总有另一个自己在她脑海中责备她。

——你怎么能这样想呢？穆丽尔是你妈妈啊，她生下了你，她养你，她爱你。

——你还能逃到女巫这里，她能逃到哪里呢？

——她只有你了。

——你是她最重要的人。

不，不是。

海拉抱住了头。

我不是她最重要的人。

她最重要的人是那个打我们的男人，还有她自己。

她胆小、懦弱，她不舍得男人，也不敢离开他。

她从不知道我心中想着什么，她也不在乎我想着什么。

她只是一厢情愿地"为我好"，尽管我并不好。

她只是在表演，演一个美好、纯洁、善良的人，获得别人的夸奖并满足。

我可怜她，因为她很可悲；我也憎恨她，因为她的目光从未真正看着我。

她一直沉浸在自己的世界中，并想把我也拉进去。

她把自己拴在那个男人身边，还想拴住我。

——不要找理由了，海拉，你当时已经猜到了那个献上祭品的人是你的母亲，但你没有阻拦女巫。

我以为，我以为我离家时说的那番话会打动母亲。

——你没有资格说别人，因为你没有亲手把毒蘑菇放进他的碗里，杀死他。

母亲会阻拦我。

——那就杀了母亲。

可是母亲爱我。

——你母亲害死了老巫婆……

也许老巫婆没有死。

——如果你如此坚信，为什么不去打听你母亲、那个男人和老巫婆的下落。

不，我……

——你很懦弱，海拉，你是个弑父恨母、连累女巫的罪人。

啊……是的，我是个罪人。

海拉想：“我在赎罪。”

她背负着所有的压力，像个服刑的罪人一样，守在小木屋。

为了让时间过得快一点，她几乎把所有的心思都扑在研究炸药上。她还记得女巫和自己的约定，直到制作炸药的技术炉火纯青，她才开始放置炸药。

为了不让炸药误伤老巫婆，她细心地在树上做了一些只有她和老巫婆才懂的标记。

人们总说她像女巫，最终，她成了人们口中的女巫。

就这样，日复一日，年复一年，城市里流传的女巫传说慢慢变了样子。

直到有一天，海拉发现自己鬓边长出了白发。

发现白发那天，她对着镜子"啊"了半天，可因为太久没有出口说话，说不出一句成形的话。

那一刻，她才明白，老巫婆不可能回来了。

因为海拉自己也老了。

* * * *

女巫们的聚会已经结束，窗外彻底安静了。

海拉抬起头，看向坐在自己对面的女孩。她不知道多久没有说过这么多话了，在讲述的过程中，她似乎慢慢恢复了与人交流的能力，只是她不知道自己那些词不达意的话语能让面前的女孩听懂多少。

"所以……"海拉重复道，"她好，我坏。"

狄赖依然皱着眉头，她的表情很忧伤，语气却很坚定："我不这样认为。"

"什么？"

狄赖说："我喜欢你说的那个老巫婆，传说中老巫婆会吃掉小孩，但是你和那个老巫婆都对小孩很好。"

"不，我讨厌小孩。"老人说，"……小孩，很愚蠢。"她低声说，"幼稚，自私，还会带来……麻烦。"

狄赖说："不，小孩不是这样的。"

老人摇头："是。"

"不是，这不是小孩的错！"狄赖摇头，"也不是你的错！"

"不，是因为我，她……帮我妈妈，才……有背叛。"

"听着，"狄赖说，"我从刚才就一直想说，你妈妈背叛你和女巫，是你妈妈的错，与你无关！"

"有关！"海拉说，"她是我……妈妈。"

"那又怎样？老巫婆选择去帮你妈妈，是老巫婆自己的决定，你不需要内疚。"

"什么？"海拉因为这句话，生气了，"她是……为了我！"

狄赖叫道："那是她自己的选择，她是大人，她知道自己在做什么！"

"如果……没有我，她不会……那么做！"

海拉和狄赖瞪着彼此，她们两个同样固执，谁都无法说服谁。

过了一会儿，海拉叹了一口气，移开了目光，道："讨厌的……小孩子！"

这一句话仿佛一把火，点燃了狄赖心中的炸弹，狄赖气得从凳子上跳起来，喊道："小孩子小孩子！我真是受够了，从刚才开始，你就一直在没完没了地说小孩子。小孩子怎么了？年纪大又有什么了不起？！这个世界就是被你们这些年纪大的人搞得这么烂的！我和欧若拉就是被你们这些年纪大的人舍弃的！"

她气愤地盯着海拉："你又说我像原来的你，你又说讨厌我，你就那么厌恶原来的自己吗？你活得那么凄惨吗？"

"你说什么？"海拉问，"你为什么不懂？你……你没有……妈妈吗？"

"我有啊，我没有说过吗？我不仅有妈妈，还有爸爸，不过他们抛下我，跑了。"狄赖说，"他们不爱我！"

海拉震惊了，她在心中想过无数次穆丽尔是否爱自己、是否恨自己，但每当想到那些的时候，她都充满内疚。她第一次看到一个孩子直截了当地说出父母不爱自己。

"怎么……可能？"海拉问。

"怎么不可能？"狄赖说道，"如果他们爱我，为什么要用恶毒的话咒骂我，为什么要用厌恶的表情看着我？爱我只是个借口，他们只是想发泄自己的怒气罢了。他们不愿意接受自己是个坏人的事实，所以把错推到我身上。在他们面前，我像卡喀亚一样，是一个奴隶。"

"你……"海拉说，"你妈妈……生下了你……"

"是啊，这不是一个更可笑的问题吗？"狄赖说，"她们可以选择是否要孩子、是否生下孩子，但是孩子无法选择，只能被迫来到这个世界上。如果她不想有孩子，那她为什么要做会有孩子的事呢？"

"因为……因为……"海拉结结巴巴地说，"快乐？"

"哈，快乐？因为她一时的快乐，她就要养一个她不喜欢的孩子？她不知道她会有孩子吗？她没有做好准备吗？她不是成熟的大人吗？为什么会做这种蠢事？她快乐了，却不想为快乐的后果负责吗？"看到海拉哑口无言，狄赖继续说道，"我知道原因的。大家和我讲解过，更多人是因为无知和软弱，她们没有保护好她们的官殿，她们的种子被其他人夺去了，所以她们才会憎恨她们并不需要的果实。她们的母亲，她们经历过这一切的长辈们，没有尽到自己的职责，没有好好地教导她们。但这并不是孩子的错，因为果实无法选择在哪棵树上结果。"

海拉惊得说不出话来。

狄赖大声道："这个世界是你们这些大人创造出来的，你们带给我们一个这样的世界，你们不喜欢它，我也不喜欢它，可你们不改变，还不负责任地把孩子带到这个世界，然后说孩子不喜欢它是一种罪，这是一件多可笑的事！你们这些懦弱的大人！"

人们总说，孩子什么都不懂。

不，她懂，她是人，她会思考，她并不是任人描绘的白纸，也不是柔弱无措的小白花。

海拉说："那不是……我妈妈的错，她也是这样被教导的，如果我都不理解……还有谁理解她？"

狄赖问："好啊，我理解她，然后呢？"

"然后……"海拉愣住了，"然后……"

"然后我要抱着她，哭着安慰她吗？作为一个孩子，拯救一个比我大得多、比我活得久、比我强得多的大人吗？她的苦不是我造成的，我的苦却是因为她。如果她想要我的支持，她为什么要把她受苦的原因归结到我身上？"狄赖问，"如果她认为我是一个如此厉害的孩子、一个神一样的人物，她为什么不尊敬我，反而要去拜神？我连她打我都躲不过，为什么你会觉得我能救她？哈，我只会恨她。是的，我恨我的妈妈。"

海拉惊讶得无法言语，面前这个女孩的语言有一种神奇的魔力，既令她恐惧，又使她畅快。这个牙尖嘴利的小女孩像一个小恶魔，说出了她心中一直不敢直视的东西。

她记起自己一直不愿回忆的过去——很久很久以前，自己在那个雪夜看着燃烧起来的家时说出的话。

那时她说的是："妈妈，我也恨你。"

她一直因为自己曾经说出这句话而内疚，但同样的话被面前的小女孩直白地说了出来。

"是啊，我也尝试理解过我妈妈。当我理解她的时候，我觉得很痛苦，因为一旦我理解了她，那就代表我受的苦都是合理的。可那一点都不合理！"狄赖说，"如果她真的爱我，我能感觉到她爱我，我会呼吸顺畅，我会心情愉悦，我不会讨厌自己也憎恨她！如果我过得很高兴，我当然会庆幸自己出生。但是我没有，我总是想问她，为什么生我，为什么把我带来这个世界，我明明不想来，我明明宁愿死掉或者不出生！是啊，是啊，我之前也生过病，我生病的时候，没人照顾我。他们还会觉得我病恹恹的，很烦，让我离远点，不要传染他们。每当那个时候，我都会想，要是我死了就好了，是不是我死了，他们才会后悔，后悔没有好好照顾我。"

"你……活下来了。"

"是我自己在他们抛弃我的那一瞬间想活下来才活下来的。是我自己，和人打架、翻垃圾桶、偷面包、摘野果……是我自己，是我自己努力让自己过得更好的。如果我的妈妈不要我，我就当我自己的妈妈！"

"你之前……说你……你生命很重要……"

"是的，"狄赖强调，"但那不是她的功劳，而是因为我和我的同伴——莉莉丝、塞赫美特、贝斯蒂、伊迪萨……还有欧若拉。"

"我不懂……"海拉抓着自己的头发，"你这样……自私，爱又算什么呢？"

狄赖尖锐地反问："若是爱真的能拯救一切，你们又为什么要向女巫求救？"

海拉下意识地反驳道："你一直……骂她们，你很轻松，可……可她们要怎么从那个环境中脱出？你们……你们就能打破那个……绝境吗？"

"当然，那正是我们现在正在做的事。我们会反抗，我们有勇气，我们和你们不同！"

"你们就不怕自己成为妈妈？"

狄赖说："我就是欧若拉的妈妈。"

"假如欧若拉也……这样想你呢？"

"不会的，因为我除了爱，还有刀。"狄赖说，"假如有人伤害了欧若拉，哪怕那个人逃到天涯海角，只要我还有一口气在，我就会抓住他，用小刀割断他的喉咙，剥掉他的皮，拆掉他的骨头！"

"正因为我知道什么是痛苦，"女孩握紧了腰间的匕首，"所以我的女儿欧若拉一定要过得比我还要好，还要幸福！她会成为最自由、最快乐的女孩！"

狄赖的话像一道道闪电，直直地劈在海拉心中，激起了一片难以熄灭的火花。

这个孩子能看懂她的表情，但是她不像小时候的自己那样小心翼翼地观察大人的表情，想着要如何讨好那些大人。

面前的小姑娘强大得像一个无畏的勇士，海拉甚至有些嫉妒她口中的"欧若拉"。

她曾经嫉妒过很多东西，包括那棵松树。

为了给那棵生病的树配药，老女巫需要去森林的各处采草药。那时海拉觉得自己的母亲甚至没有像老女巫关心松树那样关心过她。

海拉忽然发现，即使她的头发白了，她也是那个孩子，依然纠结于母亲的爱，她从来没想过自己如果有了女儿会怎样。

不，她曾经想过的……她曾经想过，如果放火那天那只狗和自己一起走了会怎样。她会好好地养它，使它的骨头不再凸起来。下雨下雪的时候，她会让它待在屋里，和自己一起烤火。她不会骂它，也不会打它。如果有人欺负它，她会冲上去，和那人打架……她什么回报都不要，只要它陪伴在自己身边就好。

如果她有女儿，她会和女儿一起探索森林，一起在花园里种花，一起摘野菜、吃野果。她会希望她的女儿健康、活泼、快乐……并且自由。

海拉忽然想起老女巫离开前说的最后一句话——"谢谢你，海拉。"

"那棵树，不麻烦吗？"小时候，海拉曾经这样问过老女巫。

"不，"老女巫抚摸着树干，说，"这棵树一直陪伴我，也听我说了不少毫无意义的话。"

"啊……"海拉捂住脸，低声道，"原来是这样……原来是这样……"

她是一个笨拙的人，没有人告诉她该如何和其他人相处，她也没有获得过足够的尊重与爱，所以她变得孤僻、无措，一边紧紧抓着那些曾经有过的温暖，一边内疚。

她一直以为自己是老女巫的累赘，是她拖累了老女巫，自己对老女巫毫无价值……

她一直认为自己是个罪人，从未细想过老女巫最后的那句"谢谢"。

壁炉里的篝火还在燃烧，海拉捂着脸不发一言。过了很久，她才平复心情。她抬起头，发现坐在自己对面的女孩已经靠在椅子上睡着了。

不知道是因为壁炉里的火太温暖了还是因为本来就感冒了，抑或是刚才喝的药水起了作用，女孩睡得很香，刺猬一般的头发和愤世嫉俗的脸也显得柔和起来。

海拉不由得笑了起来。

奇怪的小姑娘。

然后她拿起毯子，盖在女孩身上。

又过了一会儿，忽然传来了敲门声。

一个女声在门外响起："您好，有人吗？"

门外的人显然知道她的听力不好，刻意提高了声调。

海拉打开门，门口站着一个黑发红眼的女人。

"您好，女士，我是莉莉丝。"那女人笑道，"我来接我的孩子。"

"我知道……你。"海拉一边说，一边侧过身，为她让路，让她看到狄赖，"她睡着了。"

"哎呀，狄赖，怎么睡着了？"莉莉丝走到狄赖身边，蹲下来，轻轻摸了摸女孩的脸，"感冒好点了吗？"

"哦……"狄赖揉了揉眼睛，"莉莉丝。"

海拉这才发现自己没有自我介绍："我叫……海拉。"

"您好，海拉女士。"

"嗯……嗯……"海拉应了两声，她曾经透过窗户看见过很多次莉莉丝，如今她很想和面前的女人多说几句，可她独自一人太久了，又不知道该如何"成熟"地与人交流。最终，她只问出了一句话："你觉得……母亲……怎样？"

这句话没头没脑，海拉问出后便有点自责自己笨嘴拙舌，但是莉莉丝认真思索了一会儿，然后做出了回答。

"人们总是在绝望的时候寻找母亲，可是这个世界正在谋杀所有的母亲，一边谋杀母亲，一边祈求母亲的庇护。"莉莉丝看向海拉，"我觉得这是一件非常荒谬的事情，所以我想改变这一切——为了我们自己，和我们的女儿。"

这个意料之外的回答让海拉愣住了。

莉莉丝站起来，拉起狄赖的手，和海拉告别，然后离开了木屋。

刚走出木屋的时候，狄赖还在打哈欠，可是没走几步，她就嘿嘿地笑了起来。

"今天晚上过得怎么样？"莉莉丝问。

"还不错。"狄赖晃着莉莉丝的手蹦蹦跳跳地说，"我听了她的故事，还给她上了一课。"

"是吗，"莉莉丝故作惊讶，"你给她上了一课？"

女孩得意地翘起了鼻子："当然了，莉莉丝小姐，我懂得可多了，我可是很厉害的呢。"

"所以你才这么开心啊。"

"也不全是那样……"狄赖有些忸怩，"之前，从来没有人接我回家。嘿嘿嘿嘿，我一直希望有人来接我。真开心。"

狄赖忽然伸出手，指向天空："你看，星星真亮！"

莉莉丝也抬起头，看向天空。

夜空美得出奇，肉眼就可以看见繁星密布的银河。

"莉莉丝。"

"嗯？"

"我觉得海拉……哦，我是说那个老女巫，她不是个坏人。"

"嗯。"

"我想和她成为朋友……我觉得，我们可以成为同伴……我……我其实挺喜欢她的。"

"嗯。"

她们牵着手，从山坡上走下来，走到了自己的营地。

狄赖忽然站住了："莉莉丝，今天听了海拉的故事，我就有话想和你说。"

莉莉丝回头，问："什么？"

"很久以前，我有时候会想到死，我一直怨恨我的母亲和父亲，因为他们让我出生却又厌恶我……"狄赖深吸了一口气，快速地说，"但是，莉莉丝，我现在好像不怨恨我的出生了。虽然我依然憎恶他们，可我现在很开心。我觉得活着也不错，因为我喜欢你们！"

她说完，又有些害羞，急急地撒下一句"我就是想告诉你这个"就跑向了帐篷。留下莉莉丝站在原地。

"哎呀，狄赖，你回来了……哦，小家伙怎么跑得那么快。"在火堆边守夜的贝斯蒂转过头，问道："莉莉丝，你怎么在揉眼睛，是眼睛里进东西了吗？"

"啊，不，"莉莉丝捂住了眼睛，笑道，"我只是在高兴。"

说完，她扬起头，看向远处的小木屋。

海拉盖着毯子坐在摇椅上，轻轻地摇晃着。

她已经很久很久没有在一天内说这么多话、想这么多事了。

她抚摸着手里满是符号的纸张，这些纸是她几十年来的心血，而那个加锁的地下室里还有数代女巫智慧的结晶。即使她看不懂那些字，她也知道那是多么珍贵的东西，所以她也像之前的老巫婆一样，兢兢业业地守护着它们。

她一直以为自己会孤零零地守护它们，直到死亡。

然而今天，她终于明白老巫婆曾经和她说的那些话的意思。

最后那天的"谢谢"和某天的那句"对不起"。

老巫婆曾经说过，那些下定决心的女人拥有与众不同的眼神，那么那些坚定的女人为什么不自己杀掉她们想杀的人？

是啊，她们和没有亲手在汤内扔下毒蘑菇的海拉一样。她们太孤独了，所以她们寻找母亲，想要得到母亲的帮助。

老巫婆知道这一点，正因为她知道这一点，才会帮助她们。

因为……"她们也会叫我'妈妈'"。

当老巫婆说"对不起"的时候，她想说的是"对不起，是我们这些长辈没有创造出美好的世界，才让你如此辛苦"。

"啊……"海拉把那些纸盖在自己脸上，脑中回荡着刚才那两人的话。

——是我自己，是我自己努力让自己过得更好的。如果我的妈妈不要我，我就当我自己的妈妈！

——人们总是在绝望的时候寻找母亲，可是这个世界正在谋杀所有的母亲，一边谋杀母亲，一边祈求母亲的庇护。……所以我想改变这一切——为了我们自己，和我们的女儿。

"是啊，你说得没错，"海拉想，"女巫的女儿并没有消失，她们只是散落在各地。"

Chapter 49

潜入

海拉的小木屋慢慢接纳了莉莉丝她们。

这是一个循序渐进的过程。

第一天，去交换物品的狄赖进了小木屋。

第二天，莉莉丝也进了。

第三天，她们带来了赫萝克和卡珊德拉。

"这速度……是不是太快了？"房间里多出了许多人，海拉就开始不自在，她有些不安地靠近狄赖，"我是说……人太多了。"

"别担心，她们都是很好的人。"狄赖拉住了老人的手，"要是你觉得不舒服，就和我说，我保护你！"

"我怎么可能让小孩保护我？"海拉小声嘟囔道。

海拉想表现出无所谓的模样，但她非常紧张，她用力握着狄赖的手，盯着看图纸和炸药成品的人们，紧张地等待对方提问。

这种状态与年龄无关。海拉不是外向的人，她缺少与人交往的经验，所以她紧张得像一只随时会钻进土里逃跑的鼹鼠。

当那些年轻的女人看着图纸皱起眉头的时候，海拉的心会无意识地提到嗓子眼。

她总是把事情想得很糟：也许她们会发现那些炸药没什么了不起的，也许她们会嘲笑她粗糙的手艺，也许她们会觉得她的记录杂乱无章并且无聊……

就像小时候，她在城里卖自己从山上带回来的东西时，那些客户和她讨价还价，把她卖的东西说得一文不值……

"海拉女士，"卡珊德拉拿起纸问道，"这个符号是什么意思？"

"是……"海拉慌张地拿起秤，比画道，"这么多……"

"啊，是重量啊。"赫萝克恍然大悟，"原来如此！"

"我……我不……识字。"海拉再次强调，"所以这些……比不上……那些认字……的人……"

"请不要这样说，女士。"卡珊德拉认真地看向海拉，"在多尔恩城，我们会尊重每一个认真工作的工匠，因为我们最了解每一个成品背后蕴藏着工匠的多少心血……虽然我不熟悉炸药，但我也明白，这些配方是你试验了许多次的成果，这不仅仅需要技巧，还需要时间、耐心和精力。"

"但……"海拉说，"但……你们很快……就能学会它……"

"那是因为我们站在巨人的肩膀上。"卡珊德拉说，"谢谢你，海拉女士。"

"不客气……哦，我是说……你说得没错，它们就是最好的。"海拉侧过头，用手擦了擦眼睛，"因为这是我的研究成果，我为自己创造出它们而感到骄傲。"

赫萝克她们跟着海拉学习制造炸药的方法，并将这个方法带回了营地。接下来的几天里，做炸药成了莉莉丝营地最重要的工作。

拼好的马车还需要一些装饰，卡喀亚她们像往常一样，保持着与老女巫的距离，但她们在监视通恩、制造武器、装饰马车的同时，也会送来制造炸药的材料。

五天后的清晨，林塞女巫们把装饰好的马车带到莉莉丝的营地。

莉莉丝她们贡献出了自己带来的所有马，马车车厢是卡喀亚她们用仓库拆掉的零件重新组装起来的，每个车厢上都装着通恩的亚尔曼伯爵家族的标志。

"波伊·亚尔曼用来运货的商队马车就是这样的，我们已经完全还原了，还找回了几套车夫的衣服。为了洗干净上面的血迹，我们费了不少功夫。"卡喀亚抱怨道，"早知道这么麻烦，当初我就留几个完整的车厢哩。"

莉莉丝打开马车的车厢门，腐烂青草的气味冲入鼻腔。车厢里摆着一些货物，最外层是一袋袋装着"深蓝"的麻袋，只留一个供人出入的小缺口。

"里面的空档已经留好了。"卡喀亚说，"只要补好了那个缺口，藏在里面的人就像隐身人一样——除非他们搬走外面的货物，否则没人能发现你们。"她歪着头看向莉莉丝，又露出了那种似笑非笑的表情，"至于他们会不会搬走外面的货物，就要看你们的运气了。"

"即使有那种风险，"莉莉丝关上车厢门，"也值得一试。"

她转过身，看向身后。

所有的女巫都聚集在马车周围，这是女巫们在行动前最后一次会议。

"最后整理一下我们的计划吧。"莉莉丝环顾所有人，"去年冬天，新的林塞女巫们开始占据林塞山脉的运货通道……卡喀亚，你们与骑士、商队的拉锯战长达数月，直到你们彻底占据山路，逼得通恩的贵族和商人们不得不绕路而行，其间增加的成本使得他们对你深恶痛绝。现在，到了秋天，粮食和'深蓝'的运输变成难以解决的大问题，他们的耐心也会耗尽。为了确保道路通畅，拥有最多通恩土地的亚尔曼伯爵，必然会联合其他贵族组织一场针对女巫的大规模清剿活动……"

卡喀亚耸了耸肩："林塞山脉非常大，想要找到我们，亚尔曼伯爵他们必须动用大量的人力物力。为了应对这些人，我们已经在山脉各处设置了机关和炸药，也定好了几个可以对他们进行伏击的埋伏点，到时还可以像之前那样，引魔兽去攻击他们。"

"此时，通恩的防守是最薄弱的。"莉莉丝继续说，"所以，我会带着另一批人事先潜入通恩，想办法夺得通恩的控制权。"

这个计划，大家已经听过许多次，也一直为此做准备，现在终于到了行动的时候。

"我们负责消灭那些该死的走狗，而你去夺下敌人的堡垒。"卡喀亚大笑着挥起手中的斧头，"姐妹们，让我们一起打个痛快，把通恩夺过来吧！"

如果说之前林塞女巫们设置的机关是对莉莉丝她们的第一次考验，卡喀亚对莉莉丝的挑战是第二次考验，那么这次行动就是林塞女巫们第三次也是最关键的一次考验。

正如莉莉丝所说，即使驻扎在林塞山脉，卡喀亚她们也被不安笼罩。

林塞女巫们知道，通恩的贵族和商人以及所有与运输货物有关的人都把她们视为眼中钉，对她们的清剿只是早晚的问题。而即将到来的冬天对物资短缺的林塞女巫来说也是一项极大的挑战，正是这样的焦虑使得她们没有放过任何走上林塞商路的商队。

林塞女巫们曾经想过很多计划，又被一一推翻。

她们有从老女巫那里拿到的炸弹，但它们数量太少了，无法控制一座城市。

她们也不止一次想过潜进城里，但通恩的守卫会检查每一个人，被印上奴隶烙印的人会被抓起来，即使那烙印变成疤，也不例外。

即使侥幸潜入了通恩，之后她们的行动也会举步维艰。

…………

在这种困境下，莉莉丝提出的合作建议虽然大胆，却是最优解，她们有计划有人力并且考虑了各种可行性，卡喀亚想不到任何不与她们合作的理由。

莉莉丝带着同伴们上了马车。

卡喀亚和狄赖站在马车边送她们。

"加油，莉莉丝！"狄赖说，"我也会照顾好欧若拉。"

这是一次危险而隐秘的潜入行动，无法带着欧若拉一起行动，因此狄赖也留了下来。

"别死了哟。"卡喀亚道，"要是我们赢了，你们却失败了，那就功亏一簸哩。"

"放心吧，"莉莉丝拍了拍狄赖的肩膀，看向卡喀亚，"我们一定会打开城门，迎接你们！"

*　　*　　*　　*

马车在众人的注视下缓缓行驶。

为了不令人起疑，马车需要从一条偏僻的小路绕下山，通过最近商队经常走的路前往通恩。

莉莉丝藏在第二辆马车的车厢里。货车车厢没有窗户，林塞女巫们在车底打了几个孔保证空气流通，可堆积的货物和黑暗的狭小空间依然使人产生一种空气稀薄的闭塞感。这种环境很容易令人昏昏欲睡，但不知道是不是受到那种腐烂青草气味的影响，莉莉丝的大脑反而比以往更清醒。她本能地厌恶这种气味，于是闭上眼睛，一边感受着马车的颠簸，一边期待着快点到达城门。

"小姐，你睡着了吗？"坐在莉莉丝身边的丽萨问。

莉莉丝说："没有。"

"不知道为什么，我现在有点激动。"丽萨说，"我看见过你之前计划的路线图，每条路线都会经过通恩。"

"是的，"莉莉丝说，"这是个非常重要的地方。"

"所以从一开始你就计划要拿下通恩吗？"丽萨挪了挪身体，更靠近莉莉丝，"我记得你的母亲就是在通恩出生的，那是什么样的地方啊？"

"我没有去过通恩。"莉莉丝答道，"我只从母亲那里听说过那个地方。她曾住在通恩附近的村庄里。据说，那里有一望无际的田地，到了秋天，金灿灿的麦穗会齐齐地弯下腰。秋收的时候，大家会举办收获节，所有人都会烤面包庆祝。"

"哦，是的！"提到通恩，纳利塔也兴奋起来，"正因为秋天的时候通恩大多数的农田都是金灿灿的，所以通恩才被称为黄金粮仓！对我们农民来说，麦穗比金子更美，毕竟金子可没有办法填饱肚子。"

一说到田地，她就有一肚子的话："如果你们在秋天去田地，就能闻到香甜的麦穗味，那可是冰冷的金子没有的味道！我从小听着通恩的故事长大，大家都说通恩的麦子是最香的，能做出最好吃的面包。收获节那天，空气中会弥漫着浓郁的烤面包的味道，所有人都能尽情地吃面包，对于很多人来说，那是一年中唯一能吃饱甚至吃到撑的日子！"

听到纳利塔的描述，车厢里很多人都发出了"哇"的惊叹声。

"这也太棒了吧！"一个姑娘喊道，"吃最香的面包吃到饱。"

"天哪，我也想参加那样的收获节。"

"现在就是秋收的时间！"丽萨问，"我们能碰上收获节吗？"

"也许，"纳利塔说，"现在正是秋收的时候，如果我们运气好……"

这句话又引起了一阵小小的欢呼声。

欧诺弥亚警告道："冷静点，姑娘们，我们可不是去郊游的。"

队伍里最严厉的欧诺弥亚一发声，大家的嘈杂就变成了窃窃私语。

"嘿，纳利塔，"有人蹭到纳利塔身边，"再给我讲讲通恩的事吧，你去过通恩吗？"

"不，我没去过那里，那里离我的家乡太远了，但是所有人都知道黄金粮仓，所以才会有那么多逃难的人跑向通恩。"

"也许通恩没有那么好。"

"但是……那毕竟是通恩啊，我也想过一次能尽情吃面包的收获节呢……"

…………

关于通恩的讨论不绝于耳，即使车厢内非常昏暗，看不清其他人的表情，莉莉丝也能感受到大家对通恩的向往。

"一年中唯一能吃饱的一天啊……"莉莉丝把手搭在腿上，轻声重复。

这个话题只是路上的一段插曲，当马车从山路下来，驶上大路时，女人们停止了说话。

车厢的木板隔音效果有限，隐约能听见外面的声音。

无论是其他马车驶过还是忽然响起的人声，都会触动躲在车里的人的心弦。

负责带领车队的是塞赫美特，其余四个车夫也是大家精心挑选出的同伴，她们声音中性，身材高挑，并且已经做了充足的伪装——短发，束胸，穿着卡喀亚她们搜刮来的男式服装，单从外表看，确实雌雄难辨。

大家已经尽力做到了最好，但依然担心被人识破身份。

"看哪，那个车队！"车外忽然传来人们的叫声，"看那上面的标志。"

莉莉丝清楚地感觉到身边的丽萨抖了一下。

人们的喊声继续传来："那是亚尔曼伯爵的马车吧！"

"这是伯爵的商队，通恩不远了！"

"太好了！我们快到了！"

紧接着，外面传来了人们的欢呼声。

车厢内紧张的气氛随着车外的欢呼声消散。

"我还以为被发现了呢。"纳利塔长出了一口气，拍着胸口道，"幸好只是逃难者……"

那些欢呼着的人加快了脚步，不少人甚至跑了起来，一边喊着"通恩！""通恩！"一边跑向远方。

有人小声说道："大家都很向往通恩呢。"

"通恩可不是天堂，"欧诺弥亚摇了摇头，"想想那些被扔在山里的尸体吧，哪里的天堂会有这样一批又一批死亡的人？"

"我当然知道那里不是天堂，"纳利塔说，"但那可是通恩啊。"

车厢内再次安静下来。

丽萨低着头想了一会儿，问："小姐，你觉得我们能成功吗？"

她们要去的是众人的梦想之地、闻名科尔里奇国的黄金粮仓。

莉莉丝答道："比起去维尔博之前，我们的胜率已经提高了很多。"

如果说温士顿·迪福的邀请有迹可循，那么卡喀亚和海拉就是意料之外的助力。因为这些意料之外的同伴，莉莉丝和同伴们重新修订了计划，让它变得更完善。

莉莉丝并不知道自己的计划是否会一帆风顺，她唯一可以确定的是，自己会尽一切可能做到最好，把胜率提升到最大。

然后，把母亲的家乡夺过来！

* * * *

通恩的城墙像一把切开平原的刀，这把刀看上去坚不可摧，只有城门是唯一的缺口。

所有想进入通恩的人都聚集在城门口。逃难的人日益增多，所以白天城门打开的时候，城门口就会排起长长的队伍。

蜿蜒的队伍缓慢地移动着，排在队尾的人们时不时急躁地探头往前看——若是他们没有办法赶在日落前进城，就必须在城外过夜。而他们能否进城全取决于城门的守卫是否让他们通过。

在队伍最前方，守城的士兵正检查着入城者。

和焦急的入城者不同，士兵们并不在意时间，他们不紧不慢地检查着排到自己面前的人。

而兵长似乎也不在意下属的懒散，他靠在墙边，和下属讨论着晚上去哪个酒馆喝酒。

一个士兵对着面前的人抬了抬下巴："摘下帽子，把脸和脖子露出来。"

那个入城者连忙摘下头上的帽子。他是个面黄肌瘦的瘦小男人，按照士兵的命令一脸僵硬地站直，还抬起了手，一副任人检查的模样。

士兵喷了一声，打掉入城者的手，围着入城者转了两圈，检查他的脸和脖子上是否有奴隶烙印："从哪儿来的？"

那人答道："魁埃克。"

"魁埃克？那个地方很远。"士兵皱眉，"你来通恩做什么？"

"老爷！"入城者激动地道，"我们那里发生了饥荒，很多人都吃不饱，饿死啦！我们那里的贵族老爷根本不管我们的死活，我空有一身力气，却找不到可以工作的地方！您看看我，我是年轻男人，我有力气，我能在通恩找到工作，什么活儿我都能干！只要我有一口饭吃，我就会把通恩当成自己的家乡——"

他展现出讨好的笑容，还对远处的兵长点了点头。

士兵挥了挥手，不耐烦地打断了那个喋喋不休的瘦弱男人："每个来通恩的人都是这么说的，你以为自己在家乡活不下去，却能在通恩活下去？瞧你那瘦弱的样子，能在这坚持几天？先去那里待着。"

"那里"是城门不远处，站着不少没能进城的人。

"不，老爷，我真的什么活儿都可以干，让我进城吧……"那个瘦小男人祈求道，他想要拉士兵的手臂，却被兵长瞪过来的视线吓退了。

他一步三回头，可怜兮兮地看着那士兵，希望他能改变主意。

"下一个。"可士兵并没有改变主意，他继续叫道，"仰起头，把脸和脖子露出来……你来自哪里？"

"喀喀喀……大人，我来自苏瓦纳，我一直向往着通恩，您看……"

瘦小的男人再次回头时，正巧看见排在自己身后的那个咳个不停的男人递给了士兵两枚银币。

"进去吧。"士兵熟稔地接过银币，偏了偏头，放走了面前的人。

瘦小的男人愣了一下，然后恍然大悟地在自己身上摸索，急匆匆地掏出了一枚银币。

"老爷，老爷……您看看这个！"瘦小的男人跑回士兵身边，将银币塞给士兵，"您看，老爷，我有这个！这个！"

士兵再次拍掉了他的手，顺便夺走了他手里的银币："不要喊！"

"对不起，老爷，对不起……"瘦小的男人顿时慌张起来，不知道自己该如何进退，"老爷，那个，我……我该怎么走？我还要去'那边'吗？"

士兵啧了一声，对着城门歪了歪头。瘦小的男人看着他的脸色，紧张不安地往前走了几步，发现没有人拦住自己，便露出了狂喜的表情，猛地跑了起来，生怕再被叫住。

"没眼色的蠢货！"士兵把银币收到袖子里，骂道，"短命鬼。"

跑进城后，瘦小的男人又回头看了一眼，想进城的人们正有样学样地摸着兜。

"哦，我真是做了一件好事，"瘦小的男人感慨道，"我为大家指明了道路，失去一点钱不算什么，进入通恩才能活下来……啊，那是什么？"

落日尚未消失在天边，从道路的尽头驶来几辆马车，车头荆棘之盾的金属装饰似乎反射了整个夕阳的余晖。

"是亚尔曼伯爵府的马车。"兵长马上认出了那个标志属于谁，带着两个士兵迎了上去。

马车车队很快就到达城门口。

"请稍等，例行检查。"兵长看到首车的车夫时，表情僵了一下。

这个车夫是个异乡人，身形高大，头发被编成了许多辫子。

"你看不见吗？"车夫的声音非常傲慢，他的容貌因为背光而有些模糊，但投射来的锐利视线似乎能把兵长切成两半，"这是亚尔曼伯爵的商队。"

毫无疑问，这是一个手上沾过血的人的眼神。

这使得整个车队充满危险的气息。

"抱歉，先生。"兵长避开了车夫的视线，"这是我们的职责。"

"哦，当然，那是你的职责。"车夫道，"希望你快点，如果耽误了亚尔曼伯爵的事，你知道会有什么后果，尽责的家伙。"

这个威胁令兵长的脸色更差了，他对着两个手下挥了挥手，那两个士兵便向后面的马车走去。

兵长看着自己的手下："没有骑士保护你们？"

"怎么，"车夫反问道，"我们看起来像需要人保护的家伙吗？"

兵长便转过了头，不再问了。

车厢里的女人们全神戒备，闭气凝神，竖着耳朵听外面的动静。

一个士兵走到第三辆车厢时停了下来，伸手打开车厢门。

莉莉丝握住了剑柄，所有人都进入了备战状态。

车门被打开了。

扶着车门的士兵猛地睁大了眼睛。

另一个正在检查车厢的士兵也停下脚步，转头看向打开车厢门的士兵，与此同时，他注意到了第四辆车的车夫。

那个车夫正襟危坐，握着马绳的手却有些抖。

士兵喊道："转过来，看向我，把脸露出来！"

那个车夫便转过了头，看向士兵。

士兵扫了一眼，没有看到奴隶烙印，又道："后颈！"

车夫别过头，露出后颈，那里也是一片平滑的皮肤，没有任何烙印。

"小心一点，兄弟，"首车那个高大的车夫喊道，"我的同伴脾气急躁，现在正在发怒的边缘，我建议你别触怒他们——除非你想早日看见地狱。"

那个士兵抬起头，果然看见方才还在发抖的车夫散发出了强烈的敌意和戾气，满眼都是疯狂的杀意。

与此同时，检查第三辆车厢的士兵已经关上了车门。

两个士兵快步跑到兵长那里，开门的士兵小声报告自己所见："里面全都是'深蓝'，数量是我见过的最多的。"

兵长的脸色变得凝重，他抬起头，看向首车的车夫。后者似乎早就料到他们会是这样的反应，露出了满意的笑容。

"为什么不需要保护？因为亚尔曼伯爵不希望太多人知道这批货，所以，请管住自己的嘴，尊敬的兵长先生。"身形高大的车夫侧身凑近兵长，低声道，"如果你能忘记这支车队，你们就会更安全。"

"怎样，"车夫直起身问道，"我们可以过去了吗？"

"请替我向亚尔曼伯爵问好。"兵长让出了道路，目送马车车队离去。

车队驶入通恩时，天已经黑了，街道上行人稀少，没有人把注意力放在这五辆马车上，更没有人知道藏在马车上的人的神经刚才多么紧绷。

"啊……"躲在第一辆马车里的莉迪亚长出了一口气，"我紧张得出了一手汗。"

"不要担心。"贝斯蒂笑嘻嘻地道，"我和塞赫美特有很多潜入经验。"

一切都是计划好的，包括黄昏时入城，这个时间光线昏暗，能更加自然地掩饰车夫的乔装。逃难而来的人也会尽量赶在城门关闭之前拥到城门口。此时正是城门守卫最忙的时候，也是他们最容易疲劳、最松懈的时间。

"塞赫美特太厉害了，"有人叹道，"她竟然还有余力为别人解围。"

"我们扮演的可是波伊·亚尔曼的商队，遮遮掩掩、唯唯诺诺反而更令人起疑。"贝斯蒂晃着手指，"比起被动地被人施压，不如先一步把压力施与别人，只要用带有部分真实性的隐晦信息，就能转移其他人的注意力。我敢代替塞赫美特和你们打赌，刚才那些守卫脑子里绝对没有出现过'这是女巫扮演的商队'的念头，因为他们绝对想不到会有女巫敢用这种方式出现在他们面前，还大声斥责他们。相反，他们一定在想'这个车夫一定是亚尔曼伯爵的心腹''亚尔曼伯爵在做什么买卖？'，并在这个基础上评估自己的安危。"

贝斯蒂笑道："贵族们无法公开的肮脏交易太多了，兵长都是老油条，只需要给出一些隐晦不清的暗示，他们就能把故事补全。"

*　　*　　*　　*

城门口。

兵长身后的士兵还在小声感慨着："天哪，我从未见过那么多'深蓝'……"

"那几个车夫绝对不是普通人，他们太凶恶了，看他们的眼神，我感觉他们随时会扑过来，拧断我的脖子。"

"是雇佣兵。"兵长说道，"他们会雇用一些野蛮人，帮他们处理那些见不得光的东西……雇用了异族的雇佣兵，还用那么好的马拉车，这应该是跨国的秘密买卖。"

这就能解释这车队为何如此神秘、车夫又为什么如此傲慢。

两个士兵还想继续询问，却遭到了兵长的呵斥。

"管好自己的嘴，这不是我们该讨论的事！"兵长骂道，"忘记那些马车，回去自己的岗位，该关城门了！"

士兵们驱散了守在城门的人们，在逃难者的哀求声中，关上了城门。

进城的人在庆幸，没进城的人在懊恼，换完班的士兵在讨论该去哪个酒馆消遣。

所有人都以为刚才进城的车队会驶向亚尔曼伯爵府，那辆马车却离开了大路，驶向城郊。

最后，马车驶入了一条偏僻小道。

塞赫美特拉起缰绳停下马车，抬起头看向面前的建筑："应该就是这里了吧？"

那是一个破旧的二层小旅馆，只在一楼亮着微弱的灯光，显然生意惨淡。

塞赫美特打量着旅馆，确定这就是她们的目的地之后掉转车头，带着车队拐进了旅馆的后院。

马车的动静惊动了旅馆里的人，一个女人从旅馆的后门跑出来，对着车队叫道："喂，这是什么？"

那是个二十多岁的年轻女人，粗布裙子外套着一件围裙，头发松松垮垮地在脑后扎着。她面色不善地看着她们。

"如你所见，我们是商队。"塞赫美特从马车上跳下，"我们想在这里住宿，小姐。"

"住宿？开什么玩笑？"那女人像听到了什么可笑的话一样，"你们是外地人吗？这么豪华的马车竟然来我们这个小地方……等一下！"她看见了马车上的标志，脸色变了，"你们是亚尔曼伯爵的……"

此时，躲在其他车厢里的人也打开车厢，跳下车来。

那女人噤了声，戒备地看着面前的人，缓缓地后退着，背在身后的手摸向靠在墙上的扫帚。

"不好意思，客人，"那女人重新开口，"如您所见，我们这是一个破旧的小旅馆，恐怕住不下这么多人。如果你们有需要，我可以为你们推荐几个城里的旅馆，相信他们一定很乐意招待亚尔曼伯爵的贵客。"

"不需要，"塞赫美特说，"我觉得这个旅馆就很好。"

"不好意思，客人，我们已经客满了。"

"可我看客房的灯都灭着。"

"因为客人已经睡了。"

"所有人都睡了？"

那女人已经将扫帚握在手里："对！"

塞赫美特耸了耸肩，看向身后："她是这么说的，你觉得呢？"

握着扫帚的女人顺着塞赫美特的视线看去，第三辆马车后面走出来一个黑发的女人。

当她们对视的时候，握着扫把的女人身体僵住了。

那个黑发的女人有一双红色的眸子。

"这里的负责人还是苔丝吗？"黑发红眸的女人问，"我是她的旧识。"

那女人握紧了扫把，目光中带着敌意："叫苔丝的人很多！"

"她叫苔丝·西奥多。"

那女人瞪着莉莉丝，没有回答。

"她在吗？"莉莉丝说，"我想见她。"

那女人依然没有动，她站在原地，死死地盯着莉莉丝。

"嘿，我们在问你话呢，"贝斯蒂跳到她面前，伸手在她眼前晃了晃，"麻烦传个话。"

那女人瞥了一眼贝斯蒂，冷着脸转身走回旅馆。

"哇，态度真差，"贝斯蒂转过身，对着大家摊开手，"怪不得这里没有客人。"

塞赫美特一边笑，一边示意其他人关注着旅馆里的动静。

没过多久，后门处又传来声响。

"我的朋友，是谁啊？"一个中年女人走了出来。她的头发松散凌乱地盘着，袖子也挽了起来，说话的同时还在身前的围裙上擦手，显然是洗东西洗到一半，被急急忙忙叫出来的。

和之前那女人一样，她看见后院的人群，也满脸惊疑："这是……"

她伸出手捋了一下额边的碎发，视线从人群中扫过，打量着众人，直到视线停在其中一人身上。

看见莉莉丝时，中年女人的动作停滞了。她像定住了一样，怔怔地看着莉莉丝。愣了几秒，她忽然红了眼眶，捂住了嘴。

"好久不见，"莉莉丝说，"小苔丝。"

* * * *

在莉莉丝的回忆里，她的童年曾经有三个信任的人。

母亲、奶妈，和母亲的贴身女仆。那些屈指可数的快乐回忆，都与她们有关。

小莉莉丝最幸福的时光，就是大家聚在一起的日常。

奶妈为小莉莉丝量身高时，小莉莉丝总是尽量伸长脖子让自己显得更高一点。

年轻的女仆在旁边打趣："哎呀，小姐，量身高时可不能踮脚呀。"

"有什么关系？"小莉莉丝狡辩道，"脚也是我的身体，也应该算进我的身高。"

"可你又不能踮着脚走路。"

"我可以！"小莉莉丝踮起脚，"我可以一直踮脚走路。"

"那我干脆给你梳一条高高的辫子，"女仆伸出手，在头上比画着，"这样你就比谁都高了。"

"什么啊，小苔丝，你可真幼稚，"小莉莉丝说道，"头发怎么可以算作身高呢。"

"好的，小姐！"年轻的女仆伸出手，按住小莉莉丝的肩膀，"好好测量身高，不要给奶妈增加工作量。"

"奶妈最喜欢我了，她才不嫌我麻烦呢。对不对，奶妈？"

"是的是的。"奶妈笑弯了眼睛，"小姐最可爱了。"

得到夸奖的小莉莉丝也会弯起眼睛看向母亲。

坐在床上的尼莫西妮总是微笑着看着这一切。

她一定能猜到女儿为什么迫切地想要长高——想变成大人，想有力量，想守护自己和自己爱的人。

尼莫西妮在生命的最后一段时间，非常担忧自己离开之后其他人的生活。她尽了最大的努力，想在自己过世后让她爱的人过得好一点。

在尼莫西妮去世后，奶妈她们有可以全身而退离开公爵府的机会，可是她们没有丢下年幼的莉莉丝。

直到照顾小莉莉丝的奶妈去世，尼莫西妮的贴身女仆在公爵府受到排挤，不得不离开公爵府，被遣送回通恩，安排到这个几近废弃的旅馆里。

*　　*　　*　　*

和记忆中的年轻女仆不同，现在站在莉莉丝面前的是脸上带着风霜的中年女性，在她身上已经看不出任何在公爵府生活过的痕迹。

而站在苔丝面前的也不再是穿着昂贵小礼裙的年幼公爵小姐，而是一个面容坚毅、眼神坚定的成年女人。

"天哪……天哪……"苔丝的泪水流了下来，"小姐，你是小姐吗？"

她冲到莉莉丝面前，用力拥抱她："我就知道你没有事，我就知道夫人和奶妈一定会保佑你。啊，天哪，我的小姐，你受苦了！"

莉莉丝的眼睛越发酸涩，她闭上眼睛，抱住了面前的人。

在温暖的怀抱中，他们似乎又回到了过去。

当小莉莉丝受到委屈，躲在隐蔽的角落里哭泣时，年轻的女仆总是能找到她。

每到那时，苔丝都会蹲下身，安慰哭泣的小莉莉丝。

——哦，小姐，让我看看，你在这里干什么？

——不要看我，我在哭，很……丢人。

——为什么觉得丢人？

——我又被那个家伙欺负了，我没有打赢他，因为……因为他们所有人都护着他，而且……而且……看见我哭，他们会嘲笑我，他们说只有软弱的小孩才会哭。

——不是这样的，小姐，所有人都会在伤心的时候哭。

——你也会吗？

——当然，上次不小心摔碎盘子的时候，我就哭了。

——哦，所以你不是苔丝，你是小苔丝。

——好吧好吧，我是小苔丝，你是小莉莉丝，那也挺好的，我们可以一起成长。

——不，我……呜呜呜……我还是个小孩……为什么……呜呜呜……为什么我这么弱？

——不要担心，小姐，你以后一定会变成最强的勇者，打败所有坏蛋。

——真的吗？

——真的。

图书在版编目（CIP）数据

她对此感到厌烦.2/妖鹤著.— 北京：北京联合
出版公司，2025.9.-- ISBN 978-7-5596-8284-0

Ⅰ．Ⅰ247.5

中国国家版本馆 CIP 数据核字第 2025BP8816 号

她对此感到厌烦．2

作　者：妖　鹤　　　　出版监制：辛海峰　陈　江

出 品 人：赵红仕　　　　特约编辑：丛龙艳

责任编辑：徐　樟　　　　产品经理：夏　目　殷　希　朱静云

封面设计：白砚川（@白砚川）　内文排版：芳华思源

北京联合出版公司出版

（北京市西城区德外大街83号楼9层　100088）

联合读创（北京）文化传媒有限公司发行

天津中印联印务有限公司印刷　新华书店经销

字数 476 千字　710 毫米 ×1000 毫米　1/16　22.75 印张

2025 年 9 月第 1 版　　2025 年 9 月第 1 次印刷

ISBN 978-7-5596-8284-0

定价：54.80 元